Pboro 12/09

WITHDRAWN
FROM STOCK

C0000 50006 9472

WITHDRAWN

AMERICAN BLACK BOX

Le Théâtre des Opérations, 2002-2006

Né en 1959 à Grenoble, Maurice G. Dantec fait des études de lettres modernes puis se lance dans la musique en créant les groupes de rock État d'urgence et Artefact. Dans les années 1980, il est publicitaire. Son premier roman, *La Sirène rouge*, paraît en 1991 et obtient le Trophée 813 du meilleur roman policier. Avec *Les Racines du mal* (Grand Prix de l'Imaginaire et prix Rosny-Aîné 1996), son œuvre s'infléchit vers la science-fiction. Maurice G. Dantec est installé au Canada depuis 1998.

Paru dans Le Livre de Poche

COSMOS INCORPORATED

GRANDE JONCTION

MAURICE G. DANTEC

American Black Box

Le Théâtre des Opérations, 2002-2006

ALBIN MICHEL

© Éditions Albin Michel, 2007.

ISBN : 978-2-253-12763-5 – 1re publication LGF

« La Parole est un acte. C'est pourquoi j'essaye de parler. »

Ernest HELLO.

AVANT-PROPOS
(Mise à feu)

Baby Chaos

Cet objet que vous tenez entre vos mains est d'une extrême fragilité. C'est sans doute pour cela que, comme tout bon dispositif détonant, il va falloir le manipuler avec quelques précautions d'usage. Sa logique est d'une redoutable simplicité : il n'en a pas, sinon la cinétique infernale d'une déflagration. Le temps de l'écriture lui-même en a été affecté, le seul ordre qui y prévaut c'est celui du maximum de dégâts possible.

Vous voici face à la « boîte noire », le système d'enregistrement et de décodage d'un monde qui a choisi d'en finir un peu plus vite que prévu, le système d'enregistrement et de décodage d'une civilisation qui ne croit plus en elle-même, le système d'enregistrement et de décodage du néo-totalitarisme planétaire qui assoit sa domination universelle. Et aussi le système d'enregistrement et de décodage des messages de résistance qui proviennent de partout sur la planète.

Ce livre est l'enfant du chaos. Non seulement le chaos du monde tel qu'il se (dé)configure chaque jour, sous le ciel grisâtre des nihilismes, mais le chaos laissé par la dévolution de la pensée, par la peur, la haine de soi, le ressentiment, la culpabilité, et les divers étrons idéologiques qui font de la France ce pays qui est sorti définitivement de l'Histoire pour entrer dans l'âge des postures culturelles et des impostures politiques à grande échelle.

À l'instant où des démagogues avertis déposent des gerbes de fleurs pour commémorer la mort accidentelle de deux « jeunes Français » s'étant malencontreusement perdus dans un transformateur électrique, pas un mot n'est prononcé en mémoire du technicien urbaniste assassiné le même jour parce qu'il photographiait le mauvais réverbère, au mauvais moment, au mauvais endroit. Pire encore, en cette journée des pleureuses démocrates, un autobus était attaqué à Marseille avec des produits incendiaires. Une jeune femme, étudiante d'origine sénégalaise, brûlée sur soixante-dix pour cent du corps, est toujours entre la vie et la mort. Mais comme je l'ai déjà dit : Non-non-non-non-non, il n'y a pas de racisme antifrançais (ou autre) dans les mosquées radicales clandestines des banlieues, non-non-non-non-non, des jeunes gens qui mettent le feu à des êtres humains ne sont pas des bêtes sauvages, non-non-non-non-non, il ne faut pas les ostraciser, ils ont bien le droit, eux aussi, d'exprimer leurs frustrations et de vouloir ainsi passer à la télévision.

C'est pour cette raison que ce petit bébé, je vous prie de ne pas trop le secouer, a subi la pression, a reçu l'impression, devrais-je dire l'*imprimatur* de ce pseudo-monde qui s'est déjà couché devant les injonctions des imams lanceurs de fatwas et des terroristes qui les exécutent. Alors que des femmes musulmanes, telles Nazanin Afshin-Jam, Wafa Sultan, Nonie Darwish, et bien d'autres qui ont parfois dû se réfugier hors d'Europe (!), dénoncent au risque de leur vie la mainmise progressive d'organisations et d'institutions islamiques radicales sur les législations occidentales, l'intelligentsia gaucho-libérale continue de nous faire la morale chaque fois que nous mettons en lumière les origines et le développement singulier de ce totalitarisme théocratique. Au moment où chaque jour les talibans attaquent écoles, dispensaires, associations civiles, policiers, médecins, professeurs dans le sud de l'Afghanistan, la coalition des traîtres pacifistes (au Québec c'est une seconde nature) organise une grande manifestation « pour la paix et le retrait des troupes canadiennes ». Le 6 août dernier, gauchistes, collabo-pacifistes et nazillons de diverses obédiences se sont ralliés à la gauche indépendantiste québécoise pour soutenir le « peuple libanais » contre l'« invasion israélienne », les drapeaux du Hezbollah submergeaient le cortège, et les drapeaux fleurdelisés s'agitaient au rythme de celui des terroristes. Jamais un de mes « journaux », pourtant conçus comme un amas de bribes, quelquefois sans la moindre date, n'a ressemblé à ce point à l'univers dont il est sorti. Il est le portrait craché de sa *Matrice*. Refusé plusieurs fois, par mon éditeur d'origine pour commencer, il m'a fallu souvent adapter son langage aux oukazes staliniens de la justice aux ordres ; commencé, « terminé », repris, stoppé, repris à nouveau, préfaces successives se translatant en postfaces, tout comme l'inverse, relectures incessantes, au fil des événements qui se déroulaient, ce volume du *Théâtre des Opérations* ne devait pas, à l'origine du projet, dépasser une année pleine – soit 2003 – avant d'être publié. Le monde qui se défait sous nos yeux en a décidé autrement, mais c'est comme si une lumière secrète pointait derrière la muraille protectrice de la bien-pensance moderne : les diverses tentatives pour le faire taire, ce petit Baby Chaos dont les vagissements semblaient gêner les voisins, occupés à regarder Ardisson ou un match de la Coupe du Monde, l'ont à contrario poussé au-delà de ses limites, frappé du sceau de l'infamie avant même sa parution, qu'a-t-il donc à craindre vraiment, une fois que ces pages seront rendues publiques ?

À l'heure où les émeutes « talibanlieusardes » se transforment en actes de guerre, avec guet-apens organisés à un rythme quotidien contre les forces de l'ordre – une sorte de « stratégie à l'irakienne », tiens ? –, maintenant que nous savons que plus de vingt mille voitures ont brûlé durant les six premiers mois de 2006, exactement le même chiffre que l'an dernier, alors même que les « événements » n'ont pas encore commencé, il est probable qu'énoncer calmement les faits vaudra au Baby Chaos son lot d'insultes bien senties.

Mais Baby Chaos est aussi l'*American Black Box*. Il va devenir ce qu'il est : une sorte d'arme de destruction massive, c'est-à-dire une arme qui tient dans votre poche. Il capte-émet-décode-enregistre. Non seulement il n'oublie rien, mais il sait déchiffrer les petites conspirations de l'époque, les micro-mensonges des *Pravda* de l'audiovisuel, ou des Al-Manar en langue française, les capitulations en série du monde de la « culture », l'esprit néo-collaborateur du Français pauvre, riche, ou moyen, désormais attribut ontologique de ce qui fut ma nation, vilaine concussion polytraumatique qui synthétise toutes nos défaites passées, présentes et à venir.

À l'heure où j'écris ces lignes, le parti républicain de G.W. Bush passe un mauvais quart d'heure aux élections législatives américaines. Voilà qui réjouira la nébuleuse vert-brun-rouge qui nous donne enfin la preuve que le crétinisme totalitaire, quels que soient ses origines et ses objectifs, ressemble à toute matière visqueuse qui se respecte : il s'associe avec une facilité déconcertante à toutes les substances qui lui sont similaires, produisant une nuance de vert caca d'oie qui sied si bien aux égoutiers qui les malaxent.

Mais la bêtise des nihilismes cache souvent leur barbarie, qui elle-même ne sert qu'à masquer une stupidité encore plus grande, et ainsi de suite.

Si demain elle devait quitter l'Irak, un simple rapport chiffré suffirait à démontrer que l'armée américaine a perdu en près de quatre ans le même nombre d'hommes qu'en à peine trois heures à Omaha Beach. Quel Viêt-Nam ! Après deux années pleines où insurgés pro-baasistes et djihadistes de diverses obédiences ont tué les hommes qui les avaient délivrés d'un dictateur à la fois grotesque et sanguinaire dont ils furent les victimes, les serviteurs volontaires ou les exécutants forcés, et dont ils avaient été incapables de se débarrasser par eux-mêmes, la Boîte Noire s'est mise à enregistrer une déviation géopolitique d'importance : désormais, la plupart des attentats ne visent plus les « occupants » yankees ou les forces de sécurité irakiennes, c'est entre milices rivales que les agressions systématiques sont commises, les civils de chaque camp étant coincés dans l'étau implacable des mosquées détruites et des kamikazes explosant sur les marchés, sans compter les kidnappings et les assassinats dénombrant des records d'atrocités qui égalent voire surpassent ceux de l'ancien régime déchu.

D'ailleurs, si l'équipe gouvernementale républicaine américaine connaît quelques moments difficiles, que dire de ceux contre laquelle elle a pris le risque insupportable – pour nos contemporains – de faire la guerre ?

Le verdict condamnant Saddam Hussein et ses complices vient juste de tomber, comme le couperet d'une guillotine, quoique, techniquement, ce ne soit pas le sort qui soit réservé à l'ancien SuperDupont de la Mésopotamie. Il sera pendu, comme un vulgaire chef de bande, ce qu'il était. Dès l'annonce de la sentence, des miliciens pro-Baas promettent une insurrection générale doublée d'un bain de sang et leurs complices humanitaires, les politiciens français en première ligne, se lamentent sur l'inhumanité d'un tel châtiment (et Nuremberg, pauvres truffes, c'était *inhumain*, aussi ?).

Tout se tient donc parfaitement en place. Ainsi la guerre civile sunnites-chi'ites qui commence annonce-t-elle le régime du conflit intra-islamique qui verra bientôt le jour. Un Iran chi'ite doté de la Bombe, un Pakistan sunnite doté de la Bombe : on est en droit, en s'offrant un sourire, de rejoindre la constellation pro-islamiste, Dieudonné, Thierry Meyssan et consorts, et de militer pour les programmes nucléaires d'Ahmani-nedjad d'un côté, d'Al-Qaeda de l'autre, on est en droit, alors qu'une guerre totale nous est déclarée, de se préparer pour le pire.

On est même probablement en droit de l'espérer.

Montréal, le 8 novembre 2006.

PRÉFACE
(Première salve)

La nuit au bout du voyage

Je sais très bien qu'écrire cette préface est impossible. Je le sais d'autant mieux que non seulement il me faut l'écrire, mais que je l'ai déjà écrite à plusieurs reprises.

À chaque fois, le monde, et toutes les maladies dont il est perclus, l'auront frappée d'obsolescence, à chaque fois, des événements trop prévisibles pour être prévus sont venus empêcher qu'elle puisse être rédigée jusqu'au bout.

Cette introduction se tient en effet paradoxalement à la fin de l'écriture de ce volume et, pire encore, elle ouvre le livre en le fermant à jamais, car elle le présente alors qu'il sera le dernier de ces « journaux » qui auront fait de moi un écrivain, c'est-à-dire un être à haïr.

J'ai commencé à tenir le troisième volume de ce journal en décembre 2002. Après avoir été refusé par les éditions Gallimard, puis Flammarion, il a enfin trouvé sa niche, son « bunker », devrais-je dire, auprès des éditions Albin Michel, début 2005.

Aussi, l'ayant une première fois « achevé » en décembre 2003, comme convenu, je dus le reprendre l'été suivant, puis de nouveau en 2005, jusqu'à l'écriture de ce que je croyais être l'ultime préface du livre, mais qui est maintenant sa postface – « Ouest » –, alerte générale par laquelle il fallait sans doute que ce livre se termine.

Il est peu probable que je reprenne un jour le chemin que je viens de gravir. En l'espace de cinq années, et de trois livres – dont un qui aura vu sa publication reculée de trois ans ! –, je serai parvenu à faire de moi la cible de choix pour tous les tireurs de fête foraine appartenant à la nomenklatura médiatique de ce pays qui fut un jour la France, et n'est plus qu'un appendice collaborationniste de l'idéologie totalitaire du XXIe siècle.

En trois livres, j'ai pu apprendre ce que signifiait l'exercice de la liberté dans un monde régi par la servitude volontaire.

En trois livres, j'ai pu constater à quel point les journalistes – et les professeurs d'université ! – sont dans l'incapacité de lire un texte qui ne coïncide pas avec les préconceptions clownesques de ce qu'ils osent nommer leur « pensée ».

En trois livres, j'ai pu évaluer la lâcheté hideuse de mes contemporains, leur crasse stupidité instruite de néo-bourgeois « cultivés » faisant écho aux coprolalies infectes dont ils s'abreuvent chaque matin en ouvrant leur journal.

En trois livres, j'ai dit la guerre qui venait, j'ai dit le monde qui s'achevait, j'ai dit le choc qui ouvrirait l'abîme.

En trois livres, j'ai largement eu le temps de goûter au ressentiment qui fonde l'époque, et qui crie vengeance devant l'éclat, je le reconnais, insoutenable, du RÉEL ainsi exposé.

En trois livres, j'ai compris comment l'écrivain ne pouvait écrire librement que du fond d'une cellule, et, proprement stupéfait, que si l'on empruntait les rails glacés de la vérité, il n'y avait que la nuit au bout du voyage.

Ce monde semble fait pour les écrivains.

C'est un Camp à leur mesure.

Alors maintenant que ce troisième opus est disponible, maintenant que cette troisième salve est tirée, osons admettre – momentanément, du moins – qu'il est temps pour l'escouade de décrocher.

Plus les mois, plus les semaines, plus les jours passent, plus les événements se produisent et se répètent dans le monde, plus il devient clair que rien ne sert de continuer à tenir cette position.

Je ne vois, très franchement, plus grand-chose à ajouter à cette dévastation.

Si, demain, une bombe atomique iranienne ou coréenne pulvérise une cité juive, nipponne ou occidentale, il y a de fortes chances pour que cela ait du mal à me déconcentrer de ma lecture de Jean Duns Scot, de saint Bonaventure ou de saint Hilaire de Poitiers. Que l'on ne se méprenne pas sur ce que je viens d'écrire : un tel événement ne pourra en aucun cas me laisser indifférent, au contraire, simplement ma colère, voyez-vous, c'est AVANT que *la catastrophe générale ne s'élabore* qu'elle s'exprime. Et parce qu'elle est fureur, ire, courroux, étymologiquement : *choléra*, elle s'exprime sans aucune contrainte de temps et de forme, en vue de contaminer au plus haut point les esprits de ses contemporains. Il faudra, ce jour-là, décrypter mon probable silence comme l'apogée de son intensité.

Ce Djihad nucléaire, vous le verrez, j'en évoque les diverses et terribles possibilités dans ce troisième et dernier *Théâtre des Opérations*.

Et c'est parce que je le nomme, comme les autres abominations à venir, que je n'attends rien d'autre que ce que j'ai déjà reçu, lors de la publication des premiers tomes.

Cette *American Black Box* ne peut être autre chose que ma boîte noire personnelle vers un autre monde, un *outremonde*, un monde qui reste à faire, un monde qui n'a pas l'intention de se laisser asservir, un monde qui a la volonté d'en découdre.

En ce qui concerne ce que je décris dans cet opus, cela est survenu, cela survient, cela surviendra, je n'ai pas trop à m'en faire.

Puisque tout est déjà là, que tout est déjà PRÉSENT, que tout est déjà en train de modeler notre avenir, et de reformater notre passé, puisque tout, donc, est contre nous, il ne reste plus qu'à combattre jusqu'à la dernière cartouche.

Ma dernière cartouche, vous la tenez entre les mains.

Elle va sceller ma propre existence, comme la vôtre, ami lecteur.

Une fois chargée dans la culasse, elle attendra patiemment que l'on appuie sur la détente. Ensuite, ni le tireur ni la cible n'auront la moindre possibilité d'influer sur le cours des événements, sur la course de la balle.

C'est pourquoi j'ouvre ce livre sur sa propre fin, c'est pourquoi je parle le langage de la dernière cartouche.

C'est pourquoi, en effet, je n'ai plus rien à ajouter.

C'est pourquoi, maintenant, je vais me taire.

Montréal, le 6 février 2006.

2002

L'HOMME
QUI MARCHAIT SUR LES CENDRES

« La vérité n'est pas, en dernière analyse, comme on le croit communément, un idéal éthique. La vérité est le contact immédiat entre la matière vivante qui perçoit et la vie qui est perçue. »

Wilhelm REICH.

Aujourd'hui, 7 décembre 2002, à une ou deux heures près de la date anniversaire de Pearl Harbor, je reprends le cours de mon Journal interrompu l'an dernier.

Autant prévenir mon lecteur, au cas où il ne s'en serait pas rendu compte : nous sommes en guerre.

Ce moment est pour moi fatidique et banal : me voici dans l'œil du cyclone. Dans tous les sens du terme. Je viens de renvoyer, il y a trois semaines, les dernières corrections avant épreuves de *Villa Vortex* : post-partum de la fin d'un roman, dépression magistrale en horizon circulaire, mais calme glacial en moi, cristal d'azote liquide, alors que je contemple le monde s'enrouler en furies autour de ma minuscule personne.

Et dans douze jours exactement je prends l'avion avec ma petite famille pour deux semaines de plage. Aux Caraïbes. *Si, señor*. Et à Cuba, en plus. *Si, señor*. Oui, le Cuba castriste et dollarisé. *In Fidel we trust !* Le *Numero uno* du village léninisto-insulaire ! Quarante-quatre années de pouvoir ininterrompu. Napoléon ? un apprenti. Staline ? aura tenu moins de la moitié seul à la barre. Les Nord-Coréens ou Enver Hodja, peut-être.

Cuba. C'est la destination la meilleure en ces temps très courus, question rapport qualité-prix. Et à trois heures d'avion. Et je vais aider à la lente absorption du régime cubain par l'économie panaméricaine. Ah, Fidel, toi qui crois pouvoir te protéger avec tes bravades de huit heures plombées, avec mes quelques centaines de dollars, en quinze jours je ferai plus pour les pauvres de ton pays que tous tes sermons reliés sous cuir ! Et je les rapproche d'autant plus d'un statut à la Porto Rico, État libre associé, pour le jour béni qui viendra avec celui de ta mort. Oui, Fidel. *Si, señor.* Un jour, vous verrez que les Cubains demanderont en masse un tel rattachement aux méchants impérialistes yankees.

Che Guevara est probablement au paradis. Et que croyez-vous qu'il fait lorsqu'il capte les simagrées du caudillo tropico-marxiste ? Il change de chaîne, bien sûr.

En plus, je me rappelle qu'il y a environ six cents touristes en costume orange, à Guantanamo Bay. Je penserai à eux, sur la plage.

Quand je reviendrai en janvier, je devrai prendre une grande inspiration et replonger en apnée pour au moins douze ou treize mois, pour la suite de *Villa Vortex*. Ce sera le deuxième volume de *Liber Mundi*[1]. Déjà les premières lueurs du récit apparaissent des limbes neuronaux. Déjà le DÉSIR de l'écrire est en moi.

Quant à ce Journal, troisième volume du *Théâtre des Opérations*, qui sait quand je l'aurai terminé ? Qui sait quand mon éditeur le publiera ? Qui sait quand je voudrai qu'il soit lu ?

Tout dépend de la force du cyclone tropical qui, dans quelques semaines, m'emportera au cœur de son vortex.

Ce 7 décembre est aussi la date que j'ai choisie pour terminer la « réaction » – elle est bonne celle-là – que le journal *Le Monde* m'a demandée en réponse à la merdicule de M. le Professeur Lindenberg.

---

1. Ce projet dévia très vite en direction de *Cosmos Incorporated*.

Il y a des conjonctions secrètes d'événements, pour peu qu'on se mette dans le creux de Sa main, qui est celle de la Toute-Puissance, mais il ne faut jamais rien attendre de précis, selon notre petite raison humaine, car Son agenda n'est pas tout à fait le nôtre, même si au demeurant chacun de nos noms y est inscrit, depuis la nuit des temps.

**

Dimanche 8 décembre. Neige blanche, ciel bleu. Froid vif. Shabbat des chrétiens. Silence sur la ville. Quelques cloches vers midi.

Aujourd'hui je ne travaillerai pas. Je note juste que cela fait quatre ans et deux jours que nous avons émigré en Amérique.

Et plus le temps passe, plus quelque chose me dit que, pour moi, cet exil sera permanent.

Je suis parti de France pour aller vers les Amériques qu'elle a perdues. Je viens en Amérique avec en moi toute la France qui s'est perdue en route.

Quand l'ordre établi est celui de la contestation générale et institutionnelle, toute véritable tentative de remise en question de ce pouvoir est inévitablement « réactionnaire », selon ses défenseurs, ses « actionnaires », pour reprendre Philippe Muray.

Pour ma part, je suis, aux yeux du professeur Lindenberg, une créature à peine pire que Martin Bormann ou le docteur Mengele. J'ai en effet eu l'outrecuidance d'avoir osé citer dix-huit pages « serrées » de Drieu La Rochelle, ce salopard d'écrivain collabo dont on regrette tant le suicide, puisqu'il empêcha Aragon, Sartre, Thorez, quelques autres planqués et tous les juges-résistants de la vingt-cinquième heure d'une façon générale, de le coller au poteau.

J'ai de surcroît contre moi l'absence de tact de ne guère priser les génocidaires serbo-communistes, ou arabo-islamistes, ou bouddhisto-patagons, si un jour il s'en produit. Je n'apprécie pas plus le spectacle à la Astérix le Gaulois de nos amis les agro-terroristes patentés, façon José Bovidé, et en plus j'ai l'exécrable habitude de renvoyer dos à dos, ou face à face (voire dans une position pire encore), les deux socialismes concurrents du XXe siècle, qui ne sont pour moi que les déjections matinales de la démocratie.

Je crois que c'est un aristocrate du XIXe siècle, Robert de Flers, qui disait les choses ainsi : « N'apprenez jamais l'histoire de France à un jeune esprit ; il pourrait aisément devenir réactionnaire. »

On comprend chaque jour un peu mieux pourquoi.

Ce Journal n'en est pas un. Pour les journalistes nécessiteux, j'aurais mieux fait de l'appeler « Carnets américains » car il s'agit de bribes, celles d'une langue morte, celle que je porte, l'étrusque du XXe siècle. Il s'agit des notes survivantes d'une mélodie perdue, comme les échos d'un très vieux blues de Robert Johnson qui tremblotent dans l'air au coin d'une ruelle. Ces bribes sont des messages télégraphiques envoyés depuis un *Titanic* en perdition. Oh, comme il a été doux de voir je ne sais plus quelle rombière du journalisme national-contemporain se vautrer dès la parution du *Laboratoire de catastrophe générale* sur le premier récif venu, de ceux qu'on enseigne à détecter même dans les écoles de journalisme postmoderne. En se gaussant du titre et son « catastrophe générale », pour en attribuer le mérite à l'ensemble du livre (arf, arf, arf), cette pauvre préhominienne dévolutive et cultivée n'a même pas su *lire* que j'avais – dans cet ouvrage – prévu, mais de façon « cryptée », que quelqu'un de son espèce allait tomber dans ce panneau pour gros balourd de canard boiteux de province.

Les modalités d'écriture du Journal épousent les contraintes techniques du romancier que j'essaie de devenir. Pour l'instant, mon temps libre n'est pas entièrement rempli par les nécessités terrifiantes de la littérature, parfois plus cruelles encore que celles de la vie qu'elle doit à la fois surmonter et anéantir, oui, ces nécessités qui commandent à l'écriture d'un roman comme *Villa Vortex*, ou sa suite.

Je pars à Cuba pour désapprendre momentanément à penser, écrire, lire et réfléchir. Il est même probable que je m'interdirai les mots croisés. Programme : bermuda, masque, tuba, poissons tropicaux. Rhum et cigares en soirée. Séances d'UV naturels sur bancs de sable fin. Merci, patron, quinze jours de ouacances en sept ans, voire huit, le métier d'écrivain est franchement une sinécure.

Ce Journal sera encore plus télégraphique que les autres, entrecoupé de longues plages de silence qui dureront des semaines, peut-être des mois à nouveau, car mon contrat avec la Maison Gallimard est celui d'un *condottiere* envers un prince allemand, lors de la guerre de Trente Ans. La chère est bonne et le couvert assuré, mais il faut guerroyer sans repos et sans se plaindre. En retour, la Maison, telle une large famille aristocratique, anoblit ses pairs en affichant leur tronche dans le hall d'entrée du « château ». L'an dernier, je pus ainsi croiser ma gueule de bàgnard postconcentrationnaire modèle Alpha chaque fois que je me rendis rue Sébastien-Bottin pour affaires avec la direction ou entrevues avec des journalistes.

Cela avait le mérite de me rappeler à mes origines et à mon devenir.

Offensive intellectuelle pro-islamiste au Québec, ventre mou de ce corps mou qu'est le Canada. L'Union des étudiants juifs de l'*Université islamique de Concordia* – comme je la surnomme désormais – a été exclue de l'association interétudiante locale, ce qui signifie, à peu de chose près, son interdiction pure et simple. Parallèlement, l'UQAM (Université du Québec à Montréal), refuge de tous les socialo-gauchistes et souverainistes de choc, s'est ouverte à plusieurs « colloques » anti-américains mais a refusé la tenue d'une conférence du journaliste libanais Gideon Schoups, déjà expulsé du sommet de la Francophonie sous l'accusation d'être à la solde des « sales juifs-sionistes ». Les petits nervis nanarchistes, gauchistes antisémites, nazillons à keffiehs, caniches autocontrits de l'Occident, prébendiers de la racaille, se sont ralliés aux groupuscules pro-islamistes arabes, ou bengalis, des campus, et déversent quotidiennement leur flot de haine débile pire encore qu'à Gaza, ou à Kaboul au temps du mollah Omar.

Le Québec : une petite colonie chic-et-choc des nihilismes zéropéens. Ici, le seul fait de vous considérer comme « franco-américain », tel un excellent groupe rock que je connais, ici à Montréal, suffit à vous faire regarder comme une drôle de bête curieuse, sortie d'un conte fantastique médiéval.

De « Canadiens » à « Canadiens-Français », les voici maintenant « Québécois ». On enseigne, imperturbablement, dans ces trous à rats que sont les universités postmodernes, que des « Québécois » s'implantèrent dans le coin vers 1650 ! Dire que la *Province of Quebec* fut une invention de la monarchie britannique, en fait fort embarrassée de son incroyable victoire en Amérique du Nord sur sa compétitrice française ! Dire que des politiciens locaux continuent de bâtir leur carrière sur l'idée d'une séparation d'avec le Canada ! Alors qu'ils n'osent même pas se séparer de l'Europe et de la France [1] ! Avortons encore accrochés à leurs matrices congénitales, leurs idées sociales-nationales de merde, leur bureaucratie, leurs modèles invivables : centralisation plus communautarisme, sans même plus un *pledge of allegiance* à un quelconque Dieu, définitivement éradiqué des consciences, des écoles, et même des églises !

Je l'ai déjà dit, peut-être pas assez clairement : je ne crois pas en une « Suisse » francophone, et même pas fédérale, plantée au cœur de l'Amérique du Nord, comme le fromage helvétique au milieu de la non-Europe. Ce qui ne veut pas dire que je sois contre toute idée de réforme dans le *deal* confédéral canadien. Mais si le Québec ose un jour s'en séparer, je ne vois pour lui d'autre solution que de redéfinir sa réassociation avec le *Rest of Canada*, au prix d'un changement constitutionnel général, ou bien de devenir comme Porto Rico – un État libre associé des États-Unis.

À moins que Bernard Landry et ses pairs ne veuillent nous faire rejoindre l'Union zéropéenne ? Ou la Conférence islamique ?

Comme toujours, l'Université postmoderne est à la pointe du progrès : regardons ce qui s'y passe, ou plutôt ne s'y passe pas, pour avoir une idée du futur qu'on nous prépare. On a commencé par considérer légitime le port du tchador dans les écoles. Un jeune sikh a obtenu de la Cour suprême le droit de porter un poignard cérémoniel à l'intérieur de son collège !

Il faut se résigner à ce que les Écritures, et des hommes comme Léon Bloy, nous enseignent : l'ère de

---

1. Je parle de la France moderne, républicaine, de gôche, qui a formé les cadres de la Révolution tranquille québécoise, et donc sa néo-bourgeoisie triomphante.

l'Antéchrist a pour de bon commencé. Il est, par définition, multitude, grouillement, amplification terminale
des pouvoirs de la *masse*. Et donc la religion du
Christ recommence – à l'envers – son histoire : *RELIGIO
DEPOPULATA*. Léon Bloy le prédisait il y a un siècle : les
derniers évêques feront se déserter les églises, ou
pire – il n'y avait pas songé – les transformeront en
vastes réunions conviviales pour boy-scouts ânonnant
de mauvais cantiques en langue profane sur du folk de
troisième catégorie, alors que, dans le même temps, les
masses islamisées du Moyen-Orient et d'Afrique réaliseront le terrible et génial exercice de futurologie
appliquée de Raymond Abellio décrit dans *La Fosse de
Babel* !

Ainsi ces JMJ que j'ai croisées, l'été 2001 à Montréal,
en T-shirts blancs style *I LOVE NEW YORK*, guitares et
colliers de fleurs tahitiens, merde Woodstock sans même
un acide en circulation, et tout ça en sabir anglo-
international-niais : *I LOVE JESUS, JESUS LOVES YOU*. Des
âneries de ce genre pullulaient.

J'étais à cette époque plongé dans saint Hilaire de
Poitiers et dans saint Irénée de Lyon, ce qui ne nous
rajeunit pas. Je marchai vers plusieurs églises de la ville
et à chaque fois j'y rencontrai le même cirque. Je lisais
Duns Scot également, et j'emportais je ne sais plus quel
volume de lui ce jour-là, fraîchement acheté à une
librairie voisine, lorsque devant l'église Saint-Louis je
m'arrêtai net. Je ne sais pourquoi je montai quatre à
quatre les marches pour me précipiter dans la nef. J'y
errai, durant dix minutes, comme un touriste désemparé
ne connaissant pas le dialecte en usage.

Je ressortis de ce lieu avec l'impression terrifiante de
me dégager de l'antre d'un *enfer* froid, climatisé et
souriant.

Je repris souffle près du petit sanctuaire de saint Jude, sur Saint-Denis. Il n'y avait personne comme d'habitude, à part un vieux clochard qui dormait en position assise sur un des bancs du fond. Je pris place, comme toujours, à la dixième rangée et je contemplai, hébété, la Très Sainte Face du vitrail.

Je comprenais brutalement, comme exténué par une course dans le temps, que deux mille ans me séparaient des origines du Christianisme et que, devant les foules abruties par le discours préformaté post-Vatican II, je ne pouvais envisager sans frémir les homélies d'un Origène, d'un Clément d'Alexandrie, d'un Grégoire de Nysse, d'un saint Athanase. Je n'osais imaginer les diatribes ironiques d'un saint Irénée de Lyon, ou la violence polémique d'un Tertullien, tous saints ou docteurs de ce qui fut un jour l'Église unie du Christ.

Je ressortis du sanctuaire en pleurant. Et encore plus chrétien qu'avant d'y entrer.

Plus tard, des mois plus tard, Pierre Bottura me fit la remarque, dans un courrier : « Vous êtes, comme Joyce aimait à se définir, un *catholique errant*. »

La révélation me frappa comme la foudre.

Certes, et même pas encore baptisé. Autant le dire : toujours *damné*.

Il y a ceux qui croient au Hasard. Il y a ceux qui croient au Destin. Il y a ceux qui croient au Christ.

Après plusieurs siècles de martyrs, à nouveau comme sous Dèce, Dioclétien ou Néron, une Église chrétienne réunie par la RÉSISTANCE CRYPTIQUE rééémergera des cendres de la civilisation humaine, et cette fois afin de préparer pour de bon le retour de l'Éternel.

Des pasionarias du « Ouebzine » font mine de croire que j'assimilerais l'Islam en son entier à l'hitlérisme.

C'est à la fois un gros mensonge et le subtil contrepoint qui veut cacher une vérité oubliée : les origines mêmes de l'Islam. L'Islam se présente telle une double hérésie : du judaïsme dans les premiers temps de son apparition, juste avant l'époque de Mahomet proprement dite, sous une forme qui fut identifiée dès le VIᵉ siècle comme « agarisme », une mythologie des peuplades arabes du désert qui, par leur ascendance remontant via Agar à Abraham, leur promettait – déjà – de chasser les juifs, fils d'Israël, des terres qu'ils occupaient, ainsi que les chrétiens gréco-romains, cela va sans dire. Mahomet apporta sur cette base un syncrétisme des gnosticismes pseudo-chrétiens, une version très personnelle, teintée de plusieurs des hérésies que Rome et Byzance avaient anathémisées et rejetées aux frontières de l'Empire, donc vers l'Arabie.

Plus tard, les cathares, les vaudois et les bogomiles surtout, en Bosnie et en Bulgarie, se convertirent en masse à l'Islam. Le fonds « gnostique » est très présent dans la religion mahométane, et certains de ses mystiques les plus absolus furent même décapités sur ordre des califes pour excès dans cette « gnose » qui les faisait s'affirmer l'égal de Dieu, tel Al-Hallaj. Un auteur comme Henry Corbin, peu suspect (contrairement à moi prétendument) d'« anti-islamisme », ainsi que Massignon dans son puissant ouvrage en quatre volumes sur le mystique condamné, l'ont mis en évidence avec pertinence.

Il faut donc convenir d'une chose : l'œcuménisme panthéiste baba cool des épiscopats modernes ne conduit à rien. Il existe un différend théologique de base entre le Christianisme et l'Islam. Ce n'est pas être contre les PERSONNES de confession musulmane que de ne pas être en accord avec le Coran. Cela peut le devenir en revanche, dans le cas où ce désaccord conduirait les uns à menacer d'une fatwa les autres, parce qu'ils essaieraient de proclamer la vérité au sujet de ce désaccord, au sujet de cette religion qui se nomme Islam.

En tant que chrétien, je me permets de percevoir cette religion comme une tromperie pseudo-gnostique, avec son monothéisme antitrinitaire en ajout hérétique plus tardif, et propre à Mahomet, qui s'intitule Prophète sans même se rendre à Jérusalem, et apparaît au contraire comme un *leader politique* en réaction paradoxale et syncrétique [1] avec toutes les hérésies de l'époque, tels le nestorianisme, le sabellianisme, le monophysisme, l'arianisme, etc., qui avaient éclaté au sein ou en marge de l'Église Une et Universelle.

Cela ne nous oblige pas à nous atomiser les uns les autres, certes non. Mais c'est parce que ce différend est en fait nié, à la fois par l'Occident postmoderne, « stockholmisé » par un demi-siècle au moins de propagande anti-occidentale et antichrétienne (donc fatalement antisioniste/antisémite), et par les régimes arabo-musulmans en place, qui nous vendent leur pétrole et achètent nos armements et centrales nucléaires clés en main – tel le célèbre réacteur OCHIRAK – qu'un Ben Laden peut surgir, inopinément, telle une espèce de vérité, en effet. Une *lueur*, certes, mais celle de l'Enfer, car telle est la récompense des hypocrisies et des faux-semblants. Bientôt, l'islamisme conquérant trouvera son véritable Hitler, c'est-à-dire un mélange de prophète religieux charismatique et de leader politique-publicitaire, soit l'Antéchrist tout simplement. Le père Saddam se verrait assez bien dans le rôle, et Ben Laden l'a momentanément endossé, mais les populations musulmanes du globe doivent se

---

1. C'est un des points de jonction, me semble-t-il, entre l'Islam et le nazisme : non pas tant sur le plan du contenu que sur celui de la GENÈSE.

pénétrer de l'idée qu'elles se préparent à une déconvenue pire encore que celle que le « Mage de Brandebourg [1] » avait réservée aux Allemands, et à la hauteur des désastres et abominations qu'elles auront, par ce fait, propagées. Je prie pour que des musulmans libres aient la bonne idée de s'unir un jour contre ce qui conduit leur civilisation au chaos et à la ruine.

Car, comprenez bien : pour l'instant les États-Unis font mumuse pour épater la galerie. Ce qu'ils préparent vraiment, nous n'en savons rien, pas plus que nous ne pouvons prédire la forme de la prochaine attaque terroriste des fanatiques wahhabites. Cela, je me permets de le souligner, ne devrait réjouir personne. Bien sûr, la défaite est inscrite dans l'écriture même du scénario que les islamistes s'imposent et veulent nous imposer, car ils sont du côté de la mort. C'est l'erreur terroriste-nazie de base : croire que la mort gagne à la fin, alors qu'au contraire c'est la grande perdante, quand nous sommes débarrassés de ce que certains osent appeler la « vie », mais que l'Hadès ne nous attend pas, parce que nous avons en nous la foi du Christ, ce qui toujours vient, tel que le vécut Énoch en des temps plus reculés encore, assumer l'assomption de l'humanité vers Dieu, tout autant que l'Incarnation de Dieu dans la chair, prolégomène à toute vie future.

Pour cela, et parce qu'ils ensanglantent le nom sacré du Dieu unique, les hitléro-talibans inaugurent un tel contre-choc, que seul un écrivain de science-fiction, décrété « schizophrène » par quelques besogneux de la presse branchée ou révisionniste française, est en mesure de le deviner. Avec un programme classé *black* sur ordre du Conseil de sécurité, les agents américains sont capables de prendre le contrôle de n'importe quel

---

1. Comme le surnommait brillamment Céline.

engin volant dans le ciel, à quelque endroit du globe qu'il se trouve. Avec un programme bien plus terrible encore, qu'ils expérimentent sans doute dans le plus total secret à Guantanamo bay, ils se préparent à mettre au point une véritable machine à (re)programmer les cerveaux humains. Je réserverai cela à mes « romans » de « fiction ». Mes livres, s'ils survivent au feu ou à la mort lente de la disparition des bibliothèques et des mémoires, porteront témoignage que je ne fus pas dupe des illuminismes qui empoisonnaient mon époque.

Le premier d'entre eux se nomme rationalisme, c'est l'idéalisation du dualisme, crime déjà perpétré par les pseudo-gnostiques, ou les marcionites, les ébionites, puis plus tard par d'autres hérésies mieux constituées, tels l'Islam ou certaines sectes protestantes. La coupure entre corps et esprit est très présente dans les textes, souvent splendides, de la littérature mystique soufie, par exemple. D'ailleurs, dans leurs moments de pleine « illumination », on note que les grands théologiens islamiques reconnaissent leur parenté avec les éléments fondamentaux du Judaïsme, comme ceux du Christianisme ! Et il leur arrive même de dépasser le dualisme pourtant si prégnant dans le « codex » musulman.

Le protestantisme lui-même a des origines plus complexes que la simple filiation Luther-Calvin le laisse supposer. Luther et ses écrits ne méritaient sans doute pas le coup de massue dans le vide de son anathème. Il suffisait de les réfuter, avec la science *véritablement gnostique* des vieux maîtres chrétiens qui avaient combattu les premières hérésies, jusqu'à l'iconoclasme. Or, dès le XVe siècle, la scolastique chrétienne, devenue une branche en cours d'intégration du plato-aristotélicisme en pleine réémergence, n'est plus capable de faire appel à ces sources, remontant à un millénaire.

Le protestantisme est comme une brisure nécessaire dès lors que l'on comprend que le Christianisme ne se peut séparer qu'en TROIS branches, et que le schisme de Luther contrebalançait en quelque sorte celui consacré avec les Églises d'Orient près de cinq siècles plus tôt dans les conditions épouvantables que l'on sait.

En fait, après la réunification de l'Église du Christ, *réunie par le martyre*, viendra le temps, vraiment, du grand Concile du Jugement ; les hérésies, comme les anathèmes *anathèmes*, seront toutes et tous déposés devant la Grande Épée, celle qui viendra trancher le débat, celle qui viendra prononcer les Mots du Juge, d'un coup d'un seul.

Le prochain Christ sera à la fois celui du Jugement et celui de la transcendance actualisée de l'Amour, transvaluée au sens de devenir de l'être humain totalement assumé comme risque ontologique. Il apportera la résurrection opérative à ceux qui auront eu totalement foi en lui, depuis les origines du Monde, c'est-à-dire en effet bien souvent les *idiots* de la société. Il condamnera au Shéol ceux qui auront souillé l'Esprit-Saint de leurs abominations et il départagera, en tous les pécheurs, ce dont en mal et en bien, en beau et en vulgaire, en vrai et en mensonge, en haine et en amour, en obscurité et en lumière, ils étaient faits. Il jettera la partie souillée au feu du Shéol, mais afin qu'elle soit purifiée et alors réunie à l'autre partie du corps-esprit ainsi ressuscité.

Je m'inspire ici librement de plusieurs textes pseudépigraphiques juifs, tels le *Zohar*, ou le *Livre d'Énoch*.

Ce moment terminal-originel pour l'humanité entière, les divines intorsions du paradoxe créateur en ont fait aussi, pour chacun de nous, le moment crucial de notre « vie », ce que la Mort fait passer pour son œuvre afin de gagner définitivement à son emprise ceux qui déjà croient en elle. Mais la Mort n'est que l'ombre portée par le paradoxe divin, qui enchâsse temps et espace dans le processus du métavivant.

Chaque homme qui meurt vit la fin du Monde.

Ceux qui ont cru que j'allais me taire devant leurs aboiements de chiennes de garde ou leurs atermoiements de sociaux-démocrates, ceux qui pensaient qu'on pouvait arrêter la pensée en mouvement une fois qu'elle s'est mise en marche, parce qu'ils auront produit quelques gros pâtés dans les colonnes de la presse ! Je suis vivant et vous êtes morts. Je vous l'ai déjà dit pourtant, un mystique halluciné comme Philip K. Dick vous avait même envoyé ce message codé il y a plus de trente ans. Mais qui lit encore les messages de ces « écrivains à la pensée confuse » pour cause d'« usage de psychotropes » !

Bien sûr, les gars de la revue *Éléments*, c'est moi qui suis « confus ». Je ne passe pas, en effet, mes solstices à cueillir du gui dans le parc-à-thèmes celtique de la forêt de Brocéliande. J'ai d'ailleurs commencé à lire l'*ensemble* du cycle arthurien, et j'y note la présence plus que sensible de nombreux thèmes ésotériques judéo-chrétiens. J'y reviendrai à l'occasion, préparez vos serpettes, on va rigoler.

Accusé par les uns d'être un « réactionnaire », par les autres d'être « judéophile », deux acceptions vraies mais jamais comprises dans leur intégrité par ceux-là mêmes qui les profèrent, bref, comme les salauds de Yankees zaméricains, je suis inculpé à la fois de tout et de son contraire, voire, c'est possible, de toutes les tierces solutions qui s'offrent à ces dualismes si habilement sophistiqués. Je devrais être CLAIR, vous avez compris ? Ligne claire, façon BD belge, teintée d'un peu de national-socialisme réaliste néo-bourgeois, c'est ce qui marche en ce moment. Et du cul, nom de Dieu. Ça baise pas assez dans mes romans, comparez un peu avec ce qui se produit en ce moment ! Du SEXE, voilà. Bon, vous n'allez pas nous jouer les vierges effarouchées, tout de même ? La dimension presque orgastique de la chasteté ? Au sens reichien de « saut quantique du corps et de l'esprit » ? T'en foutrais, moi, de ces trucs à bonnes sœurs ! Du cul, dans toutes les positions, physiques comme sociales. Dit plus intellectuellement, on peut aussi parler de l'économie du désir, ou de la libido, même à son degré actuel de désastre accompli, mais il faut des bites, des chattes, des trous du cul bien huilés, et des écrivains d'un jour devenus par mégarde héros semi-anonymes du Journal d'une écrivaine parisienne (re)connue, car vue-à-la-télé-chez-Ardisson.

Comprenez-le si vous le pouvez, il m'arrive moi-même de ne pas y croire : dans *les années 20 et 30*, des gens furent taxés d'alarmistes quand ils crièrent au danger allemand. On ne les écouta pas, on avait mieux à faire : contre la Monarchie en Espagne, contre la « réaction » – déjà ! – en France, qui voulait pousser cette noble République du Front populaire et des prolétaires dans une guerre impérialiste contre des prolétaires germaniques. Après qu'Hitler-l'Empereur-des-prolobiches eut gagné la guerre contre la Pologne et la France dans les conditions que l'on sait, il se trouva que certains de ces alarmistes décidèrent d'œuvrer pour la collaboration franco-allemande, avec l'argument que l'on connaît : éviter l'absolue débâcle, argument dont la base n'est pas totalement infondée quand on mesure l'ampleur du désastre national qu'avait subi le pays en moins de six semaines et qu'on se dit que quelques-uns, dans *de beaux draps*, décidèrent de sauver les meubles mais d'y perdre, par contre, leur honneur. Ce fut leur erreur, condamnable, fatale et tragique, mais que penser de ceux qui, avec la constance du recteur moral des Droits de l'homme, les accusèrent de bellicisme jusque vers 1939 – et même après pour les communistes (pacte soviéto-germanique oblige) – et se découvrirent résistants vers le 7 juin 1944, voire plus tard encore pour les plus prudents ? Les plus honnêtes de ceux qui firent la Résistance (mon paternel, par exemple) savaient très bien que c'est la stupide erreur d'Hitler de rompre le pacte avec l'URSS, et la guerre à l'Est qui s'ensuivit, qui précipitèrent le gros des forces communistes soit dans la Résistance en effet, soit à Moscou. Dire que c'est pour avoir remis les choses selon cet axe critique froid qu'on m'accuse d'être un pamphlétaire d'extrême droite !

C'est ce qu'affirme entre autres abrutis de choc le correspondant en France du journal québécois *La Presse*. Voilà au moins quelqu'un qui aura lu l'opuscule de Lindenberg. On voit mieux à quoi sert ce « digest » de citations extirpées de leurs contextes, cette petite entreprise familiale de démolition d'auteur patronnée sur le modèle universitaire de Paris-VIII : nourrir l'argumentaire de journalistes pressés, diplômés d'une école de journalisme de cuisine, ne pouvant lire les œuvres de ces pauvres crétins d'écrivains qui essaient de ne pas prendre le doigt qui pointe la lune pour celle-ci et sont assez fous pour oser dénoncer la collusion intellectuelle de la plupart des pouvoirs en place [1].

Si je suis d'extrême droite, pourquoi la revue du GRECE ne cesse-t-elle de me traiter de psychotique ?

---

1. Par exemple – note du 21 août –, la dernière sortie de Derrida dans *Le Monde* : « L'Europe doit être une puissance militaire [...] ni offensive, ni défensive, ni préventive. » Autant ajouter : « ni militaire ».

Pourquoi les homoncules nazillons à keffiehs me haïssent-ils tant ? C'est donc être d'extrême droite que se proclamer, ouvertement quoique paradoxalement, chrétien, pro-occidental et sioniste ? Alors soyons clairs : je le suis. Mais alors pourquoi la gauche mondialiste et la droite anti, comme la gauche anti et la droite pro, me détestent-elles avec la même ardeur ?

Pourquoi me classe-t-on du côté de Nabe avec lequel les différends d'ordre politique, esthétique ou théologique sont sans doute innombrables ? Mais aussi du côté de Houellebecq, avec lequel j'ai une relation équidistante d'avec le premier – sans pour autant être au centre, « entre » les deux ?

Précisément parce que je ne navigue plus à vue dans les eaux embrumées de la pensée française de la fin du XXᵉ siècle. Mes écrits prouveront que je suis en EXIL de la France. Je suis un Français errant, un Français errant sur le Nouveau Monde.

Je vous avais prévenus, pauvres poires, je suis SEUL.

Parce qu'un écrivain n'est nulle part, sinon là où sa liberté le consume.

Je n'ai jamais été Français, c'est pour cette raison que je le resterai toujours.

Je ne suis pas un homme qui tient ses promesses, ce sont mes promesses qui me tiennent.

Il n'y eut jamais rien d'équivalent sur la Terre avant *ma génération*, née après toutes les *guerres*, au temps où ce mot avait encore un sens.

Même à côté des baby-boomers de Mai 68, nous ne savons plus aligner trois mots dans un français qui ne soit pas risible. La génération qui eut vingt ans avec le premier album de Nirvana, et sans doute aussi celle qui fête sa postadolescence avec le syndrome post-11 septembre ne sont pas dans l'état de catalepsie avancée des quadragénaires en l'an 2000.

Nous ne connûmes que la paix et les droits de l'homme. Avoir vingt ans vers 1980, c'était ne pas avoir connu la Seconde Guerre mondiale, ni celle d'Algérie, ni l'Indochine (pour les Français), ni le Viêt-Nam (pour les Américains), c'était ne pas avoir connu Mai 68 tout en profitant de ses « avancées sociales » : pilule, sexualité libre, pop-music, Internationale Situationniste, etc. Nous sommes la dernière génération à avoir eu ses premiers rapports sexuels sans capote, avant l'épidémie du sida, et à avoir connu un « rock » marginal, qui emmerdait nos parents, nos profs et les éducateurs de rue. Or, nous avons mis au pouvoir Mitterrand et sa clique, puis nous l'y avons remis, c'est-à-dire que nous avons fabriqué son contre-pôle populiste avec Le Pen, et nous avons envoyé la France, et avec elle l'Europe tout entière, *dans le mur*, c'est le cas de le dire. Nous avons beaucoup pleuré sur le sort des victimes musulmanes de la guerre en Bosnie, mais il était hors de question d'aller y risquer nos vies contre des communistes serbes. Certains ont eu le culot de se dire « tous Américains » après les attentats de 2001, mais très vite ils ont repris le refrain : *Yankees go home !* Nous voulons bien de la télévision américaine, sauf dans les dîners mondains ou les manifs antimondialisation. Nous aimons bien les juifs, mais à condition qu'ils soient des victimes et qu'ils ne mouftent pas lorsque des Arabes fanatiques veulent faire de Jérusalem (*Jérusalem !*) autre chose que ce qu'elle est depuis cinquante-sept siècles ! Nous sommes si opposés à l'impérialisme occidental que nous avons soutenu la junte fasciste argentine lors de sa pantalonnade aux Falkland, contre cette affreuse euro-colonialiste de Thatcher. Nous sommes si imprégnés de culture humanitaire que nous nous sommes bruyamment moqués de l'intervention américaine en Afghanistan, avec ses envois parachutés de rations K en paquets jaune vif pour la population locale, alors que notre armée républicaine se couvrait de gloire, pendant ce temps, en cherchant la sonnette du poste-frontière ouzbek le plus proche.

Quand je repense à 1977-1980, à mes dix-huit-vingt et un ans, à ce que l'aventure punk, puis after-punk aura représenté durant ces trois années, je vois que seule une intuition de survivant me guidait : ultime éclat de dandysme électrique dans la grisaille multicolore de la verroterie baba cool ; terminaison cristal bleu monochrome du rock, en un éclair qui se perd dans les mailles du grillage de la culture moderne. Qui oserait republier les écrits d'Yves Adrien de cette époque ? Se ferait-il injurier à son tour, comme « réactionnaire » par je ne sais quelle pleureuse professionnelle des enterrements sociaux-démocrates ?

Le rock punk s'est édifié, en premier lieu, CONTRE la contre-culture hippie. De cela, plus personne ne veut se souvenir aujourd'hui. La mascarade des années 1982-83, avec l'ascension des Béruriers Noirs et de leurs clones, fut le spectacle pétrifiant de la récupération de l'électricité originelle par les jeunes-vieux néo-bourgeois post-babas des maisons de disques de cette époque si haute et si géniale qu'elle préféra Indochine, Trust ou Téléphone à Métal Urbain, les Dogs ou Kas Product.

En 1977-78 le punk *français* – je le souligne – avait inventé, une bonne année avant Londres, le son *after-punk*, ou *cold-wave*, ou *növö-rock*, comme l'appela Yves Adrien. Une petite communauté informelle de groupes très en marge avait vite compris, comme John Lydon à son tour, et plus tard Mick Jones, que tout le kit « punk » était désormais en vente libre pour les post-hippies qui trouvaient soudainement plus *cool* de porter un Perfecto et des épingles à nourrice en place des tuniques afghanes et des chemises de grand-père. Déjà la nécessité d'injecter le métal froid de l'électronique dans la pulsion sidérurgique du rock se faisait jour, déjà le cirque militant néo-trotskiste, ou rebelle pseudo-biker, nous révoltait, sur le plan de l'éthique, et nous ennuyait à mourir, sur celui de l'esthétique.

C'est de cette vague plus marginale, plus secrète encore que le *punk-rock* des *late seventies* qu'est née la techno de Detroit qui, souvent, continue d'ignorer que Kraftwerk venait régulièrement à Paris, à l'écoute des bons plans, lesquels, sur place, n'intéressaient personne.

Il ne s'agit donc pas – comme a cru bon de le faire remarquer je ne sais plus quel vieux rafiot de la critique-rock – d'être « soixante-dix-septiste » ou « quatre-vingt-troisard », mais de comprendre qu'à toutes les époques, toujours, se reconfigure la même conjuration des médiocres et des imbéciles, que partout, tout le temps, les vrais artistes ne survivent que par hasard, ou disons par la main de la Providence. Chaque fois, ils se font piller par des plagiaires qui, dans le pire des cas, leur retourneront sans coup férir l'accusation. Voici les années 80 : le Sentier du show-biz troquait ses frusques 70 pour le cuir et le latex, on fabriquait des quarterons lookés hard-rock ou Bains-Douches, et on les lançait dans l'arène des MTV débutantes, en les faisant produire par un grand nom qui sonnait mode, même si c'était au prix, vu les budgets minables, d'une semaine de travail mixage compris. Mais à New York, hein ? Et avec la coco.

Ce fut l'époque où, au sein de mon propre groupe, la foire aux zégos provoqua la faillite de l'entreprise et me valut la première grande dépression de l'histoire mouvementée de mon psychisme.

Lorsque je repris conscience, dix ans plus tard, j'avais travaillé dans la publicité, le journalisme de fanzine, la vidéo corporative, et je me trouvais en fin de compte au chômage. Pour survivre, je ressortis des combles un vieux plan d'étudiant, le *télémarketing*, puis très vite je me (re)mis à écrire.

Cette fois-ci, la même intuition de survivant me guidait : ce seraient désormais les derniers éclats de la littérature, celle de langue française en tout cas. Bientôt, les quelques innovations secrètes dont une contre-génération était porteuse se verraient dévaluées en marchandise mode lookée rock, vaguement trashy-pornocratique et à la nullité stylistique confondante.

Il fallait vite profiter des derniers rayons.

La nuit allait être pour tout de suite.

Le coup de feu avait claqué dans l'air, net comme un point au milieu d'une page. L'oiseau s'était envolé et l'enfant était couché sur une flaque rutilante, là-bas, de l'autre côté de l'avenue. Le ciel était d'un bleu pur magnifique et l'oiseau avait disparu. J'entendis une femme hurler dans le lointain. Ma bouche s'ouvrait pour aspirer de l'air, j'étais tapi contre le mur, priant un dieu invisible à l'ombre d'une chapelle trouée d'impacts.

C'est l'inventaire de tout ce qu'*aurait pu être* la littérature française d'aujourd'hui qu'il va falloir tenir.

Expérimentations non tentées, car restant dans le cadre du simple jeu formel, au sein duquel les rapports de force politiques et la langue sacrée des prophètes ont du mal à se faire entendre.

Ou bien réalisme pauvret, comme tant de romans qui se prétendent «noirs » et sont souvent d'une tout autre couleur, ou ceux qui, sous l'appellation de « science-fiction », abusent des deux termes à la fois.

Sinon, le classicisme psychologico-intimiste ou historico-personnel, de Jean Dutourd à je ne sais quelle écrivaine de la rentrée prochaine, là plus rien ne nous arrête dans la descente.

L'alternative – représentée par les féministes de choc, de Guillaume Dustan à Catherine Millet – intéressera quelques centaines de milliers de non-lecteurs, une bonne partie de la critique aux ordres et plus personne dans une demi-génération. Ces auteurs auront eu le temps d'être canonisés de leur vivant ou grâce à leur mort. Ils continueront donc à *se vendre*, bien sûr, mais en fait *personne*, au sens d'*une personne* vraiment singulière, ne les lira vraiment.

Personne ne veut plus admettre que le seul but d'un écrivain est d'être lu *après* sa mort, lu par quelqu'un, *une personne* au moins, qui tremblera à la lecture de ce qui est écrit, de joie, de terreur, de désespoir ou d'une tout autre émotion que nous n'aurons même pas devinée.

Même Kafka aura trouvé en Max Brod le « traître » nécessaire, le Judas qui ne suivit pas ses ordres et ne brûla pas ses manuscrits. Cette trahison ne sauva en rien la vie de l'écrivain. Elle sauva la nôtre, ses lecteurs.

Supposons que je dise froidement que la littérature française d'aujourd'hui doit se libérer des théories pour pouvoir de nouveau *composer* avec elles ? Jusque-là rien de grave, sans doute.

Supposons que j'avance ensuite que toute théorie de la littérature cherche à s'exprimer par des romans qui, soit la rendent ACTIVE dans le cerveau du lecteur, soit se contentent d'en exposer la formule selon quelques exposés liminaires. Jusque-là, tout va bien encore.

Maintenant, admettons que j'affirme que, à l'instar des théories littéraires, le roman devra se dénouer de l'ACTION pour pouvoir *renouer* avec elle. Déjà, peut-être, le lecteur-flic-journaliste à la petite semaine commencera à y voir je ne sais quelle « confusion mentale causée par l'usage de stupéfiants ».

Si j'ose maintenant établir que non seulement les grands noms de la littérature américaine reconnue (Philip Roth ou Thomas Pynchon, par exemple) mais aussi ceux qui tels Philip K. Dick, Thomas Disch, James Ellroy ou John Brunner auront œuvré dans des « genres » que l'édition industrielle aura étiquetés « policier » ou « anticipation », doivent être perçus comme des « pionniers » de la littérature du XXIᵉ siècle, alors je commence à pousser le bouchon un peu loin. La camisole de force est envisagée.

Si, en plus, je me permets de citer des noms comme Louis-Ferdinand Céline ou Pierre Drieu La Rochelle, au milieu d'autres tels Aldous Huxley, Henri Michaux, Bataille et Ballard, cette fois ça y est, je suis bon pour l'asile, en tant que schizophrène à violentes tendances réactionnaires antisocialistes, comme beaucoup de Russes l'ont été, lors de cette violente épidémie causée vers 1917 par un virus de la CIA (lu dans Thierry-Meyssan-Magazine).

On n'est jamais trahi que par ceux à qui on aurait tout donné, voire par ceux à qui on a déjà tout donné. La trahison survient lorsque vous faites mine de vous réapproprier, même pour un bref instant, ce qui vous appartient.

Ma vie aura été riche en événements de cette nature. Au milieu des années 80 je fus acculé à la faillite personnelle par quelques « amis » qui m'avaient, entretemps, dépossédé d'une société, de la moitié d'un album 33 tours et de quelques concepts artistiques qu'ils conduisirent au tombeau, pour cause d'incompétence et de mégalomanie, qualités qui vont généralement de pair. Quelle importance, au fond, que toutes ces vaines agitations ? Ce que m'auront valu mes écrits, c'est l'incompréhension la plus totale de la part de mes contemporains. Je peux dire aujourd'hui que j'en suis fier.

***

Maintenant à l'exception de ce Journal, dont les dates de parution ne sont pas encore fixées par celui qui le tient, je n'offrirai plus aux critiques que mes romans.

Ils devront se fader *Villa Vortex*, au printemps prochain. Et je leur souhaite bien du plaisir.

Oh, bien sûr, je pourrais presque écrire à l'avance, à propos de *Villa Vortex*, la chronique qu'en fera la Miss-Bouquins du *Nouvel Observateur*, ou ses confrères et consœurs de la Cosa Nostra journalistique, mais franchement, je ne concéderai pas à descendre aussi bas en me livrant à l'exercice qui consisterait à essayer de les *pré-dire*.

Tout de même, je vais leur répondre ici, immédiatement, en ce 10 décembre 2002.

Villa Vortex, mesdames-messieurs les bouffeurs d'écrivains, traite – entre autres choses – de la dynamique fascistoïde que représente la désagrégation actuelle des Zétats-Nations zéropéens, la France en premier lieu. Cette fascisation générale est exprimée par les points de vue de différents personnages, qui forment la trame d'une métaconspiration dont ils sont à la fois les agents et les victimes. Le personnage flic, tout à fait central, de Georges Kernal est bien sûr un dédoublement de moi-même, puisque ce livre stipule en toutes lettres comment sa propre théorie du double est activée par sa mise en narration, et réciproquement. Ainsi donc, si je suis Georges Kernal, je ne suis PAS Georges Kernal, car la narration, principe prophétique, dépasse les dichotomies de l'aristotélicisme et du cartésianisme.

De la même façon je suis *et* je ne suis pas Paul Nitzos, qui lui-même est *et* n'est pas un dédoublement de Kernal. Et le « tueur des centrales », dont le nom forme l'anagramme du mien (Marc Naudiet = Maurice Dantec) est *et* n'est pas l'inversion tendancielle de tous ces dédoublements.

C'est ici que se joue la place de l'écrivain dans son récit, même au je, oui, même au « je » le plus « autofictif », il est ET n'est pas le narrateur, de la même façon qu'au moment où il s'engage dans le processus narratif, il en est ET n'en est pas l'auteur.

L'écrivain est double car, comme le savaient les philosophes présocratiques ainsi que les vieux maîtres juifs et chrétiens, *ce qui est porte en lui son principe contraire*. Le Moyen Âge finissant, « aube » de la « Renaissance », classa ce type d'assertions au rayon des psychoses, ce qui fait que le monde en son entier souffre désormais de maladie mentale.

Ainsi, d'une certaine manière, pour ce récit, j'admets avoir été « fasciste », mais comme l'est Georges Kernal, c'est-à-dire SANS L'ÊTRE. J'appelle cette narration : *schizo-critique*, c'est selon moi une des modalités principales de toute œuvre qui se veut « transfictionnelle ». Car Kernal n'est pas fasciste, même si vous pensez pouvoir l'étiqueter comme tel. Il est l'*ombre du fascisme*, et il le sait, ce qui vous gêne, je le comprends. Car il est (ET n'est pas) mon double. Et ce fascisme, c'est toute la société qui le porte, tel Lucifer portant la Lumière dans les Ténèbres.

Nitzos et Kernal forment une double ombre croisée sur elle-même : ombres du communisme et du fascisme en réfraction invertie l'une par rapport à l'autre et par rapport à la lumière clinique de la modernité.

Les relations politiques y sont décrites non, comme chez Manchette, en termes de rapports de production, mais en termes de *rapports de rapports de destruction*, c'est-à-dire selon des équations proportionnelles entre diverses modalités de destruction. Ce qui explique, mesdames-messieurs, le premier exergue qui ouvre le livre proprement dit, tiré de Jünger (quelle gaffe de ma part, un salaud de national-conservateur boche, quel dommage que je n'aie rien pu tirer de l'œuvre complète d'Elsa Triolet !) – et explique également pourquoi le livre s'articule sur le NÉANT, c'est-à-dire sur le fait que tout le travail de flic de Kernal est une succession d'échecs, y compris son homicide vengeur final, puisqu'il en mourra, tout comme sur la figure de l'ANTI-POLIS, désagrégation terminale de la Ville-Monde, que le tueur des centrales invertit et amplifie dans son réseau mental sacrificiel, et que Kernal condense et intensifie dans sa recherche « gnostique ».

Et voici pourquoi votre fille est muette, mesdames-messieurs de la critique : même Al-Qaeda devait apparaître dans ce roman, en tant que bribes d'une enquête perdue d'avance. La destruction des tours le 11 septembre ne conclut pas le livre, même si elle le PONCTUE, comme la destruction du Mur, à son début, car là aussi, entre ces deux formes, c'est un *rapport de rapport de destruction* que j'ai essayé de mettre en œuvre. Ce qui signifie que toute destruction porte aussi sa propre fin, qui est son inversion et son intensification par la connaissance, ce que Kernal, comme Nitzos, et comme le tueur des centrales (mais à sa façon socio-patholo-gique) expérimentent chacun à son niveau, selon ses dispositifs narratifs propres, c'est-à-dire ses modalités d'*apparition* et de *disparition* spécifiques.

Mes personnages sont des *personnes*. *Personae*. En latin, des *masques*. C'est pour cela qu'ils sont plus *réels* que n'importe quel « portrait psychologique ».

Il y a environ trois millions d'années, quelque part en Afrique de l'Est, une petite famille d'australopithèques, deux adultes, un enfant, marchèrent sur les cendres encore chaudes d'un volcan tout juste éteint, ou aux éruptions momentanément calmées, et laissèrent ainsi aux anthropologues de l'ère moderne une trace fossile de grand intérêt et à la notoriété désormais mondiale.

Je me dis, moi, alors que la nuit veille sur la ville dans un manteau violet-orange, que cette petite famille avait juste beaucoup de cran pour s'en aller ainsi marcher sur les cendres.

Pour gagner sa vie avec une œuvre littéraire, il faut l'y perdre.

Là où le « professionnalisme » américain est intéressant, pour notre littérature nationale-contemporaine, c'est dans le fait qu'un livre doit être exécuté, comme un contrat de la Mafia. C'est en cela que je compris que la porte d'entrée par la Série Noire n'avait rien de désobligeant, bien au contraire : cela me permettrait de me rôder au rude métier de soldat du verbe.

Il y a ceux qui pensent que le mot « verbe » qualifie ce qui se dit lors d'une conversation dans un salon de thé, et désormais ce qu'on se « communique » par Internet. Il y a ceux qui croient qu'il est le chant tragique qui monte de la Mère de Toutes les Batailles.

Un écrivain est une voix qui se donne aux morts. Et en particulier aux écrivains morts.

C'est quand on sait que la vie sur Terre n'est qu'une étape, tragique, nécessaire, magnifique, unique, que l'on est prêt à mourir pour un être qu'on aime au-dessus de tout.

Je donnerais au moins cent vies comme la mienne pour une année au temps de Charlemagne ou de Clovis. Et une bonne vingtaine contre une épopée quelconque, comme la mission de Meriwether Lewis et William Clark jusqu'au Pacifique, grâce à leurs scouts canadiens (c'est-à-dire français ou franco-indiens), entre 1804 et 1806 !

L'histoire ne nous aura rien laissé.

Si elle passa sous les fenêtres d'Hegel cette année-là, ce fut pour se perdre aussitôt dans le blanc éternel des toundras arctiques.

My, my my my generation...

Bataille disait : « Mieux vaut vivre à hauteur d'Hiroshima que de geindre et de ne pas en supporter l'idée... »

Salaud de fasciste !

Nietzsche disait : « Apprenez d'abord à construire une civilisation, ensuite seulement vous pourrez philosopher. »

Enfoiré de réactionnaire !

Blanchot disait : « Le mot agit, non pas comme une force idéale, mais comme une puissance obscure, comme une incantation qui contraint les choses, les rend *réellement* présentes hors d'elles-mêmes. »

Abruti de confusionniste !

« *Dans un monde où les imbéciles sont rois, il y a toujours de l'espoir* », Wyndham Lewis.

Que faire, vraiment, devant tant d'inanités professorales ? Comment *rester vivant*, pour reprendre Houellebecq, dans un monde où même les mots sont prostitués par les maquereaux du journalisme universitaire ? Toujours pareil, *señor* : par la transfiguration de l'être que, grâce à sa destruction des choses, la littérature permet d'opérer. La fiction EST le Réel. Car le Réel est du domaine de l'Esprit, non des choses qui l'opacifient. En fait, comme Hegel, sans doute pouvons-nous affirmer que *le Réel est Esprit*, autant dire que le monde est pensée, ce qui nous vaudra sans doute, de la part des cuistres, l'accusation de solipsisme !

Le langage est donc un moment d'une extrême rareté, si l'on admet qu'il est *incantation*, comme Blanchot le disait, puisqu'il rend à l'esprit, hors des choses elles-mêmes, ce qui ne les rendait jusque-là présentes qu'à elles-mêmes.

Le Réel, disait Lacan, c'est le langage parce qu'au bout du compte c'est ce sur quoi on bute – je cite de mémoire.

Donc je prétends en effet à bien plus de *réalisme* que tous ceux qui se targuent de ne dépeindre *que la réalité*, c'est-à-dire les apparences, ou plutôt son absence d'apparence, sa mise à nu constante, pornographique, dans le réseau des relations sociales et médiatiques, mais sans voir tout ce qu'il y a de pornographique – Ballard le savait, lui, il y a trente ans – dans nos projections/déjections technologiques, comme dans notre « vie quotidienne », qui est bien devenue la vie « séparée » que critiquaient les situationnistes mais qui, par l'étrange retour des choses qui toujours embourbe la pensée rationaliste, quelle qu'elle soit, est devenue grâce à eux cette chose proprement impensable, et toujours impensée, qu'est notre monde. C'est-à-dire sa fin. Et là encore, je ne parle pas de bites-et-chattes-et-trous-du-cul, cet Anglais puritain et malade de Ballard n'en souffle mot dans ses écrits pourtant essentiels concernant notre *sexualité*.

Reproduire la réalité en y ajoutant la pseudo-distance de l'ironie, voire de l'auto-ironie, ce n'est jamais que reproduire la réalité ironique et pseudo-distante d'aujourd'hui.

Est-ce Muray, dans un texte dont je ne retrouve pas la trace, qui analyse au tranchoir le rôle des « comiques » et de l'« humour » dans notre société qui a fait siennes les expérimentations « artistiques et sociales » des situationnistes des années 60 ?

Que s'est-il passé ? C'est comme si la « société du spectacle », ce concept-clé mis en place par Debord il y a trente-cinq ans, était devenue le nouveau spectacle de la société. Il est désormais impossible, si l'on excepte les abrutis néo-bolcheviks ou archéo-staliniens, de ne pas rencontrer quelqu'un de gauche qui, au fond de lui, ne soit pas peu ou prou « situationniste ».

Or, la misère de cette pensée n'est plus à démontrer. Elle ne sert plus – depuis vingt ans maintenant, on le sait, j'espère – qu'à donner au capital-total culturel-contestataire une formulation plus adaptée à l'expansion de son régime de domination. De la critique du spectacle au spectacle de la critique, une très mince membrane a été traversée, mais – et c'est bien la plus tragi-comique des conséquences de cette ultime *révolution culturelle dans la France pop* – c'est comme si l'icône de Debord était aujourd'hui aussi indéboulonnable que le furent les grandes statues de Staline.

Une véritable critique de l'IS reste à faire car, à ce que j'en sais, et sans doute en sais-je fort peu, rien de tel n'a vraiment été tenté[1].

Pourtant, au tournant du siècle, cherchant désespérément une piste qui me permettrait d'éventuellement pallier par moi-même le manque, je tombai sur quelques fusillades qui animaient alors le milieu de ce qu'on appelait, je crois, les « pro-situs », puis les « post-situs ». Je vis que des écrivains, comme Nabe par exemple, n'hésitaient pas à s'en prendre à Debord et aux petites cliques néo-gauchistes qui en avaient fait un nouveau gourou, même après sa mort, surtout après sa mort, devrais-je dire.

Mais s'en prendre à quelqu'un, même si rien n'est plus justifié dans ce cas-ci, ce n'est pas s'en prendre à sa THÉORIE.

Évidemment ce ne fut jamais de cette masse grouillante de petits cheffaillons ex-trotskistes (et sans doute déçus par la progéniture de Krivine) que pouvait surgir l'espoir d'une nouvelle avancée critique de ce monde.

On était vers octobre 2001, je venais de finir le *Laboratoire de catastrophe générale*. J'étais à Paris pour assurer la face obscure de cette occupation obscure qu'est l'écriture quand, comme moi, on a commis l'erreur de vouloir en vivre : se prostituer pour les médias. Je n'en étais pas à la résignation. Je savais qu'il s'agissait d'une épreuve dont le seul enjeu est de ne pas se laisser gagner par l'ineffable misère intellectuelle qui règne sur les plateaux de télévision.

Depuis quelques années, je relisais les philosophes, pas toujours avec méthode, je le reconnais. Depuis mon arrivée au Canada, je me replongeais dans Hegel,

---

1. Sauf, peut-être, l'ouvrage *Contre Debord*, de Frédéric Schiffter (PUF).

Heidegger, Nietzsche, Platon, Aristote, les présocratiques, mais aussi Husserl, Bateson, Spinoza, Pascal, Leibniz. Et je commençais – je n'oserai dire : « en parallèle » – à me pencher avec un intérêt croissant sur la patristique chrétienne et les textes pseudépigraphiques juifs. J'étais à quelques mois d'une conversion au Christianisme, de tendance catholique mais version concile de Nicée, ce qui ne nous rajeunit pas.

Je dévorais tout ce qui avait un rapport avec la Kabbale, les ouvrages de Gershom Scholem ou ceux de Léo Schaya, d'AD Grad, le *Zohar*, Raymond Abellio (c'est par ses textes sur la numérologie hébraïque que je suis tombé sur ce penseur, puis, choc fatal : *La Fosse de Babel*). Entre deux sacrifices pour le vaudou du Spectacle, j'écumais les librairies comme un pirate de passage à la recherche de quelque butin. Un jour, j'entrai dans une petite boutique de la rue des Écoles.

Je ne crois pas au hasard, ce dieu des matérialistes. Alors que je furetais dans les rayons en quête de quelque chose pouvant étancher ma soif inextinguible, mon regard fut attiré par le titre d'une revue : *Tiqqûn*, avais-je lu sur le haut de la couverture qui dépassait un peu. Je me souviens de m'en être saisi avec la jubilation intérieure qui est la mienne quand je devine que quelque chose va se produire.

Je m'attendais à des « révélations » sur la Kabbale. D'une certaine manière, avec le recul, je dois reconnaître que je ne fus pas déçu *non plus* de ce point de vue-là.

La couverture indiquait : « Organe conscient du Parti imaginaire » et, en bas : « Exercices de métaphysique critique ». Cela pouvait entrer dans le cadre d'une investigation kabbalistique. Quand j'ouvris la première page et que je pus y lire les mots : *Anéantir le Néant*, dès les premières lignes du texte « Eh bien, la guerre ! », je demeurai cloué devant la caisse du libraire. Je réalisai alors que je venais de découvrir quelque chose d'aussi important que n'importe quel ouvrage sur la Kabbale ou le mysticisme juif.

Je fus confronté à une pensée en action qui – sans prétendre mettre en place une « théorie du Monde » – pouvait contribuer à en esquisser les contours, puisque, comme toute pensée critique, elle se trouve être l'expérience de la liberté.

Je rapportai à Montréal l'exemplaire de cette revue, sans être parvenu à trouver les autres, dont on m'affirmait pourtant qu'ils existaient.

Je n'ai jamais prétendu être un théoricien, mais j'ai toujours su que si je voulais élaborer une théorie de la littérature, elle devrait être également une théorie du principe du Monde, et il allait bien falloir que j'élabore, dans la mesure de mes moyens, un passage de l'une à l'autre.

Cela indiquait comme la nécessité d'un « programme de recherches », la théorie de la littérature et celle du principe du Monde ne pouvant s'élaborer qu'en rapport l'une avec l'autre, non selon le point de vue d'une articulation dialectique, mais selon l'idée d'un transfert de substance, d'une transsubstantiation de l'une par l'autre, c'est-à-dire, en fait, par un rapport de rapport, et plus encore par un « chiasme », un quadripôle a-dialectique qui non seulement ne place plus les événements entre eux selon un « rapport » mais selon une relation proportionnelle dynamique, qui les ENCHÂSSE l'un dans l'autre tout en conservant à chacun sa singularité propre, *qui naît, paradoxalement, de cet enchâssement réciproque*.

La théorie de la littérature ne peut s'élaborer qu'en rapport avec sa pratique d'une part, et d'autre part avec la conception, c'est-à-dire l'effectuation intérieure, d'une théorie du monde. Mais celle-ci ne peut, à son

58

tour, s'élaborer sans une pratique. Or, qu'est-ce que la pratique d'une théorie du principe du Monde pas encore constituée ? Une illusion. Sauf, peut-être, si on parvient à l'enchâsser avec la pratique de la théorie de la littérature. À ce moment peut-être, la littérature, c'est-à-dire le langage et la vie ne sont plus des activités « séparées » par l'économie « thanatologique » du monde.

La littérature, la fiction, deviennent le laboratoire d'un contre-monde « cosmologique » où la vie – enfin – ne serait plus « séparée » d'elle-même, un laboratoire dont je savais qu'il devait choisir l'aliénation comme POINT D'ORIGINE.

Une des choses qui me paraissaient évidentes à l'époque c'est que le monde semblait consister en une procession sans fin d'apparences qui ne cachaient, en fait, que le processus de leur propre apparition. Sans doute pouvait-on aller jusqu'à se demander si le monde du « spectacle » ne consistait pas en une étrange dictature nominaliste qui assignait à toute singularité une topologie qui lui était *entièrement* propre, « séparée » des autres, faisant ainsi de tout « phénomène » la mise en boucle « autopoïétique » de son apparition. Le « spectacle » se contenterait d'être la banque d'enregistrement numérique, « comptable », « économique », instance de délimitation du possible et de contrôle de toutes les modalités de circulation, de disparition et même de transmutation de l'ensemble des *pensées produites*, collectivement – si cela a un sens, ce dont je doute – ou individuellement – si cela en a un, ce dont je doute aussi.

Je commençais à deviner, sans que je sois en mesure de le formuler, que le *régime* fonctionnaliste et rationaliste, né de la mort de Dieu comme seule Totalité envisageable, avait fait de l'*économie*, *oïkonomia*, ce concept religieux si précieux de la pensée du haut Moyen Âge, une sorte de Simulacron général qui avait précisément pris la place de Dieu, c'est-à-dire de TOUT ce qui EXISTE. Et en premier lieu de la conscience « individuelle » du petit humanoïde new-look, « néo-situ », voire émeutier de luxe, dernier perfectionnement en date de la Matrice.

Je le dis sous cette forme dans les deux premiers tomes du *Théâtre des Opérations*, ce qui me valut la pluie d'insultes sur laquelle il est inutile de revenir.

Alors que je rédigeais le *Laboratoire de catastrophe générale*, j'avais commencé parallèlement à travailler sur les « plans » du futur roman que je voulais écrire, qui allait devenir *Villa Vortex*. Je traînais depuis douze ans un projet avorté, un manuscrit que j'avais envoyé vers 1991-92 à quelques maisons d'édition parisiennes et qui, par chance, fut refusé partout. Ce roman était une erreur, mais celle-ci m'a beaucoup appris.

Le thème central continuait de me hanter. J'avais imaginé ce tueur-roboticien, incarnation de la Technique-Métaphysique (c'est-à-dire de ce qui me semblait la source de l'aliénation contemporaine), et je m'étais constitué une bibliothèque philosophique et religieuse que – malheureusement – je n'avais encore pas assez LUE pour faire de ce livre autre chose qu'un ratage.

Durant l'année 2001, alors que la lecture de *Tiqqûn* mais aussi de *Ligne de risque* m'avait obligé à remettre en question nombre de mes conceptions, je me rendis compte, en relisant ce manuscrit, qu'il était temps de lui redonner vie. La figure du Golem allait en être une des figures centrales.

Les théories du principe du monde devenaient pièces et ensembles non seulement d'une théorie littéraire « séparée » mais d'une pratique ontologique de la littérature, c'est-à-dire du moment ineffable où celle-ci permettait à l'aliénation, c'est-à-dire à la transformation du « je » en « autre », d'accomplir le miracle alchimique d'une « réunification », d'un « Tiqqûn » kabbalistique. Ce roman devrait donc être capable de renvoyer chacun de ces niveaux d'apparition au Néant, donc à l'Infini dont il procède afin d'épuiser dès le départ la boucle de reproduction du même, la boucle autopoïétique du monde de la métaphysique marchande, du monde de la Technique-Métaphysique.

La question se posa d'emblée : comment allais-je faire, maintenant que, exposées aux théories des autres, celles-ci s'étaient agrégées aux miennes sans que je ne puisse plus vraiment les distinguer ?

Me vint l'idée, sans doute folle, d'intégrer au développement de la narration la documentation qui m'avait été nécessaire pour l'écrire, pas simplement comme incises, notes, voire citations, mais comme moments actifs de la narration, comme incarnations des théories et théories de l'Incarnation.

Je devais combattre la magie noire du monde marchand par la « science gnosique » – comme dit Raymond Abellio – que le roman allait mettre en action. Mais, comme Abellio le spécifie, quand on n'est pas dualiste il faut toujours se souvenir que tout être contient son principe contradictoire, et que la gnose-lumière est contenue par les ténèbres de la science des morts, sans pourtant être enclose par elle, comme le rappelle l'Évangile de saint Jean qui devint mon principal bâton de pèlerin.

Aussi, lorsque je repris ma figure du tueur des centrales, dès que les premières pages d'un premier jet furent écrites, je dus bien admettre que cette figure s'était redoutablement complexifiée depuis 1991, et que mes récentes lectures me permettraient désormais de pousser cette figure jusqu'à son point de dissolution.

Je conçus donc, peu à peu, divers « stratagèmes », diverses « machines » pour intégrer activement la métaphysique critique de *Tiqqûn*, en particulier leurs théories du Bloom et de la « Jeune Fille », dans cette espèce d'exposition clinique du crime absolu comme point de dissolution du capital-total par ses propres constituants. Je devais trouver le moyen de faire intervenir les textes sans que, pour les rédacteurs de *Tiqqûn* comme pour ceux de *Ligne de risque*, ce soit en tant qu'« individus », ou même « groupe » reconnaissable par le lecteur et donc assignable d'entrée de jeu aux diverses modalités d'apparition qui leur sont « particulières ».

Je savais que je risquais gros. Passe encore d'incarner Origène, ou le prophète Ézéchiel, même chose pour les écrits de Léon Bloy, de Novalis, de Reich ou de Nietzsche. Ces braves gens sont morts, ils ne viendront me demander des comptes qu'après ma mort, qui par ailleurs n'existe pas.

Mais qu'en serait-il des deux fondateurs de *Ligne de risque*, qui m'avaient envoyé leurs livres ?

Et des gens de *Tiqqûn* dont j'apprenais par divers amis restés à Paris qu'ils venaient de se séparer ?

Ceux-là étaient vivants et bien vivants.

Comme pour les rédacteurs de *Ligne de risque*, à qui j'envoyai une copie de la première « mouture » du roman en septembre 2002, je voulais que les membres de *Tiqqûn*, en dépit de leur possible jugement négatif à mon égard (ils détestent Houellebecq, et quelques autres romanciers comme Nabe), soient bien convaincus que si leur pensée ne leur appartenait pas, en revanche leurs textes leur étaient propres. Je leur ai donc fait parvenir une lettre, qui est restée à ce jour sans réponse. Il est possible qu'elle ne leur soit pas parvenue [1]. Et j'ai décidé

---

1. J'ai appris depuis que le groupe *Tiqqûn* avait implosé – si j'ose dire – lors des attentats du 11 septembre 2001.

d'aller jusqu'au bout du processus qu'impliquait ce roman : le nihilisme, justement.

Je ne nie pas être un « Bloom ». Qui, sur cette planète, pourrait se vanter de ne pas en être un ? C'est déjà un grand pas que d'en prendre conscience, et c'est en tout cas le premier.

Il n'y avait pas que *Tiqqûn* ou *Ligne de risque*. Il y avait Origène. En lisant ses homélies et ses traités, je voyais de quelle façon il se situait sur une ligne de coupe à l'intérieur même de la chrétienté, une ligne de coupe passant entre l'orthodoxie et les hérésies, et c'est par cette ligne de disjonction que je voulais m'infiltrer pour produire ce délicat processus qui devait faire du roman un double mouvement, une quadri-dynamique, une « rotation schizo-critique » qui allait me permettre de conduire une expérience sur ma propre pensée et sur sa pratique : la littérature.

« *Toute foi véritable naît d'une tension entre deux hérésies* », Nicolás Gómez Dávila.

Le réel est un secret.

Que seule une transvaluation du langage par sa mise en boucle infinie – je devrais dire : sa mise en double spirale – est en mesure de RÉVÉLER, et en premier lieu à l'auteur qui charge son cerveau de conduire cette expérience sur lui-même.

Ces universitaires aux mains propres et au sourire niais ! Regardez-les une seconde, même sur un simple cliché, et vous découvrirez invariablement le portrait de ces « professeurs de philosophie » que Nietzsche conchiait avec une très grande ferveur. Ils sont désormais aux postes de commande de tout l'appareillage de

« production » des idées et des discours qui, chez eux, ne s'élèvent jamais au-dessus du statut de choses, opaques et aveugles. Ils sont au service de l'ordre établi, mais nous accusent de vouloir je ne sais quel « retour » à des formes périmées de gouvernement et de politique. Quand ils nous citent, c'est à la tronçonneuse. Si vous vous référez aux citations extraites de leurs florilèges, avec l'original en main, vous ne pourrez faire autrement que vous tordre de rire en relisant le paragraphe dans son intégralité. Leurs méthodes sont celles du procureur stalinien, inculte, fiches en main, généralement médiocre dans sa « spécialité », et rendu fou de rage par un mec même pas sorti de son petit séminaire, sans le moindre diplôme postmoderne faisant foi.

Le quadrille réticulaire
Des zones combattantes
Dans la nuit
Phosphore au bout
De mes lèvres
Sur le bleu-gris des ombres
Des spoutniks.
Arraché à une enfant perdue
Sous la nef sombre des étoiles
Je regardais l'astre me sourire
Et m'inviter à tout perdre.

Cadrage multi-optique des caméras
Secrètement associées
Dans le silence des rues ;
Traces humaines photométriques
En foules migrantes sur iceberg
Froid et nu ;
Fish-Eye de l'insecte en ruche

Qui paramètre et mesure
Ce qui doit être vu.
La ville en quaalude politique
Dévaste ses propres origines
Alors que nous endormons nos enfants
Dans la brume.

Maintenant que *Villa Vortex* est presque une affaire du passé (il me reste à corriger les épreuves en janvier prochain) je sens la turbine mentale commencer à se mettre en route, une barre d'isotopes vient de plonger dans la piscine, la réaction en chaîne s'est initiée.

Le deuxième volume de la trilogie *Liber Mundi* sera à *Villa Vortex* ce qu'une ligne est à sa perpendiculaire. En termes de « suite », il s'agit plutôt d'un phénomène transversal, qui viendra surcouper le premier diagramme sans se superposer tout à fait. À la machine baroque et labyrinthique de *Villa Vortex*, j'opposerai un roman à la structure très simple, « hyperclassique », mais basé sur les mêmes théories cosmogoniques et génétiques que le premier, puisqu'en fait il s'agira de la narration de la « composition » du premier, mais selon un axe romanesque non psychologique. Il ne s'agira ni d'une suite ni d'un faux début, mais de la REPRISE de l'expérience (et non sa répétition).

Si tout va bien, je devrais en avoir pour deux années de rédaction, à quelques semaines près, plus quelques mois pour les diverses étapes de réécriture et de corrections.

J'ai parfois l'impression de travailler pour un ministère du Plan quinquennal, logé quelque part dans ma cervelle.

Après avoir fait le forcing auprès de l'attachée de presse de Gallimard pour m'arracher une « réaction » à l'opuscule de Lindenberg, voilà que la rédaction du *Monde* fait la fine bouche parce que ma réponse serait trop longue et trop tardive !

Ils s'attendaient sans doute à cinq mille mots mal torchés, à la va-vite, ils voulaient une réaction « à chaud », paraît-il. Vous aurez eu droit à une FUSION FROIDE, les gars et les filles. Avec moi, vous auriez dû le deviner : il faut toujours s'attendre au pire.

Le monde n'a nul besoin de nous pour s'épuiser, sans fin.

Nouvelle médication neuronale pour lutter contre mon état de surtension psychique : un joli comprimé blanc du nom de Risperdal, dosé à un milligramme. Effet : sur le moyen terme, un calme glacial, et chaque soir, à la deuxième pilule, bonne nuit les petits, au dodo.

De fait, je semble fonctionner à l'hélium liquide depuis environ trois semaines maintenant. Plus le temps passe, plus mon épiderme se durcit, à chaque épreuve il devient plus difficile à percer, si en plus la neuro-chimie moderne invente de telles armures invisibles !

Tout est donc dans l'état hypercalme qui précède les ouragans tropicaux. Calme blanc, froid, statique. Électrostatique. Métastatique.

Pourtant une roue sans fin continue de se mouvoir, en secret, un long ruban enroulé, plié et surplié sur lui-même, une roue qui laisse une trace atrocement solitaire, à la surface du glacier de ma conscience, et qui semble indiquer toujours la direction de la marche solaire. Plus loin vers l'Occident, toujours. Laisser agir le cosmotrope historique.

Que peut bien être, sur cette Terre, la nouvelle frontière de l'Ouest pour les Américains ?

Si vous observez une carte, vous verrez que la Révolution s'est bien accomplie : ce nouvel Occident c'est l'ancien Orient, la marche solaire de l'Histoire a débordé la ligne de démarcation du jour et de la nuit. Si un Californien regarde à l'ouest, au-delà du grand océan, il finira par trouver l'Extrême-Orient. Mais s'il regarde la carte avec l'œil plus circonspect d'un géopoliticien il suivra le contour occidental du littoral nord-américain jusqu'à l'Alaska et aux Aléoutiennes, et là il constatera que ce n'est plus un océan *pacifique* qui le sépare de l'autre continent, mais un simple détroit, parsemé d'îles qui partent à la rencontre de la péninsule sibérienne du Kamtchatka.

Il comprendra que le nouvel Occident, c'est la Sibérie russe.

Dire que la nation qui envoya le premier homme dans l'espace espère aujourd'hui rattraper le niveau actuel du Portugal d'ici quinze à vingt ans !

Voyez aussi comment les lignes de subduction historiques se propagent, sous la surface : les Américains, sous peu, auront encore plus besoin des Russes que ceux-ci des Américains ; un peu comme avec la Deuxième Guerre mondiale, la Quatrième Guerre mondiale, qui est le régime international-pacifié de la guerre comme continuation du terrorisme par d'autres moyens, va fournir le décor pour un basculement d'alliance stratégique comme jamais il n'y en eut dans l'histoire des hommes. Le dollar US intronisé monnaie en Sibérie. Les ressources humaines et naturelles de la Russie, les ressources humaines et financières des États-Unis. À elles deux, ces deux nations l'ont montré, elles seraient capables de mettre en place un véritable condominium planétaire, basé sur les technologies de la conquête spatiale et un partage des responsabilités qui équivaudraient à une *win-win situation*, comme aiment le dire ces salauds de capitalistes yankees.

Les Américains vont de nouveau faire l'expérience de la solitude. Dans cette solitude, seuls les Russes, sans doute, se révéleront des alliés sûrs.

Ne rien devoir à personne, c'est croire que les hommes ne tiennent pas les comptes.

Les grandes amitiés ont ceci d'insupportable qu'on ne peut être trahi que par elles.

Pour savoir lire un aphorisme, il faut posséder *au moins* deux cerveaux.

Pour les écrire, être en mesure de les perdre ; pour rien, pour un mot.

La persistance du désir sexuel dans l'amour est la preuve que le faux est un moment du vrai.

La persistance de l'amour dans le désir sexuel est la preuve que le vrai est un moment du faux.

Ceux qui se contentent de faire l'amour avec leur sexe !

Ceux qui se contentent de penser avec leur tête !

Ceux qui se contentent d'aimer avec leur cœur !

Déjà une semaine depuis la reprise des combats. Pearl Harbor entrevu depuis le périscope du futur : désastre général en perspective.

Mais que dis-je encore comme ânerie ? Nous vivons une nouvelle époque de lendemains qui chantent, et patinent en chœur et en rollers, durant des *nuits blanches* d'affilée, jusqu'au coup de couteau final.

Toute la pensée présocratique est secrètement investie d'une recherche tendue vers la présence de l'Unique, *par* le Multiple ; en cela elle est plus proche de la science judéo-chrétienne que tous les platonicismes successifs.

L'avenir touristique de l'humanité se résume en une mobilité permanente des personnes faite pour s'assurer que rien, jamais, ne change.

Par rapport aux sociétés qui restreignaient le droit de circuler afin que rien, jamais, ne change, on mesure l'étendue du progrès ainsi parcouru, au prix de millions de morts.

Allez, zoukez zoukez, les zombies de la plage Infinity Beach, Ektachrome réaliste-socialiste en devenir komsomol par mon cerveau actualisé – greffon urbain de la déplanification générale sur la chair suppliciée torturée mise à vif par des machines célibataires/directive *numero uno* : réactivation des écritures, résurrection de l'esprit, illumination des corps ; directive *number two* : affirmation de la pensée par l'anéantissement du monde, affirmation du monde par la transformation de la pensée ; directive *numéro trois* : tuez-les tous, la littérature reconnaîtra les siens.

Allez, zoukez zoukez, la salsa des têtes chercheuses dans la nuit digitale, le mambo des clowns peints sur le nez des avions de combat, le Calypso des flottilles de *predators* en vol rase-mottes près d'une aube asiatique. Zoukez zoukez, superposition des diagrammes, automaton cellulaire des différences, aéronavale des neurones en chaleur. Zoukez zoukez sans fin à la barbe des étoiles, là où le soleil s'effondre, là où la lumière frappe, là où naissent les anges et les démons, là où Dieu voile Son visage. Zoukez zoukez toujours sur le bord de l'abîme, *crash-test dummies* en route vers la collision frontale, censeurs parés pour la numérisation de l'impact. Zoukez zoukez, les spectres de l'après-jour infrarouge, fantômes dansants en grappes de lucioles dans l'obscurité des villes détruites. Zoukez zoukez, les pointillés orange qui trouent le continuum de la nuit, le *shuffle* automatique des rafales dans le lointain, l'incendie des bibliothèques sauvages lâchées au milieu des meutes de bavards. Zoukez zoukez, les enfants sans visage, mains coupées, sexe arraché, bouches remplies de matière fécale écrasées par la botte du pillard. Zoukez zoukez sans fin vous les cavaliers de l'Apocalypse, vous les rastafari de la fin du Monde, le ragga-dub de l'Armageddon en sautoir, très saint THC et poudre à canon à profusion. Zoukez zoukez, vous les *dinamiteros* de l'embuscade psychique, « ohé partisan, ouvrier et paysan c'est l'alarme, demain l'ennemi connaîtra le prix du sang et des larmes, ohé saboteur attention à ton fardeau : dynamite ! » Zoukez zoukez, les chants de l'Armée rouge en souvenir coagulés avec Iouri Gagarine en compagnie de mon paternel, sur une vieille photo datant du début des années 60, visage du soldat soviétique exécutant son saut périlleux accordéon en main, sourire jovial plein de la tragique puissance de ce peuple, image couleur *Izvestia* sur le microsillon 33-tours du « Chant du Monde » ; l'impression qui se dégage des chœurs de l'Armée rouge m'a touché depuis l'enfance, pas étonnant qu'elle resurgisse bizarrement à l'écoute d'un vieux Bowie, *Heroes*. Zoukez zoukez, images en noir et blanc de la bataille de Stalingrad mixées aux colorisations fantaisistes des photos d'Alexeï Leonov évoluant près de son Voskhod, pas étonnant qu'elle me hante, comme cette délicieuse version du *Chant du départ*, avec l'accent slave, telle que la livra l'orchestre au public parisien de 1962 je crois – *La Victoire, en chantant, nous ouvre la barrière, la Liberté guide nos pas, et du nord au midi, la trompette guerrière a sonné l'heure des combats...* Oui, zoukez zoukez, les femmes fantômes des villes cosmétiques, alors que s'effondrent, zoukez zoukez, deux colonnes de verre et de béton sur le *Ground Zero* de l'Histoire, point d'origine et horizon pyrotechnique du Nouveau Monde qui se crée, et se divise, sans fin. Zoukez zoukez dans la Nuit des Cendres et le Brouillard de l'Incendie : *Au commencement Dieu créa le Ciel et la Terre/Or la Terre était vide et vague/les ténèbres couvraient l'abîme/ un vent de Dieu tournoyait sur les eaux.*

Ici Radio-Subterranea, station troglodyte de l'abattoir 17, ici tout ce qui se déchire d'un seul coup comme la chair d'une enfant violentée, ici tout ce qui pénètre dans le corps et les esprits telle une seringue remplie de venin, ici tout ce qui appelle à l'aide dans le silence mordoré des astres nocturnes, ici tout ce qui aiguise son couteau pour le sacrifice, ici Radio-Libre-Adonaï, ici l'homme seul, avec sa femme et son enfant, au pied du volcan ruminant sa prochaine éruption, ici l'homme qui marchait sur les cendres.

Lorsqu'il n'écrit pas, mon cerveau fait la guerre ; lorsqu'il écrit, mon cerveau fait la guerre ; lorsqu'il fait la guerre, il se repose.

Pour être capable de mener une guerre, il faut savoir *se détendre* en jouant aux échecs.

Une pensée qui n'en amène pas une autre est une pensée finie.

Toute fermeture de la pensée est l'indice d'une ouverture *potentielle*.

Pour qu'un ordinateur puisse penser, il faudrait qu'il ait le pouvoir de ne pas tout calculer.

Les pires envieux sont ceux qui vous jalousent pour la vérité.

On reconnaît un fumiste en ce que « depuis vingt-cinq ans, il est un pionnier de l'art électronique ». En clair : si vous faites le compte de ses œuvres, à l'exception de son film en super-8 tourné l'année de son bac économie, il n'y a rien. Strictement rien.

Mais il dispense des cours au collège, hein, attention. Et il prend des leçons de danse afro-cubaine.

Il existe une raison valable entre toutes pour supporter les avanies des enculés et les saloperies des enculeurs : c'est lorsque vous recevez une lettre de *quelqu'un* qui vous explique que la lecture de vos livres a changé de fond en comble sa vision des choses, c'est-à-dire que vous êtes parvenu à cette chose incroyable : avoir rendu un être humain DIFFÉRENT d'avant sa lecture.

Dès lors la multiplication virale des petits Machu-cambos du Basic prend sa véritable valeur dans l'Univers : très proche du néant. Pas même égale à lui.

On peut tenir un Journal comme on tient un fusil, ou une place forte.

Il va me falloir à nouveau de la viande fraîche. Ce n'est pas un pignouf postmoderne muni d'un baobab dans la main qui va pouvoir me sustenter, je veux du sang frais, du bien rouge, du qui coule à flots comme du vin de Xerxès. Oui, il me faut quelques vraies cibles, en vraie bidoche : des Lindenberg, des Arnaud Viviant, des Miss-Bouquins ? Merde, on fait mumuse, c'est du ball-trap, on se croirait au « tir aux pigeons des Mariannes » pendant l'été 44, y a juste à arroser, ils viennent tout seuls se faire déchiqueter sous le nuage de projectiles, kamikazes foireux se perdant dans un Plouf ! sonore et blanc d'écume à des miles nautiques de la piste d'envol des porte-avions, non ce n'est pas du jeu, vraiment. Franchement, c'est tout ce que vous avez comme « pompiers du IIIe Reich » sous la main ? Pas trouvé mieux, dites-vous ? Paris-VIII, les *Inrocks* et l'Institut national des Tubulures à Roupanes ? Plus de volontaires ? Rien qu'une vieille carne de pourriture grincheuse minée par le talent qu'elle n'a pas et un social-démocrate défenseur des Droits de l'homme et du Bédouin terroriste ? Quelle misère ! Je comprends, vous me dites : ça déserte. C'est que prendre des bourrins bien appliqués sur le coin du pif, ça calme au bout d'un moment. Et puis, on déserte comme on trahit : pour la bonne cause. C'est-à-dire sa pomme. Moi-je. Poussez pas, j'écrase les femmes et les enfants d'abord. Et là, le « Franchouillard-et-fier-de-l'être », il faut reconnaître qu'il s'y connaît, question démerde et système D, mais attention, hein, version Voltaire-et-Rousseau (comme Rivoire et Carré), avec un peu de sauce macaroni mais juste pour faire passer... âââh Venise !

Tout Français qui se targue d'écrire, même si c'est pour pouvoir draguer des étudiantes tout juste majeures, se prend un jour pour un Vénitien. Si en plus il a la chance d'avoir un peu de ce sang malade qui coule dans ses veines, alors, hop, au galop ! en route pour les canotiers et la place Saint-Marc. On ressort les maillots rayés ou les masques du Carnaval, le temps de prendre une grande inspiration de cette dormitive atmosphère que seul un port ensablé telle cette micro-nation échouée sur le limon de l'Histoire peut procurer.

Les Vénitiens, et leur république de Juges, je les emmerde. Ils allaient, la preuve en est faite depuis longtemps, à contre-courant de la marche solarienne qu'est la véritable découverte. C'est un Génois, au service des Rois Très Catholiques de la Grande Espagne, qui découvrit l'Amérique, en voguant vers l'*Ouest*. Marco Polo, c'est juste un marchand de tapis international qui traficotait avec les Mongols et les Turkmènes sur la route de la Soie. Christophe Colomb, c'est – comme le disait Léon Bloy – *le révélateur du Globe*.

Pour les écrivains qui ont un peu d'*estomac*, les zécrivaillons servent de punching-balls à l'entraînement. On constate depuis un certain temps une détérioration notable de la qualité de notre matériel.

Il faudrait se plaindre à notre fédération olympique.

Découverte – fascinée – de François Laruelle, un véritable philosophe, lui. Et totalement méconnu, ou peu s'en faut, dans son pays d'origine, c'est normal : *Nietzsche contre Heidegger*. La vue du titre, dans cette bouquinerie du Plateau, m'avait paralysé pendant quelques secondes. J'avais saisi l'ouvrage sur son rayonnage, avec une sorte d'intuition sacrée. Dès les premières pages, je fus servi. J'emportai ce livre avec la sensation ineffable d'avoir découvert une relique. 1977. Payot. Collection Traces. Un incunable ou presque, pas réédité depuis.

On m'annonce que le dernier live de ce monsieur vient de sortir sous le titre *Le Christ futur*, et qu'il parle de la gnose chrétienne, bref je manque en défaillir.

Plus tard, choc en retour, Richard Pinhas m'apprend alors qu'il a eu Laruelle comme prof quand il faisait sa licence, il y a plus de trente ans, et que même Deleuze le trouvait « barré ».

Plongé dans *Nietzsche contre Heidegger*, à quelques jours de mon envol pour Cuba. Je découvre à chaque page une sorte d'Abellio mutant, nourri à Deleuze, Bataille, Whitehead, et par de nombreux écrits apocryphes chrétiens ! J'y lis une telle résonance avec mes propres visions, mais avec toute la cohérence d'un philosophe expérimenté, que parfois j'en tremble.

Comme toujours ce livre m'arrive comme un codex *après* l'écriture de mon roman. Il servira donc – avec ceux du même auteur que je vais m'empresser d'acquérir – de programme d'incorporation à mon prochain livre.

Quiconque ne comprend pas que *toute véritable création divise* est un fumiste.

Ce qui toujours accompagne l'Homme c'est la Technique. La Technique n'est pas un assemblage d'objets, plus ou moins sophistiqués, plus ou moins efficients, même reliés par un médium de type « software », mais bien plutôt un *rapport de rapport* spécifique entre les nécessités de la nature et la programmation du monde par l'homme.

En ce sens elle se manifeste comme une exégèse réalisée, et *réalisatrice* de la Chute.

Elle se présente à nous comme le diable, avec lequel tout pacte faustien conduit à l'autodestruction, et donc comme Lucifer, cet Ange tombé des cieux pour porter la Lumière dans les Ténèbres. En ce sens la Technique est une des manifestations de l'Opérateur ontologique de division infinie, qui est ce par quoi le projet divin se poursuit, par l'intorsion mystérieuse des paradoxes, dans le *pro-jet* humain.

À chaque époque, il subsiste des groupes pour reprendre le flambeau de la révolte dandy des *teenagers* des métropoles urbaines. Oasis fut de ceux-là. Vrais chiens des rues du nord de l'Angleterre, ils arrivèrent à point nommé pour contrecarrer Blur et leur rock pour potache niais pseudo-intello, et ils continuent de jouer pour les mômes la grande rock'n roll *swindle story*. Dans un monde de Ben Laden et de José Bové, de Dieudonné et de Lindenberg, de Thierry Ardisson et de Philippe Labro, un éclat de poésie électrique c'est tout simplement un peu de vie qui s'anime au-dessus des cimetières des idées mortes et des idéaux trahis, c'est tout aussi, voire parfois *plus* vital encore qu'un attouchement furtif dans le noir.

Toniiiiite, I'am a rock'n roll star...

H – 36 pour l'envol vers les tropiques.

Derniers joints avant le passage des frontières. On ne prend plus de risques à mon âge, surtout vers un tiers monde coco-dollarisé, avec une famille et les nouvelles lois de sécurité aéroportuaires. Rien que pour ça, Ben Laden mérite une bonne raclée. Non seulement, comme le dit fort bien Nick Tosches, « ce type n'était même pas du quartier », mais en plus il aura donné aux paranoïdes (qui confondent fumeurs de joints et criminels de guerre) l'occasion tant attendue pour mettre en œuvre leur politique de dinosaures démocratiques.

Quoi qu'il en soit il ne faudra pas reprocher aux États-Unis leur nouvel isolationnisme après avoir braillé contre leur interventionnisme à chaque occasion qui s'est présentée.

Il n'y a franchement plus rien à espérer de l'Europe, ce constat est si affligeant que, même avec l'exil, je n'arrive pas à m'y faire. On pense à faire entrer dans ce machin les pays baltes, la Turquie et les Slaves de l'Est européen, sans articuler le moindre début de corpus politique pour toutes ces nations qui vont vers des déconvenues pires encore que celles qui succédèrent au traité de Versailles.

Un Vert c'est la plupart du temps un ancien Rouge devenu végétarien et ami des animaux. Et désormais adepte de la charia.

À l'époque où je finissais le *Laboratoire de catastrophe générale*, je me souviens d'avoir essayé de lire Crébillon Fils. Je ne saurais dire pourquoi. Peut-être, par excès de sentimentalisme, voulais-je donner une dernière chance de me séduire à un siècle qui avait envoyé Chénier à la guillotine et dont la *Star Académie* regroupait Voltaire, Rousseau et Diderot, la tabatière infernale dans laquelle toute la pensée occidentale allait se consumer, pour quelques mauvaises volutes de fumée naturaliste.

Comme avec à peu près tout ce qui vient du XVIIIe siècle, je me suis gelé sur place d'ennui. Un peu plus tard, je faillis faire comme Joubert, je crois, avec les livres réputés les plus « intouchables » de son époque : il découpait soigneusement les pages qui lui plaisaient, et avec une sévérité tout *inquisitoriale*, comme le rappelle joyeusement Barbey d'Aurevilly, jetait le reste au feu.

En ce qui concerne *Les Égarements* de Crébillon, je n'ai guère hésité. Plus pragmatique que le divin Joubert, je me suis contenté de le placer dans un des stocks de livres destinés à l'échange en bouquinerie. Depuis, il a été remplacé avantageusement par l'un ou l'autre des Pères de l'Église.

Avec ces « libertins » annonciateurs de notre vague *porno-trash*, on touche le fond du baril, dont les douvelles pourries répugneraient jusqu'au Diogène le plus féroce.

« Ce qui, en revanche, n'est absolument pas rentable dans la nature, les fragments que non seulement le producteur ne peut pas utiliser mais qu'il ne peut pas non plus éliminer, le surplus de l'univers (la Voie lactée, par exemple), tout cela constitue à ses yeux – pour autant qu'il en tienne compte – un scandale métaphysique, un amas de matériaux que rien ne peut justifier, un amas de matériaux installés là sans la moindre raison et que seule peut expliquer l'incompétence commerciale du cosmos », Günther Anders.

***

17 décembre 2002. Il a fait très beau aujourd'hui à Montréal. Je réécoute mes vieilleries proto-punk : Sally Can't Dance, Station to Station, le premier Floyd, le premier Stooges, le Velvet, Roxy Music. Dernières injections d'électricité sonique, ultrablanche avant le tropique du Cancer et ses rythmes chaloupés, version mer des Caraïbes.

Ma fille me demande : « Comment font-ils à Cuba pour le sapin de Noël ? » Je suis soudain pris en faute d'ignorance crasse. J'improvise un truc sur de probables palmiers.

Corrections sur le *Laboratoire de catastrophe générale* en vue d'une réédition en poche (collection Folio). Comme pour le premier volume, ma pensée est confrontée à ce qui lui a permis de passer vers un autre degré. Il y a une forme de nostalgie attendrie devant des textes qui vous paraissent aussi lointains qu'une planète d'origine.

Les romans sont des mondes qui vivent en vous et qui demandent, par le *fiat lux* de votre narration, à prendre corps dans un livre.

La vie d'un romancier est terrible parce qu'elle est en quelque sorte déjà pré-dite par lui-même. Il sait quels vont être ses prochains ouvrages et l'ordre dans lequel il lui faut les aborder, il connaît les relations qui s'exercent entre eux tous, comme entre les arcanes d'un tarot, il connaît aussi la spécificité de chacun, et pourtant ils ne sont pas pré-écrits en tant que tels, leur narration, cette mise en action écrite de la pensée, n'est pas encore née, et tout dépend de cet acte crucial entre tous, comme la parturition.

Ainsi, la narration est bien ce moment où les plans apparaissent après que la vie s'est jetée dans le gouffre, où les diagrammes surgissent après leur composition, comme si la vie véritable se cachait en un flux tendu à rebours de la tendance qui nous fait aller gentiment vers le tombeau, de notre vivant.

Comprendre la mutation du corps-esprit par la Vie éternelle, c'est commencer par foutre un bon coup de pied aux fesses de la Faucheuse, cette ombre portée sur nous par le paradoxe de la Création. La vie et la mort sont des hélices entrecroisées, et enchâssées de telle manière que l'une inclut l'autre sans l'enclore. Lorsque nous mourons nous passons effectivement par la porte du Néant, mais c'est en fonction de ce qu'aura été notre vie mortelle que nous en ressortirons transfigurés, prêts à la résurrection, ou alors au feu du Jugement.

Les paradoxes divins ont été depuis longtemps mis en lumière par les docteurs anciens de l'Église. Lorsqu'un homme est mort, il est mis en présence de l'Éternel et donc sa mort échappe, de ce côté indicible du métaréel, à toute temporalité, elle devient synchrone à toutes les autres. En d'autres termes, les hommes meurent depuis des millions d'années et continueront probablement de le faire pendant un certain temps encore, mais lorsqu'ils se « réveillent », passé la Porte, ils sont tous au même lieu, au même instant, en synchronicité avec l'Heure du Jugement.

C'est la raison pour laquelle l'eschatologie juive et chrétienne entrelace les notions d'humain-individu et d'humanité-collectif. Si nos vies se succèdent, par le biais des générations, nos morts, c'est-à-dire notre anéantissement et notre résurrection, sont synchrones, car la mort vue du côté des vivants n'est rien d'autre que le sédiment organique d'une rétrotranscription générale du corps-esprit de l'homme ; cette rétrotranscriptase est un *downloading* très particulier, d'une espèce méta-biologique, car elle se vectorise par l'intermédiaire de tout notre ADN, et en particulier l'ADN de nos centaines de milliards de cellules nerveuses. C'est comme si toute la VIE du corps, ainsi « mort », était rétro-écrite par l'émission quantique de différentes radiations électromagnétiques émises par le code génétique au moment, j'allais dire : de l'extinction des feux.

Qui cache en fait une illumination secrète, celle du métavivant.

Nos vies ne sont pas réglées par le hasard, mais pas non plus par un Dieu mécanicien qui passerait son temps à regarder ses jouets et à les remonter. Nos vies sont réglées par nous-mêmes, et de cela il nous est précisément tenu compte, au sens strict, au moment où la conscience se « sépare du corps » mais en fait pour s'y réunir, sous une autre forme, un autre plan d'énergie quantique.

Nous devons comprendre que nous sortons tout juste de la préhistoire. Tant que nous n'aurons pas admis cette première relativité, toutes les autres ne vaudront pas grand-chose.

Il est à mon sens fort probable que, pour se propager sur des dimensions intersidérales, les êtres pensants et agissants doivent être en mesure de franchir des niveaux d'énergie et d'en revenir. Leurs notions de la vie et de la mort nous sont pour le moment complètement étrangères.

On peut se demander, fasciné en effet sauf si on préfère les boulons de douze ou les fers à repasser, comment vivrait un « individu » dont la longévité moyenne serait celle des ancêtres de la Bible : huit cents ans, onze siècles ?

La population humaine vient d'entrer dans une des phases d'expansion exceptionnelle qu'elle a maintes fois connues, explique un rapport de l'Observatoire galactique de la Civilisation humaine-terrienne. Cette fois-ci, il s'agit de la phase critique entre toutes, le moment où les forces d'expansion et d'évolution sont aux prises avec leurs contre-pôles dévolutifs et implosifs. Mais les récents progrès aux marges des sciences biologiques laissent entrevoir une possibilité pour que l'humain commence enfin à se doter d'une métaphilosophie véritable englobant toutes les complexités de la conscience politique planétaire.

Si nous voulons prétendre penser, être des *homo sapiens*, commençons par nous doter d'une civilisation digne de ce nom, comme disait Nietzsche. Cette civilisation circum-terrestre, c'est la fin des États-nations comme des idées supranationales soi-disant démocratiques, et c'est aussi la fin des hérésies modernisées.

Les espaces interplanétaires laissent peu de place aux doutes infondés, comme aux certitudes de pacotille. La vie dans l'espace va demander une telle métamorphose de la vie quotidienne, un tel renouveau de la politique rêvée par Nietzsche, que seule la couardise légendaire des Modernes est en mesure de faire avorter le projet. Car pour faire l'homme, il faut le surpasser bien sûr. Ce qui veut dire que pour sortir la planète du chaos qui l'attend, sera rendu nécessaire un condominium de puissances ayant acquis le contrôle de la vie dans l'espace, donc celui du génome. Ce condominium sera seul en mesure de concevoir le plan à long terme nécessaire à la réussite de l'entreprise.

C'est parce que l'Angleterre devenait invivable (des guerres civiles religieuses aux épidémies de peste) que tant de colons britanniques partirent pour les Amériques, et c'est parce qu'elle était, malgré tout, une terre grasse et riche que si peu de Français quittèrent leur mère patrie. Lorsque la Terre sera devenue quasi invivable, dans deux ou trois générations, les techniques de vie dans l'espace seront économiquement viables et sans doute proposées à un prix abordable. Les forces qui se partageront ce nouveau monde ne se feront pas de cadeaux, pas plus qu'au cours de la conquête des Amériques. Ceux qui continuent de penser que les petites machineries démocratiques dont s'affublent les micronations indépendantes ou les cons-fédérés de Bruxelles vont tenir la route au cours des trente années qui viennent sont les mêmes charlatans qui vendirent deux paix mondiales, et soldèrent deux guerres mécaniques universelles, aux populations du monde et de l'Europe, lors de la première moitié du XXe siècle.

Une Grande Politique pour l'Europe : rêve impossible, sauf au prix d'un bain de sang généralisé. Que nous auront appris les deux guerres mondiales, sans parler de la troisième ?

82

L'Europe aura donc été une magnifique possibilité, morte avant que d'avoir vécu, ange avorté pour lequel il m'est difficile de ne pas ressentir le poids d'un chagrin lesté de toutes ces civilisations épuisées en vain.

Dans vingt ou vingt-cinq siècles, des enfants humains, âgés de cent cinquante ans au moins, apprendront, quelque part en orbite autour de Saturne, qu'il y eut un jour un continent qui jamais vraiment ne se fit, rêve impossible qui se brisa d'abord sur la jeunesse des nations qui le composaient, puis, lorsque le temps fut venu, pour raisons de vieillesse congénitale et consanguine : trop différentes et trop semblables, ayant trop en commun et pas assez en partage, elles laissèrent passer la fenêtre de tir – c'est le cas de le dire – des grandes mutations métapolitiques du XXIe siècle.

Il n'y avait pourtant, comme le génial marin génois des rois d'Espagne le savait, qu'à laisser *se révéler le Globe*, qu'à poursuivre la marche solarienne de la découverte scientifique. Dans l'espace, cette marche nous pousse vers l'extérieur du Système, si nous suivons la course des photons solaires. La direction nous est en quelque sorte indiquée depuis longtemps...

L'autre jour, après avoir entendu Poutine parler de prospective économique pour son pays ravagé, je n'ai pu m'empêcher de me dire : « Dans un quart de siècle, les Européens rêveront d'avoir le niveau de vie actuel de la Russie. »

Il faut toujours un bon coup de pied aux fesses des bourgeoisies endormies pour qu'elles se réveillent et fassent leur putain de boulot de marchands, plutôt que de jouer aux Maîtres du Monde. Aux politiques de définir le régime de la guerre en cours, aux marchands de proposer les systèmes technologiques allant de pair, telle sera la reconfiguration stratocratique du capital de troisième type. Ben Laden, sans le savoir, aura remis les choses à leur place, pour son plus grand malheur.

Ainsi, de nouvelles formes d'énergie, seules susceptibles non seulement de sauver la planète (!), mais de sauver l'HOMME, sont d'ores et déjà à l'étude. Or, les formes d'énergie basées sur l'hydrogène et la fusion nucléaire contrôlée sont seules capables de produire une civilisation durable et en EXPANSION dans le cosmos, c'est-à-dire une civilisation postindustrielle mais anti-écologique, c'est-à-dire écologique par conséquence et non par décision bureaucratique sous l'influence de mauvaises croyances religieuses en la Mama-Gaïa.

Sur Terre, les réserves d'hydrogène à l'état naturel sont titanesques : un atome d'hydrogène, deux atomes d'oxygène, une molécule d'eau, la ressource première du futur se trouve partout à la surface du globe. Ce n'est donc pas seulement pour le contrôle corporatif des réserves d'eau minérale potable qu'on va bientôt se battre sans pitié sur cette planète, quoique le problème soit crucial, mais parce que cette molécule simplissime contient les deux éléments primordiaux qui, séparés, sont inséparables de la vie outre-Terre : l'hydrogène d'une part, l'oxygène d'autre part.

On constate, là aussi, une prédominance anglo-américaine sur le contrôle des eaux du globe, auquel le rajout de la puissance navale russe n'est pas à négliger. Les anciennes comme les nouvelles puissances thalassocratiques deviendront maîtresses des océans interplanétaires, elles seules en comprennent l'intérêt stratégique, elles seules ont l'expérience historique pour ce faire, elles seules contrôlent l'espace maritime nécessaire. Là encore, voir l'empire circum-terrestre de la France ne produire que des Nouvelle-Calédonie, des Guyane, des Guadeloupe, et ne rien apporter de tout cela à une Europe croupion, oh oui cela peut rendre mon exil plus désespéré encore.

Il faut en prendre son parti, Nietzsche se trompait gravement en émettant la prédiction qu'*aucun avenir ne serait américain*. Chaque penseur a ses trous noirs. Pour Nietzsche, l'Amérique aura été le trou noir de sa pensée, son impensable à lui. Et rien ne me semble plus logique, à chaque réflexion.

L'Amérique est le laboratoire expérimental du monde, c'est son grand défaut et sa plus éminente qualité. En elle tout cohabite, tout est potentiel, tout ne demande qu'à être actualisé. La force de réaction américaine n'a pas encore été testée à sa juste mesure. L'Amérique a vieilli, ce n'est plus une enfant comme en 1917 ou en 1941, ou une adolescente comme au Viêt-Nam ou durant la guerre du Golfe. Le 11 septembre lui a fait subir l'initiation. Elle n'est pas près de l'oublier, et elle saura le rappeler au Vieux Monde l'heure venue.

Je préviens brutalement mes lecteurs : je me suis rangé aux vues de MM. Ramonet et Chomsky. Si jamais une nouvelle guerre civile éclate un jour sur le continent européen, je clamerai que je suis contre toute intervention américaine dans les affaires du parc-à-thèmes ethnique Zéropa-land. Pas un GI ne doit mourir pour Chirak, José Bové, Schröder ou Nick Mamère !

Les soldats américains doivent quitter le golfe Persique et ne plus stationner qu'en Israël, au cas où les Palestiniens voudraient jouer les malins encore une fois et en découdre directement avec l'État hébreu.

Il faut laisser Saddam faire joujou avec sa bombinette afin de pouvoir le vitrifier. Il faut que les pétromonarques arrêtent de nous gonfler en subventionnant

Al-Qaeda en douce tout en étant bien contents que de pauvres cons de GI meurent pour garder leurs derricks.

Si les Américains ne parviennent pas à mettre le Grand Daddam à terre, les premiers perdants seront les peuples de la région qui savent pourtant à qui ils ont affaire, avec cette espèce de Dupont(d) agrémenté d'un chapeau melon, d'un parapluie et d'une carabine les jours de fête.

La comédie des inspecteurs de l'ONU n'a que trop duré depuis dix ans bien tassés. Tout le monde rentre chez soi. Et le continent américain en son entier redéfinit sa politique avec le nouvel Occident : la Russie, le Japon, l'Australasie, la Chine, le Sud-Est asiatique, l'Europe slave. Un bouclier antimissiles et des frappes préventives avec des munitions de plus en plus sophistiquées, le retour à l'espionnage version dur-à-cuire – empoisonnement et attentats, contre-terrorisme actif, coopération à prévoir entre ex-KGB et néo-CIA – sont à envisager avec sérieux. Les petits messieurs de Bruxelles feraient bien de se réveiller, eux et leurs *compradores* nationaux, si la politique des Douze, puis des Quinze, puis des Vingt-cinq, puis des Trente, reste aussi vacillante qu'elle est aujourd'hui, l'Europe disparaîtra du rang des puissances mondiales le temps que la Russie ait comblé son retard sur l'actuel Portugal (j'entendais des Français se gausser de l'état de la Russie postsoviétique après la terrible prise d'otages de Moscou, rira bien qui rira le dernier).

Depuis trop longtemps les Français et les Allemands se sont crus le centre du monde. Ils ont cru philosopher sans prendre soin d'avoir des civilisations suffisamment robustes ! Pour les premiers, la prétention psychologique et un passé devenu simple verroterie, mythique mais ô combien lourde à agiter ; pour les seconds, la fatuité métaphysique de néo-Héllènes pour une nation qui venait tout juste de se faire !

Les Américains furent, dit-on, plus *pragmatiques*, mais en étudiant les penseurs anglo-américains du début du siècle, jusqu'à Bateson, on se rend compte que leurs visions étaient largement aussi « folles » que celles de l'anti-utilitariste de Sils-Maria. On saura un jour évaluer le changement général de la vision américaine entre 1918 et 1945 et je ne parle pas de celui survenu entre octobre 1989 et le 11 septembre 2001.

Désormais, même si ma tête est encore embrumée des souvenirs du continent perdu d'où je viens, mon cœur commence à battre au rythme de la vie nord-américaine. Je ne prétends pas vous faire le coup du chantre de l'électricité super-rocaineraule du pays d'Elvis Presley, à la différence de bien des Français pour qui l'Amérique se limite à une poignée de gros mythes comme la Route 66, et si je reste un amateur de rock et de blues, il est peu probable que j'emprunte un jour cette mythique voie de communication – qui d'ailleurs n'existe plus vraiment – sinon en la croisant presque par mégarde. Des mythes plus secrets me travaillent. La conquête française de l'Amérique tandis que les colons anglais restaient sur le littoral (et y développaient les armes de leur victoire future) : les « Canadiens-français » parvinrent jusqu'aux Grands Lacs et de là jusqu'au Mississippi, au Missouri et aux Rocheuses.

Cette route de la France américaine fut finalement mise au service des colons américains, doublement victorieux (de la monarchie française d'abord, de la monarchie britannique ensuite), mais c'est elle qui, je crois, m'attirera vers les confins du Montana et de l'Oregon, là où Lewis et Clark trouvèrent la piste du Pacifique.

Impossible de prétendre parler du passé dans un roman sans tomber dans le truc de la reconstitution historique, même Fajardie s'y met ! Je rêve au moment où je pourrais embrasser simultanément plusieurs époques dans un multiplex narratif qui les rendra corrélatives et pas par le biais d'un simple *plot* à paradoxe temporel. Comment décrire sur le plan contemporain, mais avec le rétroviseur fixé deux cent cinquante ans en arrière, une Amérique française qui n'aura laissé que des noms sans presque plus d'Histoire ? Que faire d'une piste qui date du XVIIIe siècle, comment l'investir d'une vision qui ne doive rien aux films en costume écrits par d'anciens corsaires de la rébellion anarchiste transformés en Paul Féval de l'édition-marchandise ?

Comment, dans un autre registre, entreprendre mon projet de roman sur la haute époque chrétienne (grosso modo celle de la fin de l'Empire romain) sans tomber là aussi dans le « thriller médiéval » à « connotations métaphysiques » comme il s'en fait tant de nos jours ? Comment réinvestir les champs Catalauniques, le concile de Chalcédoine ou de Nicée, les hérésies gnostique, arienne, nestorienne, monophysite ? Comment faire parler Origène, Grégoire de Nysse, saint Augustin ? Comment faire revivre Merlin, Arthur et Perceval ? Comment décrire la naissance d'une civilisation ? Questions ouvertes pour l'instant. Sans la moindre réponse à l'horizon, si ce n'est une vague lueur, que la perspective du baptême catholique anime.

Ainsi, les conditions de mon baptême à venir ont été une année entière de tortures mentales. Quel rite adopter ? Catholique. Certes, pourtant tant de conciles n'est-ce pas ? La foi orthodoxe, j'y ai songé, mais je suis en désaccord sur certains points théologiques d'importance. Le protestantisme, aucun intérêt en soi sinon pour être un catholique acceptable. Reste donc le catholicisme pur et dur, mais lequel ? Car il existe des Églises catholiques d'Orient, comme les maronites, dont les fondements théologiques m'attirèrent un temps. Pourquoi pas les coptes monophysites, qui se séparèrent de Rome en 451, à Chalcédoine ?

Et pourquoi pas le Judaïsme ou l'ismaélisme ?

Quand on a foi en Christ, en l'incarnation du Dieu Homme, quand on sait ce que cela représente comme dispositif miraculeux dans la trame des événements humains, au bout d'un moment la Sainte Église de Pierre reste la seule porte ouverte.

Mais où ? me soufflait le démon. Où ? Quel prêtre ? Il faut dire que le démon avait une foultitude d'exemples pour me démontrer l'inanité de ma démarche : des évêques pédophiles comme il en pullule aux États-Unis et au Canada. Des prêtres mariés, ou jouant du banjo pour les JMJ ? Des théologiens de la libération qui sont des copains d'Arafat ou des Farc narco-léninistes ? Le démon sait de quoi il parle, ce monde il le défait chaque jour que Dieu fait.

Alors m'est venue l'idée : Trinidad, Cuba. Une des plus vieilles villes d'Amérique, avec La Havane et Saint-Domingue, je crois. Point de départ de l'expédition de Cortés pour le Mexique.

Un baptême là où Colombus le Grand a posé pied en 1492, et à quelques encablures de la fameuse baie des Cochons.

Mais y a-t-il des prêtres encore en exercice à Cuba ? Qui pourra-t-on déranger pour baptiser un dingo de gringo français ?

Dieu, ô Infinie Puissance et Miséricorde, veuillez, je

vous prie, protéger quelque temps encore un humble soldat du Verbe.

Amen.

Provisional end of data, 19 décembre 2002, minuit seize.

2003

LA GUERRE DES MONDES

« On parle beaucoup de la manière dont
une guerre à peine achevée affecte l'art.
Mais vous apprendrez ici comment une
guerre sur le point de commencer peut
avoir le même effet. »

Wyndham Lewis.

7 janvier, retour de Cuba.

Reposé mais toujours pas baptisé. À Cuba, les églises font encore – en dépit de quarante années de fidélisme – très bien dans le décor pour le *gringo tourista*. Mais à Trinidad, j'ai pu constater qu'au sommet du clocher on avait remplacé la croix du Christ par une étoile rouge en plastique !

J'apprends par des amis parisiens que le marxisme-léninisme a de nouveau la cote chez les jeunes qui en veulent. Certains essaient même de reprendre les vieilles mises en garde que d'odieux réactionnaires, comme votre serviteur, adressent depuis un certain temps aux tenants du libéralisme politico-économique, c'est-à-dire de la social-démocratie, de gauche comme de droite. Du coup, un Alain Soral peut essayer de réanimer le petit hochet marxiste datant de sa jeunesse bourgeoise en se calibrant sur certaines positions « racialistes » dont moi et quelques autres serions, paraît-il, les parangons, tout en ne faisant s'offusquer qu'une poignée de militants du Parti des Travailleurs.

La révolution est en marche.

Chaque jour qui passe me fait un peu plus *catholique*. Et un catholique de plus en plus infréquentable,

93

surtout pour les lecteurs de *La Croix*, de *La Vie* ou de *Télérama*.

Un hérétique du modernisme.

Ce que je reproche à l'Église d'aujourd'hui : s'être faite plus luthérienne que les luthériens.

Ce que je demande : comme Barbey d'Aurevilly, la réouverture imminente du Saint Tribunal de l'Inquisition et le rallumage de ses bûchers !

J'ai rencontré des dominicains il y a peu, en vue de mon baptême. Saint Dominique... vous pensez.

Quelle ne fut pas mon horreur de découvrir une Sainte Église apostolique et romaine profanée de l'intérieur par des protestants humanitaires et de pseudo-gnostiques lambda tels que les congrégations unitariennes ou les raéliens en fournissent chaque jour tant et plus ! Le protestantisme lui-même se trouve dépassé en matière de rumination baba cool par ce qui usurpe le Glorieux Nom du Corps de Jésus-Christ.

Où se trouve le prêtre dont les mains ne se consumeront pas d'un seul coup lorsqu'il versera l'eau bénite sur ma tête ?

Yannick Haenel m'envoie une copie électronique du dernier « roman » de François Meyronnis, *L'Axe du Néant*, qui sera publié au printemps prochain dans *L'Infini*.

Quiconque lira mon prochain roman dans la Noire comprendra ce que je dois à quelques stylistes de la pensée critique comme les deux fondateurs de la revue *Ligne de risque*. Oui, je les ai « samplés », comme beaucoup d'*autres*, pour ce roman qui se disjoint constamment à la rencontre des autres, c'est-à-dire des livres. Ci-gît le sujet. Ci-gît la mort, comme le dit Meyronnis. Et la mort aurait bien voulu que je continue d'écrire en faisant comme si cette collision n'avait pas eu lieu. Qu'elle soit le fait de deux de mes contemporains aurait même dû me les rendre d'autant plus suspects, et d'autant plus inexploitables.

Je suis le *digital dog*, je suis le chien de minuit qui court sur les pentes du synchrotron neuronal et si je ne dois rien à personne c'est afin de mieux réserver ce qui revient à chacun. Avec *Villa Vortex*, j'ai jeté toutes mes lectures dans une sorte de machine infernale chargée de produire en moi la double spirale du Néant et de l'Infini. Autant dire que j'ai fait de mon cerveau le laboratoire expressif de sa conversion paradoxale au Christianisme de la fin des temps, celui de l'Église rendue cryptique pour de bon, non seulement pourchassée jusque dans les tréfonds de l'Axe métropolitain, dans les cryptes de la Ville-Monde, mais devenue agence du grand désagencement, devenue la faille métamachinique qui foudroie les cœurs alors que la Grande Nuit s'est abattue et que, bien sûr, son éclairage artificiel est aveuglant.

Toute vérité est un processus de crucifixion, c'est-à-dire la singularité des singularités qui de la ligne et du cercle, du continu et du discontinu, du langage et du réel, produit une double spirale multidimensionnelle qui toujours se propage comme un arbre inversé à travers les plis et les surplis que nos « consciences » maillent à travers le monde. Et ainsi, la roue cosmique, crucifiée, se magnifie en aura de sainteté. Telle est la signification des antiques croix celtiques que le Christianisme primitif érigea en Irlande, en Écosse et dans l'ouest de l'Angleterre. Sur de nombreuses icônes byzantines aussi la croix est auréolée de ce disque solaire. La Crucifixion, en osant figer le flux-processus historique du monde, le surintensifie et lui redonne un mouvement *global*, et pas seulement circulaire, car il est celui de la diffusion de la Lumière. Elle est donc bien en relation non dialectique avec la Résurrection, avec le Retour du Corps glorieux vers le Père.

Il faut voir la Crucifixion christique comme le point de surtension dans lequel la roue solarienne de l'Histoire est à la fois arrêtée et magnifiée par un double rapport de rapport qui quadrille le corps-plein du texte en écriture constante qu'est la Grâce manifestée par les Œuvres de l'Esprit-Saint dans l'histoire de l'Humanité. C'est pourquoi le Christ est aussi et surtout une figure méta-politique, c'est-à-dire proprement prophétique : en lui, par lui, toutes les tendances de l'Homme évoluent, se transvaluent, devrais-je dire, dans un processus de schize narrative qui brutalement actualise l'ancienne Alliance du peuple hébreu en un chiasme planétaire dès Son apparition.

Dans *L'Axe du Néant*, Meyronnis reprend, pour mieux la poursuivre, une des découvertes intuitives de Heidegger les plus fondamentales concernant la structure du temps. Après Heidegger, Meyronnis postule que le temps est quadridimensionnel, ce qui, en rajoutant les trois dimensions usuelles de l'espace, nous ferait en fait évoluer dans un espace à sept dimensions, chiffre intéressant pour le moins sur le plan kabbalistique.

Sans vouloir polémiquer oiseusement avec lui, je ne mets pas en doute ses analyses brillantes dont je conseille la lecture à au moins quelques-uns, je suppose pour ma part, comme hypothèse de départ, qu'il en existe dix, et que ces plans de chiasme énergétique correspondent aux dix séphirot de l'Arbre kabbalistique.

Il resterait donc trois dimensions cachées.

Je pense que ces trois dernières dimensions n'ap-partiennent, en fait, ni au temps ni à l'espace, et que la faille interstitielle qui sans cesse se meut entre les plans, tel l'éclair qui réunit les séphirot, la « onzième dimension », les rassemble, comme pièces distinctes mais conjointes de la métastructure qui surplie l'univers dans sa propre narration. Je m'inspire ici des plus récentes théories mathématiques/cosmogoniques qui s'entendent sur un univers à dix dimensions plus un « univers-interface », onzième dimension qui se meut à leurs (dis)jonctions.

S'il reste trois dimensions cachées, et que l'anti-univers de la Lumière inconnaissable les traverse aussi, ces trois dimensions sont les « trois cervelles qui n'en font qu'une » dont parle le *Zohar*, elles sont les trois plans unitaires directement en contact avec le Tétragramme, les trois séphirot supérieurs, et ils articulent le paradoxe divin qui se répète dans toutes les triangulations séphirotiques de l'arbre, grâce à la Tri-Unité. L'Un est/n'est pas. Si l'UN est l'Être avant même que la pensée ait pu le saisir, donc avant même l'articulation dualiste qui la suit dans la proposition, on obtient la proposition : l'Être est *et* n'est pas.

Vérité vérifiée mille fois par les Saintes Écritures et la littérature patristique mais que la redécouverte catastrophique de Platon et d'Aristote, par ses « commentateurs » autoproclamés comme Averroès et Siger de Brabant dans les années 1300, a irrémédiablement mis au rancart des « absurdités philosophiques », creusant la tombe de la pensée pour des siècles, jusqu'à aujourd'hui.

Meyronnis ne s'arrête pas là, et je me sens bien incapable de fournir, en ce moment, la moindre ébauche d'une critique rationnelle de son texte. Ce que je sais c'est qu'il remplit le but que, semble-t-il, il s'est assigné : propager la ligne d'écart avec la réalité programmée, creuser sans cesse cet au-dehors infini au-dedans de nous-mêmes. Et dire que nous ne nous connaissons même pas ! Selon l'acception familière du mot, notre unique zone de contact est soi-disant une instance de type *média*, appelé livre.

Ceux qui pensent que le livre est un média désirent, au fond, l'asservir à ce rôle d'organe de communication dans lequel il ne rentre qu'en s'autodétruisant.

Ce ne sont pas des livres qui aujourd'hui se vendent, mais des zécrivains. Chacun plié sans la moindre résistance aux ordres du programme *Trade-Mark International Committee*, ici-chez-moi-pas-touche, moi-je-l'écrivain-qui-nomme-les-choses-qui-fait-se-mouvoir-la-vie-par-la-magie-de-mémos, oh-oh.

Alors fait pénétrer le surcodage pirate qui occasionne le burst rétrotranspositionnel général au sein des vertébrés dotés d'une boîte crânienne de mille trois cents centimètres cubes et d'un système nerveux central qui – dans le meilleur des cas – fournira à la mort quelques poussives terminaisons linguistiques occasionnant chez ce plumitif nommé *homo sapiens* des épiphanies d'orgueil absolument incompréhensibles pour quiconque a été contaminé par les Très Saints Virus des Vérités-Rétrotranscriptases, et sait que ce machin biologique n'est qu'une plate-forme provisoire, un véhicule chargé de s'anéantir pour le compte de sa Réunification avec l'Esprit, démarche si dangereuse pour l'organisme que le Divin Programme l'a pour l'instant encore corrélé avec la mort dudit organisme.

La vérité, ce qui reste situé derrière le voile du Tabernacle, cette vérité est mortelle. Les juifs l'ont appris, il y a cinquante-sept siècles, lorsque l'Alliance fut scellée entre Abraham (et sa descendance) et le Très-Haut, puis lorsque Moïse, un cycle historique plus tard, vint le rappeler à l'ensemble des filles et fils d'Israël.

Le Christ survint un cycle plus tard encore et il fut le moment où la Glorification du Corps-Esprit par la Résurrection eut lieu, tel que promis depuis les origines par les Écritures. Un *momentum* unique dans la schize processive de l'Humanité qui vient TOUJOURS disperser les ténèbres du Néant qui retiennent la vérité de l'Éternel à l'intérieur de l'Homme, comme dans une prison. Mais voici la cristallisation, l'épigenèse imprévue qui d'un bloc de pierre fera le quartz métamorphique de l'Église, voici l'Homme. Et voici le Fils de l'Homme. Et le voile du Temple s'est déchiré.

La prison s'est ouverte depuis sa fermeture sur un soupirail qui conduit paradoxalement à la lumière, à la lumière enclose par la nuit dont parle saint Jean dans son Évangile. À cet instant-là, Nietzsche l'apprit à ses dépens, il est toujours midi, le moment de l'anti-minuit, là où la marche solarienne est à son zénith, marque aussi le moment de la plus grande nuit, de l'autre côté du globe-homme, du globhomme.

Le Globhomme c'est le moment de l'Antéchrist : Mahomet, plus Luther, plus Hitler, plus Lénine, le Quadriparti antéchristique qui cloue l'Occident par ses quatre orifices est désormais installé pour des siècles. Le destin de chacun est marqué à ce sceau de feu, sans même que des figures exceptionnelles comme celles susnommées apparaissent de nouveau, mais sans non plus que cette possibilité soit exclue, car dans l'Ère de l'Antéchrist, il n'y a plus de Loi, donc plus de Liberté. Le Léviathan, disparu, alors que la Mort de Dieu est désormais une évidence partout constatée et même répétée jusqu'à plus soif, découvre l'homme découronné, asservi à ses propres prothèses technico-linguistiques par son programme socio-génétique devenu opératoire, et qui se répand dans la progression réticulaire des subjectivités *télé*centrées, chacune d'entre elles ayant, grâce aux technologies du réseau, le moyen de se mettre en MIROIR vis-à-vis du monde extérieur, un miroir sans tain, qui de l'intérieur observe ironiquement l'Autre, et ne montre à l'extérieur qu'un reflet à peine particulier du processus nommé Réalité. Le Terroriste, en cela, est l'exemple édifiant de cette expérience que l'humanité est en train de conduire sur elle-même, lors de la Chute que certains nomment sans rire Progrès.

Nous pouvons prendre la place du Christ, en bons petits Globhommes post-révolutionnaires tels-que-voulus-par-la-Matrice-*reloaded*, oui, purement et simplement, nous n'avons de toute façon plus la force de produire un autre Hitler, ou un autre Luther, ou un autre Mahomet. Désormais nous sommes tous gnostiques-à-la-mords-moi-le-nexus, religions nouvelles en kit pour humanoïdes de troisième espèce, à chacun sa croyance, à chacun son programme, qui répète de toute manière le même mantra : toutes les religions se valent, Dieu est le même pour tous, etc. Et CAETERA.

Le Globhomme est survenu, en lui l'homme découronné recloue chaque jour le corps du Christ sur sa Croix, afin de faire durer le monde, SON monde. Son petit anti-monde personnel.

Il faut bien comprendre que le Globhomme est ce moment terrifiant entre tous : celui où désormais les hommes sont libres d'écrire ce qu'ils veulent, et où ils le font ! Mais comme ils ne veulent rien, ou qu'ils ne veulent plus que le Rien, qu'ils apparentent niaisement à une simple absence, à leur propre vide, alors qu'il s'agit d'un différentiel toujours actualisé avec la Programmation de la Réalité, ils peuvent aujourd'hui être facilement subordonnés à un tel programme social-général qui imite la vie, et mieux encore qui imite en tout point la vérité elle-même, c'est-à-dire cet écart toujours recommencé par-delà sa ligne tendancielle, la ligne qui s'étoile à partir du centre de tous les centres vers l'extrapériphérique, le non-orbital, l'intersidéral, à travers la faille interstitielle de l'Esprit-Saint, vecteur du verbe, dérouteur des langages-programmes, différentiel des différences, destructeur des rapports productifs, producteur des destructions inductives, et tout cela à un micron du Grand Simulacron, car il y a un micron, et sans doute moins entre Lucifer et Lui.

Apprendre à sauter les rivières quantiques.

« Dès l'instant où nous aimons une chose, le monde nous devient hostile. Dès que nous avons pris racine en un endroit, cet endroit s'évanouit », G.K. Chesterton.

AMERIKA ON ICE.

I saw my future
As a collision course
Stranger in a strange land
I was a running ghost
Lost between two oceans
Writing the last sign
Of a human being
Some nights the breathe
Of a cold white dream
Awaken me, icy
In a bed full of sand.

Numbers by numbers
Digital clocks rules
Our life cut in sequences
And briefly broadcasted
On a copper cabled code
Who blast all distances
In square-pixellized worlds
Who implode in every space.

The mirror,
Sparkling slowly
In the golden light
Of the room
Reflects the blue square
Of a window open
On the Montana frontier
And as I watch the sky
This pale purple birth
Of a scorched angel
I touch the girl sleeping
At my side under a ray of gold
Our shapes in the world of glass
Are two snakes being glued
By sweat, salt and hollow
Then her body moves slowly
Through some seconds of silk
And the mirror
Is set like a crown over my head
It's my secret
Babe
It's my secret.

Le code cache toujours un autre code. *Windtalkers* des écritures supra-humaines. Chaman navajo tremblant dans le vent des *mesas*, surcodant le projet Manhattan, recoupant l'expérience néo-mexicaine – celle de l'âge atomique, une milliseconde de lumière pour vaporiser deux cent mille humains –, avec cette Iliade des Nombres qu'est le *D-Day*, le tout cernant l'Abîme du *Nacht und Nebel*, trou noir de l'humanisme des Lumières, comptabilité statistique de la mort industrielle au cœur de l'Europe suicidée, voici comment on pourrait décrire ma vision « politique » de la Seconde Guerre mondiale. Et donc du monde dans lequel je suis né et où j'ai vécu jusqu'ici. Jusqu'au Grand Schisme de 1989-2001.

En moi volatilisées novas de neige carbonique toutes les dialectiques maître-esclave, mort-vie, lumière-nuit, etc. Je relis le Pseudo-Denys, dit l'Aréopagite, et j'y découvre des pages stupéfiantes sur la Ténèbre inconnaissable dans laquelle, en fait, brille la lumière surnaturelle que nous ne pouvons pas voir.

Il y eut un authentique gnosticisme chrétien, une passionnante tension entre l'Orthodoxie et l'Hérésie durant les cinq cents premières années de l'ère chrétienne. D'authentiques gnostiques chrétiens parvinrent sans trop de mal à combattre les charlataneries qui se proclamaient « gnostiques », sur des termes platoniciens extrêmes, en élaborant contre elles une « non-philosophie » irréductiblement prophétique (suragençant les termes du Politique et de la Parole, des Nombres et du Verbe) qui se dégage d'emblée des impasses dualistes en se fondant sur les paradoxes hautement réversibles de la Tri-Unité. Les anciens maîtres de la littérature patristique, et jusque vers le premier schisme, sont les dépositaires du savoir ÉSOTÉRIQUE ET PROPHÉTIQUE du Christ, ils le transmettent en suivant les enseignements de Jésus, sans jamais essayer d'imiter Dieu, de se faire Dieu, à la différence des disciples de Cérinthe, de Basilide ou de Valentin, mais en laissant en soi l'espace nécessaire à son Principe de s'incarner.

Puis, à partir de la fin de l'Empire romain, avec la venue de barbares soit païens, soit, pire encore, christianisés mais selon l'hérésie arienne, dualiste et créant une différence d'hypostase entre les trois figures de la Trinité, l'orthodoxie chrétienne doit resserrer les rangs. Déjà, quoique avec grandeur et génie, saint Augustin avait quelque peu tracé le sillon qui, mal suivi, allait se révéler fatal : en inversant presque terme à terme les absurdités du pélagisme, il fit germer dans la chrétienté les idées proto-protestantes du salut par la seule grâce de Dieu (dont toute Économie est pour ainsi dire absente puisque résumée à une intervention univoque, et non une interaction vivante entre le Créateur et sa Créature), et la recherche sans cesse plus rationnelle d'une vérité « philosophique », immanente à l'ordre divin. La controverse arienne « réglée » en 451, se produisit la première rupture interne à l'ordre chrétien qui se mettait en place depuis Constantin : le monophysisme fit basculer toute l'Afrique du Nord du côté des coptes qui, plus tard, accueilleraient presque en libérateurs les conquérants musulmans, avant de se rendre compte de leur funeste erreur. À partir de ce moment-là, après l'hérésie nestorienne, reléguée vers l'Arabie et l'Asie centrale, l'orthodoxie chrétienne tente une nouvelle fois de se remettre en place, mais la crise de l'Iconoclasme, aux VIIIe et IXe siècles, sans doute inspirée, en contre-réaction, par la déferlante islamique, allait préparer le terrain pour le Grand Schisme de 1054.

Pourtant, tout au long du premier millénaire une tradition tenta de maintenir le contact avec la *RÉALITÉ PHYSIQUE* du *CHRIST*, mais lorsque passé l'an 1000 les néo-gnostiques cathares, vaudois et bogomiles firent de nouveau irruption au cœur du Christianisme occidental, avec un super-dualisme néo-platonicien complètement assumé, il fallut éteindre le feu dans la bergerie. Après la conquête par les armes, il fallait la conquête par l'esprit. Saint Dominique avait, en vain, tenté de convertir les cathares. La Sorbonne, avec la scolastique aristotélicienne et néo-platonicienne qui y prenait quartier, allait élever de puissants remparts intellectuels contre toute hétérodoxie. Le premier schisme, avec Byzance, l'Orient, était consommé, personne ne se doutait qu'on roulait tête baissée vers le second, vers le schisme avec l'Occident, vers la Réforme.

Tout, dans la Réforme, ou presque (mais ce *presque* est essentiel), semble une convergence des anciennes hérésies combattues par l'Église depuis ses origines. Le refus de la divination de Marie, mère de Dieu, est ce qui valut à Nestorius son excommunication. L'icono-clasme assumé des Églises protestantes, en particulier calvinistes, est la résurgence « moderne » d'une querelle qui empoisonna la chrétienté durant pratiquement deux siècles. Tout l'aspect PHYSIQUE et SUPRASENSIBLE du Christ en termes de Corps glorieux (résurrection de l'âme ET du corps transmutés par le Verbe) est d'abord évacué par les anglicans, mais semble revenir dans les mouvements pentecôtistes charismatiques, où les pro-jections de glossolalies, sous la forme d'un « Verbe » déconnecté du Corps-Esprit puisque entièrement tourné vers le centre du « moi », sont attribuées à l'Esprit-Saint.

Mais la crise de la Réforme n'est pas qu'un syncré-tisme des anciennes hérésies, nous pourrions dire que c'est la forme spécifique sous laquelle elle s'exprima, dans un mouvement de réaction contre *TOUTE* l'Église qui, précisément, n'arrivait pas depuis un siècle au moins à *se réformer pour de bon*.

De nombreux kabbalistes chrétiens, comme Pic de La Mirandole, avaient redécouvert les antiques livres et la science juive de l'époque des « Palais », et face à la scolastique aristo-platonicienne qui prenait place dans l'Église, ou disons dans l'École, ils avaient tenté, parfois maladroitement certes, de raviver les sources mêmes du Christianisme. Très vite, la Kabbale fut assimilée – assez justement – à l'Alchimie, et l'Alchimie assimilée – injustement – à la magie noire, c'est-à-dire en fait à la magie tout court.

105

Cette répression fut à son comble avec la mise au feu de Giordano Bruno, parce que son explication de l'Univers, rebranchée à l'ancienne patristique et aux sources du Judaïsme, mettait en péril bien plus qu'une explication rationnelle du Système solaire : c'est toute la scolastique des années 1600 qui est mise en accusation explicitement, et cela, l'Église moderne naissante, qui creuse déjà sa propre tombe, ne peut l'accepter.

La Réforme est une tentative rationnelle de raccorder la foi chrétienne tardive avec les Écritures antiques de l'Ancien Testament. Mais vu les bases théologiques sur lesquelles elle se constitue (un super-augustinisme et un dualisme marqués), elle ne parvient finalement qu'à de tristes exégèses de plus en plus rationalistes, jusqu'aux méthodistes, voire aux mormons. Avec les maçons, les élites du monde protestant vont tenter d'approfondir leur science des Nombres kabbalistiques, comme les malles de Newton en apporteront la preuve, mais ce savoir est désormais coupé de toute PHYSIQUE véritable, non « mathématique », ce que d'aucuns nomment dédaigneusement – les triples buses ! – du sobriquet pour eux méprisable de « vérités révélées ». Et cela semble procéder d'une atroce dynamique qui vient dissocier les Nombres du corps et par ce fait permet le CHIFFRAGE des VIES humaines. C'est l'époque de la science technique et encyclopédique. C'est la pente, la rampe de sélection finale, qui conduit aux chambres à gaz.

En ce qui concerne les juifs, Meyronnis montre avec précision que c'est précisément parce qu'ils étaient le Peuple de la Parole que les nazis furent chargés par le Diable de les exterminer. Le Diable, nous l'appellerons « volonté de volonté », c'est-à-dire la force qui divise les rapports de forces et qui les réunit à la polarité ainsi créée. Lorsque l'Homme a décidé de se faire l'esclave de sa volonté de « maître » (c'est-à-dire d'esclave, en fait, selon Nietzsche, première inversion non perçue par les nazis), sans que le contre-pôle réactif et réversible soit institué, comme dans l'œuvre de l'auteur du *Gai Savoir*, on obtient le « monstre » dont parlait le philosophe et dont il se doutait qu'il sortirait de son œuvre non seulement incomprise, réécrite, et faussée, mais bien totalement INVERTIE, et en fait réduite à une seule dimension du territoire prophétique que Nietzsche investit de son verbe. Je me permettrai de dire qu'à bien des égards Nietzsche fut le Prophète du nazisme, non seulement parce que les nazis se servirent de son œuvre pour leur entreprise stupide et démoniaque, mais parce qu'il avait prévu cette occurrence, et que non seulement il l'a prévue mais qu'elle est survenue.

Nietzsche n'est donc pas un « philosophe », au sens grec du terme, c'est un prophète, un « témoin qui se souvient de l'avenir », comme le disait Léon Bloy.

Et de cela on ne peut que tirer la conclusion, en effet, comme Laruelle, qu'il y a, sur le continent Nietzsche, un pôle cardinal qui conduit au fascisme, mais que Nietzsche subvertit aussitôt par l'articulation irréductiblement politique qu'il fait du langage, c'est-à-dire des rapports entre signifiants et signifiés. Ce sera toute l'erreur d'Heidegger de ne lire en Nietzsche que ce que les nazis ont voulu en faire pour leur projet antéchristique de destruction des juifs : un apologue de la force-technique. Nietzsche est à la fois un visionnaire positif de cette force, et l'anti-pouvoir contre-polaire qui la renverse pour mieux l'intensifier, vers la métastructure paradoxale de la Connaissance, et il est alors le prophète qui indique le chemin très étroit qui ne conduit pas à la destruction ; dans le même temps, il assure que le Monde est vrai grâce à la Poésie, c'est-à-dire ce moment où le langage et le corps forment à nouveau une unité produite par le troisième terme de la vision prophétique, langage du corps devenu lumière, corps de lumière devenu langage.

Nietzsche est à la fois l'Antéchrist qui se nomme et se dénomme, et ce qui vient le subvertir pour mieux l'illuminer et le rendre à la Justice. Nietzsche est le premier non-philosophe de l'ère moderne, il est le théologien du siècle des camps.

Coupé de l'Orient et de l'Occident, le catholicisme pontifical de l'ère postmédiévale devient le pivot négatif autour duquel vont s'agréger tous les nihilismes de l'époque, en réaction contre elle, mais souvent en sur-imitant les aspects les plus intolérables de la religion romaine de l'époque.

Les Égalisateurs anglais, comme les luddites plus tard, certaines sectes protestantes puritaines, mais aussi les rationalistes défenseurs de l'État non religieux, Voltaire, les Lumières, tout cela fait pressentir la catastrophe européenne que Nietzsche allait décrypter juste avant que d'être frappé par la foudre divine.

Le coup de départ sera donné par la France, avec sa Révolution et la réaction napoléonienne, puis la défaite de l'Europe fédérale qui s'ensuivit en 1815, défaite historique que nous payons encore aujourd'hui.

Le coup de grâce sera donné par la gorgone bicéphale communisme/nazisme qui aura fait du XXᵉ siècle le bien nommé « siècle des camps ».

Il n'y a donc guère d'issue, et pour l'Europe, et pour l'Occident, et pour le Monde en général : la réunification métacritique du christianisme, c'est-à-dire la réunification de Rome avec l'Orient et l'Occident qu'elle a perdus depuis des siècles, ne peut être vue selon un simple point de vue conservateur-statique. Lorsqu'on voit ce qu'il est advenu de Rome et de la théologie chrétienne, on ne peut que se dire qu'une quatrième Rome, qui englobera les trois précédentes (Rome, Constantinople, Moscou), doit surgir pour préparer l'avènement du Corps-Christ au sein de l'Homme, c'est-à-dire d'un homme singulier, qui sera l'Incarnation du principe tri-unitaire divin au cœur d'un nouvel ÉCART avec le programme.

Pour qu'il soit Christ, l'homme doit à la fois être un homme et ne pas en être un, il doit être à la fois terriblement singulier et comme l'incarnation en une seule génération d'une nouvelle spéciation de l'espèce humaine. Il est vivant, et pourtant il ne l'est plus. Il aime les hommes et pourtant il est extra-humain, étranger à eux. Il est d'autant plus leur frère, à chacun et à tous, étranger à lui-même et pourtant absolument souverain. Il est l'espace psychologique impossible, il est l'Inconnaissable fait chair, et l'abandon de Son Père, alors qu'il expire sur la Croix, est irréductiblement relié à ce pôle de la Transcendance, soit le Néant, le Néant comme résistance invertie et intensifiée, le moment où la Tragédie, l'Absurde, l'Innommable, la Misère, la Déchéance se font jour, comme pour mieux préparer la Résurrection glorieuse.

S'il s'agit d'une restauration, il faut au Christianisme antique régénéré un nouvel espace, à sa mesure. Je propose comme hypothèse de départ que cet espace, sans doute transitoire, soit l'Amérique du Nord. Je propose que quelque part vers Los Alamos, là où s'élabora l'arme ultime qui mit fin à la destruction du peuple juif en détruisant plus de cinq cent mille vies en échange, et qui éclairait dans sa lumière toutes les destructions POSSIBLES de l'Humain, oui, là-bas, au Nouveau-Mexique, je propose que peut-être le souvenir de l'éclair blanc qui satura le ciel et le siècle tout entier, jusqu'à se voir dédoublé, soit le nouveau tabernacle d'une science chrétienne à réinventer.

Si le XXᵉ siècle ne nous apprend rien de plus que quelques moulinettes humanitaires sur « l'horreur des camps » ou la « guerre nucléaire », alors il ne nous aura rien appris. Le DÉCRYPTAGE du XXᵉ siècle reste à faire, comme si, en fait, il ne s'était pas terminé.

Et c'est, je crois, ce qu'il faut se dire : il ne s'est jamais terminé. La Solution finale ne s'est jamais terminée, car *un tel événement est par nature interminable*, comme le dit Meyronnis [1]. Ainsi le siècle des camps ouvre-t-il une époque radicalement nouvelle dans l'Histoire de l'Humanité, puisqu'il s'agit précisément de l'invention de cette abstraction universelle, contre la singularité qu'on avait nommée « homme ».

Lacan n'a pas dit que des bêtises, entre autres choses lorsqu'il affirmait qu'au fond « Hitler était un précurseur ».

Quiconque ne met aucunement le principe d'identité et de contradiction en question après Auschwitz et Hiroshima est un ignorant (tout simplement parce qu'il en ignore même l'existence, du principe comme des deux « événements »), un crétin (parce qu'il ne tire pas les conclusions qui s'imposent de ce qu'il sait ou prétend savoir), ou alors un criminel de guerre (parce qu'il en tire les conclusions qui s'imposent mais qu'il s'en contrefout royalement).

Platon et Aristote scellent le destin de la pensée occidentale jusqu'à aujourd'hui. Cela aura été l'erreur fatale du Moyen Âge tardif que de remettre ces deux phi-

---

1. En paraphrasant G. Steiner.

losophes à la mode, contre les vues de Maître Eckart qui pour cela frisa l'excommunication.

En osant reprendre les Écritures Saintes dans le texte, entre autres saint Paul, Maître Eckart entendait lutter contre la dialectique qui allait empoisonner le siècle suivant – le Quattrocento – et donner brutalement naissance à la Réforme un peu plus tard. En osant subvertir le principe d'identité et de contradiction plato-aristotélicien par la rotation visionnaire mystique, qui lui fait comprendre l'Épître de saint Paul selon lequel « Jésus, appelé par l'Éternel, se releva et ne vit... *Rien* » (c'est moi qui souligne), *au pied de la lettre* si je puis dire, Maître Eckart affirme que le Mystère du Christ se meut par cette faille qui se propage à la jointure de tous nos appareils cognitifs : le Néant est *et* n'est pas.

Car en fait ce Néant, cet abîme, c'est le pôle de résistance du Réel transcendant toute réalité, c'est-à-dire l'Un. Autant dire l'Esprit-Saint qui régnait sur les lumières-ténèbres d'avant le *fiat lux* séparateur et créateur de monde.

L'Être, l'Autre, la Différence sont des principes de cognition ontologiques mais aussi des pièges dans lesquels la pensée vivante peut aisément s'enfermer, si elle perd contact avec le Néant, c'est-à-dire avec le pôle de production d'un rapport non médié avec l'Un.

Car le Néant n'est pas que principe de négation, sans quoi toutes les contradictions seraient en effet médiées par lui, ce qui impliquerait l'absence de toute collision frontale dans les processus historiaux, ce dont Nietzsche a, me semble-t-il, démontré l'absurdité il y a plus d'un siècle en ouvrant ce « territoire irréductiblement politique » – comme le disait Laruelle il y a vingt-cinq ans – où les quatre termes d'un chiasme engagent un rapport de rapport général entre politique et sémantique.

Si le Néant *est* c'est parce qu'il est un rapport de

rapport lui aussi. Il est le différentiel qui creuse toujours davantage l'écart avec le programme naturel/social. Qui sera surpris d'apprendre que, dès les origines, le Christianisme allait malheureusement essayer de rejeter comme apocryphes certains écrits qui relatent des modifications fort étranges du CORPS DU CHRIST après sa résurrection et alors qu'il n'avait pas encore rejoint le Père ? Cette modification glorieuse (illumination par *burst* rétrotranspositionnel général) fut notifiée comme telle par les Évangiles selon Barthélemy ou selon Thomas, ainsi que dans les *Agrapha* ou les apocryphes éthiopiens, et l'on se dit, effaré, que cette trace d'une VIE APRÈS LA MORT en tant que phénomène physique, la présence corporelle du Christ – *De Carne Christi*, disait Tertullien – fut patiemment effacée de ses reliques par le Christianisme temporel jusqu'à ce que le protestantisme en fasse cette religion raisonnable, purement « idéaliste », donc totalement « matérialiste », qui fabriqua le monde dans lequel nous avons vécu jusqu'à la fin du XXᵉ siècle : le 11 septembre 2001.

Mais désormais la FAILLE se meut dans le SUPRAVISIBLE, ou disons que dans un premier temps elle envoie un leurre signalant de façon détournée sa présence, c'est-à-dire la mise en activité de son principe différentiel, dans celui de l'INFRAVISIBLE, sous l'œil encore étonné de quelques scientifiques un peu plus aventureux que la moyenne (qui est de ce point de vue-là sinistre).

Reçu ce matin par la *mail-list* de l'Association des Amis de Michel Houellebecq un bien triste faire-part de la Ligue des droits de l'homme dont je vous offre le texte :

Paris, le 7 janvier 2003.
Suspendre les accords avec l'État d'Israël.
Coopérer avec les universités ?

L'occupation militaire qui caractérise la situation dans les territoires occupés de Cisjordanie et de Gaza a des conséquences tragiques sur la vie quotidienne des Palestiniens. Bien entendu les assassinats ciblés et les meurtres commis à l'encontre de la population civile restent la première des violences. Mais c'est aussi toute la vie quotidienne qui est soumise à l'arbitraire de l'armée israélienne : se déplacer, travailler, se soigner, les gestes les plus simples deviennent impossibles dans un tel contexte. De même, il est impossible d'étudier normalement. Ceci concerne tous les niveaux du système éducatif et donc tous les élèves, tous les étudiants et tous les professeurs. Dans sa résolution en date du 10 avril 2002 le Parlement européen a demandé la suspension, ce qui ne signifie pas le non-renouvellement, de l'accord d'association entre l'Europe et Israël. La LDH s'est associée à cette demande et la soutient pleinement. Elle implique, d'abord et avant tout, que soient suspendus, dès maintenant, les accords commerciaux qui permettent à Israël de bénéficier d'un traitement de faveur et de mettre un terme à la commercialisation des produits venus des colonies.

Demander à l'Europe d'appliquer les dispositions de l'accord d'association qui imposent aux parties de respecter les droits de l'Homme, ce n'est pas faire preuve d'antisémitisme ni mettre Israël à l'écart de la communauté internationale. C'est l'astreindre à respecter ses obligations au même titre que tout autre État. À cet égard, la LDH dénonce ceux qui, usant de références inadmissibles à l'histoire, tentent d'utiliser celles-ci pour assimiler la critique légitime de la politique d'Ariel Sharon à de l'antisémitisme.

En ce qui concerne les relations inter-universitaires, la LDH regarde celles-ci comme essentielles à une logique de paix. Suspendre les accords conclus entre États n'implique nullement de prohiber les rapports entre les sociétés civiles et, notamment, les milieux universitaires. En rompant les liens avec les universités israéliennes, on s'interdirait de pouvoir interpeller leurs membres et on marginaliserait les voix de la paix qui s'y expriment. À l'inverse de ce que provoquent les insupportables attentats aveugles, il faut éviter de conduire la société israélienne à s'enfermer un peu plus sur elle-même au risque de rendre plus difficile toute évolution positive de celle-ci. Il est, en même temps, essentiel que l'ensemble de la société civile israélienne, en particulier les milieux universitaires manifestent clairement leur condamnation du sort que subissent les Palestiniens et leur apportent toute l'aide qu'ils sont en mesure de leur fournir. C'est au travers d'un dialogue incessant, mais aussi sans concessions, que l'on peut espérer un changement d'attitude indispensable à la reconnaissance des droits du peuple palestinien.

C'est bien par amitié pour Houellebecq que je n'ai pas cliqué sur le lien de désabonnement.

Qu'arrive-t-il à Noguez ? Ne sait-il pas que Jérusalem est une ville juive depuis cinquante-sept siècles, depuis les origines de notre civilisation ?

Lecture de *Ce qui reste d'Auschwitz* de Giorgio Agamben. Ce texte est si impressionnant que seul le silence me permet pour l'instant de le comprendre à sa juste mesure.

Another American Tragedy. Explosion de la navette Columbia lors de sa rentrée dans l'atmosphère. Événement inverse de la catastrophe de Challenger. Dans la semaine qui suit, évidemment, de petits castrats nihilistes demandent l'arrêt de la conquête spatiale, « onéreuse et inutile, alors que nous avons tant de problèmes à régler ici-bas ».

Rien de neuf sous le soleil, rassurez-vous. Le refrain est connu depuis un bail en effet : hé, señor Christophe Colomb, rentrez donc chez vous, il y a des injustices en Espagne et en Italie. Moment tragi-comique de l'Occident sur sa fin : on ne veut plus rien assumer de notre passé de « colons ». Et par conséquent, c'est tout notre futur qui nous est ainsi barré.

Mieux encore, dans certaines villes arabes on a fait la fête, sans doute parce qu'un Israélien fait partie des victimes. Ici même, au Canada français, on s'est félicité dans les colonnes d'une presse vendue aux corporations néo-baba cool et « équitables » de la « fin de ce symbole de la guerre froide ». Évoquer l'idée que sous Staline ces petits trous du cul seraient d'ores et déjà devant leur peloton d'exécution pour haute trahison pourrait me faire mal voir de certains, si cela n'était déjà fait, pour ma plus grande satisfaction.

Du coup je comprends ce qui m'éloigne d'eux à la vitesse de la lumière : le *sacrifice* des sept astronautes de Columbia, évaporés dans la très haute atmosphère, *rachète* tous les faux martyrs de la tuerie islamiste. Il permet en quelques images de tracer une frontière infranchissable entre le terrorisme et l'héroïsme. Et il permet à quelques anges de planer un instant au-dessus de notre terre, livrée à la Bête.

La désagrégation de l'OTAN fait, je crois, partie d'un plan concerté par les technocrates bruxellois et les écolo-pacifistes des deux rives du Rhin pour essayer de mettre la pression sur les peuples européens afin qu'ils acceptent sans rechigner le modèle prôné depuis 1945 par les thuriféraires de ce qui fut la Communauté européenne et ose aujourd'hui se parer du mot d'« Union ». Un modèle basé sur l'humanisme des Lumières, soit la Terreur plus la « Tolérance », ce qui donna au continent, durant deux siècles, toutes les merveilles politiques qui sont désormais comptabilisées, par dizaines de millions de morts, dans les livres d'histoire.

Après Maastricht, au début de l'âge de la « post-histoire », donc après le suicide européen de 1940-45, puis son second, commis avec une constance démoniaque sur le lieu initial de sa désagrégation, Sarajevo, on s'acheminait déjà vers l'hallucination collective de la néo-bourgeoisie franco-boche : un « continent » sans plus aucun différentiel national, sinon par la folklorisation de ses « cultures », gouverné par des « commissaires » et quelques grandes entreprises continentales, avec, dans le meilleur des cas, l'horizon – toujours repoussé de toute manière – d'une pseudo-fédération sans la moindre articulation politique (je veux dire une « vision » à la fois spécifique et globale, et une « Constitution [1] » capable de la transcrire), et sans la moindre parole prophétique (guerre, révolution, contre-révolution), sans même la promesse du moindre *risque* assumé d'un *sacrifice*. Bref, un « machin » qui s'appuierait sur des institutions périmées d'avance, absolument antidémocratiques, moment ineffable où la démocratie française des droits de l'Homme anéantirait enfin au grand jour tous les différentiels humains, contre la liberté, contre la fraternité même, et contre l'égalité politique. Devenues métaphysiques, la Liberté, l'Égalité et la Fraternité accoucheraient d'une sorte de monstre indolore, un simple protoplasme. Un hypermarché ouvert à tous les vents migratoires comme mafieux. Un « espace » sans plus la moindre temporalité, plus aucune volonté historique, plus aucune *souveraineté*, et surtout pas impériale, opposé comme de bien entendu à la peine de mort et à la « guerre ». Un espace « laïque », c'est-à-dire totalement déchristianisé, un espace qui, paradoxalement, aurait repris à son compte les idéologies purulentes, en les aseptisant pour une contestation-marchandise, venues du communisme oriental, au moment où les pays de l'Est,

1. Je ne parle pas du hideux papelard que Giscard et sa bande de barbons nous concoctent en guise de « déclaration souveraine ».

116

qui en avaient goûté toute l'absurdité délirante pendant un demi-siècle, parvenaient enfin à s'en débarrasser. On pouvait apercevoir comme le tremblement funeste d'une lumière terrible, au cœur des ténèbres.

La Vieille Europe, pourtant morte par deux fois déjà, n'en finissait plus de mourir. Pacifiée, castr(is)ée, incapable de la moindre action politique donc militaire, aussi bien contre les islamistes au Liban (nous y avons abandonné les chrétiens, évidemment) que contre les génocidaires serbo-communistes qui exterminaient une population musulmane européenne. Dès le début des années 1990, pour ceux qui avaient fait un voyage à Sarajevo ou à Beyrouth, il était clair que le cadavre sentait déjà mauvais.

Mais le basculement transhistorique est sans fin : après avoir refusé d'intervenir pour les musulmans bosniaques et les catholiques croates assassinés par le programme de nettoyage ethnique des criminels de guerre communistes s'autoproclamant « orthodoxes », l'Eurabie refuse maintenant qu'on agisse promptement contre le satrape de Bagdad, financier et logisticien en chef d'à peu près tous les réseaux terroristes islamiques dans le monde !

Rappelons-nous la gauche franchouille des années 1930 et son refus constant d'envoyer des « prolétaires français se battre contre des prolétaires allemands, leurs frères ». Même la guerre d'Espagne ne fit pas ciller Léon Blum et l'état-major de ganaches qui, bientôt, observerait les troupes allemandes défaire l'armée polonaise en cinq semaines, sans se douter, dans leur insondable bêtise, que l'année suivante la prestigieuse et « invincible » armée de la République allait se faire engloutir sans même pouvoir faire mieux.

Gardons ce fait en mémoire et comprenons comment il se répète, mais avec toute la différance, l'écart ontologique, la dynamique fatale acquise depuis.

L'intervention américaine au Kosovo fut si bien déguisée en « génocide contre le peuple serbe » – quelle sinistre pantomime – par tous les gargotiers de l'idéologie zéropéenne, que ce sont des Serbes, des chrétiens orthodoxes *véritables eux*, qui se trouvèrent dans l'obligation d'établir sans coup férir la démonstration des innombrables crimes de Milosevic, Mladic, Karadzic et consorts, comme de l'appareil d'État yougoslave tout entier, et d'oser définir comme telle la *propagande* que celui-ci allait sans cesse orchestrer pour camoufler l'occurrence des véritables génocides commis par ses troupes, et inventer celui que, prétendument, l'OTAN conduisait contre « son » peuple. Ainsi, un écrivain solitaire, désespérément solitaire dans cette Europe de catins communistes, comme Djordjevic, que feraient bien de lire en toute hâte quelques auteurs publiés à L'Âge d'Homme [1].

Jamais dans l'Histoire un tel révisionnisme-en-direct ne fut écrit par l'Occident stockholmisé et son allié yougoslave du moment, qui évoquait encore pour beaucoup les anciennes amitiés prolétariennes qui avaient égayé les longues soirées de printemps des conspirateurs de la Sorbonne.

Maintenant, observons attentivement la procession fatale de la réversibilité : par sa complète absence de vision politique, et de la moindre paire de couilles pour l'appliquer, Zéropa-Land se montre aujourd'hui incapable de protéger la minorité serbe du Kosovo des agissements des extrémistes de l'UCK, infiltrés par les tueurs à gages d'Al-Qaeda ! Sans l'armée américaine et les troupes britanniques, que croyez-vous qu'il adviendra de cette région ? Or, il est plus que probable

---

1. Maison d'édition que j'admire au demeurant ; comme on dit : qui aime bien châtie bien.

que la sanction des Américains contre Zéropa-Land sera impitoyable. Permettez-moi en tout cas de l'espérer.

Car ce ne sont plus les islamistes qui font peur, grâce à un décervelage idéologique *total*, pour ne pas dire *totalitaire*, c'est l'Amérique qui représente *le danger* – se référer pour cela à l'inénarrable ouvrage pondu par l'écolo-taliban Nick Mamère et je ne sais plus lequel de ses pisse-copie mercenaires ! Les derniers sondages en provenance de la planète franco-boche le démontrent : sa population considère le président Bush comme un *danger* plus grand que Saddam, son petit père des peuples arabes, ou même Ben Laden, le Bédouin cavernicole de série Z [1].

Alors, si les Européens préfèrent les extrémistes de l'UCK (après l'État yougoslave génocidaire) ou les pouilleux d'Al-Qaeda aux Américains, ceux-ci, je le souhaite ardemment, se retireront inconditionnellement du bourbier balkanique, laissant à la grande armée franco-boche, et aux mouvements pacifistes, le soin de régler cette petite crise, sans doute passagère dans l'histoire du Vieux Continent.

Observez bien comment le nihilisme en action dissout ses constituants principaux : le duo Schröder-Ch'Irak s'est permis, en une seule décision – ou plutôt non-décision –, d'occasionner la fracture *définitive* du Vieux Monde. Ils ont blessé l'OTAN – sous sa forme actuelle – *à mort*, autant dire qu'ils s'en sont, de fait, *éjectés*, et qu'une refondation transatlantique leur passera bientôt par-dessus la tête. Ils ont aussi achevé, dans l'œuf, avorton pourri enfin dégagé de sa matrice, la prétendue Union de Bruxelles !

Enfin ! Bénis soient-ils ! Comme Ben Laden et ses

---

1. Il a même dépassé Hitler et Staline. On n'en finit pas de dénombrer des goulags dans l'État de New York !

séides, ils ne sont rien d'autre que des pions dans les mains de la Divine Providence !

Le nouvel Occident se lève à l'est. La plupart des pays slaves européens appuient sans la moindre hésitation une intervention contre l'Irak de Saddam : ils savent que, grâce à cette action menée par les Américains, les réseaux islamistes à l'œuvre en Europe seront gravement atteints, et ces nations « neuves » ne veulent pas suivre l'exemple de la France et de l'Allemagne, obligées de composer avec des millions, et bientôt des dizaines de millions d'électeurs d'origine arabe ou turque, disons de confession musulmane. Donc autant de candidats potentiels, ou presque, pour des actions islamistes sur leur propre sol, et un « groupe de pression » électoral, médiatique et financier « incontournable ».

La guerre en ex-Yougoslavie a beaucoup appris aux nations slaves qui s'étaient libérées du joug soviétique à peine deux ans auparavant. Elles savaient pertinemment que Milosevic était un tyran post-titiste, appuyé par les masses enrégimentées d'abrutis locaux et les « idiots utiles » de l'Occident marxisé, et qu'il ne défendait certes pas la nation slave ou le « Christianisme », mais ses intérêts propres, soit la conservation du pouvoir au moment du dégel postcommuniste général. Mais, dans leur sagesse immense, ces jeunes nations devinaient également que l'impact de fortes communautés islamiques dans des pays de tradition « chrétienne » recelait un danger évident, que la géopolitique s'empresserait de démontrer.

Lorsque vint l'heure des décisions historiques, comme à Munich soixante-cinq années auparavant, la République franchouille, soudée à l'axe Bruxelles-Berlin, entreprit de trahir quatre cents millions d'Européens, mais cette fois-ci ce geste fit émerger la vieille/nouvelle Mitteleuropa comme l'avenir performatif du continent : c'est des plus anciennes traditions que viendra l'innovation véritable. Grâce aux Britanniques, piliers vénérables de l'Occident, à l'Espagne encore catholique, à l'Italie encore catholique, à la Pologne encore catholique, et – espérons-le – aux Russes et aux Serbes *vraiment* orthodoxes, une refondation posthistorique du Vieux Continent est donc encore envisageable.

Mais ce n'est pas sans une sensation d'horreur que j'ai vu aujourd'hui toute l'Assemblée nationale envoyer d'un bel ensemble une nation vieille de quinze siècles – la mienne qui plus est ! – dans la bonde d'éjection des eaux usées de l'Histoire.

Qu'ils soient tous maudits pour leurs crimes.

Ainsi l'OTAN renaîtra de ses cendres, mais – imaginez le choc – avec les Serbes, les Russes, les Tchèques et les Polonais ! Et les Croates, les Ukrainiens et les Baltes ! Et sans doute AUSSI les Turcs ! Car leur pays est la seule, et fragile, frontière-interface européenne, donc le seul espace possible de dialogue avec le monde islamique. Encore faudra-t-il surveiller de très près ce qui s'y passe et l'erreur serait d'accorder à ce pays un statut égal à celui des autres nations de l'Union, sans des contreparties très strictes [1]. Il existe des islamistes turcs. Ils sont encore plus nombreux en Allemagne, et désormais dans l'est de la France, que dans leur pays d'origine.

Si une nouvelle Europe transatlantique, donc circumterrestre, se met en place, nous survivrons sans doute à

---

1. Contreparties pour l'instant inexistantes alors que l'on s'apprête à faire entrer ce pays de soixante-dix millions de musulmans dans l'UE !

la Grande Guerre contre l'Islam planétaire ; si le continent reste isolé de la souveraineté politique impériale américaine, l'Union se désagrégera, les États-nations se désagrégeront, le mahométisme le plus forcené régnera peu à peu sur une civilisation de *dhimmis*[1].

Véritable fondation politique du continent, car seule capable historiquement de fonder quelque chose, l'OTAN, ce vénérable Anneau de Pouvoir, est seule habilitée du coup à le *refondre*. Elle va s'auto-organiser dans le développement tri-polaire de l'Occident futur : Russie/Europe de l'Est – Grande-Bretagne + Commonwealth – Amérique hémisphérique. Contre le despotisme pan-islamique, les idéologies postmodernistes qui ont stockholmisé l'Europe occidentale, les États-gangsters, les narco-royaumes postléninistes et les derniers vestiges du communisme, dont ce gros morceau qu'est la Chine.

Contre la Franco-bochie, la non-Europe bruxelloise, contre Ch'Irak et son Parlement néo-pétainiste, contre Schröder et ses écolo-nazis cools. Contre les faux prophètes de l'Antiglobalisation.

Pour le Christianisme réunifié.

Symbole du Christianisme impérial, à reprendre de toute urgence : le GLOBE planétaire, avec la Croix du Christ en surplomb.

Réunifier catholiques, orthodoxes, protestants, certes pas dans un œcuménisme pseudo-théologique qui ne conduit nulle part sinon à la désagrégation de toute théologie, ni vers une sorte de « théorie sociale universelle » dont on ne sait que trop à quoi elle a mené durant le XXᵉ siècle, mais par le processus hautement désintégrateur/réintégrateur d'une métapolitique assumée

---

1. *Dhimmi* : statut de « protégé » – soit demi-esclave – dans le Dar-al-Islam.

comme telle, c'est-à-dire le « moment » où toutes les tendances historiques sont simultanément actualisées, le moment où le scientifique, le religieux, le politique, le militaire, sans perdre leur spécificité, vont entreprendre leur convergence critique. Le moment où les « nations », c'est-à-dire, pour parler latin, les « familles », seront amenées à franchir la barrière de l'humain global, frontière dont je ne nie pas l'extrême danger, mais qu'il nous faut franchir si nous ne voulons pas nous éteindre dans le sommeil nihiliste du Globhomme.

Voici pourquoi je suis plus que jamais pour l'Occident chrétien, ou ce qu'il en reste. En dépit des mascarades historiques et anecdotiques il continue de survivre, comme tel, blessé mais quasi intact par-dessus les siècles. Ou plutôt par-DESSOUS. Et voilà qui ne cesse de m'étonner.

La République américaine est une quasi-monarchie, grâce au *pledge of allegiance* elle reste mystérieusement connectée à l'Antiquité patristique la plus haute, et grâce à sa structure fédérale, ce dont Maurras rêva en vain pour la France durant toute sa vie ou presque, une monarchie constitutionnelle-démocratique continentale est en place depuis deux siècles.

La République américaine est une monarchie constitutionnelle dont la Constitution est le Monarque.

Observez les faits, au lieu de vous fier aux mots. Il n'y a pratiquement rien de comparable entre le modèle républicain français de 1789 et celui de la Révolution américaine de 1776.

Démocratie ? Oui certes, mais pas de régicide, pas de déicide, pas de guillotine. À l'inverse, une guerre de libération nationale menée conjointement à la création d'un nouveau genre d'État politique – toujours copié, jamais égalé à ce jour – qui, d'une certaine manière, peut être vu comme une Constitution monarchique sans roi, ou plutôt comme ce moment où c'est la Constitution elle-même qui devient le monarque. Par certains aspects, le rapport du Président américain à sa Constitution est analogue à celui du roi envers son sacrement. C'est d'ailleurs très exactement ce à quoi correspond l'office de prestation de serment qui succède à toute victoire du candidat. Malgré une guerre civile et trois Présidents assassinés en deux cent vingt-cinq années d'existence, jamais une République n'aura à ce point connu une telle monarchique stabilité. Pas un seul coup d'État, pas une seule « révolution » de palais, aucun putsch militaire. L'Amérique n'en a nul besoin pour accomplir sa « révolution » quotidienne. Car l'Amérique, c'est le moment où le capital, dès son origine jusqu'à son sommet, va achever sa course, c'est le moment de transmutation décisive, planétaire, c'est le moment du post-humain, donc à la fois de l'odieux Globhomme asservi à la matrice et de son contre-pôle sous la forme du nouveau résistant, c'est-à-dire du nouveau chrétien. L'Empire est ambigu, ambivalent, ambulatoire. En tant que « société », l'Amérique n'est ni plus ni moins désespérante qu'une autre. Si vous n'en êtes pas convaincu, allez donc faire un tour en Suède, en Algérie, au Japon, au Sierra Leone, en Belgique ou au Paraguay. Et je ne parle pas de Paris.

Ce qui compte dans une société, c'est ce qui s'est érigé CONTRE la tendance. Et aujourd'hui, étrangement, paradoxalement, l'Amérique chrétienne de Bush est absolument à contre-courant de la « tendance » mondiale, la tendance « antimondialisation », la tendance anti-occidentale des professeurs de sous-marxisme sociométrique qui dégoisent leurs géopolitiques du chaos comme d'autres pondaient leurs odes au Parti, au temps béni des Conseils zouvriers et des syndicats d'écrivains.

L'Amérique et ses alliés (dont seize nations du bloc atlantique, je le rappelle aux Zéropéens convaincus) vont reformater le monde durant le XXIe siècle. Cela se fera au prix d'une guerre de Cent Ans, autant se le dire tout de suite. Cela se fera contre l'ONU, contre Bruxelles et ses alliés, cela se fera contre les islamistes, contre les hideuses résurgences du léninisme, et contre le racisme anti-occidental. Cela se fera contre les écolo-pacifistes et les nazillons cools, les bolcheviks pop et les nanarchistes mode, contre l'Eurabie et ses séides. Cela se fera contre Zéropa-Land.

Poutine devrait y réfléchir à deux fois avant de s'engager avec les Franco-boches, contre le Nouvel Occident. Malgré les délires de certains « penseurs » de la « droite révolutionnaire », les Sibériens n'ont strictement rien à battre des pantins qui s'agitent à Strasbourg ou à Bruxelles, c'est-à-dire à leurs antipodes sur tous les plans. Quand je lis, de-ci de-là, de telles avanies sur une sorte de bloc euro-continental qui s'étendrait de Paris-Ville lumière jusqu'à Vladivostok, et sous le nom d'Europe, rien ne peut retenir mon rire d'éclater à la face de ces bidules prophétologiques dérisoires, et même pas vraiment criminels. Imaginent-ils donc qu'un marin russe qui pêche dans les eaux du Kamtchatka puisse se sentir en quelque façon « européen », à quelques encablures du Japon ? Anchorage sera toujours plus près d'Irkoutsk que n'importe laquelle des capitales de l'union franco-boche.

La grande plaine eurasiatique qui relie Berlin à Moscou et se poursuit jusqu'à la Volga n'est ni plus ni moins une frontière que l'océan Atlantique ou Pacifique, surtout à l'âge, bientôt, des vols supersoniques

transcontinentaux [1]. Les Sibériens ne se sentent pas plus
« européens » que les habitants du Nouveau-Mexique,
et même sans doute moins. La grande plaine noire qui
va se perdre jusqu'aux confins de l'Oural s'arrêtera donc
pour les Européens de l'Ouest dès son origine, à
l'emplacement du Nouveau Mur que l'Occident vient
d'édifier contre lui-même : à Berlin.

On voit que l'Europe est pleine de renouvellements
inattendus.

Observez mieux la carte du monde, Clausewitz du
dimanche, et apprenez quelques rudiments de géopolitique scientifique : d'ici la fin de cette décennie, au pire
de l'autre, les Russo-Sibériens forceront la « vieille »
Russie d'Europe à choisir : avec la Franco-bochie ou
avec l'Empire, et pour commencer avec la côte Pacifique
des États-Unis. L'État de Californie est à lui seul la
cinquième [2] puissance économique mondiale. L'axe
métapolitain qui s'étend de Los Angeles à la Colombie-
Britannique réunit un PIB largement supérieur à celui
de la France. Et je ne parle qu'en chiffres bruts, je passe
sous silence le niveau d'intégration qualitative des ressources technologiques, scientifiques et *militaires* de cet
Extrême-Occident.

Accordez votre attention un instant au Japon : la
menace des Nord-Coréens et de leurs missiles nucléaires
va forcer ce pays à sortir de sa léthargie commémorative
datant de sa terrible défaite de 1945. Il est à prévoir que
les États-Unis encouragent le réarmement graduel de ce
pays et l'accueil dans ses ports de sous-marins porteurs

---

1. La vitesse technologique ne dissout certaines frontières que
pour mieux en faire émerger d'autres.

2. La Californie à elle seule, avec deux fois moins d'habitants,
produit désormais autant voire un peu plus de richesse économique
que la France.

d'engins balistiques, et ce en étroite coopération avec la flotte russe.

Les Russo-Sibériens n'ont rien à gagner d'un affrontement avec les États-Unis. Au contraire, ils auront fort peu d'alliés dans la lutte à mener en Asie centrale et dans le Caucase contre le néo-despotisme islamique des mafieux pétrolifères, et en Extrême-Orient contre les Coréens nucléarisés. Le projet américain de reformater *TOUT* le Moyen-Orient est à long terme, c'est le seul projet impérial neuf depuis des siècles : il passe par la refondation d'un Irak démocratique, d'une Palestine démocratique, d'un Iran démocratique, d'une Asie centrale démocratique, et nous verrons comment, selon toute probabilité, c'est la formule de la *Monarchie constitutionnelle fédérative* qui finira par l'emporter. Contre l'islamisme wahhabite, contre les narco-maoïstes, contre les Chinois s'il le faut. Cela ne pourra se réaliser sans l'appui des Russes, dans le Caucase notamment, mais ceux-ci devront très vite faire leur choix : Bruxelles ou Washington. La Sibérie, précisément, est le dernier espoir de la Fédération russe. Ce *Far East* ne pourra être développé sans l'apport du capital financier et technologique américain ; la Sibérie, c'est le pontage transpacifique entre l'Amérique du Nord et le bloc slave, c'est le nouveau monde tri-polaire contre la vieille Europe nihiliste et ses alliés.

Arrêt du Risperdal, je passe au lithium. Malgré Cuba, la dépression est en pleine phase ascensionnelle. Cinq cent mille abrutis pacifistes à Londres, traversés d'un cortège de barbus venus tout droit de Finsbury Park, hurlent leur haine de l'Occident, c'est-à-dire d'eux-mêmes et de toute leur histoire. Au même moment, paraissent dans la presse les photos de Saddam, souriant, l'air vainqueur, enfin rassuré ?

Cinq cent mille Irakiens, exilés on ne sait pourquoi de ce paradis terrestre, vivent au Royaume-Uni. D'après les estimations officielles, *moins de mille* auraient participé aux manifestations de samedi. Puissance comparative des chiffres ! Imagine-t-on en effet des réfugiés du Reich nazi, dans les années 30, aller parader avec ceux qui ne voulaient surtout pas faire la guerre au « mage de Brandebourg » ?

Le mage de Bagdad a des millions d'amis dans les universités, les ministères, les syndicats et les journaux « européens ». Il en a même en Amérique, et parmi certains « intellectuels » juifs atteints de l'ineffable haine de soi, comme ce pauvre « idiot utile » de Noam Chomsky.

Refonder le Christianisme après Auschwitz. Refonder le Christianisme *d'après* Auschwitz. Dans les deux sens du terme : celui d'après, et aussi comment le refonder EN FONCTION de l'événement et du Néant-Infini qu'il ouvre à nos consciences.

Question non seulement restée sans réponse, mais toujours pas soulevée par les ecclésiastiques de Rome, sinon par le « pardon » du Pape !

Il y a donc un « après » à la « post-histoire ». Celle-ci ne fut qu'une parenthèse, un *faux infini*, comme disait Hegel, circonscrit entre la chute d'un Mur en Europe et celle de deux tours en Amérique. Ce qui surgit des décombres du World Trade Center n'est plus tout à fait l'histoire telle que nous l'avions connue avant, jusqu'à son apoxie. Car, de fait, cette Amérique s'impose comme singularité des singularités. Sa dynamique, implosive, se rabat sur tous les schèmes historiques jusque-là engendrés. L'Amérique de Bush, et ce sera celle du futur, est une Amérique qui répond à sa manière aux tensions nées de l'affrontement entre l'Amérique-Monde et le Mondamérique. Le Mondamérique, c'est le rebut industriel de la culture transnationale. Cela va des magazines féminins à la presse dite « engagée », du Loft à Arte, des groupes punk corpo-sponsorisés aux multi-conformismes de la nouvelle conformité. L'Amérique-Monde, c'est l'*Amérique intérieure*, dans tous les sens du terme. Il suffit d'avoir voyagé en Utah ou au Montana une seule fois dans sa vie, pour comprendre comment vingt-cinq siècles d'histoire et plus devaient se terminer ici, pour pouvoir enfin advenir, là où les déserts cachent des expériences militaires plus secrètes encore que le projet Manhattan.

Il y aura bien un affrontement décisif et cataclysmique entre civilisations, mais pas selon la ligne de coupe frontale héritée des « territoires » du XIXᵉ siècle. Nos penseurs réfléchissent comme si rien d'important n'était advenu entre 1945 et aujourd'hui.

L'affrontement sera multimodal. Il hypostasiera toutes les anciennes rivalités dans une métaguerre, une « hyper-guerre » à la fois inter- et intra-nationale. Nous n'en sommes qu'aux prémisses, mais ce qui devra être tranché, et des millions de fois sans doute, si ce n'est des milliards, c'est la voie que devra emprunter l'humanité pour les mille années, voire les dix mille années à venir.

Irons-nous conquérir Mars et Alpha du Centaure ou serons-nous asservis à la glu des nihilismes petits-bourgeois et humanitaires qui nous feront doucement régresser dans la pacification écologique générale ?

Oserons-nous faire converger science, religion, philosophie, politique, sans pour autant jamais les indifférencier, dans le transept d'une parole prophétique qui fera chanter l'humain jusqu'au-delà de ses limites ?

Oserons-nous remodeler le monde, politiquement, spirituellement et géologiquement, ou continuerons-nous de croître comme des rats entassés dans la cale du navire qui prend l'eau ?

Prendrons-nous le RISQUE du post-capital, non pas l'homme comme capital-risque, mais le risque comme capital-homme, ou nous réfugierons-nous dans nos vieilles chapelles idéologiques qui datent – dirait-on parfois – d'avant même l'apparition du premier hominidé, alors que nous TUONS DIEU chaque jour un peu plus ?

Aurons-nous le courage de réinventer un christianisme à la fois planétaire et micro-local, un christianisme écrivant sa réunification, dans le martyre et les désastres ?

Aurons-nous le courage d'affronter l'Apocalypse au fond des yeux ?

Courage ! Mais quel idiot ! Il nous suffira très largement d'avoir la foi !

Je crois que la Bible, l'Ancien Testament tout particulièrement, nous murmure constamment quelque chose en secret, comme à l'abri des évidences du texte tout autant que de ses mystères.

Ce que la Bible nous indique dans son intertexte, c'est qu'en fait l'homme n'est toujours pas entré dans l'Histoire, sinon parfois, à son insu, comme par accident. C'est-à-dire chaque fois que l'héroïsme, et plus encore la foi ont surgi d'une contingence ou d'une autre, sous une forme ou une autre.

Bien sûr, des péripéties « historiques », le monde en a connu après la chute d'Adam. Depuis le premier meurtre, jusqu'au dernier carnage, l'homme continue de marcher, un œil planant au-dessus de sa tête, les mains pleines du sang de son frère. Certes, je ne suis pas du genre à ne pas m'émerveiller devant les récits du *Mahabharata*, des rois d'Israël, du cycle arthurien, ou des conquêtes d'Alexandre, de Mycènes, de Charlemagne, et même des exploits d'un Saladin. J'ai en moi, je dois le dire, bien des guerres oubliées, et le choc des lames et des armures, le tonnerre des déflagrations et des hurlements, le grondement des cavalcades ou des bombardements ont depuis longtemps quitté mes rêves pour miner ma « conscience » éveillée.

Alors maintenant, imaginez des armées composées de centaines de millions d'êtres « humains », voire de quelques milliards, réunies en armadas de navires interstellaires et s'affrontant, dans la Chevelure d'Orion, pour le contrôle de quelques astres stratégiques. Voyez des lunes, des planètes entières, ravagées par des armes largement plus puissantes encore que la fusion thermonucléaire. Voyez des Systèmes solaires se soulever contre le joug d'un despote étranger ou endogame. Imaginez la nature et la colossale réverbération des conspirations qui peuvent se tramer entre des peuples naviguant depuis des millénaires entre les étoiles. Maintenant, dites-vous que des millions de civilisations humaines se sont éteintes avant même d'avoir pu franchir pour de bon la frontière extraterrestre.

Les encyclopédies historiques de cette seule galaxie sont pleines d'expériences avortées, mortes avant que d'avoir vraiment vécu, sur le seul plan historique qui compte : celui de l'anthropogenèse. D'une certaine manière, et d'une manière certaine, nous ne sommes pas encore des hommes, et peut-être, si jamais nous l'avons été, ne pourrons-nous plus jamais le redevenir.

Des potaches déguisés en doctes critiques se sont moqués bruyamment de mon affirmation selon laquelle l'homme s'est éteint à Auschwitz, et qu'il nous faut donc le réinventer, de toute urgence, avant que le Glob-homme de substitution ne l'ait définitivement remplacé.

C'est pourtant ce que la lecture d'un « pitre » comme Agamben pourrait stimuler dans les cellules nerveuses dont, m'a-t-on dit, certains de leurs spécimens sont dotés.

Il nous reste fort peu de temps, et les clowneries abjectes de Zéropa-Land, zone de non-politique désormais complice de l'islamisme mondial et des nihilismes résurgents dont elle est depuis toujours la matrice, sont en train de modeler le visage de l'échec global de l'humanité. La Vieille Europe n'a pas compris qu'en s'isolant de son nouvel Occident, l'Amérique, elle s'isolait corrélativement de son ancien Orient, en train de s'unir à jamais avec la précédente entité.

Dans *Power Inferno*, Baudrillard semble étrangement se faire l'écho de cette dialectique, très à la mode, entre universalisme et mondialisation (l'un serait bénéfique et aurait profité aux nations depuis son apparition, l'autre serait l'infâme gorgone du capital de troisième type). Je suis très surpris de voir ce penseur hors normes revenir à des considérations en fait purement *morales*, au sens kantien, qui subsument dans la mondialisation des Lumières – celle de la bourgeoisie franco-allemande, pourrait-on dire – toutes les autres circonlocutions métapolitiques qui viendraient s'y insérer. Universalisme (démocratie, droits de l'Homme, etc.) *vs* mondialisation (technique, communication), Baudrillard l'écrit tel quel.

Je n'en suis toujours pas revenu.

C'est, me semble-t-il, ne pas ou ne *plus* comprendre comment l'un et l'autre sont absolument contenus l'un dans l'autre, tout en restant distincts, et paradoxalement unis, parce que chacun est l'ombre portée de la lumière de l'autre.

Les revendications « nationales » et l'invention de l'État-nation européen furent les réponses *GLOBALES* des sociétés postmédiévales à leur invention du monde, autant dire à leur *MONDIALISATION*. Leur universalisme s'accompagna de guerres pour le moins féroces, souvent menées contre elles-mêmes, et dont l'aboutissement ultime, après une boucherie mécanique dans les tranchées, fut la *fabrication en série de cadavres*, comme le dit Heidegger, dans les chambres à gaz de l'enfer industriel nazi.

Les contempteurs du modèle américain oublient souvent une chose : c'est grâce à la stabilité constitutionnelle-monarchique qui fonde cette nation qu'une telle multiplicité démocratique se fait jour dans sa société civile, ce qui explique aussi l'innovation technologique et scientifique inégalée dont elle fait preuve depuis un siècle.

Le modèle global américain n'est pas celui d'un « méga-marché » sans plus aucune singularité nationale, au contraire ; en boutant Saddam hors d'Irak, en mettant en place la première République fédérale arabe, les États-Unis proposeront un modèle *UNIVERSEL* qui sera en mesure de s'adapter à peu près à toutes les cultures politiques de la planète, et cela bien mieux que ne le feront l'ONU et toutes ses Unesco.

C'est l'Union européenne qui tente d'exporter à grands frais son universalisme de misère, avec son modèle invivable, ce grand marché sans corpus politico-militaire, dont le volume d'innovations techno-scientifiques est en chute libre depuis vingt ans, et qui reste ouvert à tous les poisons idéologiques qui se retournent contre elles.

Baudrillard commet, selon moi, une erreur d'importance quand il voit le terrorisme islamiste comme une réponse dialectique à la violence du « mondial », comme il dit.

C'est parce que, bizarrement, il croit que le Simulacron du capital a réellement oblitéré tous les différentiels, toutes les *différances*. Comme les situationnistes en leur temps, disons : Debord, qui avait cru en la réalité de sa « théorie du spectacle », Baudrillard croit effectivement en sa théorie du simulacre. Il y a douze ans il avait écrit : « La guerre du Golfe n'a pas eu lieu ». Aujourd'hui, il pourrait rejoindre Giraudoux, sans la moindre angoisse : que les Irakiens crèvent, Nick Mamère ne veut pas de « la guerre de Bush ». La guerre du Golfe N'AURA PAS LIEU.

Or, il n'y a aucune articulation dialectique possible entre la mondialisation et le terrorisme, aucun des deux termes ne coïncide, leur « affrontement » se situe sur une zone d'écart toujours plus ouverte. Baudrillard croit que parce que Ben Laden se sert de téléphones cellulaires et de Boeing il vit au « XXIe siècle ». Mais Ben Laden, précisément, et cela de façon tout à fait réelle, ne vit pas au XXIe siècle. Il vit aux alentours de l'an 1400 de l'hégire, ce qui n'a absolument, mais alors absolument rien à voir.

Ben Laden ne vit pas sur le même plan « global » que l'Occident. Qu'on le veuille ou non, il est bien, en effet, le retour de bâton, non pas du « terroriste de la CIA contre ses anciens employeurs », comme certains journalistes pratiquement atteints d'aphasie ont cru bon de l'ânonner, mais de tous les « nihilismes » que l'Occident charrie depuis deux siècles de « modernité » contre le monde qui en fut la matrice. Il est de tous les siècles depuis la prise de La Mecque par Mahomet, sauf, justement, de celui qui est le nôtre.

Ben Laden est en effet, comme le dit Baudrillard, le condensé d'une résistance contre la mondialisation, c'est-à-dire le nouveau modèle global de l'Empire américain. Mais en cela il signe sa défaite, comme tant d'autres avant lui. Car sa résistance est *POSITIVE*. Elle est une *ACTION-SPECTACLE* – comme cette vieille huître fielleuse de Stockhausen [1] l'a démontré sans trop le savoir – qui d'une certaine manière ne fait qu'élever le degré d'intensité sur lequel le modèle global va se mettre en place.

Car il va se mettre en place. Parce qu'il est le modèle global adapté à la civilisation humaine extraterrestre. Et tout simplement parce qu'il est celui de la nation qui, jusqu'à ce jour, conduit le seul programme cohérent de colonisation de l'outre-espace. De l'Amérique du ciel.

L'Amérique du siècle qui s'ouvre va donc vivre son moment crucial entre tous.

Par exemple, elle devra légiférer sur l'ensemble des nouvelles « technologies » du vivant. Le bannissement du clonage réplicatif ne doit pas conduire à celui du clonage thérapeutique [2].

En effet, quoique je me réserve le droit de ne pas opter pour une vie longue, je ne vois aucun problème à ce qu'on me clone quelques organes en vue d'une greffe future. Au contraire, je pense que cette médecine est un des rares obstacles sérieux pouvant arrêter le remplacement de soi par un autre soi-même. Car là où le clonage réplicatif précisément s'instaure, c'est sur la différ*a*nce, l'écart ontologique permanent entre le CORPS et l'ORGANISME.

---

1. Voir l'infamie que ce « grand musicien allemand » a osé écrire dans *Le Monde* au lendemain des attentats du 11 septembre.

2. Mais le clonage thérapeutique n'est valide à mes yeux que s'il interdit la culture d'embryons et pas celle d'organes différenciés.

Rappelons, très vite, une différence essentielle, qui je l'espère illustrera mes propos : si vous observez les organes d'un corps, séparément, vous constaterez qu'à l'exception du cerveau et des poumons (et nous verrons plus loin pourquoi), ils sont tous et chacun conçu à un EXEMPLAIRE UNIQUE. Dans notre « organisme », nous avons UN foie, UN cœur, UNE rate, UN estomac, UN intestin grêle, UNE vésicule biliaire.

Par contre, notre CORPS, c'est-à-dire la paradoxale architrave EXTERNE de notre personne, est DOUBLE. Loco-motion, perception, action : deux jambes, deux bras, deux mains, deux pieds, deux yeux, deux oreilles, deux narines.

Mais UNE bouche. Et DEUX poumons, parce qu'ils sont, eux aussi, bien plus que de simples « organes », une introjection du corps loco-actif à l'intérieur de la structure.

DEUX hémisphères cérébraux. Parce que le cerveau n'est pas un organe, il n'est pas même l'organisateur, puisqu'il est le *supracode* connecté en permanence à l'organisation biologique. Le cerveau, c'est la personne parce que c'est l'être double en permanence, parce qu'une PERSONNE, en fait, se définit comme un écart ontologique entre soi et soi. On est une *personne* à condition de n'être jamais totalement soi-même ni totalement un autre. Le Je métabiologique, celui de l'Éveil du Sujet, se situe en fait dans la zone de rupture opérée entre le Je et l'Autre, il la comble tout en s'y perdant, il la soigne tout en étant blessé par elle en retour. Le cerveau a constamment besoin d'assurer la permanence des deux hémisphères en même temps. Le cerveau gauche et le cerveau droit ne doivent pas être vus comme des « appareillages » cognitifs distincts et *parallèles*. Grâce au « corps calleux » en effet, ils reproduisent sur le plan organique la mystérieuse complexité de la

Tri-Unité, basée sur le surpassement du dualisme : les deux cerveaux n'en forment qu'un et pourtant ils sont trois. Leur différ*a*nce pourrait aujourd'hui fort bien être expliquée par un docteur de l'Église, un Grégoire de Nysse, un saint Hilaire de Poitiers, car il y verrait l'*organisation*, la *mise en forme organique*, à l'image de Dieu, du mystère des hypostases, de trois personnes en une, il saurait vous dire bien mieux que moi à quel point les secrets du corps humain ne cachent finalement que les secrets de cette Image, et qu'à chaque plan de l'organisation biologique on finira par buter sur cette limite.

Ainsi, le traitement neuro-optique de l'information : première inversion rétinienne, seconde inversion corticale : double inversion, mais auto-intensifiée, car l'Image unique qui surgit dans le cerveau est en fait DOUBLE et il subsiste des neurones qui conservent en eux l'image simple de la première inversion. Le traitement de l'information est probablement accumulatif en termes d'intensité.

Mais donc, pour revenir aux organes, UNE seule bouche. Comme la rate, ou le foie, dirions-nous. Sans doute parce qu'elle est l'*organe de la parole*, comme tant de fois on l'a consacrée ? Mais si on observe cette bouche on voit bien qu'elle n'est rien. Je veux dire qu'elle est une absence, une pure béance, un conduit ouvert qui mène aux poumons justement, et à la chambre de phonation, larynx, pharynx, cordes vocales, dispositif multiple : *la voix c'est le multiple de l'organisme qui se fait Un*. La parole surgit d'une tension, corollaire à son anéantissement, venue du silence et y retournant, elle est l'unification des multiples vers l'unité du néant.

Il existe donc certaines « zones de coalescence » entre le corps et les organes mais il n'en reste pas moins qu'une frontière ontologique ne les maintient unis que par leur séparation : sans corps, un organe meurt généralement très vite. Réciproquement, sans un organe vital, le corps meurt lui aussi, plus ou moins vite.

Le clonage thérapeutique ne concerne donc *que* des organes. Il ne fait pas de confusion entre organisme et corps. Considérer le *corps* comme un simple *catalogue d'organes*, donc réplicable en tant que tel, est digne d'un directeur général de camp de la mort. Parce qu'il ne considère que des organes séparés, comme *singularités*, en vue de la survie du *corps*, le clonage thérapeutique met le biologique au service de la personne. Dans le cas du clonage réplicatif, le bouturage du corps entier, on assiste au contraire à l'asservissement de la personne au biologique.

L'impact nanoscopique de biotechnologies post-silicium à l'intérieur de nos organismes va de la même façon nous forcer à opérer des choix. Et donc à réinventer une véritable éthique, qui se révèle, comme le prouve Agamben, une tension entre l'homme et le sur-homme, voire, comme il l'explique expressément, entre l'homme et le non-homme.

Car la Technique n'est pas que servitude, cela serait trop simple. En elle aussi, parce qu'elle est maîtrise de l'opération ontologique de division infinie et qu'elle met en rapport de rapport les éléments constitutifs de la « volonté de puissance », réside un anneau paradoxal de liberté, un quadripôle infinitésimal qui, sans la moindre articulation dialectique, médiée, projette et surjette les uns contre les autres les éléments nécessaires à tout surgissement authentique d'une ACTION LIBRE.

Avant de pouvoir expliquer comment ce quadripôle de la liberté, analogue au Tétragramme divin, est contenu dans la maîtrise que la Technique impose à l'Homme, il convient de dire qu'on ne peut concevoir la liberté, dans son essence, que comme un *surgisse-ment*, inattendu, a-programmable, mais pas du tout

aléatoire, comme une *phusys* donc, et que par conséquent la liberté, dans le monde des choses humainement
atteignables, est un analogue de la GRÂCE.

Laruelle démolit avec précision l'analyse que fait Heidegger du projet nietzschéen conçu comme « subjuga-
tion totale de la Technique », et le thème corollaire de
« Nietzsche penseur de la fin de la métaphysique », elle-
même considérée comme « nihilisme ». Il se permet
aussi, sans la moindre partialité, de rendre au docteur
de Fribourg ce qui doit lui être rendu, et qui n'est pas
rien, bien au contraire. Car pour oser entreprendre cette
critique radicale de Heidegger, et donc son surpassement, il fallait quelqu'un comme Laruelle, il fallait un
génie. Il fallait quelqu'un qui puisse se porter à la hauteur de vue des deux géants en question. Il fallait se
situer à des millions d'années-lumière de Sartre, bien
sûr, et à un univers de distance au moins de Michel
Onfray.

Ainsi, la Technique, après avoir servi à la fabrication industrielle de cadavres, devint l'opérateur ontologique qui permit à la métaphysique de prendre *CORPS*
dans le monde, de devenir *l'être-au-monde de ce monde*.
Le degré de maîtrise qu'a atteint la technique après
Auschwitz et Hiroshima (pour des raisons absolument
inverses) lui permet d'unifier en tant que réalité-
continuum les éléments épars que la métaphysique occidentale – celle de Platon et d'Aristote, il convient de le
préciser aussitôt – avait jetés sur son chemin depuis
vingt-cinq siècles.

La technique du virtuel, en fait l'ensemble des « technologies de la perception », permet en quelque sorte aux
concepts de prendre corps dans notre champ cognitif
externe, comme des plis particuliers de notre continuum,
ni tout à fait objets ni tout à fait fantômes. C'est en cela

qu'elles préparent, comme Nietzsche l'avait expressément deviné, la FIN de cette métaphysique.

Il n'est pas anodin de constater que Nietzsche meurt la même année que la présentation publique des travaux de Max Planck sur la mécanique des quanta. Sans doute la collision des deux pensées aurait-elle été vraiment fatale pour toute l'humanité.

Ce qui se prépare en effet, dès maintenant, c'est précisément l'inversion que Nietzsche avait prophétisée. Les sciences du futur, déjà, pulvérisent le principe de non-contradiction aristotélicien et permettent d'imaginer une après-science, une véritable métaphysique devenue non pas opératrice de la programmation de la réalité, mais transcendance immanente à toute chose, paradoxe vivant de l'esprit non pas « libéré » des « chaînes » de la matière, mais capable d'entreprendre une danse sauvage d'anéantissement mutuel avec elle.

L'après-science, ce sera le moment d'une métapolitique machinique, au sens deleuzien, donc contre l'économétrique machinale du quotidien.

Les sciences en convergence critique peuvent être détectées comme l'irruption d'un colossal *contre-mouvement*, né précisément du programme de fabrication industrielle de cadavres expérimenté à grande échelle par la biopolitique nazie. Ce n'est pas tant Hiroshima qui forme le contre-pôle (« lumineux ») aux ténèbres du camp de la mort, quoique cette version ne soit pas non plus à rejeter d'un bloc, mais bien la science génétique qui se met en place dès 1945 et qui, en moins de dix ans, aboutira à la découverte fondamentale de Crick et Watson concernant la structure de l'ADN.

La fabrication industrielle de cadavres débouche on ne sait comment sur la production d'hommes en série.

Dès qu'on a prononcé ces mots on comprend que l'on a prononcé une sorte d'aporie. Les deux phénomènes ne sont pas *LIÉS*, ils n'en font qu'un et restent pourtant duals.

C'est parce que la technique, justement, c'est la DUALITÉ.

Agamben démontre comment s'échelonnait le programme, le mode de programmation biopolitique de la pensée, chez les nazis. Dans les camps, non seulement on privait les hommes de leur vie, cela s'était déjà vu, mais *on les privait aussi de leur mort*. Non seulement on les privait de leur humanité, mais on s'efforçait précisément de fabriquer des non-hommes, c'est-à-dire des « hommes » qui survivaient à leur propre inhumanité, pas même entre la vie et la mort, mais *en deçà*. Ce fut l'accomplissement du programme bourgeois, industriel, comptable, rationaliste et européen. Les Lumières s'achevaient dans la Nuit et le Brouillard.

Si les nazis avaient pu en arriver à cette « solution » extrême, qui fut « finale » pour six millions de victimes, c'est que le langage et l'ensemble des modalités de perception déformées par le rationalisme mystique avaient déjà transformé les peuples en *populations*, en masses économétriques.

Du « laisser vivre, faire mourir », signe et agent de la souveraineté royale, les démocraties européennes modernes vont proposer, sur la base des utilitaristes anglais, des jacobins et positivistes français, des eugénistes allemands, une totale inversion du précepte qui deviendra ainsi : *faire vivre, laisser mourir*.

Les nazis vont parvenir à une double inversion croisée, qui se réalisera pleinement dans les camps de la mort. D'une part, en tant que prologue : *faire vivre, faire mourir*. C'est-à-dire la mise en place de l'étage de sélection précédant la « sélection » finale, entre ceux à qui on conserve le droit de vivre, et ceux qui devront

sortir du rang les premiers, pour être conduits directement à l'abattoir.

Ensuite, le cœur du dispositif apparaît bien comme
un opérateur de destruction ontologique absolu : *laisser
vivre, laisser mourir*. Se croisant par-dessus le prologue,
le deuxième rapport indique ceci : au bout d'un moment
de « vie » dans le camp, une grande majorité sera en fait
rendue à l'état de « musulman[1] », de « non-homme »,
qu'on pourra tout simplement laisser mourir jusqu'aux limites mêmes de la survie, de toute l'inhumanité
contenue dans l'homme, jusqu'à sa mise à nu terminale.

En conduisant la biopolitique rationaliste jusqu'à son
acception finale, les nazis entreprennent tout aussi
sûrement sa destruction, parallèle à la leur. La conséquence en est non pas un rebond vers un stade antérieur,
avant la biopolitique, avant le nazisme, avant Auschwitz,
qui est évidemment impossible, mais un saut qualitatif
vers son au-delà possible, un écart différentiel absolu.

Mais cet écart n'annihile pas les termes, au contraire
il établit une tension manifeste entre leurs polarités :
lorsque je dis que la génétique de l'ADN ne pouvait
sûrement naître que d'une catastrophe comme Auschwitz, je n'indique pas là une nécessité à la mécanique
causale, mais un rapport entre la nécessité et la contingence : la preuve, il me semble, que l'écart différentiel
entre la fabrication industrielle de cadavres et la production en série du vivant indique aussi une continuité,
ou plutôt une REPRISE.

La biopolitique, après le traumatisme de 1939-45, ne
pouvait plus être qu'humanitaire. La découverte de la
structure de l'ADN est une découverte essentielle dans

---

1. Je précise que c'est ainsi que les déportés des camps de la mort
surnommaient les détenus les plus affaiblis (cf. Giorgio Agamben,
Ce qui reste d'Auschwitz, *op. cit.*, pp. 49 et sv.).

l'histoire de l'homme. Mais la pensée qui allait modeler notre rapport avec cette découverte est sans doute la plus triste et convenue jamais survenue dans l'histoire de l'homme.

Toute possibilité de transvaluation du politique par le « biologique » – et réciproquement – fut frappée d'anathème, la possibilité d'une interaction métamorphique entre « psychisme » et « physique » tout juste acceptée [1].

Les nazis étaient parvenus à ravaler des êtres humains au rang de matière première, des corps sans esprit qui bientôt ne seraient plus que des organes sans corps et sans visage, des *Figuren*, comme les appelaient les SS. Du coup, l'homme devint presque un esprit sans corps, pour un « corps sans organes » soumis à une nouvelle reprogrammation générale du *socius*, et au visage sans cesse répété de lui-même, *de son vivant*. Certes il était difficile de revenir à une imagerie (év)angélique que l'on avait extirpée des consciences avec tant de soin en cent cinquante ans et des poussières. Il fut dès lors impératif de maintenir à flot une superstructure de théories toutes plus ou moins en concurrence, toutes plus ou moins complémentaires, bref une forêt, immense, destinée à cacher l'arbre solitaire, poussant sur le sol de cendres de Silésie orientale.

Les nazis avaient parfaitement réussi leur coup.

L'aliénation semble avoir si parfaitement envahi le champ de la conscience que c'est à se demander si la conscience n'est pas devenue un moment de l'aliénation.

L'imagination, c'est ce qui dans la conscience vous ouvre au vrai monde concret.

---

1. Un auteur comme Jung en fut une des premières victimes.

La liberté d'expression n'est pas une excuse pour l'absence de talent.

Le Mal, puisqu'il est par nature dialectique, dual, ne peut exister sans le Bien.

Mais le Bien, je veux dire le Bien véritable, ne peut venir à l'existence que lorsque le Mal est anéanti.

Ne jamais oublier que saint Augustin, quelle que soit sa grandeur au demeurant irréfutable, fut d'abord disciple de Platon, puis de Manès.

Alors que saint Dominique et Simon de Montfort, l'un par le Verbe, l'autre par le Glaive, mettaient fin à l'expansion du manichéisme en Europe, dans l'ombre de la haute pensée médiévale, le dualisme attendait, prêt à s'incarner de nouveau à la première occasion.

Il l'avait prouvé avec la crise iconoclaste, quoique cela se fût soldé par sa défaite.

Avec Luther, les ultra-augustiniens ouvriront l'écluse révolutionnaire qui fera finalement basculer tout l'ordre chrétien dans le rationalisme glacé des Lumières.

Le pacifisme absolu conduit inévitablement à la guerre totale.

Demain, départ pour Paris. Il me semble bien que, comme à l'accoutumée, je me rende en France la veille d'une guerre menée quelque part dans le monde par les Américains.

On va finir par croire que je me fais accompagner par l'US Air Force lors de mes visites promotionnelles.

Provisional end of data, 18 mars, 12 h 11.

24 mai, retour de Paris. Je reprendrai le cours de mes notes dans quelques jours, mais je reviens avec la plus triste nouvelle qui soit, sans compter la mort décidément définitive de la France.

Jacques Chambon [1] est décédé, fin mars, un vendredi je crois, d'un arrêt cardiaque, alors que nous devions nous voir le lundi suivant chez Flammarion pour la sortie de *Périphériques*, dont il avait été en quelque sorte le « mentor ».

Je commence à bien connaître le monde de l'édition. Dans cet univers peu scrupuleux, Chambon était un des rarissimes gars en qui je pouvais me permettre d'avoir une totale confiance.

L'extinction des réverbères a commencé.

***

6 juin. Une bonne date pour repartir vers les dunes du théâtre des opérations.

L'hebdomadaire *Marianne*, torchon souverainiste-centriste digne de son fondateur, fait paraître quelques lignes crasseuses à mon sujet. N'en doutez pas, je reçois cela comme un HONNEUR.

Parce que je refuse la Nouvelle Collaboration zéro-péenne (qui s'institue sur des préceptes exactement inverses, culpabilité antifasciste oblige, à ceux de la précédente : anti-impérialisme, égalité des droits, anni-hilation des authentiques souverainetés politiques), parce qu'en effet je ne conçois pas un monde dirigé par une infâme démocratie supranationale humanitaire et

---

1. Éditeur, entre autres, de la célèbre collection « Présence du Futur » chez Denoël, et depuis peu de la dénommée « Imagine » chez Flammarion.

bureaucratique, dans laquelle siègent en toute « légitimité » des dictatures infâmes, des socialismes barbares
et des royaumes népotistes sans foi ni loi, parce que
je crois que *la politique, c'est* – comme le savait Carl
Schmitt – *définir l'ami de l'ennemi*, et puisque l'Europe
n'existe pas et ne risque pas d'exister avant longtemps – la Constitution athée et a-souveraine qu'on nous
prépare va institutionnaliser notre impotence –, que ses
gesticulations n'ont pas d'autre objectif que d'essayer
vainement de lui retrouver une voix qu'elle a perdue il
y a cinquante ans dans le concert des nations ; puisque
nous avons fait semblant de croire que Saddam Hussein
était notre ami, et surtout celui des peuples arabes et
non pas un criminel sociopathe, ce que la majorité des
Irakiens savait depuis trente ans ; puisque nous avons
voulu jouer au petit roquet de service, au coquelet
gaulois englué dans son fumier mais brandissant bien
haut son misérable droit de veto, concédé après guerre
par les Alliés à un général que cette nation ne méritait
plus, nous allons devoir maintenant assumer pleinement
les conséquences de notre « politique ».

Parce que de tout cela j'ai crié mon dégoût durant
ma « campagne de France », au moment même, j'y
reviendrai en détail, où le plus formidable appareil de
désinformation jamais conçu par ce pays dominait l'ensemble des médias, obscurcissant l'esprit, déjà endormi
par une année pleine de Total-Chirakisme, de dizaines
de millions de mes compatriotes, oui, parce que j'ai
décidé de dire haut et fort que l'Amérique, au-delà de
ses errances, de ses erreurs et de la tragique déviance
que connaît son mode de vie depuis trente ans – toutes
conséquences de ce que l'Amérique du Nord fut par
malheur historiquement réalisée au moment de la victoire de la bourgeoisie des Lumières –, que l'Amérique
donc est le lieu paradoxal où s'échafaudent EN MÊME

TEMPS les idéologies dissolvantes de la postmodernité et leur contre-feu chrétien, à la fois religieux et politique ; parce que précisément je me suis planté à contre-courant de l'infâme salpicon qui roule sa sauce de petits mensonges et de grosses contre-vérités sur la pente aiguë de la post-histoire, parce que j'ai refusé de suivre le garde-à-vous suicidaire que cette nation de cochons gauchistes et de pleutres sociaux-démocrates a rendu à ce pitoyable Super-de-Gaulle de pacotille, parce que je continue de défendre les valeurs chrétiennes, catholiques, royales ET impériales de la France de toujours (la France royale des Capet, la France-Empire des Carolingiens), et cela au nom de son FUTUR, parce que la France qui est mienne n'est ni celle de Chirak, ni celle de Besancenot, ni celle de José Bové, ni celle de Le Pen, ni celle des grévistes à trente-cinq heures (voire à vingt-huit), ni celle des journalistes culturels, ni celle des acteurs de cinéma engagés ; bref, parce que je suis et reste indéfectiblement un Occidental, un Atlante, à la fois nord-américain et européen, mais que je suis et que je reste un Français, un chrétien-d'avant-les-schismes, je suis, selon ce torchon qui porte le nom de leur catin républicaine, un « fasciste hystérique ».

On n'aura jamais dit tant de mal du fascisme que depuis qu'il est interdit d'en dire du bien, remarque Alain de Benoist quelque part.

L'Amérique est elle-même non pas *à* la croisée, mais *la* croisée des chemins. C'est ici que s'élabore la Guerre des Mondes. Pour l'instant George Bush, Dieu soit loué, est au pouvoir, mais la gauche américaine, la gauche postmoderniste et droit-de-l'hommiste (héritière de la nôtre), toute-puissante dans les universités et dans la presse écrite, tente déjà de vouloir faire revenir les

Américains avant leur prise de conscience cataclysmique de la réalité, avant le 11 septembre 2001 !

Les Michael Moore, les Sean Penn, tous les contestataires en Tuxedo montent au front sur les marches du palais des Festivals de Cannes et dénoncent cette guerre impérialiste que vingt-cinq millions d'Irakiens attendent.

Partout, dans la rue, dans la presse, à la télé, au fur et à mesure de l'avancée des troupes alliées dans le cœur du territoire irakien, les mines s'allongent du côté de nos politicards de service, c'est SILENCE RADIO. À croire que c'est eux qui sont soumis au bombardement de l'Air Force.

Pourtant, durant les deux premières semaines de la guerre la racaille gauchiste au pouvoir dans les médias français ne s'est pas économisée pour faire avaler à ses ouailles le message de l'Élysée. *Paris Match* : La longue guerre. *Le Figaro-Magazine* : L'enlisement. *Libération* : Un nouveau Viêt-Nam. *L'Express* : La faute de Bush. Et je ne reprends qu'un court florilège parmi les plus significatives, les plus symboliques, dirons-nous, des âneries débitées à longueur de pages par les Colombani ou les Jean Daniel de la presse aux ordres. Je conseille à tout un chacun qui dispose d'Internet de se rendre sur les sites web des journaux susnommés, comme de tous ceux de la presse franchouillarde, afin d'établir le constat par lui-même. Il y a une étude d'anthropologie politique à faire sur le rôle des médias français durant la guerre. Il suffit de lire tout ce qui a été publié entre le 18 mars et le 1er mai.

Reprenons, si vous le voulez bien : *Paris Match* titre sur la « Longue guerre » au bout d'une semaine de conflit ! On dira ce qu'on voudra, mais c'est le pronostic militaire le plus pressé, et le plus erroné, depuis celui, antithétique, du caporal Adolf, qui promettait à ses généraux la conquête la plus courte de l'Histoire le jour du déclenchement de l'offensive Barbarossa. Les spécialistes de *Paris Match* valent bien ceux de l'OKW. Car si on se permet un mixage rapide de cette tambouille infecte on se demandera en effet quelle *faute* Bush a-t-il bien pu commettre lors de cette *guerre du Viêt-Nam* qui aura été la plus courte de l'Histoire, en s'*enlisant* si bien qu'au bout de trois semaines la victoire fut définitivement acquise, et qu'après soixante-douze heures de « combats » le cœur opérationnel des forces armées de Saddam Hussein était totalement détruit, et ses troupes d'élite en déroute.

Chaque jour, les tronches de Bilalian, de Chazal, de Poivre d'Arvor, de Karl Zéro et de toute la Téléchiraquie s'allongeaient, funèbres, tels les corbillards et les processions de leurs fumeux espoirs : car il faut savoir qu'à partir du 19 mars TOUT LE MONDE en France espérait, plus ou moins secrètement, une défaite de la coalition : 40 % de collabos allèrent jusqu'à courageusement assumer, dans l'anonymat du sondage, leur appui sans réserve à l'enculeur-en-chef des Irakiens.

Vers le milieu de la première semaine de combats sporadiques, j'avais vu ces crevures annoncer en boucle durant toute la nuit l'accident qui avait coûté la vie à *un marine* lors du renversement de sa Jeep dans l'ornière d'une piste du désert. Sur LCI, l'annonce de sa mort tourna en continu pendant vingt-quatre heures.

Lorsqu'une tempête de sable immobilisa quelques jours les appareils de la coalition, fin mars, il y eut jusqu'au *Figaro-Magazine* pour oser parler d'un « enlisement », terme encore euphémique si on le compare aux annonces catastrophiques – et semi-ironiques – qui faisaient état de cette « armée hyper-technologique frappée d'impuissance par une tempête de sable ». Ces idiots à la pige, tout aussi ignares des choses de la guerre qu'elles le sont de celles de la paix – cela va de pair –, oubliaient de préciser que seuls les hélicoptères étaient frappés d'infirmité, car, à la différence de nos Jaguar qui datent des années 1950-60, les avions d'assaut de la coalition, britanniques comme américains, sont désormais capables de voler par tout temps, y compris dans les orages les plus denses.

Ainsi, j'assistai, un soir, sur je ne sais plus quelle chaîne de la Téléchiraquie, à un de ces débats d'experts qui font la joie, je crois, des hommes comme moi, entre deux zappings sur *Thalassa* et un débat de société genre *C'est Mon Choix*. Cela se déroulait au moment où les troupes british venaient de s'accorder une « pause stratégique » avant d'entrer dans Bassora. Les commentaires des spécialistes allaient bon train. Que cachait cette « pause stratégique » ? Après un long quart d'heure d'une conversation digne du Café du Commerce, on en vint à postuler que cette « pause » révélait un « malaise » dans l'appareil de commandement des troupes américano-britanniques. Sans doute masquait-elle l'impossibilité pour les unités anglaises d'entrer dans la ville sans se heurter à forte résistance – ce fut la réponse consensuelle que ce plateau-repas d'experts en rien du tout se permit de dégurgiter.

Deux jours plus tard les Britanniques entraient dans Bassora sans pratiquement tirer un coup de feu.

On aurait pu se dire, après tout, même des gens comme moi peuvent encore faire confiance au rationnel, surtout de la part de cochons qui se proclament descendants de Descartes, on aurait pu se dire, donc, que la leçon aurait été tirée, et que le personnel des ministères et des agences médiatiques du pouvoir ferait au moins mine de discrètement enclencher la marche arrière, mais non, le phénomène se répéta, de plus belle, lors de l'entrée des forces américaines dans Bagdad.

Pendant trois jours, alors que les blindés de l'US Army encerclaient la ville, la presse française aux ordres de Villepin fit consciencieusement là où on lui disait de faire : la prise de Bagdad équivaudrait à un bain de sang. Les fedayine fanatisés, les milices du parti Baas, la foule enrôlée de force ou par volontarisme patriote, en plus des unités d'élite de la garde présidentielle, obligeraient les Alliés à détruire la ville, comme les Russes à Berlin ou à Groznyï. On voyait déjà le tableau, sans cesse dépeint depuis le début de la guerre par les séides de la désinformation postgauchiste : un immense et irrésistible soulèvement des peuples arabes, dans tout le golfe Persique et au-delà. D'ailleurs des combattants algériens, yéménites et syriens venaient déjà prêter main-forte au « peuple irakien ». On disait que Marc-Édouard Nabe était en ville, ainsi que de gros cons de pacifistes américains et canadiens.

Cela devait sûrement réconforter le peuple irakien en question qui, comme c'est bizarre, ne livra aucun de ces formidables « combats de kamikaze » prédits et commentés à l'avance par les inénarrables éditorialistes de notre « presse libre ». Sans doute n'avaient-ils pas assez écouté les précieux conseils diplomatiques de notre Lamartine *new-look*, ou de M. Colombani (« Nous sommes tous Américains » le 11 septembre, mais « Nous sommes tous chiraquiens » la semaine suivante), ni ceux du chanteur Renaud, remis tout juste d'une cure de désintoxication qui ne nous aura malheureusement pas épargné ses jappements d'épagneul blessé pour qu'on lui vienne en aide en achetant son disque pitoyable.

J'avais bien vu de mes yeux vu, et de mes oreilles entendu, un de ces experts en costard-cravate venir invoquer les mânes de « Stalingrad » – oui, Stalingrad ! – en guise de « pronostic stratégique », sur une des chaînes de la propagande chiraquienne, le mot avait d'ailleurs été repris par la presse le lendemain. Stalingrad, Seigneur ! je me suis surpris à souhaiter à ce mercenaire des médias socialopes de se réveiller un jour près de l'usine Octobre, vers novembre 1942...

Entre le 10 et le 14 avril, environ trois semaines après le début de l'offensive, les derniers qui continuaient à se battre pour défendre Saddam Hussein et les intérêts pétroliers franchouilles étaient les journalistes de la TéléChirakie, Bilalian à la tête de la division Charlemagne des vaincus de la guerre du Golfe ! France 2, bastion du centrisme nihiliste bourgeois *new-look*, mérite de loin la médaille d'excellence, *ex aequo* avec Caillera-Plus, dont les Guignols cristallisent toute l'époque néonazifiée d'aujourd'hui. Inutile de revenir sur le rôle central que les nazis ont fait tenir à l'humour, aux caricatures et aux pétomanes pour s'assurer l'audience la plus populaire. Le traitement parfaitement unilatéral que ces marionnettes font subir à tout ce qui, de près ou de loin, représenterait un authentique pôle de souveraineté occidental est exemplaire. Même s'il apparaît parfois stupide en effet, Chirac est incontestablement le « champion » de cette BD télévisuelle. Les Israéliens sont à peu de chose près des SS et les Américains des Rambo. On reste rêveur devant tant de finesse.

Ah, la mi-avril ! Il faut avoir connu ça : cette déballonnade foireuse, mise à bas frénétique des pantalons et démonstration *de visu* que le fond de culotte n'est pas très encourageant, silence radio encore plus prononcé des deux crétins de service : Total-Chirak et Villepin, ce dernier essayant de recoller les pots cassés en rendant une visite express aux ayatollahs de Téhéran ! Bref, assister au spectacle de toutes ces crevures réduites à néant devant l'irruption pourtant prévisible de la

RÉALITÉ fut, à la fin de la troisième semaine de mon séjour parisien, comme une épiphanie printanière.

Non, le peuple irakien n'était pas prêt à se sacrifier pour votre ami-la-crevure-à-la-carabine.

Non, les troupes irakiennes ne seraient pas capables de conduire une guerre de partisans à la sauce Stalingrad contre les forces armées de la coalition (elles ne sont pas entraînées pour cela, pauvres truffes).

Non, aucun peuple de la région ne se soulèverait pour porter assistance à ce régime de merde.

Non, aucun djihad général n'enflammerait l'aire arabo-musulmane, précisément parce que ce crétin criminel de socialiste arabe s'en est pris, tout au long de son infâme carrière sanguinaire, aux musulmans de son pays, le bon million de chiites qui y sont passés durant son règne vous en causeront peut-être un jour, quand il s'agira de rendre quelques comptes à la vérité [1].

Bref, non seulement la guerre contre Saddam Hussein était une de ces banales contingences historiques que tout peuple encore assez fort est en mesure de résoudre (comme Rome contre Carthage), non seulement elle était rendue nécessaire par toutes les menaces que Saddam faisait peser depuis des décennies sur la région (mais aussi parce que le 11 septembre l'avait paradoxalement affaibli, et qu'il représentait alors le plus gros obstacle au processus de paix israélo-arabe et au reformatage politique du Proche-Orient – sans compter que supprimer la menace permettrait à des centaines de milliers de soldats américains de quitter les terres saintes de l'Islam en Arabie Saoudite, et d'y dégonfler la pression islamiste), mais en plus elle était POSSIBLE. Et non

---

1. Et ce ne sont pas les « barouds d'honneur » de la « résistance » de Moqtada al-Sadr, qui souille ses propres lieux saints, qui y changeront quelque chose (note du 20 août 2004).

seulement elle était possible, mais elle était PRÊTE, dans les plans du Pentagone. Et non seulement elle était prête, mais elle était GAGNÉE d'avance, *sur le terrain*.

Il fallait être Total-Chirak et le Diplomate-poète-à-ses-heures-sur-Iran-air pour ne pas le savoir, même si nos services de renseignement, en dépit du sous-équipement misérable dans lequel ils végètent, leur avaient sans doute fourni des informations assez sûres concernant le sort et les véritables enjeux de cette guerre.

Mais pour le réacteur Ôchirak, ce qui compte c'est d'être réélu à la prochaine élection. La présence de Le Pen, la division de la droite et de la gauche, la force d'inertie qui lui profite du haut de ses 82 %, tout cela lui offre une autoroute centriste comme aucun Président n'en a jamais rêvé depuis la Chambre bleu horizon. Pour gagner à sa cause un électorat de gauche modéré et la population de souche arabe, et par extension musulmane, et afin d'exploiter l'énergie politique d'un nouvel unanimisme transpolitique et totalitaire, nos Bouvard et Pécuchet de la politique internationale étaient prêts à tout sacrifier, y compris les intérêts vitaux et supérieurs de la nation, et par ricochet ceux de l'Europe, au moment stratégique entre tous de son « élargissement » vers les anciens pays de l'Est (qui connaissent fort bien le socialisme bureaucratique et ses différentes variantes tiers-mondistes, ce qui explique pourquoi ils n'ont suivi ni le Zorglub de l'Élysée ni sa réplique écoloboche), et alors que se prépare la rédaction de sa Constitution, qui se révèle bien la pire aberration postmoderne que la philosophie politique bruxelloise était en mesure d'élaborer. Depuis leur tombeau, Goebbels, Jdanov, Mao en écarquillent leurs yeux d'incrédulité, et depuis leur bunker, les actuels dirigeants de la Corée du Nord font de même. Villepin devrait se déplacer plus souvent à

Pyonyang pour y vendre notre savoir-faire en matière d'usinage des consensus.

Chirak et Villepin, grâce à la pleine et active participation de la presse aux ordres, sont parvenus à hypnotiser 90 % de Français (voir les sondages en mars et en avril) et donc, au beau milieu de la « guerre », on apprit sans la moindre surprise qu'environ 40 % des Franchouillards interrogés souhaitaient la victoire de Saddam Hussein.

Comme toujours, ces connards de libéraux-socialistes ignorent tout des pouvoirs de la bêtise qu'ils sèment dans les esprits à grands mouvements hiératiques : déjà dépassés sur leur gauche lors des manifestations contre la guerre (au cri de « Sharon assassin » et de « Mort aux Juifs », Chirak s'est aussitôt fendu d'une tirade sentencieuse sur l'antisémitisme), ils ne savent pas encore le prix qu'ils auront à payer, un jour, pour avoir préparé les consciences de leurs « sujets », souverains démocratiques de la République, à la banalisation du fascisme islamiste et au prochain syncrétisme postcommuniste.

La mobilisation générale contre la guerre fut pour la gauche le moyen de ressouder ses rangs et d'abreuver la foule de quelques slogans fédérateurs. Lors de ma dernière semaine à Paris, et deux jours après mon retour à Montréal, la France subissait ses plus grandes grèves de fonctionnaires depuis 1995.

La « droite » au pouvoir ne se doute même pas que c'est elle qui a permis la réunion idéologique et syndicale de sa rivale.

Les socialistes sont toujours de futurs libéraux qui s'ignorent.

Les libéraux sont toujours d'anciens socialistes qui se repentent.

Jamais l'Europe ne pourra se faire – comme l'affirment de futurs autocrates, planificateurs mégalomanes de la destruction de peuples entiers –, jamais une authentique Europe politique ne pourra se faire contre les États-Unis d'Amérique. Sans copier stupidement sa Constitution à l'usage de notre continent, une authentique analyse politique de cette charte nous aurait peut-être conduits à concevoir autre chose que l'immonde papelard qu'on s'apprête à présenter à vingt-cinq nations, et à vingt-cinq siècles d'Histoire.

Et pour commencer, oser admettre dans son préambule que les hommes sont soumis à la toute première des Lois, qui est de respecter le Décalogue. Cela, me semble-t-il, est commun aux trois religions monothéistes.

La Constitution américaine est fragile en ce qui concerne les relations entre État, Peuple et Église, mais, en dépit des manœuvres de dissolution menées par les avant-gardes de la postmodernité aux États-Unis, le *pledge of allegiance* semble encore en mesure d'être maintenu par la Cour suprême.

La Cour suprême est le Vatican américain. Un Vatican démocratique et collégial, cela va de soi dans une nation protestante. Les Pères fondateurs de la République américaine ne forment pas un tout homogène, comme on se plaît à le penser dans notre République jacobine. La généalogie de la République américaine est complexe, multiforme.

Différents modèles politiques et religieux y cohabitaient, parfois avec des étincelles. La Déclaration de Jefferson, puis la Constitution finale établissent une sorte de ligne médiane entre les partisans de la laïcité et ceux de la théocratie chrétienne, entre ceux du *local control* démocratique et ceux de l'autorité monarchique, entre le droit des États constituants et celui du super-État

156

fédéral, déjà l'Amérique doit savoir quoi faire de ses juifs et de ses catholiques (le Maryland, comme son nom l'indique, fut créé par une colonie catholique), mais elle est aussi une nation de bourgeois d'affaires qui s'étaient révoltés avant tout contre un surplus de taxes.

J'entends parler ici ou là d'union euro-russe. C'est bien sûr le rêve qui aura été brisé dans l'œuf par le libéralisme et le socialisme européens. La situation est véritablement catastrophique en Russie. Sur le strict plan démographique, par exemple, ce pays va perdre jusqu'à 40 % de sa population au cours du prochain demi-siècle. En 2050, c'est tout juste s'il restera encore une centaine de millions de Russes. Il faudra un effort nataliste considérable pour parvenir à renverser la tendance.

À l'inverse, pour la même date ou à peu près, on évalue le gain de population aux États-Unis aux alentours de cinquante millions, et à la fin du siècle, il y aura environ quatre cents millions d'Américains.

Les masses islamisées du Moyen-Orient sont sans doute, qu'on le veuille ou non, l'avant-garde d'un mouvement général de révolte contre le système libéral-conservateur occidental. Il est tout à fait clair que le modèle philosophique des Lumières est très pauvre, et que le monde de l'économie globale est celui de la Technique toute-puissante, mais il n'en reste pas moins vrai qu'aucune solution ne peut venir d'un soi-disant espace politique extérieur au système. Dans tous les cas de figure, la pensée islamiste contemporaine, et même celle des précurseurs musulmans de nos Lumières, est de très loin encore plus misérable. La solution ne réside pas, en tout cas, dans un assujettissement idéologique aux gangsters internationaux fanatisés par un mélange de dollar et de Coran. Elle ne viendra pas non plus des narco-léninistes kidnappeurs de masse des jungles colombiennes. Elle n'est pas à l'œuvre dans le théâtre de rue des antimondialisateurs (qui se dénomment maintenant « altermondialisateurs », c'est plus... « alternatif », *anti*, ça sonne trop *négatif*). Elle ne surgira pas, comme par un miracle à microprocesseurs, des post-humanismes *new-look* du *bio-engineering*. Elle n'émergera que de la tension induite, en Amérique même, sur le corps politique américain, de l'affrontement de deux branches du nihilisme, qui ont une seule racine première : la Réforme.

Le libéralisme bourgeois est une rupture par la continuité des idées maîtresses, ou plutôt des idées sous-jacentes à la Réforme. Les protestants qui fondèrent les premières colonies puritaines en Nouvelle-Angleterre étaient quant à eux des tenants d'une lecture biblique des événements, et de l'économie du Salut selon saint Augustin et Luther.

L'idée de liberté individuelle, qui n'est autre que la forme modernisée de l'hérésie pélagienne, surgit étrangement d'une autre pensée schismatique, la Réforme, qui pourrait être vue, sur le plan de l'économie du Salut, comme son antipode, un ultra-augustinisme. Étrangement ? C'est que nous croyons que nos idées s'enfantent les unes les autres comme les humains, par génération, alors que les idées naissent toujours du Néant qui les articule aux autres, et au Réel, qui les disjoint. Elles surgissent d'une autre idée mais en intensifiant certaines de ses modalités, en en étouffant d'autres, en sélectionnant dans cette idée ce qui sera le plus propice à ses desseins, et en produisant sans cesse des renversements dynamiques prodigieux. Ainsi, la Réforme produit en un siècle les rudiments de la pensée bourgeoise, et un siècle plus tard cette pensée bourgeoise s'est complètement convertie au libéralisme économique et aux droits de l'Homme.

L'Amérique s'établit sur la rencontre fortuite, mais essentielle, entre l'utopie du nouvel Israël calviniste et la lutte économique des bourgeois d'affaires locaux las de contribuer aux guerres contre les Français et les Indiens, et de se voir alourdis de taxes en tous genres en récompense de la victoire par une royauté britannique sûre d'elle comme jamais après la défaite historique de son ennemi héréditaire sur le sol nord-américain.

Certes, l'Histoire aurait été toute différente si le Canada, tout du moins, était resté français et catholique. Une uchronie reste à écrire à ce sujet, mais l'Histoire telle que nous la connaissons ne s'est pas faite ainsi.

Il n'en reste pas moins que même la Réforme puise ses origines dans le Christianisme, on peut être farouchement opposé à bon nombre d'hérésies contenues dans la Lettre de 1519 tout en sachant lire les pages de Luther qui prouvent son attachement profond à un certain nombre de doctrines chrétiennes essentielles.

En cette ère où tout est perdu, où le Christianisme, et en particulier le catholicisme romain, traverse la pire période de son histoire, et où l'humanité semble mûre pour un biocide terminateur, les deux allant de pair, nul ne doit oublier, en France et dans le reste de l'Occident européen, la leçon que nous donnent, par un autre étrange retournement des choses, les nations de l'ancien bloc communiste oriental. Bientôt, ce seront des Serbes, oui des Serbes, qui oseront soutenir publiquement *la politique américaine de « containment » de la poussée islamiste*. Si l'Amérique a été obligée, au Kosovo, d'intervenir trop peu, et surtout ni au bon endroit ni au bon moment, occultant la terrible impotence de la soi-disant « Europe », contre un dictateur communiste qui se servait de cette « poussée » objective pour, en contrepartie, promouvoir le terrorisme d'État et le nettoyage ethnique à grande échelle, si l'Amérique, là aussi, a réglé en quelques jours un problème que l'Europe n'avait su résoudre en dix ans, si l'Amérique a reçu, déjà, de la part d'une opinion publique franchouillarde complètement *castrée*, une cargaison substantielle d'insultes et de crachats, si l'Amérique, en dépit de ses différences, est malgré tout restée fidèle à l'Europe, à l'Alliance atlantique (ce qui nous a sauvés du joug bureaucratique marxiste-léniniste pendant un demi-siècle), si l'Amérique pour cela a dû bombarder des ponts serbes et des usines yougoslaves que nous aurions dû bombarder, nous, si nous étions capables d'autre chose que de jérémiades pacifistes qui glorifient et déplorent dans le même temps – summum d'hypocrisie – notre impuissance sans doute bien réelle, si l'Amérique a en effet détruit quelques chars de l'armée fédérale et bousillé une ou deux centrales électriques militaires, il n'en reste pas moins que cette guerre à basse intensité (il faut oser faire des comparaisons : ce que Belgrade a enduré durant un mois ne se situe en rien sur le même plan que ce que Sarajevo a subi durant trois années de siège) n'a pas généré – et le phénomène est identique en Irak quatre ans plus tard – de sentiment national haineux à son encontre. Sans l'opération alliée au Kosovo, Milosevic n'aurait pas pu perdre la face avant de céder le pouvoir à l'opposition démocratique, et se retrouver illico presto à sa place, sur les bancs du tribunal de La Haye, à la grande satisfaction d'une majorité de Serbes.

Pour crimes contre l'Humanité, c'est le problème de La Haye, si je puis dire, puisque c'est au nom de l'Humanité (le Nouvel Homme socialiste, rebaptisé vite fait orthodoxe après la chute de l'URSS) que tous ces crimes ont été commis.

J'espère un jour que les Serbes le jugeront pour crimes contre le Christianisme.

Qu'on me comprenne bien, encore une fois : ce n'est pas que nous soyons *a priori* contre les « droits » de l'Homme, c'est que, premièrement, nous mettons en doute la primauté des démocraties modernes en ce qui concerne la protection effective de ces fameux droits fondamentaux qui, sans être promulgués comme tels sous les anciennes monarchies, comme ils l'étaient dans la Constitution de l'Union soviétique, n'en furent pas moins bien mieux protégés que sous le règne de cette dernière, et que, dans un second temps, nous considérons qu'aucune « Charte des droits » ne saurait ne pas rappeler les interdits et les devoirs du Décalogue, et ne pas faire comprendre au citoyen « libre et souverain » que, pour construire une civilisation digne de ce nom, il faut aussi savoir *restreindre ses droits* et envisager sereinement le sacrifice.

Car enfin, si des amis vivant à Belgrade me disent que durant la seconde guerre du Golfe un vaste parti de Serbes défendait, plus ou moins discrètement, la coalition occidentale sous commandement américain, c'est sans doute que quelque chose, à nouveau, s'est renversé dans l'Histoire.

Les Slaves ont vraisemblablement cette prescience, née de leur mémoire (c'est l'Amérique qui finança Radio Free Europe et les tunnels berlinois), que c'est l'Amérique qui un jour défendra l'Europe contre le prochain despotisme transnational.

Les Russes eux-mêmes, Poutine en tête, regrettent amèrement leur choix de mars 2003, lorsqu'ils ont embarqué dans le fatal avion franco-boche. L'état-major de l'Armée rouge, véritable concentré d'abrutis anti-occidentaux post-cocos, vient de donner les raisons qu'attendait Poutine pour les décapiter. « Au moins six mois, sans doute un an, peut-être un nouveau Viêt-Nam », avaient pronostiqué ces généraux spécialistes, tout autant désinformés par leur idéologie de misère que les trous-du-cul mondains de la nomenklatura médiatique parisienne.

Avant même que l'Europe se fasse, la Russie aura rejoint les États-Unis dans une nouvelle alliance impériale.

Prions pour qu'au moins une nation catholique soit de la partie. Prions pour que la Pologne, la Croatie, la Slovénie, la Hongrie, la Tchéquie, l'Ukraine, les pays baltes, bientôt rassemblés sous la démocratique impotence bruxelloise, finissent par montrer la voie. Et se détachent princièrement de cette radasse sans avenir, en suivant l'adage antique qu'il vaut mieux être une nation souveraine dans l'alliance impériale qu'une nation démembrée par son intégration à une Union sans souveraineté.

Le futur de l'humanité s'élabore en Amérique. Sa gestation, au cours du XXIᵉ siècle, va être douloureuse. Car il ne naîtra ni des expérimentations libérales néo-socialistes et posthumanistes des universitaires auto-intronisés démiurges, ni de la pure et simple *réaction* chrétienne de la droite protestante conservatrice. Il ne naîtra même pas, à proprement parler, d'un conflit dialectique entre elles, mais de la tension que ces deux branches produisent à la source qui est leur origine, c'est-à-dire au cœur même de la théologie de la Réforme.

Cette tension, selon moi, est le signe que quelque chose va survenir, quelque chose va advenir, quelque chose va transformer le Christianisme divisé, ici en Amérique.

Les trois branches séparées du Christianisme ne peuvent espérer entreprendre une quelconque réunification sur la base du prétendu œcuménisme de Vatican II. Cet œcuménisme, au lieu de se considérer comme un processus au travail, a d'ores et déjà statué sur l'essentiel : en clair, que l'Église catholique devait, progressivement mais sans traîner, se protestantiser.

Maintenant que c'est chose faite, les protestants et les orthodoxes ne peuvent plus entendre la voix de l'Église romaine autrement que comme un idiome indifférenciable des autres sectes modernes ; au moins, les orthodoxes, en se retirant dans le césaro-papisme byzantin, poursuivent-ils une tradition vieille d'à peu près mille ans.

Mais le catholicisme, et ce depuis les institutions romaines mêmes, vient de subir la pire attaque que jamais le monde lui ait portée.

Il ne sert à rien de reprocher aux protestants d'avoir su influencer les dignitaires les plus hauts de l'Église, car c'est leur rôle de chrétiens que d'essayer de convaincre ceux qu'ils pensent être dans l'erreur. Le pire n'est pas là. Car l'Église catholique a largement dépassé, depuis les années 1960 et 70, les attentes des luthériens ou des presbytériens. Elle s'est en effet complètement ouverte aux idéologies des Modernes. Et mieux encore au socialisme, à tel point que lors du « grand concile » de Vatican II, entre 1958 et 1962, pas une ligne n'est consacrée à la dictature totalitaire soviétique ou chinoise, pas un mot au communisme. Au contraire, il s'agira de « s'ouvrir toujours plus » aux miasmes purulents en provenance du charnier démocratique.

Mais la guerre contre la version moderne de l'Islam, contre l'*idéologie* islamiste, va très certainement colorer toute la première moitié de ce siècle balbutiant.

Les libéraux occidentaux (américains compris) avaient fini par se dire que, puisque ce Dieu paraît bien improbable, une telle idéologie avait fort peu de chances de pouvoir s'inscrire dans le Réel. C'était prendre ses vessies matérialistes pour des lanternes divines.

Rien qu'au Pakistan, cent quarante-cinq millions d'habitants, près du double dans une génération, les trois quarts de la population sont en effet sous la coupe des idéologies islamistes les plus radicales, et on n'y rêve que d'une chose : atomiser New Delhi, Tel-Aviv et Washington. Paris, Berlin, Moscou et Londres serviront de cerises sur le gâteau.

Certes, sous les façonnages linguistiques se dissimulent des réalités autres, des différences. Ainsi, il n'existe qu'un rapport très lointain entre les politiciens « islamiques » au pouvoir à Ankara et les gangsters « islamistes » des GIA, du djihad islamique ou d'Al-Qaeda. Les « islamistes » turcs désirent une sorte de compromis historique entre la modernité d'origine occidentale et leurs traditions religieuses. On peut considérer cela comme dérisoire, et cela sans doute l'est-il, mais c'est le choix qu'ont fait les Turcs. Pour le moment ce choix ne les a pas conduits à renier leurs divers accords de coopération avec l'État d'Israël ou l'OTAN, ni à envahir la Grèce ou la Bulgarie.

L'Europe en ce sens s'est conduite comme une sagouine : elle a, d'une part, dans les années 1980, laissé agir, avant de négocier avec eux, les groupuscules terroristes libanais, proches alors de la mouvance marxiste-léniniste, et elle a, d'autre part, honteusement abandonné la communauté chrétienne ; elle dealait déjà depuis longtemps – faut-il le rappeler ? – avec l'Irak de Saddam Hussein et l'Algérie des tortionnaires du FLN, et elle continue de le faire (comme la non-intervention française en a apporté la preuve éclatante) y compris lorsque ces régimes démontrent leur corruption et leur incapacité totale à éteindre l'incendie islamiste qu'ils ont eux-mêmes allumé (l'Irak avec sa guerre contre l'Iran puis l'annexion du Koweït en 1990, l'Algérie avec l'annulation du processus électoral contre le FIS en 1991-92). Sur le plan du conflit israélo-palestinien, c'est un euphémisme que de dire que Yasser Arafat est un ami de la France, doit-on le spécifier ?

Par ailleurs, dans les années 1990, elle laissa massacrer sous ses yeux, en trois ans, environ deux cent vingt mille Bosniaques musulmans, musulmans très éloignés de l'islamisme wahhabite, à tel point que ces derniers les considèrent comme une espèce d'hérétiques soufis (je l'ai constaté de mes yeux).

L'Islam bosniaque, en dépit d'un massacre si systématique (on n'ose imaginer les manifs « spontanées » et « monstres » qui embraseraient les rues de nos capitales postmodernisées si jamais l'armée israélienne se rendait coupable de la moitié d'un mini-Srebrenica ou d'un dixième du siège de Bihac), en dépit de cette boucherie si infâme, si abjecte, que la seule idée qu'elle puisse être accolée au mot « Christianisme » vous cause un haut-le-cœur et vous fait comprendre l'ampleur maléfique de la manipulation : assimiler les génocidaires communistes avec l'orthodoxie, belle idée pour commencer à dissoudre ce vieux survivant du premier millénaire (on y est bien parvenu avec le catholicisme il y a cinquante ans quand on a réussi à l'assimiler aux criminels fascistes et aux génocidaires nazis), les musulmans bosniaques, disais-je, en dépit des centaines de milliers de victimes du programme d'extermination yougoslave, n'ont pas encore, que je sache, fait sauter un seul kamikaze dans une discothèque de Belgrade.

Ce genre de détails semble échapper aux militants du MRAP et à tous les agents de la « cause palestinienne ».

Le premier signal inquiétant provient cependant du Kosovo, où il est probable que l'UCK – ancienne guérilla maoïste financée dès l'origine par l'Albanie d'Enver Hodja – est infiltrée par les islamistes radicaux : le massacre d'une famille serbe, à la mode algérienne, n'augure rien de bon dans cette région des Balkans. Cet Islam était jusque-là incompatible avec le fondamentalisme wahhabite qui anime les organisations apparentées à Al-Qaeda et consorts.

Si nous étions intervenus à temps pour empêcher le massacre programmé par la clique de Milosevic, les fanatiques encadrés par les organisations terroristes transnationales n'auraient pu trouver, en Bosnie ou au Kosovo, un terrain idéal pour la propagation de leurs miasmes idéologiques.

L'Islam de Ben Laden enverrait au supplice Avicenne et Rumi, et la totalité des habitants de Sarajevo sans le moindre état d'âme, et avec eux tous les penseurs musulmans des premiers siècles de l'hégire. Il exterminerait tous les chercheurs, théologiens comme physiciens, chimistes ou philosophes. Cet Islam n'est sans doute pas autre chose, en fait, que le surgissement de toutes les pulsions anté-islamiques que la religion du Prophète a essayé, sans y parvenir, de contenir.

Les islamistes sont, en fait, des païens. Le monothéisme n'est en effet jamais à l'abri de l'idolâtrie, et tout spécialement en ce qui concerne l'Islam, car, en n'offrant à l'Unicité de Dieu aucune économie possible avec l'Homme (par l'intermédiaire de la Trinité, attestée déjà dans l'Ancien Testament), cette religion permet à l'homme de croire que, pour Dieu, il peut s'affranchir des Lois de Dieu, et surtout qu'il peut faire du Nom de Dieu, dépossédé de toute image, la nouvelle idole dévoratrice, puisque l'Unique, s'il est facteur de Transcendance, n'est pas pour autant transcendé par lui-même.

En lui, aucune opération divine n'est à l'œuvre, et le Coran, s'il est intarissable sur les tabous alimentaires, sexuels ou vestimentaires, reste très flou sur le plan de la théologie.

S'ouvre alors le jeu des infinies possibilités d'interprétation dont les chiites se sont fait les hauts spécialistes et dont Henry Corbin a rapporté les savantes variations. Mais cette multitude d'interprétations ne semble pas pouvoir se rapporter vraiment à un corpus synthétique *qui engloberait en les dépassant* le Judaïsme et le Christianisme, comme le prétendent par exemple les faiseurs de définition du Petit Larousse ; en dépit de ses imprécations, l'Islam reste une branche séparée du rameau formé par les Écritures testamentaires.

Aussi, face à la dissolution générale que la postmodernité postchrétienne impose au monde, l'islamisme n'est aucunement une tentative de réponse politique, ni même religieuse, mais une réponse pathologique de masse, une réponse qui dissout l'Islam dans l'Islam, qui débusque les contre-vérités théologiques de l'Islam en les posant sous la lumière froide du terrorisme publicitaire, mais en même temps révèle tout le paganisme originel difficilement enfoui par des siècles de culture monothéiste.

L'islamisme aura peut-être comme conséquence majeure de réunifier le Christianisme, et de diviser l'Islam, mais paradoxalement ce processus passe par la division du monde chrétien et le djihad du monde islamique.

Cohabiter sur la même planète ne veut pas dire obligatoirement cohabiter dans la même nation, comme cohabiter dans le même village ne revient pas à dire que ses habitants peuvent coucher tous les soirs dans votre lit.

L'Europe est à la fois l'espérance à jamais déçue, et le mensonge politicard toujours recommencé.

La construction de l'Europe s'est faite en imposant peu à peu l'idée que les frontières étaient mauvaises, vilaine chose réactionnaire-nationaliste, parce que la seule alternative résidait dans le fait d'assumer pleinement la fonction qu'engage une souveraineté politique, et d'affirmer par conséquent qu'il s'agissait d'AGRANDIR LES FRONTIÈRES. Mais cela aussi était vilaine chose réactionnaire, encore plus méchant impérialisme occidental.

À l'inverse, comme tous les authentiques empires, les États-Unis se sont faits à travers le processus d'agrandissement et de consolidation des frontières : au nord, guerre avec le Canada britannique en 1812-1813 ; au sud, guerre avec le Mexique entre 1836 et 1845-46, puis contre l'Espagne en 1898 ; à l'ouest, guerres françaises et indiennes, 1756-1763, puis secondes guerres indiennes, 1870-1890, donc au prix d'un effort historique payé par le sacrifice.

Si l'Europe impériale catholique avait vu le jour, avec une Russie et une périphérie slave orthodoxe, et une Amérique protestante, l'Europe existerait et le monde serait sous la protection d'une Sainte Alliance millénaire. Car une Grande Europe catholique et impériale n'aurait pas connu la guerre de 1914-18, et sa conséquence, la révolution bolchevique de 1917, ni les tragédies européennes des années 1920 et 1930, jusqu'à la destruction du continent par Hitler. Elle serait encore l'*axis mundi*.

Mais l'Europe est divisée sur le plan religieux depuis dix siècles et l'athéisme y est plus prégnant qu'aux États-Unis et même qu'au Canada.

Une Europe impériale et catholique ?

Pourquoi pas une Corée du Nord libre et réunifiée pendant que j'y suis ?

Aussi, peut-être bien après tout que l'Europe n'exista jamais que divisée, que l'Europe c'est la division, que c'est à partir de l'Europe que, toujours, tout s'est divisé, se divise, se divisera.

Car comment créer une civilisation à partir de cette mosaïque aujourd'hui élimée, à demi ruinée ?

Ce n'est pas tant la pauvreté économique relative des anciens pays de l'Est qui devrait d'ailleurs nous inquiéter que l'infernale pauvreté spirituelle dont est doté l'*homo europeanus occidentalis* contemporain. Dire que certains, à Paris, en sont venus à me présenter les religieux américains comme les protestants ou les rationalistes du XIXᵉ siècle présentaient les catholiques, comme les socialistes les plus fanatiques le faisaient !

Il y aura toujours plus de vérité chez un bienheureux du Saint-Esprit que dans toutes les ratiocinations des idéologues universitaires sortis de la Rue d'Ulm.

Vu ce qu'est devenue l'Église catholique contemporaine, on en vient à espérer vraiment le retour en son sein des deux branches schismatiques. Ce ne peut être, sans doute, que ce processus de réunification qui la sauvera.

L'individu, c'est l'indivisible qui peut être infiniment divisé.

« *La Technique c'est ce qui fait que le lointain nous est devenu proche, plus proche que n'importe quelle proximité, et que le proche nous est devenu lointain, plus loin que tout éloignement* », Günther Anders.

Sous l'œil des objets devenus visionnaires, tu évolues d'un neuroport à l'autre. Au cœur du système d'exploitation, des stations d'homéostase démocratique, introduites au contrôle opératif des singularités, t'enseignent à bien paramétrer tes langages, à formater convenablement tes intuitions et à ne jamais dire du mal de l'homme, surtout s'il atteint la perfection bodhisattvique du Produit terminal, tandis que, gravées sur ton cortex, les impulsions du programme délimitent le champ de ton propre « moi », l'étendant ainsi à des marges encore inconnues. Tu t'interroges sur ton destin d'androïde encore imparfait, et les centres d'usinage de l'ingénierie métabolique te modèlent déjà un nouveau corps.

Bientôt tu seras comme un Dieu sur Terre.

Mais il n'y aura plus de Terre, et tu fais au final un Démiurge assez pitoyable.

La Technique est désormais *en* nous, à mesure que nous nous sommes perdus en elle.

La Technique c'est le moment où la métaphysique est devenue *le* monde.

Pour la métaphysique bourgeoise des Lumières, l'homme était une « machine pensante », faite à l'image de son Dieu-Horloger, il était donc un sujet capable de « représentation », dans les deux sens du terme. Elle lui fabriqua par conséquent un monde où il serait plus facile d'être une machine pensante et un « sujet » individuel et souverain ; grâce aux machines elle a pu faire en sorte que l'homme s'adaptât à un univers de machine, manifestant par là qu'il était sur la voie de l'amélioration. Maintenant, cette métaphysique est parvenue à lui faire rendre désirable, et même nécessaire sur le plan existentiel, une existence de machine, un corps de machine, une pensée de machine, un monde-machine.

Mais lorsque l'homme devient lui-même une machine, il ne perd pas seulement son « humanité », il perd aussi la non-humanité sur laquelle elle se fonde, et pire encore, il perd tous les attributs que la Surnature lui avait donnés pour fabriquer un monde, il perd tout contrôle sur ses anciennes créatures : il ne peut plus fabriquer de machines. Ce sont les machines qui le fabriquent.

Il n'y aura jamais, selon moi, comme dans *Terminator*, de révolte des Machines contre les Hommes, puis de contre-Révolte des Humains contre les Machines. Car cela indique encore la présence d'une quelconque séparation ontologique entre les deux espèces.

Or le moment où les machines auront pris le pouvoir sur les humains c'est le moment où il n'y aura plus de séparation entre le régime de la machine et le régime de l'humain, la machine n'imposera pas sa domination sur l'homme, mais *dans* l'homme, plus exactement dans l'homme telle une pulsion le poussant à se conformer toujours plus à l'image spéculaire d'elle-même que la machine lui renvoie. L'homme deviendra machine, et la machine aura su sans doute enregistrer et apprendre à simuler certaines particularités de nos comportements d'humains. Nous appartiendrons à la même espèce, il n'y aura plus aucun interdit religieux qui pourra proscrire le mariage entre un homme et une machine. Et la victoire de la machine ne résidera que dans cet unique accomplissement : anéantir la séparation ontologique entre elle et l'homme, en faisant en sorte que l'homme comble de lui-même et avec sa propre technique, la distance qui le sépare encore de ses productions.

Aucune liberté n'est égale à une autre.

Nous pouvons pallier les inégalités sociales et naturelles par l'usage de la liberté solidaire, c'est-à-dire par un acte créateur (et non une « action [ré]créative »), tandis qu'en essayant d'éradiquer les inégalités on ne parvient en toute logique qu'à anéantir l'usage souverain des libertés.

L'Homme est un stratagème de Dieu pour tromper le Diable.

Nous sommes probablement à la fin d'un cycle humain, analogue à celui qui se termina avec le Déluge et que nous narre l'Ancien Testament. Notre époque humaine, qui débuta il y a un peu plus de cinq mille ans avec Sumer et les premiers récits bibliques, est en train de réunir les éléments nécessaires et suffisants pour son probable anéantissement.

L'homme s'est cru capable de coloniser les étoiles parce qu'il en avait acquis les moyens techniques ! Mais n'importe quelle fourmi sait se servir de brins d'herbe pour traverser un cours d'eau. Elle n'est pas pour autant capable de s'y développer.

Car pour pouvoir coloniser d'autres mondes grâce à notre technique, il faut au préalable avoir su empêcher celle-ci d'anéantir le nôtre. Or, comme je l'ai dit dans un précédent ouvrage, *nous n'acquerrons les moyens techniques de quitter notre Terre d'origine qu'au moment où nous acquerrons corollairement les moyens de la détruire.*

Il faut donc une force supérieure à la Technique pour ouvrir à l'Homme la porte des étoiles.

Il lui faudra une *ontologie concrète.* Sa destination sous forme de vie stellaire et poétique ne pourra se fonder sur aucun progrès technique en soi, biotechnologique ou autre, sur aucun programme révolutionnaire de transformation *volontaire*, car, comme toute forme de vie poétique et stellaire, elle naîtra, inattendue, au milieu du silence stupéfait du cosmos.

« *Il semble que tout produit ait honte – en un sens assurément grotesque – d'appartenir à la nature, comme l'âme a honte d'être enchaînée à un corps. L'Idéal qu'il poursuit est de ramener ce reste corporel à un minimum infinitésimal, d'atteindre une existence en quelque sorte angélique* [1] », Günther Anders.

La force de cette vision, écrite dans *L'Obsolescence de l'homme* par G. Anders vers 1955-56, c'est qu'elle démontre à quel point l'ontologie de l'économie moderne n'est rien d'autre qu'une resucée pathétique des vieux gnosticismes démiurgiques déjà pulvérisés en leur temps par les Pères de l'Église, tel saint Irénée.

Tant qu'une espèce vivante, intelligente et agissante ne sait comment domestiquer la technique, elle n'invente rien.
Tant qu'une espèce vivante, intelligente et agissante croit savoir comment domestiquer la technique, elle menace tout.

La fatigue aidant
L'œil sur l'écran
Se perd dans les rubans d'étoiles
Une structure mentale
S'éteint en grésillement transistor
Dans la nuit digitale.

---

1. C'est le programme « gnostique » désormais réalisé.

Il est tout à fait légitime de vomir et de refuser le XXᵉ siècle. Voire le XXIᵉ siècle qui vient de commencer. Encore faut-il que ce ne soit pas pour nous revendre le XIXᵉ. Ou pire, le précédent qui l'a engendré.

Pour être en mesure de critiquer l'Amérique, encore faut-il pouvoir la comprendre ! Et pour la comprendre, il ne suffit ni d'être un Vieil Européen, planté sur son continent toujours pas fait après vingt-cinq siècles d'Histoire, ni même d'être un Américain, né sans le savoir au cœur du chaos ; il faut être américain, mais ne pas l'avoir toujours été, il faut être européen, mais ne plus l'être tout à fait.

Il faut être plus américain que les Américains eux-mêmes, plus européen que n'importe quel continental !

Il faut toujours être plus royaliste que le Roi. Sans quoi, si celui-ci le devient moins (comme le fameux serrurier Louis XVI), il finit la tête tranchée, et vous avec.

Les protestants fanatiques de Cromwell, cet ignoble bourgeois de province parvenu, furent les premiers à attenter directement au pouvoir royal dans l'histoire de l'Europe christianisée : ils exécutèrent Charles Iᵉʳ, onze ans tout juste après la naissance de Louis XIV en France, comme Luther, un siècle et demi auparavant, avait attenté par ses écrits et ses actes au pouvoir ecclésial, deux gestes dont nous sentons encore, et pour long-temps, les conséquences catastrophiques.

Charles Iᵉʳ dirigeait une nation alors depuis longtemps anglicane, mais dont de larges pans s'étaient convertis à la Réforme ; lors de son jugement, il ne put jamais invoquer le principe divin de la Monarchie contre le dictateur qui ne tire son pouvoir QUE du peuple (c'est-à-dire de la haine, de la médiocrité et de la terreur), puisque par définition, dans la Réforme, le principe divin est « démocratique », hérésie consubstantielle au protestantisme et qui explique tout le reste, de l'utilitarisme économique anglais jusqu'aux Lumières françaises, de la philosophie politique allemande au bolchevisme russe et au capitalisme moderne nord-américain.

Dans mon précédent *Théâtre des Opérations* je m'étais plaint un peu hâtivement de l'appellation de « monarchiste » que certains, dans un éclair insoupçonné de génie critique, avaient décidé de m'affubler, entre deux déjections matinales, sur leur site Internet. En fait, sans le savoir, ils proféraient une vérité, comme tout bourgeois qui se respecte, et surtout ils montraient corrélativement l'affreux vide de leur « pensée », puisque ce n'est certes pas pour les bonnes raisons qu'ils en vinrent à distiller cet élixir d'intuition.

Barbey d'Aurevilly dit, je crois, quelque part que pour lui la foi catholique est venue surplomber sa foi politique initiale en la Monarchie.

Depuis l'an dernier, il faut bien convenir que le processus de conversion critique mis en œuvre par *Le Théâtre des Opérations* est en train d'atteindre sa vitesse de désorbitation.

Il ne fait plus aucun doute pour moi que c'est l'émergence irrépressible de la foi catholique qui me fait me convertir au régime politique de notre antiquité chrétienne et royale.

Mais c'est évidemment parce qu'il s'agit d'un rêve impossible qu'il peut ainsi produire un tel effet en moi.

Que nous importe le possible ? Si Dieu s'en était préoccupé, il n'aurait rien créé.

Lectures en cours : Leo Strauss, Carl Schmitt, Ernst Nolte, Thomas Molnar, de la patristique chrétienne (saint Clément d'Alexandrie, saint Jérôme, Grégoire de Nysse, Tertullien, Eusèbe de Césarée), Louis de Bonald, *La Geste de Dieu par les Francs* de Guibert de Nogent, Chesterton, Mgr Christian et Mgr de Lubac, mais aussi Berdiaev, Chestov, Soloviev, Leontiev, les Mousquetaires cosaques de l'antisocialisme.

Cela fait longtemps que je sais que l'avenir de l'Europe s'est joué en Russie. Cela fait longtemps que je sais que la partie est perdue.

La revue *Salamandra* me demande un texte sur l'Europe future. Je suis bien embêté car j'ai accepté. Or comment parler de l'avenir du néant ?

J'ai vu l'Europe du futur, un soir, alors que le soleil descendait sur Sarajevo, dans un moment de silence majestueux, pas même troublé par le tir des *snipers*.

Les socialistes partagent avec les libéraux une même *croyance* : celle en l'économie. Marx, et l'ensemble des socialistes, croient en effet possible d'*éliminer* le capital.

Mais pour pouvoir l'éliminer, encore faut-il qu'il existe, je veux dire d'une manière concrète ! Or le capital est par définition *immatériel*. Il n'est que la traduction sociale et financière de l'opération ontologique de division infinie dont la Surnature nous a dotés, en « échange » de notre Chute.

En ce sens il est une *fiction*, une *narration-monde*.

Bien sûr, comme toute narration le capital a besoin de « formes » pour assurer sa « lisibilité », mais telles les figures d'un conte, elles n'existent pas en tant qu'entités concrètes, elles sont purement *imaginaires*.

Et ses représentations matérielles, livre ou monnaie, font d'autant plus croire à cette existence concrète de

176

l'économie qu'elles se présentent toutes deux comme objets de la *libre circulation symbolique* par excellence : il n'y a rien de plus « pratique » pour « faire circuler » de l'immatériel qu'un livre ou un billet de banque, et aujourd'hui qu'une carte de crédit ou un ordinateur.

Le capital est une fiction-monde. Le problème de l'économie politique, marxiste ou libérale, c'est qu'elle croit en elle-même, et surtout que, croyant s'assurer le contrôle de l'opération de division infinie, elle n'a pas vu comment cette puissance proprement monstrueuse était en train de domestiquer l'humanité entière, et le bourgeois comme les autres parmi tous les hommes.

Plus exactement encore : la Technique-Monde est le moment où l'humanité entière s'embourgeoise, mais c'est aussi le moment où toutes les structures édifiées par la bourgeoisie depuis deux siècles, dont toutes ses idéologies « alternatives », s'anéantissent les unes les autres dans la confusion la plus totale.

Vous pouvez éliminer un livre, vous pouvez éliminer une œuvre, vous pouvez éliminer TOUS les livres, rien n'y fera : aucune idée n'est mortelle, la mort elle-même n'est qu'une idée.

My name is the cry of a baby mourning for the dead body of his mother
My name is a flyin' bullet as a warm sting sounding high in the air
My name is a crashing plane in thousands of pieces over Eastern Texas
My name is a kiss forgotten on frozen lips pressed up against the glass
My name is a plastic flower who remains after all the roses are gone

My name is unknown as many names in many countries in many worlds.

La houle des déchets de vomitoires qui déferle à mon encontre dans le cloaque de l'Internet est à peine croyable ! Détournements de ma signature sur des « forums », ragots de petites catins, rumeurs de caniveau, comiques de bordels de campagne, publication de mails personnels par quelques zabrutis du bulbe démocrates-trotskistes que j'avais pourtant mis en garde, et je ne parle pas de la racaille réviso-islamiste du site AAARGH qui continue de nous délivrer par paquets chiasseux ses décoctions intestinales, subtiles rhapsodies de pétomanes propres à dérider un sous-officier SS entre deux convois. J'avais commis l'erreur, un jour, de m'aventurer sur un forum, je l'ai raconté. Il fut évident, dès cette date, que *plus jamais* je ne me risquerais à salir de nouveau mes chaussures dans pareille tinette intellectuelle. Tout ce que la France a produit de crottin depuis 1968 y est présent (ne jamais oublier que les révisionnistes, par exemple, sont tous à l'origine des raclures gauchistes).

Les réviso-islamistes ne sont que les plus vomitifs de tous ces clans d'abrutis instruits, incapables de produire la plus petite œuvrette (même pas du Roger Hanin, on ne demande pas la Lune, tout de même) et qui passent leur vie à déblatérer les preuves de leur non-pensée exhilarante sur des machins cryptologiques en réseau qui n'intéresseront que les sociologues du piercing dans une génération, et les archéologues de notre sous-humanité dans cinquante siècles.

Bien sûr que les États-nations sont menacés de dissolution. Mais par leurs constituants mêmes, *par la démocratie*, enfin parvenue à ses limites autodissolutrices, et seuls les États continentaux-fédéraux, vagues souvenirs des empires d'autrefois, auront une chance de résister au Mur du XXIᵉ siècle, bien plus difficile à passer que le mur du son, et même que celui de Berlin, à mon humble avis.

Encore faut-il que ces États soient dotés d'une forte *Constitution*, et en dépit de ses erreurs, celle des États-Unis n'est certes pas la plus mauvaise, surtout quand on la compare au torchon rédigé par Debré en deux nuits pour notre glorieuse Vᵉ République, et à l'informe papelard, évacuant purement et simplement quinze siècles de civilisation chrétienne, pondu par les crânes d'œuf et les vieux barbons de la bande à Giscard pour cette future Europe, qui sent le sapin avant même de s'être agitée dans ses barboteuses.

« *Seule l'Église chrétienne, historique, fut fondée sur un homme faible, et pour cette raison elle est indestructible, car aucune chaîne ne peut être moins forte que son maillon le plus faible* », C.K. Chesterton.

Vu l'émission de Giesbert ce soir, avec les deux griffons de la littérature française en stylites à chemise blanche, Nicolas Rey et Charles Pépin, de part et d'autre du maître de cérémonie, telles deux statuettes de maison de campagne devant le porche d'entrée. Mais où est donc partie Élisabeth Lévy ? J'étais loin d'être toujours d'accord avec elle, certes, mais je préfère être en désaccord avec une femme charmante et intelligente, qu'en accord avec une colonne de perron en forme de BHL jeune.

Dans la même émission, prestation incroyablement vulgaire de Roger Hanin, qui vient encore de commettre un livre. Il s'en prend avec une vilenie de charretier à Patrick Besson qui fait justement remarquer que, quoiqu'il ne l'ait pas lu, le livre de Hanin est mal écrit.

Explosion verbale de l'auteur de *Gustav* qui, cravachant sa faconde dont la notoriété n'est plus à faire (mais qu'on voudrait bien voir défaite, une fois pour toutes), nous explique que si son livre il l'a écrit *c'est parce qu'un livre c'est beau. Et surtout parce que c'est le* SIEN (je transcris quasi mot à mot, j'ai peine à y croire moi-même). *Puisqu'il en a conçu et réalisé, voui môssieur, lui-même la couverture, et la quatrième, qu'il a écrite lui-même, parfaitement môssieur.*

Patrick Besson, dont je goûte peu la littérature (tout juste) romanesque, et avec qui je ne partage à peu près rien sur le plan philosophique, ne trouve pas grand-chose à répondre à pareille muflerie doublée d'un aussi beau sens de la formule.

Et je le comprends. Une gifle elle-même n'aurait pu y suffire.

Je dois lui reconnaître un flegme et un sens de l'humour indéboulonnables face à une telle expectoration de conneries et de malhonnêteté intellectuelle : Hanin l'ayant eu dans le pif dès les premières minutes du spectacle, sans aucune raison valable, ou en tout cas connue de moi et du public, c'était à se demander si cela n'allait pas finir en pugilat, mais Besson ne s'est fendu à un moment donné que d'un « grossier personnage » envoyé en sifflant au travers des lèvres, à voix basse, sans se déparer de son sourire, c'est à peine je pense si on l'entend sur la bande.

Plus tard, dans un exercice d'exécution en direct ma foi pas mal ficelé, Nicolas Rey, un des deux griffons, se permet de citer, in extenso, une phrase de l'œuvre incomparable de l'Amoureux-de-Mitterrand (selon ses propres dires !). Les falaises contemplaient la mer avec compassion.

Les autres auteurs présents, *par compassion*, ne relevèrent pas, et mirent même un peu la main à la pâte pour sortir l'Ami-8 de l'ornière.

De la part d'une écrivaine comme Calixte Bellaya, c'était on ne peut plus compréhensible, on s'entraide toujours entre bonnes de chambre.

Pour ma part, je prenais des notes.

Une fois qu'on a entendu cela, il est inutile en effet de chercher à ouvrir un tel livre, et encore moins à le lire. C'est même parfaitement contre-indiqué pour tout exercice serein de la littérature, ou bien alors si l'on désire se fendre d'une bonne séance athlétique de détente des zygomatiques et des maxillaires, mais sans que la volonté de l'auteur, pourtant exercé paraît-il à des rôles « comiques », y soit pour quelque chose.

Le ballon de football observait Zidane avec angoisse.

La Lune détaillait le Soleil de pied en cap.

Les avions jetèrent un coup d'œil à la piste d'envol avec un lourd pressentiment.

Le verre d'absinthe regardait Alphonse Allais de son œil glauque.

Le Parthénon contemplait Chateaubriand avec émerveillement.

Annonce : le concours est ouvert à tous mes amis.

Les falaises contemplaient la mer avec compassion.

Ah, miracle ininterrompu des MM. Jourdain de notre époque, des MM. Homais, je me présente, romancier, acteur, metteur en scène. Qui saura vraiment la dire, la décrire, la chanter même s'il le faut, cette époque, qui saura comme Jarry le fit avec ses modèles à son époque nous planter un Roger Hanin mâtiné de Calixthe Beyala et de Charles Pépin ? Qui ?

Quel Cervantes osera dépeindre un tel horizon tragi-comique ?

En observant Roger Hanin nous taper son cirque

devant les caméras (et je préfère taire la prestation de Calixthe, notre écrivaine-black-nationale-contemporaine), puis en m'attachant d'un peu plus près à la coupe de son veston, la forme de son col de chemise, le tissu et la couleur de son gilet, il m'apparaît en un instant la même vérité qui m'était apparue un soir, il y a longtemps, devant la sinistre prestation du duo de comiques troupiers Sokal-et-Bricmont : non seulement on peut, mais on DOIT juger un livre par le costume et la coupe de cheveux de son auteur.

Discussion improvisée sur le trottoir avec une jeune employée de la librairie Gallimard, après un débat sur Kundera, à peu près aussi enthousiasmant que les œuvres de l'auteur en question.

Je ne sais comment nous en venons là, mais la jeune femme, forte de ses Lagarde-et-Michard de l'école républicaine (elle est d'origine française, mais ne vous en faites pas, au Québec c'est pire encore puisqu'*ON N'Y ÉTUDIE PAS* l'histoire de France), cette jeune femme, donc, se met en tête de m'affirmer, au détour d'une phrase, que les Rois de France, ces *dictateurs* qui opprimaient leurs peuples...

Je la coupe net, comme il se doit quand on aborde le sujet de la guillotine : « Ah ? lui fais-je remarquer, j'ignorais jusqu'à ce jour que ce furent Louis XVI et Marie-Antoinette qui tranchèrent la tête de Saint-Just et Robespierre. Vous aurez l'obligeance de me faire part, je vous prie, des *génocides* accomplis en treize siècles de royauté catholique française, et veuillez je vous prie ne pas me parler des cathares, sur lesquels plane en effet l'ombre de notre indulgence, ni de la Saint-Barthélemy, qui répond à un demi-siècle de massacres engendrés par les idéologies de la Réforme, et encore moins des croisades, qui furent l'honneur d'une époque qui croyait encore au mot "Terres saintes". »

Puis, par compassion, et parce qu'elle est loin d'être sotte, je lui offre une coupe de champagne.

Il y a plusieurs petits Parisiens néo-aborigènes, écrivains écolo-panthéistes et autres tisseurs de fariboles rousseauistes qui devraient venir au Québec, pour y suivre un bref cycle d'études sur les chefs amérindiens qui embrassèrent la cause du nazisme et virent en Adolf Hitler une sorte de Déesse Mère ; certains se sont immortalisés en tenue SS devant des drapeaux du IIIᵉ Reich, ces photos sont connues ici, mais on n'en parle guère, pensez...

Parmi ces conteurs du nouveau millénaire de l'inculture instruite, je pense en particulier à Bordage qui, avec son *Évangile du Serpent*, veut faire le malin en essayant de fusionner la noble figure patriarcale du FILS de Dieu avec le hideux pancosmisme de la Grande Mère !

Oui, vous avez lu, le Christ mixé à la Grosse Mama-Gaïa, le Christ devenu merdouille *new age* et militant écologiste. Et dire qu'en plus ce bouquin se permet de gentiment reprendre les thèmes principaux de *Babylon Babies* sans trop en avoir l'air (quoique) mais comme s'il avait été lu et compris, puis dégurgité à l'ENVERS, voire, pire encore, dans le DÉSORDRE.

« *Le faux naturel insiste toujours sur la distinction entre le naturel et l'artificiel. Le vrai naturel ignore cette distinction. Pour l'enfant, l'arbre et le réverbère sont aussi naturels et aussi artificiels l'un que l'autre, ou plutôt ni l'un ni l'autre n'est naturel, tous deux sont surnaturels, car tous deux splendides et inexpliqués* », G.K. Chesterton.

« Le péché n'est pas que les locomotives soient méca-niques, il est que les hommes le soient », ibid.

Tout ce qui est jeune n'est pas neuf.
Tout ce qui meurt n'est pas vieux.
Tout ce qui est ténèbres n'est pas obscur.
Tout ce qui est lumière n'est pas clarté.

Ni Voltaire, ni Rousseau, ni Diderot n'auront vécu assez longtemps pour voir le résultat concret de leurs œuvres. Rajoutez-y Marx, Luther, Mahomet et quelques autres, et vous vous demandez quel étrange statut divin protège ainsi les esprits hérétiques de contempler de leur vivant l'étendue du désastre causé par les futiles agitations de leur cortex.

Hier, devant mon poste de télévision, durant l'émission de Giesbert : on en vient à parler croisades, Saint Louis, Terres saintes, colonies. La présence de Pierre Schoendoerffer me fait espérer un peu de tenue lors d'un tel débat, sur un tel sujet. Mais Schoendoerffer répond comme convenu que ce qui appartient au passé est passé, et ce qui appartient au présent est présent, ou quelque chose d'aporistique dans ce goût-là.

Un autre écrivain, prétendant lui que Saint Louis s'était converti à l'Islam (!), nous fait part qu'on ne peut évidemment que regretter ces massacres.

Évidemment, unanimité générale sur un tel sujet.

Évidemment.

Ah ! Mais quel Occidental aura le cran d'affirmer aujourd'hui que les croisades furent une tragique nécessité historique, doublée d'un combat pour la *vraie* foi !

Vous imaginez cela : *vraie* foi ?

Mais ne savez-vous donc pas, cher monsieur, que depuis la Déclaration universelle des droits de l'homme, il n'y a plus de *vraie* foi ? Autant dire de « vraie vérité » ? Et que toutes les fois sont donc *vraies,* cher monsieur, toutes les vérités sont vraies.

Et donc tout est permis.

Et donc, cher monsieur, Dieu est mort.

Et nous nous en félicitons.

Nous pouvons commercer le dimanche sans qu'on nous embête, et manifester pour nos trente-cinq heures le samedi en guise de shabbat.

Certains hommes sont faits pour la littérature comme le staphylocoque pour le bidet.

Dernières conneries en date pour essayer de nous revendre l'Islam : sans les conquêtes arabes l'Occident n'aurait jamais rien inventé, et en plus les mosquées, quand même, c'est vachement beau. Je recueille en ce moment une documentation édifiante à propos de ces deux sujets. On remarquera au passage qu'il serait tout à fait inconvenant de dire que le nazisme, c'est dégueulasse, mais quand même, l'art du IIIe Reich c'est vachement beau.

L'acte même du dandy c'est d'être pauvre, mais de faire croire aux riches que l'on est plus riches qu'eux. George Bryan Brummell en fut l'archétype.

Comme le disait, je crois, un dandy anglais des années 1810-1820 : l'important est de totalement ruiner sa fortune, surtout si l'on n'en a pas.

Et comme le savaient Baudelaire et Barbey d'Aurevilly, l'acte ultime du dandysme est non seulement de faire croire aux riches bourgeois que l'on est plus riches qu'eux, mais de L'ÊTRE POUR DE BON.

Mais cette fois-ci, il s'agit de la seule richesse vraiment

essentielle, qui se rapporte donc à l'ÊTRE : il s'agit de la richesse poétique, de la vie poétique, du surplus INFINI que procure la véritable joie aristocratique d'exister, contre la foule, dans l'art.

Cette joie est évidemment concomitante au *spleen*, pour ne pas parler comme un psychologue de « pulsion suicidaire et mélancolique ». Cette joie est concomitante à la mort, elle vit à la fois de la victoire qu'elle remporte, à chaque instant *vécu infiniment*, sur la Faucheuse, mais aussi de la défaite nécessaire, et acceptée comme telle, de l'existence mortelle ; la joie du dandy et son *spleen* ne sont pas les deux faces de la même pièce, deux moments d'un même processus, deux variations d'intensité sur un même plan : non, elles procèdent toutes deux de l'union de l'une avec l'autre, telle l'union des hypostases divines, elles ne font qu'*un*, très exactement de la même façon qu'un dandy ne fait qu'un avec son habit, comme la Chair ne fait qu'un avec la Lumière dans le Corps glorieux du Christ.

Ces imbéciles qui croient que l'on écrit pour soi ; les triples buses qui pensent que l'on écrit pour les autres !

Mais non, pauvres truffes, ce sont d'autres qui, écrivant PAR VOUS, vous permettent de vous rejoindre dans l'autre, et de rejoindre l'autre en vous.

Et ces autres ne *vous* parlent pas, que cela soit bien clair, *ils ne s'adressent pas à vous*, en tant que particulier, non, ils empruntent votre voix et s'adressent aux autres par votre médiation.

Ils vous demandent généralement de rester discrets à ce sujet.

Nuit blanche caniculaire. Quinze pages écrites en quelques heures, comme dans la fournaise d'une zone d'impact atomique.

Il n'existe qu'un monument que je crois n'avoir jamais visité à Paris, et que, je crois, je ne visiterai jamais : le Panthéon.

Une nation qui descend aussi bas, après plus d'un millénaire de haute civilisation chrétienne, ce n'est même pas imaginable pour un éventuel archéologue extraterrestre : oui, un Panthéon réservé à nos dieux-écrivains. À tous ceux qui, au demeurant, et depuis ma prime adolescence, m'ont donné une irrésistible envie de vomir ou de ronfler. Cette crypte abjecte, où se conjuguent l'idolâtrie la plus sotte et l'hérésie la plus perfide, est définitivement le tombeau qu'il fallait à ses ignobles occupants. Elle est parfaitement à la mesure du petit homme en noir qui vint lui rendre tribut, une rose à la main, peu de temps après son intronisation en tant que chef de la République franchouille, il y a une génération maintenant.

Quand, dans quarante siècles, un général quelconque, venu de je ne sais quel monde, contemplera ces ruines grandiloquentes et demandera à ses experts ce qui valut à cet « Émile Zola » – par exemple – de se voir attribuer un mausolée de même taille que celui de Toutankhamon ou Ramsès II, il ne lira qu'incompréhension et stupeur sur les figures de ces spécialistes pourtant chevronnés des civilisations humaines réparties dans l'univers. Il a écrit... heu... des *romans sociaux*, bafouillera le plus instruit d'entre eux, éveillant en retour chez le chef militaire de l'expédition une incrédulité encore plus hébétée que celle qui se lira sur le visage de ses compagnons.

On entre au Panthéon après que l'on est mort ; on entre à l'Académie pendant qu'on l'est encore.

La haine de l'aristocratie cache la haine de l'art ; la haine de la monarchie cache la haine de Dieu ; la haine de Dieu cache la haine de la justice.

« Le XVIII* siècle ?
Les XVIII* siècles », Nicolás Gómez Dávila.

Viens de lire *Potlatch*, un petit recueil de textes situationnistes datant de la fin des années 50, début des années 60.

Il y a déjà chez Debord tout ce qui limitera à jamais sa pensée : il n'est au fond qu'un jacobin ultra, reconverti d'abord dans l'art lettriste, décomposition terminale de ce qui un jour produisit des Greco, puis dans le marxisme pop, dont il sera le Warhol, avant d'en devenir le Vasarely.

Le « situationnisme » : un mélange de marxisme théorique et de dandysme jacobin, un joli petit monstre, à bien à y regarder, de jeunes bourgeois qui se promettaient de ne « jamais travailler », posture « aristocrate » façon Aragon ou Breton, s'appuyant sur une confusion totale, et parfaitement « démocratique », des termes « travail », « service », « charge », « noblesse », etc., et qui pire encore se promettaient en sus de faire profiter de cette trouvaille l'ensemble de l'humanité, animaux de compagnie inclus.

Le projet trouva une sorte d'accomplissement sociologique lorsque, sous le règne de François Mitterrand, l'ami-de-Roger-Hanin, la France et les sociétés voisines commencèrent à ressembler aux projets délirants et ubuesques de la corporation Internationale Situationniste, dont l'actionnaire principal et membre fondateur Guy Debord allait bientôt mourir, pour laisser place nette à de jeunes rebelles qui en veulent.

Depuis, un nombre absolument incalculable de filiales et de succursales plus ou moins agréées par l'établissement principal (ou ce qu'il en reste), et toutes en violente compétition les unes contre les autres, contribuent, sur Internet en tout cas, à ce que quelques prolétaires fatigués puissent s'esbaudir plus sûrement encore que devant une rediffusion de *Ma 6-T va cracker* ou *La Soupe aux choux*.

Mitterrand était un authentique criminel : de l'affaire du sang contaminé à Sarajevo, il méritait largement la haine que nous lui portions. Mais c'était, quoi qu'on en dise, un homme politique de grande envergure.

Chirac est une brelle, et de Villepin une précieuse ridicule : de la non-guerre en Irak aux visites péripatéticiennes chez les mollahs de Téhéran, ils ne méritent pas mieux que le mépris dont on abreuve les urinoirs publics.

Il y a des secrets qu'un homme se doit d'emporter dans sa tombe, sans quoi ce sont eux qui l'emportent.

Jack Chirak est véritablement le John F. Kennedy que méritait la République franchouille de l'An 2000, même son Lee Harvey Oswald foireux fut à la hauteur de cette nation de petits nabots caporalisés.

Les femmes ne sont pas faites pour la réalité, mais la réalité semble faite pour elles.

Aujourd'hui les hommes n'ont aucun mérite à avoir du talent puisqu'ils sont assurés d'avoir le talent qu'ils méritent.

Le « classicisme » : ce que les Modernes ont bien voulu accepter de l'âge baroque.

Comme tout écrivain je serai passé à côté de ma vraie vie, dont les échos hantent mes fictions.

La contrainte, l'auto-limitation de Sa Toute-Puissance dans le Monde Créé est pour Dieu une analogie de celle que s'impose tout écrivain dans sa narration.

Découverte à peu près simultanée, et pour des raisons de causalité étranges qu'il faudra que j'explicite un jour, des écrits de Jean-Pierre Voyer et d'un collectif dénommé Téléologie, dont la proto-histoire se constitua, à ce que je sais, il y a une douzaine d'années sous la forme de la Bibliothèque des Émeutes, et qui a publié coup sur coup plusieurs ouvrages dont *La Naissance d'une Idée*, rapportée il y a peu de France.

Voyer m'avait déjà fait parvenir, environ un an après le 11 septembre 2001, une plaquette publiée aux Éditions Anonymes sous le titre : *Diatribe d'un fanatique*. Je ne le connaissais absolument pas à cette époque, et je dois dire que son opuscule me fit bien rire : du Marc-Édouard Nabe, mais avec la prétention de l'universitaire philosophard en prime, et sans le talent de l'invective ni de la formule, à tel point qu'à plusieurs reprises il se voit obligé de citer l'auteur d'*Une lueur d'espoir* pour appuyer ses élucubrations dignes d'un Thierry Meyssan qui se serait tapé la Rue d'Ulm. Une sorte de Debord mâtiné de Luther ou de Savonarole pérorant sur la destruction du nihilisme par Ben Laden et ses merdaillons de la Légion arabe. Seigneur, seul un ancien situ pouvait tomber si bas ! Imaginons un mauvais sous-produit dérivé de Julius Evola en overdose de méta-amphé-tamine idéologique, trépignant de joie dans son appartement d'étudiant attardé et ouvrant une bouteille de champagne en provenance de la grande surface *discount* la plus proche (on n'imagine que très difficilement Voyer établir une différence entre un Mercier et un Cristal Roederer), devant le spectacle – ô combien jouissif pour tous ces petits protestants impuissants dont les « artistes allemands » forment l'avant-garde intellectuelle depuis longtemps – des attentats commis contre les tours du World Trade Center.

Ce n'est pas la première fois que des néo-bourgeois contestataires nous font le coup du radicalisme politique. Les fanatiques calvinistes – sur lesquels Voyer tape à bras raccourcis, histoire de se dédouaner à l'avance – ont TOUJOURS été des ALLIÉS objectifs du mahométisme. Déjà Luther s'était plaint ouvertement de l'appui donné par les princes protestants à l'Autriche-Hongrie catholique dans sa lutte contre les Turcs, d'autres prêcheurs réformés suivront ses pas. Plus tard, les utilitaristes anglais (que Voyer hait trop ouvertement pour ne pas leur ressembler) puis surtout cette sinistre catin de Voltaire, et les autres « Lumières » de l'époque, reprirent cette idée à leur compte, en vieux anti-catholiques qu'ils étaient tous, et firent en Occident la promotion de la religion musulmane, plus en accord selon eux avec les « idées de tolérance de la démocratie » que l'horrible modèle monarchique que continuait alors de représenter la Sainte Église apostolique et romaine.

Car l'Islam partage cette hérésie de la « foi individuelle » et de l'anti-économie divine avec la Réforme. Mais la Réforme, en dépit de ses erreurs, de ses errements, de ses mauvais calculs d'épicier, reste indéfectiblement liée aux Évangiles et à l'Ancien Testament.

Et relisant le Coran encore une fois, je trouve très peu, et en fait pratiquement aucune référence à ces deux Livres fondamentaux du monothéisme. Or, l'Islam se prétend pourtant la continuité de la foi d'Abraham. Une continuité telle que son premier acte fut d'édifier une mosquée sur l'ancien emplacement du Temple puis, plus tard, d'interdire l'accès aux Lieux saints de la chrétienté (Nazareth, Bethléem, Jérusalem) aux foules de pèlerins qui depuis des siècles venaient s'y recueillir. C'est d'ailleurs à plus ou moins long terme ce qui adviendra, lorsque la Cisjordanie, l'ancien Israël biblique, aura été, par la confédération des forces nihilistes, travestie en « État palestinien », et qu'un jour des fanatiques islamistes purs et durs y prendront le pouvoir, sous une forme ou sous une autre.

Prions juste pour que Jérusalem soit épargnée et reste, en attendant qu'elle redevienne Capitale du Monde, sous la protection de l'État juif.

L'Islam est une « continuité qui fait rupture », alors que la « scission » chrétienne scelle une Nouvelle Alliance, y compris AVEC l'Ancienne. Le prophète Mahomet est le seul prophète de ce rameau religieux à avoir prophétisé un sabre à la main, en coupant des têtes, sa succession serait florissante, jusqu'à Saint-Just, Robespierre, Lénine, Pol Pot. Si l'on observe la France, la Russie, l'ex-Indochine et le monde arabe d'aujourd'hui, on ne peut qu'adopter une posture de révérence absolue envers ces idéaux et les bienfaits qu'ils ont apportés à leurs peuples !

Aussi, reprendre, comme Voyer le fait ingénument, la définition du Larousse républicain au terme « Islam », qui le présente comme un syncrétisme « inspiré du christianisme et du judaïsme », n'a de cesse, chaque fois que j'y repense, de provoquer chez moi un fou rire inextinguible.

Voyer, ouvrez donc, je vous prie, les livres sacrés des religions monothéistes – une fois au moins dans votre vie d'universitaire néo-hégélien –, essayez d'y comprendre quelque chose puis, à défaut de votre conversion, nous nous satisferons de votre silence.

Un dernier mot : Voyer a quand même l'air d'une autre trempe que les pseudo-critiques postsituationnistes dont j'ai eu connaissance, ces dernières années (je ne parle évidemment pas des raclures de bidet de la presse aux ordres). On ne doit jamais sous-estimer une haute intelligence *dévoyée*. Au contraire.

En attendant, imaginez mon angoisse : de Paris j'ai rapporté, en un premier voyage, environ quatre-vingts bouquins, pour la plupart achetés sur les quais. Quarante autres attendent dans la petite chambre, où je loge, lors de mes passages, que Sylvie s'en occupe à son retour fin juillet.

Cent vingt livres donc.

Dont beaucoup de patristique chrétienne, et d'auteurs catholiques français.

Par exemple : saint Basile de Césarée, Duns Scot, saint Bonaventure, Clément d'Alexandrie, Grégoire de Nysse, saint Athanase, saint Jérôme, le Pseudo-Denys, Origène...

Tout ce que la République et la Réforme ont voulu, sans succès bien sûr, anéantir en prétendant, pour l'une, que le Christianisme avait été dévoyé dès les premiers papes successeurs de Pierre ou quasi, ce qui élimine d'office les merveilleux textes des docteurs de l'Église primitive qui effectivement remettent les hérésies au pas, de la raison ET du Mystère, et pour l'autre que le Monde est né à peu de chose près aux alentours de l'an 1789, ce qui revient au même.

Certes ma conversion au Christianisme ne pouvait être qu'une conversion entière au catholicisme. Malgré cela, et que l'on ne se méprenne pas sur le sens de mes paroles, si je suis un catholique, je suis un catholique d'avant-les-Schismes, et je me bats pour des papes morts depuis près de mille ans.

Lors de ma conversion au Christianisme, phénomène déflagrant qui connut bien des péripéties, tel le big-bang, il m'a fallu soupeser chacune de ses branches, et les évaluer non seulement à l'aune de la raison mais aussi de la foi, autant dire des Mystères.

Or, je ne suis pas né dans la foi chrétienne, même si mes parents, sous différentes formes, avaient conservé, semble-t-il, par-delà leur engagement communiste, un faisceau de valeurs judéo-chrétiennes fondamentales, mais *non dites*, non explicitées dans le corpus du Saint Texte, évidemment – je ne pouvais tout de même pas, dans le paquebot France des Trente Glorieuses, leur en demander beaucoup plus –, et donc il a fallu, à un moment donné, que je décide d'opter pour la seule voie possible : si *conversion définitive et intégrale* il devait y avoir, la Toute-Puissance divine, inévitablement, saurait me guider.

Il a fallu environ vingt ans, avec de nombreux flux et reflux de la pensée, pour que la foi en Jésus-Christ se cristallise définitivement en moi, en tant que *certitude concrète absolue*, mais à cette date, et n'étant toujours pas baptisé à l'heure où j'écris, je ne pouvais qu'accomplir moi-même le cheminement intellectuel qui me permettrait d'opter entre Réforme, catholicisme, orthodoxie. Sans parler des autres Églises chrétiennes, reliées ou non à la papauté, anglicane, copte, syriaque, chaldéenne, grecque catholique, maronite...

C'était une voie périlleuse, sauf si précisément on est – sans le savoir – ce que l'on va devenir, et que plus encore, comme le disait Nietzsche, l'on va devenir ce que l'on est, et que la grâce dès lors peut convoler avec votre pénible effort de fourmi humaine.

C'est à mon retour de Bosnie-Herzégovine que le processus passa au cran supérieur, sans retour. En 1999, alors que j'achevais l'écriture de *Babylon Babies*, un livre où se mêlent paradoxalement Christianisme et anti-christianisme (mais je devais prendre appui sur les nihilismes confusionnels de l'époque pour oser faire trembloter une très vague lueur), ma pensée avait en fait déjà enregistré l'inévitable.

La lecture de Léon Bloy, durant l'année 1999, fut plus que déterminante, elle fut – au sens strict – *cruciale*. Elle mit en croix ma pensée et paracheva cette incroyable CONCRÉTUDE de la Foi.

Cela dit, quoique converti au Christianisme vers 2000-2001, j'étais encore non pas « hésitant », mais « titubant », pas encore remis des divers chocs et contre-chocs reçus, car, comme je le dis dans un des *Théâtre des Opérations*, en moi le Catholique s'était battu contre le Protestant, le Juif contre le Musulman, le Païen contre le Chrétien, l'Hérétique contre l'Ortho-doxe, les ruines de la bataille étaient encore fumantes, on ne distinguait pas grand-chose.

L'an dernier, ma slavophilie menaça de tout emporter dans une conversion à l'Orthodoxie russe.

Mais un certain nombre de lectures, dont les Pères de l'Église, et de nouveau Léon Bloy finirent par consolider une position éminemment centrale. Alors que je me rendais à Paris, ce printemps, le 18 mars, la veille de l'attaque américaine en Irak (comme en 1999, lorsque la sortie de *Babylon Babies* coïncida avec l'opération aérienne au Kosovo), je savais que ce séjour serait le déterminant actif, celui par qui la décision finale, sans doute, se jouerait.

Ce n'est pas de la superstition. C'était l'évidence.

À tel point que même devant les marchands du temple, vendeurs de saucisses et de T-shirts, entassés sur le parvis millénaire de Notre-Dame, je ne pus m'empêcher de pénétrer en la sainte cathédrale à la suite d'une horde de touristes à Caméscope, puis, cherchant un peu de solitude à l'abri d'un pilier de l'allée, je me mis à écouter la messe, à proximité d'une petite communauté de fidèles, absolument inattentifs au cirque touristico-digital-polaroïd qui se promenait un peu partout, en *short* ! (Il n'y a pas pire salissure, selon moi, qu'un touriste en SHORT dans une église, à l'exception d'une bande de soudards enivrés, ou de sans-culottes instruits de haute philosophie.)

Mais, comme j'aurai l'occasion d'y revenir plus loin, si à mon retour la décision était prise, baptême catholique sans plus tarder et donc catéchuménat, je n'étais pas au bout de mes peines.

À ceux qui me lisent et qui sont déjà baptisés, qu'ils s'en foutent ou qu'ils croient, peu importe : en fait ils sont SAUVÉS.

Mais moi, moi qui veux rejoindre l'Église, dans la terrible clarté d'un acte adulte, je la vois comme s'enfuir loin de moi. À chaque fois que je fais un pas dans sa direction, elle en fait deux dans celle opposée.

Le baptême, nécessité impérieuse, folle, inexpugnable, et parfois comme quasi impossible.

Nous marchions comme des insectes sous la pression de la colonie/parfois nous parvenait le cri d'un nouveau-né, parfois le râle d'un mourant/Le monde n'avait pas de sens et les routes ne conduisaient nulle part/Alors autant vivre dans l'ailleurs infini des boîtes crâniennes ouvertes sous un jet de Perséides/la peau sèche, les yeux crevés, les mains vides, le cœur léger, nous voulions

voir s'éteindre jusqu'à la dernière trace de cette humanité sans plus la moindre grâce/numéros de boutiques
et reine-comptabilité, articles de pensée en solde dans
nos Grands Magasins/À l'entrée des boîtes de nuit
rayonnaient de jeunes femmes sans une once de pitié et
aux chevelures cobalt/nous marchions vers des étoiles
en rotation dans un ciel nu, flamboyant de lumière/les
drogues nous maintenaient vivants et parfois même
en érection/et ce que nous avions à perdre, personne
n'aurait pu nous l'offrir/

Avoir eu vingt ans à l'orée des années 1980. Se retourner et contempler, estomaqué, l'étendue du désastre. Se
demander comment on a fait pour passer au travers.

***

Le 13 juin, c'était il y a tout juste quelques
jours : quarante-quatre ans. Date limite de péremption
atteinte pour un « jeune » écrivain, quoiqu'on en ait vu
qui, dépassant la cinquantaine, en sont, paraît-il, encore
au Café de Flore.

Quarante-quatre ans c'est l'âge de la vitesse de croisière. Vous devez avoir donné l'impulsion maximale
pour vous désorbiter, et à la mi-quarantaine être en
mesure de considérer la vieillesse, et la mort qui lui est
corollaire, pente sur laquelle vous êtes désormais sur le
point de basculer, si ce n'est déjà fait, comme la plus
grande chose qui puisse vous arriver.

Été 1969, j'ai dix ans, comme dit la chanson de Sou-
chon, oui, j'ai dix ans et je passe les vacances estivales
avec ma sœur chez la fille de vieux amis de mes parents,
des militants communistes purs et durs, le pater déporté
à Treblinka si mes souvenirs sont exacts, et qui résident
dans le sud de la France. La fille de ces vieux militants

cocos d'origine italienne, on l'appellera Hélène, âgée alors d'une vingtaine d'années, étudie à Marseille puis à Aix. Elle fréquente depuis longtemps les milieux gauchistes les plus extrêmes des facultés locales.

Provence. Sisteron. Des collines arides, des éperons rocheux, des forêts de cèdres, d'oliviers, de pins, d'acacias, quelques tilleuls, des chênes verts, des buissons d'aubépines, de mûriers. Les arbres plantés parfois en masses compactes au sommet d'une butte, le plus souvent en écheveaux épars, sur les flancs de petits vallons encaissés. Des pistes rocailleuses sinuant entre les champs de lavande où se meut la bourdonnante présence invisible des abeilles, alors que s'étend autour de vous un paysage sec et désolé, brûlé par le soleil, et comme par chaque élément de la nature – dans l'air, la vibration continue des grillons évoque un incendie de bois mort –, avec de hautes montagnes bleues à l'horizon, et de massives collines, éventrées par de larges fondrières orange, au premier plan, cirques de roche mise à nu cernant de hauts plateaux de terre ocre. Un décor qui m'évoquait plus les westerns italo-hispaniques de Sergio Leone que les romans de Pagnol.

Surtout, se conjuguent déjà en moi des forces si irrésistibles qu'un jour, pas très lointain, un conflit critique de haute intensité se déroulera dans un cerveau à la fois bien trop jeune et déjà trop vieux.

Ici, quoique ayant déjà croisé ces mots et ces noms, parfois, au domicile familial, j'entends à longueur de journée des locutions que je comprends être des concepts fondamentaux, sur une bande-son composée de Rare Earth, Jefferson Airplane, Jimi Hendrix, Bob Dylan, Grateful Dead, Barbara, Arlo Guthrie, James Brown, Soft Machine ou John Lennon : Marx, Freud, Reich, Lénine, Mao, Marcuse, structuralisme, existentialisme, communisme, stalinisme, bourgeoisie, capitalisme, patriarcat, révolution prolétarienne, contre-culture et... Internationale Situationniste.

Décor : un mas provençal, une vieille ferme de grosses pierres gris corne qui prenaient toutes les variations de la lumière au cours de la journée, du jaune coquille d'œuf au rose sanguin, pourvue d'un toit bien rouge, quoique patiné à ses angles de la blancheur opaline du temps. Elle est plantée au pied d'un contrefort rocheux qui domine la Durance et une rivière, un oued caillouteux, devrais-je dire, le Vançon, qui vient s'y jeter. Communauté post-hippie mao dure-à-cuire mais tendance antipsychanalyse. Je me souviens de *Hara-Kiri*, de *L'Idiot international*... et de l'Internationale Situationniste.

Je ne comprenais pas tout à l'époque, vous imaginez. Mais les mots – sinon les concepts – restaient malgré tout gravés dans ma mémoire aussi neuve qu'une matrice de plomb toute fraîche sortie de l'usine.

Rentrée scolaire 1971, j'ai douze ans, je suis au collège, en cinquième, dans l'énorme lycée Romain-Rolland d'Ivry-sur-Seine, annexe du lycée Henri-IV pour le Val-de-Marne. J'étudie le russe en première langue, par influence parentale sans aucun doute, mais une influence si décisive que j'avais opté gaiement pour cette solution à sa simple évocation.

Dans la vaste salle du « foyer socio-éducatif », entre les premiers de la classe jouant aux échecs ou au bridge, et les clubs philatélie ou aéromodélisme, un micro-groupe d'adolescents de mon âge. Nous sommes... quoi ? Allez, une petite quinzaine, dirons-nous. Le lycée regroupant plus de deux mille cinq cents élèves, pour donner une idée.

Nous avons grosso modo entre douze et quatorze ans et nous disposons d'un petit électrophone pour écouter de la musique, pas trop fort, au fond de la salle de loisirs commune.

Ce jour-là, c'est le jour de la sortie publique du Led Zeppelin II (le single *Whole Lotta Love* était sorti je crois en 45-tours durant l'été). Un garçon de quatrième l'a déjà, on ne sait comment il a fait. À partir de cette heure, durant laquelle l'écoute de l'objet sacré se fait dans un recueillement quasi absolu, ponctué de brèves interjections admiratives, le riff de *Whole Lotta Love* transforme en or pur chaque journée plombée de cette rentrée à la froideur hivernale, il annonce déjà le printemps, l'été, le soleil. Les filles, les poussées d'hormone et d'adrénaline.

Je suis un fan de Led Zep' depuis mon entrée en sixième, l'année précédente : premier album de rock acheté avec mon maigre argent de poche de l'époque (un disque, un livre par mois) : le Led Zeppelin I, avec le cliché à grosse trame du *Hindenburg* en flammes.

Le deuxième opus du dirigeable plombé nous comble de joie, nous arrêtons la seconde écoute quelques minutes avant la sonnerie, et nous nous séparons, l'air ravi comme les mystiques de Bayreuth après une représentation de *Parsifal*.

Je me dirige vers la sortie en compagnie de quelques-uns de mes amis du « club musique », cette opération d'enfumage de l'administration destinée à nous permettre d'écouter du rock électrique entre les heures de classe.

En route nous croisons un groupe d'adolescents plus âgés. Un infini nous sépare, ils sont en second cycle. Ils ont fait Mai 68.

Nous écoutons Led Zeppelin, T-Rex, Roxy Music, David Bowie, les Stones, les Beatles, les Who, Alice Cooper, Pink Floyd, King Crimson, les Doors.

Ils écoutent Dylan, Crosby-Stills-Nash-and-Young, Grateful Dead, Donovan, Jimi Hendrix, Joan Baez, Simon and Garfunkel, Cat Stevens, Jethro Tull, et les

Doors (seul point d'entente possible, et jamais actualisé), pratiquement le festival de Woodstock au grand complet.

J'ai en main un exemplaire du *Théâtre et son double*, d'Antonin Artaud. Parmi le petit groupe du « club musique », il y a une sorte de groupuscule interne, assez discret. Nous sommes trois. Nous lisons Lovecraft, Rimbaud, Baudelaire, Edgar Poe, les récits fantastiques de Gustave Le Rouge ou de Villiers de l'Isle-Adam, de la science-fiction, les surréalistes, les poètes anglais, Henri Michaux.

Un des grands du second cycle devant lesquels nous passons, revêtu d'un gilet en peau de chèvre à la mode afghane, m'interpelle. Mes deux camarades continuent leur chemin. Me voilà seul face à quatre ou cinq jeunes gens, en première ou en terminale, avec tout l'attirail, et aussi toute la culture de l'époque. Très vite on me chambre. J'écoute quoi comme musique ? Du rock ? Ouais ? Quoi comme rock ? Ah, T-Rex ? Bowie ? Led Zeppelin ? Moue dédaigneuse. Et Jimi Hendrix, tu connais ?

Pas de chance, chez mes amis maos-spontex du *Deep South* provençal, les disques du guitariste pyromane se trouvaient en bonne place, et j'avais même dans ma discothèque personnelle l'album *Cry of Love*. J'étais parvenu à l'échanger chez un disquaire contre un disque de Status Quo, je crois, qui m'avait laissé parfaitement impassible.

J'avais fredonné le riff d'*Astro Man*. Ça les avait un peu ralentis les gars de la promotion Révolution permanente mais ce n'était certes pas suffisant pour les arrêter. Ils se faisaient chier, les bougres, et je les comprends, le même sort m'attendait d'ici quelques années tout au plus. Ils profitaient d'une pause café pour gentiment bizuter un petit merdeux avec des bottines gris argent lustrées, une longue gabardine noire et des pantalons de velours frappé couleur bronze même pas pattes d'éléphant.

Et Dylan, me demande une des gonzesses, une grande brune toute de noir vêtue, tu connais Dylan ? Pas de bol, j'avais emprunté *Nashville Skyline* à la discothèque municipale d'Ivry peut-être une semaine plus tôt... *Lay, lady lay...*

Ils ont donc attaqué sur le terrain littérature : Artaud, que j'étais en train de lire, et vu que je m'intéressais déjà, via lui et Breton, aux « sociétés chamaniques » ou disons « traditionnelles » (je venais de m'envoyer quelques livres sur les sociétés précolombiennes, dont un ouvrage de Métraux), je me permis un petit exposé concis de ce que j'avais compris, et me désembourbant sans trop de mal, je me permis de citer approximativement Marcuse, dont j'avais parcouru au grand maximum quelques paragraphes sous le soleil provençal (avant de reprendre la lecture d'une Série Noire, d'un J'ai Lu « Leur Aventure », ou d'un roman de Wells ou de Stevenson).

Là ils furent un peu sciés mais un grand dadais, en chemise à carreaux, revint à la charge à la suite du berger afghan : « Marcuse ? Marcuse ? Et l'Ihèsse, hein, tu connais l'Ihèsse ?

– L'Ihèsse, Lyhaisse ? avais-je bafouillé, pris en flagrant délit d'ignorance.

– L'Internationale Situationniste, balourd, rétorqua alors sûr de sa supériorité le grand adulte de dix-huit ans. Guy Debord, la société du spectacle... »

Il y eut je ne sais pourquoi un instant de silence. Oui, je me souvenais de la brochure rouge que j'avais découverte en cet été de 1969 ou 1970...

De la misère en milieu étudiant, lui dis-je, et je rajoute, voyant la tronche de la célèbre chanteuse anti-Viêt Nam sur la couverture d'un album dépassant du sac de l'US Army tenu en bandoulière par une des gonzesses de la bande, cheveux au henné, pâleur maladive, un peu ronde, mais jolie, oui en voyant la tronche de nunuche californienne que nous tous, au « club musique », et plus encore nous autres les trois « dandies », les trois « anglais », vomissons avec la plus grande largesse, oui, je rajoute : « De la misère de ceux qui peuvent à la fois écouter Jim Morrison et cette connasse de poétesse à deux sous de Joan Baez. »

Je m'apprête à tourner les talons, mais le berger afghan intervient : « T'es qui, toi ? »

C'est ferme, mais pas agressif, ce ne sont pas des loubards incultes et ivrognes, je sais qu'ils fument du « hasch », comme on dit à l'époque, mais ça ne m'impressionne guère.

Je cite mon nom et ma classe, comme l'élève d'un collège militaire.

Le berger afghan me demande : « T'es copain avec L. ? »

L. est un des membres du trio, c'est grâce à lui que j'ai connu Lovecraft et lu *Le Sphinx des glaces* de Jules Verne. En retour je lui ai fait connaître Le Rouge, Lautréamont et Theodore Sturgeon.

« Oui, je réponds, il écoute Hendrix lui aussi. Les Doors. Pink Floyd. On lit les mêmes choses. On est dans la même classe.

– Banane, me fait alors le grand dadais en chemise à carreaux, on le connaît bien, c'est l'ami d'un de nos amis, c'est grâce à nous s'il connaît Hendrix et Rimbaud.

– Peut-être bien, je lui réponds, mais ce n'est pas grâce à vous si je connais Antonin Artaud et l'Internationale Situationniste. Salut. »

Puis je quittai la salle.

Je n'eus que très rarement l'occasion de croiser de nouveau, et dans de telles conditions, le petit groupe de hippies-situs amateur de Dylan et de Joan Baez, mais il se trouva qu'ils avaient un ami commun avec mon camarade L., avec lequel, à partir de là, et plus encore à la rentrée suivante, après qu'une partie des « vieux » soixante-huitards eurent quitté l'établissement, mes relations s'estompèrent, pour finalement disparaître tout à fait lors de mon année de troisième.

J'écoutais alors Lou Reed (ou le Velvet Underground), Iggy Pop and the Stooges, Blue Oyster Cult, Kraftwerk, toujours Bowie, Alice Cooper et Roxy Music, mais aussi Heldon, Can, Tangerine Dream, Popol Vuh...

Automne 1974, je viens d'entrer en seconde, une seconde C, scientifique, sous la pression paternelle. Je sens déjà que ça va être l'horreur, la prof de physique-chimie est une stalinienne-positiviste qui croit tout juste à la théorie des quanta et n'a certainement pas pour charge de nous l'enseigner. Pendant un an, je ne vais entendre parler que de la notion de « travail ». Cette Mme Bombard aura eu au moins le mérite de me faire comprendre à quel point l'étymologie du mot, qui signifie « torture » en latin, était à ce point justifiée.

J'ai coulé en russe, mais je me suis bien maintenu en anglais – grâce au rock et à William Blake –, pour le russe l'alternative était simple : une jeune stal bien appliquée, nous vantant les mérites de la centrale-à-charbon et de Stakhanov, ou bien une vieille Russe blanche acariâtre, à moitié dingue, qui prétendait sans rire que le gouvernement soviétique cachait les chômeurs dans les arbres !

Néanmoins, les cours de russe et les visites dans les pays de l'Est me permettent de revivifier ma slavophilie mythologique datant de l'enfance (le récit de *L'Oiseau de Feu*, les contes des princes de Kiev, Gagarine, Valentina Terechkova, Leonov, mon paternel discutant avec les cosmonautes russes) dans une source concrète de bonheur : la littérature de Dostoïevski ou de Pouchkine, et Tolstoï dont je dévore *Guerre et Paix* avec la même fringale que je viens d'éprouver pour *Dune* de Frank Herbert.

Automne 1975, j'ai quitté la filière scientifique dès la fin de la session précédente, à la demande conjointe de mes profs et de mes parents (que j'ai convaincus sans trop de peine) : résultats nuls en physique-chimie (alors que je viens de me taper *La Structure de l'Univers* d'Evry Schatzman). Je suis désormais en première littéraire, il fait gris et déjà, quelques mois après la chute de Saigon, je sens en moi une rupture profonde et définitive s'établir avec la gauche. Je coupe à ce moment-là tout contact avec mes relations anar ou trotskistes – après avoir quitté de toute urgence, un an auparavant, la sinistre assemblée de méthodistes prolétariens connue sous le nom d'AJS-OCI, parmi laquelle j'aurai fait un séjour d'un trimestre –, mais, par l'effet d'une habitude prise depuis plusieurs mois, nous nous rendons, quelques amis et moi, à la librairie Parallèles, près des Halles. Ces temps-ci je suis fauché, consommation croissante de haschich puis de LSD, beaucoup de livres, des disques, les concerts, je flâne entre les rayons... Un de mes compagnons d'alors achète l'œuvre relié des cahiers de l'IS, qui circulera durant l'hiver 1975-76 parmi les lecteurs de ce nouveau groupe dans lequel j'ai, semble-t-il, trouvé ma place, branché rock électrique dur et musique électronique ou expérimentale, speculative-fiction, Bukowski, Brautigan, Burroughs, Ballard.

Printemps 1976 : je vais avoir dix-sept ans, les classes se terminent. Nous lisons tous Debord et Vaneigem avec acharnement. Je me prépare à un voyage dans le Sud marocain. Je suis parallèlement plongé dans Nietzsche que j'ai découvert lors de mes vacances de fin de troisième, et qui m'a valu mon auto-exclusion de l'AJS (je fumais du haschich aussi, ce n'était pas bien vu de la cellule trotskiste qui considérait les drogues comme de dangereux dérivatifs contre-révolutionnaires, avec raison) ; la redoutable articulation dialectique des situationnistes produit très vite son effet. Nous ne pouvons nous revendiquer *situ*, mais nous aimons la brillance du style, la cohérence scientifique de la critique, la radicalité du propos.

À l'époque, personne, y compris, surtout devrais-je dire, dans les milieux gauchistes ou staliniens, ou même « contre-culturels », personne n'a vraiment entendu parler de Debord et des situs, en tout cas pas à Romain-Rolland, et ni à notre connaissance ailleurs dans les lycées du Val-de-Marne. Mon père n'a pas grand-chose à me raconter à ce sujet. La revue qu'il a cofondée en 1970-71, *Politique Hebdo*, proche du PSU et du CERES, ne va pas très bien, et Debord n'a jamais été sa tasse de thé.

Quelques permanents staliniens de service, qui viennent faire la police de la pensée dans le bahut, nous accusent de diffuser une pensée réactionnaire, irréaliste et anti-ouvrière. Cela tombe bien, tout ce que nous aimons.

Septembre 1976, j'entre en terminale, je porte des bottes de cavalerie française, un manteau de cuir noir, une chemise de velours grise, les cheveux longs façon Ramones. Je commence à griffonner du papier avec un certain sérieux. Depuis quelques mois, je dispose d'un orgue électronique, bas de gamme, dans ma chambre. Je m'initie à l'harmonie.

Cuir noir, latex noir, plastique, métal, nazisme pop, dandysme terminateur, le punk des origines arrive.

Printemps 1977 : nous nous coupons les cheveux et nous délaissons Debord pour les amphétamines, les Sex Pistols, les Damned, les Clash, les Jam, les Vibrators, les Dead Boys, les filles à porte-jarretelles, les nuits blanches à lire William Blake, Lautréamont, Burroughs ou J.G. Ballard, avec le Captagon en capsules disséminées sur le lit défait depuis des jours, dans l'odeur acre du sperme, de la sueur, de la fumée de joint et de cigarette.

Juin 1977, je passe mon bac sous amphèt', juste pour ne pas désespérer ma mère. C'est l'explosion punk à Londres, Paris, New York, Berlin. Déjà les médias tentent de s'emparer, de *com-prendre* le phénomène, nous valant quelques-uns des plus beaux fleurons de la cuistrerie journalistique de tous les temps.

Nous savions déjà, et durant l'été la chose deviendra palpable, que l'ancien baba cool posthippie éventuellement néo-situ était en train de troquer sa défroque de paysan hindou contre des fringues achetées à King's Road. Il y avait jusqu'à Mac Laren qui dégoisait sur Debord et les situationnistes. Et il y avait Plastic Bertrand qui faisait un malheur.

À la rentrée 1977, on se sépare assez durement de la bande d'autonomes que nous fréquentions à la faculté de Tolbiac, dont des espèces d'abrutis néostaliniens publiant une revue nommée *Barricades*, avec lesquels je m'engueule copieusement et qui formeront plus tard le noyau d'Action directe. Leur anti-atlantisme virulent réveillera en moi, et pour toujours, une loyauté indéfectible envers la civilisation nord-atlantique et son alliance militaire.

Tout va très vite.

Il n'y a plus à attendre.

Déjà des gauchistes pouilleux essaient de récupérer l'énergie dandy électrique du mouvement.

Novembre 1977 : je quitte la faculté de Jussieu pour la dernière fois ou presque (je n'y retournerai plus que pour quelques formalités administratives). Les livres de Debord sont rangés dans ma bibliothèque, mais mon synthétiseur, acheté grâce à la généreuse bourse de l'Éducation nationale, fonctionne jour et nuit dans le sous-sol du pavillon de banlieue paternel. Nous laissons tomber la révolution pour quelques instants de magie électrique, au cœur de nuits blanches volées à la clarté journalière des travailleurs, des bourgeois et des « constructeurs de situation », ces architectes de l'inarchitecturable, ces urbanistes de l'inurbanisable.

Nous nous réapproprions la parole de la Technique, nous parlons le langage idiot-savant du singe cybernétique, nous voulons inventer ce qu'Yves Adrien appellera, un jour, le « rock nucléaire des années 80 ».

Octobre 1980, après trois années d'existence, je saborde le groupe Artefact. Le 33-tours, enregistré alors que le groupe ne tenait plus que par quelques maigrelets points de suture, a fait exploser l'organisme. Nous n'avons plus rien en commun, surtout en matière de goûts musicaux. L'album est complètement raté, nous partons tous dans des directions différentes. Certains n'ont pas de direction du tout et l'inventivité de l'électropunk des débuts commence à sérieusement dépérir. La situation est au demeurant générale : on pressent que bientôt nous aurons le choix entre les Béruriers noirs et Indochine.

J'ai vingt et un ans, je suis en train de couver une crise neuropsychiatrique de grande envergure. Dans quelques mois ma génération va mettre Mitterrand au pouvoir.

Je me surprends à lire la Bible, le Coran, les Veda, le Livre des morts tibétain, de grands textes sacrés.

Je me surprends à me dire que, décidément, l'Internationale Situationniste est déjà bien loin derrière moi.

Je ne devine pas encore qu'en tant qu'*idéologie*, elle est en train de prendre le pouvoir.

« *Nous sommes les premiers hommes d'un Futur qui ne s'est pas matérialisé* », écrit Wyndham Lewis dans ses *Mémoires de Feu et de Cendre*.

Quant à nous, je serais bien tenté de dire que nous sommes les derniers hommes d'un Futur qui ne l'a été que trop.

Quand l'amour se meurt, la vie vous tue.

L'inflation du moi « individuel » est très exactement proportionnelle à celle de l'État-Collectif. Il ne peut y avoir l'un sans l'autre. L'Individu-Moi n'est rien sans l'État. Semi-fonctionnaire demi-artiste hémi-chômeur il n'a plus rien pour lui qui ne soit contrôlé par l'État qui lui apporte ainsi non seulement de quoi se sustenter quotidiennement, mais plus encore : son *identité*.

Inversement l'État démocratique-universel marchand ne peut véritablement fonctionner qu'avec des « individus » tellement indivisibles que leur moi est tout entier un appendice d'une matrice rhizomique de l'État.

Ce fut une des erreurs de Deleuze de penser que molaire et moléculaire s'opposaient, et que l'État serait défait par les structures métastables du « réseau ». Ou plutôt c'est une des gravissimes fautes de ses exégètes que de le faire croire.

L'État provient des tout premiers *réseaux* de l'Histoire ; les canaux d'irrigation sumériens et *les norias que les moulins à aubes faisaient tourner sans fin.*

Le capitalisme moderne est lui-même, comme le savait Deleuze, le propagateur de ses propres métamorphoses, par-delà le bien et le mal il fut le modèle technique d'une Surnature dont l'Humanité avait cru stupidement que, par ce geste, elle se débarrasserait.

Comme si la Technique n'était pas une manifestation de Sa Toute-Puissance !

J'avais cru, il y a cinq ans, que le Québec était formé de Nord-Américains de langue et de culture françaises ; je m'étais trompé, les Québécois sont des Californiens de l'Atlantique Nord qui parlent le dialecte de la télévision locale.

Ainsi se profile avec exactitude le sort que, sans le savoir sans doute, Houellebecq m'avait prédit, dans un papier récent, lorsqu'il parle de l'invisibilité critique à laquelle certains auteurs sont contraints par les temps dans lesquels ils vivent, et la littérature qu'ils produisent.

Je ne vends pas assez pour être un authentique best-seller (genre Werber, Grangé, Marc Lévy, Amélie Nothomb, ou même Sollers, Houellebecq et Beigbeder), mais je « marche » trop bien pour être accepté par une certaine critique qui, l'esprit tout aussi comptable que la plupart de ses confrères de la grande presse, juge de la qualité d'une œuvre en fonction de ses ventes, dans ce cas-là de façon inversement proportionnelle aux chiffres commerciaux.

Je suis traduit dans quelques langues, genre japonais, brésilien, turc, roumain, russe, italien, espagnol. Mais toujours pas en anglais, autant dire le latin du XXIᵉ siècle (et de celui d'avant), et je crois deviner pourquoi. Pour l'édition américaine, ou même ouest-européenne, je ne suis pas assez français, selon les normes qui ont institué la posture depuis Sartre et Duras, mes romans sont trop gros, trop polymorphes. Dans le même temps, je ne suis pas non plus assez américain, mes romans sont trop complexes, trop écrits (la critique française me l'a suffisamment reproché).

Le problème se retrouve d'ailleurs inchangé dans ma patrie d'origine : pour certains, je suis bien trop « américain » – mes influences S-F, roman noir, narration dure-à-cuire –, pour d'autres, quoiqu'ils puissent s'agir des mêmes, je commets l'erreur de « trop vouloir penser » et de faire de la « philosophie ou de la poésie illisible » au lieu de « raconter des histoires », d'être trop français en un sens.

Pour la chroniqueuse des *Inrocks*, en tout cas, une chose est claire : « Paco Rabanne de la littérature », je souffre d'*une boursouflure du dire* (on croirait lire du Luce Irigaray), et on apprend, en lisant son vilain article et parmi d'autres trouvailles critiques, que ma tentative de décrire les jeux d'émotions humains comme des dispositifs techniques ne mérite que le plus pur mépris.

« *Démagogie est le mot qu'emploient les démocrates quand la démocratie leur fait peur* », Nicolás Gómez Dávila.

Le Québec m'aurait accepté si j'avais été un écrivain « libéral » ou « socialiste », *de gauche* quoi, *comme tous les écrivains*, un écrivain postmoderne, éventuellement branché techno, mutations génétiques et libertés générales, ce fut d'ailleurs ce que certains voulurent croire à la lecture de *Babylon Babies*. Le *Théâtre des Opérations* remit les pendules à l'heure, si je crois en la Science, c'est parce que je crois en l'opération de division ontologique infinie, qui est le don de la

Surnature. Et les jumelles Zorn représentent, dans ce roman, l'intorsion divine des paradoxes qui se manifeste comme une catachrèse au sein de l'expérience biopolitique contemporaine.

De plus, j'aggrave mon cas chaque jour en ne cachant pas ma conversion au Christianisme, mon baptême catholique imminent, et ma vision impériale-royale de la France et de l'Europe passées, et de l'Amérique future.

Quelle sorte d'orgueil assez dingue peut ainsi pousser un auteur à scier la branche sur laquelle il était confortablement assis ?

Quel tragique sentiment peut ainsi le forcer à aller contre le cours des choses, à disposer de sa gloire éphémère comme d'une fortune à dilapider, au plus vite, afin de s'enfoncer dans les ténèbres, là d'où aucun écrivain ne revient *vivant*, au sens que nous donnons à ce mot aujourd'hui ?

Pourquoi ne fait-il pas là où on lui dit de faire ?

Pourquoi est-ce que je « gâche mon talent » à essayer de synthétiser différentes formes cruciales dans l'après-XXe siècle littéraire ? Pourquoi donc est-ce que je m'efforce de toujours détruire en direct le roman qui pourtant se forme, en partant de *la destruction comme point préliminaire* ?

Pour rien, une coquetterie d'auteur. En 2003, environ soixante ans après Auschwitz et Hiroshima, un demi-siècle après la découverte de la structure de l'ADN, il ne s'est rien passé qui soit digne de nous faire changer quoi que ce soit à nos scénarios d'aventures, à nos historiettes sentimentales ou sexuelles, à nos autofictions autobiographiques, à nos essais critiques.

Rien, comprenez-le bien, n'a changé. Rien d'important, rien d'important pour la littérature, rien d'important concernant la présence divine de la Parole, rien d'important n'a été expérimenté sur le corps humain, comme matériel matriculé et préparé pour l'abattoir chimique, ou comme ensemble de cibles urbaines pour une bombe aussi puissante qu'un soleil.

Rien.

LITTÉRATURE FRANÇAISE.
Accès réservé aux membres.
Veuillez laisser la nécropole dans l'état
où vous l'avez trouvée en entrant.

Sondage réalisé dernièrement à l'échelle nationale aux États-Unis : 51 % des *femmes* interrogées veulent désormais que l'*avortement* soit – non pas abrogé – mais *régulé* et *limité* aux cas de viol, inceste, handicap mental grave de la mère, transmission du sida, etc. Le chiffre était de 48 % il y a moins de trois ans.

Des *femmes*, de plus en plus nombreuses, demandent à ce qu'un comité permanent de surveillance bioéthique soit institué sur cette question comme sur la question du clonage ou des manipulations génétiques.

Le mouvement de bascule a commencé.

Durant mon séjour à Paris, soirée à la Locomotive en l'honneur de Marie-France, égérie transsexuelle de la *hype-life* des années 1970, 80. Toute la scène punk/new-wave française des *late seventies-early eighties* est réunie : je revois les frères Eudeline, Éric Débris, d'ex-producteurs de disco ou de rock ; je croise à nouveau Bertrand Burgalat, un ami de longue date, qui mixe ; je partage quelques verres avec de vieilles connaissances ; je discute dix minutes avec Frédéric Beigbeder, qui vient de reprendre les rênes de la direction éditoriale de

213

Flammarion, après le départ de Raphaël Sorin. *Périphériques* est sorti en même temps que *Villa Vortex*, je signifie à Beigbeder qu'à mon sens c'est une erreur : le roman va écrabouiller le recueil. Il en convient. Et c'est en effet ce qui va se produire.

Je bois. Beaucoup. De la vodka sur glace, avec quelques Coca. Je fume une très bonne herbe dégottée à Paname grâce à une complicité interne, dirons-nous, et sans donner plus de détails.

Alain Soral, que j'avais déjà rencontré une ou deux fois durant les années 1990, se trouve dans la place et me prend gentiment à partie, un peu en retrait du bar. En gros, ce dont je me souviens c'est que si Nabe et moi on est si peu attaqués par la presse (*sic* ! elle est bien bonne celle-là), et si les médias nous accordent tant d'espace (ah bon ? je ne suis pourtant pas encore passé à *Tout le monde en parle* ou chez Fogiel), c'est parce que nous sommes des « stylistes » (re-*sic*) et que lui s'occupe en premier lieu « des idées ».

Ah.

Nabe était à cet instant même quelque part dans Bagdad, entre les fedayine de Saddam Hussein et les Marines de l'armée américaine et, le connaissant un peu, disons plutôt en compagnie des *tour operators* du parti Baas. Il devait avoir emporté avec lui une poignée de bouquins, mais sûrement pas même le plus petit browning disponible sur le marché. Je fis remarquer que – quoique je fusse en complet désaccord politique avec lui – Nabe montrait là, en effet, une maîtrise du *style* que beaucoup d'auteurs ou d'intellectuels français, et je ne parle pas des critiques, feraient mieux d'essayer d'imiter, bien qu'en pure perte.

Quant à moi, poursuivis-je, je suis complètement idiot, je ne comprends pas comment un style pourrait être mobilisé sans idée, ni comment une idée pourrait être formulée sans style, puisque l'une et l'autre ne sont au final que les manifestations corollaires de la même chose, de la même *dynamique*.

La vodka aidant, je crois que non content de citer le mot « littérature », j'en viens à lâcher le mot « foi ».

Ô miracle simplissime des locutions très catholiques, vous les exprimez, et la conversation s'arrête, comme par enchantement. J'allais d'ailleurs expérimenter le phénomène à d'autres reprises lors de mon séjour printanier à Paname. Ne jamais prononcer le mot de « Monarchie », ou celui de « Dieu » – sinon au pluriel et avec une minuscule –, éviter les noms de quelques auteurs. Et surtout lorsque vous faites la conversation avec une charmante jeune femme qui vous dit aimer beaucoup la littérature, et surtout la littérature « non consensuelle », ne pas vous *enfarger*, comme on dit au Québec, dans la première chausse-trappe venue.

Erreur à ne pas commettre : prendre les mots « non consensuel » au pied de la lettre, *stricto sensu*, alors qu'il ne s'agit que d'un code social de conversation pour exprimer que l'on est bien tous d'accord.

Guillaume Dustan est non consensuel, comme le sont les Gay Pride à Montréal, Paris ou San Francisco, ou un viol en réunion, et Jean Dutourd l'est aussi, comme un défilé du 14 Juillet ou un banquet de mariage, et puisque tout le monde adore la littérature non consensuelle, comme la plupart des rédacteurs du *Monde des Livres* ou du cahier « Littérature » de *Libération*, nous vivons bien dans ce monde exquis où les mots eux-mêmes sont devenus des crimes.

Si une jeune femme vous parle de littérature non consensuelle, ou transgressive, ou hors la loi, ne vous méprenez pas : elle vous parle en fait de la littérature de patronage pour militant des droits de l'Homme, ou bien des escadrons de gendarmerie romanesque de nos rentrées automnales, mais sans le dire, tout en le disant. Ne vous méprenez pas, et tournez bien sept fois la langue dans votre bouche avant de poursuivre la conversation. Ne commettez pas la même stupide erreur que moi, due encore une fois à une absorption un peu trop appuyée de vodka sur glace, et ne répondez pas : « Ah, oui, *Louis de Bonald* par exemple. »

Si la charmante personne ne connaît pas, ce qui peut être le cas, ne vous enfoncez pas, comme je le fis, en expliquant négligemment : un grand auteur catholique et royaliste de la première moitié du XIXᵉ siècle, style virulent mais limpide, assez voltairien en un sens. Il a beaucoup influencé Maurras.

Aïe, aïe, aïe, pauvre stupide andouille. Je comprends, en observant la vitesse avec laquelle le visage de la jeune femme se décompose, que je viens d'appuyer moi-même sur le loquet d'ouverture de la trappe, après avoir minutieusement noué la corde autour de mon cou. La corde, c'est la phrase prise dans son ensemble jusques et y compris l'avant-dernier mot, et le levier, c'est ce dernier mot, le nom de Maurras.

J'ai beaucoup trop bu pour espérer pouvoir me rattraper à un arbre ou à un poteau de passage.

« Ce n'est rien, fais-je, oubliez ça, en matière de littérature transgressive, voulez-vous que nous discutions un peu de Kundera ? »

La jeune femme ne répond pas et, le visage blême et fermé, quitte le petit coin de cuisine où nous avions entamé cette discussion à bâtons rompus.

Une autre vodka, *please*.

Si j'avais été heureux, je n'aurais pas écrit ; si je n'avais pas écrit, j'aurais été malheureux.

Marx dit quelque part que l'Humanité ne se pose que les problèmes qu'elle peut résoudre. Comme si l'Humanité était en mesure de résoudre quelque problème que ce soit ! Et comme si des millénaires d'histoire ne nous enseignaient pas la démonstration inverse, maintes fois répétée.

C'est l'Humanité elle-même le problème, évidemment. Et pour le « résoudre », il faut l'anéantir, tout simplement.

Ce que se proposent plus ou moins d'accomplir, quoiqu'ils se défendent d'œuvrer pour une *autodestruction physique* du genre humain, les membres du groupe Téléologie moderne qui, en postmarxistes fort intelligents, conduisent la pensée du Maître à son aboutissement philosophique : puisqu'il faut « résoudre », une bonne fois pour toutes, les « problèmes » que l'Humanité peut se poser, il faut achever, « finir » le projet humain. Si l'homme a une fin, disent-ils, il faut la réaliser, ne comprenant pas, visiblement, en dépit de leur haute culture philosophique [1], que ce simple mot de « réalisation » fleure déjà l'abattoir de masse.

Par quelle autre manière, donc, je vous prie ? Pour le moment, la solution me laisse perplexe : par *l'assemblée générale de l'Humanité* ayant pris conscience de la nécessité de terminer l'histoire, de trouver dans cette fin d'elle-même le *télos* de toute l'évolution historique humaine.

Les Barbéliotes n'auraient pas mieux dit.

C'est toujours fort bien écrit, et redoutablement articulé sur le plan dialectique, dans la ligne des situationnistes dont les Téléologues revendiquent une part d'héritage, tout en les critiquant, comme Jean-Pierre

---

1. Ou, sans doute, *à cause* d'elle.

Voyer que je découvre parallèlement et dont les relations avec les Téléologues susnommés sont aussi détestables que les siennes avec Guy Debord, lorsque celui-ci vivait encore.

On sent des générations cultivées, désireuses de représenter l'avant-garde et prêtes à décapiter les générations précédentes pour ce faire. Un simple automatisme révolutionnaire, pour ne pas dire adolescent.

Les amusements gnostiques du IIe siècle paraissent austères en comparaison.

J'y lis plusieurs interventions signées par ce qui fut la revue *Tiqqûn*, mais aussi de violents débats entre Voyer, et ses séides, et la bande des Téléologues.

Y A-T-IL UNE FIN À L'HUMANITÉ ?

L'ÉCONOMIE EXISTE-T-ELLE ?

Questions essentielles, j'en conviens, mais qui ne trouveront aucune réponse dans ces presbytères électro-marxistes.

Si l'Humanité a une fin, ce n'est sûrement pas elle qui est en mesure d'en décider ni les constituants ni les termes, par assemblée générale ou non ; et si l'économie existe, c'est en tant que Métaphysique-Technique, en tant qu'Esprit-Monde. Là-dessus il est clair – étrangement – que je partage une conviction proche de Voyer, des *Tiqqûn*, voire des Téléologues eux-mêmes, me semble-t-il.

Qu'est-ce qui nous différencie ?

Là encore, rien, un *détail*.

L'exégèse chrétienne de la Chute.

Et celle du Vendredi saint.

Il n'y a pas d'Humanité possible sans la Chute, car de la Chute dépendent toutes les contre-dynamiques techniques, politiques, scientifiques, religieuses, qui font de l'homme ce qu'il est : un pont instable et métamorphique entre la Nature et la Surnature, entre le singe

218

et le surhomme, aurait dit Nietzsche. Et il n'y a d'autre fin à l'Humanité, comme nous l'enseigne Notre Seigneur Jésus-Christ (aïe, aïe, aïe, j'entends déjà les SAMU soviétiques s'annoncer avec force sirènes), oui, il n'y a d'autre « fin » à l'Humanité que sa Résurrection, à la FIN des TEMPS, telle que la Toute-Puissance divine, qui a créé, crée et créera chaque infime parcelle de ce monde, jusqu'à sa destruction, en aura décidé.

Lorsque j'aurai mis de l'ordre dans mes idées, je mourrai.

Je vais vous dire pour qui j'écris : j'écris pour un homme seul, ou une femme, enfant ou vieillard, pris dans le piège démoniaque des folies futures, j'écris pour un survivant à qui parviendra ce livre, dans je ne sais quelles conditions abominables ; oui, j'écris pour toi, homme aux chromosomes matriculés et aux organes de perception collectivisés par les nanotechnologies du réseau, je t'écris par-dessus les siècles, ou disons les décennies, en tout cas par-dessus la tête des chroniqueuses de presse postmodernes et des journalistes néo-staliniens qui auront œuvré, comme ils œuvrent depuis toujours, à l'anéantissement de toute *vie pensée* sur la Terre.
Et ce que j'ai à te dire, toi qui sans doute n'es même pas né à la minute où j'écris ces pauvres lignes, ce que j'ai à te dire tient en quelques phrases :
Si tu décides de continuer d'appartenir à l'espèce dite « humaine », alors que tant d'autres auront choisi la voie mutante/dévolutionnaire de la biotechnologie opératoire, deux pénis, trois vagins, quatre paires de seins et une sexualité transgressive hyper-chic, tu devras apprendre à ne pas pour autant avancer à reculons. Rien

ne t'interdit, sache-le, d'essayer de dresser la Technique au service de la Parole, bien au contraire, nous dirons que c'est précisément à toi que revient cette charge, car c'est à toi de faire muter, sur le plan ontologique et pas seulement biophysique, l'espèce à laquelle, paraît-il, tu appartiens.

Car tu sais qu'en fait c'est l'Homme lui-même qui s'est dé-fait, s'est dissocié, s'est décréé, s'est auto-dissous dans la Technique-Métaphysique. Cette méta-physique qui fait de l'Homme un Dieu-en-puissance qu'il suffit d'actualiser par la liberté économique, par le socialisme, par le nationalisme, par le positivisme, par la génétique... Et tu peux observer aujourd'hui autour de toi le désastre : cette antisociété que nous t'avons léguée et qui n'est même plus un collectif révolution-naire ou transgressif en guerre contre une partie ennemie de la société, voire contre toute société, cette *antisociété* qui conduit le monde à l'eugénisme démocratique, au clonage réplicatif, à l'abandon des *vraies* recherches sur l'ADN, ou à leur sous-financement chronique au profit des vendeurs de chromosomes en kit, cette antisociété, cet antiordre antimondial, il est en train de se concevoir sous mes yeux, et *tout le monde*, c'est bien normal, a l'air de trouver ça normal.

Et toi, toi, dans les ténèbres qui ont recouvert l'univers, le langage et la pensée, et alors même que tout signe des anciennes religions monothéistes aura été universellement condamné puis éliminé, toi, tu me lis et peut-être te demandes-tu comment il se fait que je parvienne si bien à te parler, de toi et du monde dans lequel tu vis ?

Y aurait-il là quelque magie, voire un miracle, une prophétie ?

Je te rassure, mon ami, si cela peut te rassurer et si quelque chose peut encore le faire, il ne s'agit pas de vaudou, de tarot, de divination. Si je sais tout cela, sur toi, et sur ton monde, c'est justement parce que TU ME LIS, À CE MOMENT MÊME.

La littérature ce sont des morts qui parlent à des gens pas encore nés, et qui en retour les entendent.

Quand le monde devient « poétique », la poésie devient immonde.

La Marchandise est une chose trop importante pour être laissée aux marchands.
La Révolution est une chose trop importante pour être laissée aux révolutionnaires.
Les situations sont des choses trop importantes pour être laissées aux situationnistes.
Et l'art n'est pas une chose assez importante pour être financée ainsi à tour de bras par tant de fonctionnaires de la Culture, pour tant d'installateurs de tas d'ordures ou de mobilier de cuisine.

Si je n'avais la musique, je serais aveugle ; si je n'avais la littérature, je ne serais rien.

Toute société totalitaire, et le nazisme ne fait pas exception, est en fait expressément *anti-autoritaire*.
Toute authentique liberté est fondée sur une autorité qui tire sa légitimité de la seule Totalité qui soit.

Tout aphorisme provient d'une surcharge du signifiant et d'une décharge du signifié.
Par exemple pour expliquer celui qui m'est venu sur les sociétés totalitaires, il y a quelques minutes, il faudrait dérouler un processus de cristallisation qui a peut-être pris des années, et même plusieurs dizaines

d'années, depuis que adolescent j'ai connu les camps de pionniers dans les pays de l'Est, depuis que les amis maos-spontex d'Hélène, dans le *Deep South* provençal, m'ont « initié » à la propagande chinoise, depuis mes nombreuses lectures de l'époque, déjà, sur le national-socialisme et le bolchevisme.

Une société totalitaire ne peut se créer sans la destruction préalable de toute forme d'*autorité*, de loi, de tradition, et elle se doit de perpétuer le crime jusque dans le continuum de la vie courante : sous le régime nazi, comme sous le régime soviétique, les enfants sont du « capital social » qui n'appartient plus de fait à une cellule familiale « obsolète » mais à la communauté nationale, et c'est l'autorité abstraite de l'État-Matrice qui se substitue à l'autorité paternelle, et à l'autorité religieuse.

« Pourquoi voulez-vous que je socialise les banques et l'industrie lourde, disait Hitler à Rauschning, alors que je *socialise l'homme* ? »

On constate d'abord qu'un aphorisme vient rarement seul, il s'inscrit, ou plutôt *il inscrit* une ligne de fuite dans votre cerveau, il creuse une densité de néant particulière. Aussi souvent un aphorisme en entraîne-t-il un autre, mais selon des processus quelque peu différents.

Il existe pour commencer l'aphorisme miroir. L'aphorisme A se connecte par le jeu d'une opération logique, sémantique, syntaxique, ou même non rationnelle, purement « poétique », avec un aphorisme A'. Il existe un lien – même indirect – entre les deux, un lien apparent, opératoire, on parlera alors d'aphorisme-nexus, souvent par le jeu d'un effet de miroir, par l'inversion intensifiée de l'inversion contenue dans l'aphorisme de départ.

Un exemple typique est donné par la formule « telle chose est trop importante pour être laissée à ses (soi-disant) spécialistes ». L'aphorisme référence de

Clemenceau – « la guerre est une chose trop importante pour être laissée aux militaires » – représente un *pattern* limite, un aphorisme miroir et nexus qui, par la magie de son universalité, peut en engendrer une infinité d'autres.

Léon Bloy ne rappelait-il pas avec raison que le lieu commun d'un bourgeois pouvait faire s'abîmer des mondes entiers et s'ouvrir, béants, les cieux les plus infinis ? Ce qu'un petit-bourgeois de 1900 pouvait faire, Clemenceau le pouvait aussi, et sans doute un peu mieux tout de même.

Cet aphorisme est si universel qu'il marche avec absolument n'importe quoi : la science est une chose trop importante pour être laissée aux scientifiques, l'économie est une chose trop importante pour être laissée aux économistes, l'État est une chose trop importante pour être laissée aux fonctionnaires, la paix est une chose trop importante pour être laissée aux pacifistes. Ça marche avec tout : avec nourriture et supermarché, courrier et facteur, justice et juges, littérature et écrivains, critique et journalistes, et même crime et criminels !

Mais l'aphorisme peut, étrangement, vous conduire à un tout autre sujet, sur un tout autre plan de réflexion qui n'a aucun lien avec le précédent. Un saut s'effectue, une discontinuité atopique entre un aphorisme A et un aphorisme B, rien ne les relie sinon leur existence corrélative, comme deux particules liées par l'effet de singularité quantique. C'est l'aphorisme quantique, si vous voulez.

Et il existe certains aphorismes qui ne livrent rien d'autre que leur mystère, comme s'ils étaient la fin, la terminaison ultime d'un processus de pensée et qu'il n'y a plus rien derrière, pas même le langage.

C'est l'aphorisme-néant, l'aphorisme qui bute sur son propre silence, l'aphorisme apophatique.

En ce moment passe sur la chaîne Historia une vaste reconstitution historique sur les croisades.

Évidemment, je regarde. Et bien sûr, ce que je craignais arrive, avec la ponctualité d'un fonctionnaire de la République : les croisés sont des BARBARES. « Preuves à l'appui », on nous démontre que la civilisation arabe des années 1100-1200 était largement supérieure à celle des méchants chevaliers « francs » venus « coloniser les Terres saintes » (comme si celles-ci n'avaient pas été colonisées par la conquête arabo-musulmane de la fin du VIIe siècle !) et que ceux-ci n'ont fait QUE copier les géniales inventions de la société islamique.

Comme si l'Europe médiévale était à l'époque peuplée d'hommes des cavernes ayant tout juste découvert le feu et pas encore la roue ! Comme si la France de Saint Louis ou l'empire des Hohenzollern n'avaient été aucunement capables d'édifier des cathédrales qui valent bien les grandes mosquées de Damas, d'Istanbul ou La Mecque. Comme si l'Italie et la Grèce n'étaient pas couvertes de routes et d'aqueducs depuis déjà quinze siècles. Comme si ce n'était pas un moine qui avait découvert – précisément – l'*antimoine*, comme si ce n'était pas un autre moine qui avait expérimenté et analysé pour la première fois la décomposition de la lumière en plages de fréquences distinctes par leurs couleurs, grâce à un prisme de sa conception. Comme si Bacon, saint Thomas d'Aquin ou Duns Scot n'avaient pas existé. Comme si une « première Renaissance », à la fois technique et religieuse, n'avait pas déjà, en ces années-là, resplendi dans tout l'Occident.

Il ne s'agit pas de *nier* l'apport spécifique, synthétique, des Arabes à la fin du premier millénaire, mais il s'agit de ne pas *nier* en retour l'apport substantiel des sociétés chrétiennes – dont Byzance – à la civilisation européenne, ce qui me semble la moindre des choses.

Mais qui se trouve visiblement au-delà des conceptions « objectives » de la « science historique » postmoderne.

Esclandre au Parlement européen : Berlusconi, pris à partie par un député social-démocrate allemand, lui conseille en retour de s'inscrire pour un rôle dans un film qui se tourne en Italie sur les camps nazis. Raffut de chiffonnières, indignation ulcérée de Cohn-Bendit, manifestations de soutien au député allemand, campagne de presse, maigres excuses du Cavaglieri, explication avec Schröder l'écolo-pacifiste. Bienvenue dans l'Union Zéropéenne, messieurs-dames, le continent de la Grande Politique. Nul doute que la Constitution euro-giscardienne donnera un violent éclair de génie à cette civilisation déjà resplendissante.

4 juillet, 1 h 35 du matin. Fête nationale américaine.

***

Ch'Irak et de Villepin, avec leurs minables délires pseudo-gaulliens, auront détruit dans l'œuf toute souveraineté politique européenne, en tout cas pour au moins vingt-cinq ans et sans doute pour un siècle.

Ils ont fait de la Pologne un allié plus sûr pour le Pacte atlantique que la France, ils ont cassé la seule unité politico-militaire légitime – puisque écrite dans le sang du sacrifice – du continent, ils ont suicidé leur propre Europe de pommes de terre, d'Airbus, de fonctionnaires et de groupes de presse pour sauver quelques intérêts pétroliers et un peu d'influence au rabais dans le monde arabe – à l'extérieur comme à l'intérieur de leur pays –, ils ont accompli une sorte de miracle diabolique qui conduit quatre cent cinquante millions d'Européens vers la catastrophe : ils ont autodétruit leur projet d'Europe confédérale type Maastricht, mais ont dans le même temps anéanti toute vision politique véritablement alternative, et le projet qu'ils ont détruit reste le seul envisageable, le seul envisagé, sous diverses variations cadavériques, le seul qu'on continue de « vendre » aux populations consommatrices de démocratie du Vieux Continent.

Si cela ne rappelle la République de Weimar à personne, qu'on m'interne.

Et quand j'y repense un peu plus, c'est de *Soleil vert* que je me souviens.

Une culture devient anémique quand elle n'a plus de passé pour la nourrir. Une culture devient nécrophage quand elle n'a plus que son passé pour se nourrir.

Une culture devient gérontocratique quand elle n'a plus d'avenir à offrir. Une culture devient pédophile quand elle n'a plus que sa jeunesse où se projeter.

Foules en rébellion générale au Liberia, premier État-nation africain, fondé en 1822 par des esclaves noirs américains affranchis qui s'offraient ainsi un retour au pays sous forme de Terre promise. Cent quatre-vingts ans plus tard, un gangster génocidaire, dont j'ai déjà parlé dans un précédent *Théâtre des Opérations* et qui vient d'être inculpé – il était temps – de crimes de guerre divers et variés, tient encore la capitale Monrovia et quelques morceaux de territoire. Il est l'ami et l'allié des sinistres milices sierra-léonaises postmarxistes du

RUF avec lesquelles, grâce au trafic de diamants, il a fait régner la terreur jusqu'en Guinée-Conakry et essayé de déstabiliser la Côte-d'Ivoire.

Grâce à Charles Taylor, Saddam Hussein ouest-africain, le Liberia, en quatorze années de guerre civile puis de pouvoir sanguinaire, est retourné à l'âge de pierre. C'était, vers 1988-89, quand Taylor et ses gangsters ont commencé à mettre le pays à sac, à feu et à sang, une des oasis de relative prospérité et de liberté politique en Afrique de l'Ouest, dominée pourtant depuis longtemps par les coutumes républicaines venues de Paris.

Cette pourriture ferait mieux de quitter rapidement le pouvoir, comme l'y invite George Bush. Il sera peut-être inculpé pour crimes contre l'humanité à La Haye ou ailleurs, mais il ne risquera tout au plus qu'une peine de réclusion, peut-être même pas perpétuelle ; alors que si les Libériens le trouvent, ce merdaillon, il n'aura pas le temps d'être inculpé, il est peu probable qu'on lui lise ses droits, et comme la sorcière Ceausescu et son mari, comme le Duce en son temps, il sera arrosé tout debout au kalachnikov ou pendu à un réverbère de sa ville.

Vues du Liberia, à la télé : des jeunes armés d'AK-47 brandissent des drapeaux américains et des *Histoire constitutionnelle des États-Unis* et réclament une inter-vention militaire américaine qui les débarrasserait de leur dictateur.

Silence fort ennuyé de Nelson Mandela qui a très publiquement condamné avec moult trémolos l'inter-vention américaine en Irak, alors que, paradoxalement, plus les années passent, plus dans l'Afrique chrétienne les peuples se détournent des modèles soviétiques, moscovites ou parisiens, et louchent de plus en plus ouvertement vers Washington.

Mais quelle mouche les pique donc, ces Africains ? Ils n'ont pas écouté Bob Geldof ?

Dans dix ou quinze ans maximum, les États-Unis imposeront une refonte générale des statuts de l'ONU. Il y aura un nouveau Conseil de sécurité. La France n'y aura pas de siège permanent. La Grande-Bretagne très certainement un. L'Europe peut-être.

Tout se paie en politique, surtout les trahisons historiques. Espérons que Villepin ait pu vendre une ou deux turbines pour centrale nucléaire aux mollahs iraniens. Nous n'aurions pas une moitié de porte-avions toute neuve à céder à quelque dictateur irrésistiblement condamné ?

92 % de néocollabos derrière Chirak ce printemps. Jacquot, les mêmes, en même nombre, te montreront un jour la sortie. C'est la destinée des petits caporaux de ton espèce.

8 % de résistants : si les souvenirs de mon paternel étaient exacts, le pourcentage n'a pas changé en soixante ans.

Désespoir de quelques-uns de mes compagnons parisiens devant le lavage de cerveau anti-américain quotidien. Jamais les Français ne sont tant persuadés d'avoir raison que quand ils ont complètement tort. Jamais les Français ne sont plus joyeux, sûrs d'eux et insouciants que lorsqu'ils marchent à grandes enjambées vers la catastrophe.

Dans l'opuscule de Voyer sur le 11 septembre, cette affirmation tordante comme quoi Ben Laden serait un vrai croyant, qu'il n'adorerait pas, lui, à la différence du méchant chrétien protestant George Bush, son Dieu *et* l'Argent, mais un seul Dieu, celui de la Foi.

Quiconque sait comment fonctionne la nébuleuse Al-Qaeda, comme d'ailleurs tous les groupuscules de pouilleux terroristes, ne peut que s'esclaffer devant tant d'angélisme de démocrate bigot, ou tant de fourberie stalinoïde. Même BHL n'ignore rien des pratiques mafieuses de ces myriades de groupuscules et peut vendre ainsi des millions de bouquins après avoir fait deux semaines de tourisme à Karachi, en reprenant ce que tout le monde sait depuis des lustres, y compris Voyer qui lui n'en a cure.

Ce qui en fait, par conséquent, un hypocrite de première.

Voyer prétend combattre l'*enculisme*, en gros la théorie politique du méchant Nanglais Hobbes, précurseur des méchants Naméricains capitalistes. Pourtant, à chaque mot, à chaque phrase, à chaque idée, on devine l'*enculeur professionnel*, rodé à toutes les techniques les plus raffinées du *fistfucking* universitaire.

Ils ne désirent même pas la destruction finale de la démocratie du spectacle, mais le spectacle infini de la destruction de la démocratie.

Car ils y tiennent à cette démocratie, tout compte fait, et le spectacle sans cesse réitéré de sa destruction permet à de nombreux exégètes postsituationnistes de s'assurer de la rentabilité de leur petit commerce révolutionnaire.

Tout ce qu'ils veulent c'est LEUR démocratie, à détruire selon LEUR méthode. Car la démocratie est arrivée au stade où elle n'est plus suffisante en tant que telle à l'individu ivre de droits et d'identités de la société posthistorique. Il lui faut SA démocratie à LUI. Sa démocratie sur mesure. Sa démocratie privée. Son jeu vidéo grandeur nature.

Ainsi l'anarchisme anomique gagne-t-il sans cesse du terrain. Ils veulent la fin de la démocratie marchande, disent-ils, mais ils n'en sont que les agents modernisateurs. Ce qu'ils préparent, peut-être sans le savoir mais qu'importe, c'est la mercantilisation de la fin de la démocratie, conçue comme démocratie interminable de la fin.

« Les révolutions sont des couveuses à bureaucrates », Nicolás Gómez Dávila.

Parce que les démocraties antichrétiennes se seront, il est vrai, bien souvent comportées comme des chiennes, malgré l'excellence souvent oubliée de notre colonisation mondiale ; parce que cet Occident parasite, nihiliste, dualiste, gnostique, révolutionnaire a commis de nombreux massacres, et en premier lieu avec le communisme totalitaire contre tous les chrétiens d'Europe et du Globe ; parce que donc le socialisme mondial a montré son vrai visage, il faudrait – par je ne sais quel paradoxe caché de la pensée tout bonnement vicieuse et viciée des modernistes – que le Vieil Occident, écrasé, humilié, abandonné, devienne maintenant le coupable désigné de toutes les aberrations illuministes des Lumières.

On finira par faire peser les exactions du despotisme oriental, modèle Staline ou Ben Laden, sur les épaules de saint Thomas d'Aquin ou de Duns Scot, on finira par accuser les catholiques d'être les responsables, disons les « co-responsables » de l'extermination des Juifs d'Europe conduite par les gnostiques nazis.

Comment cela, c'est déjà fait ?

Tout a une fin, disent les Téléologues. Oui, même la fin de l'histoire.

ÉLÉGIES POUR SYLVIE

Là où bleu abysse
Se fondent
Les chaotiques
pulsations du cœur
Et la vue d'un corsage ;
Quand dans l'embrasure
D'un regard se porte
L'étincelle
Qui se rit du feu
Qu'elle propage ;
Quand la mort croisée
Au coin de l'avenue
Te fait signe
Qu'il est peut-être
Déjà trop tard ;
Lorsque la ville dort
Et que ses rêves clignotent
Vortex électriques
Machines de hasard ;
Je te vois comme un
Buisson offert à l'ardence divine
Et que j'ai à jamais perdu ;
Je te vois et mes larmes
Salent la nuit
De mon visage
Sous le ciel nu.

J'avais vu
Sidérante
Sa beauté

Noire
Et blanche
J'avais bu
À ses lèvres
Et ses lèvres
M'avaient bu
J'avais su
En un souffle
Tout ce que j'allais perdre
J'avais cru, ignorant,
Que ce n'était qu'un jeu.
Il pleuvait
Sur le monde
On était un dimanche ;
Dieu couvrait de sa main
Les matinées à deux.

COLD CITY

Bloquée aux issues
La foule en panique
Silence magnétique
L'œil monochrome
Enregistre, situe
Et date le syndrome.

Attentat au Pakistan : au moins quarante-cinq morts
dans une mosquée chiite. En une décennie je crois, les
wahhabites fanatiques ont tué des milliers de chiites
dans ce pays et le nombre d'attentats augmente chaque
année. Non seulement ils y bombardent ou mitraillent
les écoles et les édifices religieux chrétiens, très minoritaires, mais ils sont prêts à exterminer, comme en
630, leurs compatriotes défenseurs de la lignée d'Ali,
gendre du Prophète, entre dix et douze pour cent de

la population, quinze millions de personnes. Non seulement la nébuleuse terroriste wahhabite veut propager son djihad contre l'Occident, comme pendant les croisades, mais elle désire le lancer aussi contre ses propres frères musulmans, chiites, comme à l'époque de la succession du Prophète.

On peut craindre le pire sur toutes les lignes de contact entre les deux branches de la religion islamique : au Pakistan évidemment, au Liban, en Irak, en Iran, mais surtout aux frontières Iran-Irak, Iran-Turquie, Pakistan-Iran, Iran-Afghanistan, Liban-Syrie, etc.

Les fanatiques wahhabites voudront, dans leur stupidité à peine simiesque, exterminer tout ce qui n'est pas eux. Et lorsqu'ils auront accompli tous leurs crimes, ils seront jugés et nous les forcerons à avaler des bandes magnétiques de vidéos porno et de chansons de Britney Spears jusqu'à ce qu'ils en crèvent.

Il faut absolument *tout* reconstruire en Irak, et je ne parle pas uniquement d'oléoducs et de canalisations d'eau potable quoique cela ait certes son importance. Le pays était tellement pourri, et depuis si longtemps, qu'il aura suffi d'une semaine de progression des troupes alliées dans le désert pour que la structure étatique dans son entier s'effondre.

Désormais, la guerre à basse intensité conduite par Saddam et/ou ses fils, depuis je ne sais quel repaire, est le signe qu'une course contre la montre est engagée en Irak : ou les Américains parviennent à créer très vite des institutions fondamentales et fonctionnelles, ou le parti Baas, allié pour la circonstance aux extrémistes wahhabites voire chiites, tentera le tout pour le tout et cherchera, en effet, à provoquer un nouveau Viêt-Nam.

Si les Américains ont commis une erreur c'est d'avoir quelque peu sous-estimé l'ampleur de la tâche à accomplir dans l'après-guerre d'Irak. Ils avaient bien jaugé les capacités opérationnelles de l'armée irakienne – voisines de zéro – et le soutien effectif de la population au pouvoir en place, aux alentours de – 272. Ils avaient su cibler avec précision les forces paramilitaires et les troupes d'élite dévouées à leur chef, ils avaient su maintenir un feu assez « chirurgical » pour ne pas susciter une vague de colère de la population civile à leur encontre.

Comme d'habitude, il y aura un léger manque dans le suivi des opérations. Ils n'ont pas consacré assez d'efforts pour conduire très vite une opération de débusquage de Saddam. Certes, son personnel administratif est sous les verrous mais une micro-chaîne de commandement totalement décentralisée, par cellules autonomes modèle Al-Qaeda, peut lui suffire pour tuer un soldat américain par jour, puis peut-être cinq ou dix pendant un temps indéterminé.

La seule issue pour les forces américaines c'est, au plus vite, de restructurer un État irakien sur le modèle d'un État fédéral fort (et non pas une confédération qui explosera à la première étincelle), avec une armée et des forces de sécurité locales, et l'appui actif, c'est inévitable, d'anciens cadres du parti Baas, reformés, « rééduqués » en quelque sorte, mais dont les connaissances sont précieuses.

« *Il y a une manière d'avoir tort qui est faite pour réussir* », le prince de Ligne.

Certains, aux États-Unis – dont des démocrates de gauche, tiens ? –, demandent un renforcement immédiat des troupes américaines en Irak, et prétendent que Rumsfeld, en voulant à tout prix limiter la force opérationnelle à cent quatre-vingt mille hommes, a gravement compromis la vie de soldats américains et le bénéfice de la situation acquise par la victoire militaire.

Bla-bla-bla, il ne faut surtout pas que l'équipe de Bush se laisse prendre au piège de cette rhétorique fumeuse qui conduisit précisément à l'aventure vietnamienne, par les mêmes démocrates de gauche, dans les années 60. Les Américains doivent *maintenir* en l'état leur présence, puis – quelle que soit l'évolution de la situation – se retirer du dispositif au fur et à mesure que l'État irakien prendra la relève.

Si les Irakiens veulent replonger dans le chaos et la misère, maintenant qu'ils sont libres, ça les regarde. S'ils veulent prendre leur destin en main, qu'ils la mettent d'abord sur les auteurs d'attentats anti-américains quotidiens et qu'ils les pendent à un arbre.

Je crois que Saddam et son clan familial savaient très bien que leur État se disloquerait en quelques jours, lors de l'attaque anglo-américaine. Dès que les carottes furent définitivement cuites à l'ONU, une semaine avant l'assaut, Saddam laissa tomber l'ensemble de la structure et, avec ses éléments les plus proches, se retira dans un sanctuaire préparé de longue date, inspiré du modèle Ben Laden, avec le trésor qu'il avait accumulé.

Les Américains ont manqué d'audace en n'essayant pas de lancer une opération commando de grande ampleur sur Bagdad AVANT même le premier jour de l'attaque générale, modèle raid sur Entebbe ou sur le Panamá-City de Noriega, afin de choper ou de buter Saddam Hussein et ses fistons.

Je comprends aussi leur réticence : en cas d'échec, les pertes civiles éventuelles, américaines et irakiennes, se seraient révélées inacceptables pour l'opinion publique internationale, comme pour la population bagdadie. La suite des opérations aurait pu être entièrement compromise.

Les Américains sont donc dans l'obligation de jouer au chat et à la souris avec Ben Laden ET Saddam Hussein maintenant. La guerre civile mondiale du XXe siècle se poursuit dans le XXIe et s'y intensifie.

L'Europe de Chirak et de Schröder s'obstine à financer le Hamas, sous prétexte qu'il ne s'agit pas *uniquement* d'une organisation paramilitaire terroriste ! On croit rêver ! Comme si tout le monde ne savait pas que les caisses des fameuses fondations humanitaires du Hamas, alimentées par le pognon des contribuables européens, servent directement à l'achat d'explosifs et de kalachnikov pour sa branche armée !

On comprend mieux pourquoi Jospin s'est pris une volée de caillasses lors de sa visite sur les Lieux saints, et aussi comment les Commissaires de Bruxelles et les bureaucrates de Clochemerle-sur-Seine œuvrent chaque jour un peu plus à réunir les conditions d'un affrontement géopolitique planétaire, farce terrible à l'échelle universelle et dont ils seront les petits dindons.

Si Jospin a perdu, face à Chirak, au premier tour de la présidentielle de 2002, ce n'est pas pour les raisons invoquées depuis par la presse aux ordres et les maquignons de son propre parti. Ce n'est pas parce qu'il était moins « populaire » que Nautreuh-Grand-Président, ou même parce qu'il était « socialiste ». Le gouvernement Raffarin aura apporté la démonstration que le socialisme n'est jamais mieux servi que par les commis du capitalisme d'État à la française. Non, si Jospin a perdu c'est parce que toute la jeunesse immigrée de confession musulmane, et une grande partie de la population de souche arabe de toute façon, quelle que soit par ailleurs leur obédience partisane, leur « loge », leur *bund*, ont voté pour Chi-chi dès le premier tour. Si Jospin a perdu, c'est parce qu'il était infiniment plus « sioniste » que le président de la Chirak Oil Company. *Si Jospin a perdu, c'est précisément à cause de cet épisode des pierres.* Dans l'imaginaire collectif, je devrais dire « collectivisé », de la « nation française », il se situait dès lors du côté de Sharon, et Jacquot se voyait adouber quant à lui par Arafat et le roi du Maroc.

François Ier aussi, dans ses guerres d'Italie contre le pape et la Maison d'Autriche, conçut le funeste projet de s'allier avec le potentat turc, qui occupait Constantinople et progressait dans les Balkans, afin de menacer le vaste État austro-impérial par l'est. Déjà le nationalisme moderne faisait fi de la solidarité chrétienne.

Un épisode analogue avait scellé le destin de Byzance face aux Turcs Seldjoukides, sur le Bosphore, moins de cent ans auparavant.

Et Zéropa-Land continue de plus belle, à son tour.

La chute de la Maison Europe semble ne pas connaître de fin.

Dire que Verrazzano, explorateur italien qui travaillait pour le Royaume de France, découvrit en 1522 la baie qui porte aujourd'hui son nom, avec l'île de Manhattan qui la garde en son centre ! Le marin florentin fit un petit tour de piste sur ce que les New-Yorkais appellent maintenant les Verrazzano Narrows, mais il en repartit aussitôt sans penser à installer un poste de pionniers, même provisoire, pour le compte des Rois de France.

La France, je ne sais pourquoi, cherchait absolument une *VOIE D'ENTRÉE ROYALE* dans les profondeurs du continent américain, un fleuve, un grand fleuve qui s'enfoncerait directement au cœur des terres, comme l'Amazone au Brésil. Elle le trouva, un peu plus tard, grâce à Jacques Cartier : le Saint-Laurent, cette sorte de méga-Gironde, s'ouvrit à elle tel le plus beau des pièges géostratégiques que la Volonté divine (ce que les matérialistes athées appellent la « nature ») avait placé en cet endroit du globe, et la France considéra à ce moment-là qu'elle avait pratiquement gagné la conquête de l'Amérique du Nord. Au cours du XVIIe siècle, on fonda la ville de Québec puis de Montréal, on s'enfonça jusqu'aux Grands Lacs d'où provient cet étonnant et gigantesque fleuve-estuaire, on y fonda Detroit, on poussa jusqu'aux frontières actuelles de l'Ontario et du Manitoba, du Wisconsin et du Minnesota, de l'Ohio et du Michigan, de l'Indiana et de l'Illinois, et même jusqu'aux grandes plaines des Dakota actuels, et des grands États du Midwest, territoire que nous dénommâmes Louisiane, puis que nous étendîmes au siècle suivant jusqu'aux Rocheuses, en dénommant Oregon sa partie la plus occidentale ! De plus, ayant acquis le contrôle de cet imposant fleuve d'entrée jusqu'aux Grands Lacs, nous trouvâmes, ô miracle de la Providence, un fleuve de sortie jusqu'au golfe du Mexique, le Mississippi, un équivalent de l'Amazone ! On descendit donc le grand fleuve capricieux et l'on fonda Saint Paul, Saint Louis, Des Moines, La Nouvelle-Orléans, Bâton Rouge, Fort Condé (qui deviendra Mobile).

Les Anglais étaient bien embêtés, tiens, puisqu'on les avait encerclés !

Jean Cabot, en 1498, qui venait de repérer les côtes de Virginie pour le compte de Sa Majesté britannique, longea quant à lui la côte est-américaine jusqu'à l'actuelle Nouvelle-Angleterre, poursuivit jusqu'au Labrador via Terre-Neuve, et fit valoir dès son retour à son suzerain qu'il fallait essayer de trouver un passage vers le Pacifique par le nord-ouest et prendre possession au plus vite du littoral oriental du continent, afin de disposer de ports bien équipés, en liaison avec la métropole, par lesquels hommes, vivres, outillages, armements pourraient arriver en flux constant, et en nombre. Puis il mourut. Ce fut la politique adoptée par la Grande-Bretagne qui, en rachetant plus tard l'île de Manhattan aux colons hollandais, put finalement disposer d'un littoral continu du Maine jusqu'à la Georgie.

Vers 1750, il y avait douze fois plus de colons britanniques que de colons français en Amérique du Nord, et ils étaient concentrés sur un littoral de mille kilomètres de longueur tout au plus, pour trois cents kilomètres de largeur au maximum, avec des ports urbanisés, facilement accessibles et reliés entre eux par un réseau de routes.

Les Français étaient éparpillés sur près de dix mille kilomètres, le long d'un unique boyau fluvial, au beau milieu d'une terre quasiment inconnue.

En 1763, après cinq années de guerre, il n'y avait plus d'Amérique française.

Il suffit de regarder la place de New York sur le littoral atlantique américain : je ne comprends toujours pas que les Français aient pu oublier à ce point la règle fondamentale de la stratégie du jeu d'échecs : contrôler au plus vite le carré central.

Car le carré central, quand on aborde l'échiquier de l'extérieur, ne se trouve pas en plein milieu du machin dont on ne connaît rien, mais au centre du dispositif latéral qui sert d'interface, de zone tampon géo-économique, stratégique et politique. Pour le dire simplement, un ensemble de comptoirs commerciaux et de forts militaires, situés sur le littoral le plus aisément accessible, reliés entre eux par une industrie moderne naissante.

Ce que les Portugais avaient fait en Afrique, du golfe de Guinée au Mozambique, et au Brésil, l'Amazone n'y changeant rien. Ce que les Grecs, les Phéniciens et même les Romains avaient accompli en Méditerranée. Ce que les Anglais réalisèrent donc au cours des XVIIe et XVIIIe siècles, tout en cherchant puis en trouvant finalement le « passage du Nord-Ouest », qui relie l'Atlantique au Pacifique. Qui était le plus « encerclé » des deux ?

Les Français, trop sûrs d'eux, crurent pouvoir réitérer l'exploit des Espagnols qui, en suivant la voie naturelle que représente la cordillère des Andes, purent disposer de tous les empires précolombiens qui s'étendaient du Mexique au Chili en l'espace de quelques années.

Mais nous n'avions pas d'Empire précolombien à défaire. Nous avions à nous garder des Anglais, leur génial sens tactique, leur maîtrise innée de la navigation, leur légendaire ténacité.

Les Français furent à l'Amérique ce que les Étrusques furent à l'Italie.

Les Anglais en furent les Latins, évidemment.

Découvrir que l'on est un être de la nuit, que rien ne nous rattache vraiment au monde, sinon ce monde lui-même, tout juste, est une très grande tragédie pour un homme, elle convie la joie et le désespoir au festin de l'absolu.

1977 LOVE SHOT

Sous la nuit
mauve
l'iris rayonne

magnétique
un court instant
je le suis ;
la chaleur
fauve
à la vitesse
de la lumière
son corps
est proche
je le sens ;
dans quelques
heures
le plan de l'aube
sur la ville
dans un instant
il est trop tard.

Mort de Pierre Bourgault. Funérailles nationales (j'y reviendrai) au Québec. Grands titres aux premières pages dans tous les journaux de la Province. Commémorations dignes d'un Zola, que dis-je ? d'un Hugo.

À l'extérieur des frontières de ce qui fut un jour le Canada français, rien, pas une ligne, néant, nada, des nèfles.

Une colonne dans une ou deux gazettes francophones en Ontario, un entrefilet peut-être au Nouveau-Brunswick, et encore. Au-delà : inconnu au bataillon.

Pourtant, tout le personnel politique et culturel québécois était présent et bien présent lors de ses obsèques en grande pompe, retransmises en direct à la télévision.

Et vous-mêmes, hein ? Si vous êtes français par exemple, et que vous me lisez, savez-vous qui est Pierre Bourgault ? Avez-vous la moindre idée de ce qui peut valoir à un *ATHÉISTE* forcené des *funérailles LAÏQUES* en pleine basilique Notre-Dame de Montréal ? Non ? Moi non plus.

Je me suis renseigné. Cet homme n'a rien fait. Il a été militant politico-syndical souverainiste dans les années 1960-70, puis a écrit quelques bouquins indigents, avant de tenir, dans un langage de boutiquier mal dégrossi, une rubrique infâme, puant l'antisémitisme populaire et l'antichristianisme des jésuites de gauche repentis, dans le *Journal de Montréal*, un mix de *France-Dimanche* et du *Parisien libéré* des grandes années Hersant, avant de terminer, en compagnie d'une certaine Marie-France Bazzo, sur une station de Radio-Canada, en dégoisant un chapelet ininterrompu de lieux communs minables sur l'impérialisme américain, le complot sioniste mondial et la menace constante posée par les nains de jardin anglophones.

Qu'est-ce donc qui mérite que l'archevêché de Montréal aille contre toutes les lois de l'Église en accueillant la dépouille d'un homme qui aura demandé expressément que ne se tienne, en cette sainte Basilique, AUCUN OFFICE RELIGIEUX ?

Quoi d'autre, donc ?

J'ai cherché, dans les librairies, sur Internet, j'ai posé des questions autour de moi.

Il n'y a rien, cet homme n'a pas écrit une ligne qui mérite d'être retenue pour l'histoire humaine, et sans doute moins encore pour l'histoire du Québec.

Les colonnes de diarrhée dithyrambique qui se sont déversées dans la presse aux ordres durant des jours, empestant l'atmosphère de relents de république bananière en voie de décomposition, ne masquaient qu'un vide encore plus effrayant.

Comme les dictateurs staliniens qui devenaient docteurs en biologie moléculaire – grâce à leur Académie des sciences et à leurs maîtresses – sans savoir utiliser un microscope ni prononcer un mot de plus de trois syllabes, il existe au Québec des hommes qui, comme Pierre Bourgault, sont panthéonisés à la nouvelle mode locale – catholique mais anticatholique (il était doté d'une grande force de conviction, ai-je entendu quelque part !) –, alors qu'à la différence même des détestables écrivains que la République française a canonisés après leur mort, ils savaient tout juste tenir un stylo et écrire en français.

Un des derniers exploits de cet homme, que tout le monde a déjà oublié, aura été de clamer en direct sur son émission de radio, tout en défendant le droit – sacré – des *MINORITÉS*, que « la *MAJORITÉ* du peuple québécois était du côté des Palestiniens ».

Et alors, me direz-vous ?

Et alors, cher monsieur, si la majorité du peuple québécois est en désaccord avec vous, c'est que vous avez TORT, cher monsieur. Et que vous risquez donc la guillotine ou son équivalent symbolique.

On comprend là tout ce que les Québécois doivent à la République franchouille.

Ce n'est pas tant la fameuse « mondialisation » qui est à craindre, mais plutôt la « démondialisation » de l'univers humain, qui ressemble de plus en plus à tout, sauf à un monde.

J'apprends lors de mon séjour dans la Ville lumière que des imams de la Seine-Saint-Denis ou des faubourgs nord de Paris présentent leurs quartiers comme des « territoires libérés » de *l'occupation franque et chrétienne* dès lors qu'ils ont pu y ouvrir leur mosquée.

La fin de *Villa Vortex* va peut-être ressembler à une partie de pétanque, en comparaison de ce qui attend la République.

Être catholique, donc pour la sauvegarde du droit universel, cela consiste à dire que Rome, Paris et Athènes (ainsi sans doute que Constantinople) appartiennent à l'Europe chrétienne, que La Mecque, Médine, Damas et Bagdad appartiennent à l'Arabie musulmane, et que Jérusalem, Jéricho, Nazareth et Bethléem appartiennent à Israël.

Pax Christi Universalis.

Dans la bagarre future pour le statut final de Jérusalem, nous verrons si les Arabes palestiniens auront le cran de vouloir reconduire la politique des Perses zoroastriens ou des païens babyloniens à l'encontre de la Ville sainte, capitale éternelle de l'État hébreu.

Chirak *demande aux Américains d'intervenir au Liberia*. Oui, vous avez bien lu, et moi aussi. Aucune réaction dans la presse aux ordres du Québec.

Silence assourdissant de Nick Mamère, José Bové, Michael Moore ainsi que des acteurs et chanteurs engagés pour la cause du droit des peuples.

L'assertion de Friedrich Nietzsche « Dieu est mort » est sans conteste possible une des plus hautes démonstrations de l'existence de Dieu ; car si Dieu, omnipotent, possède absolument tous les pouvoirs et toutes les volontés, il *peut* donc, lui aussi, *vouloir* mourir pour sauver sa propre Créature.

Le modèle de l'humanité contemporaine est si détestable qu'aucun Dieu, probablement, ne voudrait plus s'incarner afin de mourir pour elle.

Il y a ceux qui pensent que c'est la société qui fait l'homme ; il y a ceux qui pensent que c'est l'homme qui fait la société ; et il y a ceux qui pensent que ni l'homme ni la société n'existent encore, qu'ils restent toujours à faire.

I am the shade
You want to hate
I am the flame
You can't set ablaze
I'am the blade
You like to feed
I am the face
That you let bleed
I am the fate
You can't afford
I am the fault
Whom you shall fall
I am the heat
Inside your heart
I am the ice
You have to strike
I am the voice
Of an echo
I am the shade
You want to know.

« *Par leur nature même, tous les profonds changements de conscience s'accompagnent d'amnésies caractéristiques. De ces oublis, dans des circonstances spécifiques, naissent des récits* », Benedict Anderson.

Guerre en Irak : la micro-guérilla des baasistes tue environ un soldat américain tous les deux jours.

L'administration militaire américaine sait déjà que plus elle avancera dans la création d'un Irak fédéral-démocratique, plus les ex-baasistes et les islamistes radicaux s'allieront contre un tel projet. Car derrière les chiites d'Irak il y a ceux d'Iran, et les mollahs de Téhéran n'ont aucun intérêt à voir s'installer une méga-Jordanie pétrolifère à leurs portes, eux qui ont déjà tant de mal à réprimer chaque jour les émeutes estudiantines opposées à leur pouvoir, ou à camoufler les exécutions extrajudiciaires de journalistes étrangers, comme le cas de Zahra Kazemi – reporter indépendante irano-canadienne « retrouvée morte » dans sa cellule après son arrestation devant une prison où se déroulait une émeute et dont le corps a ensuite été subtilisé par une organisation d'État clandestine afin que jamais une autopsie ne puisse être conduite – en a apporté la preuve éclatante en ce mois de juillet.

Ah bon, vous n'en avez pas entendu parler en France ? Seul un entrefilet ou deux, tout juste dédaigneux, vous ont fait part d'une sorte d'incident diplomatique entre les deux pays ?

Voila qui m'étonne de la part d'une presse nationale libre, indépendante et professionnelle, comme le clame Edwy Plenel. Je n'ose imaginer les manifestations spontanées et les you-yous pathétiques des pleureuses de la République, si Zahra Kazemi avait eu la chance d'être originaire d'Hébron ou de Gaza et avait été « retrouvée morte » dans une cellule israélienne. Mais une musulmane indo-européenne, venant d'un pays aux traditions cinq fois millénaires et assassinée par un régime de fanatiques anti-occidentaux, qui aurait la stupidité de s'en préoccuper ?

Sa seule « chance » fut d'être résidente canadienne : ce gouvernement de petits fantoches centristes n'arrive toujours pas à faire revenir sa dépouille auprès de sa famille, mais la presse locale, il est vrai, aura parlé de son cas, pour surtout ne rien en dire (le 20 juillet 2003).

***

On cherche désormais à nous culpabiliser pour les croisades, et la construction corollaire des États latins d'Orient durant deux siècles, épopée mémorable du vieil Occident chrétien.

Comme si nous n'avions pas le droit de nous battre pour le Saint-Sépulcre, tout comme pour l'Ancien Temple, comme s'il était déshonorant pour nous seuls, « barbares francs » – l'apport des troupes byzantines, grecques ou arméniennes, est d'ailleurs toujours volontairement occulté –, d'avoir combattu pour notre foi, « excuse » au demeurant fort bien acceptée pour les Arabes ou les Turcs musulmans, peuples « religieux » et « tolérants », certes s'il en fut.

Je ne vois dans le Coran rien qui renouvelle l'Ancienne Alliance mais tout qui l'imite, je ne vois rien qui puisse succéder à la Nouvelle mais tout qui entend l'effacer.

Un milliard et demi de chrétiens, toutes tendances confondues, un milliard et demi de musulmans, *idem*. Circulez, braves gens, il n'y a rien à voir, aucun « conflit de civilisation » – bien sûr que non, voyons donc ! – n'est à l'œuvre aujourd'hui, je devrais dire depuis treize siècles !

Il n'existe aucune preuve tangible (nous le saurions, nous, éditorialistes branchouilles et chroniqueurs cuculturels) qu'une nouvelle guerre mondiale vient d'éclater, ni surtout, comme essaie péniblement de l'expliquer l'auteur schizophrène Maurice Dantec (agent de la CIA de surcroît) qu'en fait elle ne s'est jamais arrêtée, au cours du XXe siècle tout juste écoulé, et plus probablement encore depuis la chute de l'Empire romain.

À l'asile, le fasciste-réactionnaire !

On a pu croire un moment qu'Internet serait le repaire de tous les dingues de la planète. C'est vrai, en partie. Car l'autre partie est constituée de tous ceux qui rêvent d'avoir été infirmier psychiatrique dans une institution soviétique de la grande époque.

Ils sont plus nombreux encore que les premiers.

Il n'existe aucun hasard dans l'Histoire : les raclures nazies, la racaille gauchiste et les ordures islamistes sont déjà en train de s'allier contre le dernier pôle de souveraineté politique occidental – les États-Unis – comme contre le premier d'entre tous – le royaume d'Israël. Il n'y a pas de hasard dans l'Histoire : ils sont contre l'Occident gréco-judéo-chrétien, ils veulent la disparition de notre civilisation.

Il faudra donc à nouveau se battre pour Jérusalem.

Aurons-nous un Urbain II ?

Pendant ce temps au Liberia, toujours pas d'intervention alors que toute la population la réclame à grands cris. Les Américains n'ont pas besoin d'y envoyer une armada, un régiment de parachutistes et ce guignol de Charles Taylor fait sa valise pour le Tribunal international ! Qu'attendent-ils donc ?

Certains « experts » évoquent le syndrome somalien... Analyse digne de goitreux sortis de Normale sup !

La Somalie est un pays musulman, comme l'Afghanistan des talibans, sa désagrégation en tant qu'État politique l'avait transformé, dès 1990, en sanctuaire idéal pour la plupart des organisations terroristes islamistes du monde entier. La proximité des dictateurs de Khartoum, au sud, renforçait leur position. Il fallait être bien naïf pour s'attendre à une expédition de vacances.

Le Liberia est chrétien et, qui plus est, possède des relations historiques fort spécifiques avec les États-Unis. Le problème, c'est que les analystes politiques américains, comme leurs collègues partout ailleurs en Occident, n'ont plus le « droit » de « discriminer » ainsi, en fonction des religions, les fractures géopolitiques et les mouvements sociaux.

La Cour suprême a statué (contre tout bon sens) que la « race comptait » (*race matters*) dans le problème de l'accès à l'Université, mais les politiciens exécutifs américains n'ont pas le droit de dire que la « religion compte » (*religion matters*) quand il s'agit de statuer sur des problèmes de sécurité (inter)nationale ou de souveraineté politique.

Il n'y a que les matérialistes athées pour croire qu'une guerre de religion est une guerre entre « idéologies ». Ils ignorent tout du caractère absolument et terriblement CONCRET de la Toute-Puissance divine, ils ne devinent pas que ce qui est en train de se donner à lire s'est déjà donné à *écrire*, il y a très longtemps.

Les Français n'ont pas le droit de porter des armes à feu ; ça ne les empêchera pas de s'entre-tuer, le jour venu.

Le Rwanda est l'exemple prototypique d'une guerre postmoderne : la modernité génocidaire à la *machete*, un million de personnes trucidées à la main, patiemment, systématiquement, en un peu moins de huit semaines.

Excellente moyenne journalière, Himmler aurait apprécié à sa juste mesure.

Charles Taylor trouve refuge au Nigeria.
Qui se rassemble s'assemble.

En Bosnie, j'aimais bien écouter *Nightclubbing*, d'Iggy Pop.

Personne en Occident, et encore moins en France, n'a encore pris pleinement conscience de cet infime détail : L'HEURE DE LA RÉCRÉATION EST TERMINÉE.

La destruction de l'humanité est en cours mais, selon certains « critiques », ce n'est pas le rôle du romancier que d'en rendre compte.

Après chaque retour de France, c'est comme si la France s'éloignait un peu plus de moi. Mais à chaque arrivée au Canada, c'est comme si j'étais de plus en plus français.

Je fais la couverture du *Point*, sous le titre finaud « Les Tartarins », en compagnie de José Bové et de Jean-Marie Le Pen, tout cela parce que j'ai eu l'idée saugrenue de rappeler à mes centristes compatriotes que la France, en effet, « était morte en 1940 », assertion ridicule que cette nation a, depuis cette date, constamment démentie dans l'Honneur, la Grandeur et la Gloire.

« *Tant que Paris se croira la nation, la Bourse sera le cœur du royaume* », Rivarol.

Je ne suis pas contre la France. Je suis contre les malades mentaux qui y ont pris le pouvoir depuis deux siècles.

On n'est pas contre la France quand on se dresse contre ceux qui bafouent son histoire et saccagent son futur.

Prochain tatouage, sur l'épaule droite : le globe impérial catholique et la fleur de lys. Cet automne, lors du catéchuménat.

Dans le meilleur des cas, selon moi, la Cisjordanie tout entière devrait être décrétée « zone biblique réservée », sous le mandat confédératif des trois religions du Livre.

Jérusalem aux juifs ; Rome aux chrétiens ; La Mecque aux musulmans.

Le Jourdain aux trois. Le Sinaï à Dieu.

Pax Christi Universalis.

Tout ce qui s'est édifié au cours du XXe siècle sera réduit en poussière à la fin de celui qui vient de commencer.

Tout ce que l'on a voulu détruire au cours du XXe siècle sera la nouvelle forme de vie humaine à la fin de celui qui vient de commencer.

Je parle pour toi, homme de 2099, pas pour les journalistes de *Libération*.

Selon Nelly Kaprielan, « chroniqueuse littéraire » aux *Inrocks*, j'aurais fort méchamment essayé d'insinuer que tout « antisioniste » était un « antisémite » qui, dans le meilleur des cas, s'ignore. Ô scandale des scandales, quel affreux mensonge. Je me dois de rectifier. On sait bien, en effet, qu'un antisioniste n'est rien d'autre qu'un antisémite *qui se déballonne.*

Adolf Hitler, avant d'adhérer au NSDAP, et lui donner l'impulsion décisive qu'on connaît, fut *communiste* et appartint aux comités de soviets allemands de 1918 à 1919, à Munich [1]. Il opéra ensuite, à partir de 1921-22, et jusqu'au putsch, un formidable syncrétisme entre l'idéologie bolchevique des soviets munichois et le conservatisme militaro-populiste des Corps Francs qui venaient de les écraser, à la manière d'un Mussolini en Italie mais sur la base bien plus explosive d'une double *DÉFAITE* (alors que l'Italie était du côté des vainqueurs de la Première Guerre mondiale et que Mussolini avait marché sur Rome sans coup férir), ajoutée au racialisme antisémite « rationnel » propre à l'extrême gauche révolutionnaire et aux tendances radicales de la Réforme.

Idéologie en kit pour piliers de brasserie et intellectuels racornis, le national-socialisme d'Adolf Hitler rassemble en ce seul fait toutes les preuves de son appartenance au système de valeurs des *ESCLAVES* : celui qui toujours s'*ADAPTE* à la loi du plus fort, au mépris des contradictions et des inepties dont il fait preuve ce faisant.

Quiconque est parvenu à lire Nietzsche a compris que le Christianisme auquel le penseur du nihilisme fait constamment allusion est celui du protestantisme bourgeois de l'Allemagne moderne. À l'époque, déjà,

---

1. Il cacha ensuite cette « aventure de jeunesse », mais des documents récents en ont apporté la preuve, dont un lot de photographies prises pendant la commune de Munich qui le montre en présence de ses « camarades » d'une milice armée bolchevique.

c'est comme si l'Église catholique avait disparu de la surface de cette planète.

Un nazi, c'est un bolchevik sans la dialectique.

L'antisémitisme, la plus vieille prostitution du monde.

Les frangins Hussein se font dézinguer par les *special ops* à Mossoul.
Pour un peu, moi aussi j'ouvrirais bien une bouteille de champagne. Cristal Roederer, monsieur Voyer, Cristal Roederer.

« *Christus vincit, Christus imperat!* » (Devise des croisés francs, à voir pour le tatouage cet automne.)

Quelles sont les nations qui soutiennent expressément l'inclusion d'une référence fondatrice au Christianisme dans la future Constitution « européenne » ?
L'Italie, l'Espagne, la Pologne.
Quelles sont celles qui soutiennent *mordicus* l'exclusion d'une telle référence ?
La France, la Belgique.
Les lignes de fracture ressemblent à des plaies béantes sur le corps d'un supplicié dont les tourments ne font pourtant que commencer.

Je crois cependant qu'un nouveau mouvement politique occidental est en train de se mettre en place, enfin ! Je pressens des fractures et des basculements d'alliance qui jetteront à bas toutes les figures racornies de l'extrême gauche révolutionnaire qui occupe le terrain depuis le XVIIIᵉ siècle et ses fameuses et fumeuses

« Lumières » ; ébahis, ânonnant d'ahurissantes théories conspirationnistes sur l'hydre fasciste et ses ramifications juives (!), comme l'inénarrable supplément du *Nouvel Observateur* de ce mois-ci, nous verrons les rasés du bulbe néo-gauchistes, déjà virtuellement convertis à l'Islam, se rallier les rasés de la nuque, buveurs de bière professionnels et amateurs de cette tapette hystérique de peintre raté de mes fesses nommée Adolf Hitler.

En face, vous aurez le Christianisme réunifié, bande de nazes, vous aurez le Saint Glaive d'une très antique Église, mais qui vous semblera comme *surgie du futur*.

La gauche ne supporte pas que les juifs prennent subitement conscience que c'est à cause de la pensée révolutionnaire des Lumières que leurs parents ou grands-parents ont fini dans une chambre à gaz de fabrication européenne, et que cette même idéologie avait déjà pactisé un jour avec l'Islam et réitère l'exploit de trahir à nouveau toute la Chrétienté !

L'extrême gauche, acculée au mur de l'Histoire, se prépare donc à se vautrer collectivement dans l'ordure annoncée par les raclures révisionnistes de Radio-Islam ou du site AAARGH. Le MRAP, par exemple, n'est plus depuis longtemps qu'un bastion avancé – sous couvert d'humanitarisme – du (néo) communisme et de l'idéologie pro-arabe en France, dans la lignée de Diderot ou de Voltaire qui ne virent dans la religion de Mahomet qu'un moyen philosophique de seconde main permettant de railler la Papauté afin de s'attirer les bonnes grâces des empereurs-protecteurs protestants.

La droite libérale est devenue un appendice social-démocrate supplémentaire (on en manquait !), comme toute idéologie bourgeoise qui se respecte, et Papy-Chirak le Bien-aimé a définitivement torpillé ce qui restait du mouvement gaulliste, comme un vulgaire porte-avions de la marine nationale face aux vagues de la Méditerranée.

Le Pen apporte la démonstration de ce qu'il n'a toujours été qu'un autocrate démagogue dont la seule utilité est de rassembler la République contre lui et de favoriser ainsi des résultats électoraux à la nord-coréenne pour son adversaire, quel qu'il soit.

La France est donc sans issue : le front contre la vitre invisible du futur sans avenir que la Révolution portait en elle, depuis ses origines.

Pour ceux qui croient encore que la France a un rôle particulier et décisif à jouer dans la création enfin assurée d'une civilisation européenne, il est tout à fait certain que la disparition de ce paquebot nommé République en est le prolégomène nécessaire.

Personnellement, je vote pour les icebergs.

La guerre contre l'Islam obligera les protestants à revoir en bloc tout ce qu'il y a d'hérétique dans leur doctrine, car commun à ces deux religions.

Les uns embrasseront la cause de Mahomet, les autres refonderont l'Église catholique, l'Église universelle, avec les Chrétiens romains et les orthodoxes.

Quand je peux de nouveau, après publication, regarder un de mes livres, je me rends toujours compte à quel point il semble le sédiment d'un processus bien plus avancé dans ma cervelle. Le point d'où je peux construire la machine romanesque est déjà dépassé au moment où celle-ci s'élabore.

Villa Vortex, c'est probablement le récit ésotérique de ma conversion au Christianisme.

Le jour où les fanatiques islamistes disposeront de la Bombe, dans un, cinq, dix, vingt-cinq ans, Nelly Kaprielan et les journalistes du *Nouvel Observateur* ou du *Point* auront besoin, comme tout le monde, d'un bon abri anti-atomique.

Quelle station de métro ?

À moins que la France ne soit alors « protégée », tel un protectorat sous influence islamique ? Est-ce cela que nos gouvernements successifs, petit à petit, préparent depuis une génération, sans peut-être même le savoir ?

Toute la gauche mondiale, osons dire tout le monde de gôche, soit le monde entier ou presque, déteste Bush.

C'est normal, à la différence de Clinton, il fait de la politique.

Lu à la sauvette dans une librairie (pas un sou pour cette ordure) l'éditorial du torchon national-républicain de gauche nommé *Marianne*. La fille publique se démène dans tous les sens pour faire oublier le prodigieux raté historique de la France chirakienne lors de la seconde guerre du Golfe, ce printemps.

Dans un édito digne de la grande époque du docteur Guillotin, cet hebdomadaire divise le monde en deux camps bien *tranchés* : ceux qui, majoritairement en France, et comme la rédaction unanime de ce sémaphore des consciences populaires, ont suivi le gouvernement en place ; en face ceux qui, les monstres sanguinaires, ont appuyé l'intervention anglo-américaine sans hésiter, tout en ayant conscience des RISQUES énormes que prenait la coalition républicaine conservatrice de Bush dans la poudrière du Moyen-Orient. Nous, les pauvres 8 % d'idiots schizophrènes payés par la CIA, nous sommes, selon ce condensé de pestilence, de véritables bourreaux des peuples, tout juste bons pour un nouveau procès de Moscou s'il n'en tenait qu'à eux, petits journalistes post-staliniens ratés – reconvertis dans le jean-françois-kahnisme radical.

Dire que ces pauvres guignols croient encore que c'est la France, et ses porte-avions à parthénogenèse, qui impose sa loi à l'Univers ! Leurs gesticulations minuscules contre les demi-mensonges balancés par Bush et Blair pour enfin bouger le cul de la « communauté internationale » prennent ici tout leur sens : les voilà enfin en pleine lumière, ces gardiens de l'ordre moral mondial antimondialisateur ! ceux qui soutiennent cette « démocratie internationale » que la bureaucratie onuzie entend nous imposer comme horizon destinal, à nous, peuples de l'Occident ! nous qui avons inventé la philosophie et les sciences, ainsi que les religions monothéistes sous leur forme chrétienne, nous qui avons pris Saint-Jean-d'Acre, Omaha Beach, avons *inventé* l'Amérique, et avons envoyé des hommes sur la Lune !

Je suis de ceux qui, partout, en tous temps, et y compris en essayant d'en établir une critique scientifique, ont œuvré pour la souveraineté politique du pôle civilisationnel nord-atlantique, contre cette invention démoniaque, ce machin démocratique transnational qui a pris la succession de la défunte SDN pour mieux encore nous zombifier, et qui entend nous défaire par tous les moyens dont il dispose, et dont il disposera, de ce que nous avons édifié en deux millénaires et demi !

Ma haine des nazis – qui se double d'un profond mépris – provient de ce que je sais fort bien comment et pourquoi, à cause d'eux, depuis 1945, toute opération militaire occidentale, toute avancée ou défense stratégique de la souveraineté occidentale est vue, perçue et médiatisée comme *le retour de la Bête immonde*.

Mensonge hyper-tendance depuis un demi-siècle, et chaque jour un peu plus, qui aura valu aux Vietnamiens une « indépendance » sous contrôle sino-soviétique, aux Algériens une « indépendance » sous contrôle arabo-soviétique, et aux Français une « république » sous le contrôle des crânes d'œuf sociaux-démocrates sortis des Grandes Écoles.

La *commedia dell'arte* de l'extrême gauche démocrate aux États-Unis, pour seize mots prononcés par Bush lors du discours sur l'état de l'Union, en janvier dernier, est en train de virer à la frénésie pré-électorale modèle disco, un concert de caniches en chaleur qui aboient devant la force des éléments naturels. Voilà ce à quoi me fait penser ce tableau pathétique, on se croirait à sept heures du matin à la fin d'une très mauvaise *rave party*.

C'est à croire qu'une bonne partie des politiciens professionnels américains, tels leurs confrères zéropéens, n'ont toujours pas pris l'exacte mesure de ce qui s'est produit le 11 septembre de l'An de Grâce 2001.

Trait plat en continu sur l'encéphalogramme des nations comateuses.

On se demande comment réagiront les Zéropéens ou la gôgôche californienne lorsqu'un allumé du citron venu du Yémen ou du Pakistan se fera sauter avec une bombinette nucléaire dans le métro parisien, un musée allemand ou une pouponnière texane. Mais on peut sans le moindre doute parier pour qu'ils continuent de mettre ça sur le compte de la politique étrangère américaine et du complot sioniste mondial !

Il est vrai que « la popularité de Bush est tombée dans les sondages » récemment [1] (quel argument de choc !),

---

1. C'est à nouveau le cas au moment où j'effectue les ultimes corrections (le 3 novembre 2006).

pourtant même en restant à ce subterranéen niveau de politique de Café du Commerce, celui du journalisme québécois par exemple, tout le monde sait qu'aux États-Unis, depuis le fameux « traumatisme vietnamien », un mort par jour c'est un massacre. Aussi les petites salopes californiennes pacifistes montent-elles au créneau en désespoir de cause et au nom de toutes leurs valeurs de merde qui apparaissent enfin au grand jour, sans plus le moindre masque, et qui sont au demeurant les mêmes que celles de la gôche franchouille, patagone, japonaise ou moldo-slovaque.

C'est ainsi qu'une forme particulièrement bovine de naïveté moraliste revendiquée comme telle, à la Woodrow Wilson, cet entrepreneur de pompes funèbres historiques, est devenue le credo de toute l'aile gauche néo-démocrate, aussi bien aux États-Unis qu'en Grande-Bretagne, car ses représentants savent parfaitement que, d'ores et déjà, une vaste part de la société occidentale ne désire plus assumer *les risques, les responsabilités, les crimes et les mensonges qu'entraîne toute authentique politique*. Et c'est avec ce « front néo-moral » qu'ils veulent faire tomber Blair pour les uns, Bush Junior pour les autres. C'est leur obsession. La haine de tout ce qui ressemble de près ou de loin à un pôle de souveraineté politique occidental est leur fonds de commerce, à tous et à chacun, d'un bord à l'autre de l'Atlantique.

Pendant que les mollahs ou les dictateurs pan-islamistes peaufinent leur bombe et leur prochaine attaque en Iran, au Pakistan, en Arabie Saoudite, voire en Irak il n'y a pas si longtemps, nous devrions demander la permission à Kofi Annan et à Nelson Mandela avant de prendre les mesures qui s'imposent, et nous devrions surtout ne pas mentir, jamais, en aucun cas et à n'importe quel prix, aux trouduculs représentant cette pathétique

« communauté internationale », autant dire laisser nos pôles de souveraineté, acquis de haute lutte pendant plus d'un millénaire, pour les îles Fidji, le Botswana, le Paraguay ou le duché du Luxembourg ! Or, on a vu à quoi cela nous a conduits en ex-Yougoslavie.

N'importe quel enfant de six ans sait que MENTIR est l'articulation fondatrice de toute POLITIQUE qui, comme le disait Carl Schmitt, consiste *à définir ses amis et ses ennemis*, et donc, la plupart du temps, à cacher aux uns ce qu'on laisse deviner aux autres.

Mais les Occidentaux sont fatigués, ils ne veulent plus dominer le monde, c'est très vilain de dominer le monde. Surtout si l'on est un Occidental.

Ils vont donc laisser le soin à d'autres de le faire à leur place, afin qu'à leur tour, par un masochiste retour des choses du nihilisme, ils deviennent pour de bon des esclaves, des *dhimmis* comme il est spécifié dans le Coran.

Leontiev déjà, il y a cent cinquante ans, s'interrogeait sur cette conception pour lui très « étrange » du nationalisme français moderne. Il ne comprenait pas, disait-il, que l'on puisse se battre *pour n'importe quelle France*. Il lui aurait paru inconcevable de défendre autre chose que la sainte Russie orthodoxe.

« *Tant que nous ne concevons pas que les choses pourraient ne pas être, nous ne pouvons concevoir qu'elles soient* », G.K. Chesterton.

Je sais très bien faire le pitre à la télévision ; cela aura eu le mérite de convaincre les journalistes centristes et les gauchistes de la Rue d'Ulm que j'en étais un.

Être invisible, parfois, c'est être au premier plan.

Mes romans se révèlent de plus en plus *imparfaits* ;
ils « collent » – paraît-il – *de moins en moins à l'époque*.
C'est sans doute bon signe.
Et s'ils collent de moins en moins à l'époque, c'est
peut-être pour mieux la transpercer. Nous verrons bien
lors de l'autopsie de l'époque en question.
En tout cas mes romans sont trop lourds pour être lus
aisément dans le métro, sur la plage, voire au plumard.
J'en suis sincèrement navré. Ils demandent sûrement une
sorte de discipline particulière qui ne s'apparente plus
guère avec la lecture-digest contemporaine.
Si jamais il vous tombe des mains, vous pouvez
toujours en profiter pour user de sa force balistique, liée
à son poids, afin de le balancer dans la gueule du premier
con qui passera à votre portée.
Allez-y sans complexe : le traumatisme crânien est
prévisible.

La guérilla des sunnites pro-Saddam s'intensifie dans
le « triangle des Tikritis », au nord et à l'ouest de
Bagdad. C'est une phase logique, car dans le même
temps la chasse aux cadres de l'ancien parti Baas
s'intensifie aussi, et à ce que je sais, déjà, des agents de
renseignement irakiens, au service de la très provisoire
administration civile tout juste mise en place, sont
envoyés sans plus tarder au turbin sous le contrôle opérationnel de la CIA.
Si vous souhaitez obtenir des informations de première main sur ce qui se passe *VRAIMENT* au Proche et
au Moyen-Orient, allez sur http://www.debkafile.net.

Site tenu par des spécialistes israéliens de la défense et du renseignement, toujours excellemment documenté et qui, quoique sioniste *of course*, se montre un des gisements d'information les plus objectifs que je connaisse pour cette région du monde et ses enjeux géostratégiques.

Rien à voir avec les déjections commises chaque jour en guise d'ablutions par les révisionnistes pro-islamistes de AAARGH, ou de Radio-Islam. Trente-cinq ans que ces raclures de vomitoires gaucho-anarchistes vendent le même infâme salpicon de chancre mou, trente-cinq ans que ces vieux soixante-huitards édentés sucent les mêmes bites, et avalent le même foutre.

À les entendre s'égosiller contre Bush, Blair et Sharon, on comprend que le staphylocoque doré a pris définitivement possession de leurs organes de phonation, qui sont au demeurant les mêmes que ceux par lesquels ils défèquent. On saisit mieux, d'ailleurs, en se risquant à cette étude anatomique, l'origine et l'ampleur des problèmes de dysenterie stylistique, de bubons philosophiques et de mauvaise haleine persistante, liés à toute fréquentation régulière de ces urinoirs publics.

Trouvé sur le Net une carte des camps d'entraînement des organisations terroristes « palestiniennes » : la plupart se trouvent hors des territoires *libérés* par Tsahal en 1967 ; le Djihad islamique utilise des bases arrière situées en Syrie, le Hamas coopère étroitement avec le Hezbollah libanais, et jusqu'il y a peu le Fatah était financé et entraîné en Irak.

La plupart des attentats anti-civils commis en Israël sont donc préparés et coordonnés depuis un pays étranger et frontalier de l'État hébreu. Pour le moment, celui-ci n'a pas daigné user de son *droit de poursuite* et ne s'en est pas pris à ces infrastructures situées en

Syrie ou au Liban-Sud. Le jour où cela surviendra, après un attentat odieux qui fera déborder le vase, nous verrons les criminels de guerre syriens ou libano-chiites, appuyés par les jappements humanitaires de leurs caniches occidentaux genre Luc Picard ou José Bové, appeler à une condamnation formelle d'Israël au Conseil de sécurité[1].

Nul doute que la République islamique française se fera une joie d'y apporter sa contribution. Et nul doute aussi que, grâce à la présence de l'Empire au sein de cet état-major foireux, ils pourront tous aller joyeusement se faire emplumer à Islamabad.

Constat établi lors d'une opération de tri et de classement : en cinq ans, depuis mon arrivée au Québec, ma bibliothèque a quadruplé de volume. En matière d'espaces de rangement, j'atteins le seuil critique.

Sur l'établi : le prochain roman que je fournirai à la Maison Gallimard : *Notre-Dame des Cosmodromes*, ou bien : *Cosmopolis*.

L'Islam est paradoxalement l'ennemi à la fois du Vieil Occident chrétien et celui de la société multiculturelle postmoderne, il nous déteste à la fois *comme croisés et comme pédés*.

Notes jetées au milieu de la nuit, sans aucun espoir, sans aucun désespoir non plus.

L'ordinateur de bord du vaisseau Apollo 11 qui amena des hommes sur la Lune en 1969 avait la

---

1. Trois ans plus tard, le scénario s'est tout simplement *réalisé* (note du 3 novembre 2006).

puissance de traitement et de mémoire d'un Commodore 64 du début des années 80, soit environ 40 kilooctets de RAM, et un processeur 8 bits cadencé à 1 ou 2 mégahertz !

Je spécifie ce petit détail technique pour rabattre, si c'est possible, le caquet de tous les écolo-humanistes de service, et anti-américains quoi qu'il arrive, qui prétendent dans la presse – je l'ai lu – que les Américains n'ont eu aucun mérite à accomplir ce prétendu exploit car leur technologie était beaucoup plus sophistiquée que celle des Soviétiques !

En effet, banane, mais dès que cela me sera possible je te promets de t'envoyer dans une capsule pressurisée de dix mètres cubes à 380 000 kilomètres de ton fauteuil et de ton écran de télévision, avec un Commodore 64 en guise d'ordinateur de bord.

Les Russes, il est vrai, n'avaient même pas d'ordinateurs, tout au plus des calculettes.

Ils ne sont jamais allés sur la Lune.

Je serais fortement tenté de t'y laisser avec un abaque.

Personne ne veut admettre que la Quatrième Guerre mondiale est engagée – on me traite d'une liste inquantifiable de noms d'oiseaux pour avoir osé prononcer publiquement cette simple évidence –, et personne ne voudra admettre que cette Quatrième Guerre mondiale est celle des temps bibliques de l'Armageddon. Personne n'osera même admettre la *RÉALITÉ* du processus lorsqu'il s'actualisera pour de bon, lorsque la Guerre des Mondes aura Jérusalem pour enjeu.

Si l'on prétend que la Bible décrit des événements à venir, on est un fou dangereux d'extrême droite sionistefasciste, à faire taire au plus vite.

Si l'on prétend que le hasard mène le monde, ou que le communisme a représenté l'espoir-d'un-avenirmeilleur-pour-des-millions-d'individus, on peut se taper un prix Nobel, cela s'est vu.

La Gay Pride, c'est la fin de l'homosexualité comme différence, comme *secret*, donc comme forme de vie, comme typologie aristocratique.

Quel rapport entre un *body-builder* en slip de cuir qui se tortille sur son char de parade, au son d'une mauvaise disco, et Oscar Wilde, dites-moi ?

Mon homophobie légendaire m'empêche de voir clairement l'évidence, à n'en pas douter.

Avant que l'homosexualité ne devienne une valeur culturelle (et donc une valeur marchande), j'ai connu des homosexuels qui me sidéraient par l'ampleur de leur culture.

Depuis que la « culture gay » est soi-disant une réalité, je constate qu'on voit beaucoup de très jolis torses nus, de strings brésiliens et de mains au panier, mais que personne n'aura visiblement l'idée de monter une pièce de Jean Genet, un simple exemple, lors du Festival « Divers-Cité » de Montréal, qui commencera dans quelques jours par la fameuse Gay Pride.

Jean qui ?

Le plus drôle dans cette affaire de clonage réplicatif de la personne, c'est que ce bouturage de l'humanité par elle-même est une simple et folle absurdité.

On ne peut créer deux individus identiques : même de vrais jumeaux, vivant sous un même toit et subissant une éducation scolaire et familiale en tous points similaire, vont diverger très vite et se différencier corrélativement en tant qu'identités singulières, à tel point qu'on peut par exemple les *identifier* par leur *dentition*.

Le clonage n'aurait de sens que si on pouvait aussi cloner non seulement le cerveau et l'identité première – la « personnalité » – de tel ou tel individu, mais aussi tout le jeu des événements et des processus qui les font naître à notre conscience.

Autant dire cloner un monde.

Aussi, proclamer, comme moi par exemple il n'y a pas si longtemps, son opposition au clonage est une absurdité.

Le clonage n'existe pas.

LE CLONAGE EST UNE FICTION.

Le clonage est l'ultime fiction de la Technique-Métaphysique. Par lui elle se destitue, par elle il s'était constitué.

Ce fut en fait le thème central de... *Babylon Babies*.

Les projets de clonage humain démontrent toute l'inanité de nos modèles de compréhension du « code génétique ».

Nous appliquons au code génétique des représentations spatio-temporelles qui datent d'Euclide, dans le meilleur des cas. Or la physique quantique elle-même est sans doute limitée pour en décrire toute la complexité. Car le code génétique n'est pas un code. Ce n'est pas un programme, un mode d'emploi, du chiffre, ce n'est pas une suite de routines en assembleur biologique ou en basic métabolique. Il faut être un minable petit rationaliste racorni pour prétendre encore une telle absurdité.

96 % du génome humain, soi-disant « junk-DNA », serait ainsi un simple « bruit de fond » laissé par une nature qui aurait du coup perdu tout sens de la moindre « économie » ? Cela est – pour tout évolutionniste, même hétérodoxe – une pure absurdité de dernier recours, une mauvaise rustine de l'anti-pensée « scientifique » qui a pris le contrôle des recherches les plus importantes concernant l'humanité !

Le « code génétique » n'est pas un « code ». C'est une forme de vie. La métaforme de la vie.

On ne peut rien comprendre à la civilisation nord-américaine si l'on ne comprend pas d'abord qu'elle est née de la victoire absolue de l'Angleterre sur la France. Or cette victoire, due à notre incompétence tout autant qu'à notre génie, est probablement une des pires choses qui pouvaient arriver au Nouveau Monde. Il est hautement probable que les forces dissolutrices à l'œuvre dans la société nord-américaine (aussi bien au Canada qu'aux États-Unis) proviennent de cette totale élimination des racines gréco-latines, romaines et catholiques lors de la « conquête », puis lors de la création des États-Unis qui s'ensuivit presque aussitôt.

L'Amérique britannique ne voulut garder de la France que ce qui l'arrangeait, pour les uns, sous bannière étoilée : les idées progressistes des « Lumières » ; pour les autres, sous bannière de l'Union Jack : un clergé tampon formé de jésuites.

Deux siècles et demi plus tard, le paradoxe est déjà éminent : jamais la France ne manquera autant aux Amériques qu'au moment où, sur le continent européen, elle sera livrée à l'anti-américanisme le plus sauvage.

Chaque jour la traque aux desperados pro-Saddam s'intensifie. Attendons-nous à un été très chaud, sur tous les fronts. Mettons un peu de champagne au frais.

Le seul candidat démocrate sérieux, Dick Gephardt, évite soigneusement de se lancer avec les autres hyènes de la gauche néo-démocrate dans une campagne de dénigrement systématique de la politique étrangère de Bush. Il sait que cela ne paiera pas, sans compter que, comme la grande majorité du Congrès, il a voté en ardent supporteur *pour* l'intervention. Même les syndicats ouvriers, qui sont ses alliés les plus puissants, les plus traditionnels, les mieux organisés, ont approuvé sans réserve, ou presque, l'attaque sur l'Irak.

Les gauchistes américains dansent leur dernière valse.

Cinq cents abrutis de nanarchistes en défilé anti-OMC cet après-midi au centre-ville de Montréal. Une dizaine de vitrines descendues, deux ou trois voitures de presse incendiées, gaz lacrymos, arrestations spectacle, tout le kit.

Chaque année, ils font de plus en plus pitié.

L'Irak est né d'un rêve fou et stupide de Churchill, juste après la Première Guerre mondiale et la destruction corrélative de l'Empire ottoman : regrouper dans un seul État-nation arabe une soixantaine de religions et d'ethnies formant une des mosaïques les plus complexes et les plus explosives de la région, ce qui n'est pas peu dire.

Jamais l'ONU, comme avec la Yougoslavie, ne s'est permis de remettre en question ces frontières débiles et artificielles qui préparaient les génocides futurs.

Le futur de l'Irak, sous administration américaine ou non, c'est son très probable éclatement, comme l'ex-Yougoslavie en son temps.

Un État fédératif fort, que je souhaite pourtant aux peuples de cette région, me semble en fait à peu près irréalisable en ce point de l'espace et du temps. Évidemment, il s'agira probablement d'une catastrophe humanitaire sur laquelle nos amis de l'ONU, Nelson Mandela en tête, viendront pleurer tous en chœur, en accusant au passage la méchante Amérique impérialiste d'en être la cause principale, alors qu'ils se montrent platement incapables de tenir la charge du développement de la planète, et donc de faire de la *politique* à cette échelle, c'est-à-dire détruire ou créer des nations.

On roule à gauche au Zimbabwe ; on y tue beaucoup à gauche, aussi.

En France, la confluence – à grande échelle – du gangstérisme et de l'islamisme, c'est celle d'une mauvaise route et d'un camion bourré de nitroglycérine.

« Entre Dieu et les Français il y a l'astuce » – disait Cioran. On se doit de rajouter : mais entre les Français et l'astuce, il y a Dieu.

Cette triste rombière djeune-et-progressiste des *Inrocks* qui ose prétendre que dans *Villa Vortex* je soutiendrais quelque part que « tout serait de la faute des Arabes », alors que précisément j'essaie de décrire comment ceux-ci, tels beaucoup de peuples avant eux, sont en train de faire l'expérience tragique d'être à la fois des victimes et des bourreaux, selon un double rapport : victimes d'un projet économique, urbanistique et migratoire social-libéral complètement fou ; bourreaux en retour de cette société démocratique sans destinée. Victimes et agents de l'islamo-gangstérisme, ils sont donc aussi, par ce fait, leurs propres fossoyeurs. Ainsi, je me permets d'éclairer de quelle façon la République a comme agencé dans sa propre génétique la fin terrible qu'elle se destine. C'était un crime raciste en effet impardonnable.
D'ailleurs une des constantes de ce livre c'est le fait que chacun est victime de l'autre, bourreau de lui-même, et ange exterminateur de tout le reste.
Nelly Kaprielan s'en contrefout royalement, notez bien.

Si j'avais quelque chose contre les *personnes* de souche arabe, pourquoi donc soutiendrais-je les Arabes chrétiens, menacés bien souvent quotidiennement dans leur pratique religieuse sans que personne n'en souffle mot ?

Et sinon, si j'avais quelque chose contre les *personnes* de confession musulmane, pourquoi ai-je défendu publiquement les Bosniaques contre leurs génocidaires serbo-communistes ? Pourquoi ai-je voulu la libération du peuple afghan par ses propres forces, avant que celui qui les représentait ne se fasse assassiner par les ennemis patentés de toute religion ? Pourquoi donc le sort des Arabes d'Irak, chiites ou sunnites, ne m'est-il pas totalement indifférent ? Pourquoi celui des Indo-Européens musulmans d'Iran continue-t-il de m'intéresser ?

La rombière djeune des *Inrocks* s'en *contre-câlisse* comme vous ne pouvez même pas imaginer, pensez donc.

On peut être en désaccord théologique profond avec les théories quiétistes absolues de l'Islam, sans pour autant vouloir exterminer toutes les populations converties à cette hérésie. Il me semble en revanche, et conséquemment à ce qui précède, que rien ne nous empêche d'essayer de les convertir au Christianisme, avec tous les dangers que cela suppose (l'apostasie est punie de mort par les lois coraniques).

On peut, de la même manière, être en guerre contre le wahhabisme et son équivalent chiite radical sans pour autant vouloir se vautrer dans le crime.

Car ce sont les lois de l'Église catholique qui, je le rappelle, au IVe siècle de notre ère, fixèrent les règles de tout combat loyal entre gens d'honneur : interdiction des exécutions sommaires des prisonniers de guerre, protection des civils, mise en place de missions hospitalières, etc. Ces règles furent la plupart du temps respectées, y compris lors des croisades. Ce fut à cette époque que, les premiers, les musulmans arabes et turcs, alors menacés par l'expansion des États latins d'Orient, dérogèrent à la règle en massacrant les pèlerins sur leur route et en inventant – avec les fameux « Haschichins » – les premiers « terroristes » de l'histoire.

Pax Christi Universalis.

Une religion qui punit de mort l'éventuel apostat est une religion qui me semble très peu sûre d'elle-même.

Je m'en suis pris à la France de Chirak, je m'en suis pris au Québec déconstructiviste, je m'en suis pris au Canada multiculturel, et même aux États-Unis de la postmodernité hyper-tendance.

Non seulement je me suis définitivement grillé dans mon pays d'origine, mais le sort qui m'attend sur ma terre d'accueil est à peine plus enviable, et peut-être beaucoup moins.

Le Cohn-Bendit local s'appelle Jaggi Singh. Hindou d'origine, détestant l'Occident et tout ce qu'il représente, il passe son temps à provoquer les forces de police et à se faire embarquer sous l'œil attentif des caméras de télévision. On le considère ici comme un « intellectuel-résistant », alors que comme son prédécesseur de Mai 68, dans une génération il sera sous-ministre, député ou conseiller municipal écolo-alternatif.

Une bonne manif, et une image de résistant combattant les « pouvoirs en place », voilà le prélude obligé à toute campagne électorale au XXIᵉ siècle.

Pour les gauchistes nord-américains, la lecture de Guy Debord – en 2003 [1] ! – se révèle une nécessité

---

1. Quarante ans trop tard, on mesure ici l'amplitude de leur « critique ».

incroyable : un vaste cours de rattrapage s'impose pour tous les mômes des baby-boomers made in California.

On finira bien par leur faire lire Héraclite, Hobbes ou Joseph de Maistre.

La Quatrième Guerre mondiale a commencé en Amérique, elle s'y terminera aussi.

Dire que sans le clan Clinton, et ses suceuses de bites en robe bleue, on aurait pu éviter la guerre en ex-Yougoslavie, le Rwanda, les talibans, le 11 septembre.

Huit années d'une prospérité économique jamais vue dans toute l'histoire des États-Unis, tout bonnement héritée des réformes conduites par Reagan la décennie précédente – combien de temps croyez-vous qu'il faille pour qu'un super-tanker comme ce pays change de direction et reprenne une vitesse de croisière ? –, huit années de saxophone antiraciste et de *show-cases* multiculturels, un vrai Jack Lang de l'Arkansas ! Huit années de politique-néant, de souveraineté-zéro, de vision plan-plan d'un avenir Club Med international rythmé langoureusement par les subtiles variations de la *world music*.

Au mieux, quelques *cruise-missiles* de trois ou quatre millions de dollars pièce, balancés sur des tentes en peau de chèvre afghanes, qui n'en valent pas dix.

Trois mille morts et deux tours new-yorkaises plus tard, les États-Unis se rendent compte que le libéralisme politique bourgeois – ou néo-bourgeois – les envoie droit dans le mur.

Et Bush est, comme par hasard, au bon moment, au bon endroit. *Il est l'homme de la situation* et cela les Zéropéens ne le lui pardonneront jamais.

À cet instant, et aucun de nos petits zintellectuels nationaux n'a voulu ou pu en rendre compte, une ligne de fracture est née, et elle croît sans cesse ; cet écart entre les États-Unis et leurs alliés d'une part, le bloc que représentent les onuzis et les Zéropéens de l'autre, est un abîme dans lequel le monde entier va s'engloutir.

La prochaine attaque d'Al-Qaeda ne ressemblera sans doute pas à celle du 11 septembre. Des dizaines, des centaines, des milliers d'autres possibilités lui sont offertes par la complexité techno-sociale du monde contemporain.

Des cargos-suicides bourrés d'explosifs dans quelques ports marchands. Des kamikazes ceinturés de C 4 dans les métros ou sur les lignes de chemin de fer. Des attentats à la « bombe sale », radium, anthrax, botulisme, sarin, dans n'importe quel endroit public avec forte concentration d'humains au kilomètre carré, Wall Street par exemple. Des tentatives de destruction ciblée de sites militaro-industriels représentant une menace potentielle pour l'environnement et les populations locales.

On peut envisager un « gros coup », unique et *spectaculaire-concentré*. Ou bien une multitude de micro-opérations, en mode *spectaculaire-diffus*, conduites sur tous les continents ou à peu près : contre des banques, des édifices publics, des monuments, des stades, des salles de concert, des boîtes de nuit, des stations de télévision, des autoroutes, des ponts, des barrages, des centrales nucléaires, des églises, des synagogues, des avions de ligne, des ambassades, des chambres de députés, quelques ministres, ou des défilés de Miss Monde.

Prenons cinquante ou soixante fanatiques, destinés au « martyre ». Divisons-les en une quinzaine ou une vingtaine de groupuscules autonomes de trois ou quatre agents, pas plus, et peut-être même un ou deux seulement, de véritables *lone wolves*[1]. Disséminons-les dans une douzaine de pays stratégiques pour la « cause », les nations du G8 par exemple, plus quelques boucs émissaires du tiers monde ou de la Conférence islamique qui n'auront pas payé l'impôt révolutionnaire.

Le jour J, choisi à l'avance, tous doivent se faire sauter, avec un engin déflagrant d'une espèce ou une autre, dans un endroit de leur choix. Une liste de cibles potentielles intéressantes peut éventuellement leur être fournie.

L'opération du 11 septembre revêtait une relative complexité : cours de pilotage accéléré, synchronisation des équipes, *modus operandi* bien rodé, infiltration à long terme du pays cible, repérages, tests des systèmes de sécurité, cibles spectaculaires, etc.

La prochaine attaque d'Al-Qaeda, vu les conditions objectives d'une survie rendue de plus en plus difficile pour ses membres sous la pression américaine-internationale, ressemblera probablement plus à un baroud d'honneur qu'à une opération « militaire » exécutée à la précision.

Elle n'en sera que plus dangereuse et cette fois-ci elle précipitera pour de bon l'Apocalypse.

Le 29 juillet 2003.

***

Une journaliste me demande : Comment vous êtes-vous adapté au Québec ?

Je ne me suis pas adapté au Québec, réponds-je, *généralement je ne m'adapte pas*, ou très peu ; je ne suis pas une plante qui s'adapte à sa niche écologique.

---

1. Je reviendrai plus loin sur cet aspect de la question.

Le concile de Vatican II est une hérésie pire que la Réforme, puisqu'il a consisté non à se séparer de l'Église, mais à s'en rendre maître.

Je vais vous livrer un secret, essayez de ne pas trop l'ébruiter.

Imaginez une boîte noire *métaneuronale*, quelque chose d'autre que ce que les cogniticiens biologistes appellent le « cerveau ». Imaginez-le comme son double spéculaire, néguentropique (notre conscience ordinaire est malheureusement trop souvent, le plus souvent, asservie à l'entropie), antipodal, contre-polaire. Imaginez-le aussi comme l'écart sans cesse creusé, travaillé en tous sens (éloignement, proximité, aliénation, libération, etc.) entre les deux *phusys* rivales, celle du corps mécanique et celle du Corps glorieux.

Cet écart est une porte ou même, usons d'une métaphore moderne, une « ligne de communication », disons même une *interface*, un espace qui ne se propage qu'à la (dis)jonction des structures et des processus.

D'accord, me direz-vous, mais une ligne de communication avec qui, une interface avec quoi ?

Je vais vous répondre, mais c'est là précisément que réside le secret. Non que je ne veuille donner plus d'importance qu'elle n'en a vraiment à une « découverte » que, ma foi, j'expérimente après une très longue lignée d'écrivains, oui, *écrivains*, car il faut que je vous dise en préambule que ce secret, me semble-t-il, n'a été découvert, en notre ère moderne, que par cette race particulière d'individus qui ne pensent leur identité qu'en la défaisant dans un livre, dans un *corps-autre*.

Ce secret est celui-ci : les écrivains morts parlent par notre bouche – et que l'on soit bien clair : *je n'use aucunement ici d'une métaphore* –, parce que lorsque nous écrivons, lorsque nous ne sommes plus soumis au régime cognitif-social du « cerveau », mais que nous nous mettons au service de la Boîte Noire, ce qui est soi-disant « mort » devient pour nous « vivant », ce qui est soi-disant « éternel » ne revêt plus que l'apparence de l'éphémère, et ce qui était promis à la destruction dans le Monde de la Décharge universelle devient un éclair qui surgit dans la nuit inconnaissable qui s'ouvre en nous.

Ainsi, mais sous peine de me voir un jour envoyé à l'asile psychiatrique ou dans une institution humanitaire quelconque, je peux affirmer que l'aphorisme sur le concile de Vatican II et la Réforme n'est pas vraiment de moi. Non que je l'aie invoqué, cet « autre », par je ne sais quel rituel idolâtre de troisième sous-catégorie, mais son nom était apparu en pleine clarté lors de la rédaction d'un paragraphe précédent. Celui qui se termine par *Joseph de Maistre*.

Et il est certaines conditions, sous l'effet de la Boîte Noire, où les NOMS font vivre les ÊTRES.

Je ne peux me résoudre complètement à l'enfermement asilaire, aussi je ne prétendrai pas que ce groupuscule de quelques locutions n'est pas de mon cru, en tout cas sous cette forme, mais au moment où je l'écrivais, comme de plus en plus souvent en ce moment, c'est comme si sa *voix* et son style, son image m'avaient dicté les mots. C'est comme si le grand catholique savoyard m'avait envoyé un puissant signal.

L'expérience est survenue assez récemment avec Léon Bloy, et cette expérience m'a tenu insomniaque pour toute la nuit et celle qui s'ensuivit.

Avec Nietzsche, la seule fois où cela m'arriva, je ne perçus qu'un écho très lumineux en provenance de ce qui semblait la plus haute des montagnes. J'avais franchement l'impression de me trouver au niveau de la mer.

Bien sûr, le petit rationaliste-flicard qui sommeille en

nous, quand ce n'est pas chez les autres, se réveille et se pointe en lâchant, de son air goguenard de dragueur de plage qui a tout vu, tout compris, tout baisé : « C'est ta fameuse Boîte Noire, Ducon, qui est en cause et à l'origine de ces hallucinations de bas étage, dignes d'un *Paco Rabanne de la littérature*, arf, arf, arf. Tu joues avec ton cerveau, ce *produit de la nature* qui nous donne cette conscience supérieure d'hominidés, et tu te plains d'entendre la voix de gens disparus depuis des siècles !

– Pauvre hominidé supérieur, devons-nous lui répondre, en lui assenant une paire de gifles ou un coup de club de golf en pleine mâchoire, tu ignores tout des "mécanismes" qui – crois-tu – dirigent la destinée de ta minable carcasse. La Boîte Noire, Bitembois, n'est pas une "technologie" exotérique que l'on se grefferait au bulbe rachidien, comme on se branchera bientôt directement un orgasmatron dans l'anus, elle est une *ontologie concrète*, un antiprogramme si tu veux, une ligne de fuite négative, un espace intorsif, intrusif, délusif : une littérature active devenue agence de Déprogrammation générale.

» Elle est ce qui menace directement la soi-disant humanité que tu représentes. »

Nature. Antinature. Surnature.
Ordre. Chaos. Christ.

Ne pas succomber aux limites
de minuit
ne pas rester en panne
dans le décor gelé ;
j'entends des suicides à réaction
cristaux de ville
aux échos

de neige carbonique
crashes vidéo éparpillés
vrilles répétitives
sur un milliard d'écrans
et je peine
à décrire
la détresse de leurs signaux ;
j'aperçois leur matin
de météores
foudroyés dans l'acier
des décombres ;
mes mains frappent très vite
sur le clavier
de la machine
la lumière fuse et boit
mon sang
et aucun reflet ne m'accompagne
dans les miroirs ;
je suis un démon sans futur,
un ange sans mémoire,
un homme sans nom,
et tout, soudainement,
bascule au point de rosée
quand l'amour s'invertit
vers le silence
la solitude
et les regrets.

Quand on est nombre, on est ombre.

Israël renaquit après 1 878 années de diaspora.
    L'Europe, elle aussi un jour, dans vingt ou trente
siècles, viendra enfin à renaître.

Été maussade au Canada : la pluie, le Sras, le fantôme toujours bien en vue du 11 septembre, Toronto est une ville quasi sinistrée.

Plus un seul maudit Étatsunien pour venir dépenser ses sales dollars. L'anti-américanisme se prend un solide coup de retour dans les gencives ou plutôt au portefeuille, et on me dit que d'une manière générale on évite les restaurants chinois. Du coup, on note une brutale recrudescence des chiens de rue.

Heureusement que les Stones vont pouvoir se faire un bon paquet de fric avec leur grande opération de sauvetage humanitaire pour la métropole de l'Ontario !

Du reste, on imagine assez bien Metallica et Limp Bizkit venir se taper un *bœuf* monstre en Alberta, pour aider l'industrie bovine locale mal en point depuis la malencontreuse découverte d'une vache contaminée par l'encéphalite spongiforme, à laquelle ces groupes sont comme naturellement immunisés, leurs cerveaux ne pouvant être plus ramollis qu'ils ne le sont.

Jamais je n'aurais imaginé, il y a même dix ans, que le rock allait devenir à ce point ennuyeux.

Extrait d'une interview télévisée du chanteur-parolier de Metallica : « Je ne suis pas du genre à lire des romans ou des contes de fées. »

Ah, sans blague ? Un seul coup d'œil sur les *lyrics* de la pochette avait suffi à m'en convaincre.

Extrait d'une interview du chanteur-parolier de Good Charlotte, groupe néo-punk made in Canada : « Nos textes parlent principalement des problèmes des jeunes comme nous. »

Je repense à Iggy Pop, aux Dead Boys et même aux Ramones.

Je ne parle pas de Syd Barrett, de Bowie ou de Roxy Music.

Et je réécoute illico *Be Here Now*, le plus bel album d'Oasis.

Je me dis que ça y est, c'est la fin, le rock'n roll ne survivra probablement pas à son cinquantième anniversaire, ce qui ne semble que très logique pour une musique destinée à l'origine aux *teen-agers* de la première grande société de consommation de l'histoire, et la dernière société tout court, très vraisemblablement.

Look into the wall of my mind's eye
I think I know, but I don't know why
The questions are the answers you might need
Coming in a mess going out in style
I ain't good looking but I am someone's child
No one can give me the air that's mine to breathe

I met my maker I made him cry
And on my shoulder he asked me why
His people won't fly through the storm
I said listen up man, they don't even know you're born

Hey my people right here, right now
D'You Know What I Mean ?

Noel Gallagher/Oasis – « D'You Know What I Mean »
– with the courtesy of (©) Sony Music Publishing/Oasis Music/Creation.

Je me suis comme senti obligé de ne pouvoir être accepté ici, en Amérique du Nord et plus particulièrement au Québec, et je ne serai plus jamais accepté dans ma patrie d'origine. Non seulement j'ai brûlé mes vaisseaux mais aussi le port d'arrivée en son entier. Personne ne pouvait m'en empêcher, je l'ai donc fait.

Le travail fatigue ; la poésie épuise.

La connerie rend laid, mais la laideur peut engendrer des génies.

Pour la première proposition prenez un animateur de télé ou un politicien moderne, pour la seconde pensez à Leopardi, le sublime poète, nain et difforme, d'un siècle bien plus hideux que lui.

Une société égalitaire ne peut produire aucun art, car elle ne peut produire aucun artiste.

Et si jamais, par miracle, cela survient, elle fera tout pour le guillotiner, ou l'affamer d'une manière ou d'une autre.

On est en aucune façon obligé de la laisser faire.

Un artiste égal à ses congénères humains ! Oxymoron absolu des postmodernes.

Un nuage égal à une pierre. *Un diamant égal à du charbon.*

Mais il faut dire qu'il existe maintenant des artistes-fonctionnaires qui demandent le droit à la retraite !

Rimbaud ou Novalis retraités ? Mozart ou Miles Davis en *intermittents du spectacle* ?

Breton et les surréalistes s'abusèrent, selon moi, profondément sur leur fameuse « écriture automatique », car ils n'avaient pas compris que l'inconscient ne fonctionne pas du tout selon des principes tirés de l'automatisme, donc d'un dérivé du *mécanisme*. Bien au contraire, c'est de l'organique, voire du méta-organique qu'il s'agit.

S'il y a un modèle d'écriture *automatique*, c'est chez Céline qu'on le trouve. Aujourd'hui elle serait de calibre 7,62 mm et elle porterait le doux nom de kalachnikov.

En relisant quelques textes fondateurs de Dada, dont ceux du Cabaret Voltaire en 1916, et plus encore ceux d'Arthur Cravan dès 1914, il me semble, ô pensée obscène, que le futurisme italien était bien plus proche d'eux que la bande à Breton et Aragon.

Un écrivain sait pertinemment qu'il y a des romans qu'il porte en lui et qu'il n'écrira jamais.

La mort, ce rien, cette béance, cette *ouverture*.

En anglais *bank* veut dire « bande » ; en français « bande » veut dire « gang ».

Sauver l'Occident ; et en premier lieu, de lui-même.

Nos lèvres closes
Par la radio
Dans l'éclat cinétique
Du virage
Nos bouches cousues
À la lumière
Des fréquences bleues
De l'orage.

***

4 août, minuit moins quelques poussières.
Il y a deux cent quatorze ans disparaissait le Royaume de France, avant même que son souverain ne fût déca-

pité. Dans une (dé)génération, lorsque la République agonisera, victime de toutes ses maladies auto-immunes, on commencera sérieusement à regretter cette fameuse « nuit du 4 août ».

Lorsque le peuple n'a plus d'aristocrates pour le défendre au nom du Roi et de Dieu, il finit broyé par les dictatures, qui ne sont que les formes fondamentalistes des démocraties.

Ne dites jamais, en France, que le judéo-christianisme eut une influence notable sur la culture occidentale, ni même, ni *surtout* que treize siècles de royauté catholique – et tout particulièrement les deux siècles de croisades et d'États latins d'Orient – furent le sommet de la civilisation européenne, vous pourriez être traîné en justice. Demandez donc à Guy Millières, qui se bat dans la plus totale solitude contre les postgauchistes néo-islamisés, et demandez au passage au MRAP ce qu'il est advenu de leur carte de la « Palestine libérée » qui s'étendait, sur leur website merdique, du Jourdain à la Méditerranée, rayant d'un joli trait de crayon « antisioniste » l'État d'Israël en son entier, comme dans les brochures du Hamas. Pourquoi l'ont-ils brutalement supprimée dès que Guy Millières en a fait publiquement mention ?

Mais Guy Millières est encore trop gentil. C'est un *libéral*, il semblerait qu'il croie encore en la République et en la « démocratie » pour protéger les libertés des peuples, des nations et des personnes.

Ça lui passera très vite, il sera amené à comprendre que les valeurs de la République française conduisent inévitablement à la dissolution des libertés par la tolérance.

On doit se ressembler quelque part, lui et moi savons bien, au fond, que le problème israélo-« palestinien » ne sera JAMAIS réglé, que les Arabo-musulmans veulent conserver Jérusalem, qu'ils ne feront aucune concession à ce sujet et qu'il faudra donc à nouveau défendre la Ville sainte cinq fois millénaire, comme en 1099.

En flashes : nomination d'un chiite à la tête du Conseil national provisoire en Irak, le même jour assassinat d'un maire pro-américain à Hallijah, une bourgade située au nord-ouest de Bagdad, quelque part dans le « triangle des sunnites » pro-Saddam. Une nouvelle attaque contre un convoi militaire fait trois ou quatre blessés. Mais on sent bien que les post-baasistes n'ont aucun réel soutien dans la population, à l'exception de ces quelques zones autour de la capitale.

Il suffit de lire la presse franchouille ou de capter les émissions de la Téléchirakie, on sent derrière chaque annonce quotidienne d'un soldat américain tué quelque part en Irak comme l'expression obscène, cachée, honteuse, hypocrite à la vendeur-de-juifs, d'un contentement pervers et corrélatif au ressentiment – acide comme un vitriol – de savoir qu'on vient définitivement de sortir de l'Histoire.

Cela ne vous rendra pas votre honneur depuis longtemps perdu, ordures.

Personne, et surtout pas ceux qui clament haut et fort leurs pronostics sur ce fameux « déclin de l'empire américain », non, personne ne veut se donner la peine de comprendre ne serait-ce qu'en surface le titanesque bouleversement qui est à l'œuvre à l'instant où je frappe ces lignes.

Ce n'est pas de leur rôle de flic mondial ou de néo-empire que provient la menace pour les États-Unis d'Amérique, mais bien d'un long travail d'autodissolution mené depuis des décennies, voire des siècles maintenant, par les « valeurs » des « Lumières » dont cette République continentale a malheureusement hérité dès sa naissance.

Ce qui pourrait survenir – pour le plus grand malheur de la civilisation –, c'est que les attaques incessantes contre toutes les souverainetés politiques soient gagnées de l'intérieur par les gauchistes postmodernistes américains, entre autres leur tentative de dissoudre le *pledge of allegiance* – ils sont à deux doigts d'y parvenir ! –, mais par contre, en Europe, face à une Constitution zombie et à la désagrégation subséquente des États-nations, sans compter la poussée islamiste, une sorte de « Contre-Révolution » générale serait alors peut-être en mesure de s'imposer, pour aboutir finalement à une Fédération euro-chrétienne qui, si elle ne revient pas au principe monarchique dans son intégrité personnelle et dynastique, soit au moins assujettie à la monarchie divine.

Il ne faut plus voir la lutte entre le pôle de souveraineté occidental et l'Islam selon les représentations géométriques d'une guerre de position, ni même d'une guerre de mouvement classique. Il faut d'abord comprendre que deux systèmes de valeurs, incompatibles depuis leurs origines, s'affronteront pour le contrôle de la planète, au cours du siècle qui vient de commencer.

Mais le système occidental a été le premier à se « mondialiser ». Puis à se laïciser. Puis à (ré)générer ses nihilismes.

Et l'Islam est un nihilisme, si ce n'est le nihilisme par excellence.

Il trouve donc les moyens de son expansion mondiale

au moment où l'Occident achève de mondialiser la planète, et grâce à l'ombre portée des nihilismes qui accompagnent tout grand mouvement civilisateur[1] – comme celui de l'Amérique impériale – il pénètre désormais l'ensemble du « réseau » à une vitesse exponentielle, tel un virus pathogène qui condenserait en lui toutes les souches précédentes, et pour une bonne et simple raison au demeurant : c'est qu'il est en effet, avec ses influences dualistes, manichéennes et gnostiques absolument évidentes, une des sources fondamentales à laquelle les nihilismes de l'Occident moderne – à partir de la Réforme, et même avant – se sont abreuvés.

L'Islam est donc à la fois partiellement exogène et partiellement endogène à l'Occident, qui le contient sans pouvoir le retenir.

La ligne de front est métalocale. Elle passe à la fois par les disjonctions entre les modèles civilisationnels en compétition et par leurs conjonctions, voire leurs inclusions réciproques.

Le luddisme antitechnologique, l'écologie de la Grande-Mère, le postmarxisme communautaire, tous les pancosmismes de substitution nés en Occident avec la « mort de Dieu » s'allieront à l'Islam avant d'être avalés par lui.

Ne subsistera alors, face à la Bête de l'Apocalypse, que la race des Derniers Rois.

Cela fait des années que j'entends ces charmants fabliaux au sujet de la prétendue « tolérance religieuse » qui régnait sous les dynasties arabo-musulmanes des premiers siècles de l'hégire. Les juifs et les chrétiens y étaient des *dhimmis*, faut-il donc sans cesse le rappeler ?

---

1. Idée fondamentale, et à l'importance cruciale, de la philosophie de Nietzsche.

C'est-à-dire qu'ils n'avaient la vie sauve qu'à la condition de s'acquitter d'un impôt et de quelques corvées publiques.

L'Islam, ce communisme du désert.

Si les Serbes avaient vraiment désiré œuvrer pour le Christianisme face à une expansion islamique en Yougoslavie, ils auraient pu commencer par éviter d'assassiner au moins dix mille catholiques en Croatie, et trois ou quatre fois plus en Bosnie-Herzégovine par la suite. Ils auraient pu, par exemple, dans ce pays, former avec les partis croates un « front chrétien » qui aurait équilibré la « majorité musulmane » de la population et de l'électorat.

Reprenons les chiffres : 16 % de Croato-Bosniaques catholiques, 33 % de Serbo-Bosniaques orthodoxes, 44 % de musulmans bosniaques, un petit 5 % se considérant simplement « yougoslave » et environ 2 % appartenant à des minorités ethniques ou religieuses (juifs, protestants, romanos) selon le dernier recensement officiel avant l'éclatement de la guerre. Il était donc tout à fait possible, en Bosnie-Herzégovine, et en dépit de l'indépendance tout juste acquise – processus inévitable quand on connaît l'état de la Fédération à ce moment-là de son histoire –, de rassembler une ligue de partis chrétiens, catholiques et orthodoxes, sans compter l'appui des laïques et des minorités, dans un front politique qui aurait empêché, sans commettre le moindre crime contre l'humanité, le gouvernement bosniaque, s'il en avait vraiment projeté le dessein, de dériver vers une forme quelconque d'autorité islamique.

Mais la guerre ethnique de Milosevic (et de ses séides Mladic-et-Karadjic) n'avait strictement rien à voir avec le Christianisme et tout avec son pouvoir personnel, et celui de sa sorcière communiste de bonne femme. Ils ont ainsi, par leur bêtise malfaisante, minables agents du Démon, déconsidéré à l'avance toute forme de lutte armée contre l'idéologie coranique sur le territoire européen. C'est cela le plus grave, le plus impardonnable de leurs crimes.

Enfin, si vraiment Milosevic et sa clique avaient été de bonne foi, s'ils avaient vraiment voulu défendre la civilisation chrétienne contre l'expansion islamiste, ils auraient alors mis sur pied un véritable plan, une stratégie politico-militaire mondiale, destinée à prouver leur dire face aux diplomates de l'ONU, aux journalistes du *Monde* ou de CNN.

Ils auraient pu, par exemple, attendre que les premières mesures discriminatoires antiserbes soient édictées par le gouvernement de Sarajevo pour intervenir, voire les premières exactions armées de milices musulmanes. La légitimité de l'intervention n'aurait pu être contestée par personne, sauf les soutiers de l'islamisme, et les choses, au moins, auraient été claires.

Mais c'est le propre des nihilismes en phase terminale que de transformer l'eau de source la plus cristalline en un bourbier à l'odeur de soufre.

Milosevic n'avait d'autre plan que de provoquer une guerre totale contre quasiment toutes les républiques de sa Fédération à l'agonie, afin de sauver les meubles, c'est-à-dire son pouvoir clanique, alors que tout le système communiste est-européen avait disparu.

Lu avec stupéfaction ce printemps, je ne sais plus où – désolé, peut-être dans *Cancer !* après tout –, que Marc-Édouard Nabe considérait les Américains comme un « peuple faible » parce qu'ils n'avaient pas « osé », en réponse à l'attentat du 11 septembre, répliquer en

« atomisant la Kaaba ». Je cite de mémoire, mais le sens et les références sont intacts.

Cher Marc-Édouard Nabe, en dépit de nos profonds différends politiques, j'ai toujours respecté votre talent et même votre réelle méchanceté. Mais la méchanceté se doit, pour moi, d'être réellement diabolique, pour ne pas dire intelligente.

Là, je ne comprends plus, désolé, cela doit me dépasser de plusieurs années-lumière.

Je n'ose imaginer les quantités de bennes à ordures que l'on aurait déversées sur ma pomme si, dans l'un ou l'autre de mes textes polémiques récents, j'avais eu l'audace de conseiller aux Américains un tel acte de vengeance qui, au demeurant, aurait contrevenu à toutes les lois de l'Église.

Demander un « bouclier papal » pour Saddam Hussein et dans le même temps se moquer des Américains lorsqu'ils ne se conduisent pas comme ceux d'en face, tout en les accusant d'être des brutes impérialistes, je n'ose donner un nom à cette confusion générale.

Nihilisme ?

Non, en comparaison, le nihilisme est *cohérent*.

Il y a environ 1,2 milliard d'hindous. Soit à peu près autant que de musulmans, et vivant dans des conditions tout autant sinon bien plus précaires (ils n'ont pas de pétrole, eux). Dites-moi un peu, les militants du MRAP, à quand remonte la dernière fois où vous avez entendu parler d'attentats hindouistes contre des églises chrétiennes, des synagogues marocaines, des tours new-yorkaises ?

Soyez assez aimables de me faire signe à la prochaine occurrence.

Ce n'est pas pour rien que l'Islam était la seule « religion monothéiste » qui trouvait grâce aux yeux d'Himmler, cet éleveur de poulets en batterie tombé dans la benne à ordures de la politique allemande.

Dire que ceux qui défendent les « Palestiniens », voire les organisations islamistes, furent la plupart du temps du côté des génocidaires serbo-yougoslaves, qui exterminèrent plus de deux cent mille musulmans bosniaques en l'espace de trois ans !

L'hypocrisie des humanistes modernes est elle-même un crime contre l'humanité, qui règne désormais en toute impunité, puisqu'il est devenu une *culture*.

Quant aux quarante ou cinquante mille catholiques assassinés par les mêmes ordures communistes, ils n'ont jamais eu la cote, faut-il le rappeler ?

Catholiques, Croates ? Oustachis !

Méchants fascistes. Salauds de chrétiens. Anciens collabos.

Crevez donc dans vos églises en feu, comme à Oradour-sur-Glane, le drapeau rouge flotte sur les consciences.

Maintenant il est vert, avec un verset du Coran inscrit de part en part.

L'histoire se répète toujours. En s'inversant.

Ce que je ne supporte plus, c'est de voir d'authentiques intelligences dévoyées par la neuroprogrammation national-socialiste chirakienne. Je ne supporte plus de voir une authentique singularité emprunter, même une seconde, le langage de la foule.

De la même manière qu'Ernst Nolte s'est fait traiter de nazi parce qu'il a osé décrire la Seconde Guerre mondiale comme *la première guerre civile européenne*, je me ferai traiter pareillement si j'affirme ici que la Quatrième Guerre mondiale, déclenchée le 11 septembre 2001, est *la première guerre civile planétaire*.

Je l'affirme.

Nouveau credo de la « jeunesse [1] » décérébrée par quarante ans de social-culturisme : *penser par soi-même*.

L'époque devient au moins quelque peu amusante : tout le monde sait en effet qu'un petit nenfant numain, laissé seul en pleine jungle ou en plein désert et élevé par lui-même, pensant par lui-même, et éventuellement nourri au lait de mainate ou de scorpion, va de lui-même, par lui-même, grâce au miracle sans fin répété de la génération spontanée des idées, fournir à l'humanité estomaquée par tant de potentiel autoproduit un Beethoven, un Einstein, un Rimbaud, un Balthus, un Hendrix. C'est l'évidence même, je suis bouché ou quoi ?

On « pense » par soi-même, on s'exprime par soi-même, on chie aussi par soi-même.

Ce que l'on fait par soi-même est tout au plus le dérivé d'une fonction organique.

J'apprends par un ami que Guillaume Dustan aurait déclaré « vouloir arrêter ses activités littéraires pour retourner à ses occupations d'origine ». Qui sont ?

Fonctionnaire d'État culturo-quelque chose.

J'ignorais ces « origines » et tout s'explique.

Pour un partisan de la Gay Pride et du mariage homo est homophobe – donc condamnable et bientôt au sens

---

1. Aujourd'hui on est « jeune » de sept à soixante-dix-sept ans, garantie offerte par Forever Young Inc.

judiciaire le plus strict – toute personne qui éprouve un peu de mal à supporter la musique disco que ces moustachus en cuir écoutent à longueur de journée et qui ne s'extasie pas sur les biceps vaselinés, les strings en latex disparaissant sous des amas de chair adipeuse, et les chars de parade sortis tout droit de leurs années de collège et de leurs mauvais fantasmes cariocas.

Est homophobe quiconque ne conçoit pas l'égalité des droits comme une dictature populaire. Est homophobe quiconque entend résister à l'anéantissement de la civilisation chrétienne. Est homophobe quiconque refuse l'embrigadement général des pensées pour le social-culturisme mondial.

Pas de quoi s'affoler au demeurant.

Nous sommes en effet de plus en plus *minoritaires*.

L'Association des écrivains gays du Québec a joyeusement défilé lors de la Gay Pride du festival « Divers-Cité », entre l'association des pompiers et celle de la police.

Ça va finir par me rappeler les processions du 1ᵉʳ mai sur la place Rouge.

Qui avaient, elles, l'insigne avantage de ne durer qu'une seule journée.

Nous dirons donc les choses ainsi : est *homophobe* toute personne opposée au mariage gay ; est par conséquent *hétérophobe* tout partisan dudit mariage.

« *On ne comprend absolument rien à la civilisation moderne si l'on n'admet pas tout d'abord qu'elle est une conspiration universelle contre toute espèce de vie intérieure* », Bernanos, *La France contre les robots*.

La haine du judéo-christianisme, névrose obsession-nelle du petit-bourgeois athée.

Le dénommé Éric Rémès, prébendier du révision-nisme trash et auteur de *Serial Fucker, journal d'un barebacker*, s'est fait inviter ce printemps par Christiane Charette, le Bernard Pivot local (avec Denise Bombardier, ici la littérature est une affaire de *FILLES*, elles ne défilent pas sur des chars de parade en slip de cuir, alors elles lisent), peu après son passage remarqué sur le pla-teau d'Ardisson.

Profitant de la décérébration générale qui sévit au Québec, Éric Rémès, ce détritus humain autoconsacré roi de la contamination volontaire par le sida (se conta-miner et/ou contaminer les autres, tel est son credo exis-tentiel), est devenu en deux ou trois jours la starlette préférée des journalistes post-momos chargés par la pro-pagande gouvernementale et associative québécoise de nous *FAIRE AIMER CETTE CULTURE*.

En ce qui concerne cette « culture », quand j'entends son nom je sors mon AZT.

Entre Éric Rémès et Oscar Wilde : le XXe siècle et sa vulgarité. Autant dire un monde. Un gouffre infranchis-sable, ni dans un sens, ni dans un autre.

Sinon, peut-être, par un projectile doté d'une bonne vitesse, quoique subsonique.

Je me convertis au Christianisme au moment où celui-ci est irrésistiblement condamné. On va finir par prétendre que je n'épouse que les causes perdues.

Ah, parce qu'il y en a d'autres ?

I lost the chance to shut my mouth
I took the one to burn in hell
I forced the chance to keep cape south

I sold the one to tell the tale ;
'must be the time to march forward
It must be the time to look inside
Shining in the hottest fire in sight
As T.S. Eliot once said.

Je crois très sincèrement que la France – comme le Liban au début des années 1970 – est à un cheveu de la guerre civile. Je suis un débile mental schizophrène bon pour l'asile, tout le monde le sait, vous n'avez donc rien à craindre.

Le pays européen le plus gangrené par l'expansion islamiste est incontestablement la Belgique. Qui s'étonnera que le cadavre pourrisse par la tête ?

En plongée depuis des jours, j'apprends par les nouvelles que Bertrand Cantat, chanteur de Noir Désir, a tué sa compagne Marie Trintignant lors d'une violente dispute qui a mal tourné.

Je n'étais pas un « fan » transi de Noir Désir, c'est un fait, mais c'était un groupe que je respectais quelque peu sur le plan musical, malgré Cantat qui avait le suprême don de m'énerver avec ses prises de position anarcho-humanitaires de bon aloi (José Bové, les Palestiniens, la méchante Amérique, les salauds d'Occidentaux, la guerre d'Espagne, viveuh-l'anarchieuh), et sa poésie allégorique qui faisait sans doute se pâmer les collégiennes. Enfin, jusqu'au jour où j'avais compris qu'il défendrait jusqu'au bout tous les types de dictatures marxisto-stalinoïdes, en lisant dans *Rock & Folk* que « ceux qui nous jugent doivent faire attention à ce qu'ils disent, parce qu'on n'hésitera pas à sortir les missiles ». C'était en rapport, bien sûr, avec la situation géopolitique internationale, l'histoire du XXe siècle et le soutien inconditionnel apporté par Noir Désir à toutes les bonnes causes du moment, dont celle des poseurs de bombes en discothèque. Il n'y avait plus d'énervement qui tienne, il fallait passer à l'hélium liquide de la froide observation des positions ennemies, à la jumelle infrarouge.

Puisque je n'appartiens pas au club des catins gauchistes, je ne suis pas du genre à me régaler des malheurs personnels d'un éventuel ennemi politique. Ne connaissant rien des relations du couple (je ne lis pas les potins, pas même ceux du rocaineraule), je ne peux me fier qu'aux diverses « analyses » de la presse de cette semaine, genre *Paris Match* : le drame d'une passion, voyez ? Les rédacteurs de *Paris Match* pourront toujours se reconvertir chez Harlequin, le jour venu.

Ce soir j'apprends que depuis la Lituanie où il est sous arrestation, Cantat déclare qu'« il ne s'agit pas d'un crime, mais d'un *accident après lutte* ».

Ah ? Je préfère ne pas épiloguer.

Et puis, moi, j'aimais bien Marie Trintignant. Je la trouvais belle, sensible, un peu lunaire, et j'appréciais l'actrice. Alors, devant l'écran de télé et la couverture de *Match*, je reste un long moment hébété face à la tragique absurdité qui vient de frapper toutes ces existences.

Je me surprends à émettre une maigre prière, maigre comme un arbre dénudé par l'hiver, pour Marie Trintignant, tout autant que pour l'homme qui lui a ôté la vie et dont la vie, à lui aussi, est achevée.

Nous vivons *tous* au bord de l'Abîme.

***

Retour en surface, le 8 août au soir, à quelques heures de l'anniversaire de l'explosion atomique de Nagasaki.

Je suis abonné aux dates-symboles, vous pourrez toujours « penser » que je le fais exprès : minuit moins quelques atomes. Centième jour de la « fin des opérations militaires » en Irak.

Le même jour, attentat terroriste contre l'ambassade de Jordanie à Bagdad, seize morts aux dernières nouvelles. La « fin des opérations militaires » ne fait que commencer.

Personne, pas même le peuple américain (surtout pas lui, peut-être), n'a vraiment idée de ce qui est en cours dans les sables de Mésopotamie. Regrettant amèrement l'ère béni-oui-oui du clan Clinton, il a décidé, par voie de sondage, que l'économie était désormais plus « importante » que la guerre au terrorisme. On sent une volonté plus du tout inconsciente de revenir à toute berzingue AVANT LE 11 SEPTEMBRE, avant la fin cataclysmique du rêve hippie-libéral.

Et on sent que la gauche américaine est en mesure d'offrir à cet électorat anxieux toute une gamme de machines à remonter dans le temps. Des machines parfaitement virtuelles, cela va de soi.

Virtuel, du mot « vertu ».

Non seulement ces enfants de baby-boomers, et leurs sinistres parents, n'ont toujours pas compris que la guerre au terrorisme était une condition *sine qua non* de la survie de l'économie capitaliste, y compris telle qu'ils la propagent aujourd'hui (avec ses T-shirts équitables et ses cacaos éthiques), et au demeurant de toute économie quelle qu'elle soit, mais encore que cette guerre appelait précisément l'émergence critique d'une *nouvelle économie*, ou plutôt d'une *après-économie*, petit détail que n'avaient pas prévu les ténors de la contestation-marchandise et de l'« altermondialisation ».

Car cette postéconomie, comme l'économie planétaire qui la précède, est le résultat de l'activité synthétique-disjonctive de l'esprit, autant dire de l'opérateur ontologique de division infinie qui, sans cesse, nous fait passer de monde en monde.

Aussi cette *après-économie* n'aura-t-elle rien à voir avec ce que nous fait vivre depuis 1968, ou mieux 1989 (bicentenaire du vaudou-économie politique), *la fin de l'histoire*, puisque celle-ci est la conséquence directe de la propagation planétaire, panglobale, de l'économie politique libérale, mais elle n'aura rien de plus à voir avec l'« alternative » sociale-culturiste que nous préparent les humanitaires, les écolos et les anarchistes. Car *l'après-économie n'est pas une fin*. Elle est une nouvelle division de l'humanité, elle est sa véritable mutation, sa sortie de l'espèce non par l'adjonction de technologies-gadgets ou le transgénisme en kit, mais par *l'apparition d'une nouvelle spéciation humaine en l'espace d'une seule génération*.

Et dans cette nouvelle et cataclysmique opération de division de l'Esprit, les Ténèbres sont là pour couver la Lumière, comme saint Jean le rappelle dans son Évangile.

La science et ses désastres participeront donc à l'opération, mais dans la perspective d'une *métascience,* c'est-à-dire d'une *catastrophe scientifique* à la fois *générale*, car elle touche à tous les aspects de la vie humaine, et extrêmement *singulière*, puisqu'il est fort probable que seuls quelques « survivants » pourront continuer à l'expérimenter, comme témoins de l'Abomination, et de son incroyable retournement contre elle-même.

La très mauvaise pantalonnade « altermondialiste » de l'axe Chomsky/Bové/Ramonet n'est rien d'autre que l'adaptation plus ou moins « socio-pop » de la « fin de l'histoire » marxiste que tentent de nous revendre d'autre part Voyer ou les Téléologues, sous une forme beaucoup plus rigoureuse, car on note pour ces derniers la présence d'une architecture dialectique qui, au moins, conserve une certaine cohérence, celle du matérialisme historique.

Mais comment sortir de la dialectique par la dialectique ? Comment sortir du dualisme et des néoplatonismes par le dualisme ? Comment donc sortir de la Révolution par la Révolution, de la Technique par la Technique, de la Fin de l'Histoire par la Fin de l'Histoire, du Matérialisme par le Matérialisme ? Questions absurdes évidemment, seul un marxiste peut encore croire, ou faire semblant de croire, que Marx serait autre chose que *le penseur ultime du libéralisme*, et le socialisme autre chose qu'une rétrojection fantasmatique de cette pensée sur le « cours de l'histoire », alors qu'il n'y en a plus.

Comment sortir de la fin, comment achever, terminer – non pas l'histoire ou l'homme – mais achever, terminer sa fin toujours recommencée, sa mise à mort perpétuelle par tous les moyens mis à sa disposition par la Grande-Mère Technique, dont les milliards de fausses vies qu'elle offre en échange, comment faire renaître un authentique projet (sur)humain ?

Ou nous répondons à cette question, ou nous sommes morts.

Dans *Babylon Babies* j'ai essayé de montrer que la catastrophe technoscientiste pouvait ouvrir sur sa « rédemption », que le surpassement de la Technique ne consistait pas à retourner à l'état de vie des joyeux sauvages chers à Rousseau, sous leurs huttes de branchages, ni même à produire une adaptation « cybertribale » de la chose car, dans le livre, les Cosmic-Dragons représentent bien la forme ultime et révolutionnaire du projet technique et c'est précisément là leurs limites, mais à opérer un saut quantique, à se désorbiter de la Matrice, et donc à faire de la Technique le moyen de son anéantissement, c'est-à-dire d'ouverture sur le Réel, donc sur le Divin, donc sur le méta-organique, ce que *sont* les jumelles Zorn.

Le métaorganique est à fois antinaturel et antitechnique. Il est, lui, *la fin de toute technologie, c'est-à-dire son accomplissement.*

Dans *Babylon Babies* le « vrai » créateur des jumelles Zorn c'est Darquandier (et son Intelligence artificielle), non la secte commanditaire des clones ou l'association mafio-scientifique qui les lui fournit, en fait il convient de dire que le véritable Créateur est invisible (moi en tant qu'auteur, Dieu en tant que Fiction implicite), et que sa Création passe avant toute chose par Marie Zorn.

Dans l'adaptation que Kassovitz essaie de faire de ce livre, je constate qu'il ajoute une dimension supplémentaire fort intéressante, à laquelle je regrette beaucoup de ne pas avoir pensé lors de l'écriture du roman : Marie Zorn y est non seulement la créature « psychique » de Darquandier, mais aussi sa *créature physique*, elle est ainsi une seconde Marie, Mère de Dieu, selon les deux miracles hypostasiés l'un par l'autre : Immaculée Conception originale et Matrice du Fils de l'Homme.

Qualité, et défaut, intrinsèque au cinéma : devoir synthétiser.

Bien sûr je montrerai dans le dernier volume de la « tétralogie » comment et pourquoi à cette « Nouvelle Ève » il faudra l'adjonction d'un Nouvel Adam.

Et en quoi cela précipitera une Nouvelle Chute. Et la Nouvelle Assomption qui lui correspond.

La poésie ne peut être l'expression du « moi », même « inconscient ». La poésie ressemble fort aux traces laissées par un processus singulier et inconnu de « destruction » intérieure. Une « destruction » créatrice, cela va sans dire.

Créatrice.

Comme le Feu.

Entre Dieu et le Diable il y a tout au plus un Univers. Entre l'Allié et l'Ennemi il y a au moins un Livre.

Le « multiculturalisme », sous les auspices de l'ONU, fut la dernière arme idéologique que les fédéralistes anglo-canadiens et québécois sortirent de leurs cartons, parallèlement à la « Révolution tranquille » québécoise, pour contrer toute résurgence du nationalisme canadien-français.

Cette arme est en train de se retourner contre eux. Une civilisation multiculturelle n'existe pas : comme le savait Nietzsche, toute civilisation s'érige en effet sur une UNITÉ de STYLE.

On aurait pu, vers 1965, adopter un drapeau tricolore – comme *l'Union Jack* ET le drapeau français – en lieu et place du rouge et blanc de l'ordre purement ANGLAIS du *Red Ensign*. Les fédéralistes conservateurs ont préféré se blottir sur quelques vieilles certitudes usées, et de toutes nouvelles apportées par l'air du temps : pour mieux camoufler cet anglocentrisme peu avouable, on allait se servir du multiculturalisme, propre au Commonwealth britannique ou français, mais relooké « pop-culture », le modèle « Trudeau », pour essayer d'absorber, lentement mais sûrement, le fait français en Amérique du Nord.

La contre-réaction « progressiste et nationaliste » des populations de l'ancien « Bas-Canada » ne se fit pas attendre. Ainsi le drapeau du Québec a-t-il exclu en retour toute apparition du rouge, ainsi est effacé, ici même, sur le lieu où elles auraient pu se RENCONTRER pour produire ce que les Achéo-Doriens produisirent un jour sur cette vaste presqu'île de la Méditerranée nommée *Hellas* dans leur langue, oui, ainsi est avorté à répétition – dans la seule matrice pouvant le porter jusqu'à terme – le projet d'une culture franco-britannique qui pourtant faillit un jour être à la racine de la création de la civilisation européenne, avant que le modernisme et les nationalismes n'en empêchent à jamais, là-bas, sa réalisation.

Mais ici !

Ici !

Personne n'a donc compris que puisque nous sommes entrés dans l'Âge de l'Apocalypse, *les morts sont éveillés* et nous regardent ?

Croyez-vous que je plaisante ou même que j'emploie une métaphore ? C'est que vous n'avez pas compris. Vous n'avez pas encore senti le regard des morts sur votre vie. Votre propre regard n'a pas croisé leurs orbites, brillant de toute la lumière contenue par les ténèbres inconnaissables, à un coin de rue, sur le Plateau Mont-Royal, dans le Mile End, à Rivière-des-Prairies, ou quelque part sur la côte du chemin Sainte-Catherine...

À votre avis, mesdames-messieurs les « Canadiens », mesdames-messieurs les « Québécois », que pensent de ce très médiocre ratage géopolitique tous les morts des plaines d'Abraham, en uniformes rouges ou en uniformes bleus, qu'en pensent Wolfe et Montcalm, assis côte à côte dans un halo d'or pur devant le hublot qui donne sur notre monde ?

À chaque lecture de la presse québécoise, je tombe sur de pathétiques appels à la défense d'une langue que plus personne n'écrit correctement. Il y a peu encore, un groupe rock dont le nom m'échappe présentement.

Au Québec, on parle le français en effet bien mieux qu'on ne l'écrit, c'est un fait généralement partout constaté. N'importe quel joueur de bowling d'Hochelaga-Maisonneuve possède un répertoire et un lexique bien plus complets que le plus en vue des éditorialistes ou des paroliers du moment.

Il reste au demeurant, dans la société canadienne-française, une infime minorité de personnes pour qui *le style c'est l'homme*, et surtout pour qui *le style est français*, c'est-à-dire style au sens de stylet, d'arme blanche, produit d'une langue qui fut un temps le plus bel acier qu'on ait jamais forgé avec des mots.

Cette minorité non seulement n'écrit pas dans la presse québécoise, mais pire encore elle ne pourrait plus y écrire : il n'y a que dans quelques maisons ultramarginales, comme les Éditions du Beffroi, qu'on peut encore constater la présence d'une minuscule position retranchée pour qui la meilleure « défense » de leur langue est l'attaque. Position « retranchée » n'est d'ailleurs pas le terme adéquat. Je devrais parler de guérilleros. Les guérilleros du Christ-Roi. Les Cristeros du Tunnel Ville-Marie.

Pour le reste : abrutissement général de tout style réel dans le *name-dropping*, analyses de Café du Commerce en palliatifs semi-improvisés à la moindre connaissance historique, lieux communs néo-bourgeois (saint Léon Bloy, priez pour nous !) en guise de tinettes collectives pour diarrhée révisionniste, écriture plate et amorphe comme une plaine du Manitoba oriental, absence totale et navrante de tout corpus d'authentiques références littéraires et artistiques, remplacé par le social-culturisme mode : vu à la manif, lu dans Noam Chomsky.

À propos de ce dernier, je constate chaque jour un peu plus à quel point l'influence de cette « lumière » est décisive quant à l'extinction de toute pensée critique sous le nihilisme, c'est-à-dire sous ce qui lui ressemble le plus et prend la moindre de ses apparences.

Je tombe sur un livre, intitulé *L'An 501* ; tout y est. Publié en 1993, *L'An 501* c'est, vous l'avez compris, la date fatidique qui commémore, plus une année, l'anniversaire du prodigieux effort colombien.

J'ai fait placer ce livre de côté, je ne suis pas sûr de vouloir l'acheter. Mais je l'ai feuilleté et c'est édifiant. En quelques lignes, on comprend la nature de la manipulation idéologique de type stalinoïde à laquelle cet universitaire appartenant sans le moindre doute au sous-ordre des lamellibranches se livre, avec moult bavures, propre à son espèce : Colomb, grand-méchant-fascisteuh-espagnol (mais non, blaireau, il était italien), n'est que le prolégomène à l'Impérium, encore plus méchant-fascisteuh mais Naméricain ce coup-là, qui se prépare à asservir les pauvres zumains de la planète comme la guerre du Golfe venait d'en apporter la preuve. Excusez-moi, j'en ris encore.

Le marin génois ne savait pas que grâce à un miracle du nihilisme postmoderne : un juif antisioniste, antieuropéen, antioccidental, antichrétien, antijuif, mais pro-arabe, promusulman et procommuniste, non, Colomb ne se doutait pas, alors qu'il traversait un océan de cinq mille kilomètres, qu'on lui ferait un jour (le jour même, plus un an, du quinquacentenaire de son expédition) peser la charge des crimes de masse d'un dictateur irakien qu'il aurait volontiers occis, comme les autres potentats islamiques de son époque, si jamais l'occasion lui en eût été donnée, en effet.

Ce qui fait de lui, on l'aura compris, un prototype d'Adolf Hitler.

Publié, dans le numéro de juin de la revue *Salamandra*, organe officiel du groupe EDD au Parlement européen, et à sa demande, un texte sur *l'Europe du futur*.

Je les avais prévenus : ne vous attendez pas à une nouvelle de science-fiction nous vantant les mérites de la Commission de Bruxelles ou de la future Constitution eurogiscardienne.

Mon futur, c'est vingt-cinq siècles d'histoire européenne carbonisés en quelques décisions fatales, et balancés d'un geste se voulant plus gaullien que nature directement à la décharge des avenirs sans lendemains.

Je crois savoir que le groupe EDD est constitué de souverainistes de gauche et de droite, plus ou moins modérés, plus ou moins radicaux, une sorte d'axe Pasqua-Chevènement, pour les extrêmes.

Mon texte sur le Saint Empire romain germanique et la mort de l'Europe a dû leur sembler provenir d'un autre monde.

Ce qui est le cas, en effet.

Voici donc où en est rendu le protestantisme institutionnel : l'acceptation officielle, il y a quelques jours, des mariages gays par l'Église presbytérienne a été suivie par l'ordination d'un prêtre homosexuel avec l'accord de cette congrégation – au prix de nombreuses défections parmi ses fidèles –, et plus récemment encore on a pu assister, médusés par tant d'efforts pour détruire deux mille ans de Christianisme, à l'incroyable prestation du « révérend » méthodiste Theodore Jennings : Jésus, eh oui, bien sûr, Jésus, comment, vous ne le saviez pas ? était homosexuel !

Theodore Jennings, triste bouturage du calvinisme postmoderne, vient de publier un livre (qui ne publie pas aujourd'hui, surtout s'il n'a strictement rien à dire et tout à faire valoir ?) intitulé : *The Man Jesus Loved*, dans lequel cet amputé du cortex prétend sans rire que Jésus-Christ aurait vécu une histoire d'amour torride avec celui qui allait devenir « saint Jean ».

Le Christ existe, je l'ai rencontré sur un char de la Gay Pride.

Ah, mérite incomparable des salissures ultimes de la bourgeoisie, elles nous permettent de mieux prendre conscience de la puanteur qui se dégage de toute cette culture de cabinet de toilettes où surnagent, parmi les étrons du journalisme, ces colonies de madrépores rationalistes qui grouillent en salades de polypes sur les divers organes de phonation de la modernité.

Jésus a franchement bon dos aujourd'hui. Il a été successivement, depuis les années 1960, hippie, bonne femme, noir, acteur de Jean-Luc Godard, Martin Scorsese et Denis Arcand, et maintenant homosexuel. J'attends avec une impatience non feinte que l'on vienne nous expliquer qu'il s'agissait en fait du chef d'une bande de nains de jardin révoltés contre les atteintes constantes à leurs droits civiques commises par les Légions de l'Empire du Luxembourg.

Seigneur ! Comment est-on arrivé à ce point de dégradation de la pensée ?

Ce n'est pas parce que je suis français que je prétendrai un jour que Jésus le fut. Ce n'est pas parce que je vis désormais au Canada que je me sentirai le droit d'affirmer que le Golgotha, en fait, se trouvait à l'emplacement actuel du Mont-Royal !

Et pourtant, le Golgotha est partout présent en ce monde.

Jésus était une femme, noire, chanteuse de cabaret d'origine belge, homosexuelle voire transsexuelle, handicapée, atteinte de la maladie de Huntington, analphabète et – comme le disait ce grand facétieux de Voltaire – soumise au supplice incessant de la constipation.

La pensée athéiste ne cesse de *progresser*, elle, comme une diarrhée flatulente dans l'intestin, c'est d'ailleurs là sa marque de fabrique.

Ceux qui croient que c'est par homophobie que nous contestons la légitimité des mariages gays ou des ordinations de prêtres homosexuels devraient se référer à tous les livres sacrés d'à peu près toutes les religions, qui sont, à ce titre, des monuments d'homophobie et de discrimination.

On se demande d'ailleurs comment des centaines de millions d'individus ont pu survivre à cinquante siècles de pareil obscurantisme.

La prêtrise n'est pas un droit ; c'est une *charge*, qui en tant que telle demande des *sacrifices*.

Tous ceux qui prétendront que je soutiens une *interdiction civile de l'homosexualité*, comme si j'étais un calviniste ultra, ou un musulman radical, recevront mon pied dans le coccyx ou mes témoins à leur domicile.

Je suis pour une séparation claire et négociée entre l'État et la religion.

Je condamne donc, en accord là-dessus avec la Cour suprême des États-Unis, les *États* lorsqu'ils interdisent des pratiques qui ne sont pas criminelles en soi (comme la sodomie), mais éventuellement moralement condamnables. Car ces interdits-là sont du seul ressort de l'Église.

Je considère donc comme « logique » et beaucoup moins comme « légitime » le *fait accompli* que les *États démocratiques* officialisent la pratique civile du « mariage gay » – quelles que soient ses appellations locales –, mais par contre du devoir impératif des Églises chrétiennes de condamner cette pratique, au nom des deux Testaments.

Un gauchiste ne recherche pas le pouvoir, au contraire : il recherche le *contre-pouvoir*. Il ne recherche pas la culture, il recherche la *contre-culture*. Les groupies y abondent.

La seule fois où, peut-être, l'invasion de la France par la Prusse était justifiée, en 1791-92, elle échoua. Il faut dire que les idées prussiennes avaient, par contre, déjà largement gagné les « consciences » françaises.

On a toujours les Voltaire qu'on mérite.

La différence entre les progressistes et nous ce n'est pas que les progressistes croient au progrès et pas nous. Ou plutôt, si, en effet, eux y CROIENT comme à un Dieu unique, qu'il a d'ailleurs pour de bon remplacé dans la conscience bio-historique de l'espèce.

Mais pour nous le Progrès en son entier n'est qu'une parabole bourgeoise de la Chute, et en fait la Technique nous semble appartenir à ce domaine du « danger de l'être » dont nous parle Heidegger, bien plus qu'à cette messe tribale pour idoles cellulaires et cybernétiques qui aujourd'hui passe pour une forme de spiritualité.

Qui ne conçoit pas la Technique comme *le danger ontologique par nature*, c'est-à-dire comme la nécessité agencée en programmation du monde, est un sinistre pitre.

Mais ce n'est pas parce que quelque chose recèle un *danger* – et Heidegger comme Nietzsche le soulignent à plusieurs reprises – qu'il faut en avoir peur, céder à ses pouvoirs de fascination, ou ne pas vouloir, par cette lâcheté qui assure soi-disant notre survie, s'en *soucier*.

On connaît l'aphorisme : Si tu ne t'occupes pas de la politique, la politique s'occupera de toi. Aujourd'hui on pourrait rajouter : Ne t'occupe pas de la Technique, la Technique saura t'occuper.

De plus en plus le cinéma devient un simple *rollercoaster* sur écran. Il revient à l'animation de foire, *il revient à ses origines*.

Le numérique, en cela, montre toute la puissance invertie de son « progrès ». Dans un quart de siècle, alors qu'on commémorera l'avènement de la bande sonore synchronisée, on s'étonnera que des personnages *parlent* dans un film, et surtout pour se dire vraiment quelque chose ; on se demandera ce que viennent faire ces lignes de dialogue encombrantes – n'est-ce pas ? – pour *le développement de l'action*.

Mais la réplique dialectique nationale-contemporaine, celle qui configure une partie du cinéma d'auteur de mon pays d'origine, ne propose rien d'autre que la maladie inverse, c'est à croire que toute action y interromprait – sacrilège ! – le débit sans fin des dialogues.

Les idéologies postcapitalistes détruiront donc un des plus beaux accomplissements de l'âge industriel-électrique, sans savoir ce qu'elles feront, comme d'habitude.

On trouvera d'un côté le cinéma « hollywoodien », qui remodélisera sans fin des formules bien rodées, et dans lesquelles le dialogue se réduira à quelques bruits de pétarades et jurons en toutes langues ; et de l'autre le cinéma « francolivoudien », ou l'une ou l'autre de ses moribondes variantes nationales (le cinéma italien, par exemple), dans lesquelles l'absence de toute cinématographie sera comblée par des dialogues explicatifs ou pseudo-poétiques à n'en plus finir.

Je précise tout de suite que des Français seront tout à fait capables de faire du cinéma d'action « hollywoodien », et des Américains du cinéma d'auteur « francolivoudien », les deux cas se sont vus.

Quelques artistes solitaires, des deux côtés de l'Atlantique, refusent et continueront de refuser cette dichotomie dualiste mortifère et ils produisent et continueront de produire du *cinéma*.

Le *sampling* – copie numérique du SON – ne pouvait certes pas remplacer complètement les MUSICIENS. Par contre l'image digitale tridimensionnelle – copie numérique de l'ACTEUR – se substituera sans trop de difficultés à celui-ci.

Bien sûr, on le constate depuis un moment déjà, le rôle le plus important de tout acteur ne se trouve dans aucun de ses films : son véritable « premier rôle », surtout aujourd'hui, est d'être une personne réelle, avec un vrai métier, de vrais horaires, un vrai salaire, *son premier rôle est d'être un acteur*.

Par exemple : monter les marches du Palais des Festivals, à Cannes, répondre à des interviews d'Isabelle Giordano, Augustine Losique ou Marie-Chantal Latrombine, pratiquer un sport extrême, adopter un animal ou un vignoble en voie de disparition, épouser une autre actrice, divorcer d'une chanteuse, assassiner une maîtresse encombrante.

Le rôle du futur acteur, de l'acteur du milieu du XXIe siècle, se bornera donc à signer un contrat exclusif avec telle ou telle firme transnationale pour la reconstitution digitale de son apparence physique et à permettre que sa « personnalité » d'acteur, par nature polymorphe, soit plus ou moins stockée sur mémoire cybernétique.

Il sera rétribué pour répondre à des entrevues, monter des marches, accéder à des podiums, serrer des mains, signer des autographes, sourire aux photographes, brandir des statuettes commémoratives, lire des discours, patronner de bonnes œuvres, défiler pour la Paix. Il pourra éventuellement faire de la politique, postuler pour la charge de gouverneur de l'État de Californie ou de conseiller municipal de la Mairie de Paris.

Pendant ce temps-là, et si l'on peut le dire ainsi, sa copie digitale se tapera tout le boulot pour le prix de quelques lignes de code.

Ainsi l'acteur sera payé pour représenter – dans la « vraie vie » – la copie digitale de lui-même.

The show must go on.

Aujourd'hui, selon les nouvelles télévisées québécoises, « manifestation de rue » à Bassora pour protester contre les coupures de courant électrique et l'inflation du prix de l'essence (liée au marché noir et à la délinquance). Les images viennent d'on ne sait où. D'abord, plan serré : des jeunes gens en turban criant en arabe des slogans hostiles à l'Amérique et brandissant quelques pierres. Ils n'ont pas l'air content en effet, et on se dit que les forces de sécurité locales vont avoir du pain sur la planche. Mais le cameraman, bêtement, se permet de reculer un peu et de raccourcir sa focale. Un plan large succède au plan serré : une soixantaine de lascars au milieu de la rue avec, en face d'eux, une section de *Royal Marines* à peine moins nombreuse.

Manifestation de rue.

Indicible beauté mortelle de la novlangue journalis-tique-humanitaire.

Nouvelle contre-offensive des forces américaines contre les *gunmen* post-baasistes qui parviennent à tuer environ un soldat américain chaque jour, guerre d'attri-tion conduite sans le moindre espoir, sinon celui de faire chier le populo. D'après mes informations, la population irakienne commence d'ailleurs à se désolidariser pour de bon des actions de sabotage perpétrées contre *ses* oléoducs et *ses* infrastructures routières, qu'elle vient juste de se réapproprier, à bon droit, après trente années de népotisme saddamite. Il est clair que, dans les zones urbaines notamment, on commence à sérieusement se lasser de l'insécurité générale et du crime organisé à ciel ouvert.

Je me demande si les Américains ne jouent pas un peu avec les nerfs de la population du pays pour défi-nitivement isoler Saddam et ses partisans, au prix de quelques GI.

Le pire aspect des révolutionnaires ce n'est pas tant qu'ils sont dans l'incapacité ontologique de s'adapter à toute forme de société, mais qu'ils cherchent à tout prix à y parvenir.

J'aurais dû intituler ce Journal : *Journal de la Contre-Révolution permanente.*

Parfois je comptais les heures
Me séparant de ma vie ;
Parfois j'observais la mort
Comme une sacrée salope ;
Souvent je quittais les gares

Au sommet de l'ennui ;
Et tandis que par-delà
Les villes zootropes
S'animait
Le plasma de l'aurore,
Je passais comme une ombre
Sur le fil
Du rasoir tendu
Entre des draps,
L'été.
Et je n'étais qu'un nombre
Oublié au matin
Dans l'aube des frigidaires
Et des petits cafés.

Pas loin de mille romans, m'a-t-on dit, à la prochaine rentrée littéraire, dans moins d'un mois maintenant. Un seuil critique symbolique vient d'être franchi avec ce nombre à quatre chiffres, cela doit être compris comme l'avancée en mode *fast-forward* vers le social-culturisme accompli, vers la fin de toute authentique *différence*.

Sur les linéaires de littérature que ces mille ouvrages vont remplir on trouvera – paraît-il – plus de la moitié de « premiers romans ». On ne sait trop pourquoi, mais depuis une dizaine d'années le « premier roman » est un genre en soi, et un de ceux qui rapportent le plus. Un festival annuel (où je fus convié en 1994) lui est consacré par la bonne ville de Chambéry.

Bien sûr, il demande une vitesse de rotation accrue des équipes de travail rédactionnelles, qui doivent fournir en flux tendu, pour chaque automne, des « premiers romans » qui se doivent de ressembler à des « premiers romans ».

« *L'écrivain-né, à quelque époque qu'il vive, ne se soucie pas d'appartenir à la littérature contemporaine. Pour le véritable écrivain, est littérature contemporaine ce qu'il écrit* », Nicolás Gómez Dávila.

Faire intelligence avec l'ennemi, en ce qui nous concerne, c'est faire un ennemi de l'intelligence.

Nous ne pouvons même plus nous payer le luxe d'une défaite, comme par tant de fois depuis deux siècles et des poussières, car nous signerions ainsi la dévolution terminatrice de toute l'humanité.

Ces sycophantes de l'abrutissement collectif qui brament un peu partout que les Américains seraient d'horribles *positivistes* !

Sinistres pains d'andouille qui se balancent au gré des courants d'air de leur pensée !

Ils n'ont pas compris que, pour les Américains, la Technique n'était pas de l'ordre de la Raison, mais de la Foi ! Ils refusent d'admettre la grandeur *TRAGIQUE* de ce peuple d'aventuriers, ils ne saisissent rien de sa relation – ô combien paradoxale, *dia-bolique* – avec la Technique dont il a fait une Métaphysique opérative. Ils n'ont toujours pas assimilé le fait que, poste avancé des simulacrons du capital, l'Amérique est par nature schizoïde et qu'elle est ainsi le territoire des expériences conduites par l'opération de division infinie, en ce momentum précis de notre traversée des mondes.

Dire que les futuristes italiens sont voués aux gémonies par toute une coterie branchouille, dont les pensums ronflants sont édités par les institutions muséographiques de la République[1], sous le fallacieux prétexte qu'ils firent une « apologie idiote de la force brute de la technique » et surtout qu'ils emboîtèrent le pas à Mussolini, alors que c'est Breton et sa bande, si je ne m'abuse, qui clamèrent haut et fort que « le plus surréaliste de tous les actes consiste à prendre un revolver, puis à descendre dans la rue pour tirer sur la foule au hasard ».

Il faut dire que les surréalistes ne se sont, eux, compromis avec personne.

Les communistes ne sont responsables d'aucun génocide, on le sait.

Voici comment fonctionne le révisionnisme pop : après la mise à jour quantifiée des crimes du communisme dans le fameux *Livre noir du communisme* de Courtois et Werth, on a vu pulluler aussitôt ou presque une petite armada de clones destinés à prouver que, voyez-vous, eh bien non, il n'y a pas que les communistes à avoir commis des crimes de masse au XXe siècle (sans blague ?), ou à avoir usé de discrimination (on sent le glissement sémantique s'amorcer). Bien sûr, le *Livre noir du communisme* s'était inspiré du fameux *Livre noir* des années 1940, statuant sur le sort des juifs d'Europe durant la Seconde Guerre mondiale.

Dès lors on pouvait pondre un *Livre noir du colonialisme*, un *Livre noir de l'Algérie française*, un *Livre noir*

---

1. Voir certains écrits publiés par le musée de Beaubourg, et quelques fameuses revues d'art, entre autres signés de ce pitre républicain de Régis Debray, qui ne cesse de laisser de puissants étrons sur son passage, comme son dernier machin de médiologie appliquée sur la « fonction du religieux » dont quelques pages glanées au hasard ont au moins eu le mérite de me faire bien rire. *Fonction du religieux* ! On croirait un plombier planté devant un codex maya et qui s'interroge sur la « fonction » de cette bizarre tuyauterie.

de l'Amérique, et – *at last but not least* – TROIS *Livres noirs* sur le Canada anglais.

Lorsqu'on publiera le *Livre noir de la Principauté de Monaco*, les ventes tripleront, voire décupleront, et l'on pourra observer avec toute l'attention requise, lors de talk-shows télévisés, des commentateurs aux mines sinistres nous présenter longuement ce camp de concentration pour riches où les pauvres n'étaient pas admis.

Vouloir à tout prix rendre *tout équivalent*, obsession compulsive du néo-bourgeois contemporain. L'exemplaire de *Marianne* que j'ai entre les mains – que je tiens du bout des doigts, devrais-je dire – en est comme une sorte de bréviaire.

Le bréviaire de l'ignorance.

Vite : un *Livre noir de l'islamisme*.

Les barbouzes franchouilles foirent complètement leur tentative d'opération commando pour libérer Ingrid Betancourt des mains des narco-léninistes des FARC. Hé, la Chiraque, besoin d'une carte de la Colombie ?

Après l'Amérique du Nord, c'est dans toute l'Amérique latine que SuperDeGaulle et son caniche passent désormais, et toute notre nation avec, pour une bande de guignols.

Nouvel attentat contre un oléoduc puis contre des policiers irakiens. Pendant ce temps, non seulement l'électricité peine à revenir ailleurs qu'à Bagdad mais tout le nord-est des États-Unis et la province de l'Ontario viennent de s'offrir le black-out de l'histoire. Le Québec, principal fournisseur des réseaux de la côte Est américaine, n'étant pas interconnecté au *power grid*, nous n'avons pas été touchés. J'ai donc pu suivre les événements devant une télévision imperturbablement fonctionnelle.

Si tout le monde a pensé à l'éventualité d'un acte terroriste, avant que les premières analyses ne contredisent cette thèse, il faut bien se rendre compte que, parmi cette masse de téléspectateurs, il y a évidemment des terroristes ! Et puisque les cellules d'Al-Qaeda, nébuleuse rejoignant des CENTAINES d'organisations islamistes de par le monde, sont autonomes et fonctionnent sans même savoir ce que font les autres, chacune en tire les conclusions qui s'imposent mais à sa manière et avec son agenda.

Aussi, ce qui s'est produit hier entre l'État de New York et les Grands Lacs est-il une sorte de *test grandeur nature sur le sol américain* : chaque camp est en train d'analyser les données disponibles et d'en tirer le maximum d'informations pour le futur.

Les États-Unis sont face à un problème que j'appellerais le « métabricolage civilisationnel », dans lequel les technologies aérospatiales et cybernétiques du XXIe siècle cohabitent avec des infrastructures remontant au début du XXe, voire à la fin du précédent !

Cette faiblesse stratégique est en ce moment même analysée en direct par les spécialistes d'Al-Qaeda, qui chercheront très probablement à reproduire un tel accident.

Les contre-analystes du *Home Department* le savent, et ils planchent déjà sur un programme visant à prévenir cette occurrence.

Cette guerre n'a d'autre *fin* que l'Humanité elle-même.

D'après ce que je sais, par mes sources policières, dont celle qui m'a servi à l'écriture de *Villa Vortex*, il n'y a aucune baisse de la criminalité en France, au contraire. Les chiffres sont outrageusement manipulés par les ministères, et en premier lieu celui de l'Intérieur, c'est-à-dire par cette farce vivante qu'est Sarkozy !

Jamais autant de *tournantes*, organisées dans la crasse de ces endroits sordides que la racaille, qui fait la loi dans les cités, dénomme, avec son humour de petit nazillon crapuleux : *palaces*, et où l'on est violée en série, pour rien, pour un regard, parce qu'on est jolie et que le « boss », c'est-à-dire le petit kapo ou le néo-féodal local, a des vues sur vous.

Quinze mille voitures carbonisées en l'espace d'une année (2002), des agressions routières en augmentation constante, accompagnées d'une brutalité homicide caractérisée (voir le dernier « incident » en date, avec un chauffard armé d'une machette), des viols en réunion sans cesse plus nombreux, devenant une véritable « culture populaire », des intrusions armées, des « squats forcés », des mises en esclavage, littéralement, comme en Arabie ou au Yémen il y a cinquante ans (je reste calme), les témoignages s'accumulent. Les jeunes filles des cités s'organisent et dénoncent le RÉEL que le machisme islamique leur impose : des jeunes femmes obligées de baisser les yeux dans la rue au passage des bandes ou lorsqu'elles traversent par mégarde ou par obligation les quartiers où domine, tiens – erreur du statisticien sans doute –, une large majorité de jeunes musulmans détestant notre pays et vouant l'Occident tout entier aux gémonies, qui se feront insulter de plus belle à la moindre tentative de réponse, voire frapper, jusqu'au traumatisme, la mort, et jusqu'à être brûlées vives dans une benne à ordures !

Elles dénoncent la collusion des pouvoirs publics, de la presse bien-pensante et des organisations islamistes, officialisées par cet androïde décorticalisé de Sarkozy et son fameux Conseil représentatif, désormais représentatif de ce que la majorité des musulmans de France est en effet affiliée à une mouvance de pensée proche des islamistes, des plus radicaux aux soi-disant « modérés » !

Chaque jour en France, on pénalise la légitime défense, on organise la soumission de masse par l'adjonction d'un peu de culture pop aux slogans anti-racistes bien rodés par vingt-cinq ans de matraquage culturo-publicitaire, et puisque la justice est noyautée par de *petits juges rouges* qui peuvent enfin détruire l'ordre social tant honni depuis l'intérieur, toute tentative civique de répondre à un acte criminel est elle-même devenue un crime ! On court derrière les méchants financiers ou zommes-politiques très corrompus, et surtout très visibles. On se lance à la chasse aux collabos cinquante ans après les faits, mais on laisse se développer une criminalité organisée, ethnique, endémique et *politiquement endoctrinée*, alimentée par des flux migratoires hors contrôle, sans projet ni espace politique pour les absorber (à l'inverse des États-Unis), avec la panoplie « pop-culture » qui va de pair et qui nourrit grassement les abrutis branchouilles des maisons de disques, de la presse « jeune » et des radios. On laisse ainsi la jeunesse progressivement s'islamiser, par « choix » ou sous la pression, comme en prison où, dans les banlieues mégapolitaines genre Lyon, Marseille ou Paris, les gangs arabo-musulmans tiennent le haut du pavé, parfois en connexion directe avec des organisations terroristes étrangères, sous l'œil comptable et impassible de la République. Bref, c'est une véritable DISSOCIATION GÉNÉRALE DE LA SOCIÉTÉ FRANÇAISE à laquelle on assiste, et cette désagrégation est quasiment indicible de nos jours, sous peine de poursuites judiciaires, voire de menaces de mort[1].

---

1. L'affaire Redeker, en septembre 2006, en a apporté la preuve, si besoin était.

Cette dissociation culturelle générale est inséparable du terrorisme antiraciste qui sévit depuis 1981, mais ne devrais-je pas dire plutôt 1968, voire 1962 ?

Une petite digression lexicale s'impose : est antiraciste quiconque combat le racisme antinoir ou anti-arabe ou antimusulman ou anti-islamiste ou anti-indien ou anti-ce-que-vous-voulez. Seul est raciste celui qui s'en prend au racisme anti-Blanc, au racisme antisémite ou antichrétien, en un mot au racisme anti-occidental.

Celui-là est une bête immonde qu'il faudra faire taire par tous les moyens, entre deux castagnages d'actrices ou d'hôtesses de l'air.

C'est quoi l'insulte suprême dans les banlieues, déjà ? Ah, oui, *sale Français*[1].

L'Homme de Gôche est une synthèse unique dans l'histoire pourtant fort longue et complexe de notre nation de gallinacées : il parvient en effet, sans jamais pouvoir être accusé de *centrisme* – la pire chose à laquelle un social-démocrate ultra veut être comparé, n'oublions pas qu'il doit rester un *rebelle*, à la « poésie en forme d'étoile » –, il parvient, disais-je, à rester *engagé* sur les grands problèmeuh-de-société (comme la coupe abusive des conifères au Canada, par exemple) tout en travaillant pour un magazine hyperbranché, fabriqué avec de la cellulose directement produite par lesdits conifères, magazine quadrichromique sur papier glacé qui vantera, entre deux articles pour une start-up éthique amazonienne et une marque de blue-jeans responsable, les délices de la Bourse.com à de jeunes internautes qui en veulent et qui voudraient en plus « redynamiser leur potentiel personnel grâce au travail

---

1. Sale *cé-fran*, en dialecte local.

coopératif avec les peuples du tiers monde ». Ainsi notre Homme de Gôche peut-il manifester, par un quelconque mouvement des pieds, son soutien à la cause du peuple palestinien, alors qu'il revient d'un séminaire d'entrepreneuriat néo-zen à Ibiza.

On note une nette recrudescence des profanations de cimetières militaires américains ou britanniques datant de la Première ou de la Seconde Guerre mondiale depuis le début de l'offensive alliée en Irak.

Il n'y a évidemment aucun lien, d'aucune nature que ce soit, entre ces deux faits distants de quelque quatre mille kilomètres et trois quarts de siècle.

Cela se saurait si, en ce bô-paihi qu'est la France, il y avait une relation quelconque entre les événements du Moyen-Orient et une certaine population vivant sur notre sol. Le simple fait de l'énoncer pourrait d'ailleurs me valoir des troubles avec la loi Gayssot, et l'inimitié persistante des groupuscules de nazillons trotskistes ou islamistes, ce qui ne peut que me combler d'aise.

Le peuple américain a encore des couilles. Cela, les petits Zéropéens et leurs zérocrates-de-Bruxelles ne peuvent le lui pardonner.

En effet, chaque jour qui passe démontre un peu plus l'inactivité totale de la France et de ses alliés germano-belges dans tous les dossiers chauds de l'heure. Des troupes polonaises viennent d'arriver en Irak, pour Nadjaf, et des soldats canadiens sont partis relever quelques unités américaines en Afghanistan.

L'armée française, elle, comme en 1940, est partie à la pêche.

Et comme en 40, elle risque de se retrouver nez à nez avec un très gros poisson.

La Belgique, cette chiure de l'Europe, est devenue son centre actif.

En production d'étrons.

État fédératif sans le moindre intérêt, la Belgique est une invention stupide de l'Angleterre qui ne voulait pas, après 1815, qu'Anvers tombât aux mains de la France. Les Flandres néerlandophones devraient, selon moi, être rattachées aux Pays-Bas et la Wallonie à la France. D'où sort cette union artificielle sinon, déjà, des plans humanitariens de la bonne société bourgeoise européenne du XIXe siècle ?

Le jour où l'Europe se fera sera le jour même où l'on défera la Belgique.

C'est parce que la France est la dernière chance de l'Europe que celle-ci est en train de la détruire. Et c'est parce que l'Europe est la dernière chance de la France que celle-ci ne la fait pas.

Chaque fois que j'écris ou que je prononce les mots « forces alliées », je sais que la France n'en fait plus partie. En un geste glorieux qui lui vaudra certainement de la part de la gauche mondiale des pages de dithyrambes lors de ses funérailles, la grande Chiraque – SuperDeGaulle – vient de nous renvoyer à l'époque de Montoire, quand Pétain signait la reddition fatale face à Hitler et ses généraux.

Et encore, Pétain, lui, n'avait même pas osé rejoindre officiellement les forces de l'Axe.

En bon œdipien, Chirak aura tué le Père sans savoir que, dans le même temps, il tuait la Mère aussi.

La Génération-Chirak a les gaullistes qu'elle mérite. Jean-François Kahn, par exemple.

L'islamisation de la France est en train de provoquer les premières grandes fêlures transpolitiques de cette nation. Je devrais dire les dernières, avant la guerre civile.

L'Histoire a le mauvais goût d'être beaucoup trop manichéenne pour les centristes de tous bords.

C'est au son de *La Marseillaise*, cette pauvrette chanson de marche, que l'on enverra – lorsqu'il sera trop tard, comme d'habitude – des générations entières de jeunes Français se faire trouer la peau pour un pays qui ne voulait plus les défendre et qui n'en vaut plus la peine.

Au moins 10 %, voire 12 % de la population française est de confession islamique. Le triple dans une génération. Première religion de France dans moins d'une décennie, et d'ores et déjà selon moi, car je me réfère à la *PRATIQUE*.

Quiconque ne voit pas qu'un destin à la bosniaque nous est réservé est une sale hyène collabo, une ordure hypocrite qui, le jour venu, hurlera plus fort que les loups.

J'ai dit un jour que tout Européen qui se respecte doit se tenir prêt à défendre Jérusalem.

Le problème réside en ceci que ce sont peut-être des Israéliens qui viendront un jour nous aider à défendre Paris.

Je sais fort bien que ce que je dis est parfaitement INTOLÉRABLE pour les oreilles dûment dressées de la plupart de mes contemporains et compatriotes. Je suis un psychotique réactionnaire à la solde de l'Amérique sioniste-fasciste, ne l'oubliez pas. La France se dirige donc en fait vers un destin qui fera passer *Amélie Poulain* pour un film d'horreur genre *Massacre à la tronçonneuse*.

Nous allons droit vers des lendemains qui chantent, comme on disait au PCF, et des avenirs meilleurs, comme on le proclamait chez *Actuel*, vous pouvez en toute bonne conscience en être persuadés, puisque je suis cliniquement dingo.

Rien, jamais, on peut en être sûr, n'arrêtera la République.

Rien, non plus, on en était certain, ne pouvait arrêter ce transatlantique, insubmersible puisqu'on vous le dit.

Allons z'enfants de la Matrice...
Le jour de croire est arrivé
Que Dieu est une marque de saucisses
Et qu'on s'abonne à la liberté,
Et qu'on s'abonne à la liberté !

Charles Taylor, pourtant inculpé de crimes de guerre et contre l'humanité, trouve refuge au Nigeria. Son successeur autodésigné sous les auspices de l'ONU, un certain Moses Blah (blah-blah), n'est autre que son ancien lieutenant, autant dire le chef exécutif des génocides. L'un est en poste à Monrovia, l'autre se la coule douce à Lagos. Tout cela sous l'œil impassible de la bureaucratie onuzie et de la gauche mondiale.

Ces cons de rebelles libériens ne voient donc pas qu'ils dérangent les plans de tout ce joli monde avec leurs incessants APPELS À UNE INTERVENTION AMÉRICAINE IMMÉDIATE ? Voilà qui est franchement indécent. Imaginez un peu que l'exemple se propage !

Zut de zut, les peuples du globe n'appelleraient plus la République franchouille et Nelson Mandela à la rescousse quand leurs libertés sont menacées ? Ne serait-ce point là un infâmant scandale, la preuve d'une pernicieuse manipulation yankee, un acte violemment antidémocratique et attentatoire aux règles sacro-saintes de la « communauté internationale » ?

Mort d'Idi Amin Dada, un mois après être entré dans le coma dans un hôpital d'Arabie Saoudite, où l'ancien dictateur avait trouvé refuge en 1979.

Les bourreaux sanguinaires ont un don inné pour disposer de *Sainte-Hélène* à leur mesure.

La « communauté internationale » c'est le communisme international sans les Soviétiques. Ce n'est pas obligatoirement un très grand progrès.

Je ne sais ce que foutent les États-Unis au Liberia, ou plutôt ce qu'ils n'y foutent pas. Des rumeurs persistantes font état de dissensions au sein de l'exécutif américain : les « pour » font valoir l'effet positif de dominos dans cette région du monde anciennement sous protectorat postcolonial français ou britannique ; les « contre » font remarquer les coûts énormes déjà supportés par la Défense américaine dans les Balkans, en Afghanistan et en Irak.

L'Amérique ne dispose certes pas de moyens infinis. Et si un bataillon de *Marines* est désormais posté à Monrovia, on sent une grande réticence de l'administration Bush à s'engager plus avant dans le bourbier. C'est cependant faire preuve de courte vue si l'on pense sérieusement, à Washington, que les groupes rebelles prodémocratiques vont en rester là, attendre que Moses Blah réorganise ses troupes et poursuive le règne de terreur entamé il y a plus de douze ans par son ancien chef de gang.

Si les États-Unis commettent l'erreur de ne pas intervenir du bon côté dans ce conflit, ils perdront tout le crédit accumulé – n'en déplaise à la propagande chirakienne – depuis l'intervention contre Saddam Hussein.

Une conférence nationale libérienne doit être ouverte immédiatement, les forces armées de Taylor dissoutes et poursuivies comme organisation criminelle, ses chefs jugés, condamnés, pendus.

Je suis un psychotique réactionnaire à la solde de la CIA.

Quand un intellectuel ou un journaliste français vous dit qu'il aime l'Amérique, dites-vous bien qu'il n'aime rien d'autre que *l'Amérique qui déteste l'Amérique*.

Cette cucurbitacée du néo-trotskisme de Michael Moore, par exemple, ou le juif antisémite Noam Chomsky.

Trouvé sur un site Internet, grâce à ma source policière du Val-de-Marne (la presse aux ordres n'a évidemment soufflé mot de l'« incident ») :

Vingt et une personnes ont été arrêtées, la plupart de nationalité nigériane, soupçonnées de trafic d'êtres humains ou d'infractions à la législation sur l'immigration.

La plupart seraient âgées d'une vingtaine ou d'une trentaine d'années. « Dix d'entre eux sont des hommes noirs, neuf des femmes noires et deux des femmes blanches. Une des femmes allaitait un bébé, qui est maintenant sous la responsabilité des autorités », a précisé le responsable de l'enquête, le commandant Andy Baker.

Cette opération, qui concerne d'abord un réseau de contrebande d'enfants africains en Grande-Bretagne, « a un lien très fort avec Adam », a déclaré le commandant Baker.

« Nous sommes presque sûrs que nous avons le groupe d'individus qui ont amené Adam dans ce pays », a déclaré son adjoint, Will O'Reilly.

Lors de perquisitions, la police a prélevé des « substances intéressantes », notamment des échantillons de terre et d'argiles, et un crâne d'animal enveloppé dans une substance fibreuse et traversé d'un clou.

« Ces articles ont de toute évidence une signification rituelle et vont être expertisés », a indiqué l'inspecteur principal O'Reilly.

Les enquêteurs vont chercher à établir si elles sont semblables aux substances découvertes dans l'estomac d'Adam, qui avait avalé avant sa mort une potion contenant notamment des os broyés, du quartz et de tout petits morceaux d'or.

« Nous ne jugeons pas une culture, nous enquêtons sur un crime », a pris la peine de préciser Andy Baker. [...]

Un grand nombre des personnes arrêtées sont originaires de la région de Benin City, au sud-ouest du Nigeria. Elles vont subir des tests ADN pour vérifier si elles sont liées à Adam.

À partir de substances (pollen, plomb...) retrouvées dans les os et l'estomac du cadavre, les experts britanniques ont réussi à déterminer que l'enfant était originaire d'une bande de territoire du sud-ouest du Nigeria de cent soixante kilomètres sur quatre-vingts, entre Benin City et Ibadan.

Pour cette opération, les policiers chargés de l'enquête sur le meurtre rituel ont coopéré avec une autre enquête en cours sur le trafic d'enfants africains en Grande-Bretagne.

« Nous avons découvert ce que nous pensons être un réseau criminel spécialisé dans le trafic d'êtres humains, particulièrement en provenance d'Afrique à travers l'Europe vers le Royaume-Uni, la route qui selon nous a été empruntée par la victime de ce meurtre », a indiqué Will O'Reilly.

Des enfants africains sont amenés illégalement avec de faux documents en Grande-Bretagne et passent entre les mains de faux parents successifs, qui réclament en leur nom des allocations. Ils sont également forcés de travailler comme « esclaves » ou utilisés dans la prostitution, a expliqué Andy Baker.

« Nous ne savons pas combien d'enfants sont impliqués dans ce trafic, mais ils se comptent probablement par centaines, sinon par milliers », a-t-il ajouté.

Dire que je suis un auteur de « fictions » ! Nous n'avons encore vu que le tout début de la fin.

À Telgate, Italie du Nord, et ce depuis maintenant trois années consécutives, la fête de Noël est officiellement bannie et remplacée par une « Fête de la Joie multiculturelle », par l'effet d'un arrêté municipal ubuesco-stalinien qui prend pour prétexte la *présence d'étrangers venus principalement du Maghreb*[1]. La tra-

---

1. On note ici l'hypocrisie et l'inversion sémantique généralisée qui sont le fait des régimes totalitaires, comme le savait Orwell. Si un gouvernement de « droite » avait fait passer n'importe quel type de décret sous le prétexte de la *présence d'étrangers venus principalement du Maghreb*, nul doute que toutes les bonnes âmes humanitaires auraient hurlé d'une seule voix pathétique à la discrimination raciale ou religieuse : à ce titre, l'interdiction de la fête de Noël doit être lue comme une grande avancée des droits humains, comme une

dition du *panetonne* a également été supprimée pour cause de présence de saindoux (interdit dans le Coran) dans sa préparation !

Remplacer vingt siècles de tradition chrétienne par une « Fête de la Joie », comme sous le IIIe Reich ou la dictature de Staline : ce que les communistes et les nazis ne sont pas parvenus à faire, la postmodernité islamisée le réalise !

Inch'Allah !

Plus de trois mille morts en France à cause de la canicule estivale ! Un véritable 11 septembre juste parce que la France n'a jamais eu l'idée d'installer l'air conditionné dans ses édifices publics et encore moins privés.

Comme me le rappelait vertement un gaulliste de gauche et anti-américain passionné, il y a une dizaine d'années, lors d'une vague de chaleur sinon analogue du moins annonciatrice de celle-ci, et après que je fis allusion à cette absence notable de systèmes de refroidissement de l'air ambiant en comparant avec New York City : « Dites donc, jeune homme, justement, *nous ne sommes pas en Amérique tout de même !* »

Mérite incomparable des dérèglements climatiques : ils renvoient les cons et les technocrates à leurs icebergs et leurs paquebots insubmersibles.

Spectacle désopilant sur TV5 : Raffarin, brutalement réveillé de sa sieste, nous improvise une petite visite télévisée aux personnes âgées crevant de chaleur dans des hôpitaux dignes de Ouagadougou. On le voit distribuer des verres d'eau aux vieillards à demi inconscients, Mère Teresa mâtinée d'Edgar Faure ou de René Coty,

forme nouvelle et promise à un grand avenir de *discrimination positive*.

cauchemar tout juste revitalisé d'une Quatrième qu'on croyait définitivement enterrée.

La Ve République, c'est la somme de toutes celles qui l'ont précédée.

Quand on ajoute des quantités négatives, on se dirige toujours un peu plus vers l'*infiniment moins*.

Bien sûr, cette hécatombe a pour principal responsable la désorganisation totale que les trente-cinq heures (en fait les vingt-sept et demie pour la plupart de ses bénéficiaires) et la politique syndicrate des droizakis ont infligée en quelques années à l'un des meilleurs services hospitaliers d'Europe, devenu, par la grâce de cette idéologue forcenée nommée Martine Aubry, une sorte de Roumanie de luxe, tout juste.

À côté de Martine Aubry, même Hillary Clinton a l'air humaine.

Tout acte de Création est une négation active de soi, et une affirmation absolue du Monde.

L'inverse exact des préceptes de l'auto-expression qui fondent l'Art moderne.

Villa Vortex, c'est la mise en narration phénoménologique absolue de ma conversation critique du gnosticisme au Christianisme. Si ce livre avait été *le récit de ma conversion*, il n'aurait revêtu aucun intérêt.

Quelqu'un est-il encore capable de saisir la différence, fondamentale ?

C'est étrange, mais – à l'exception de quelques solitaires géniaux [1], et si on compare ce qui est comparable – les journalistes québécois, à ce jour quatre grands

---

1. Comme Juan Asensio, qui publiera bientôt dans *La Revue des Deux Mondes* une analyse littéraire telle qu'on n'en a pas lu en France depuis un bon moment.

hebdos et quotidiens ont critiqué le roman, ont bien mieux accueilli *Villa Vortex* que je ne le pensais, et surtout bien mieux que beaucoup de leurs confrères de la presse populaire franchouille.

Devenir catholique et devenir nord-américain. Tout, sans doute, me poussait déjà depuis longtemps dans cette direction IMPOSSIBLE.

La *JOIE*, sentiment aristocratique de plénitude artistique corrélative à la conscience tragique de la Mort, et de son retournement dans l'Au-delà, est l'inverse exact du *BONHEUR* et de l'aspiration bêtifiante à sa « poursuite » matérielle, sentiment typiquement démocratique.

Je ne défends les démocraties que contre elles-mêmes.

Les « Lumières » – je pense à Condillac, Diderot, d'Holbach, en particulier – avaient pour but parfaitement officiel d'évacuer toute Métaphysique de leur *concept de Nature*.

Ils ont donc fait de la « Nature » leur immonde métaphysique, puis quand la Nature laissa la place à son expansion exogène infinie, sous la forme de la Technique, tout fut prêt pour la catastrophe générale, dont ils n'étaient que les artisans aveugles, stupides et inconscients.

Car, en comparaison, l'erreur spinoziste : *Deus es natura*, quoique programmant certainement – comme celle de Descartes – le geste suicidaire du XVIIIe siècle, estime encore nécessaire ce Dieu dont la présence commençait pour de bon à s'estomper – dans le cœur et l'esprit des hommes, et dans la chair des sociétés –, tout en le BORNANT aux limites externes et internes de la

Nature. Gravissime erreur, car c'est par DÉFINITION que Dieu est non seulement ce qui est INABORDABLE, mais aussi ce qui BORNE la Nature, et non l'inverse.

Mais Condillac, Diderot, d'Holbach allaient franchir une étape cruciale : il suffit de lire le *Traité des sensations* du premier et le *Système de la nature* du dernier pour tomber presque illico sur des pages de pure propagande scientiste-naturaliste et violemment anticatholique, donnant du monde la représentation de leur foutue « vaste mécanique », avant de faire de ce monde, par la bassesse de leur pensée, une pure accrétion de micromécanismes, qui, par sens du comique sans doute, se définissent comme « êtres vivants », et « humains ».

Le Technique planétaire, c'est le moment où la suprématie de l'Esprit est corrélative à sa Négation.

Comme le savait saint Jean de Patmos, il y a plus de dix-neuf siècles : c'est au cœur des Ténèbres que la Lumière demeure.

Un aphorisme, c'est l'émergence soudaine d'une catastrophe à la surface de votre conscience, sans que vous ne sachiez la plupart du temps d'où précisément est provenue la lame de fond.

Lors d'un « dîner en ville », ce printemps, pendant ma « tournée promotionnelle » pour la sortie de *Villa Vortex* : après quelques banalités d'usage, ne voilà-t-il pas que la maîtresse de maison, si je me souviens bien, se paie comme un petit tour panoramique des opinions politiques de ses invités. Nous sommes priés de répondre de façon courtoise mais explicite, c'est-à-dire compréhensible par des bourgeois, et surtout dans la plus grande concision, tout le monde sait que pour un bourgeois le temps c'est de l'argent. Le sinistre tour de table a donc lieu et j'angoisse déjà à l'idée de devoir en quelques mots de moins de trois syllabes expliquer ma « position politique ».

Je ne sais pourquoi, pourtant, une sorte de sérénité m'étreint lorsque vient le tour de mon voisin. J'allume un cigare tandis que, avec l'aplomb du cuistre croyant sortir une nouveauté irrésistible, ce voisin de table, pour ne pas dire de hasard, prononce les mots, désormais signes de ralliement de toute une génération qui cherche à couvrir les crimes de masse par un peu d'humour juif mal compris : « Moi, eh bien, moi, je suis marxiste, tendance Groucho, bien sûr, ah, ah, ah !

– Ah ! Ah ! Ah ! », de reprendre la tablée, bien en chœur.

J'attaque le Cohiba alors que déjà les yeux se tournent vers moi. Le regard de la maîtresse de maison se fixe sur ma pauvre existence comme si, à mes lèvres, était suspendu le sort de la moitié riche du monde.

Je recrache la fumée, l'inspiration me guide, au même moment je sais l'effet que tout cela va produire, mais tant pis :

« Oh, moi, je réponds à la question muette, moi je suis franquiste. Tendance Dali. »

Un iceberg prend calmement possession de la pièce.

Quelques personnes courageuses ont pris ma défense, et continuent de le faire, en m'offrant des tribunes d'expression libre. Ils ont tous été menacés, à des degrés divers, par la gaugauche altermondialiste et consorts.

Un texte récent, lu lors d'une conférence donnée aux Voûtes, à Paris, ce printemps, a littéralement fait exploser les petits cheffaillons néo-trotskistes qui sont en charge de la surveillance éthique des messages délivrés à la jeunesse : c'est que j'y accuse nommément le concile de Vatican II de traîtrise envers le Christianisme, et quoique généralement parfaitement agnostiques, les agents de la police libertaire de la pensée n'ont visiblement pu supporter, et je les comprends, je compatis, toutes les implications qu'une telle affirmation pouvait révéler par ma bouche.

Je suis le chien de minuit, lancé dans votre jeu de quilles d'adolescents attardés.

Ces minables lecteurs de journaux qui tentent de faire accroire que toute tentative d'explication des phénomènes UFO n'est qu'un « délire soucoupiste d'extrême droite » !

Pauvres étrons surnageant à peine de votre bouillon de culture de bidet, tristes handicapés du cortex qui de la sorte traitent de nazis des milliers, que dis-je, des dizaines de milliers de *PHYSICIENS*, *INFORMATICIENS*, *MATHÉMATICIENS*, *ASTRONOMES*, *BIOLOGISTES*, et j'en passe, qui, *DE PAR LE MONDE*, consacrent chaque jour leur énergie, sous le mépris affiché des institutions cacadémiques et des petits cons de la Kultur moderne dans votre genre, à tenter de fournir une explication à l'une des plus grandes énigmes de la science actuelle.

Ces pauvres blattes nanarchistes ne sauraient rien dire de la théorie des quanta, et moins encore de l'Univers à dix dimensions, au cas fort improbable où ils en auraient entendu parler, mais on me prévient obligeamment qu'ils viennent caqueter auprès de certains de mes amis, en expliquant au monde médusé par tant de finesse d'analyse que les UFO seraient une conspiration d'illuministes fascisants (sous-entendu : dans mon genre) !

L'ADN aussi, en URSS, était une théorie de schizo-phrènes fascistes.

Lyssenko a fait des émules.

Ils écoutent du rock alternatif.

Le grand danger d'un Raël, c'est qu'il sait pertinem-ment qu'il est à un cheveu de la vérité et que le ratio-nalisme éteint de notre société sans authentique projet ontologique va lui offrir un tremplin inespéré pour sa carrière de gourou international.

Pauvres blaireaux de gauchistes, vous n'avez toujours pas compris que la force du totalitarisme c'est de toujours s'appuyer sur des vérités inacceptables par les démocraties bourgeoises, et surtout par leurs moderni-sateurs accomplis, c'est-à-dire vous-mêmes, et d'ainsi proposer, dans l'inversion générale du nihilisme accom-pli, une sorte d'horizon destinal perverti à des sociétés qui ne croient plus en rien, sinon à elles-mêmes, et encore.

Le gnostique (exemple : le cathare) prétend vivre *DANS* la vérité ; le chrétien l'accueille en lui du mieux qu'il peut.

Depuis quelque temps je croise de plus en plus sou-vent cette locution absurde, et ô combien représentative de nos temps de crasse ignorance libertaire, appointée par le journalisme mode : l'Islam est-il soluble dans la démocratie ?

Aaah, le nombre d'exégèses très sérieuses et volubiles que nos colonies d'asticots journalistes ont proféré à ce sujet, cela suffirait aisément à boucher toutes les vespa-siennes de cette bonne Ville de Paris.

L'Islam est-il soluble dans la démocratie ?

Pauvres dindons bientôt plumés !

334

Que vous faut-il encore pour comprendre que votre démocratie se dissout irrésistiblement dans l'Islam ?

Le crétinoïde anarcho-trotskiste *engagé* défend sans coup férir toutes les abominations antisionistes et pro-islamiques, sans savoir que les militants du djihad le considèrent encore moins qu'un croisé, ou même qu'un *dhimmi*, c'est-à-dire à peu près comme une femme, moins qu'une chamelle.

La différence entre l'Islam et le Christianisme, c'est qu'à l'époque des croisades nous inventons l'amour courtois et qu'au même moment les musulmans parachèvent leur élaboration des codes juridiques et moraux qui, en parfaites exégèses de loi coranique, parquent les femmes dans un statut à peine inférieur à l'animal.

Je n'y suis pour rien si le Coran et ses exégètes (à l'exception très notable des soufis) multiplient les sourates et les hadiths au sujet de cette condition par volonté divine inférieure de la femme. Ce n'est pas moi non plus qui ai écrit *Mein Kampf*, ou *Que faire ?*, ou *La Révolution permanente*, *Le Petit Livre rouge*, les traités de Diánétique, les livres de Noam Chomsky, de Thierry Meyssan et de Nick Mamère. Je n'ai pas rédigé une ligne – je puis vous l'assurer, ô vénérés membres du Tribunal populaire de la Kultur –, pas une ligne, disais-je, de la charte de la Grande Serbie, ou de celle du Hamas, et pas plus d'ailleurs, je le signale, de celle de l'assemblée des rédacteurs du *Monde*.

Dans dix ans, peut-être quinze, il sera discriminatoire de prohiber la polygamie, aussi bien en Europe qu'en Amérique du Nord. Le mariage gay se sera révélé ainsi, contre toutes les attentes des uns et des autres, la porte

ouverte aux sectes fondamentalistes mormones ou islamiques, farouchement anti-homos.

Je suis « contre » le mariage gay, cela signifie-t-il que
je sois « contre » les gays (et lesbiennes) ?

Je suis contre l'ordination des femmes – au sein de
l'Église catholique en tout cas –, suis-je pour autant
« contre » les femmes ?

Et puisque je suis aussi contre le mariage des prêtres,
est-ce que je serais donc contre les prêtres ?

« *Les arbres n'ont pas de dogmes. Les navets sont
singulièrement larges d'esprit* », G.K. Chesterton.

Les plus belles phrases apologétiques de l'Empire
britannique et du puritanisme, on les trouve sous la
plume de ce magnifique catholique que fut Chesterton,
ainsi dans *Hérétiques*, page 212 à 216 de l'édition de
poche Idées/Gallimard.

Cela faisait longtemps que j'avais envie d'écrire une
étude provocatrice, intitulée « Éloge du puritanisme ».
Grâce à Chesterton, je peux conjurer ma trouille, ce sera
sans doute ma première contribution écrite à l'Église
des baptisés, dans quelques mois.

Si j'en veux à ce point aux communistes serbo-
yougoslaves, et en particulier à leurs chefs politiques,
intellectuels et militaires, c'est qu'avec leur campagne
d'épuration ethnique conduite en premier lieu contre les
Croates, puis contre les musulmans, ils ont obligé les
combattants chrétiens occidentaux à se ranger du côté
de l'Islam bosniaque, par combinaison d'un fatal effet
de dominos et de raisons éminemment politiques ET
morales, comme pour tout ce qui concerne la civilisation
chrétienne appelée « Europe ».

Si Milosevic avait été un vrai politique chrétien – comme certains « intellectuels » autistes continuent de le prétendre –, et non un vulgaire politicien coco, ce qu'il a toujours été, et sera toujours, il aurait compris qu'un front uni serbo-croate aurait su contrer toute propagation de l'islamisme en Bosnie comme au Kosovo, tout en assurant la transformation démocratique de la Fédération, et il n'aurait pas permis qu'une telle confusion, fatale pour l'Europe, puisse s'emparer des esprits, des cœurs, des actions.

Mais ce n'est pas avec des intellectuels post-titistes, des généraux génocidaires, de la racaille de prison et des supporters de football avinés qu'on est en mesure d'élaborer une Grande Politique, quelle qu'elle soit, et encore moins de protéger les valeurs millénaires qui jusque-là unissaient encore l'Orient et l'Occident chrétiens.

Milosevic, ce crétin des Balkans qui aura réussi le miracle de créer une super-Palestine en plein cœur de l'Europe, alors qu'il s'agissait d'en faire une petite Turquie.

Je l'ai déjà noté dans un *Théâtre des Opérations* précédent : désormais ce qui menace, c'est la préparation politico-militaire d'une grande Albanie qui réunirait tous les albanophones musulmans de la région, de la frontière grecque à la Macédoine occidentale. Un tel bouleversement géopolitique serait non seulement inacceptable pour les Serbes, mais pour toute la région des Balkans, et en fait pour toute l'Europe, bien sûr.

Pour commencer à comprendre un peu ce qui se passe *là-bas*, il faut tout d'abord se refaire un petit exposé historique de la situation locale, si vous le voulez bien :

1) En 1948, Tito, chef de la Fédération yougoslave, rompt avec Staline et quitte le Pacte de Varsovie. Pour

expliquer comment il a pu en concevoir le projet, et surtout le mener à bien, on remarquera que les Balkans sont la seule zone territoriale est-européenne à s'être libérée par ses propres moyens, c'est-à-dire sans une intervention directe de l'armée Rouge. Pas une seule des autres Républiques populaires n'avait pu se défaire du joug nazi avant l'arrivée des troupes soviétiques, et le régime stalinien ou post-stalinien le leur a toujours fait rudement comprendre : Berlin, Budapest, Prague...

2) En 1949, cette « perte » – toute relative, Tito avait affirmé son ancrage dans le camp marxiste (mais il voulait juste être le maître chez lui, sans avoir de comptes à rendre à Moscou, ni à personne d'autre, d'ailleurs) – est largement contre-balancée par la victoire maoïste en Chine et l'alliance de fait qui en résulte, avec comme conséquence directe, et décisive, que deux géants politico-démographiques sont des puissances marxistes-léninistes, dont une disposant de l'arsenal nucléaire, avec chacune un siège au Conseil de sécurité de l'ONU, nouvellement créée.

3) Pendant une dizaine d'années environ, tout va pour le mieux dans le camp communiste, jusqu'à ce que des tensions, idéologiques, politiques, frontalières, se fassent jour entre Moscou et Pékin. Nous sommes disons vers 1961, les Allemands de l'Est commencent à ériger le Mur. Entre ces années-là et la fin de la décennie, et surtout après 1966, la tension entre Moscou et Pékin ne cessera de monter jusqu'aux affrontements militaires de l'été 1969 le long du fleuve Amour, si bien nommé, ouvrant sur la rude compétition que les deux puissances marxistes rivales se livrèrent dans le tiers monde jusqu'à la fin du bloc soviétique.

4) Durant toute cette période, par ailleurs, l'Albanie, petit pays situé au cœur des montagnes balkaniques

et qui avait résisté tout seul à l'invasion mussolinienne, n'avait pas connu l'armée Rouge (dès le départ fort enthousiaste à l'idée de contourner ce piège naturel, encore plus mortel que la Bosnie centrale), se retrouvait sous la coupe d'un certain Enver Hodja, et se mit aussitôt à pratiquer une série de schismes au sein de l'Œcumène marxiste. Après avoir rompu avec Belgrade (lors de la scission de Tito et de Staline), puis avec Moscou en 1961, Tirana s'était rapprochée de Pékin. Mais – je ne sais pourquoi – au début des années 70, la situation se dégrada assez vite entre les deux capitales, peut-être à cause du rapprochement tactique entre Pékin et Washington, jusqu'à ce que l'Albanie finisse par rompre tout lien avec la Chine en 1978 (lors du procès de la « Bande des Quatre »).

5) Dès lors l'Albanie devint un pays plus fermé encore que la Corée du Nord. Seul peut-être le Cambodge de Pol Pot est en mesure, selon moi, de donner une idée de ce qu'ont enduré les Albanais pendant les quarante années du règne infâme d'Enver Hodja, en particulier cette période d'obscurantisme total, totalitaire, absolu et sans comparaison, des années 1970-80.

6) Vivant dans la paranoïa d'épicier-séminariste foireux qui caractérise tout dictateur marxiste-léniniste, Hodja voyait des complots partout, et dès le début des années 60, les relations avec Belgrade s'étant détériorées, il avait fomenté une guérilla de type maoïste dans les provinces yougoslaves frontalières, tout spécialement au Kosovo où vivait déjà une forte population d'origine albanaise. L'action de l'UCK resta assez discrète pendant sa première décennie d'existence, mais on note sa présence dans la presse yougoslave dès la fin des années 1960.

7) À partir de là, dans la foulée des « années de plomb », grâce à la multiplication des conflits Est-Ouest

« collatéraux », c'est-à-dire exportés dans le tiers monde et profitant des putschs et contre-putschs qui sévissaient alors d'un bout à l'autre du globe (sans compter le Viêt-Nam : l'Indonésie, le Congo, le Brésil, l'Amérique centrale, le Pakistan oriental, la Grèce, le Chili, l'Angola, le Mozambique, l'Ouganda, l'Irak, l'Argentine, le terrorisme palestinien, puis le terrorisme ultragauchiste en Europe), le parti d'Enver Hodja passa la vitesse supérieure et les attentats anti-yougoslaves se doublèrent d'une infiltration politique en règle des milieux albanophones du Kosovo. Cette tentative de déstabilisation sauce mao-guévariste va si bien réussir que très vite les tensions entre Serbes et albanophones vont s'amplifier, que Tito sera obligé de régler la question de façon constitutionnelle, accordant un statut autonome bâtard à la province, puis le retirant, créant une barrière infranchissable entre les deux communautés, jusqu'à ce qu'un Milosevic arrive en 1989 et comprenne illico tout le parti qu'il pourrait tirer de cette situation.

8) Maintenant, avec la « victoire » serbe en Bosnie et l'intervention occidentale au Kosovo, tout est tordu, inverti, dans cette région du monde. Personne n'est à sa place, tout est terriblement confus, l'éruption volcanique est imminente.

9) Si j'en crois les infos disponibles sur le Net, les agressions ethniques antiserbes se propagent dans tout le nord de la province, et au sud ce sont les militants de l'UCK, désormais entraînés par des mercenaires tchétchènes, des Bosniaques, des Arabes (et des agents albanais bien sûr), qui mettent en place une politique de terreur anticivile et de militarisation de leurs compatriotes, prélude à toute bonne campagne de nettoyage ethnique (qui a de fait largement commencé, comme une réplique – moins spectaculaire car plus diluée dans

le temps – de celle que les Kosovars avaient endurée en 1998-99 *avant* l'intervention de l'OTAN).

Rien n'est plus terrible que de savoir qu'une victime n'est pas autre chose qu'un bourreau malchanceux (le 19 août 2003).

C'est cela, précisément, *la Guerre des Mondes*, l'hyper-guerre métalocale : plus de lignes de front stables, pas de camps rangés face à face, pas même une guerre de mouvement façon blitz, mais des inclusions et des intorsions, des forclusions et des implosions, des incursions et des *dis-cursions*, toute une *nouvelle physique politique* dont la thermodynamique reste à découvrir.

En *temps réel*.

N'est-ce pas Maurras qui disait que le monde moderne était une « machine à rendre fous ceux qui ont raison » ?

Depuis une dizaine de jours, écoute de Garbage, Recoil, PIL, NIN, Dalbello, Oasis, Ladytron, Stereolab, New Order, Meat Beat Manifesto, Portishead, Prodigy, Primal Scream.

Je reste persuadé que le rock a atteint son ultime apogée vers le milieu des années 1990, moment où sa FORME TERMINALE s'est définitivement cristallisée : la chanson *Kowalsky* de Primal Scream, ou le *D'You Know What I Mean* d'Oasis par exemple sont des concentrés quintessentiels de ce que fut la musique électrique du XXᵉ siècle.

Depuis, malgré les talents indéniables de quelques auteurs et musiciens, le rock ne peut plus que *RÉPÉTER*, avec quelques variantes accessoires, les formules inventées pendant quarante-cinq années de révolution permanente.

Il n'y a aujourd'hui rien de plus CONSERVATEUR qu'un groupe de rock-music.

D'après ce que je lis sur certaines projections démographiques concernant la population russe au XXIe siècle, les russophones vont perdre entre 30 et 40 % de leur population en un peu moins d'un demi-siècle et cette perte sera concentrée dans les zones frontalières du Caucase, de l'Asie centrale et de la Sibérie occidentale. Quiconque, parmi nos élites, ne voit pas qu'il s'agit d'une menace gravissime de *disruption* générale de la grande plaque eurasienne russe, tout journaliste qui ne devine pas que les puissances locales chercheront par tous les moyens possibles à exploiter la fêlure ainsi créée, les armadas de bien-pensants qui ferment déjà pudiquement leurs yeux face à cette dislocation potentielle d'un Empire millénaire qui, quels qu'aient été par ailleurs ses défauts, nous a constamment protégés des invasions mongoles et sino-turkmènes depuis huit siècles, oui, tous ces humanistes aveugles aux véritables tragédies de l'Homme et sourds aux catastrophes bibliques devront répondre de leur ignorance.

Le Pen et ses séides auront fait plus de mal à la Civilisation européenne que les socialistes et les communistes tous ensemble réunis !

Ils ont condamné toute défense des valeurs occidentales à être immédiatement comparée aux bravades de ce Mussolini de Saint-Cloud, ils ont rabaissé la Geste des Croisés francs au niveau des *gesticulations* hystériques de quelques skinheads supporters du PSG, ils ont condamné la France à ne plus avoir aucune alternative.

Ils savaient probablement ce qu'ils faisaient. Ce qui les rend deux fois coupables.

Une des portées les plus décisives de l'élection présidentielle de 2002 et de ses résultats de république bananière, c'est de démontrer une fois pour toutes que le libéralisme et le socialisme, avec tous leurs avatars, ne représentent qu'une seule voie, que Le Pen et ses éructations antisionistes et antiaméricaines représentent la seconde, soit une variante « extrémiste » de la première, et que la Troisième Voie, par conséquent, et comme toujours en ce pays, reste parfaitement introuvable.

Plus de trois cent mille soldats américains sont morts en terre de France lors des deux conflits mondiaux du XXᵉ siècle. Villepin et Chirak, à l'unisson avec leur « peuple » et ses « représentants », ont d'un seul geste déboutonné leur braguette et allégrement pissé sur cette colossale pyramide de cadavres.

Comme quoi la politique peut être pédagogique : ils sont désormais imités par de petites crevures profanatrices de sépultures qui ne savent pas, elles non plus, que ces armées de morts les regardent, et les jugent.

La machine de propagande islamiste a parmi ses buts stratégiques de faire croire au monde occidental, comme aux peuples du Maghreb, que le territoire nord-africain était vide de toute espèce de civilisation avant l'arrivée des armées bédouines venues de Médine et du Hedjaz.

Il ne faut pas être un expert en géopolitique pour comprendre que l'autodécérébration de l'Occident postmoderne l'aide grandement à parvenir à ses fins : c'est tout juste si l'on me croit quand j'essaie d'expliquer que saint Augustin, citoyen romain du IVᵉ siècle et docteur de

343

l'Église, évêque d'Hippone, était un Berbère de l'actuelle frontière algéro-tunisienne où la *nouvelle ville* de Carthage (refondée par César en – 44) était une métropole à peine inférieure à Rome en termes de population et de culture, et qu'en Égypte la population, déjà fort nombreuse et réputée pour sa maîtrise des sciences et des lettres, resta chrétienne jusque vers l'an 700.

Personne n'ose plus affirmer que c'est par leurs conquêtes des terres chrétiennes d'Orient (Anatolie, Assyrie, Phénicie, Égypte, Perse occidentale) que les Arabes tombèrent sur les trésors de la science grecque, chaldéenne et indienne, sans lesquels ils n'auraient jamais rien pu inventer d'eux-mêmes (comme tout le monde, d'ailleurs).

Et tout le monde, justement, a, semble-t-il, oublié que, dès le XIIIᵉ siècle, les premiers édits condamnant les activités scientifiques « non licites » ont déjà force de loi dans le monde de l'Islam, alors que, en dépit des mensonges colportés par le révisionnisme républicain, la première Renaissance occidentale – celle de saint Dominique, de saint François et de saint Thomas d'Aquin – prépare déjà la grande mutation du Quattrocento.

Miracle ininterrompu de l'Éducation nationale-laïque-et-obligatoire : on présente désormais, dans les livres scolaires de la République française, l'héroïque *Reconquista* espagnole du XVᵉ siècle comme une vilaine révolte nationaliste de barbares intégristes, alors que le joug de la « brillante civilisation de Cordoue » était, on s'en souvient encore, si doux pour les juifs et les catholiques.

Les Espagnols, figurez-vous, n'existaient pas avant l'arrivée des conquérants islamiques au VIIIᵉ siècle, et ils avaient – dans tous les cas – absolument tort de vouloir redevenir libres et chrétiens. Il faudrait voir à se rendre à l'évidence.

D'autre part, en ce qui concerne la comparaison des civilisations à l'œuvre dans cette bataille, il n'y a pas photo en effet : tout le monde sait que ce sont des marins arabo-musulmans qui, pour le compte du sultan local, découvrirent l'Amérique en 1492. Quiconque prétendra le contraire sera un agent du sionisme mondial.

Depuis plus de dix ans, et surtout depuis l'accession au pouvoir de Jospin en 1997, aucun mot n'aura connu de destin plus glorieux que celui de « pluriel ». Sous toutes les formes grammaticales : gauche plurielle, pluralisme démocratique, société pluriculturelle, pluralité des opinions, etc., jamais cette locution qui n'est jamais rien d'autre – en fait – qu'un synonyme de « foule » n'aura connu une telle embellie idéologique. Il suffit de faire mine de défendre une *SINGULARITÉ* quelconque, comme un trait distinctif de la civilisation française, par exemple, pour que l'adjectif néosacral vous soit immédiatement assené sur le coin de la bouche, pour preuve de votre aveuglement et de votre grossièreté parfaitement rétrogrades, pour ne pas dire réactionnaires.

Aujourd'hui, dans cette société si plurielle qu'elle n'est plus qu'une masse indistincte de différences indifférentes, c'est la singularité qui fait offense.

Mort aux pluriels, vive le singulier !

Au Québec, se prétendre monarchiste, catholique, occidentaliste, sioniste, et être de surcroît un « maudit Français » : autant crier qu'on est juif dans une rue de Karachi.

À propos du texte « Bertrand Cantat reste des nôtres » par Hélène Châtelain, Claude Faber et Armand Gatti, paru dans *Le Monde* du 16.08.2003 :

Quelle belle parabole de la vie, n'est-ce pas, que ce « drame tragique » dans lequel l'« acteur principal » se trouve sur « une scène qui n'est pas la sienne, dans la peau d'un personnage qui n'est pas le sien » ? On sent dans ce texte franchement pathétique, où les métaphores clignotent comme des enseignes de *Luna Park*, la volonté désespérée de quelques vieux gâteux du soixante-huitardisme de ressemeler leur angélisme naturel, cette bonté gluante qui – avec la douceur d'un hydromel – suinte de leurs tartines à chaque locution ici proférée.

Le nom de Marie Trintignant est cité deux fois, disons une fois et demie puisque la seconde on se contente de son prénom. Gatti et ses collègues devaient certainement lui taper dans le dos régulièrement, à défaut de le faire sur la figure.

Pour ces sadomasochistes de salon, « Bertrand et Marie » sont désormais *liés plus que jamais*, on peut en effet le dire ainsi, et jouant sur les apories et les oxymores comme sur de véritables instruments à leur service, nos virtuoses de la flûte, passant de la mort à la vie et de la vie à la mort aussi vite que pour attraper un métro à la correspondance Châtelet-les-Halles, se permettent en toute innocence de glisser, sans en avoir l'air : « Aujour-d'hui, nous restons solidement convaincus que Bertrand n'est pas fait pour le rôle que l'on veut lui attribuer. »

Autant dire, sans le dire, tout en le disant, pas trop fort, mais suffisamment quand même, suis-je bien clair, que Bertrand Cantat n'est pas coupable du meurtre qu'on lui reproche.

Ah, ces rois du vaudeville !

Ce n'est plus trois mille, ni même cinq mille comme hier (avec les chiffres livrés par l'Assistance publique) mais bien dix mille, oui : DIX MILLE voire DOUZE MILLE

morts – selon les Pompes funèbres générales –, conséquence directe de l'incompétence criminelle, de la vanité
sans nom et de la bêtise atavique de cette nation de
surhommes qui ne manque de rien et n'a besoin de personne (pas besoin d'Internet nous avons le Minitel et la
Poste, pas besoin du test HIV nous avons l'Institut Pasteur et le Dr Garretta, pas besoin du Dr Montagnier, nous
avons Martine Aubry et Bernard Kouchner) et qui crève
chaque fois un peu plus de ce puissant trope républicain :
nous sommes les meilleurs, nous sommes en avance sur
le monde entier, *nous ne sommes pas en Amérique tout
de même* – d'ailleurs, n'avons-nous pas gagné la Coupe
du monde 98 et inventé le Concorde comme la Déclaration des droits de l'homme ?

Dix mille morts ! Trois 11 septembre, peut-être quatre.
Un demi-Katyn. Un Vukovar ou un Srebrenica et demi.
La France vaincue par KO technique pour cause de
pénurie de fréon !

En 1940, en pleine révolution mécanique, nos blindés
n'étaient pas dotés d'appareils de communication radio,
les chefs de char, pour communiquer entre eux, devaient
donc agiter, hors de la tourelle, de petits fanions de couleur pour expliquer les manœuvres à effectuer à leurs
escadrons.

Soixante ans plus tard, en plein réchauffement climatique, les descendants de ces dirigeants débiles n'ont pas
pensé à faire installer l'air climatisé dans les hospices et
les cliniques ! En guise de fanions de couleur, on aurait
pu au moins distribuer des éventails.

Les Républiques passent, trépassent, et non seulement
rien ne change, mais tout est de plus en plus pareil.

La Grande Chiraque revient de ses vacances au Canada
où, vu l'été qu'on s'est tapé ici, il ne risquait pas
d'attraper un violent coup de chaleur.

On distribue les verres d'eau au retour, Bernadette ?

L'absence de climatisation aura fait cent cinquante fois plus de victimes françaises en un été qu'un trimestre de guerre en Irak aura tué d'Américains.

C'est à se demander si un complot sioniste ne serait pas derrière tout ça.

Il faudrait prévenir Thierry Meyssan.

NON, NON, NON À LA CANICULE ! SOLEIL : FASCISTE, ASSASSIN ! L'INSOLATION NE PASSERA PAS ! RAYONS SOLAIRES, *GO HOME* ! MORT AUX DEGRÉS CELSIUS ! LA JEUNESSE EMMERDE LE FRONT DE CHALEUR !

J'avais lu, lors de mon séjour à Paris, vers le mois d'avril, l'avis d'un « expert » – pour le compte de *Marianne*, du *Monde diplo* ou de *L'Écho des Basses-Alpes* – et il nous promettait bien sûr un été *très chaud* pour la Coalition.

Il faudrait y envoyer dare-dare Raffarin et ses gobelets d'eau minérale.

La France était une idée que très peu de Français auront comprise.

Tout le monde a cru pendant un demi-siècle (c'est-à-dire un demi-siècle APRÈS Auschwitz et Hiroshima !) que la Technique était là pour nous faire entrer dans un monde de confort et de loisirs sans fin. Tout le monde a *voulu croire*, c'était tellement *sympa*, non, comme perspective ?

Seuls quelques philosophes et écrivains solitaires, Nietzsche, Jünger, Heidegger, Günther Anders, tous allemands comme c'est étrange, nous auront prévenus qu'au contraire, la Technique c'est l'Âge du Travailleur, et plus encore que seul un *super-prolétaire*, un *Travailleur* au sens de Jünger, c'est-à-dire un modèle d'homme capable de prendre en charge l'épreuve de force représentée par la Technique *et en faire un Art*, pourrait nous sauver de l'asservissement qui nous menace.

On vous avait promis le Club Med, bonnes gens, mais il s'agit de terraformer la terre, et de refonder l'Homme ou de crever.

Aujourd'hui réveil en fanfare avec l'annonce du double attentat suicide simultanément perpétré à Bagdad, sur le QG de l'ONU, et à Jérusalem dans un bus rempli de civils, selon les habitudes multidécennales – au moins – des nazillons islamistes qui commanditent, organisent et exécutent ces crimes de guerre en série.

J'apprends sur le Net que deux ou trois jours avant l'attaque kamikaze contre son QG à Bagdad, de hauts responsables de l'ONU avaient eu vent de rumeurs sérieuses concernant une telle tentative et en avaient fait part aux Américains. Dans le même temps, leur première mesure fut de NE PAS RENFORCER les protocoles et les infrastructures de sécurité, voire, comme certains le prétendent, de les AFFAIBLIR.

Maintenant que cette SDN des Temps modernes a le dos au mur, Chirak – on peut se prendre à rêver – devrait au plus vite prévenir les collabos franchouilles de ne pas se réjouir trop vite des difficultés actuelles de la Coalition en Irak, car c'est aussi notre destin d'Européens qui se joue là-bas, pauvres truffes. Si nous continuons de suivre les bêlements de Colombani ou de Bilalian (le ministère de l'Éducation média-éthique), nous allons finir tellement isolés que nous n'aurons plus d'autre choix que de demander notre adhésion à la Conférence islamique.

Si jamais le peuple irakien commettait l'erreur de suivre les appels à la guerre sainte professés par des imams abrutis par dix siècles d'obscurantisme, il ne lui resterait plus qu'à compter sur Marc-Édouard Nabe et Michael Moore pour le tirer de ce mauvais pas.

J'ai comme un pressentiment pessimiste à cette idée.

Je pense vraiment – comme je l'ai déjà dit – que les Américains ont comme objectif principal de se *RETIRER*, progressivement mais sûrement, de l'Irak, en laissant le soin de reconstruire leur pays aux Irakiens eux-mêmes, avec l'appui des organisations internationales ; en tout cas je l'espère : maintenant que ce peuple est libéré de son dictateur, qu'il prenne donc son destin en main, s'il en est capable.

Les Américains n'ont pas à devenir les nourrices des nations décadentes ou agonisantes. Ils ne sont pas l'assistance publique de la planète, ou bien alors qu'on le leur dise clairement. Si jamais les Irakiens voulaient se la jouer les rois du djihad, il ne resterait sans doute plus aux États-Unis qu'à suivre le modèle *ironiquement* proposé par Marc-Édouard Nabe : une petite centaine d'ogives thermonucléaires entre Bagdad et Karachi devraient suffire pour calmer quelque peu les ardeurs de tous ces braves gens engagés dans la « libération » des peuples.

Mais d'après mes informations, les populations chiites du Sud n'ont pas l'air de vouloir entendre les appels à la guerre sainte proférés par quelques mollahs sans doute alcooliques, et à part les groupes sunnites baasistes du centre du pays, appuyés par les mercenaires venus de la nébuleuse Al-Qaeda, il apparaît au contraire que ces « actes de résistance » – comme le dit si joliment la presse aux ordres – ont le don d'exaspérer de plus en plus les vingt millions d'Irakiens qui, après trente-cinq années de dictature, de massacres et de guerres sanguinaires, aimeraient sans doute profiter quelques instants d'un peu de tranquillité d'esprit et de liberté, comme n'importe quelle catin de France 2 ou du *Nouvel Observateur.*

Mais comme le savait La Boétie il y a cinq siècles : rien n'est plus universellement partagé parmi les hommes que le goût de la servitude volontaire.

À ce titre, la guerre en Irak tout comme l'opération qui se déroule en Afghanistan seront des tests, je veux dire des *ÉPREUVES* de type apocalyptique : ou bien nous parvenons à faire en sorte que des peuples et des nations islamiques se retournent contre le djihad, comme cela semble le cas en Afghanistan, là où les talibans réarmés affrontent chaque jour des milices villageoises que ces crétins d'Occidentaux masochistes appellent « féodales », ou bien ces populations s'enrôlent en masse – malgré les souffrances passées et en dépit de leur sort futur – dans la Légion islamique et préparent ainsi l'Armageddon par lequel elles seront totalement anéanties.

Les islamistes veulent faire de l'Irak l'Afghanistan des Américains, qui fut le Viêt-Nam des Russes. Mais l'Irak sera le Stalingrad, autant dire le tombeau, de style assyrien, de la Légion arabe.

En Irak, les États-Unis ont envoyé un énorme coup de pied dans la fourmilière. Le seul problème c'est qu'ils ont gardé la jambe dedans.

« *Le militaire acquiert le pouvoir civil dans la proportion où le civil perd ses vertus militaires* », G.K. Chesterton.

En regardant les images de l'attentat de Jérusalem à la télévision, je me dis que les organisations islamo-nazies sont en train d'envoyer tout le peuple de Cisjordanie dans le mur. Celui-là même que construit Sharon.

Les islamistes sont désormais convaincus que le monde n'est plus qu'un *Shoot'em up* grandeur nature, et d'une façon bien plus infantile encore que les méchants-vilains cyberguerriers du Pentagone. Je ne suis cependant pas certain que les paysans de l'Euphrate, ou de l'Indus, ni même les Bédouins du Yémen, ou d'Arabie, aient une folle envie de se convertir au Nintendo nihiliste de ces amoindris du bulbe, et il est encore moins probable qu'à ce petit jeu-là, les peuples musulmans aient une quelconque chance de s'en sortir.

Trouvé sur le Net (www.upjf.org) :

En effet, et contrairement à certains clichés complaisamment recyclés, les Américains ne passent pas leur temps à se calfeutrer dans des bunkers. Les soldats coalisés effectuent en moyenne 2 000 patrouilles par tranche de vingt-quatre heures, dont environ le dixième en commun avec la police irakienne, ainsi qu'environ trente raids. De plus, un nombre important d'entre eux remplissent des missions de garde, et les autres circulent le plus souvent avec des véhicules légèrement blindés de type Humvee, afin d'être plus discrets et moins inaccessibles. De la sorte, on peut raisonnablement estimer qu'entre 20 000 et 25 000 militaires américains constituent chaque jour autant de cibles faciles, statiques ou peu protégées.

Afin de limiter leurs pertes, les formations US appliquent désormais des tactiques agressives et risquées. L'une des plus originales consiste à utiliser des véhicules lourdement blindés circulant de nuit en guise d'appât, sur les axes majeurs reliant les principales villes du « triangle sunnite », et d'engager des véhicules plus légers et des hélicoptères tenus en retrait dès que les assaillants ont ouvert le feu et que leurs coups ont rebondi sur le blindage de l'appât. Des équipes de

« chasseurs-tueurs » ont également été formées, avec des éléments mobiles circulant en dehors des axes principaux, de manière impromptue, et des règles d'engagement autorisant une ouverture du feu dès qu'ils repèrent des individus armés.

Quand on sait que la population française est informée de la « réalité » des opérations militaires par les journalistes officiels d'une chaîne d'État ou de chaînes « privées » dont la fonction officielle est désormais de transformer, dans la conscience des « citoyens », le terrible isolement français dans le monde en une victoire du duo Chirak-Villepin, on saisit mieux le degré de bêtise absolue dont faisaient preuve 92 % de mes compatriotes au cours de ce printemps.

Chirak, ce *Grand Frère* que les Français adorent.

« Les médiateurs de bonne volonté, les puissances obligeantes qui veulent se mêler de tout[1] *apprennent avec chagrin par la gazette qu'on a su se passer de leurs services »*, le prince de Ligne.

Discussion, via un forum Internet, avec un gars des SR français : après avoir un peu étudié le cas de la foirade française en Colombie, je me permets de consulter un atlas et de bien étudier la carte de l'Amérique du Sud.

Pourquoi, lui ai-je demandé, les gens en charge du projet ont-ils voulu passer par Manaus, en plein cœur de l'Amazonie brésilienne, sans en informer le gouvernement local, alors que nous disposons en Guyane d'infrastructures aérospatiales et donc militaires de premier plan ?

Réponse : La Guyane française n'a pas de frontières communes avec la Colombie, pour y parvenir il fallait quand même traverser le Brésil (ou alors le Venezuela,

---

1. Et qui ne font rien, je me permets de rajouter cette apostille.

le Surinam, le Guyana). On a donc décidé de court-circuiter les agents en place en Guyane française, et on a improvisé cette pseudo-opération médicale humanitaire.

Mais alors, pourquoi ne pas avoir collaboré avec le gouvernement et les services brésiliens, et pourquoi avoir laissé la Colombie dans la totale ignorance du projet ?

Réponse : Cloisonnement des informations. Les Brésiliens ne sont pas des partenaires très connus des services français, et les Colombiens sont des alliés directs des Américains, donc...

Donc on se fait passer pour des médecins sans frontières, et la première chose qu'on trouve à faire c'est de LOUER un monomoteur pour aller survoler la frontière colombienne.

Et, fort logiquement, on se fait serrer au retour par les services de sécurité brésiliens, dûment alertés par des citoyens qui, sans savoir sans doute de quoi il retournait vraiment, avaient senti le coup pas clair, et s'imaginaient peut-être toucher une forte récompense pour avoir aidé au démantèlement d'un réseau de trafiquants de drogue international.

Louer un monomoteur pour aller faire un tour droit dans les territoires narcos !

On se demande bien pourquoi on a tenu les Brésiliens et les Colombiens ainsi à l'écart, avec notre faux hélicoptère de la Croix-Rouge ; comme à l'époque du *Rainbow Warrior* notre efficacité n'est plus à démontrer : nous aurions pu tout aussi bien envoyer un escadron de la Garde républicaine en uniforme de parade, avec de grandes banderoles publicitaires acclamant le retour d'Ingrid Betancourt vers son pays natal.

On y aurait vu au moins quelque *panache*.

Chaque jour, d'après mes informations « officieuses », en France, un crime haineux est commis à l'encontre d'une femme, occidentale ou non, ou à l'encontre d'Occidentaux, femmes ou non.

Chaque jour – j'insiste.

Chaque jour, un fractal de la future explosion nous est donné à voir, à lire, à comprendre.

Mais tout le monde se tait. Il est urgent d'attendre.

D'attendre la prochaine élection de Monsieur 82 %.

J'attends, moi aussi.

This is
The american landslide
Look at my
ElectraGlide in blue ;
Ashes
Of the big sky wide
Open at the edge of truth ;
This is
The american vision
Rockets fly
Over salted landscapes
Sands
Of the painted desert
Hide the greatest of all secrets ;
This is
The american black box
Please stay tuned
To our radio frequency
Flashes
Of global crashing stocks
Lit the end of economy.
This is
The american black box

Babe,
Please stay tuned
To our radio frequency.

La guerre devient un horizon presque palpable.
Sauf pour les journalistes, évidemment.

East West translation :
Alabama : le *Chief Justice* Moore refuse de se sou-
mettre aux lois scélérates qui entendent supprimer toute
référence à Dieu dans les édifices publics fédéraux, sous
prétexte de séparation de l'Église et de l'État. Il est en
conflit ouvert avec la Cour suprême, mais est appuyé par
environ deux tiers des habitants de cet État du Sud très
ancré sur ses traditions.

Une des aberrations criminelles les plus évidentes de
ces lois inspirées par des juges postgauchistes, c'est que
– en ce cas précis – le *Chief Justice* Moore s'est contenté
de faire poser un marbre dans le hall de la cour de justice
de l'Alabama, monument sur lequel sont inscrits les Dix
Commandements, texte fondateur de notre civilisation et
d'au moins trois religions fondamentales dans l'histoire
de ce monde.

Or, dans le procès qui l'a opposé aux fameux
« circuits » fédéraux contrôlés par la gauche ultra, il était
bien clair qu'il n'avait enfreint aucune loi puisqu'il
n'obligeait personne à suivre les « dits » Commandements, et pas plus à les observer, je veux dire inscrits
sur le marbre. Rien dans son action n'attentait à la liberté
religieuse des citoyens de l'Alabama puisque précisément
son acte n'avait aucunement force de loi, ce qui en effet
aurait été en ce cas juridiquement condamnable. Mais
la cour fédérale puis la Cour suprême ont cassé ces
arguments. Depuis deux ans la ligue des hyènes athéistes

voulait que l'on vire ce monument intolérable, mais en face on avait sorti tous les textes fondateurs, constitutionnels, qui – en dépit de cette « séparation » originelle de l'Église et de l'État – placent explicitement la nation américaine sous l'observance des lois divines, tel qu'un bon nombre de ses États – comme l'Alabama – le stipulent en toutes lettres dans leur propre Constitution.

Depuis des jours, la tension monte à Montgomery entre les partisans d'une nation « *under the Law of God* » et ceux qui – ils le disent d'ailleurs ouvertement – voudraient que la Constitution américaine, à défaut d'être réécrite, puisse être réinterprétée à l'aune de la « Constitution » préparée pour l'Europe par le bordel de campagne radical-socialiste belge. Les athéistes ont le vent en poupe, il y a encore une majorité de « libéraux » à la Cour suprême et cette institution est désormais l'arme de choc juridique qui, si rien n'est fait à temps, détruira la société fondée par Jefferson, Franklin et Washington.

« *Il n'y a pas d'absurdité en laquelle l'homme moderne ne soit capable de croire, pourvu qu'il évite ainsi de croire en Jésus-Christ* », Nicolás Gómez Dávila.

Il y aura peut-être un jour une seconde guerre de Sécession aux États-Unis : elle ne se cristallisera pas sur des problèmes ethnico-politico-moraux, comme en 1861, mais sur une SCISSION interne et fondamentale entre les partisans d'une nation judéo-chrétienne et les thuriféraires de l'antisociété sans Dieu ni Décalogue.

La Guerre des Religions du XXIᵉ siècle sera métalocale, et elle sera.

Provisional end of data, le 22 août 2003, 4 h 31.

***

Dial M for Murder
Dial T for Tune
Dial S for Soldiers of Fortune.

Un roman vous fait disparaître pour de bon de la surface de cette planète, lorsque vous l'écrivez – pour autant que ce soit bien « vous » – vous n'êtes en fait, pour les « autres », dont vos proches, votre famille, vos amis, qu'un fantôme de chair vaguement habité par le souvenir d'une personnalité qui s'était aventurée par là.

Enfin, je parle ici des auteurs pour lesquels écrire ne consiste pas à faire mumuse avec des mots, ni à poser des idées sur la nappe de famille comme une vulgaire crotte – *chiée par soi-même* – sur du papier journal, et moins encore à raconter des histoires qui font passer le temps, sur la plage, ou dans le métro, à de jeunes cadres dynamiques ou des professionnels de la contestation sociale.

On me souffle que cette race d'écrivains est en voie de disparition, et qu'à la différence des pandas, ou des amateurs de Pascal Sevran, rien n'est fait pour enrayer son extinction.

Découverte du poète Paul Celan. Lecture de *Renverse du souffle*.

Infinie clarté de la nuit !

Je ne crois pas qu'on puisse vraiment dire quelque chose d'un poème, sinon pour son éventuelle analyse métrique, linguistique, etc.

Un poème, je veux dire chez les grands poètes comme Celan, ne permet en effet aucune métaphore, parabole, périphrase. Tout ce qui peut être dit est dit, totalement, englobant l'univers entier dans une poignée de mots dont la cosmogonie est d'autant plus titanesque que le nombre est ténu, et c'est précisément ce qui fait la singularité d'un poème : c'est qu'il ne peut être paraphrasé par rien qui, du même coup, ne soit pas une totale trahison.

Je me souviens que dans un *Théâtre des Opérations* antérieur j'avais envisagé l'idée (très proche de celle d'Herbert dans *Dune*[1]) d'un « djihad » luddiste antitech-nologique qui bientôt prendrait possession de masses fanatisées par des universitaires débiles et des gourous de la pop-culture.

À l'époque, cherchant un *background* politique pour un futur roman, et restant étrangement encore partielle-ment aveugle sur la nature des derniers événements du monde, j'avais compilé (et j'ai conservé le plus gros en mémoire) des listes entières de sectes plus ou moins inspirées d'Unabomber, genre Front de Libération des Animaux, *Earth Liberation Army,* et autres groupuscules de nihilistes écologistes radicaux qui prolifèrent en Grande-Bretagne, en Amérique du Nord, mais aussi en France, en Allemagne, etc.

Je n'avais pas encore compris que la métaphore « her-bertienne » du « djihad » n'était pas une métaphore. Les écololuddistes sont déjà largement dépassés *sur leur propre terrain* par les masses fanatisées de l'Islam radical de tendance wahhabite ou salafiste. En termes de pure comptabilité des troupes, la comparaison fait sourire, en termes de puissance de frappe et de volonté réelle de domination globale, la comparaison fait froid dans le dos.

Attentats en série dans l'Irak libéré : désormais les tueurs à gages de l'axe wahhabite-saddamite s'en pren-nent à tout ce qui bouge : trois morts il y a une semaine

---

1. Dans ce cycle romanesque, Herbert fait souvent allusion à un « djihad butlérien » antimachinique qui se serait déroulé à l'aube des temps contés dans cette saga.

dans l'attentat perpétré contre un haut dignitaire chiite à Nadjaf, ville sainte de l'ismaélisme. La communauté en question est désormais en alerte : elle connaît la situation de ses coreligionnaires au Pakistan notamment, à peine plus tolérable que celle des autres minorités religieuses, chrétiennes en particulier.

Il semblerait qu'une masse croissante d'Irakiens commence à comprendre que ce minable combat d'arrière-garde se conduit avant toute chose contre eux-mêmes.

La crasse stupidité des islamo-nazis est telle que, mieux encore que leurs prédécesseurs teutons, ils creusent d'eux-mêmes, avec la légendaire ténacité de l'abruti instruit, leur propre nécropole.

La propagande anti-Bush est à la croisée des chemins : ce triste et obèse crétin post-universitaire de Michael Moore (à quand un film sur McDo, Mickey ?) affirme dans un grand journal américain que « oui, après réflexion, il faut convenir que je vis dans un pays libre, et démocratique ».

Non ? Sans blague ? Mince alors, Mickey, la perspective de vivre en *dhimmi* en Arabie Saoudite ou en « Palestine » ne te convient que très peu, après « réflexion » ? Peut-être qu'alors celle d'être une femme adultère au Nigeria comblera tes attentes ?

Roy Moore vient d'être destitué et condamné pour ne pas avoir obéi aux injonctions d'une justice devenue acéphale et destructrice de la Constitution même, conséquence logique d'un régime démocratique basé sur *the rule of law*. Ce légalisme est en train de doucement dissoudre la civilisation nord-américaine. Cela aura été l'erreur terrible des *Founding Fathers* que d'avoir cru aux stupides idéaux égalisateurs des Lumières françaises et de ne pas avoir suffisamment hiérarchisé leur démocratie, en dépit de certaines précautions, visiblement pas assez nombreuses, lors de la rédaction de leur acte de naissance constitutionnel.

(Note du 25 août.) Dans deux jours, dernier délai légal pour surseoir à l'exécution d'Amina Lawal, jeune femme nigériane condamnée à mort pour avoir porté un enfant adultérin ! Passé le 27 août, son procès en appel aura lieu, elle sera vraisemblablement condamnée puis lapidée à mort.

Il n'y a pas eu de manifestations à Montréal, aucune « vigile » ne s'est tenue devant le consulat du Nigeria, les associations étudiantes radicales sont restées muettes, je n'ai vu ni Noam Klein ni Naomi Chomsky se dresser de toute leur personne hautement morale et engagée pour le droit des peuples et des citoyens-du-monde contre ce « crime odieux », d'ailleurs pas un mot n'a été prononcé dans la presse « alternative » ni même grand public (à part dans le ICI : RIEN, NOTHING, NADA, sinon quelques lignes éparses, je serais trop bon encore de les accuser d'être complices de crimes contre l'humanité).

Il faut dire qu'elle est vraiment trop conne, cette pauvre Nigériane n'a pas encore compris qu'il fallait être une kamikaze PALESTINIENNE ou, éventuellement, un chanteur de rock homicide, pour qu'on daigne s'intéresser à votre cas humanitaire.

Il y a une semaine les tueurs d'enfants « kamikazes » du Hamas rompaient la trêve conclue entre l'Autorité palestinienne et le gouvernement israélien. Encore quelques années de ce terrorisme aveugle et imbécile, et on pourra enfin oublier le mauvais fantasme nationaliste de ces Jordaniens de l'Ouest.

Je suis plongé dans de nombreux documents, dont certains accessibles sur le web, au sujet de la civilisation islamique et de ses antécédents « terroristes ». Il n'y a pas que le Vieux de la Montagne et les Haschichin, oh que non, moi-même j'en découvre chaque jour un peu plus, y compris dans des lectures fondamentales qui sont depuis longtemps expurgées des écoles et des universités.

Retrouvé sur le site Réfractaires :

L'islam a permis de développer une civilisation riche, basée sur la spiritualité.

Les Arabes et les musulmans sont apparus sur la scène du monde en 630 P.C. Quand les armées de Muhammad ont commencé leur conquête du Moyen-Orient il s'agissait d'une conquête militaire, utilisant la force, et non d'une entreprise de missionnaires. Elle avait été autorisée par une déclaration de Jihad contre les « Infidèles » que les musulmans pouvaient convertir et assimiler de force.

Très peu de communautés indigènes du Moyen-Orient ont survécu à ces invasions, comme cela a été le cas des Assyriens [1], des Juifs, des Arméniens et des Coptes d'Égypte.

Par la conquête du Moyen-Orient, les Arabes ont placé ces communautés sous un système de dhimmitude (voir *Islam and Dhimmitude*, de Bat Ye'Or), où les communautés ont été considérées en tant que minorités religieuses (chrétiens, juifs et zoroastriens). Ces communautés ont dû payer un impôt (appelé un Jizzya en arabe) qui était, en fait, une pénalité pour être non musulman, et qui se montait, en général, à 80 % en période de tolérance et jusqu'à 150 % en période d'oppression. Cet impôt avait été conçu pour forcer ces communautés à se convertir à l'islam.

Les architectes arabes ont conçu des bâtiments défiant les lois de la pesanteur.

Les lignes de l'architecture arabe comprennent de nombreux dômes et voûtes.

Les progrès scientifiques nécessaires à ces réalisations sont fréquemment attribués aux Arabes. Pourtant, cette percée architecturale, fondamentale pour employer une forme parabolique au lieu d'une forme sphérique dans ces structures, a été faite par les Assyriens, plus de mille trois cents ans plus tôt, comme démontré par les sources archéologiques.

Un exemple frappant : Sainte-Sophie de Constantinople a été inaugurée en 537. Elle se caractérise par une gigantesque coupole haute de 56 mètres et de 32 mètres de diamètre. Elle fut transformée en mosquée en 1453. Elle représentait un défi architectural pour les musulmans. Plusieurs architectes turcs furent exécutés pour n'avoir pas réussi à égaler Sainte-Sophie.

Le plus grand architecte ottoman, Koca Mimar Sinan (1491-1588), un janissaire (chrétien d'origine, converti de force à l'islam pour devenir soldat d'élite), écrit dans ses mémoires : « Les architectes de quelque importance en pays chrétiens se prétendent bien supérieurs aux musulmans, parce que ceux-ci n'ont jamais rien réalisé qui puisse se comparer à la coupole de Sainte-Sophie. Grâce à l'aide du Tout-Puissant et à la faveur du Sultan, j'ai néanmoins réussi à bâtir, pour la mosquée du sultan Selim, une coupole dépassant celle de Sainte-Sophie de quatre aunes pour le diamètre et de six pour la hauteur. » En réalité, il se trompait (volontairement ?) dans ses dimensions. De plus, il avait atteint ce résultat en insérant d'inesthétiques barres de fer horizontales dans le creux des arcades des demi-coupoles latérales, afin de neutraliser les poussées latérales provoquées par la grande coupole. La mosquée de Selim à Edirne, jamais surpassée ultérieurement par un architecte musulman, fut terminée en 1575, plus d'un millénaire après Sainte-Sophie ! Il fallut deux fois plus de temps pour la construire que pour terminer son modèle.

Les mathématiciens arabes ont créé l'algèbre et les algorithmes qui ont permis l'avènement de l'informatique.

Les bases fondamentales des mathématiques modernes ont été établies, non pas des centaines mais des milliers d'années avant l'islam, par les Assyriens et les Babyloniens qui connaissaient déjà le concept de zéro, le théorème de Pythagore, ainsi que de nombreux autres développements.

D'autre part, la mathématique indienne se manifeste brillamment dès le Vᵉ siècle avec Aryabhata, premier grand mathématicien et astronome indien, et apparaît indépendante de celle des Grecs. Un autre mathématicien indien, Brahmagupta, est sans doute le premier, dans des calculs commerciaux, à user des nombres négatifs pour signifier les pertes et les profits et à les utiliser en algèbre en énonçant la règle des signes [2]. Il emploie dans ses calculs les chiffres décimaux (graphisme très proche de nos chiffres actuels dits « arabes ») et principalement le zéro dont l'apparition en Inde, tout particulièrement dans l'œuvre de Brahmagupta, est un pas de géant en algèbre [3].

L'Inde subira les invasions musulmanes et les Arabes adopteront les travaux des mathématiciens indiens. C'est ainsi que ces importants travaux indiens en mathématique, que les musulmans se sont appropriés [4], seront transmis par les Arabes (Maures) lors de leurs invasions en Andalousie (sud de l'Espagne). Les chiffres de notre système décimal (0 à 9) dits « arabes » ne furent introduits en Europe que vers l'an 1000.

Les savants arabes ont étudié le corps humain et ont découvert de nouveaux traitements.

Une écrasante majorité de ces médecins (99 %) étaient des Assyriens. Aux IVᵉ, Vᵉ et VIᵉ siècles, les Assyriens ont commencé une traduction systématique des connaissances grecques en assyrien. D'abord, ils se sont concentrés sur les travaux religieux, mais ensuite la philosophie et la médecine. Socrate, Platon, Aristote, Galien et beaucoup d'autres ont été traduits en assyrien, et de l'assyrien en arabe. Ce sont ces traductions arabes que les Maures ont apportées avec eux en Espagne, que les Espagnols ont traduites en latin et ont diffusé dans l'ensemble de l'Europe, induisant la période de la Renaissance.

Dès le VIᵉ siècle, les Assyriens avaient commencé à exporter de nouveau à Byzance leurs propres travaux sur la science, la philosophie et la médecine. Dans le domaine de la médecine, la famille assyrienne de Bakhteesho a produit neuf générations de médecins et a fondé la grande école médicale de Gunde-shapur (Iran). En outre, dans le secteur de la médecine, le manuel de l'Assyrien Hunayn Ibn-Ishaq sur l'ophtalmologie, écrit en 950, est resté le manuel de référence sur le sujet jusqu'en 1800.

Dans le domaine de la philosophie, le travail assyrien du philosophe Edessa a développé une théorie de physique qui a rivalisé avec la théorie d'Aristote et qui a cherché à remplacer la matière par des forces (mécanique quantique).

Un des plus grands accomplissements assyriens du IVe siècle a été la fondation de la première université au monde, l'école de Nisibis, qui a eu trois départements : théologie, philosophie et médecine. Elle est devenue un aimant et un centre du développement intellectuel dans le Moyen-Orient. Les statuts de l'école de Nisibis, qui ont été préservés, sont devenus le modèle sur lequel la première université italienne a été établie [5]. Quand les Arabes et l'islam ont envahi le Moyen-Orient en 630, ils ont rencontré six cents ans de civilisation chrétienne assy-rienne, avec un héritage riche, une culture fortement déve-loppée, et des établissements d'étude avancés. C'est cette civilisation qui est devenue la base de la civilisation arabe.

Les astronomes arabes ont étudié le ciel, nommé les étoiles, et préparé le terrain à l'exploration de l'espace.

En fait, ces astronomes n'étaient pas des Arabes mais des Chaldéens et des Babyloniens (sud de l'Irak actuel) qui, pen-dant des millénaires, ont été des savants réputés. Ces peuples ont été arabisés et islamisés de force, tellement rapidement que, dès le VIIIe siècle, ils avaient disparu complètement.

Autre exemple :

« En l'année 156 (722 apr. J.-C.) le calife Al-Mânsûr reçut en audience un homme originaire de l'Inde, qui connaissait à fond le calcul appelé "Sindhind", relatif aux mouvements des étoiles. Cet homme avait, de plus, avec lui, dans un livre com-prenant douze chapitres, des équations astronomiques faites au moyen de sinus droits calculés à un quart de degré près, des procédés divers pour prédire l'avenir d'après les éclipses solaires et lunaires et les ascensions des signes zodiacaux, etc. Il disait que c'était là le résumé des sinus astronomiques attribués à un monarque indou appelé Kabagar, calculés à une seconde près.

» Al-Mânsûr ordonna de traduire ce livre en arabe et d'en tirer un traité que les Arabes prendraient comme ouvrage fondamental dans l'étude des mouvements stellaires. Muhammad al-Fazârî se chargea de ce travail et tira de ce livre l'ouvrage connu chez les astronomes, sous le titre d'*As-Sindhind al Kabîr* ("le Grand Sindhind") : ce mot signifie en sanscrit "temps infini". Les savants de cette époque se servirent de ce traité jusque sous le règne d'al-Ma'mûn. À ce moment, al-Khwarizmi en fit un abrégé pour ce prince et en tira sa table fameuse dans tout le monde musulman. »

(Source : traduction de *Les Catégories des nations*, de l'écrivain du XIᵉ siècle Saïd).

La dette de la civilisation occidentale vis-à-vis de l'islam.

Cette interprétation de l'histoire résulte des recommandations issues en septembre 1968 par « l'Académie de Recherche islamique ». Cette conférence recommande la publication détaillée, en plusieurs langues, de la mise en évidence de la civilisation islamique, en ce qui concerne les Droits de l'Homme, et de la comparer avec la civilisation occidentale. La conférence recommande la préparation d'une étude historique et scientifique expliquant l'impact de la civilisation musulmane et son enseignement sur les mouvements politiques, sociaux et religieux en Occident, depuis la Renaissance [6].

Par conséquent, de nombreux travaux ont été publiés, tout au long de ces dernières vingt années, par de distingués spécialistes de la culture arabe, qui magnifient la contribution islamique à la civilisation européenne.

Pour les musulmans, si la culture étrangère ne peut pas être détruite, elle est appropriée, et les historiens révisionnistes prétendent qu'elle est et était arabe, comme c'est le cas de la plupart des « accomplissements » arabes cités ci-dessus. Par exemple, les textes arabes d'histoire au Moyen-Orient enseignent que les Assyriens étaient des Arabes, un fait qu'aucun savant chercheur n'affirmerait, et qu'aucun Assyrien vivant n'accepterait.

Toute contestation du principe de supériorité islamique par les dhimmis, que ce soit par l'émancipation ou par la libération de leur pays, constitue un blasphème et une source amère d'humiliation et de rancœur. Et ce même comportement répétitif a continué d'exister après que l'oumma, avec ses propres philosophes et intellectuels, a développé une brillante civilisation.

L'un des principes de base de l'islam est enraciné dans le dogme de perfection de l'oumma, perfection qui la lie à l'obligation sacrée de diriger le monde entier.

Tout emprunt à une autre civilisation est interdit, puisque la perfection n'emprunte pas de l'imperfection sans s'abîmer elle-même. Les musulmans sont donc engagés dans une campagne de destruction et d'appropriation des cultures et des communautés, des identités et des idées. Partout où cette population rencontre un non-musulman, l'exemple de la destruction des statues bouddhistes en Afghanistan, ou de celle de Persépolis, par l'Ayatollah Khomeyni. C'est un modèle de comportement qui s'est inlassablement reproduit, depuis l'arrivée de l'islam, il y a mille quatre cents ans, et qui est amplement décrit dans les sources historiques.

Il est hors de doute que la civilisation islamique, telle que nous la connaissons, n'aurait tout simplement pas existé sans héritage grec [7].

Les traducteurs étaient principalement des chrétiens [8].

Comme le rappelle Ibn Khaldun, les Arabes n'ont pas joué un rôle important dans le développement des connaissances scientifiques de l'islam : « Il est étrange que, à de très rares exceptions, les musulmans qui ont excellé dans les sciences religieuses et intellectuelles ne sont pas des Arabes... »

La science dans l'islam n'est pas restée exclusivement aux mains des musulmans, même après l'arabisation. La contribution des chrétiens et des juifs était si active que le *fons vitae* d'Ibn Gabirol (Avicebron) passait pour le travail d'un musulman, jusqu'au XIXe siècle, quand Munk découvrit que son auteur était juif [9].

[1] Les Assyriens se sont installés la première fois à Ninéveh, une des villes assyriennes principales, en 5000 A.C.N., ce qui est 5 630 ans avant que les Arabes ne soient venus dans ce secteur. Même le mot « Arabe » est un mot assyrien, signifiant « Occidental ».

[2] http://chronomath.irem.univ-mrs.fr

[3] Victor J. Katz, *A History of Mathematics, an Introduction*, Addison-Wesley Educational Publishers, 1999.

[4] Neugebauer, *L'Histoire des mathématiques babyloniennes.*

[5] Arthur Voobus, *Les Statuts de l'École de Nisibis.*

[6] *Islam et Dhimmitude,* Bat Ye'or, Madison-Teaneck, Fairleigh Dickinson University Press, Lancaster, UK : Gazelle Book Services Ltd., 2002.

[7] Rosenthal, *The Classical Age of Islam,* Londres, 1975, p. 13.

[8] Ibn Warracq, *Pourquoi je ne suis pas musulman*, p. 317.

[9] Ibn Warracq, *ibid.*, p. 329.

Von Grunebaum, *Islam. Essays in the Nature and Growth of a Cultural Tradition*, Chicago, 1955, p. 114.

Renan, *L'Islamisme et la science*, conférence donnée à la Sorbonne le 29 mars 1883, Bâle, Bernheim, 1883.

@réfractaires.org

Je suis, pour ma part, en train d'étudier une histoire des sciences arabes en trois volumes et je constate en effet :

1) que les sources indiennes, chaldéo-babyloniennes, assyriennes, grecques, perses, égyptiennes, voire juives, de la science arabe ne peuvent être contestées, même par des historiens arabo-musulmans. Vers l'an 600, les Arabes pré-islamisés n'étaient encore qu'un peuple de Bédouins et de marchands. On ne note la présence d'aucun fait marquant dans le domaine des sciences qui puisse venir d'Arabie avant la grande conquête du VIIᵉ siècle, et disons même plutôt avant celle des

premières dynasties établies, c'est-à-dire aux VIIIe et IXe siècles. Il n'y a plus rien ou presque après 1300.

2) En revanche, la *CONQUÊTE* militaire éclair des années 630-680 permet à ce peuple de semi-nomades du désert d'accéder d'un coup aux merveilles du monde antique, devenu chrétien : culture helléno-chrétienne, philosophies platonicienne et présocratique, architecture byzantine, astronomie chaldéo-babylonienne, mathématiques indiennes et grecques, chimie venue des Perses et des Égyptiens, etc.

3) Les Arabes islamisés furent donc de grands pillards et de grands synthétiseurs. Leur rôle ne doit pas être amoindri mais ne peut en aucun cas passer pour ce qu'il n'est pas.

Il faut également, en cette même époque de révisionnisme cool, et furieusement tendance, c'est-à-dire masochiste-nihiliste, il faut aussi, alors que les Croisades sont vouées aux gémonies par des armadas de crétins instruits d'articles de journaux, et que tout le monde a oublié la splendeur des deux siècles de prospérité amenés par les États latins d'Orient, oui, il faut donc parler un peu plus précisément de cette « religion de paix et de tolérance ».

Petit rappel du passé :

VIIe SIÈCLE

• à partir de 622 : banditisme organisé par Muhammad depuis Médine (Arabie Saoudite), bataille de Badr où Muhammad et ses affidés tuent 70 hommes et ramènent un imposant butin, multiples assassinats politiques contre les adversaires du Prophète, nombreuses attaques de juifs de la région.
• 627 : extermination par l'armée de Muhammad de la tribu juive des Bann Qurayza (600 à 900 personnes).

- même époque : expulsion des Nadir et leur massacre.
- 634 : invasion de la Syrie par Abu Bakr, mort de 4 000 habitants défendant leurs terres entre Gaza et Césarée. Campagne de Mésopotamie : 600 monastères détruits, moines tués, Arabes monophysites convertis ou tués, extermination de la population d'Elam et notables exécutés à Susa.
- 634-638 : invasion de Jérusalem avec destruction d'églises, pillages provoquant en 639 une famine qui fait des milliers de morts.
- en Arménie, massacre de la population d'Euchaita.
- Assyrie dévastée, grandes destructions dans la région de Daron, au sud-ouest du lac Van (Turquie), nouvelles exactions en 642 avec massacres et esclavage.
- de 639 à 642 le général musulman Amr Ibn Al'As envahit l'Égypte. L'Égypte ne lui suffit pas et pour cela il tenta de coloniser la Makuria, un royaume chrétien indépendant.
- 643 : conquête de Tripoli par Amr, pillage, esclavage des femmes et des enfants au profit de l'armée arabe.
- 652 à 1276 : envoi annuel d'esclaves de la Nubie vers Le Caire.
- Carthage rasée et habitants exécutés, de même en Anatolie (Turquie), Mésopotamie, Syrie, Iran et Irak.
- fin VIIe siècle : conquête de l'Égypte par Amr b. al As, massacre de tous les habitants de Behnesa près de Rayum ainsi qu'à Fayoum, Aboit, Nikin.

VIIIe SIÈCLE

- 704-705 : des nobles arméniens sont rassemblés dans les églises de Saint-Grégory à Naxcawan et Xram sur l'Azaxis et brûlés vifs.
- 712 : conquête de Sind en Inde par Muhammad b. Qasim, massacres au port de Debal (embouchure de l'Indus) pendant trois jours, entre 6 000 et 16 000 personnes tuées à Brahminabad.
- 722 : destruction de couvents et d'églises en Égypte.
- 745 : le général Omar, le nouveau gouverneur d'Égypte, intensifie la persécution des chrétiens, mais le roi Cyriacus de la Makuria réussit à stopper cette nouvelle attaque.

- 781 : sac d'Éphèse (Turquie), 7 000 Grecs déportés.
- VIIIe siècle : monastères hindous de Kizil détruits.

IXe SIÈCLE

- 831 : le roi Zakaria, le nouveau monarque de la Makuria, s'inquiète à cause des chasseurs musulmans d'esclaves qui envahissent son pays (l'actuel Soudan).
- 832 : massacre de coptes en basse Égypte suite à leur révolte contre une taxation discriminatoire.
- 838 : prise d'Amorion et esclavage des vaincus.
- 852-855 : persécutions en Arménie.
- 884 : couvent de Kalilshn à Bagdad pillé et détruit.
- IXe siècle : conversions forcées à Harran, massacre de chrétiens à Séville.

Xe SIÈCLE

- 903 : 22 000 chrétiens rendus esclaves à Thessalonique.
- 924 : église et couvent de Marie à Damas détruits ainsi que des milliers d'églises en Égypte et en Syrie.
- vers l'an mil : pillages et destruction en Inde par Mahmud de Ghazni, 50 000 hommes tués lors de la bataille de Sommath.

XIe SIÈCLE

- 1004 : Mahmud envahit Multan (Pakistan), conversions forcées dans la région de Ghor.
- 1010 : Mahmud envahit le royaume de Dawud de Multan.
- 1010 à 1013 : des centaines de juifs tués dans le sud de l'Espagne.
- 1016 : juifs chassés de Kairouan (Tunisie).
- 1033 : massacre de 6 000 juifs à Fez (Maroc).
- 1064 : conquête de la Géorgie et de l'Arménie par Arp Arslan, massacres et esclavage.
- 1066 : 4 000 juifs tués à Grenade (Espagne).
- 1076 : Kumbi Kumbi, la capitale du Ghana, est détruite par les envahisseurs musulmans, la population réduite en esclavage.
- XIe siècle : massacre de juifs à Fez et Grenade.

• 1126 : chrétiens espagnols déportés au Maroc par les Almoravides.

• vers 1150 : persécutions à Tunis.

• 1165 et 1178 : conversions forcées au Yémen pour les juifs.

• 1192 : dans l'État de Bihar (est de l'Inde), Muhammad Khiji massacre des moines bouddhistes et rase une grande bibliothèque, destruction de temples à Sarnath près de Bénarès.

• 1198 : conversions forcées à Aden pour les juifs.

• XIIᵉ siècle : massacres de juifs en Afrique du Nord par les Almohades.

XIIIᵉ SIÈCLE

• vers 1200 : persécutions envers les bouddhistes.

• 1232 : massacre de juifs à Marrakech.

• 1268 : massacre lors de la conquête d'Antioche (Turquie) par Baybars.

• 1274 : les musulmans de l'Égypte subjuguée commencent à coloniser et à détruire l'Alwa, la Makuria et la Nobatia, les trois royaumes antiques chrétiens en Afrique. Les peuples de ces nations, autrefois indépendantes et rayonnantes, sont vendus comme esclaves.

• 1291 et 1318 : conversions forcées des juifs à Tabriz (nord-ouest de l'Iran).

• XIIIᵉ siècle : près de Damas (Syrie), la population de Safad est décapitée par le sultan Baybars.

XIVᵉ SIÈCLE

• 1333 et 1334 : conversions forcées des juifs à Bagdad (Irak).

• 1351 : Firuz Chah dirige le nord de l'Inde : 180 000 esclaves dans la ville, destruction de temples hindous.

• XIVᵉ au XVIIᵉ siècle : prélèvement d'un cinquième des fils des familles de l'aristocratie chrétienne en Grèce, Serbie, Bulgarie, Arménie et Albanie, soit environ entre 8 000 et 12 000 personnes par an.

- 1400 : Tamerlan dévaste Tbilissi (Géorgie).
- 1403 : nouvelle expédition de Tamerlan en Géorgie, massacres, destruction de villes et villages.
- début XVᵉ siècle : en Mésopotamie, massacre de 4 000 personnes à Sivas (Turquie), 10 000 à Tus, 100 000 à Saray (Turquie), 90 000 à Bagdad (Irak) et 70 000 à Ispahan (Iran).

XVIIᵉ SIÈCLE

- 1622 : persécutions contre les juifs en Perse.
- moitié XVIIᵉ siècle : conversions forcées des juifs en Perse.
- 1679-1680 : destruction de temples à Udaipur, Chitor, Jaipur par Aurangzeb (nord de l'Inde).
- XVIIᵉ siècle : conversions forcées en Anatolie (Turquie).

XVIIIᵉ SIÈCLE

- 1770 à 1786 : les juifs expulsés de Djeddah (Arabie Saoudite) se réfugient au Yémen.
- 1790 : massacre de juifs à Tétouan (Maroc).

XIXᵉ SIÈCLE

- 1828 : massacre de juifs à Bagdad.
- 1834 : pillage à Safed.
- 1839 : conversions forcées et massacre de juifs à Meshed (Iran).
- 1840 : massacre de juifs à Damas.
- 1867 : massacre de juifs à Barfurush.
- 1894, 1895 et 1896 : massacre de 250 000 Arméniens par les Turcs.

XXᵉ SIÈCLE

- 1904 et 1909 : 30 000 Arméniens tués à Adana.
- 1915 : fin du génocide des Arméniens par les Turcs, plus d'un million de morts.

Entre 650 et 1905, des rapports évaluent que plus de vingt millions d'Africains ont été vendus en tant qu'esclaves par les musulmans. Il est intéressant de remarquer que la majorité de ces vingt millions d'esclaves n'était pas constituée par des hommes, mais par des femmes et des enfants qui sont plus vulnérables.

À ces chiffres, on peut rajouter maintenant le conflit israélo-palestinien depuis la seconde intifada : trois fois plus de civils juifs tués que de civils arabes, la guerre du Liban (massacres de chrétiens équivalant à des dizaines de Sabra et Chatila), l'Afghanistan des talibans, l'Irak de Saddam Hussein, l'Algérie des GIA ou de la Sécurité militaire (deux cent mille morts en douze ans), le Nigeria et ses exactions continuelles depuis sa « décolonisation », je passe sur le Soudan, l'Indonésie, le Pakistan, la Malaysia...

Il est à peu près aussi concevable aujourd'hui de critiquer l'Islam qu'il l'était de critiquer le communisme dans les années 1960 et 70.

Le seul changement, mais il est notable, c'est qu'il est désormais INTERDIT PAR LA LOI RÉPUBLICAINE de critiquer une religion qui s'est donné pour but l'asservissement général de l'humanité.

De plus en plus les points de jonction « théologiques » entre le gnosticisme islamique, l'universalisme socialiste et l'occultisme nazi s'éclairent : communisme du désert, gangstérisme clanique usurpant la charge des prophètes, la religion de Mahomet est aussi le premier *programme de nationalisation de Dieu*.

L'Islam n'est en fait rien d'autre que l'INVENTION DE LA MODERNITÉ. Un protonazisme qui devait influencer pernicieusement toute la pensée mécaniste postchrétienne, jusqu'à ce qu'elle parvienne à sa perfection moderne, au XXe siècle, avec Hitler, ce Mahomet du Tyrol.

Tout illuminisme est un mécanisme accompli.

Il n'y a aucun MODERNE (post-quelque chose aujourd'hui) qui ne soit au fond de lui déjà prêt à la conversion plus ou moins forcée, ou dans le meilleur des cas à s'acquitter de la Jyzzia, pour conserver son statut de *dhimmi*, de « protégé ».

Les conquérants islamiques furent les premiers à institutionnaliser la discrimination religieuse : ils furent les inventeurs du concept de l'« étoile jaune ». Chrétiens et juifs étaient considérés comme citoyens de seconde zone, leur vie ne tenait jamais qu'à un fil. Lors de la christianisation de l'Europe, aucun païen n'eut à souffrir de persécution – ce fut plutôt l'inverse – et lorsque après 313 (édits de Milan par Constantin) l'Empire devint chrétien, les païens ne furent aucunement rejetés hors de la société et moins encore exécutés, ou asservis en *dhimmis*. Ils furent convertis, par la grâce des saints missionnaires qui sillonnèrent le continent en tous sens, de l'Irlande à la Volga, de la Méditerranée à la Baltique, et dont le Verbe était si plein de la Lumière même du Logos qu'ils convertissaient sur leur passage des peuplades entières, leurs noblesses, leurs rois, sans jamais, jamais, tirer le sabre, mais au contraire en préférant se faire couper la tête plutôt que de renier leur foi.

C'est cela un *martyr*, pas un *teen-ager* qu'on fait passer de la console Nintendo au pilotage-suicide d'avions de ligne, *via* les sourates du Coran.

Envoyé hier par un ami, *via* Internet :

Un commentateur, Ahmed Mahmad Oufa, a écrit cette semaine dans un hebdomadaire officiel du gouvernement égyptien que la revendication musulmane concernant Jérusalem et Al-Aksa est fondée sur une lecture incorrecte d'un chapitre du

Coran. Il explique que le verset évoquant une visite nocturne effectuée par Mahomet dans une mosquée n'a aucun rapport avec Jérusalem mais avec une mosquée située près de la ville sainte de Médine.

Le professeur Moshe Shamir, expert des problèmes du Proche-Orient à l'Université hébraïque, a donné son avis au micro de Arouts 7 en hébreu au sujet de cet article : « Ceci n'est pas nouveau. Nous devons savoir que le Coran ne mentionne pas une seule fois Jérusalem alors que son nom est rappelé des certaines de fois dans la Bible. Le verset en question se trouve dans la sourate, au chapitre 7. Les premiers commentateurs du Coran n'ont jamais lié cet écrit à Jérusalem mais l'ont expliqué comme étant un voyage miraculeux ou une vision nocturne. Cependant, au début du VIIIe siècle, ils ont commencé à associer ce verset à Jérusalem car ils avaient besoin de la sanctifier. À l'origine, les musulmans avaient reconnu que le Dôme du Rocher était saint en raison du Temple de Salomon. »

Il faut noter que la mosquée Al-Aksa a été construite 621 années après la mort de Mahomet. Le professeur Shamir a exprimé sa surprise qu'un tel article ait été publié en arabe dans un pays arabe.

Notre siècle commence avec la conjonction de forces terribles, dont la source comme le *telos* semblent de plus en plus éloignés des consciences du temps, au cas où il en reste. Appelons cela : convergence super-critique des catastrophes générales.

Jamais l'aveuglement français n'aura été aussi près de signer l'arrêt de mort définitif de notre continent et peut-être même de toute la civilisation occidentale, jamais on n'aura vu tant de canailleries journalistiques, comme si tous les chefs de rédaction étaient désormais des agents des renseignements généraux.

Quel que soit l'homme qui, un jour ou l'autre, remplacera Chirak à la tête de l'État, il lui sera parfaitement impossible de remonter la longue planche savonneuse sur laquelle la nation glisse depuis déjà trop longtemps.

Impossible. Et sans doute même inconcevable.

Il me semble qu'à bien des égards, dans l'histoire, le rapport entre défaite et victoire est celui d'une inclusion de l'une dans l'autre et réciproquement. Chaque victoire porte l'ombre précise d'une défaite, et chaque défaite éclaire l'espace d'une victoire.

Ainsi, notre défaite finale dans les Terres saintes scella l'arrêt de la domination des Almohades de Cordoue en Espagne. Et elle rompit la supériorité navale arabe dans toute la Méditerranée occidentale.

Notre terrible déroute, à Constantinople, semblait signer la fin du monde chrétien : après Jérusalem, le sort semblait en être jeté, quand donc les Barbaresques arriveraient-ils jusqu'à Rome, comme les hordes vandales au Ve siècle ?

Mais cette défaite dans l'Hellespont ouvre sur la *Reconquista* espagnole qui rejette les dernières armées islamiques en Afrique du Nord, et surtout c'est comme si cette période, qui s'étend de la mort de Saint Louis à la prise de ce qui fut pendant plus de mille ans la Seconde Rome, signifiait en même temps la défaite intellectuelle de la sphère islamique.

Nous perdions l'ancien Israël pour en regagner presque immédiatement un nouveau et conquérir conséquemment le globe dans son entier.

L'Amérique, forteresse de cette civilisation, est en cours de DISSOLUTION de l'intérieur par tous les athéismes conjugués de la (dis)société postmoderne, qui continuent d'ignorer, ou de faire semblant, qu'ils ne font que préparer l'islamisation du monde, et en premier lieu leurs futurs statuts de *dhimmis*.

J'avais dit, dans un *Théâtre des Opérations* antérieur, tout le mal que je pensais des scientologues, ces musulmans sauce dianétique. Il ne fait aucun doute pour moi qu'il s'agit d'une de ces monstruosités du XXᵉ siècle qu'il faut écraser dans l'œuf, au plus vite. Les scientologues sont dix millions, grand maximum, dans le monde entier. Certes, ils ont Travolta et Tom Cruise de leur côté, mais le nombre de leurs génocides effectifs est encore extrêmement inconsistant.

En revanche, ce genre de poissons-pilotes se révèle très utile, en Amérique surtout, aux théologues du djihad, car l'éparpillement sectaire terminal de la société postprotestante est son accomplissement même : c'est-à-dire sa fin.

Dans cinquante ans l'Europe sera tombée et la porte sera grande ouverte pour qu'un Président islamique prenne un jour les rênes de la Maison-Blanche, car un scientologue ou un autre sectariste antichrétien s'y sera déjà exercé. Le monde, alors, sombrera dans la pire époque d'obscurantisme jamais connue, jamais enregistrée dans les mémoires, dans les codex, car précisément on détruira cette mémoire et on brisera ces codex.

Je ne sais à quoi peut ressembler une planète complètement islamisée, sinon à un Sahara géant, je crois que quelque chose dans le plan de la Surnature en empêche l'occurrence, sous peine d'autodestruction de cette planète et peut-être de la vie intelligente ailleurs dans le cosmos.

Aucune conquête spatiale ne sera possible avant la résultante de l'Armageddon qui s'annonce. S'il est probable, après tout, qu'une telle religion puisse localement anéantir une humanité planétaire, il me semble improbable que le plan de la Surnature puisse inclure son expansion potentielle dans l'Espace.

D'ailleurs comment se tourner vers La Mecque cinq fois par jour en orbitant à 50 000 km/h (et donc en rotation constante, y compris sur soi-même) entre Mars et Jupiter, objets eux-mêmes en rotation constante, comme notre propre Terre ?

Au demeurant, tout le monde sait ce qu'il advint des sciences et des lettres, sans parler de la musique ou des cerfs-volants, sous le règne de ces messieurs les talibans. Au cas où une dynastie islamique gouverne un jour ce monde en sa totalité, le recouvrant pour des millénaires d'une nuit plus obscure et épaisse que la pire des nuits nucléaires, les sciences actuelles seront sans doute momentanément *conservées*, en vue de quelque application militaire ou policière provisoire, ce que firent en effet quelques sultans avisés, mais très vite, comme à l'époque médiévale, les tenants de la ligne dure, la « tendance lourde » de toute usurpation totalitaire, feront en sorte que les interdits sanctionnent les recherches fondamentales, puis toute forme d'éducation scientifique sera bannie et le monde, lentement mais sûrement, entamera sa dévolution globale.

Au sujet du révisionnisme-en-direct dont a fait preuve la presse occidentale en son entier, et la corporation merdiatique franchouille mieux que toute autre, au sujet des très-méchants « intégristes » hindous qui s'en sont pris à la « mosquée » d'Ayodha, en 1992 : personne dans cette presse de catins aux ordres n'a osé rappeler que, tout comme la fameuse « Esplanade des Mosquées » de Jérusalem n'est autre que l'ancien Mont du Temple où les juifs n'ont TOUJOURS PAS LE DROIT DE PRIER [1], et comme en

---

1. Pression onuzie qui fut finalement endossée par la Cour suprême de l'État d'Israël elle-même !

maints endroits du globe que les armées islamiques ont asservis de leur totalitarisme religieux, Ayodha faisait partie des six cents (SIX CENTS !) temples hindous de grande stature qui furent ou bien simplement rasés ou le plus souvent *REMPLACÉS* par des mosquées lors des invasions mogholes.

Toujours, et partout, les califes, les sultans, les pachas, les émirs s'inspiraient plus ou moins de la culture locale mais partout et toujours, ils réécrivaient l'Histoire, détruisaient les lieux de culte, renommaient les lieux, interdisaient toute allusion aux anciennes croyances, sous peine de mort.

Les Soviétiques eux-mêmes étaient de piètres amateurs en comparaison.

Tout totalitarisme est d'abord une usurpation d'identité. Celle de Dieu.

« S'il existait un État universel, nous y ferions la guerre jusqu'à la fin du Monde », G.K. Chesterton.
« S'il n'y avait plus de lutte entre nations, il y aurait lutte entre Utopies », G.K. Chesterton.
Phrases écrites au début du siècle, je le rappelle, à l'époque de la guerre des Boers.

Le communisme, cet Islam sans Dieu.

Les musulmans, et pire encore les musulmanes, sont les premières victimes de l'Islam.

Ainsi, la guerre de cent ans que nous devrons conduire contre le totalitarisme islamique, où qu'il se terre, nous obligera à tout prix (car le prix, justement, serait une défaite consommée) de ne plus jamais réitérer la gravissime faute criminelle des communistes serbes, en Bosnie, qui, en agissant comme de vulgaires Mamelouks ou les SS, leurs dignes successeurs, souillèrent, avec la mémoire de Constantin le Grand, dix-sept siècles de Christianisme *basilikos*, c'est-à-dire royal, pour ne pas dire *politique*.

Nous devons considérer les populations iraniennes, turques, caucasiennes, centrasiatiques, arabes, comme les premières victimes de ce vaste mouvement de domination antéchristique qui, comme le savaient les Docteurs de l'Église, annoncerait la venue du Messie, c'est-à-dire l'Heure du Jugement dernier.

Il n'y avait sans doute que des esprits un peu simples pour penser que l'Apocalypse pourrait survenir à l'aube du Christianisme et de l'Islam.

Quinze siècles, oui, quinze siècles me semblent un bon chiffre si l'on part de l'an zéro, ou de l'an un de l'hégire, ce sera alors le début du XXIIe, l'an deux mille cent quelque chose. Cela veut dire qu'il reste cent ans, et encore. Pour avoir une chance, il faudrait résoudre le problème définitivement avant le milieu de ce siècle. Et le seul moyen de le résoudre, c'est de refondre le Christianisme, le réunifier et convertir, par la discussion et la « propagande », par la supériorité de nos arguments comme par la pureté évangélique de Foi, les populations islamisées du globe.

Pour le reste, rien ne nous interdit l'autodéfense, et même s'il le faut vraiment, un nouvel appel à la Guerre Sainte de libération.

Mais nous devrons alors, et ceci est impératif, ne pas commettre de nouveau la tragique erreur de certains de nos chefs de guerre aux Croisades, ou des Serbo-Yougoslaves durant la guerre de Bosnie, qui consista à imiter la pratique « militaire » nazie-islamiste – en moins bien, faut-il le souligner – et ainsi souiller la cause de la défense de l'Occident. Il faudra donc continuer, sans la moindre once de complaisance, à nous conformer au *Droit de la Guerre* constantinien du IVᵉ siècle, car notre honneur est de l'avoir inventé, rompant avec la longue lignée d'atrocités datant du néolithique au moins. C'est la marque de l'Islam, trois siècles plus tard, de l'avoir abrogé dans les faits, ouvrant la période la plus noire de l'humanité, parvenant, au-delà même de son influence religieuse directe, à contaminer la pensée politique et militaire moderne au point que des Européens s'auto-exterminèrent durant des siècles dans la folie des nationalismes et des socialismes, alors que le gnosticisme mahométan, doucement, semblait attendre son heure jusqu'à la fin du XXᵉ siècle.

Les prochains camps d'extermination fonctionneront au nom du djihad.

Quatre-vingt-trois morts dans un attentat à Najaf, ville sainte du chiisme, et contre la mosquée d'Ali, rien de moins : un des lieux saints de cette branche de l'Islam ! Quatre-vingt-trois morts ! Et je ne parle pas des blessés, des amputés... Un véritable crime de masse.

À l'exception des attentats du 11 septembre, et de celui de Bali, c'est tout bonnement l'acte terroriste le plus meurtrier depuis les attaques de 1998 contre les ambassades américaines en Afrique !

Première victime : Muhammad Bakr al-Hakim, un imam de très haute réputation considéré comme un héros par les Sud-Irakiens, et revenu dans les traces de l'armée américaine, après des années d'exil en Iran.

Comme je le disais un peu plus haut, les ordures de la nouvelle union wahhabites/saddamites sont prêtes à assassiner des docteurs de leur propre foi et saccager des lieux saints de leur propre religion !

Pour un fanatique décérébré du wahhabisme ou du socialisme arabe, même un musulman chiite est un sous-homme.

Les islamistes vont commencer, peut-être, par détruire l'Islam lui-même.

Je connais à l'avance la tonalité des sombres meuglements qui s'élèveront de toutes parts à la lecture de ces pages. C'est que, voyez-vous, il y a dix ans, je me suis fait connaître par mes prises de position anti-yougoslaves. J'ai soutenu les Croates, et j'ai soutenu les musulmans de Bosnie contre les crétins serbo-communistes qui voulaient les exterminer en masse.

Mais je sais que mon voyage en Bosnie, je devrais dire : ma phase de « retour » à une vie « normale » (si tant est qu'il y en ait une) dans l'Europe des consommateurs-contestataires, fut l'occasion de me pencher en profondeur sur l'Islam. Lorsque j'étais sur place, je me souviens d'avoir été comme *DÉCHIRÉ* entre deux parties extrêmes, l'une, sous l'influence directe et émotionnelle des événements géopolitiques vécus, me conduisait à devoir adopter l'Islam contre le communisme et les élites pourries de l'Europe qui pactisaient avec les génocidaires rouges.

Les appels à la prière des muezzins se répétaient, lancinants, dans l'air zébré d'or des petits matins de la Bosnie occidentale, et mon esprit devenait le théâtre d'un néopéplum à la Lawrence d'Arabie alors que l'odeur du jasmin et du thé à la menthe se mêlait lentement à l'air frais parfumé d'épices qui entrait par les balcons grands ouverts.

Je sais des gens qui ont suivi ce chemin, je sais des gens qui sont ainsi – sans le savoir – devenus des janissaires de l'expansionnisme islamique.

Un jour, à Zenica, alors que j'entrais dans un bar avec deux garçons des *Crni Lubadovi* et que nous avions aperçu ce groupe de combattants de la Légion arabe attablés dans un coin de la pièce – ils grouillaient dans la ville au point que la moitié des bars ne servaient plus une seule goutte de slibovic, ce que les Bosniaques, et en particulier les deux jeunes gars des forces spéciales du V⁰ corps, n'appréciaient que fort modérément –, j'avais senti comme une tension, très forte, qui engluait la pièce plus sûrement encore que la vague de chaleur qui nous abattait tous.

J'avais constaté que les légionnaires arabes ne se mêlaient pas à la population bosniaque, ou plus exactement que les Bosniaques se tenaient soigneusement à l'écart des volontaires islamiques. Je m'en étais ouvert à mes deux compagnons, dont l'uniforme noir, celui des « héros de Bihac », avait provoqué un instant de silence lors de notre entrée, y compris, voire peut-être surtout chez les moudjahidine arabo-pakistanais. Ils m'avaient confirmé, en deux ou trois phrases sèches, que ces « types » étaient utilisés par le gouvernement bosniaque faute de mieux et en dépit des risques que cela pouvait présenter. « Vous enverriez l'Otan, on foutrait au plus vite tous ces cons de barbus dehors », m'avait assené l'un d'entre eux.

Assis dans ce bar devenu « sec » par la présence de ce contingent de Saoudiens, d'Algériens, de Pachtounes et de Yéménites, je n'avais pu faire barrage à mon malaise grandissant. Nous avions bu un thé à la menthe et discuté de choses et d'autres, c'est-à-dire de la guerre, mais j'avais écourté la visite. J'avais finalement décidé de rejoindre mes amis français dans un autre endroit de la ville. Je quittai Benjamin et son ami en leur laissant une poignée de deutsche marks, un appareil photo, des gants de combat de l'armée française et deux ou trois babioles, puis je rentrai à l'hôtel.

C'étaient les derniers moments de mon séjour. Une semaine plus tard, j'étais de retour à Split, Dalmatie.

Lorsque je revins à Paris, quoique ayant déjà beaucoup lu sur l'histoire de la Yougoslavie, je me mis à dévorer de nombreux ouvrages sur les Balkans et sur les religions qui s'y étaient affrontées et s'y affrontaient depuis des siècles.

Plus important, je devais absolument me repencher, avec une attention de chaque instant, sur ma soudaine fascination pour l'Islam, quoique cela ne fût pas ma préoccupation première lors du déclenchement de la guerre en Croatie, je le souligne – les Croates sont les grands oubliés de ce conflit : normal, ni communistes ni musulmans, ils ne pouvaient espérer la compassion d'à peu près aucun « Européen » –, je devais, disais-je, revenir sur la brutale aspiration vers cette religion que mon séjour en Bosnie de l'Ouest avait attisée, juste avant d'en souffler net la flamme à la vue des islamistes de la Légion arabe.

Plus je lisais le Coran et les théologiens islamiques (à l'exception des soufis, je l'ai souvent signalé, j'y reviendrai), plus je les comparais avec la Bible et avec la théologie chrétienne que je commençais tout juste à manipuler, et plus, à l'intérieur de moi, se mena une guerre terrible, une guerre sainte, une guerre conduite contre l'idéologie coranique.

Bien sûr, le processus s'étendit sur une durée beaucoup plus longue que quelques heures ou une semaine – temps requis en moyenne pour une adhésion à la LCR ou aux Verts – ou même plusieurs mois – délai exigé maintenant pour se faire changer les seins, les lèvres, les abducteurs et les moustaches. Il se poursuivit en fait jusque vers l'été 1998, date à laquelle l'analyse de mon passé, la prise en compte de mon présent, la refondation de mon avenir me firent prendre conscience que ma conversion au Christianisme et mon « Retour vers le Futur américain » étaient liés comme la Croix au Corps du Christ, mais aussi à un troisième processus, qui me semblait parfaire la Trinité ainsi produite : la reconstruction de toute mon œuvre d'écrivain, la destruction non de ce que j'avais été mais de tout ce que j'aurais pu être. Au nom du Verbe.

Il faut dire que le monde avait pris la décision de m'offrir quelques vérités brûlantes concernant les hommes, les femmes et les idées qui les conduisent.

Et puis, au moment même de mon retour de Bosnie, les talibans prirent le pouvoir à Kaboul et l'année suivante dans tout l'Afghanistan ou presque. Je remarquai aussitôt que le combat de Shah Massoud intéressait bien moins les politiciens et les intellectuels français que ce qui se préparait au Kosovo. Pourquoi ?

Quoique la campagne d'épuration ethnique conduite dans cette province albanophone de la Serbie par Milosevic et ses sbires fût indéniable (plus de soixante mille personnes déplacées en quelques jours), il se trouva encore des « journalistes » pour oser prétendre qu'il ne s'agissait que d'un fantasme organisé par « la presse à la solde de La Haye » ! Il est vrai que l'intervention militaire alliée provoqua plus de mouvements de population chaotiques encore que la tentative de nettoyage ethnique des communistes serbes.

Précisément : si Milosevic n'est pas parvenu à ses fins au Kosovo, comme il a pu le faire en Bosnie, c'est bien parce que l'OTAN est intervenue quasi immédiatement et que cette campagne a dû s'arrêter avant même d'avoir vraiment commencé (il y avait un bon million de Kosovars à expulser de leurs terres !).

Si nous avions donné une bonne leçon aux communistes serbo-yougoslaves dès les événements de juin-juillet 1991 en Croatie, au nom de la défense du monde libre, Milosevic n'aurait pu étendre le foyer de guerre ethnique en Bosnie-Herzégovine et au Kosovo, les « radicaux » islamistes proches d'Izetbegovic auraient vu se constituer en face d'eux un front uni de Serbes orthodoxes, de Croates catholiques, et sans doute même de musulmans modérés, qui aurait pu proposer une alternative *POLITIQUE* à l'immonde charcutage génocidaire qui fut finalement avalisé par la paix de Dayton (qu'on ferait mieux de surnommer paix de Clinton).

Les Bosniaques musulmans, je les ai fréquentés de près durant des mois, n'étaient pas des Bédouins fanatiques animés par la haine de la culture, de la femme et de toute sensibilité. Loin de là. Influencés par le soufisme, syncrétisme hindo-christiano-islamique considéré comme hérétique par les tenants de la Sunna, ces musulmans étaient sans doute l'exception qui confirmait la règle.

Et c'est la raison pour laquelle, ce monde étant dirigé par un Démon fort vicieux, on tenta de les exterminer.

Au nom du Christianisme !

Mais je parlais de l'Afghanistan et de notre incapacité à comprendre que sans Shah Massoud jamais nous ne pourrions parvenir à quelque chose de durable dans cette région du monde.

L'administration du clown Bill Clinton ne fit strictement rien pour aider les combattants de la vallée du Panshir ou les Ouzbeks des milices frontalières de Dolsom ; les Américains envoyèrent deux ou trois *cruise missiles* de luxe se perdre dans les hauts plateaux des zones féodales, et Billy put continuer, entre deux explosions d'ambassades, et quelques *blow-jobs* financés par le contribuable américain, à mener sa petite vie bien pépère de président du Club Med mondial.

Quant à Chirak, il ne se donna même pas la peine, pensez donc, de recevoir le *SEUL* allié fiable, combatif et intelligent que nous avions dans la région pour faire la guerre à l'organisation de Ben Laden et aux groupes apparentés, alors même que l'homme avait fait dix mille kilomètres pour venir jusqu'à Paris[1] !

Conclusion : le 9 septembre 2001, deux jours avant les attentats contre l'Amérique, Massoud se faisait dessouder par deux abrutis de kamikazes tunisiens.

Et durant les quarante-huit heures qui s'écoulèrent entre les deux événements, il n'y eut pas un seul « commentateur spécialisé » de la presse, pas un seul expert agréé, pas une seule agence gouvernementale ou non gouvernementale, franchouille ou ricaine, pas un seul de nos chroniqueurs diplômés en tout-et-en-rien, non personne, pas même moi, qui n'eut l'idée que cet assassinat annonçait quelque chose.

Quelque chose de bien plus GRAND. Quelque chose qui surviendrait AILLEURS, sur tous les plans.

Tout le monde, moi y compris, reçut l'information comme le résultat d'une *guerre locale*, entre les forces de la *Northern Alliance* et les talibans.

Locale !

Le 11 septembre de l'An de Grâce deux mil un, Oussama Ben Laden nous donna un enseignement valable pour les siècles des siècles, et jusqu'à notre extinction finale au cœur du brasier d'un soleil devenu géante rouge, dans 4,5 milliards d'années : il n'existe plus aucune guerre qui soit LOCALE.

Comme une simple croix
Sur la tombe
D'un homme incliné
Devant la cavalcade
Pleine de poudre
Des armées décimées ;

---

1. J'ai déjà parlé de cette haute trahison socialo-chiraquienne dans le précédent *Théâtre des Opérations*.

Là où la pression
De l'air écrase les têtes
Et broie le muscle rouge
Des langues ;
Quand, dans la couronne d'épines
Qui ceint le futur supplicié
Tu discernes,
Aussi seule,
Aussi faible,
Aussi resplendissante
Que la toute dernière fenêtre ouverte
Dans un monde de monuments opaques,
La promesse d'une lumière
Aux abois depuis des siècles
Mais pourtant toujours
Maintenue dans l'or calme
Des métamorphoses,
Alors le moindre fragment de ciel
Contient le plus petit
De tes actes
La plus grande des musiques
Que ton corps
Peut habiter,
Demeure aux douces
Inclinaisons
Vers un soleil pâle,
À l'alpha
Du jour.

Voici quelques chiffres révélateurs, comme ça, en passant :

– La France vient de perdre dix places dans le classement mondial de la compétitivité.

– La France a glissé en un an du 20ᵉ au 30ᵉ rang du classement établi chaque année par le Forum de Davos, qui mesure le potentiel de croissance économique à moyen terme.

Salaires du secteur public :

La rémunération nette moyenne d'un agent de la fonction publique est 14 % de plus que celle d'un salarié du privé. Le salaire minimum des fonctionnaires est de 17,4 % supérieur au SMIC (Rapport du Gouvernement sur les rémunérations et pensions de la fonction publique, annexe de la loi des finances pour 2003).

L'endettement des entreprises publiques :

France Telecom : 69,7 milliards d'euros au 30 juin 2002 soit 1 191 euros par Français.

SNCF : 7,3 milliards d'euros à la fin 2001 soit 125 euros par Français.

EDF : 22,2 milliards d'euros à la fin 2001 soit 379 euros par Français.

La Poste : 2,9 milliards d'euros à la fin 2001 soit 50 euros par Français.

Pour conclure ces sinistres statistiques :

La France avait une dette publique de :

130 milliards fin 1975

414 milliards fin 1980

2 300 milliards fin 1990

5 400 milliards début 2001.

Ces chiffres sont en francs, le pays en est maintenant à mille milliards d'EUROS.

Parallèlement on constate :

– Un peu plus de 6 millions de fonctionnaires, soit 27 % par rapport à la population active en France. La moyenne des pays du G7 est de 13,2 %.

– Les États-Unis redistribuent en fait, et en termes RELATIFS, deux fois plus d'argent aux pauvres que la France !

Pour l'année 1995 seulement, les montants redistribués s'élevaient à 2,8 % du PIB français contre 5 % du PIB américain (IFRAP).

Une étude de la Réserve fédérale de Dallas a montré que

plus des neuf dixièmes des ménages qui se trouvaient dans les 20 % les plus pauvres en 1975 n'y étaient plus en 1991. Un tiers d'entre eux se trouvait même à cette date parmi les 20 % les plus riches des États-Unis !

– Les États-Unis, avec une population de 260 millions d'habitants, ont créé plus de 40 millions d'emplois nouveaux de 1974 à 1994, avec un taux de subventions publiques ridiculement bas.

L'Europe, avec 270 millions d'habitants, et malgré les milliards de subventions injectées dans l'économie, n'en a créé dans le même temps qu'environ 3 millions (étude de 1998).

Statistiques trouvées sur le Net, entre autres sur : http://www.conscience-politique.org/

La France, cette petite URSS dont le « dégel » promet d'être bouillant.

Dernière en date de notre « Lider maximo » : dans un discours public il demande – avec cet air sentencieux et grave d'instituteur de la IIIe qu'on lui connaît – à l'Institut Pasteur de faire tout ce qui est en son pouvoir pour lutter contre le nouveau virus *Blaster* !

Pratiquement pas un mot dans la presse franchouille, mais le gag fait le tour de la planète.

Aux États-Unis, où l'on se souvient des « caricatures » du *Monde* ou de *Libé* montrant régulièrement (à chaque panne d'imagination de leurs « dessinateurs-humoristes », lesquelles sont fréquentes) un Reagan ou un Bush incapables de situer un pays africain sur une carte, on s'amuse beaucoup avec ce mot fameux qui restera sûrement dans les Annales de la Bêtise présidentielle.

Imaginons un instant George Bush demander au CDC d'Atlanta de lutter efficacement contre un virus informatique. Il ne pourrait même plus se présenter devant son Congrès, ou un parterre de journaleux, même dûment appointés par le service de presse de la Maison-Blanche.

Certes, comme Reagan en son temps, qui avait confondu, au terme d'une tournée éprouvante, Brésil et Bolivie, la bévue de Chirak n'est sans doute qu'un lapsus, probablement voulait-il parler du Sras, c'est en tout cas la seule issue potable que je parviens à lui trouver, si je peux m'exprimer ainsi au sujet d'une maladie qui a fait quelques milliers de victimes.

Ceux qui essaient encore de trouver des excuses aux génocidaires serbo-communistes qui exterminèrent plus de deux cent mille musulmans bosniaques et environ quarante mille catholiques croates sont les mêmes qui – avec plus ou moins de doigté « antisioniste » – soutiennent les génocidaires islamistes. Comprenne qui pourra !

Quant à nous autres : cela démontre que nous avons – depuis toujours et à jamais – les mêmes ennemis : ceux de la civilisation chrétienne, quels qu'ils soient.

Bien sûr, ce furent des catholiques, les Croates de Bosnie, les grands perdants de la paix de Dayton. En gros, les accords gelaient les conquêtes sur le terrain et on réarrangeait quelques bordures mal définies.

On décida, je veux dire Clinton, l'ami des assistantes plantureuses, avec l'appui de l'armada de pingouins qui dirigent l'Europe depuis leur Commission de Bruxelles, *on* décida donc de procéder à l'odieux charcutage ethnique, un découpage qui avalisait *de facto* une conquête « militaire » réalisée à coups de crimes de guerre et contre l'humanité à n'en plus finir et qui promettait l'incrustation d'un parasite idéologique bien plus dangereux encore que le communisme en plein dans le scrotum de l'Europe, là où depuis des siècles cela *démange*.

On décida d'une part de créer une « Fédération croato-musulmane » et de l'autre une *Republika Srbska*, complètement autonome de fait et de fait province de Belgrade.

Mais pourquoi les Croates de Bosnie qui, grâce à leurs coreligionnaires de Zagreb, furent les véritables artisans de la contre-offensive d'août 1995 qui permit de libérer les Krajinas, le sud-ouest de la Bosnie et la poche de Bihac, pourquoi, disais-je, les Croates sont-ils obligés de vivre sous les auspices de cette fédération fantôme, alors que les Serbes, instigateurs de cette guerre, en sont exemptés ? Si des considérations stratégiques en temps de conflit avaient assuré la création de cette union croato-musulmane en Bosnie, n'y avait-il rien de mieux à faire que de GELER ainsi la situation sur le terrain, au mépris de toute justice, avec un Alain Juppé claironnant à l'époque, comme Chamberlain en son temps, qu'*une paix honorable avait été signée* !

Honorable ? La preuve : 51, 49. Un vrai chiffre de conseil d'administration. C'est d'ailleurs une décision de conseil d'administration de grande corporation humanitaire : 51 % aux pôv' victimes de cette guerreuh-atroceuh et 49 % aux Serbo-communistes, heu-un-peu-les-méchants-tout-de-même, autant dire aux bandes de violeurs et de tueurs en série des Seselj, Arkan, Mladic and co.

C'est la vision républicaine de la Justice.

Nous l'exportons dans le monde entier. Pour les bienfaits évidents de ce monde, *tout le monde* le comprendra aisément.

Soit on avalisait le découpage ethnique réalisé par les armées serbes, mais jusqu'au bout, en divisant la Bosnie en trois territoires autonomes, aux mêmes droits, sous une entité fédérale commune aux *trois* nationalités et plus ou moins co-organisée avec l'Union européenne, soit on remettait carrément la zone serbe à Belgrade, la zone croate à Zagreb et on laissait Sarajevo s'allier avec les premiers régimes islamistes désireux de venir exploiter la faille ainsi ouverte.

La seule solution était donc bien une entité confédérale tripartite où les Croates, pour une fois, n'auraient pas été les dindons de la farce.

Si jamais un vaste mouvement islamiste pan-albanais déclenchait une guerre ouverte contre les Slaves orthodoxes de l'ex-Yougoslavie, le *backlash* islamiste en Bosnie, paiement au centuple de toutes nos trahisons historiques, se ferait immédiatement sentir et le conflit s'étendrait de façon quasi automatique à l'ouest des Balkans, renouvelant une guerre que tout le monde croit « éteinte », tel un bon vieux volcan d'Auvergne ou même l'une de ces machines si pratiques pour lesquelles il suffit de pousser le bouton en position *off*.

Avec Clinton, Juppé ou Chirak, ce qu'il y a de bien c'est que la politique est à nouveau *magique*. On comprend l'adhésion des peuples à leurs balivernes.

Je roulais vers le Nord-Québec
Ses territoires aux noms indiens
La route, ligne à la fulgurance pâle
Jusqu'à l'horizon d'une seule traite ;
Ma mémoire cherchait l'Amérique
En neige noire de printemps
J'avançais dans le silence boréal.
J'étais libre et seul, en effet.

Ne pas se fier aux apparences, ce n'est pas négliger l'essentiel, c'est mépriser le superflu, ce qui est infiniment plus grave.

Si, lors de l'écriture d'un roman, il n'y a pas un point où l'équilibre des forces bascule, et où c'est le roman qui alors vous guide, le roman qui vous dépasse, *le roman qui vous écrit*, eh bien ce n'est pas tant que votre roman sera « raté » mais que le roman, lui, vous aura « raté ». Je veux dire, en tant que « cible ».

La littérature est une arme de pointe que le métacerveau dirige constamment contre le cerveau sociobiologique qui lui sert à la fois de plate-forme biophysique et de force d'asservissement et de contrôle normatif.

« *Aussi longtemps que l'arbre est un arbre, il ne nous effraie pas. Il ne commence à devenir une chose étrange, une chose bizarre, que lorsqu'il se met à nous ressembler. Dès qu'un arbre ressemble vraiment à un homme, nos genoux tremblent. Et quand l'univers entier ressemble à un homme, nous tombons la face contre terre* », G.K. Chesterton.

Relisant Spinoza – entre autres – depuis quelque temps déjà, je ne peux m'empêcher de penser sans cesse à son assertion *deus es natura* qui lui valut (parmi d'autres) son « bannissement » de la communauté juive de son temps.
Le « spinozisme » – si je réduisais stupidement la pensée de cet homme à cette seule phrase – pouvait, ainsi compris, fort bien s'acclimater au « fond théologique » d'un protestantisme déjà triomphant dans toute l'Europe du Nord et il devait tracer la ligne « déiste » par laquelle – Dieu ÉTANT le Cosmos – les mystères juifs et chrétiens peuvent être gentiment remisés au grenier, et avec eux soixante siècles du PLUS GRAND SECRET que l'humanité affronte depuis ses origines.

Il y avait mille signes pour l'alphabet sumérien cunéiforme, de loin le plus perfectionné de son époque, environ 3 000 ans avant J.-C. À la même époque les hiéroglyphes de l'Égypte pharaonique présentaient une structure bien plus complexe et nécessitaient un lexique de plusieurs milliers de signes différents. Les Suméro-Babyloniens finirent par restreindre le nombre de leurs lettres à trois cents signes.

À la même époque, une petite peuplade qui, semblait-il, venait de la ville d'Ur avait inventé un alphabet composé de *VINGT-DEUX* lettres. En fait vingt-deux consonnes, dotées de différents accents permettant l'effectuation des voyelles. Vingt-deux, contre trois cents.

Les Phéniciens, un millénaire plus tard, l'adaptèrent à leur culture locale puis le léguèrent aux Grecs de la mer Égée. L'alphabet avait gagné entre-temps quatre lettres. Mais il avait perdu les origines *MATHÉMATIQUES* qui font de l'alphabet juif de vingt-deux lettres quelque chose de plus qu'un simple système de communication linguistique.

J'espère que j'aurai le temps de développer ma pensée à ce sujet. Grâce à l'appui éminent d'A.D. Grad, spécialiste de la Kabbale, je voudrais essayer de démontrer de façon concise en quoi une simple étude objective de l'alphabet juif et de la manière dont l'Ancien Testament est complètement *CODÉ* numériquement semble attester une vérité intolérable pour les caniches du salon rationaliste : chaque lettre juive correspond à un chiffre et l'ensemble du texte est un immense et effarant programme numérique d'une incroyable complexité, où chaque partie du texte voit son sens obvie, celui de la lecture littérale, doublé de son corollaire numérique qui ne se contente pas de répliquer le premier (ce qui serait déjà stupéfiant) mais permet de placer telle partie du texte en étroite relation avec telle autre, à l'infini. Cette structure numérique me rappelle la structure supracodante de l'ADN. Cela permet d'envisager sereinement qu'une telle invention n'est pas tout à fait, disons, strictement HUMAINE au sens que nous donnons à ce mot.

Bien sûr, si en lecteur chrétien de la Bible je crois que l'Homme est une créature d'origine divine, c'est-à-dire une zone de co-intervention entre création et créé, alors je sais que ce que le CERVEAU humain, dans certaines CONDITIONS, est en mesure de réaliser tient du prodige, pour ne pas utiliser le mot de miracle, banni des dictionnaires par les dobermans de la Kultur qui trouvent que cela sonne trop « Lourdes ».

L'alphabet des Hébreux fut un des tout premiers dons du Seigneur Adonaï à ce peuple. Il est en effet d'origine « extraterrestre », mais c'est le monde entier qui – pour un chrétien ou un juif –, à la différence de Spinoza, est en fait d'origine « extraterrestre ».

Dieu n'est pas le monde. Le monde est sa créature, comme l'Homme, et contre l'Homme, il est lui aussi zone de co-intervention entre création et créé.

J'apprends par un ami que de jeunes Serbes se sont fait froidement assassiner dans la rivière où ils se baignaient, au Kosovo, par des miliciens de l'UCK : pas de pitié, on arrose au kalachnikov des adolescents désarmés.

Je défendrais les Serbes du Kosovo comme j'ai défendu les Croates en Dalmatie ou à Vitez, et les Bosniaques à Sarajevo. Je me fiche de vos « droits », ce qui m'intéresse c'est le *pouvoir* : c'est-à-dire quelle souveraineté politique va empêcher que ne se reproduise un jour, mais dans l'autre sens, les atrocités commises en ex-Yougoslavie entre 1991 et 1995.

As I was walking
To the forbidden area
Angels were slowly divin'
From a skytracer sea,

And then I saw your face
Beyond the distance
The world was set ablaze
And it was out of range,

So I am still walking
In the forbidden area
My friend is a machine
Who wants to be redeemed

And as I was falling
From the highest mountain
I passed throughout the ruins
Of cultures by thousands.

Dernières dépêches de l'émirat du Frankistan, le nouvel Ansar Al-Islam : le gouvernement Chirak continue de s'opposer, et avec lui toute cette « Union » de coucourges, à ce que le Hamas et le Djihad islamique soient enfin considérés par ces « États » comme organisations terroristes, l'argent des contribuables français et européens continue en effet de financer de soi-disant « organisations humanitaires » qui, dans le meilleur des cas, sont de véritables officines de propagande, quand elles ne cachent pas directement des centres de production d'explosifs.

Nous enfonçons sans cesse plus de clous dans notre propre cercueil.

« *Aujourd'hui l'autorité n'est plus indépendante et il est vrai de dire que nous sommes régis par des esclaves* », Rivarol.

Toutes les informations qui vont suivre N'ONT PAS ÉTÉ RAPPORTÉES PAR LA PRESSE AUX ORDRES, c'est-à-dire du *Monde* au *Canard*, de *Libé* au *Nouvel Obs*, de *L'Huma* aux *Inrocks*, du *Monde diplomatique* à l'organe du Parti ouvrier européen, et j'en passe.

Trouvé sur Refractaires.org :

Lundi 25 août 2003, 22 h 22

PARIS (AP) – Le centre Simon Wiesenthal, organisation juive de défense des droits de l'Homme, a accusé lundi la politique de la France au Proche-Orient d'« encourager le terrorisme ».

Selon un communiqué de l'organisation, le conseiller diplomatique du président Jacques Chirac, Maurice Gourdault-Montagne, aurait déclaré à l'ambassadeur d'Israël à Paris, Nissim Zvilli, que rien ne prouve que le Hamas et le Djihad islamique sont des groupes terroristes.

« Si le massacre et la mutilation de dizaines d'enfants juifs innocents et de leurs parents la semaine dernière à Jérusalem par un imam dépêché par le Hamas n'est pas une preuve suffisante que le Hamas et le Djihad islamique sont des entités terroristes, nous ne pouvons que conclure que la France est déterminée à poursuivre sa politique dangereuse en considérant que ces meurtriers ont un rôle légitime à jouer à l'avenir », dénonce le centre Simon Wiesenthal.

En rappelant que les États-Unis ont gelé tous les avoirs du Hamas, l'organisation estime que « le refus de la France d'agir unilatéralement ou via l'Union européenne revient à encourager les entités terroristes palestiniennes les plus extrêmes ».

Trouvé sur le site de l'UPJF :

À Jérusalem, on a du mal à avaler la couleuvre : la France a refusé de rajouter à la liste européenne des organisations terroristes le Hamas et le Djihad islamique.

Cette polémique a débuté lorsque l'ambassadeur d'Israël en France, Nissim Zvili [*sic*], s'est rendu, vendredi, à une entrevue avec un conseiller politique de Jacques Chirac, M. Gordou [*sic*], considéré comme le « bras droit diplomatique » de Jacques Chirac. Zvili a présenté à Gordou une requête visant à ajouter le Hamas et le Djihad islamique à la liste européenne des organisations terroristes.

L'ambassadeur a été surpris de constater que cette requête ne sera vraisemblablement pas acceptée. La position française, telle qu'elle lui a été présentée par Gordou, est simple : « Si nous arrivons à la conclusion que le Hamas et le Djihad islamique sont véritablement des organisations terroristes, il sera alors judicieux de changer la position européenne. »

Même position en ce qui concerne les relations qu'entretient l'Europe avec Yasser Arafat. Le gouvernement français refuse de se joindre aux États-Unis et de délégitimer le chef de l'Autorité palestinienne. Pour la France, c'est justement Abou Mazen qui se trouve en position de quasi-illégitimité.

Au ministère des Affaires étrangères israélien, on a du mal à croire aux déclarations françaises : « Les positions françaises face aux organisations terroristes nous ont donné la chair de poule. Exiger des preuves de l'appartenance du Hamas et du Djihad islamique au terrorisme est de l'hypocrisie criminelle », déclarait-on à Jérusalem.

Nissim Zvili a rappelé l'attentat meurtrier de Jérusalem, perpétré le même jour que celui de Bagdad, et a souligné les dangers du terrorisme international. On lui a répondu que les choses devaient être solutionnées par voie diplomatique, dans le cadre des institutions internationales.

Au ministère des Affaires étrangères israélien, on rappelle que l'Union européenne, dans son communiqué qui a suivi l'attentat de mardi dernier, a refusé de citer clairement le Hamas et s'est contentée de condamner l'acte perpétré par « des groupes illégaux ».

À Jérusalem, on est convaincu qu'il ne s'agit pas d'une faute de frappe...

Et toujours :

Mis en ligne par Admin, le 01-09-2003 à 18 : 24.

L'ambassadeur français traite Israël de « paranoïde », O. Gozani.

Titre complet :

« L'ambassadeur français traite Israël de "paranoïde", et Sharon de voyou », Ohad Gozani.

See English text.

Tel-Aviv

01/09/2003

Traduction française de Mekahem Macina, pour upjf.org :

Le nouvel ambassadeur de France en Israël a causé un charivari diplomatique chez ses hôtes, hier, quand on a appris qu'il avait qualifié l'État juif de « paranoïde » [atteint du délire de la persécution], et son Premier ministre, Ariel Sharon, de « voyou ».

Limor Livnat, ministre israélien de l'Éducation, a souligné que les propos attribués à Gérard Araud étaient « très graves ». S'ils sont avérés, a-t-elle dit, Israël devra refuser son accréditation.

Ce scandale rappelle les commentaires de Daniel Bernard, ancien ambassadeur français à Londres, qui avait déclenché une tempête, en décembre 2001, lorsque, au cours d'un dîner, on l'avait entendu dire, en parlant d'Israël : « ce petit pays de m... ».

Il semble que ces remarques de M. Araud aient été émises dans des circonstances analogues – c'est-à-dire dans le cadre de propos privés [où les diplomates se surveillent moins]. C'est Boaz Bismuth, correspondant israélien pour la diffusion du quotidien israélien *Yediot Ahronot*, qui a affirmé avoir entendu ces propos désobligeants émis par M. Araud au sujet d'Israël, dans une conversation avec deux autres diplomates français, au cours d'un récent cocktail, à Paris.

Le journal précise que M. Araud ignorait la présence du journaliste israélien. Selon M. Bismuth, quand il s'est identifié, M. Araud a tenté de le dissuader de rapporter ce qu'il avait entendu, au motif qu'il s'agissait d'une conversation privée.

Le journaliste a précisé qu'il avait décidé de publier ces propos parce qu'ils témoignaient d'une partialité possible de la part du représentant d'un « État membre important de l'Union européenne ».

Selon le rapport de *Yediot Ahronot*, M. Araud a également essayé d'expliquer qu'il avait voulu dire qu'Israël « est devenu paranoïde du fait de ce qu'il a subi ».

Dans une déclaration, le porte-parole du ministère français des Affaires étrangères, Hervé Ladsous, a affirmé : « Gérard Araud dément formellement avoir tenu les propos que lui attribue un journaliste israélien, concernant l'État d'Israël et son Premier ministre. »

En lisant la presse franchouille sur le Net, entre autres l'inénarrable *Marianne*, et je ne parle pas du *Monde diplomatique*, je réalise l'ampleur de la crasse stupidité de mes contemporains, journalistes diplômés en « géopolitique du chaos » et en « vigilance républicaine », et qui forment ainsi les « consciences » de millions de « citoyens ».

Parce que les forces de la coalition ne retrouvent que des pièces éparses, et disons-le « infimes », de matériel chimique ou nucléaire, les aboyeurs caricaturistes de la corporation merdiatique font savoir, du haut de leurs chaires de spécialistes en commentaires par deux colonnes, qu'il n'y avait pas d'armes de destruction massive en Irak. Et que cette guerre était donc... etc., etc.

La preuve ? Pas la moindre trace d'un formidable centre d'expérimentation nucléaire souterrain, pas de laboratoires de bactériologie secrets cachés dans le désert, pas de « sites de lancement de missiles », pas de stocks de containers remplissant des hangars-blockhaus entiers, les éditorialistes aux ordres et les télépatéticiennes chevronnées s'étaient, semble-t-il, constitué une jolie petite BD genre *Blake et Mortimer*, voire un film à la James Bond, dans leurs microscopiques crânes de coléoptères postmodernisés : il n'y a effectivement aucune « base de lancement de missiles balistiques », on n'a pas trouvé de réacteur nucléaire dans la banlieue de Bagdad ni aucune usine de production en série de virus ou de bacilles mortels dans les sous-sols des villas de Tikrit.

Et c'est cela leur preuve !

Au-delà du fait que Saddam a largement eu le temps de détruire ou d'exporter ses installations les plus stratégiques, il faudrait prévenir ces amateurs cachés de *blockbusters* cinématographiques que *les armes de destruction massive ne sont pas de massives armes de destruction.* J'espère qu'ils seront en mesure de saisir la *nuance*.

Les « arsenaux » chimiques ou « nucléaires » de Saddam tiennent dans une caisse de flacons et l'équivalent d'un bidon de pétrole pour le plus gros du *hardware*. Une « bombe sale », une « bombe radioactive », ce n'est rien d'autre qu'un obus classique dont la charge explosive sert à répandre un matériau fissile quelconque. Il n'y a pas besoin de réaction en chaîne, donc de toute l'infrastructure technoscientifique nécessaire à l'obtention d'une bombe atomique, pour vaporiser un nuage de radium ou de tritium sur le quartier d'une ville.

Pauvres groupuscules de neurones à demi morts, infâmes déjections de l'inculture gauchiste, vous n'êtes même pas en mesure d'imaginer le PRÉSENT.

Ah... Seigneur, comme parfois être obligé de se relire est une véritable épreuve. Au milieu de ce marécage d'informations sur ce monde abject et chaque jour un peu plus voué à l'abjection, je dois absolument trouver une lueur, même la plus faible sera la bienvenue.

Si je n'avais la foi en Jésus-Christ il y a sûrement un bail que j'aurais tiré ma révérence. Ma fille y est désormais pour l'essentiel. Les deux phénomènes sont probablement consubstantiels.

Si je suis un chrétien, toujours en devenir, toujours pas baptisé, je ne prétends pas être un Saint, loin de moi cette idée absurde. *I am a believer, and I am a sinner.*

Je pense que Jésus le Nazaréen ne me vouera pas au fleuve de feu du Shéol si je dis que, sans les femmes, je veux dire sans la beauté de certaines femmes, même entra-perçues une fraction de seconde derrière la vitre d'un train qui passe le long d'un quai d'une gare qu'on traverse sans s'arrêter, oui sans la courbure de certaines chutes de reins volées à des passantes inconnues, sans le mouvement perpétuel qui soulève et repose les corsages dont on voudrait ne jamais perdre de vue l'affolante oscillation, sans quelques regards bleus comme la nuit, noirs comme la vie, verts, fauves, noisette, éclats de cristal dans le feu vif du désir, sans ces corps comme entravés par le jeu des ombres et des lueurs sur leur peau satinée dans l'eau vive de la lumière lunaire, sans ces rares émotions arrachées à l'entropie par la grâce de la vue d'une peau dorée qui brûle au soleil de Toscane, ou de deux seins en globes de bronze qui semblent contenir toute la vérité du monde dans le clair-obscur d'une nuit d'été normande, sans cette vie que l'on peut essayer d'arracher au tombeau, oui, et aussi sans quelques actrices, chanteuses, sans une poignée de *Pop Stars* tellement plus belles et tellement plus grandes que les vies minables dans lesquelles nous suffoquons, oui sans quelques reines de la pop, sans les *Glam-Girls* de ces temps finissants, je ne serais pas ici à vous ennuyer avec mes élucubrations d'écrivain réactionnaire sous lithium.

Il m'est arrivé de me dire, assez souvent en quarante-quatre années de passage sur cette « bonne vieille Terre », que ma vie avait tenu à l'existence de quelques accords et d'une voix venue des astres, de quelques mots lancés dans la nuit profonde.

Je crois que je m'étais fait salement remarquer il y a deux ans, à cause de quelques pages dithyrambiques et parfaitement sincères sur Madonna. J'étais en droit de m'attirer les foudres des *Inrocks* comme de Bernard Antony.

Cela fait des jours, je vous l'avoue, que j'écoute en boucle l'album de Dannii Minogue, oui, oui, vous m'avez bien lu, Dannii Minogue, la *brunette sister* de Kylie la jolie Plastic Blonde australienne. Chaque nuit, depuis près d'une semaine, tourne en boucle durant des heures ce *wonder*-hit qu'est *I Begin to Wonder*.

Je ne sais qui se cache à la production derrière cette électro-pop aux couleurs cobalt, qui rythme mes heures depuis tant de journuits déjà ; harmonie typiquement électro : sur le *beat* rapide façon sustentation magnétique, une délicate mélancolie qui touche une harpe intérieure que jamais la *house music* pour bœufs de discothèque ne parviendra à faire vibrer ; basée sur une simplissime cadence d'accords en quinte et en tierce mineure qui se renversent au changement de mesure, une instrumentation électronique minimale, et un de ces textes typiquement *british*, toujours très fins, avec leurs rimes alternées parfois apériodiques, et leur métrique quasi classique.

Cos' every day was the same day
Different faces with no names
Places I've never been before
And every day is the same thing
Different faces with no names
Places I've never been before
(And I begin to Wonder...)

And every time I think I'm breaking free
The thoughts return to trouble me

Hanging on to love has left me empty
You're a sinner but you told me you're a saint
Too fast I tripped and I lost my way
Cant believe what happened to me lately...
(And I begin to Wonder...)

Excerpts with the courtesy of @ Dannii Minogue,
Neon Nights – London Records Ltd

Oui, bénissez-les, Seigneur, ces Reines de la Pop, ces *Neon Nights Angels*, des Supremes ou des Pointer Sisters aux très saintes Sœurs Minogue, de Marilyn Monroe à Nicole Kidman, de Madonna à Tina Turner, de Louise Brooks à Björk, de Julie London à Ella Fizgerald, de Nancy Sinatra à Annie Lennox.

Laissons tomber un instant – que dis-je ? pour toujours ! – l'imbécile et pédante hiérarchie d'une critique journalistique qui n'a plus que ce type de classement à effectuer pour le compte de son usine à piges, dans un monde où toutes les hiérarchies historiques ont désormais comme fin programmée leur propre anéantissement, après celui de la plus haute hiérarchie d'entre toutes.

Oui, laissons donc les critiques à leurs micro-religions votives de substitution. Laissons la mort à sa place.

Laissons donc agir la magie si simple d'une nuit pourpre sur Montréal et la mélodie aérodynamique de *I Begin to Wonder*, sorte de mixage impossible mais réel, entre le *SuperNature* de Cerrone, le *Human League* des débuts et quelque chose comme le *Dead Or Alive* des années 1980 sans la grosse artillerie heavy metal-discoïde.

Oui, ouvrez votre cœur sacré, Seigneur, je vous prie, à ces êtres plus tout à fait terrestres qui, par la violence de leur authentique sensualité et la grâce d'une beauté qu'on devine d'origine plus qu'humaine – pour ne pas employer de gros mots interdits aujourd'hui [1] –, peuvent redonner à nos existences l'impression si sublime, si indicible, qu'elles sont bien une vie, ah oui, Vous qui régnez sur Tout ce qui en nous peut nous rapprocher d'une véritable émotion, prenez sous votre aile de colombe ces femmes-nuits blanches, ces femmes-elfes, ces femmes-mutantes, ces femmes-Technicolor, en ces temps sinistres où chaque pauvre adolescente de ce monde sans âme est livrée à elle-même avec Simone de Beauvoir, Christine Aguilera et Naomi Klein, en ce monde non moins lugubre où les garçons de son âge en sont réduits à s'abrutir le cortex sur des consoles vidéo ou des opuscules de littérature gauchiste, oui, offrez-leur la largesse de Votre main généreuse et miséricordieuse, pleine de l'or du halo des Saints, car elles sont sûrement des archanges de Votre fabrication, elles nous offrent, pour une infime fraction de notre vie, imaginez la microscopique radiation dont il s'agit, une lumière si intense qu'elle peut éblouir suffisamment l'œil caché au fond de notre cœur pour le reste de notre existence.

Je préfère un monde avec des Dannii Minogue qu'un monde de crétins barbus dans lequel les femmes sont recouvertes d'un sac à patates.

Toujours se rappeler le véritable intitulé de l'organisation Al-Qaeda : *World Islamic Front for the Jihad against Jews and Crusaders*. Cela a le mérite d'être clair. Il s'agit bien d'une ambition de domination planétaire. Il s'agit bien d'un universalisme contre lequel aucun nationalisme ne saurait résister.

---

1. Si elle n'est pas employée par un islamiste, toute référence à Dieu, aujourd'hui, dans notre Occident anti-occidentalisé, est soit une ridicule connerie de grenouille de bénitier, soit, tout simplement, le signe d'une grave déficience mentale.

Il n'y a pas d'Islam militant et d'Islam modéré. Il n'y a que variations d'intensité. Les lois coraniques ne peuvent être *adoucies* que très provisoirement.

Vous savez, ai-je dit un jour à un reporter du *Lunokhod Junction Herald*, alors que mon cerveau en stase cryonique était connecté à une matrice de perception sensorielle, vous savez, je crois que j'aurais bien aimé, moi aussi, écrire des histoires charmantes qui se seraient déroulées à Pantin ou sur les bords de Marne, à Montmartre, à Ménilmontant, la Butte-aux-Cailles ou ailleurs, mais à Paname quoi, comme on disait à l'époque où je naquis.

Qu'est-ce qui vous en a donc empêché ? me demanda l'androïde professionnel.

Le monde avait disparu lorsque je me suis mis à écrire, lui ai-je répondu.

N'oubliez pas : je suis un dangereux schizophrène réactionnaire-fasciste gravement illuminé.

Il ne se passera rien de grave avec l'Islam au cours du XXIe siècle

Rien.

La France est au mieux de sa forme, l'Europe va très-bien-merci.

Dormez en paix.

Fermez la télé.

Lisez *Les Inrockuptibles*.

Provisional end of data,
le 4 septembre 2003, 23 h 05.

***

Reprise des opérations.

Le 11 septembre, 1 h 33. *Full Moon.*

Je ne laisserai pas passer cette date, on s'en doute ; je ressors du tunnel fictionnel pour quelques jours encore.

Dans une poignée d'heures, deuxième anniversaire du crime de guerre des talibans de Ben Laden contre le peuple américain. Avant-hier, commémoration à Kaboul de l'assassinat de Shah Massoud par les deux amoindris du cortex de la pouilleuse Al-Qaeda. Massoud fut notre chance à jamais perdue d'éviter l'Armageddon.

J'ai envoyé une prière à tous les combattants de la liberté, où qu'ils se trouvent de par le monde. Le matin même Tsahal liquidait deux dirigeants du Hamas. Ils avaient raté ce vautour de Sheikh Yacine quelques jours auparavant[1].

Les Palestiniens sont voués – par leurs dirigeants et leurs activistes (sans compter nos « intellectuels de gauche ») – à une forme d'autodestruction pathétique.

Il faut ajouter aussitôt que la « branche militaire » de l'organisation, comme le disent pudiquement les journalopes appointées de la télé québécoise (en gros Al-Jazira avec l'accent de Montréal), avait, en deux attentats séparés, tué une quinzaine de personnes. Toujours la même tactique de petits nazillons décérébrés : café bondé ou arrêt de bus, un kamikaze, une explosion, des corps épars. Quinze occasions en une de cracher sur le premier des Commandements du Dieu unique.

S'il y a bien une chose dont je suis sûr c'est que je choisis dix éternités en enfer plutôt que de me retrouver, je ne sais comment, avec ces trous-du-cul, dans leur « paradis » de criminels de guerre.

---

1. Ils s'en sont occupés comme il fallait plus tard.

Désormais l'islamisation des banlieues touche de plein fouet des Français « de souche ». De petites Ludivine, des Stéphanie, des Pauline se retrouvent sous la burkha ; des Jean-Paul, des Michel, des Frédéric se laissent pousser la barbe et s'habillent comme des prêcheurs salafistes. Grâce à l'école républicaine, ils ne savent plus parler le français, mais à la mosquée, on leur apprend à réciter de l'arabe par cœur.

Dans un article assez récent, je me souviens que Houellebecq tentait de synthétiser ma forme de pensée sous la forme d'une « volonté de réunir Nietzsche et le Christianisme ».

Sans vouloir engager de polémique à ce sujet, je me bornerai à dire que cela ne me serait jamais venu à l'esprit, pour la simple et bonne raison que Nietzsche est effectivement la convergence critique de TOUTES les prophéties tendues vers le siècle où elles se réaliseront, siècle que, bien sûr, il ne verra pas. Nietzsche est la synthèse non dialectique entre l'Antéchrist et le Christ.

Seul un authentique chrétien peut comprendre Nietzsche.

Seul Nietzsche pouvait, à l'époque, comprendre le Christ.

J'ai trop aimé le rock'n roll pour devenir autre chose que *catholique*.

« *Nos besoins ne sont désormais plus que l'empreinte ou la reproduction des besoins des marchandises elles-mêmes* », Günther Anders.

« *En effet, les matrices ne conditionnent pas que nous, mais aussi le monde lui-même. Cette affirmation semble aller de soi si l'on pense à la production en série. Nous verrons qu'elle perd en évidence dès lors qu'on*

l'applique à ce qui était au départ l'objet de notre inves-
tigation : la production de fantômes par la radio et la
télévision. Notre affirmation signifiera alors que les
modèles artificiels et les représentations du "monde"
que les émissions nous livrent ne conditionnent pas que
nous et notre image du monde mais aussi le monde
lui-même, le monde réel ; elle signifiera que le condi-
tionnement produit un effet boomerang, que le mensonge
devient vrai, bref que le réel devient le reflet de son
image », du même.

Reçu avant-hier, le 9 au soir, par un ami :

LONDRES – Une organisation islamique britannique organise
le 11 septembre un rassemblement dédié aux pirates de l'air
auteurs des attentats contre New York et Washington. Cette
conférence aura lieu dans la mosquée de Finsbury Park, l'une
des plus radicales du pays. [...]
Des centaines de jeunes musulmans britanniques sont
attendus dans cette mosquée du nord de Londres pour ce
rassemblement, qui sera étroitement surveillé par la police et
les services de sécurité, rapporte le journal dominical londonien *The Observer.*
Cette conférence est organisée par le groupe al-
Muhajiroun, qui a surnommé les pirates de l'air « les
19 magnifiques ». Ce groupe avait subi une enquête de la
police après que certains de ses responsables eurent reconnu
avoir agi en tant que « conseillers spirituels » auprès de deux
kamikazes britanniques qui sont morts dans les attentats
suicides cette année en Israël, selon l'*Observer.*
Des tracts imprimés pour le rassemblement décrivent les
actes accomplis par les pirates de l'air du 11 septembre et
mentionnent un verset religieux affirmant que ces hommes
« étaient des jeunes qui croyaient en leur Dieu ».
Le chef d'al-Muhajiroun, Omar Bakri Mohammed, a

démenti que ce rassemblement constitue une célébration des atrocités du 11 septembre.

« C'est une recherche des causes de l'événement », a-t-il dit à l'*Observer*.

Aucun écho dans la presse française ou québécoise.

Sharon, en visite en Inde, indique sans ambages tout l'intérêt qu'Israël a pour cet énorme sous-continent : il est temps en effet que l'Occident comprenne que les mille deux cents millions d'hindous, en première ligne face au totalitarisme islamique, sont, dans cette région du monde, la seule force civilisationnelle sur laquelle nous pouvons compter.

Appris il y a une semaine que *Cosmopolis*, un des titres que j'avais retenus pour mon prochain roman, est celui du livre de Don DeLillo qui va sortir très prochainement en France. Je venais de décider que ce roman n'appartiendrait pas, en fait, à la trilogie *Liber Mundi*, j'établissais déjà d'autres projets, d'autres ramifications...

Cela m'a valu huit jours de profonde dépression et d'un silence presque total – à part ces notes –, car je voyais tous les liens que je pourrais faire entre cette vision métalocale américaine et l'*Antipolis* suburbaine de *Villa Vortex*. Je voyais une autre trilogie s'amorcer, croisant la première... *Villa Vortex* s'était d'ailleurs appelé *Antipolis* durant de longs mois d'écriture.

Je viens de trouver un titre de substitution, après des journées d'angoisse et des nuits de panne sèche, car pour ce roman, plus encore que pour les précédents, je dois m'appuyer sur son titre qui doit en lui déjà tout condenser.

412

Je le tiens secret pour l'instant, déjà *Villa Vortex* devait simplement se nommer *Vortex* et cette affaire avec les ayants droit de la BD du même nom m'a empêché de conserver ce simplissime titre initial. Maintenant il y a Don DeLillo et un *Cosmopolis* dont je vous prie de croire que sa simple énonciation mentale m'a empêché de dormir pendant des nuits. Bref, je garde par-devers moi le titre trouvé il y a deux ou trois jours et qui pourra j'espère, sans copier en rien le titre du grand écrivain américain, me permettre de mener à bien mon projet.

Je prie pour qu'il en soit ainsi durant environ un an encore.

Echoes of gypsy violins
From the gloomy
Half-shade of a Zagreb Café
Were flying on the loose towards
The golden lightened ark
Who marked the end of the alley ;
Balkanic strings on the edge
Of an harmonic disruption
Ruled the void of my memory
And at the speed of human fingers
Trigerred by rhapsodian eruption
I saw angels in burning silicon
Staring at the end of the Doomed Cities
Just throwing fire balls in a big space
Between my ears and a clear blue sky.

Il y a une semaine, Arafat forçait Mahmoud Abbas, son Premier ministre et artisan des accords d'Oslo, à la démission sous la pression de la rue, des enragés cagoulés. Il place alors un certain Radjoub, spécialiste du terrorisme, au-dessus de Dahlan, le chef de la sécurité

palestinienne, et entreprend d'aider les radicaux islamistes de tous bords à saborder la *road map*. Bref, ce
vieux loukoum foireux décide de s'allier avec les pouilleux du Hamas en pensant ainsi réaliser une bonne opération politico-militaire, s'imaginant sans doute que des
millions et des millions d'Arabes sont prêts à mourir
pour le « Raïs » et ces fantasmes putrescents – aussi
vieux ou presque que le Temple lui-même – d'une Jérusalem arabe !

Arafat devrait regarder plus souvent la télé. Même
Al-Jazira montre avec objectivité le soutien populaire
international auquel a eu droit Saddam Hussein.

Conclusion : son « État palestinien » sera confiné aux
deux tiers de Gaza et à la moitié de la Cisjordanie, le
reste revenant à Israël et à la Jordanie après accord
négocié.

Champagne !

Finsbury Park : ce ne serait pas situé à Londres,
aimable localisation du futur *Ground Zero*.

Killing by numbers : chaque jour, l'évaluation des
morts causés par la canicule estivale prend quelques
centaines d'unités (chaque unité est un vieillard mort de
déshydratation). Ce matin, en ouvrant la télé, j'apprends
qu'on se dirige tranquillement vers le chiffre de *quinze
mille* morts !

Quinze mille morts. Deux années pleines d'accidents
de la route. Cinq 11 septembre !

On ne sait trop jusqu'où ce thermomètre fatal va
monter.

Les candidats pour le stand de tir de la prochaine fête
foraine du 14 Juillet sont priés de se présenter au ministère de la Dépopulation.

La boîte noire de la fiction est en train de m'avaler sans rémission, il n'y aura plus désormais que quelques messages, de dernière alerte, avant l'extinction des feux de ce *Théâtre des Opérations*, provisoire mais pour un bon bout de temps.

Le Christianisme c'est la ré-invention de la vie, c'est celle de l'Homme, c'est donc celle de l'Amour et celle de la Famille.

Précision : ce n'est pas plus une « recomposition » aux normes du XIXe siècle bourgeois que la désagrégation du « vieux » modèle « patriarcal » vanté par le post-modernisme, qui nous permettra d'assurer la diversité et la liberté des généalogies humaines. Car il n'y a pas de liberté sans Unité, et l'Unité c'est la tension entre le Multiple et l'Infini.

Rebâtir une famille digne de ce nom, au-delà des pratiques fétichistes d'une religion qui s'est malheureusement coupée et de la foi et de la connaissance, mais aussi par-delà les nouveaux fétiches postmarchands de la (dé)génération en réseau, c'est un travail digne du *Travailleur* de Jünger, car nous n'avons guère de choix : notre chemin ressemble au tranchant d'une lame sur laquelle nous devons continuer d'avancer, sous peine de tomber d'un bord ou de l'autre dans un gouffre sans fond.

La déconstruction postmoderniste des anciens liens de parenté n'offre strictement rien d'autre que le nihilisme absolu en guise de « succession » à l'humanité. Elle poursuit donc le projet « révolutionnaire » d'atomisation et de production – corrélaires – de l'individu-Moi asservi à la Matrice.

Le conservatisme de la droite religieuse reproduit en fait les tares du Christianisme tardif, celui d'après le

Moyen Âge et même d'après la Renaissance. Il ne permettra pas d'aborder cette phase critique de l'Humain.

Car oser REFONDRE, REFONDER l'humain par-delà ses propres limites, cela signifie dès lors tenter de comprendre comment l'Humanité « revient vers son futur », c'est-à-dire vers le temps des patriarches de la Bible, et donc comment nous allons devoir recomposer des « familles » où la longévité « artificielle » et la biocybernétique ne conduiront pas à de pures abominations vouées à l'autodestruction terminale.

C'est très exactement le défi que nous devrons relever au cours de ce siècle.

Le schizophrène c'est le devenir-homme du Christ. C'est pour cette raison que Jésus parlait aux simples d'esprit et leur promettait – avec les misérables – la première des places auprès du Seigneur Tout-Puissant.

Ce fut, selon moi, une des graves erreurs de Deleuze, surtout dans *Mille Plateaux*, que de vouloir OPPOSER dialectiquement (étrange pour un contempteur acharné de l'hégélianisme) les structures a-topiques en réseau, la face du « multiple » avec le diagramme racine-arbre, la face de l'Unique, qu'il amalgame un peu trop rapidement avec le lignage généalogique et codal du patriarcat, ou plutôt de telle façon que celui-ci apparaît dès lors comme « dépassé », comme « inadapté » à nos sociétés postmodernistes.

Car en se penchant un peu sur le problème – de la Kabbale au code génétique, de la structure du Web à celle des organismes vivants – on constate que les deux diagrammes mis en opposition dialectique par Deleuze – sous influence guattarienne – ne sont que deux modalités différentes, variations d'intensité et d'amplitude de la même structure dynamique : celle de l'opération ontologique de division infinie.

Guattari est un psychanalyste qui répète depuis trente-cinq ans ce que lui et Deleuze ont su mettre en évidence avec génie dans *L'Anti-Œdipe*. Deleuze est resté un vrai penseur qui a pu être aveuglé momentanément par des influences extérieures, celles de la société et surtout de sa frange « contestataire », c'est-à-dire la génération des futurs conservateurs sociaux-démocrates qui allaient mettre Mitterrand au pouvoir et Guy Debord au programme.

Aussi, quand je vois les exégèses fumeuses des écoles postmodernes, entre autres nord-américaines, au sujet de ce penseur qu'on a assimilé à Derrida, voire aux situationnistes ! comme on a assimilé Georges Perec à Michel Butor, par souci de simplicité d'étiquetage, il m'arrive d'avoir envie de commettre dix mille Columbine.

Quand un crétin universitaire décérébré vous parle de Deleuze comme d'un *penseur marxiste*, faites comme moi, lors d'une occasion qui me fut donnée un jour, répondez : « C'est cela. Un marxiste tendance Friedrich. »

Il ne s'agit pas de « rester » humain, ou de vouloir (quelle stupidité que ce pur volontarisme) devenir un « posthumain ».

L'homme n'existe pas. Nous n'avons pas encore su l'inventer. À peine ébauché, il fut détruit, par lui-même. Le « posthumain », tel qu'il se profile, c'est justement le SIGNE HORRIBLEMENT POSITIF de cette béance.

Lorsque la nuit coule dans mes veines, elle prend corps dans un livre.

Décryptage de la boîte noire : l'homme est détruit avant que d'avoir pu vraiment voir le jour. Nous ne savons rien de nous-mêmes, mais pire encore toute véritable découverte à ce sujet est soit condamnée, soit, plus vicieusement, canalisée dans les bureaucraties du savoir par les grandes institutions de la Culture moderne : l'Université, les Médias, les Zarzélettres.

Mode de lecture : magnitude en *lumens*, éclipse civilisationnelle à prévoir. La boîte noire fonctionne depuis la zone de combats du métacerveau, lui seul est capable de faire de cet assemblage organique de cellules autre chose qu'un automaton sociobiologique, mais *à partir de, et contre* la structure métacodante de cet assemblage cellulaire.

Réfutation du dualisme matérialisme-idéalisme : chacun d'eux est un leurre qui sert à masquer l'affreuse hémiplégie de la dialectique. Le « matérialisme » est une des pires formes d'idéalisme que l'humanité a été en mesure de concevoir. Et l'idéalisme a servi bien souvent, et en tout cas récemment, à donner un peu de vernis à des pratiques que ne renierait aucun matérialiste conséquent.

Le dualisme qui articule dialectiquement les termes unité/multiple, différence/répétition, organique/psychique, immanence/transcendance, nature/homme, etc., échappe à toute vérité, celle que connaissaient les présocratiques et les antiques théologiens chrétiens : tout principe contient son principe contraire. Et les inclusions sont donc des intorsions paradoxales échappant à tout mécanisme mental « volontaire » cherchant à « médiatiser » des « objets » qui sont des « souverainetés » par nature im-médiatisables.

Il y a de moins en moins de hasard.

Je tombe ce matin, par un courriel de mes amis de *Cancer !*, sur quelques extraits du dernier opuscule de Marc-Édouard Nabe concernant l'affreuse guerre impérialiste conduite par les forces alliées en Irak. *Cancer !* osait publier ma prose ouvertement sioniste-fasciste-réactionnaire et celle, progressiste-éclairée-et-antisioniste, de Marc-Édouard Nabe. On le leur reprochait. Je ne comprenais pas pourquoi : Nabe est un très bon auteur, il a le droit d'être à la rue pour tout ce qui touche à la politique internationale, ce ne sera pas le premier ni le dernier.

Mais depuis le début des hostilités en Irak les relations se sont détériorées entre la rédaction de *Cancer !* – plutôt de mon bord – et Marc-Édouard Nabe, parti rejoindre Sean Penn au cœur de l'Enfer.

Il faut dire que la rédaction de cette revue « pluri-disciplinaire et transgénique » cumule deux fautes impardonnables : celle de fort bien écrire, et celle d'être profondément et instinctivement révulsée par tout ce qui ressemble de près ou de loin à la prose gauchiste, anti-sémite, et /ou « républicaine ». On comprend aisément que leur nombre d'ennemis puisse croître à cette vitesse.

À ce que je comprends en lisant les extraits du livre de Nabe : Bagdad, c'était l'Apocalypse !

Il existe encore de nos jours des écrivains qui confondent l'Apocalypse avec Disneyland. On leur donne pourtant des brochures à l'entrée !

Si Nabe veut avoir une petite idée de l'Apocalypse, qu'il accompagne donc une unité de Spetsnatz ou de miliciens tchétchènes à Groznyï, et prêtons-lui une machine à remonter dans le temps afin qu'il s'y retrouve au plus fort de l'offensive russe de 1999-2000.

Bagdad : l'Apocalypse à la portée des caniches.

Les gauchistes post-situs des années 1980-90 ne se doutaient pas que leur « pensée » était déjà en train de gagner le corps social tout entier, puisqu'elle avait déjà largement envahi celui de ses « élites ».

Je comprends fort bien l'espèce de ressentiment que Nabe évoque d'ailleurs sans trop le comprendre à l'égard de ceux qui, depuis longtemps, se tiennent du côté de l'Occident chrétien. Se retrouver avec des Jane Fonda de l'Arkansas, des Mickey Moore du Manitoba septentrional, des Juliette Binoche de Créteil, plus 40 degrés à l'ombre, on pouvait, nonobstant ce dernier facteur calorifique, souhaiter en effet se retrouver au plus vite à Paris.

Où l'on a compté beaucoup plus de morts qu'à Bagdad dans le même laps de temps.

***

12 septembre : *the man in black is dead*.

Johnny Cash vient donc de passer de l'autre côté. Il fut le plus grand de tous ces chanteurs de country que des intellectuels éclairés comme Marc-Édouard Nabe méprisent royalement du haut de leur chaire politico-musicologique en « Djazz » – ces chanteurs *rednecks* sont des cons, ils ne sont pas noirs et ils ne soufflent pas dans une trompette –, il est mort quelques semaines à peine après la disparition de Leni Riefenstahl, qui vient de se faire démolir, elle aussi, *post mortem*, par celui-là même qui, dans les colonnes de *ICI*, avait comparé – sans savoir à quel point il était à la fois proche et très loin de la vérité – notre inimitable Villepin national à son prédécesseur de la Restauration, nommé Lamartine.

Un superbe album de photographies, édité chez Taschen, démontre par la seule présence indicible du génie qu'on peut – comme tant d'autres à son époque – avoir été fasciné par les super-charlatans totalitaires du XXᵉ siècle, sans pourtant que votre lumière interne en ait été profondément affectée. L'exemple qui vient aussitôt à l'esprit est celui d'Eisenstein, mais Lévesque, dans sa chronique haineuse et stupide, à la hauteur des vomissures d'un Diderot contre la religion catholique, parvient à répéter, en bon mouton-androïde de notre époque d'abrutis cultivés, les éternels lieux communs de l'Homme de Gôche sur la différence fondamentale entre ceux qui croyaient en Adolf Hitler et ceux qui n'y croyaient pas, c'est-à-dire croyaient en Joseph Staline.

Les uns étaient des fascistes, donc méchants-caca-pâbo. Les autres, comme Eisenstein ou Picasso, Aragon, Breton et toute la cohorte, étaient des communistes. Ils croyaient au Bonheur-des-Peuples-Par-La-Dictature-du-Prolétariat. Le prolétariat n'est pas une race, et aujourd'hui encore moins qu'hier une race blanche. Ils étaient donc, eux, à la différence de cette salope de Riefenstahl, des gens sympas et de véritables artistes.

CQFD.

Johnny Cash. Riefenstahl. Il n'y a *a priori* aucune relation entre ces deux décès, sinon qu'on en vient à prier pour que quelques « djeunes » meurent aussi, parfois.

Ces zombies de la culture franchouille qui croient connaître l'Amérique parce qu'ils se sont offert un séjour d'une semaine à New York ou à Los Angeles !

Vous ne connaîtrez jamais rien de ce continent, vous seriez malades de trouille à la simple idée d'entrer dans un *gun-show*, vous feriez dans vos culottes rien qu'à la vue d'un de mes meilleurs amis du Montana, et si vous aviez l'idée un jour d'aller vous installer en plein milieu des Rocheuses, vous seriez capables d'y faire suivre votre abonnement à *Nova-Mag* et vos recettes de cuisine végétarienne.

Ceux qui prétendront que j'ai dit un jour avoir été « illuminé » par la Foi seront de fieffés menteurs et de pures salopes. Car je sais très bien que cette Foi est une pauvre et faible lumière enfouie au cœur des ténèbres qui ont recouvert le monde, je voulais dire : mon esprit.

Il n'est pas de bon ton de prétendre aujourd'hui qu'*une guerre peut être une solution politique*.

Pourtant la France l'a démontré tout au long de son histoire.

Jusqu'à la Révolution, qui tenta d'en proposer une, même erronée.

Jusqu'à la prochaine guerre civile, qui en apportera la démonstration.

Je crois que j'ai fait beaucoup plus de *mal* encore que je croyais en être capable à cette société française qui me hait désormais avec une constance qui ne s'arrêtera probablement qu'au moment du crash terminal, au moment de la rencontre de cette société avec son « Mur ».

Et encore, de là à ce que l'on m'en tienne responsable...

« Nous sommes donc des antennes ? » demanda la fille alors que nous prenions le pont Champlain, la ville en gerbe de lumières au milieu des eaux du fleuve.

Son sourire était calme, ses yeux presque rieurs.

« Nous ne savons pas ce que nous sommes, lui répondis-je en calant la fréquence de la radio sur une station style *redneck* du Vermont. Le problème réside surtout en ce que nous ne savons même plus ce que nous ne sommes pas. »

Relecture d'Ezra Pound. En ce moment seuls les poètes me semblent avoir à dire quelque chose sur nous-mêmes et cette maudite époque. Je repère un *Cahier de l'Herne* d'occase. Je replonge dans les Cantos.

Pound vomissait la bourgeoisie yankee telle qu'elle se fixa au tournant des XIXᵉ et XXᵉ siècles. Il quitta l'Amérique, fit le chemin inverse que celui que quatre siècles de civilisation avaient tracé, et décida de (re)devenir européen.

Il arriva précisément au moment où l'Europe agonisait dans son affreuse congestion terminale. Grâce à un Woodrow Wilson, Bill Clinton de son temps, on allait droit vers le traité de Versailles et le mythe d'une « Société des Nations » qui nous fut d'ailleurs revendu un peu plus tard, sous une autre dénomination, après qu'il eut pourtant prouvé son inanité, et Pound se retrouva ainsi embarqué dans le corbillard du fascisme mussolinien.

Quoi que puissent en penser Nabe et Soral aujourd'hui, je ne crois pas que Pound serait du côté de cette Europe, je parle de celle d'aujourd'hui : celle qui baisse son pantalon devant les mollahs pétrolifères et les kamikazes pop. Celle du *coma post mortem*.

Aujourd'hui Pound refranchirait l'Atlantique, les réacteurs au rouge. Car l'Amérique post-11 septembre a déjà FRANCHI le cap crucial de son involution : *elle revient vers son avenir*, elle va dépasser ses propres fondations, elle recréera finalement une Monarchie (même élective et constitutionnelle) impériale, chrétienne, spirituellement et scientifiquement avancée.

Elle est déjà la Quatrième Rome, pour ne pas dire la Seconde Constantinople.

L'Europe d'aujourd'hui, la France en particulier, est

une bien pire abomination marchande (car s'y ajoutent la chape de plomb du fonctionnaire-à-vie et la future gangue de la dhimmisation générale) que cette Amérique puritaine que fuirent Ezra Pound ou Henry James vers 1900.

Un Américain du Montana est beaucoup plus proche de ce que fut un paysan français du XVIIᵉ siècle qu'une chroniqueuse culturelle parisienne, new-yorkaise, ou même de La Motte-Beuvron.

La Contre-Révolution a enfin commencé. Et contre toute attente, sauf pour certains « allumés du citron », elle a commencé en Amérique.

La Contre-Révolution, ce n'est pas seulement une « réaction », quoique ce terme, comme l'avait noté je crois Bernanos, signifie simplement qu'on est encore capable de *RÉAGIR*, ce qui n'est certes pas si mal en une époque qui érige le coma général en valeur suprême, la *contre-révolution*, au sens de reflux historial des idées gnostiques des Lumières, doit être comprise comme *le surpassement de l'involution par elle-même. La Contre-Révolution est un Contre-Monde.*

Quoique nous soyons attachés à des valeurs qu'on a, à tort, qualifiées de « conservatrices » (car elles sont bien plus complexes), et quoique nous refusions ce faux monde de la fausse innovation, c'est bien parce que nous pensons que des faisceaux de valeurs remontant – disons – à au moins vingt siècles nous semblent plus efficients pour affronter la fin des temps « humains » que la plus branchée des théories postmodernistes pondue par une universitaire lambda qui aura fort mal lu Deleuze, et qui surtout n'aura souvent rien lu d'autre [1],

---

1. Or comment comprendre Deleuze sans avoir lu Leibniz et Spinoza, sans voir lu Nietzsche ? Lu et compris, je veux dire : *entendu.*

que nous avons décidé d'opter pour l'effectuation d'une nouvelle civilisation [1], encore à construire, mais sur des bases que deux siècles de démocratie ont tenté, en vain, d'effacer des mémoires.

Selon un strict point de vue darwiniste, le totalitarisme islamiste représente la pression de la « sélection naturelle » qui doit permettre à une nouvelle variété civilisationnelle de surgir.

Ce qui va arriver à la France, je ne le souhaiterais pas à mon pire ennemi, ce qu'elle est précisément devenue.

Au sujet du mariage gay : dans une déclaration solennelle à *La Presse*, le conglomérat des égoutiers post-gauchistes, des féministes *old school*, *new look* ou ultra, et des syndicrates québéco-marxistes intiment l'ordre à l'Église catholique du Canada de « se taire au profit de la Cour suprême ». Laurent McCutcheon, un des porte-parole de cette retraite au flambeau antichrétienne qui nous rappelle de vieux souvenirs teutoniques, va même jusqu'à affirmer que la « question relève des droits fondamentaux et non de la morale » !

Doit-on rire, peut-on vraiment pleurer devant une telle rhétorique de latrines ? Y a-t-il des systèmes d'acquisition de données dans ce qui tient lieu de cortex à cet hominidé canadien ? Les « droits fondamentaux », pauvre sous-produit de la Kultur moderne, *Ach so !*, seraient-ils suspendus au-dessus de nos têtes par autre chose que la « morale » de nos sociétés ?

Si tu savais lire et si tu possédais ne serait-ce qu'un

---

1. C'est-à-dire d'une nouvelle unité de style, comme le savait Nietzsche.

dictionnaire historique, tu pourrais aisément apprendre, sinistre cloporte de bureau, que les « droits fondamentaux » dont tu nous rebats les oreilles ont été pour la première fois inscrits dans le corps de la loi en 313 après Jésus-Christ, par un empereur romain alors récemment converti à la *morale chrétienne*.

Votre Charte des Droits et Libertés, pondue par ce crâne d'œuf de Trudeau, n'en est que le lointain écho, comme le bâtard fin de race n'est que le souvenir de sa dynastie.

Ah, décidément, la prose de ces bureaucrates en pantalons ou en jupettes nous comblerait de bonheur si nous étions un magistrat de la défunte URSS.

Tout le monde a la bouche pleine de substantifs jargonnants mais tout le monde continue de concevoir le temps comme un écoulement uniforme et l'histoire comme une chronologie ponctuée d'événements.

La preuve : personne n'a encore voulu comprendre, ou exprimer, la nature « physique » de ces « événements », personne n'a encore eu l'audace de dire que la Quatrième Guerre mondiale qui vient de s'annoncer allait reposer sur le processus globalement inverti de toute l'historicité.

Guerre en modalité synchronique : réseau contre réseau, virus contre virus, généalogie contre généalogie, ordre contre ordre, chaos contre chaos, arbre-racine contre arbre-racine, code contre code, surplis contre surplis, universalisme contre universalisme, opérateurs micro-locaux contre opérateurs micro-locaux, molécules contre molécules, structure molaire contre structure molaire, monde contre monde.

Il va falloir, et au plus vite, des cours d'apprentissage accéléré aux journalistes de la presse franchouille. Comment feront-ils, dans vingt ou trente ans, pour expliquer à leurs lecteurs que l'armée américaine vient d'envoyer des informations qui remontaient le cours du temps ?

Comment l'homme pourrait-il être fini, lui qui résulte d'une opération infinie ?

Renaissance du Christianisme, refondation de la société occidentale, ancrage euro-américain, « atlantique ».

Ça y est, oui, sûrement cette fois : nous sommes de nouveau en marche, nous revenons de tous les passés que vous avez voulu oublier par quelque forme d'amnésie que ce soit, lobotomisation étatico-médiatique ou commémorations et « devoir de mémoire », mais aussi de tous les futurs que vous vous empêchez, par votre absence totale d'imagination créatrice, non seulement de deviner mais de faire apparaître sur la scène du monde, dans la lumière solarienne de l'histoire.

L'artiste contemporain, fonctionnaire subventionné, se situe, selon moi, trois bons degrés d'humanité en dessous du plus médiocre des marchands.

Au-delà de toutes nos différences, et de tous nos *différends*, quelque chose nous maintiendra probablement, Nabe et moi, sur le même « champ de tir » apprécié des petits amateurs de ball-trap en deux colonnes hebdomadaires, quelque chose, en effet, permet à une chroniqueuse de journal de se moquer de nos « poses » de « tragédiens et martyrs ».

C'est ce qui nous différenciera, tous deux, quelles que soient les erreurs que nous commettrons, de tous ces rats du monde moderne qui ne savent même pas jauger de la véritable ampleur d'une TRAGÉDIE comme celle qui se noue en ce moment pour les siècles des siècles, et qui ont si peu d'estime pour ce que fut – peut-être – un

jour leur « métier » de journaliste qu'ils sont bien incapables de comprendre que « martyr » ne signifie rien
d'autre que « témoin ».

Je suis français, européen et maintenant nord-
américain. Si on ajoute à ces tares indélébiles celles
d'être hétérosexuel, chrétien catholique et pro-juif, il me
faut demander illico le chemin du tribunal populaire le
plus proche.

Les rédactions de *Marianne* et du *Nouvel Obs* se
feront sans doute une joie de participer au peloton
d'exécution.

VIVE LA FRANCE !

Le nouveau truc des révisionnistes nanarchistes
c'est de recouvrir les morts du 11 septembre 2001 – trois
mille morts en dix minutes – par le coup d'État militaire
de Pinochet au Chili, trois mille morts en dix ans.

Voici comment notre Agence Tass traite le problème,
et par la même occasion, voici comment le maire-
plagiste de Paris-Tropez a décidé de cracher sur la mort
de trois mille Américains :

PARIS (AFP) – Le maire de Paris Bertrand Delanoë a rebaptisé jeudi une place du VIIe arrondissement de la capitale du
nom de l'ex-président chilien Salvador Allende, le jour du
trentième anniversaire de sa mort lors du coup d'État militaire
du général Pinochet le 11 septembre 1973. [...]

Plusieurs centaines de Chiliens scandant des slogans ou
brandissant des banderoles ont assisté à cette cérémonie
émouvante.

La place, où se situe l'ambassade du Chili, s'appelait
jusqu'alors place Santiago-du-Chili. Seul le jardin qui s'y
trouve gardera désormais le nom de la capitale chilienne. La
plaque porte l'inscription suivante : « Salvador Allende,

1908-1973, président de la république du Chili 1970-1973 ».

« Le 11 septembre 1973 restera à jamais comme l'une des dates les plus sombres de l'histoire contemporaine, a déclaré M. Delanoë. C'est une leçon d'honneur et de courage que nous célébrons aujourd'hui. »

Un peu plus tard, il relevait que c'était sur cette place même que « les Chiliens victimes de la barbarie du régime Pinochet venaient crier leur espoir, leur exigence de liberté ». « Nous, militants de gauche, nous étions avec eux », a ajouté le maire socialiste de Paris, la gorge complètement nouée.

L'ambassadeur du Chili Marcelo Schilling a été pour sa part hué par la foule. « Je souhaite que cette cérémonie soit digne du message de Salvador Allende », est intervenu le maire de Paris.

Évidemment, pas un maire, pas un ministre, pas une salope syndicrate, pas un instituteur de la République pour ne serait-ce qu'aligner deux mots sur le crime contre l'Humanité commis par les pouilleux d'Al-Qaeda à l'encontre du peuple américain.

N'imaginez pas une seule seconde qu'une vulgaire impasse, une simple ruelle de notre capitale ni même d'une banlieue anonyme, soit un jour renommée en hommage aux victimes des attentats de 2001 !

Ah ! Allende ! Même trente ans après, sa mort est toujours aussi utile aux *beach-boys* du plagisme socialiste !

Je ne sais comment nous ferons, le jour venu, pour renommer toutes nos rues, nos places, nos avenues, défigurées par la Kultur nationale-contemporaine, sans doute n'y aura-t-il plus de rues, d'avenues, de places...

Dans la foulée j'apprends qu'un « documentaire » réunit onze courts-métrages au sujet du 11 septembre, Ken Loach, Chahine, Lelouch, Sean Penn, que du beau monde, l'élite de la *dhimmitude*, plus quelques autres que je ne connais pas.

En me contentant d'en lire les dithyrambiques critiques parues dans la presse du Québec, tout particulièrement sur Télé-Québecquistan, l'Al-Jazira local, on se rend compte, avec une horreur qui confine à l'indicible, à quel point la « culture alternative » d'aujourd'hui est devenue la nouvelle « culture officielle » et surtout comment l'État canadien subventionne à tour de bras tous ces déçus du communisme et nouveaux apôtres du panarabisme islamique.

C'est ainsi que pendant des mois, si ce n'est jusqu'à aujourd'hui, on entendit, après l'inculpation de Zacarias Moussaoui aux États-Unis, la presse aux ordres aboyer d'un même jappement, avec tous les criminels humanitaires de service : Moussaoui était la victime d'une erreur judiciaire provoquée par les attentats du 11 septembre avec lesquels il n'avait rien à voir, comprenez-vous donc, espèce de fasciste-sioniste-réactionnaire, puisque c'est sa MÈRE qui le disait.

Sa mère, pauvres staphylocoques du bidet révisionniste contemporain, sa mère, à ce que je sais maintenant, part régulièrement à Londres insulter ce pouilleux d'Abou Hamza et les abrutis de sa mosquée de merde.

Ce qu'il y a d'intéressant dans la procédure totalement inédite que les Américains ont instituée à Guantanamo Bay, c'est que le statut d'*unlawful combattant*, appliqué et applicable aux terroristes du *monde entier*, leur permet de maintenir ces derniers dans une sorte de *détention préventive infinie* et uniquement sanctionnable par la justice militaire.

En clair : les États-Unis refondent l'esprit de Nuremberg sur la base du talion biblique, contre les ennemis déclarés de Dieu et de l'Homme : *et ceux qui ont décidé par leurs crimes de s'extraire de l'humanité, on les maintiendra sans fin en attente de leur jugement*[1].

Dans *Le Monde* du 13 septembre, envoyé par un ami, je lis la prose incomparable de notre Chamberlain de service et je dois vous avouer que là, pour de bon, je me demande si je ne suis pas en train de CAUCHEMARDER, car voici comment – sommet historique de la tartufferie franchouillarde – ce Talleyrand pour vespasienne fait débuter son texte :

« L'Irak vient de tourner une page de son histoire avec la chute d'un dictateur et l'espoir d'un avenir meilleur. »

Le Ribbentrop du Quai d'Orsay s'essaye de nouveau à l'humanisme lamartinien et sans la moindre frayeur du ridicule. Il faut dire qu'avec ce régime de catins, si le ridicule tuait, Matignon et l'Élysée seraient déjà réduits à l'état de cratères.

En tout cas, j'ai immédiatement fait suivre cette phrase historique, avec d'autres extraits bien saignants, à tous les sites néoconservateurs américains que je connais, et ça commence à faire un paquet. C'est que les Américains ont la sale habitude, réactionnaire, de ne pas lire le journal de MM. Colombani et Plenel. Ils auraient pu, dans un moment d'inattention parfaitement fasciste, échapper aux locutions immortelles de notre futur prétendant à l'Académie : *La responsabilité de chacun est clairement posée*, ose-t-il même proférer, avec sa pathétique inconscience, dans l'introduction de son minable exercice d'autosatisfaction.

---

1. La Cour suprême américaine vient, malheureusement, d'invalider cette procédure et de faire relâcher quatre « Français » de Guantanamo (note du 18 août 2004).

Un de mes objectifs avoués désormais, et heureusement je suis loin d'être seul, c'est l'ISOLEMENT le plus total de la France chirakienne ; je chercherai par tous les moyens à ma disposition à approfondir la rupture avec nos *anciens* alliés, je n'aurai de cesse d'agir ainsi jusqu'à sa mise au rancart hors de l'OTAN, son boycott touristicommercial par les Américains, la défaite générale de sa politique économique (ce ne sera pas difficile, grâce à Raffarin, Blondel, Bové, Aubry et quelques autres), sa *dhimmisation* progressive, bref sa CHUTE irrémissible.

Car je n'oublie pas que toute Chute se termine par un Choc.

Dans le même numéro du *Monde*, cette constatation de Jack Straw, patron du Foreign Office, pourtant membre du Labour Party : « *La classe politique française se définit elle-même comme antiaméricaine, c'est une névrose constante chez elle depuis des décennies.* »

Le problème, c'est que cette névrose obsessionnelle-compulsive commence à déboucher sur de sérieux troubles de comportement du patient, avec hallucinations psychotiques et glossolalie interminable. Nous préconisons pour notre part un enfermement asilaire et une thérapie de choc sans plus tarder.

La ville de Falloudja, en Irak, est un pauvre merdier d'où exsudent la haine, la crasse et la bêtise ; les soldats de la coalition y sont régulièrement pris pour cibles et c'est dans ce trou à rats que viennent se renforcer les groupuscules islamo-saddamites venus de Syrie, d'Arabie ou d'Iran. Les Américains devraient boucler cette ville de l'extérieur, comme on le faisait au Moyen Âge, et attendre que le soleil et la soif fassent leur œuvre.

Ah, mais j'oubliais, quel crétin décidément, ce genre

de techniques militaires n'est valable que si ce sont des COMMUNISTES YOUGOSLAVES qui l'utilisent.

Arafat, menacé d'expulsion par les Israéliens, fait comme il a toujours fait, comme on dit d'un animal de compagnie sur le trottoir : il assure sa protection par des enfants, des femmes, des ados, quelques vieillards.

Il suffit pourtant de lire la lettre de démission de Mahmoud Abbas, qui ne laisse dans l'ombre aucun aspect de la « politique » mafieuse d'Arafat, pour comprendre que ce vieux loukoum pourri ne mérite qu'un séjour dans la dictature de son choix : Soudan, Nigeria, Corée du Nord, Zimbabwe, Île-de-France, il en reste. Il y rejoindrait ses potes, comme Taylor, qui coule désormais des jours heureux à Lagos, ou Baby Doc Duvalier, que la France de Mitterrand avait su accueillir comme il se doit.

Ouh là là, grosse émotion dans les rangs onuzis, comme ceux de la gaugauche franchouille[1] : c'est que les Israéliens ne reculent plus devant l'idée de faire subir à Arafat le sort des chefs du Hamas. C'est impensable, tout de même, ces juifs qui ne se contentent plus d'aller à l'abattoir comme des moutons.

Les Israéliens n'ont nul besoin de « tuer » Arafat, au contraire, ils devraient le laisser en place le plus longtemps possible, jusqu'à l'effondrement général de son régime de merde et la liquidation de ses dirigeants par le peuple « palestinien » lui-même.

---

1. Comme je l'ai déjà dit, que l'on m'excuse de cette répétition, la France est désormais un méga-Cartel des Gauches, de Laguiller à Le Pen.

On me dit qu'à l'émission d'Ardisson où Nabe a attaqué Beigbeder bille en tête, ce dernier a été d'un flegme assez étonnant, que je connais assez bien au demeurant.

Quant à Nabe, la description qu'on m'a faite de son passage chez Ardisson m'a rappelé les meilleures blagues des troupes d'occupation nazies et leur petit théâtre aux armées. Ainsi a-t-il osé, pour essayer de donner une vague parure de cohérence à sa pensée en pleine autodémolition, celle du *dhimmi* postmarxiste qui cherche un arbre nihiliste auquel se raccrocher et qui le trouve aux alentours de Falloudja, *se prétendre « catholique-islamique »* !

Catholique-islamique ! Au-delà du fait que cette atterrante connerie le conduira directement au Feu éternel pour un séjour dont il ne m'appartient pas de décider de la durée, on doit définitivement en rire, car on atteint là les limites ubuesques du gauchisme postmoderne, celui de l'oxymore plat qui masque à peine la hideuse décomposition de ce qui tient lieu encore de « pensée » à un système nerveux sur pattes.

J'en ai plein comme ça en réserve, les gars :

Bouddhiste-wahhabite, très bien vu en Afghanistan.

Orthodoxe-salafiste est pas mal aussi, dans la région de Groznyï.

Hitléro-impressionniste pourrait marcher, tendance Nuit-et-Brouillard.

Trotskiste-animiste sera bientôt très en vogue, avec les Féministes-anthropophages et qui sait les Communistes-démocrates et les Écologistes-intelligents.

On peut d'ailleurs pousser le raisonnement jusqu'à : Mormon-baptiste,

Bureaucrate-humoriste (Caillera + s'en occupe assez bien depuis quelques années, me dit-on),

Scientologue-dada,
Nationaliste-socialiste.

On me prévient néanmoins que cette dernière aberration a bel et bien existé dans l'histoire humaine, au prix d'un prodigieux essor de la pensée.

Catholique-islamique, ça pourrait peut-être marcher aussi bien, dites-moi ?

N'est-ce pas M.-É. Nabe qui, dans *Au régal des vermines*, disait déjà : « *C'est dans le drapeau noir qu'on fait les meilleures chemises ?* »

Bel aphorisme mussolinien et qui rend au César de Cinecittà ce qui doit lui être rendu. Benito, en effet, fut – tout comme Hitler – un petit nanarchiste de son temps. Moins intéressé que son confrère austro-boche par la peinture à l'huile, il inventa l'État totalitaire national, réplique au totalitarisme bolchevique qui se mettait en place en Russie et désirait conquérir le monde. Il fit la démonstration que c'est avec les chemises noires qu'on fait les plus mauvais drapeaux de reddition.

Il parvint sans trop de mal à gagner une guerre contre des Éthiopiens chrétiens depuis vingt siècles et armés de javelines face à des chars et des avions. Mais il fut mis en échec par moins de cinquante mille montagnards albanais, fut incapable de résister aux Anglais en Méditerranée (alors que la Marine française était hors jeu), fut la cause de la débâcle finale de l'Afrikakorps et, pour conclure, fut déposé dès que le premier GI mit le pied sur la botte italique. Il fut plus pitoyable encore que son confrère le Nabot peintre-à-l'huile, qui parvint au moins à une forme de gigantisme dans la bêtise, l'hystérie et la crasse.

Les artistes végétariens, teutons ou californiens, n'ont strictement rien à faire en politique. *Shut up and sing*, comme le dit le titre d'un récent pamphlet conservateur américain.

L'hitlérisme fut la Catastrophe (re)fondatrice de l'État d'Israël.

L'islamisme sera la Catastrophe terminale de l'État « palestinien ».

Dans les deux cas, l'Europe aura été ravagée.

Trouvé sur un forum, cette remarque qui fait mouche :

Ayons une pensée émue pour nos « compatriotes » actuellement emprisonnés à l'étranger. La liste s'allonge de jour en jour.

Les six Français de Guantanamo : Mourad Benchellali, Brahim Yadel, Redouane Khalid, Nizar Sassi, Khaled ben Moustapha, Imad Achab Kanouni.

Le Français du 11/9 qui avait oublié de monter dans l'avion : Zacarias Moussaoui.

Trois Français emprisonnés à Rabat suite aux attentats perpétrés au Maroc en 1994 : Kamel Benakcha, Radouane Hamadi, Stéphane Aït Iddir.

Et enfin, le petit dernier, organisateur français des attentats qui ont fait 33 morts le 16 mai dernier à Casablanca (l'article du *Monde* dit « 45 morts » mais je fais comme Israël qui refuse de compter les terroristes au nombre des « victimes ») : Richard Robert, qui vient d'échapper à la peine capitale.

Comme le fait remarquer cet internaute, je ne saurais mieux dire : « *La France peut être fière : en plus du vin, du fromage, du TGV, des parfums et des produits de luxe, elle exporte désormais ses terroristes "made in France" dans le monde entier !* »

Et il a parfaitement raison de refuser de suivre la comptabilité révisionniste du journal de MM. Colombani et Plenel : compter les kamikazes au nombre des *victimes* reste sans aucun doute l'aboutissement logique d'une nation qui sera parvenue, au plus bas du gouffre, à produire un Serge Thion, un Faurisson, un Meyssan, un Mitterrand et je passe sous silence les « écrivains » de ma génération.

Le monde arabo-musulman peut encore se rendre à la raison. Il peut admettre que Jérusalem, fondée il y a soixante siècles par le pacte d'Abraham et de Melchisédech, Envoyé du Très-Haut, *ne peut pas être la capitale d'un État arabo-musulman*, même si des citoyens d'origine arabe auraient évidemment le droit d'y vivre, comme dans tout autre État.

Il pourrait même admettre que Bethléem, Nazareth, Jéricho, Hébron, etc., sont des noms que leur consonance rend difficilement attribuables au groupe linguistique finno-ougrien, et pas plus à l'arabe.

Il peut encore admettre qu'aucun groupe extrémiste juif ou occidental ne s'en est pris sérieusement à des mosquées, aucune bombe n'a encore explosé dans un car scolaire de Damas, du Liban-Sud, de Karachi ou de Kuala Lumpur, aucun soldat suicide n'a encore désintégré je ne sais quelle installation portuaire marocaine ou yéménite, on n'a fait état d'aucune menace sérieuse d'attentats contre la Kaaba, ni contre les millions de pèlerins qui s'y rendent chaque année. Aucun groupe de vengeance armé n'a encore pris la relève des avocaillons dans les affaires de terrorisme d'État – comme les attentats anti-aériens de Kadhafi, qui devrait pour le moins être traduit devant une cour internationale de justice –, aucune milice secrète ne « ratonne » en grand nombre dans nos banlieues, où désormais les caïds afro-arabes font la loi.

Non, pour l'instant, les citoyens de l'Occident ont laissé leurs États faire, ou ne pas faire.

Il y a un moment où si l'État continue de ne rien faire (et il ne pourra rien faire dans le cadre euro-français), les citoyens prendront leur défense en charge.

Je conseille pour de bon aux Arabo-musulmans de se rendre à la raison et d'arrêter d'écouter leurs imams, incultes comme les prosateurs gauchistes, car ils seront évidemment les perdants de l'Armageddon qu'ils instituent.

Mais tout est déjà écrit, j'en ai peur. Pour les siècles des siècles.

La République française : une république bananière sans bananes, une république pétrolifère sans pétrole, une république idéologique sans idées.

La *res-publica* sans *res*, c'est le moment où, sans monarque, les peuples s'anéantissent.

La République jacobine : guillotinez-vous les uns les autres.

De Villepin sur la télé d'État francoboche : on sent la diplomatie franchouille courir à perdre haleine derrière Colin Powell. Bouygues aurait-il besoin d'un petit contrat de derrière les fagots ?

C'est que la presse aux ordres ne vous en a sûrement rien dit, mais on comprend mieux pourquoi TF1 s'est transformée ce printemps en une succursale de la télévision du parti Baas lorsqu'on sait que notre Roi-du-Béton-en-Images est le maître d'œuvre officiel de pas moins de dix-sept – DIX-SEPT ! – palais présidentiels de Saddam, avec bunkers et souterrains de série !

Bouygues, le Krupp franchouille du génocide irakien. Un petit TPI en bout de ligne, monsieur le bétonneur ? Ou alors le fils d'une famille chiite décimée par votre client, armé d'un tournevis ?

D'Edwy Plenel et J.-M. Colombani à Serge July ou Mouloud Aounit, de *Paris Match* à *Libération*, des Verts au Front national, le discours est invariablement le même. C'est à cette occasion que l'on constate que la LIBERTÉ de la PRESSE n'est d'aucune utilité à un PEUPLE D'ESCLAVES.

Les « tournantes » sont l'équivalent « civil » des viols de masse perpétrés par les génocidaires serbo-communistes.

Je demande donc à ce que ces crimes soient requalifiés en CRIMES CONTRE L'HUMANITÉ. Et punis en tant que tels, comme à Nuremberg ou La Haye.

Je considère tous ceux, magistrats, policiers, intellectuels, journalistes, législateurs, ministres, préfets, sous-préfets, simples fonctionnaires, qui continuent de traiter ce problème comme relevant de la simple *DÉLINQUANCE* tels *des complices objectifs* des crimes contre l'Humanité stipulés plus haut. Je souhaite donc qu'ils encourent au plus vite des peines à la mesure du crime.

Les politiciens démocratiques suédois sont désormais si proches de leurs citoyens qu'on ne pourrait plus passer une lame de couteau entre eux.

Un « conservateur » – au sens où je pourrais éventuellement m'inclure dans la définition –, c'est quelqu'un qui pense que l'État, c'est-à-dire la POLITIQUE, est un *mal nécessaire*.

Cela l'empêche de tomber dans la régression infantile de l'anarchie, sans chuter dans celle de l'État-Matrice tout-puissant. Voire dans la fusion psychopathologique des deux.

L'État canadien, par exemple, ferait bien mieux de consacrer ses efforts et son argent à sécuriser ses frontières-passoires et à assumer les fonctions RÉGALIENNES de tout « État », plutôt que de légiférer sans discontinuer afin d'encadrer la société civile dans un corset plus rigide encore (sous des allures centristes-cool à la « Trudeau ») que celui que les jésuites mirent en place en leur temps au Québec, ou les marxistes en URSS.

Jean Chrétien et ses ministres seraient ainsi bien inspirés de laisser le mariage à ceux qui, depuis des millénaires, assurent que le mot « con-jugal » est bien à la mesure de ce qu'il dit sur la *complémentarité générative* ; ils pourraient surtout laisser les Canadiens fumer, manger et boire ce qu'ils veulent, et faire en sorte qu'une véritable justice soit appliquée contre les crimes graves, homicides, viols, agressions. Simplement oser l'évoquer semble aujourd'hui une parfaite incongruité.

Un homosexuel québécois – interrogé je ne sais plus où – explique que « oui, il exige que son enfant [adoptif] l'appelle *Papa-et-Maman* ». Conclusion décivilisationnelle du freudisme de masse.

L'Amérique est le carrefour, le nexus de toutes les déterritorialisations, il est par conséquent le territoire de tous les nexus, c'est-à-dire la convergence disjonctive de toutes les reterritorialisations.

L'Amérique est la boîte noire du monde.

L'Amérique : l'Empire chrétien néo-constantinien du XXIe siècle.

C'est avec les pacifistes qu'on fait les meilleurs collabos.

Le huitième Jour, Dieu créa l'Écriture.

L'État totalitaire c'est l'État-Matrice. L'anarchie c'est l'anti-État-Matrice.

Avec la fusion syncrétique des deux nous obtenons quelque chose que le « stade anal » n'est pas même en mesure de décrire.

Comme son nom l'indique, la Contre-Révolution est un phénomène *dynamique*, en cela elle est très éloignée de tous les conservatismes.

Je comprends chaque jour ce qui me rapproche un peu plus des Futuristes, russes ou italiens, et m'éloigne proportionnellement – à l'exception des fabuleux peintres que furent De Chirico, Dali et Ernst – de la vague surréaliste de Breton-Aragon-Éluard-Soupault...

Plus je relis les *Manifestes* de Breton et plus l'évidence s'éclaire : il est le premier fonctionnaire culturel du XXᵉ siècle. Je veux dire : son modèle *occulte*. Malraux en fut plus tard le représentant institutionnel, exotérique, démocratisé.

J'ai assisté médusé à l'opération d'enfumage collectif que fut ce procès des « terroristes » corses, autour de Colonna. Tout le monde sait le mal que j'ai dit des organisations séparatistes corses, tout le monde sait que j'ai essayé de défendre l'État français contre les actions terroristes des nihilismes modernes. Tout le monde sait que je n'aime pas me dédire, mais que j'ai déjà admis m'être trompé.

Mais là ! Dois-je rappeler que l'auteur d'un simple tract fut condamné à vingt ans de réclusion et qu'un

« complice », qui n'avait strictement rien fait, ce que le *tribunal a reconnu, a quand même écopé de quinze ans de centrale !*

Tout cela pour faire oublier que la lutte contre le terrorisme islamique est frappée de totale incapacité par trente ans au moins de collaboration pro-arabe. Nos services sont dans un état de DÉSINFORMATION permanente. Désinformation en provenance directe du Quai d'Orsay, des services du ministère de l'Intérieur, et même de la Gendarmerie.

Les Espagnols font beaucoup mieux que nous, avec des « moyens » bien moindres. Il faut dire que, chez eux, la *Reconquista* est un souvenir encore très vivace.

Chaque jour qui passe, la consultation des journaux français me déprime profondément, au point que je me vois forcé d'en interrompre la lecture car, en corollaire, tout cela me conforte dans la certitude que la catastrophe est vraiment très proche. Et qu'elle sera d'une violence rare, même en regard de l'histoire de notre peuple.

Jamais, du *Monde* à *Marianne*, de *Télérama* à Canal-Plus, de *Libération* à TF1, de la racaille islamo-révisionniste aux soi-disant « catholiques » qui pactisent avec Belial, non, jamais un bourrage de crânes antiaméricain comme celui que subit la population française n'avait encore été conçu et réalisé avec tant d'ardeur et d'unanimisme par toute la corporation « intellectuelle » de ce « pays »

Les caricatures du plumitif qui officie au *Monde* sont à ce titre exemplaires, comme les « sketches » des Guignols d'Anal-Plus, sur lesquels une anthologie reste à produire ; heureusement, des sites américains, voire franco-américains – comme l'excellent *merdeinfrance* – les copient et les traduisent en anglais pour un public qui, chaque jour un peu plus, COMPREND mieux la nature du problème et admet enfin, comme l'article du *New York Times* de Thomas Friedman publié le 18 septembre en a apporté la démonstration, que la France est désormais une République populaire pro-islamique, c'est-à-dire une ENNEMIE de l'Alliance.

À l'heure où j'écris ces lignes quatre-vingts soldats américains sont morts en Irak, lors d'opérations policières ou d'attentats dirigés contre les forces de la coalition. Quatre-vingts morts depuis la fin des « combats majeurs », le 1ᵉʳ mai. Quatre-vingts morts en quatre mois et demi. La moyenne journalière est d'à peine un tué et environ deux ou trois blessés. Elle reste invariable, y compris à partir de la date fatidique citée plus haut, ponctuant la fin des « opérations militaires de grande envergure », ce qui signifie que la force des « opposants » à la coalition reste la même que lorsque les chars de ladite coalition entrèrent dans Bagdad.

Entre 1964 et 1973, l'armée américaine perdit environ soixante mille hommes au Viêt-Nam, cela fait une moyenne journalière de quinze à vingt soldats tués en une dizaine d'années, face à une armée nationale nord-vietnamienne et une résistance viêt-cong toutes deux puissamment armées, organisées et soutenues par la seconde superpuissance stratégique de l'époque.

Lorsqu'on connaît la réalité du terrain, à la différence des écrivains invités par le parti Baas, lorsqu'on sait que des pays d'Amérique centrale et de l'Europe slave, sans compter tout le Commonwealth britannique (Australie, Nouvelle-Zélande, Canada), sont désormais impliqués dans la guerre aux talibans en Afghanistan et contre les saddamites en Irak, lorsqu'on sait que les Américains ne reculeront pas devant le sacrifice de plusieurs milliers d'hommes, et qu'à la différence du Viêt-Nam il s'agit d'une armée de volontaires professionnels et non de vulgaires conscrits, lorsqu'on sait que le monde s'est brisé en deux, un beau matin du 11 septembre de l'An de Grâce deux mil un, et qu'il n'y aura effectivement aucun quartier, d'une part comme de l'autre, alors on prie, on prie pour qu'un jour la France redevienne ce qu'elle fut durant treize siècles de royauté catholique, on prie pour que l'injonction de saint Pie X, datant je crois de 1911, et qui exhortait la France à faire enfin de nouveau briller le Nom du Christ dans les cieux, fasse MIRACLE et que les mots prennent chair, pour cette nation au bout du bout de l'épuisement qui a tant donné que plus rien ne peut lui être rendu, et à laquelle malgré tout il faudra bien que l'Occident, qu'elle aura pourtant trahi jusqu'au dernier degré de la crapulerie, pardonne lorsqu'elle sera de nouveau le centre effectif de l'Europe chrétienne et impériale.

Dans une dizaine de siècles.

Les médias aux ordres de la Grande Chirakie sont donc directement « reliés » à l'idéologie dominante de la République franchouille, modèle impérissable de notre technologie nationale ! Plus besoin de ministre de l'Information et de sa ligne directe avec les rédactions : lire *Marianne*, *Les Inrocks*, ou *Le Monde diplomatique*, regarder les nouvelles de France 2, les émissions d'Ardisson, les talk-shows « culturels » de FR 3, suffit pour se rendre compte que désormais le fil est branché directement à la boîte crânienne du journaliste et que, pour les modèles les plus récents, le ministre de l'Information est directement implanté au cœur du néo-cortex de synthèse.

L'histoire de l'Algérie, de l'Iran, du Liban, etc., nous l'a pourtant enseigné : en faisant le lit de l'Islam, les gauchistes creusent leur propre tombe.

C'est une des lignes de fracture potentielles au sein de l'ennemi.

***

25 septembre : Amina Lawal est « graciée » par le tribunal islamique de l'État du Katsina, au Nigeria.

Sur une des chaînes de la désinformation québécoise, entrevue d'un présentateur avec une « spécialiste » de la « région », diplômée en je ne sais quoi de la plus proche latrine universitaire, je la cite : « Cette grâce représente un succès des droits humains, on peut espérer maintenant que l'APPLICATION de la CHARIA, flagellation, lapidation, soit conduite avec plus de DOUCEUR. »

Le journaliste ne relève même pas, et le bla-bla insignifiant continue au milieu des ruines fumantes et du crime.

Le même jour j'apprends par une dépêche AFP :

– Par ailleurs, un Nigérian a été condamné à mort par lapidation pour « sodomie » dans l'État de Bauchi (nord), selon un responsable gouvernemental.

Jibrin Babaji, vingt ans, a été reconnu coupable d'avoir couché avec trois garçons par un tribunal appliquant la charia, la stricte loi islamique, dans cet État, selon cette source.

Il a ajouté que Babaji disposait d'un délai de trente jours pour faire appel.

« L'accusé a le droit de faire appel pendant trente jours après quoi cela sera au gouverneur de décider s'il doit être jugé à nouveau », a ajouté le porte-parole.

Il a déclaré que les trois garçons impliqués dans cette affaire avaient reçu chacun cinquante coups de canne après avoir reconnu leur participation aux faits reprochés à Jibrin Babaji.

– Les enseignantes musulmanes en Allemagne ont la possibilité de porter le foulard islamique dans les écoles publiques, dans la mesure où la législation d'un État régional ne s'y oppose pas, a jugé mercredi la Cour constitutionnelle allemande.

Par cinq voix contre trois, la haute juridiction a ainsi donné gain de cause à une enseignante musulmane qui s'était vu interdire le port du foulard dans une école publique de la région du Bade-Wurtemberg (sud-ouest) où elle enseignait. La Cour a estimé que le Bade-Wurtemberg ne disposait pas assez de fondements juridiques pour justifier une interdiction du foulard. En Allemagne, l'éducation est du ressort des États régionaux (Länder). L'arrêt de la Cour met un terme à cinq années de procédures judiciaires dans le cadre de cette affaire qui a suscité un débat controversé en Allemagne, où vivent 3,2 millions de musulmans.

Fereshta Ludin, une enseignante d'origine afghane, naturalisée allemande en 1995 et diplômée d'État, avait dû quitter l'école publique primaire et secondaire où elle enseignait, à la suite d'une décision d'un tribunal allemand en vertu du principe de « stricte neutralité dans les écoles publiques ». Après avoir essuyé plusieurs revers en justice, l'enseignante de 31 ans avait porté l'affaire devant la plus haute juridiction. Elle enseigne aujourd'hui dans une école islamique du quartier Kreuzberg, à Berlin, où vit une importante communauté musulmane, essentiellement turque.

Comme toujours en Europe la France indique la direction et l'Allemagne l'emprunte jusqu'au bout.

Visitez : http://www.proche-orient.info

La différence entre la Monarchie et la Démocratie réside en ceci : la seconde est le gouvernement de tous, par tous et POUR un seul et une poignée de ses amis. La première c'est le gouvernement de tous, POUR tous et PAR UN SEUL, entouré de son conseil.

J'ai comme l'impression que certaines républiques modernes, au vu des dispositions générales qu'elles prennent en cet instant pour le futur, se dirigent de plus en plus vers l'une ou l'autre branche, à jamais inconciliables, de l'alternative politique.

Inutile de vous dire que le véritable pôle monarchique ne me semble pas en voie d'être constitué dans la future Union bruxelloise.

Si la France hait tellement l'Amérique, je veux dire les États-Unis, c'est que les États-Unis ont réussi ce miracle de parvenir à une constitution fédérale d'États souverains (chacun représentant un collège électoral) basée sur la rencontre *a priori* impossible du *local control* libertarien-démocratique et de l'Empire monarchique fédératif.

Avec notre Révolution régicide et déicide, nous faisons tout le contraire : tout le pouvoir est concentré entre les mains des « Comités de Salut public » de la Convention, siégeant à Paris, la Monarchie est décapitée, la Noblesse anéantie, une bonne partie des autres « ordres » aussi, et la République des Boutiquiers, après un rêve d'Empire plus bref encore que celui d'Alexandre, put s'installer aux commandes de ce qui avait été, durant treize siècles de grandeur, la toute première des nations chrétiennes d'Occident.

Vu ce soir à la télévision : avec un large sourire Vladimir Poutine annonce qu'il veut faire de la Russie le principal exportateur de pétrole vers l'Amérique du Nord. Signatures de contrats de coopération transpacifiques, rencontre au sommet entre le Kremlin et Wall Street. Le duo de comiques troupiers Chirak-Schröder a joué et perdu.

Poutine veut définitivement creuser le sable sous le pied des Saoudiens. Et s'il le veut vraiment, il peut faire de sa nation le futur fer de lance d'une Nouvelle Europe.

447

Rencontre de troisième type : je fais connaissance avec la rédaction d'*Égards*, la revue québécoise de la résistance conservatrice, et je vais enfin correspondre avec Jean Renaud, le plus grand écrivain de langue française au Québec selon moi, et qui survole à des hauteurs insoupçonnables la majorité de ce qui se produit dans notre capitale mondiale des Zarzélettres.

Juan Asensio a fait paraître, dans *La Revue des Deux Mondes*, une véritable critique de *Villa Vortex* qui ne se contente pas de comprendre, car l'ayant lu, le livre, mais qui sait par la même occasion, et avec une rare acuité, en rendre honnêtement compte. De plus, il rend à la « critique » ce qui doit lui être rendu.

Dans un sac à vomi.

Dans le même temps je reçois le texte, tiré d'un mémoire de maîtrise, d'une jeune femme qui, semble-t-il, officie aux États-Unis, auprès d'un public de jeunes étudiants en philo. Il y a un mois m'était parvenue une autre thèse, de France cette fois-ci, d'une jeune chercheuse en littérature. Tous ces textes ont en commun un très rare vestige de ce que fut un jour la critique littéraire : l'intelligence du roman.

Je préfère taire leur nom pour le moment, je ne voudrais pas briser dans l'œuf d'aussi prometteuses carrières.

Je ne prétendrai certes pas, comme un certain nombre de mes « confrères » pressés de rejoindre les académies de la prophétie en kit, avoir prévu, d'une manière ou d'une autre, les attentats du 11 septembre 2001. Mais pourquoi donc, depuis le début même du processus qui me fit un jour écrire pour de bon – la première guerre du Golfe, en 1991 – les mots : « Manuel de survie en Territoire Zéro » me hantaient-ils, jusqu'à devenir, un jour, le titre d'un roman fictif d'un auteur fictif (dans *Là où tombent les anges*), pour finir comme sous-titre du premier *Théâtre des Opérations*, écrit en 1999 ?

Survival Manual for Ground Zero... Ce n'était à l'évidence qu'une simple coïncidence.

Où, et surtout *comment*, trouver le Baptême dans les Temps de l'Apocalypse ?

Dans son traité *De Baptismo*, Tertullien n'avait pas prévu cette occurrence, je ne lui en veux pas, mais un conseil m'aurait été utile.

***

27 septembre : anniversaire du déclenchement de la seconde Intifada, qui aura conduit aux attentats du 11 septembre, à la pire explosion de racisme anti-occidental jamais connue jusqu'ici et, accessoirement, à la destruction du peuple palestinien par ses « élites ».

Cinq cents encagoulés font un peu de bruit à Nousseirat. Dans le même temps, leurs homologues de l'Université islamique de Concordia auraient bien aimé les imiter : pas de veine, nous sommes samedi, pour ne pas dire *Shabbat*. C'est jour de congé, même pour les campus néonazis de gôche.

Le lendemain même, il n'y a pas de coïncidence dans la post-histoire, les agents de gouvernance de l'ONU remettent un rapport public dénonçant *la montée du racisme au Canada*.

La Presse, aux ordres de Kofi Annan et du lobby gauchiste, titre ainsi : « LE RACISME A EMPIRÉ AU CANADA – L'ONU CONSTATE QUE LA SITUATION S'EST DÉTÉRIORÉE DEPUIS LE 11 SEPTEMBRE. »

La situation s'est détériorée depuis le 11 septembre ? Ah, vous voulez sans doute parler des trois mille morts carbonisés et engloutis sous le million de tonnes de gravats par l'action des racistes anti-occidentaux ?

Mais non, gros bêta, nous parlons du fait que des gens ne supportent plus la violence ethnique des bandes terroristo-criminelles, vivant du commerce des drogues, ou des prébendes humanitaires, que des gens ne supportent plus les provocations constantes des islamistes ou de leurs *dhimmis* au cœur de nos institutions universitaires, que des gens ne supportent plus de voir se transformer, chaque jour, dans les médias, les tueurs encagoulés du Hamas en « victimes de la société », non, ils ne supportent plus le révisionnisme-en-direct de la culture-contestation-marchandise, ce qui, rends-toi à l'évidence, est un véritable scandale auquel il faut mettre un terme sans plus tarder.

Lorsqu'on lit l'article de *La Presse* qui fait référence à la nouvelle offensive de cette SDN postmoderne, on tombe sur les allocutions typiques du bureaucrate onuzi, comme celles qui permirent à l'Unesco, dès 1975, de dénoncer Israël comme un clone de l'Afrique du Sud du temps de l'apartheid !

Grâce à la propagande marxiste et postmarxiste, la plupart des « Noirs » africains sont encore persuadés que les gentils musulmans défendent le droit des opprimés et la justice, et que tout Européen est un méchant colonisateur raciste.

Comme au Nigeria ?

Exemple de la prose révisionniste-cool du bureaucrate onuzi Doudou Diène, envoyé officiel de la Commission des Droits de l'Homme, venu *inspecter* de toute urgence (il n'y en a pas d'autres en ce moment à la surface de la planète) ce centre actif du fascisme international qu'est le Canada :

– Réalité persistante du racisme et de la discrimination dans la société canadienne.

– Toutes les communautés parlent du racisme en tant que réalité de tous les jours, mais DEPUIS LE 11 SEPTEMBRE il y a aussi des SENTIMENTS DORMANTS QUI SE RÉVEILLENT (c'est moi qui dresse les capitales).

– Il existe un HÉRITAGE HISTORIQUE lourd entre les communautés de préjugés et même de violence (ah bon ? en clair : depuis l'arrivée de ces sales Blancs européens).

– Les pratiques comme le *racial profiling* (qui n'existe pas) reposent sur des stéréotypes fondés sur la race (c'est faux, la pratique du *profiling* est basée sur le pays d'origine de la personne et les liens éventuels de cet État avec les organisations terroristes mondiales ; pas de bol, les *terroristes* sont tous des jeunes gens d'origine arabe ou de confession islamique, mais nous sommes les méchants-racisteuh).

– Les cas de violence policière et la criminalisation de certains groupes ethniques sont des phénomènes qui devraient pousser le « gouvernement fédéral à faire l'évaluation réelle de la situation raciale dans ce pays ».

Ouh, comme ce dernier paragraphe est joliment amené : nous n'avons aucune preuve de ce que nous avançons, à part les ouï-dire de quelques groupuscules antiracistes et la propagande de l'extrême gauche anti-occidentale, mais *la preuve, au sein de l'ONU, est à la charge de l'accusé* : ainsi c'est au gouvernement fédéral de faire le travail d'investigation afin d'apporter les indices voulus pour le compte de la prosécution onuzie.

Il n'y a évidemment aucun fait concret, aucune étude sérieuse, pas le moindre chiffre ni cas concret représentatif, pas un exemple un tant soit peu éclairant qui pourrait apporter ne serait-ce que l'ombre d'une preuve au dire de M. le directeur des droits de l'homme. Ce qui compte, c'est de faire oublier que l'Afrique noire est le continent où les pratiques racistes et génocidaires sont les plus courantes, que les populations islamiques sont fanatisées par leurs imams incultes et les prosateurs gauchistes depuis un bon demi-siècle, et qu'elles sont désormais prêtes à commettre tous les crimes contre l'Humanité possibles envers tout ce qui ressemble, de près ou de loin, à un juif ou un chrétien.

Dites-moi, monsieur Doudou Diène, vous pourriez me rappeler la dernière fois où une joyeuse bande de salauds de fascistes européens s'est fait exploser dans un building africain ?

Voici donc les DIRECTIVES onuzies que M. Doudou Diène entend imposer au gouvernement et aux populations du Canada :

Directive numéro un : « *Il est temps que le gouvernement fédéral fasse l'évaluation réelle de la situation raciale dans ce pays. Surpris du racisme et de la discrimination qui sévissent au Canada, nous notons qu'à l'extérieur la perception est que le Canada a fait des progrès considérables dans ce domaine, mais le racisme et la discrimination demeurent.* »

Conclusion : si des centaines de milliers d'immigrants veulent chaque année rejoindre le Canada c'est à cause d'UNE ERREUR DE PERCEPTION. Les réfugiés sierra-léonais, irakiens, algériens, sri-lankais, haïtiens, rwandais, congolais, pakistanais, libanais, kurdes, afghans, ex-yougoslaves, français, tous ces hommes et femmes qui FUIENT les persécutions et les discriminations en Afrique, au Moyen-Orient, en Asie, ou dans Zéropa-Land, ne savent pas, les pauvres bougres, qu'ils quittent leurs continents d'oppression et de misère pour atterrir dans une copie à peine radoucie de la dictature afrikaner !

On remarquera au passage l'absence totale de référence à l'antisémitisme et au racisme anti-Blanc, pourtant les seuls ayant carrément droit de cité dans les médias, la culture pop, l'université.

Directive numéro deux : « *L'ONU FÉLICITE le gouvernement canadien pour sa Charte des Droits et sa Loi sur le Multiculturalisme, extrêmement positives dans le combat contre le racisme* », mais déplore aussitôt « *l'erreur canadienne qui aura été de concevoir cette stratégie juridique comme une RÉPONSE FINALE* [c'est moi qui souligne] *au racisme, alors qu'il s'agit d'une réalité mouvante qui change de forme et de contenu.* »

Ah, très fort vraiment cette dernière phrase : le racisme est donc une sorte de « blob » qui change à volonté de forme et de contenu. Ainsi le « contenu » idéologique du racisme pourrait-il être un beau jour autre chose que le racisme. Et sa forme pourrait, elle aussi, changer. Nous pourrions dès lors intituler « racisme » toute forme d'expression de l'identité judéo-chrétienne et européenne, voire américaine, et l'extirper à coups de « réponses », voire de « solutions » *finales*. On comprend par là quels progrès l'ONU nous réserve pour le siècle qui vient de commencer, et qui va du coup nous paraître interminable.

Directive numéro trois : « *Constatant un gouffre entre les autorités politiques et plusieurs communautés* », voire une « *suspicion envers les membres de certaines communautés ethniques* », M. Diène « *suggère* [j'adore les euphémismes de la bureaucratie] *au gouvernement canadien de tenir des audiences publiques sur la discrimination raciale partout dans le pays* ».

Cela a le mérite d'être clair : puisque des groupuscules inféodés à l'idéologie islamo-gauchiste nous exhortent à agir contre les « autorités politiques » de ce pays, nous exigeons d'elles qu'elles tiennent illico des audiences publiques sur un problème que nous aurons inventé de toutes pièces, dans le souci d'améliorer les relations entre les peuples et en vue du progrès des droits humains.

Directive numéro quatre : « *Pour déconstruire les sentiments racistes dormants et profonds* [rien de moins], *M. Diène suggère au Canada d'appuyer son approche juridique sur une véritable stratégie nationale qui s'attaque aux racines culturelles, historiques et psychologiques du racisme.* »

Il m'arrive parfois de me demander si je ne vais pas regretter un jour le stalinisme. Reprenons si vous le voulez bien : afin de « déconstruire » les structures *psychologiques* des populations ou des individus accusés de racisme ou de discrimination, le gouvernement canadien, devenu appendice de la bureaucratie supranationale onuzie, devra s'engager dans une STRATÉGIE qui S'ATTAQUE (les mots sont clairs) aux RACINES CULTURELLES et HISTORIQUES de ce que M. Diène appelle « racisme ». C'est la directive « bras armé » de la précédente. Il s'agira pour le gouvernement de s'appuyer sur ses dispositifs JURIDIQUES à bonne fin de POURSUIVRE tout individu ou groupe d'individus dont les vues différeraient de celles de M. Diène et de l'organisation criminelle qu'il représente, voire de mettre en place des programmes de lavages de cerveau collectifs, destinés à *s'attaquer aux racines culturelles, historiques et psychologiques du racisme*, de la maternelle jusqu'au club de retraités.

Je ne trouve rien de bien intéressant dans les diverses *doctrines racistes* qui ont surgi de l'Occident bourgeois et nihiliste du XIXᵉ siècle, elles cumulent l'ignorance des lois de l'évolution naturelle et celle des lois de l'Éternité divine. Je n'ai donc rien a priori contre des théories qui démolissent le racisme, un bon auteur catholique suffira. Mais je me permets de poser la question : qui décide que tel acte, ou telle pensée, est RACISTE ?

Un apparatchik communiste ?

Un bureaucrate onuzi ?

Un militant des Droits-de-l'Homme ?

Sting ? Mgr Gaillot ? L'archidiocèse de Montréal ? Thierry Ardisson ? Le Réseau Voltaire ? Mouloud Aounit ? Le Djihad islamique ?

Qui, et au nom de quel droit, sera en mesure de décider que, par exemple, l'*apologie des Croisades* telle que je la propage et la propagerai désormais de toutes mes forces est assimilable et donc punissable comme telle à du *racisme* ?

Qui sait, bientôt la simple évocation d'un « fait divers » sera elle-même sévèrement contrôlée par les diverses polices du langage et de la pensée ?

Comment ça, c'est déjà fait ?

***

28 septembre : grande entrevue de Daniel Pipes, dans le *VOIR* de cette semaine.

Alléluia ! Cet homme est sans aucun doute un des tout premiers RÉSISTANTS nord-américains, son Middle East Forum, sur Internet, fait partie des meilleurs sites occidentalistes en Amérique du Nord. J'invite tous mes lecteurs francophones comprenant l'anglais à se rendre de toute urgence sur www.campus-watch.org, une branche spécialisée de son organisation, et à communiquer avec nos amis outre-Atlantique. Ces derniers seraient sans doute fort intéressés de connaître la situation dans les facultés de la Grande Chirakie.

Depuis les événements du 11 septembre 2001, *campus-watch* est en effet une organisation de résistance qui surveille les campus nord-américains où la prose gauchiste et antisémite a désormais pignon sur rue, je devrais dire : sur amphithéâtre, grâce à toute une génération de professeurs baby-boomers décérébrés, anti-occidentaux, antijuifs et antichrétiens de l'Université islamique de Concordia, établissement dans le collimateur de *campus-watch* depuis le début, avec raison.

« *C'est en reniant la littérature qu'on fait aujourd'hui carrière dans les Lettres, comme on fait carrière parmi les bourgeois en reniant la bourgeoisie* », Nicolás Gómez Dávila.

« *Les fanatiques de la liberté finissent toujours en théoriciens de la police* », ibid.

J'ajouterais qu'aujourd'hui ils joignent la pratique à leur théorie.

Je sais très bien ce que je fais : à chaque mot que j'écris je gagne un lecteur, mais je prends le risque d'en perdre dix.

Leibniz était kabbaliste. Il existe à Hanovre une bibliothèque Leibniz où sont conservées les vingt mille pages que cet homme a écrites au cours de sa vie. Moins de la moitié est pour l'instant décryptée et traduite.

C'est grâce à son travail de kabbaliste éminent que Leibniz en vint à redécouvrir, avec sa puissance visionnaire propre, le calcul binaire des anciens Chinois et Chaldéens.

Il n'y a rien de compréhensible chez Leibniz si on évacue le fait que ses recherches furent menées au nom de la Gnose chrétienne de son temps, la *Kabbale chrétienne,* ennemie farouche des rationalistes, que ceux-ci, en bons prototypes bolcheviques, éradiquèrent des traités de mathématiques que le philosophe-pythagoricien avait rédigés.

Aujourd'hui pourtant, la science des quanta appliquée aux problèmes du code génétique nous démontre chaque jour un peu plus l'inanité de ses mécaniciens de la vie, pauvres tournevis humains, qui croient encore en ces âneries de hasard et de nécessité !

« *Unum autem necessarium.* Seul l'Un est nécessaire », Leibniz.

« Dieu calcule, le monde se fait », Leibniz.

Il a très certainement ajouté quelque part : *et il calcule en mode binaire.*

Tout part de l'opération ontologique de division infinie qui doit être considérée *comme une élévation à la puissance de la racine duale : deux.*

Lors d'une longue journuit menée tambour battant avec les stimulants verbomoteurs de base, j'élabore peu à peu une analyse des travaux de Leibniz et de son rapport avec les Saintes Écritures. Kabbaliste, Leibniz savait que le document biblique était codé numériquement. Et il dit quelque part, dans une des pages non encore traduites de la bibliothèque de Hanovre, que *le secret du calcul binaire a un rapport étroit avec la* TRINITÉ !

En effet, découvrant depuis peu les algorithmes de Wolfram, ces « automatons cellulaires-binaires », il apparaît que les antiques procédés géomantiques des kabbalistes consistaient en un arbre booléen, basé sur seize figures, correspondant à 2 puissance 4 bits d'information. Or Leibniz s'était intéressé à *TOUS* les types d'opérateurs sous forme de puissance de 2. Il était ainsi tombé sur le *Yi-king* et ses 64 hexagrammes, 2 puissance 6 bits d'information. Dans un de ces écrits de la bibliothèque de Hanovre, Leibniz explique que *le calcul binaire est un langage universel.*

S'intéressant au problème du « métacode » et au document chiffré de la Bible, ainsi qu'au « junk-DNA » et à sa structure, j'en viens à une exégèse kabbalistique dont je vous fais part. Avec les automates cellulaires de Wolfram on se rend compte que l'antique géomancie n'est autre chose qu'une forme de calcul binaire divinatoire basée sur 2 puissance 4 bits d'information. Il semblerait que, de tous temps, ce soit la *quatrième* puissance de la racine 2 qui fut à l'origine des calculs divinatoires. Au quatrième jour de la Création, l'univers devient un monde PHYSIQUEMENT organisé.

Mais aussi : ce n'est qu'à partir de l'élévation à la puissance 8 que l'on observe, au sein d'automates cellulaires pourtant « programmés », l'apparition de codes « en émergence », tout comme dans l'ADN.

Ainsi le Huitième jour, jour de la huitième opération divine de division infinie, devrait être conçu comme le Jour de la Chute (un positiviste dirait « évolution vers plus de complexité », ce qui est une vérité sans conséquence majeure, autant dire un demi-mensonge), c'est-à-dire le *Jour qui nous fait sortir de la première ITÉRATION du Cycle de la Création,* pour entrer dans la suivante, celle du Métavivant, celle de la Technique-Monde et de son Contre-Monde, celle de la Résurrection, celle du Christ.

Le zéro n'est pas qu'un chiffre *nul,* au sens où la modernité a fini par forger la compréhension de ce mot.

En tant qu'Opérateur du Néant il ne prend vraiment tout son « sens » que dans le cadre de l'opération ontologique de division infinie, c'est-à-dire de la Création qui consiste à *transcoder* un nombre par son élévation à une puissance numérique.

Ainsi, dans une simple addition ou soustraction, le zéro n'apporte AUCUN changement d'état aux termes de l'opération. $x + 0 = x$, $x - 0 = x$. Dans cet ensemble commutatif, le zéro est NEUTRE.

Dans le cas d'une multiplication, il a pour effet d'ANNULER le résultat : x x 0 = 0, quel que soit x.

C'est dans l'opération de DIVISION que le nombre NUL commence à faire apparaître sa véritable fonction : x : 0 = « rien », au sens d'opération IMPOSSIBLE car débouchant sur l'aberration d'un entier positif infini (c'est x : 1 qui donne x).

C'est un premier indice qui nous indique que toute opération de DIVISION est un rapport de clivage spécifique avec le Néant.

Mais l'opération ontologique de division infinie, le modèle emprunté par la Création d'essence divine, n'est pas une division arithmétique puisqu'il s'agit en fait d'un arbre booléen, basé sur l'élévation aux puissances numériques de la racine 2.

Nous allons voir pourtant que l'opération exponentielle reste très proche de la division arithmétique et pour cause, sur le plan de ce clivage spécifique avec le Néant.

Car dans le cas de l'élévation à la puissance, et quelle que soit la racine, cette opération est mathématiquement IMPOSSIBLE avec un exposant NUL. X puissance zéro n'A STRICTEMENT AUCUN RÉSULTAT car l'opération elle-même est INCONNAISSABLE. Mais là où elle diffère fortement de la « division arithmétique », c'est que cette IMPOSSI-BILITÉ est CRÉATRICE. Le diviseur zéro est impossible, l'exposant zéro aussi, mais dans ce dernier cas il se révèle une *inversion phénoménologique de l'annulation du résultat,* propre à la multiplication commutative, et toute opération d'élévation à la puissance nulle ne peut dès lors aboutir qu'à un *unique résultat* : l'Un.

Tout nombre élevé à la puissance nulle est donc égal à UN.

C'est le moment zéro de la Création, écrit comme tel, mais de façon *ésotérique,* dans le tout premier verset de la Genèse. Comme le savait Gòmez Dàvila : « Dieu est le Créateur, non la cause première. Non le terme qui inaugure les séries, mais un terme extérieur à toutes. »

Ainsi, Dieu, le Huitième jour, met-il en action un PROCESSUS d'actualisation de la relation entre Lui et Sa Créature, un processus où l'*écriture* même du processus en est la quintessence. Car s'il s'agit d'un « cycle » d'itérations se surplombant, avec moteurs de différences et de répétitions, on comprend dès lors que de l'abstrait surgit une figure concrète : la division cellulaire elle-même, celle du « vivant », mais plus encore la *structure circonvolutoire de notre cortex.*

C'est donc sans doute ainsi qu'il faut entendre le rapport ésotérique entre le calcul binaire (dual) et la Trinité.

Au départ, il faut bien comprendre que c'est à partir du troisième Jour, celui de la Création du Monde proprement dit, que le processus de séparation qui date du Jour 1 élabore une création concrète.

Lorsque Dieu a élevé le Monde à la puissance 1, « au Commencement », *Bereschit*, premier mot de la Bible, après avoir fait, de son *fiat lux*, apparaître la lumière (cachée dans les ténèbres, selon l'exégèse évangélique de saint Jean de Patmos), il a *séparé* celle-ci des ténèbres, et s'il les a nommées, donc créées, le Monde n'est encore que lui-même, c'est-à-dire rien, disons qu'il n'est pas encore « Monde » mais qu'il n'est plus Dieu lui-même.

Lorsqu'au Jour 2, Il divise (donc crée) le ciel et les eaux, le « Monde » n'est encore que lui-même, dédoublé, deux miroirs face à face, deux fois rien.

Il faut attendre le Jour 3 pour que le « Monde » en tant que métacode soit produit, pour que l'opération de création-division infinie surcode la racine, c'est-à-dire lui offre comme résultat, en dépit du fait qu'il s'agit bien de l'itération d'une multiplication, autre chose qu'un simple dédoublement ou triplement... Ainsi, dès l'opération 2 à la puissance 3, on obtient 8, c'est-à-dire que dès que le processeur dual a été multiplié *trois fois par lui-même,* on obtient le chiffre qui suit – sans jamais être dit comme tel – *le septième Jour de la Création.*

Et c'est donc à partir de 2 puissance 8 bits d'information que les tout premiers phénomènes émergents, de métacodage, apparaissent.

La Bible est une sorte de « programme numérique » qui permet de « révéler » les phénomènes physiques du cosmos, du vivant et du méta-vivant (tout ce qui est de l'ordre du Jour huitième). Elle n'est donc métaphorique qu'en apparence. Certes, comme j'ai dû l'expliquer à ma fille, Dieu n'a pas fait le Monde en son entier en sept journées *humaines*, d'une semaine de postier, comme certains calvinistes abrutis essaient encore de le faire croire. Mais la numérologie de la Genèse (pour ne parler que d'elle, car elle concentre, telle une fractale, tout le *reste* du document biblique), la numérologie de la Genèse, donc, n'a strictement rien à voir avec le hasard, car je ne vois pas comment le hasard pourrait expliquer l'interpénétration systématique du calcul binaire dans un texte théologique multimillénaire, pas plus d'ailleurs que des « observations de ballons atmosphériques » pourraient le faire quant à des apparitions de groupes de formes lumineuses, ultrarapides, silencieuses et à des moments cinétiques absolument impossibles à reproduire par une technologie humainement connue. Sauf, peut-être, si l'on me force, sous la torture, à lire l'intégrale des ouvrages du Réseau Meyssan et de Thierry Voltaire.

La Bible est donc bien plus qu'un « texte religieux », elle est comme un « programme » dont nous aurions oublié les clés, et plus important encore la serrure qu'elles permettaient d'ouvrir. Un « programme » que certains linguistes, cryptologues, mathématiciens, redécouvrent, trois siècles après Leibniz, et cent années au moins d'interdits rationalistes totalitaires.

Mais la question se pose : qu'est-ce qu'une « tribu du désert », plus de trente siècles avant le Christ, pouvait bien faire d'un tel programme ?

Peut-être justement préparer, par Sa rétrotranscription, dans l'Écriture sainte de la Bible, Sa Venue sur Terre, et ainsi ouvrir à l'homme la frontière du Jour neuvième.

Jour neuvième : élévation de la puissance 3 à la puissance 3, élévation du Jour de la Création à la Sainte Trinité.

Étrangement, comment croire au hasard quand chaque jour qui passe démontre l'inanité d'un tel paradigme ? Ce processus de code binaire en émergence, *embedded* dans le code génétique originel, est la base d'une découverte capitale que vient de faire J.C. Perez, après celle du « supracode », que j'avais exploitée comme source et structure de *Villa Vortex*. Je me prépare à entrer en contact avec cet homme, ignoré du public comme de la hiérarchie scientifique rationaliste et qui, solitaire comme tant d'autres, commence à dévoiler les secrets cachés au cœur même de la structure codante de la vie et du méta-vivant.

American black box, baby,
American black box.

En dépit des inévitables erreurs (il n'y a que les intellectuels de gôche comme Ignacio Ramonet qui n'en commettent jamais, ils n'en ont pas le temps, entre deux voyages « citoyens » à Cuba) et de la propagande onuzie/zéropéenne, le plan américain est en passe de réussir en Irak. Le rapport du NDI (une institution dirigée par Madeleine Allbright, peu suspecte de sympathie envers George Bush) est assez éclairant : la popularité des islamistes-saddamites est en baisse constante dans *tout* le pays, y compris dans les zones réputées « loyales » à l'ancien dictateur.

Le Pentagone envoie environ dix mille hommes en renfort, au bon moment. En effet, l'absence de relais politique et civique des groupuscules terroristes est devenue si flagrante au long de l'été que, désormais, les tueurs à gages de la Légion arabe s'en prennent directement aux *Irakiens* eux-mêmes, et sans plus de discrimination qu'un virus, chiites, sunnites, ex-baasistes, facteurs, routiers, flics, instituteurs, imams, femmes, hommes, vieillards, enfants.

Les armes de destruction massive ?

Ce sont les *livres*, pauvres poires.

Un ami parisien me raconte que le dernier truc des gauchistes nationaux-contemporains concernant la canicule ethnocidaire de l'été 2003 consiste à crier, très fort, que *Bush en est le responsable* !

Ah, nom d'un Jdanov, je ne l'avais pas prévue, celle-là !

Comme dans les vespasiennes de notre affolante urbanité, lorsqu'on se frotte au réseau de ceux-qui-savent-tout-au-sujet-de-l'avion-qui-ne-s'est-pas-écrasé-sur-le-Pentagone, mais sur la ziggourat de la mosquée du Caire – comme chacun sait –, il faut faire très attention aux rencontres éventuelles : on peut fort bien se retrouver face à face avec un organe très volubile, sans pour autant qu'il s'agisse de celui de la parole.

Mais il fallait tout de même ne serait-ce qu'un homoncule d'argumentaire, n'est-ce pas ? L'outre la plus gonflée, le porc le plus rassasié, le veau le plus veau a besoin d'un quelconque liquide, même gluant et blanchâtre, pour faire passer le caca en pot.

J'apprends ainsi, tétanisé d'effroi – la stupidité la plus crasse peut vous geler sur place, comme la femme de Loth au sortir des cités damnées – mais aussi cramponné aux accoudoirs de mon fauteuil – le rire le plus désespéré est souvent inextinguible, sinon précisément *à coups* d'extincteur –, que c'est *parce qu'il n'a pas signé les accords de Kyoto,* ce salaud de capitalisteuh-naméricain-nimpérialiste-qui-fait-rien-que-nous-embêter, qu'un tel *accident* est survenu un beau matin au cœur de notre resplendissante République.

À raconter ainsi par le menu la déroutante connerie de mes con-temporains et com-patriotes, je finis par me demander si je fournis à mes lecteurs d'un très éventuel futur l'occasion de frémir devant un Musée des Horreurs, ou bien celle de mourir de rire, littéralement, car si cette connerie est, comme je le pressens, infinie, le rire pourrait vous conduire à la crise cardiaque.

Je viens de recevoir par la poste le dernier roman de Beigbeder, *Windows on the World.*

Je ne lis plus la presse française depuis des semaines et la presse littéraire depuis des années, je sais donc seulement par ouï-dire que le livre est pressenti, je crois, pour le Goncourt ou un autre de ces Prix d'Excellence de notre littérature nationale-contemporaine.

J'en ai commencé la lecture dans la journée. Je ne sais ce qui se dit dans le landerneau parisien à ce sujet, et comme vous vous en doutez je m'en contrefiche comme de ma première couche-culotte, mais voici, moi, ce que je constate :

Une maîtrise narrative à laquelle cet auteur ne nous avait pas habitués, me semble-t-il, jusque-là. Sous l'ironie glaçante, je perçois une grande émotion à l'égard des victimes du 11 septembre. C'est là la grande force de ce livre : les « yuppies » n'y sont pas réduits à de la chair à canon statistique comme dans les écrits de Nabe ou de Voyer, ils sont en effet de *simples* êtres humains, cons certes, mais des humains, c'est-à-dire en effet *comme nous* la plupart du temps, à la différence de ces terroristes qui, Dostoïevski le savait il y a longtemps, ont décidé de leur propre volonté érigée en la place de leur Dieu mort de sortir de l'humanité pour « entrer dans l'Histoire », en l'occurrence dans deux tours géantes qui en étaient devenues non seulement le « symbole » mais surtout le « moteur », autant dire l'*Axis Mundi*.

Unité de temps, unité de lieu, unité d'action, Beigbeder savait très bien qu'il avait là le sujet TRAGIQUE par excellence ; dans une note vers la fin du livre, il semble s'en excuser, comme s'il n'était pas DIGNE de parler d'un tel sujet. C'est d'ailleurs très exactement ce que Nabe lui avait reproché d'emblée, sur le plateau d'Ardisson-on-the-beach.

J'en ai poursuivi et quasiment achevé la lecture ce soir, juste avant de reprendre le cours du Journal. Je sais que Beigbeder est assez mal vu dans le milieu de la « critique » officielle parce qu'il a osé se bâtir une carrière de « critique littéraire » à *Voici*, ce qui ne manque pas, en effet, d'énerver tous ces bourgeois de gauche qui n'ont toujours pas compris, comme Philippe Muray a dû encore le leur rappeler récemment, qu'il n'existe aucune différence entre deux *marchandises culturelles*, quelles qu'elles soient. Dire que c'est à nous que revient la charge de constamment répéter les bases du marxisme à ceux qui se prétendent ses officiels prévôts !

Beigbeder a opté pour *Voici*, c'était son style, j'aurais

adoré faire la même chose, temporairement cela va sans dire, dans *Aviation's Weekly* ou à *Jane's Defense*...

Quoi qu'il en soit, qu'on m'excuse pour cette digression, le roman de Beigbeder est un très bon roman. Il est construit sur une structure simple mais efficace, un séquençage temporel minute par minute, et qui part du principe, exposé comme tel par l'auteur dans la narration même, que *le premier effet de la collision d'un avion de ligne dans une tour de cent dix étages est que celle-ci se transforme instantanément en MÉTRONOME.*

Il n'y a donc rien de GRATUIT dans ce roman qui apporte la démonstration que l'on peut avoir passé sa jeunesse aux Bains-Douches ou au Queen's sans y avoir perdu son talent ni son humanité, même si je me dissocie complètement de sa dernière partie, dans laquelle Beigbeder nous confie sa foi en un avenir meilleur grâce à la démocratie mondiale de l'ONU, pourtant responsable quasi directement de ces crimes de masse.

C'est cette partie qui, m'a-t-on dit, a soulevé le plus d'enthousiasme dans la critique officielle puisqu'elle se trouve « éclairée » par la découverte de la paternité par l'auteur, ce qui a le double avantage de lui « pardonner » son sentimentalisme à l'égard des Américains désintégrés un beau matin de septembre, et de faire valoir que la découverte personnelle des valeurs familiales nous empêcherait de suivre jamais la voie empruntée par les kamikazes des vols United et American Airlines.

Ah ? Les kamikazes de Ben Laden avaient pourtant une vie de famille riche et bien remplie. Il ne s'agissait pas de psychopathes solitaires mais de gens éduqués dans le système démocratique occidental, sans pourtant en avoir jamais partagé les valeurs les plus fondamentales, en cours de disparition convient-il de rajouter.

Beigbeder est bon lorsqu'il ne nous sert pas cette tambouille à laquelle, je pense, il ne peut croire qu'à moitié. Car même les moins lucides ne croient jamais qu'à MOITIÉ en la démocratie qu'on nous vend depuis deux siècles, et surtout depuis 1945. L'épicier le plus balourd sait, depuis des générations, que c'est la meilleure arnaque jamais montée, avec le pont de Brooklyn et les gigatonnes de notre littérature nationale.

En effet, ce n'est pas parce que Ben Laden (comme Mladic en son temps) voue une haine tenace aux « institutions internationales », jusqu'à faire régulièrement exploser ses édifices représentatifs ou tuer son personnel dirigeant voire subalterne, comme en Irak, et en Afghanistan, ce n'est pas donc parce que l'Islam veut se substituer à cette domination onuzie, encore parcellaire, pour imposer une domination universelle clés en main bien plus stupide et barbare encore, que nous devons nous sentir obligés de défendre ce modèle, INVIVABLE, de « démocratie universelle ».

Il n'y a pas de liberté sans souveraineté. « *Le bel agenouillement d'un homme droit* », dit Charles Péguy quelque part. Je refuse à l'avance que ma vie, mes droits, mes devoirs me soient dictés par une « communauté mondiale de citoyens » à laquelle je ne crois pas ; je ne me soumettrai jamais à un cartel de lois votées par un conglomérat de Belges, de Patagons, de Chinois, d'Arabes, de Français, de Suédois, de Monégasques et d'habitants du Malawi.

J'entame dans quelques jours ma demande de nationalisation canadienne ; premier pas. Je lis le catéchisme romain afin de prendre un peu d'avance pour le catéchuménat. Second pas de la déambulation vers mon devenir nord-américain.

I'm not with the millions crowds
I'm with the 2801.

Des catastrophes générales, d'un modèle encore inconnu au genre humain, se préparent dans l'indifférence générale.

Je ne parle pas ici de je ne sais quel réchauffement climatique, certes problématique, mais qui n'est que la pénible et cruelle conséquence de l'opération de division-création infinie lorsqu'elle est piégée tel un faisceau de lumière entre deux miroirs, ni même des épidémies plus ou moins naturelles qui se propagent et se propageront en nombre toujours plus grand, des maladies dégénératives indiquant le contre-pôle organique négativisé de la Technique, je ne parle pas du transgénisme en kit, ni du clonage nihiliste, ni des autres aberrations que l'humanité universelle et hyper-duale du XXIᵉ siècle laissera sur son passage, je parle du cœur de la nuit la plus profonde, là où la lumière lorsqu'elle apparaît porte tout le sens d'un monde à créer, je parle depuis les ruines de l'Être, depuis les lunes sauvages du devenir, je parle depuis ce qui ne peut être raconté sinon par lui-même, et s'il le faut par votre bouche devenue orifice de feu, je parle depuis le siècle de la fin des temps, je parle de l'homme, et surtout du Fils de l'Homme.

Le destin c'est le processus de coévolution entre vous et Dieu.

Dieu unique en trois personnes : pour le moins l'Infini-au-cube.

Alors l'extraterrestre français demanda : mais où est-elle vraiment, l'Amérique, hein ? où est-elle, dites-moi ? Où se trouve donc cet Israël d'une Humanité orbitale, au milieu des mégapoles, des déserts post-urbains, des décharges géantes et des échangeurs d'autoroutes plus vastes encore que des villes ?

Il ne peut pas être ici, n'est-ce pas ? au milieu de Nulle-Part, au coin d'une *Main Road* anonyme d'on ne sait quelle platitude extrême-occidentale, entre un Motel-6 et une station Texaco... Cela ne se peut. Bien sûr. C'est rigoureusement interdit par le néo-codex de la littérature « catholique-coranique » qui ne veut voir dans l'Amérique que ce qui est non américain, c'est-à-dire en fait non européen.

La haine que les Européens vouent aux Américains c'est à eux-mêmes d'abord qu'ils la vouent. Ils sont d'ailleurs en train d'en mourir.

Donc, j'étais en train de demander aux gars du bar *Space Cow-Boys On The Loose*, en tant qu'extraterrestre français officiel, où avait pu se cacher ce mirage qui avait usé sur les routes, les pistes, les *freeways*, et jusqu'au cœur des cités, des déserts, des forêts, des montagnes, des prairies, des toundras, des bayous, tant de générations, tant de fortunes et de misères, comment avait-il pu échapper durant tout ce temps aux écrivains même de ce pays ?

Il existait un endroit correspondant à ma description, mais il était CACHÉ, me fut-il répondu.

All the secrets are in the black box, but the secret itself *is* the black box.

Car ici cet endroit ne peut apparaître que pour vous seul. Je ne parle pas de la version vulgaire et « individualiste » de ce qu'il est convenu d'appeler l'*American Dream*... ni de sa figure dialectique millérienne du « Cauchemar climatisé »... Non je parle d'un « endroit » vraiment singulier, disons d'un nexus du temps et de l'espace qui vous apparaît, pour vous et vous seul, expérience intransmissible et qui s'annonce telle, alors même que vous vous y attendiez le moins.

Pourtant, juste avant, quelque chose en vous-même vous a préparé secrètement à l'événement. Son avènement s'écrivait et par cette écriture il advenait.

C'est que la boîte noire était en vous. Et que désormais la boîte noire c'est vous.

Vous êtes le mystère embarqué vers cette côte du Nouveau-Brunswick au volant du Dodge Caravan, sorte de patrouille aéromobile clivée à la surface corail de la route se rabattant sur l'horizon, à l'infini. Focale de l'iris gonflé par la nuit glacée de la lumière des autoroutes, drogue photonique, cinétique, numérique : nombres affichés sur les instruments de bord, code chromatique de la publicité urbaine, couronnes bleu-orange des projecteurs en grappes rythmant la bande noire de l'asphalte.

Je roule vers le *Ground Zero* de l'Expérience, je roule au-delà des zones suburbaines vers la sauvagerie des espaces natifs, je croise des motels perdus en bordure d'une vaste forêt de conifères aux teintes bleutées, et parsemée d'érables dont le vermillon claque très rouge dans le feu blanc du soleil matinal.

Je roule vers toi, Amérique, comme une amante à jamais perdue et pourtant connue depuis des millénaires, je suis déjà en toi, car j'ai décidé de me perdre à tout jamais au cœur de ce que tu n'as jamais été et que tu vas être, je te pénètre doucement, comme au bord de la nuit qui bascule sur nous-mêmes, comme tout ce que tu ne deviendras jamais, et que tu as été un jour, je suis l'Homme-à-la-Valise, celle-ci est pleine de livres et d'une poignée de disques, on y trouve aussi une série de photographies, en noir et blanc la plupart du temps. Elle est la mémoire d'un monde perdu. Le monde d'où je viens. Le monde des anciens Européens.

Cette valise et cette automobile c'est tout ce que je

470

possède sur cette Nouvelle Terre dont je ne verrai jamais la fin.

Je chevauche l'air zébré des rayures de l'aurore, le cœur battant comme si je me dirigeais vers un rendez-vous amoureux avec une inconnue que l'on sait pourtant connaître, parce qu'elle provient d'une ligne parallèle à votre vie, qu'elle est votre maîtresse d'Outre-Monde, et par un miracle que vous êtes bien en peine d'expliquer, vous savez que c'est là-bas, vers l'ouest, dans le flamboiement de la mort solaire que vous devez rouler pour la rencontrer.

Alors vous roulez vers l'ouest, sous les hauts édifices gris magnétique des altocumulus orageux qui s'élèvent dans le grand ciel bleu virant vers des violets chargés de foudre. Vous roulez vers le corps-plein du texte en écriture, vers le *corpus scripti* de votre propre vie, devenue pont vers l'au-delà du vivant.

Vous n'êtes plus depuis longtemps un « je » séparé de l'autre dont il est constitué et par lequel il peut se dévorer, vous dansez depuis un certain moment sur les braises ardentes qui consument les âmes, pour vous cette Terre est si sublime, ce Monde si pur, si plein de beauté, de joie et de lumière transfigurante que toute la crasse laissée par les hommes semble jamais n'y avoir eu prise et, alors que de vastes cercles jaunes balaient l'espace au zénith, vous pressentez que vous êtes même en mesure d'accepter toutes les tragédies, toutes les trahisons, toutes les bassesses de l'humain, en échange de cette seconde.

SPÉCIAL DÉDICACE AUX MINOGUE SISTERS

Each night in town when I meet you outside
Under stars in motion thru the sky wide open

I follow the golden shade you're wrapped in
And I believe I am the last man alive on earth

But don't you know those kind of sounds
Gonna drive me absolutely crazy ?
Don't you guess that I have found
The place where at last I feel empty ?

I am just a digital ghost in the hall of mirrors
I'm less than a thought written on a paperplane
With you in front of me now I'm playing air-guitar
Moving to you on the fastest of all lanes

Each night in town when I left you outside
Under stars in motion thru the sky wide open
I count the light-years I have to live by my side
« Cos » I am bound to this no-world where alone I
                                                    [belong

À la fin du XXIᵉ siècle, le monde aura changé à ce
point que le XXᵉ passera pour une antiquité, mais que
celui de saint Augustin nous semblera étrangement très
proche.

« *C'est peut-être un paradoxe, mais c'est que les
paradoxes sont vrais. Ce n'est peut-être pas rationnel,
mais c'est que le rationnel est faux* », G. K. Chesterton.

Quelque chose se passe à l'est de l'Europe. Au-delà,
très loin, des gesticulations oratoires du mauvais duo
des comiques troupiers franco-boches, se configurent
les nouvelles lignes de force du continent. Ne perdez
plus de vue les Polonais, ils seront les artisans, avec
leurs voisins de l'Europe slave, du rapprochement

stratégique tri-continental : avec Moscou d'une part, avec Washington de l'autre.

Un nouveau Mur se dressera bientôt en plein cœur de la Mitteleuropa, et sans doute pas très loin, en vérité, de l'endroit où celui érigé par les Soviétiques au plus fort de leur puissance annonça dans sa chute la chute de tout un Monde.

Lorsque la France, l'Allemagne, la Belgique, sans doute à terme l'Angleterre, et peut-être l'Italie et l'Espagne seront en proie à l'islamisme radical sur leurs propres territoires, grâce aux mosquées gentiment financées par le contribuable « européen », les peuples de l'Europe slave n'auront guère d'autre choix que de hausser en toute hâte une vaste ligne de séparation politique – on disait encore il y a peu une « frontière » – avec les Républiques islamiques occidentales ; ils sauront par conséquent, je l'espère, tirer les conclusions historiques qui s'imposent et ainsi ils referont l'Europe, après que tous ensemble nous l'aurons libérée.

Il n'existe pas de mensonge plus dangereux que celui qui imite parfaitement la vérité.

Il n'existe pas de mensonge plus dangereux que la société.

C'est la raison pour laquelle toutes les civilisations dignes de ce nom ont fini par adopter une forme ou une autre du régime monarchique.

« *Ne dépendre que de la volonté de Dieu : c'est là notre véritable autonomie* », Nicolás Gómez Dávila.

Car mensonge et vérité, vrai et faux, ne sont pas des concepts abstraits, évaluables par les grilles de l'impératif catégorique d'une « subjectivité », d'un « moi » social, doté de ce qu'il croit être ses valeurs morales, et les limites de sa « raison ».

La Vérité est un processus physique. C'est-à-dire une évidence CONCRÈTE. Un processus – *phusys* – de *surgissement*, de *jaillissement*, un événement ontologique qui se fiche complètement des cases programmées par la Matrice de Conditionnement pan-humaine.

La Vérité, c'est tout ce qui ne peut être dit, sinon par elle-même et au moyen de votre bouche.

Je suis la chimie vivante de ce qui fait corps avec le texte ; je suis un vol de molécules dans l'air ionisé de la haute atmosphère ; je suis un petit obus d'acier qui vient se loger dans le crâne des gens trop curieux ; je suis ce qui, nu, paraît revêtu d'une pourpre royale ; je suis celle qui, parée de sept voiles, désire qu'on lui amène ta tête sur un plateau d'argent ; je suis l'oiseau que la carabine fixe en plein vol, dans un horizon mobile d'acier bleu-gris ; je suis les étoiles en parade dans les cieux de l'été boréal et je suis un rêve arraché à un morceau de carte du continent nord-américain, lue dans le noir par un enfant dans sa chambrette suburbaine, donnant sur le cimetière d'Ivry-sur-Seine.

Je connais bien les morts. Enfant, je dormais chaque nuit tout près d'eux.

Personne, pas même ses parents, ne peut contrôler le destin d'un individu singulier. Personne ne peut contrôler le Mystère.

Personne d'humain, en tout cas.

Mes premiers souvenirs d'extraterrestrialité et d'américanité remontent à ma plus lointaine enfance. C'est un sentiment, une sensation quasi indicible et qui m'accompagne depuis que je suis en âge de me rappeler cette sensation. Très tôt donc. Ainsi ce souvenir du tout premier film vu sur la télévision en noir et blanc de mes parents, dans la cité HLM alors flambant neuve de la rue Louis-Bertrand, à Ivry.

Nous sommes en 1963 ou 1964, disons. C'est un western. Mon père m'explique déjà avec beaucoup trop d'application que les Indiens, en fait, sont les bons et les cow-boys les méchants. Je ne sais si cela provient d'une procédure œdipienne, car je ne pourrais dire si la sensation apparut après cette explication paternelle ou si elle était déjà présente avant, mais quoique n'éprouvant aucune animosité particulière envers les Indiens, je sais que je suis plutôt du côté des cow-boys[1].

Ensuite, plan fixe sur la fenêtre de ma chambre, au petit matin. J'imagine le vol des hirondelles dont j'entends le frémissement sur les fils téléphoniques. Je viens de faire un rêve, un rêve où sous un ciel bleu d'une pureté effarante je marchais vers un cosmodrome à peine esquissé et avec la sensation d'avoir rendez-vous avec Youri Gagarine. Je sens en moi une magnifique béatitude, inexplicable. Bien plus tard j'établis la connexion : mon père était revenu, quelques mois plus tôt, d'un voyage en URSS pour une entrevue avec le cosmonaute soviétique, avec une petite poupée bleue à son effigie. Mais ce qu'il y a d'étrange dans ce rêve c'est que la musique qui l'accompagne ressemble à un air de comédie musicale américaine, à la fois entraînant et mélancolique.

Image télé définition années 60 : c'est un programme éducatif de l'après-midi, un programme scolaire pour

---

1. Je tiens à rajouter néanmoins, sans chercher la moindre pénitence, que je fus très tôt attiré par les « coureurs des bois » canadiens ou anglo-indiens, la figure du « métis » euro-américain.

adultes. D'habitude je suis à l'école, mais ce jour-là je suis malade, rhino-pharyngites et sinusites à répétition, mon enfance asthmatique ne fait que commencer. Sur le tube, en noir et blanc, un bobby londonien, animé à la façon Averty, se balade dans un univers de photo-montage typiquement british. Des sous-titres dans les deux langues accompagnent le voyage surréaliste du flic anglais. J'entends pour la première fois la langue de Shakespeare. Plus tard, je vois quatre jeunes types en costards noirs descendre d'un avion et je comprends que ce sont des musiciens venus d'Angleterre pour une série de concerts aux États-Unis. Déjà dans les BD du journal *Vaillant* (qui deviendra *Pif*), je ressens une attirance vers la science-fiction, le fantastique, et pour l'Amérique, westerns, histoires de pirates...

Je ne sais comment mais ce jour-là je comprends que « système solaire » se dit *solar system*. J'ai cinq ou six ans, j'ai l'impression d'avoir fait une découverte capitale et je me sens bizarrement en accord harmonique avec le monde.

Nuit sur la ville, quelque part dans le Paris-Ville lumière du début des années 60, l'image résiliente est curieusement bichromatique. Nous sommes avec des amis de mes parents, ils possèdent une grosse Frégate (le souvenir précis du modèle s'est inscrit en moi, je ne saurais dire pourquoi) et alors que nous roulons sur l'asphalte parisien, les images d'un film noir américain dont ne subsiste aujourd'hui que la vue d'une rue illu-minée la nuit, sous la pluie, viennent s'intercaler entre mon visage de gosse et la vitre humide contre laquelle je viens de coller mon nez, tandis que nous passons, me semble-t-il, par la rue de Rivoli ou l'avenue de l'Opéra. L'impression de rouler sur quelque chose ressemblant au Broadway mythologique du cinéma s'inscrit aussitôt en moi.

Première sensation de *connivence* avec le monde anglo-américain : ma mère m'emmène, avec ma petite sœur, voir le film *Babette s'en-va-t'en-guerre*, sorte de nanard improbable avec Brigitte Bardot en résistante et Francis Blanche en officier nazi, rôle dans lequel cet authentique génie a toujours excellé. Je me souviens que ma mère est ressortie du film plutôt déçue. *Un navet,* avait-elle dit. J'entendais le mot pour la première fois, c'était d'ailleurs notre première sortie au cinéma et ma mère n'en était que plus désappointée. Pour moi, cela n'avait aucune importance, je ne retenais du film que deux ou trois scènes cruciales dont une opération de parachutage nocturne et, déjà, avec quelques lignes en anglais échangées en version originale par quelques acteurs britanniques jouant des rôles de soldats alliés, je ramenais la sensation d'avoir moi aussi, il y avait fort longtemps, sauté dans l'obscurité du ciel de nuit au-dessus d'un bocage normand.

Musiques : bande-son de l'émission du dimanche après-midi, avec son film d'action américain, ou anglais plus rarement, le *Blue Rondo à la Turk* de Dave Brubeck, je crois. Les premières mélodies brit-pop du Mersey-Beat, vers 1964-65, ainsi que le folk-rock aérien des débuts de Buffalo Springfield (je ne pus mettre un nom à tout cela que bien plus tard), les symphonies ou les sonates de Beethoven et Brahms que ma mère écoute continuellement, tout comme les chœurs de l'armée Rouge, mais aussi la chanson *Somethin' stupid* de Nancy et Frank Sinatra – reprise près de quarante ans plus tard par Robbie Williams et Nicole Kidman – ou le générique de *Chapeau melon et bottes de cuir*, avec Miss Emma Peele, première source d'éveil sexuel, teinté cuir noir et brunette cérébrale...

Voici précisément une opération ontologique de division infinie, in-programmable, mais émergeant du programme, non contenue formellement dans le code, mais « potentiellement » écrite par lui, telle une ouverture toujours maintenue vers l'exposant suivant, vers l'opération de création-division subséquente.

La « conscience » est donc bien une écriture méta-codale : elle est le processus en émergence qui se décrit lui-même, et dont la description est le moteur principal.

Je mène conjointement l'écriture du Journal et ses premières corrections, depuis environ deux ou trois journuits maintenant, au son de *D'you Know What I Mean* d'Oasis.

Je le redis une fois de plus, dans le mur flamboyant du *bridge*, cristal monochrome brut dont l'épigenèse condense quarante années de rock'n roll : sans la Très Sainte Électricité de quelques dandies du XXe siècle finissant, jamais sans doute je n'aurais pu adhérer à la religion catholique.

Je sais fort bien que *La Sirène rouge* est un roman dont les faiblesses sautent aux yeux si je puis dire ; elles révèlent peut-être une puissance qui ne s'est pas encore tout à fait montrée.

Ce fut comme un livre de jeunesse conçu après terme, une prothèse qui contenait et condensait plusieurs romans-fantômes de mon adolescence et de ma post-adolescence. Il se greffa sur une mutation alors en cours, dont l'expérience littéraire allait être à la fois le carburant et le moteur, c'est-à-dire la source d'énergie et le processus dynamique même.

Reçu ce matin, 4 h 33, juste avant l'extinction des feux, *via* Internet, par un ami :

Cher MgD,

Je ne sais pas si vous avez France-Info, monument de désinformation, à Montréal.

Deux perles ce matin :

– Mort d'E. Kazan : on y résume sa vie à *Un tramway...* et, en boucle tous les quarts d'heure, on fustige son attitude durant le maccarthysme « il a dénoncé tous ses CAMARADES communistes lors de l'ÉPURATION maccarthyste... » !!!

– Les Américains en Irak : Horreur ! Des prêcheurs protestants sont là dans le sillage de l'US Army ! C'est « une provocation » qui ne manquera pas d'« exacerber l'islamisme ». Pire, « ils tentent de convertir les musulmans » !!!

Ici s'achèvent les émissions de Radio Moscou-Riyad...

Bien amicalement,

Olivier.

Je ne reçois pas France-Info à Montréal, sauf *via* Internet, mais la nouvelle de la mort d'Elia Kazan et la manière dont les journalopes appointées au Grand Putanat national sont en train de salir sa mémoire suffiront pour « aujourd'hui ».

Position : *sleep/stand-by*.

Bonne nuit.

Elia Kazan aurait dénoncé un Bund de nazis allemands, une organisation franquiste ou un complot de Chemises noires, il serait acclamé comme un héros universel par Radio Paris-Pyongyang-Riyad.

Lu sur un forum : Radio-Paris ment, Radio-Paris ment, Radio-Paris est musulman[1].

Le *Chief Justice* Moore va en appel devant la Cour suprême à qui il demande instamment de laisser le

---

1. À fredonner sur l'air du célèbre jingle du Radio-Londres de la grande époque.

Monument du Décalogue à sa place, dans le hall de la Cour de justice de l'État souverain de l'Alabama.

On peut être assuré que cette bataille, comme tant d'autres avant elle, est perdue d'avance.

Je me fais traiter d'*incendiaire* par le quotidien québécois *La Presse*, parce que j'ai osé me présenter comme un « écrivain-combattant chrétien, sioniste et pro-occidental » à une conférence d'Alexandre Adler où je me suis contenté de rappeler quelques faits, mais aussi, pire encore pour les journalistes de *La Presse* (aux zordres), où j'ai osé me livrer à une rapide analyse prospective du désastre français.

Le jour où mes compatriotes viendront se présenter en masse à vos ambassades et consulats pour vous demander un visa de réfugié politique, vous ne viendrez pas vous plaindre.

Réveil franchement merdique devant l'écran de télévision : les journalopes poursuivent leur entreprise de démolition pro-communiste sur la tombe toute fraîche de Kazan, ouh-ouh le méchant immigrant qui croyait trop en l'Amérique, pas comme ces chouettes époux Rosenberg, prototypes de nos Noam Chomsky modernes, victimes innocentes du maccarthysme comme on le sait depuis les savantes campagnes de désinformation du Mouvement de la Paix, dans les années 1950, eux qui avaient osé refiler les secrets de la bombe à notre super-pote-le-despote, le Petit Père des Peuples lui-même. Entre deux extraits de *Sur les quais* et d'*À l'est d'Eden*, Radio-Canada reprend sans vergogne le couplet des *dhimmis* made-in-France : Kazan aurait « trahi » ses « camarades communistes » au moment de l'épuration. À croire que la chaîne publique canadienne est devenue une filiale de France-Info, autant dire de l'agence Tass de 1948.

Non, non, non et triple non, mesdames et messieurs les collabos : Kazan a fait ce que tout homme devait faire à cette époque et que trop peu ont fait : se désolidariser de *ceux qui envoyaient les cinéastes, les peintres et les écrivains russes ou est-européens mourir au Goulag*.

On comprend que tant d'acteurs hollywoodiens contemporains soient ostensiblement restés assis lors de la remise de son Oscar pour l'ensemble de son œuvre, un peu avant qu'il meure.

Ensuite, on passe directement un cran dans l'abjection : le verdict pour les viols en série perpétrés sur Nolwenn et Tatiana, adolescentes de quatorze ans au plus, durant des mois et des mois, au su et au vu de tous les résidents du quartier, dans les caves de la cité de la Croix-Blanche à Vigneux-sur-Seine, sous l'appellation exotique de « tournantes », vient de tomber. Les dix auteurs de ce crime contre l'humanité, *tous mineurs*, ont donc écopé de TROIS À CINQ ANS DE PRISON. *Trois à cinq ans !* Pour des *dizaines*, voire des *centaines* de viols en réunion commis par CHACUN d'entre eux. Cela fait quoi en moyenne ? Trois jours de résidence surveillée par viol ?

On comprend à cet énoncé qu'il faut être un salaud de Serbe pour un jour rencontrer face à face la Justice française. Violer des musulmanes en temps de guerre est passible de la prison à vie [1] pour l'émirat du Franquistan, *via* les Tribunaux internationaux, bien pratiques il faut le dire. En revanche, se faire violer en temps de

---

1. Et je suis d'accord, au nom du Christianisme et des lois de l'Église.

paix doit être considéré comme un progrès du droit des peuples à disposer des autres[1].

On voit, sur les images retransmises depuis le Palais de Justice, toute la racaille locale se réunir pour soutenir ses « potes » de la cité de la Croix-Blanche, d'où viennent les enculés et enculeurs de Nolwenn et Tatiana.

Comme à Vitry-sur-Seine l'an dernier, après l'immolation mode Pakistan d'une jeune fille qui avait commis l'erreur de se refuser à l'un de ces étrons sur pattes, de petits kapos incultes font régner leur terreur de merdaillons jusque dans les vestibules de la République.

La République se tient coite.

Trouvé sur Internet cet extrait d'une chanson d'un groupe de rapcailles dénommé « Sniper » :

La France est une garce et on s'est fait trahir
Le système voilà ce qui nous pousse à les haïr
La haine c'est ce qui rend nos propos vulgaires
On nique la France sous une tendance de musique populaire
On est d'accord et on se moque des répressions
On se fout de la république et de la liberté d'expression
Faudrait changer les lois et pouvoir voir bientôt à l'Élysée des Arabes et des Noirs au pouvoir
La France est une garce et on sait [sic] fait trahir, mon seul souhait désormais est d'nous voir les envahir

Et ce n'est que le refrain.

La haine est un boomerang. Modèle Mad-Max : avec bords tranchants.

Je suis allé faire un tour sur le site de merde de ce groupe, ainsi que sur un machin appendiculaire nommé : http://services.hit-parade.com/hp-livredor.asp?site=287956

---

1. C'est ici, en effet, que j'ose exprimer un doute.

Sur lequel on peut trouver ce genre de « prose » :

Aumetz (France mais je suis) – 27/09/2003
Franchement sniper c'est trop de la balle, il va pas pêcher ses chansons je
ne sais pas où... Il les vit, il les chante comme la chanson « sans repères » trop
bien ça parle de son père qui est parti la même histoire que mon père a
moi. Voila bref c'est super

EL SEGNOR TUNISIANO

LYON 26/3/2003 »

wesh les gens la forma, personne pour me renseigné, jvoudrai savoir si ya pa
de la sappe SNIPER dans 1 magasin spécial ????? mrci de repondre c
gentil, é VIVE SNIPERRRRRRRRR EN FORCEEEEEEEEEEEEEEEEEEEEEEEEEEEEEEEEEEEEE
anonyme

21/09/2003

salut chui de retour et chui tjour a fond pour soutenir sniper !!! hier soir g
écouté skyrock et vou avé tt dchiré a génération rap rnb !!!! big up a sniper !

tounsiaaa

soignies (belgique) – 21/09/2003
wesh sniper vous etes les meilleurs vs dechirez tout continuez comme sa vos
zik c dla bombe surtt avec tunisiano kd il chante en rebeu allez beslemaaa
boussa kbira a tunisiano

KARINE ET LYDIA

MELUN (FRANCE) – 19/09/2003

weich les sniper vou assurer grav ! la france é une garc !
g espere ke le

systém vous nikera pa la santer nike le fn !! et continuer
dan cett direction !!

– copies d'écran réalisées le 29 septembre 2003.

Comme le fait remarquer un *intruder* de passage : *on
parle français ici ? J'avais cru à un test de la Nasa pour
correspondre avec des ET.*

Une République a toujours les *snipers* qu'elle mérite.

Envoyé par un ami, ce texte du groupe rap « Overdose », venu du 92.

REFRAIN :
Y'en a partout......
De Paris à Bangkok en passant par Moscou
LES TASPÉS, sans respect sans principe
Ces suceuses adeptent de la pipe
LES TASPÉS, sans moral sans soucis
Ces khab qu'on embroche tah des méchouis
LES TASPÉS, sans fierté sans repère
Oui ces trainées qui feront carrière
De Paris à Moscou,
LES TASPÉS y'en a partout...

DOOKALI :
OUAI c sa poupée toi t une Taspé
met khmiche jsui kalibrer...
reste cambrée que jte fasse valser.
Appelle moi DOOKALI « D.2.O.K.A.L.I » efficace de jour
kom de nuit
L-POTO tah le bargot équiper kom Siffredi Rocco
Taspé tu la sentira comme une grosse batata...
tu ne mérite ke ça fallait pas passer par là.

Racaille : n.f. (rascaille, 1138, de « rasquer ») ; lat. pop. *rasicare* : « racler, gratter ». Populace méprisable. Ensemble de fripouilles.

On va te la mettre à l'envers, t là remettre à l'endroit
t satisfaite ou quoi ?
Si tu veux on remet ça, t'inkiet ke tu kiffera
des choses kom cela, ça s'oubli pas.
Quand on t'prend à deux tu trouves ça mieux
moi et Dias sur toi espece de chiennasse.
Tu marches kom Lucky Luke
depuis kon te la mise dans le uc
Grosse tasse moi jte fracasse le pancréasse à coup de schlasse.
J'ai utilisé la voie anale, depuis tu marche bancale
Hé tête kal emprunte la voie bucale
tu verras ke c pas si mal.
Maintenant dans tout le quartier tu te fais siffler,
dans toutes les caves tu te fais tourner,
Les tipeus techniciens ! du ballon rond,
L-POTO et moi connaisseurs de gros nichons.

Dégénéré : adj. (fin XVIIIᵉ) ; de dégénérer. 1° vx. qui a perdu les qualités de sa race. 2° méd. qui est atteint d'anomalies congénitales graves, notamment psychiques, intellectuelles.

REFRAIN

Et oui les TASPÉS, c'est notre passe temps préféré
Marre de zoner dans le hall, on a envie de piner.
Un simple coup de file, elles rapliquent kom des chiennes
Le plus vieux métier du monde : péripathéticienne.
À trainer tard le soir, elles finissent dans les caves,
Pire que le trottoir, la rue et ses Scandinaves.
C'est la descente aux enfers, pas besoin de lit,
L'art et la manière dans un coin avec DOOKALI.
C'est qu'un début, histoire de la mettre en jambe.
Seul dans le noir jlui ecarte les jambes.

éh cousine pas de 2,3,4 dans mes rapports
Jpasse direct la 5ᵉ et fonce dans le décor.

Analphabète : adj. (1580 ; repris fin XIXᵉ). Qui ne sait ni
lire ni écrire.

Là jvai te faire kiffer prépare ton Diantalvic
L-POTO bien équiper va te rendre tétraplégique.
Jte la fourre dans l'anus, j'enchaîne les va et vient
Tu nen demandera plu, jvai te casser les reins.
Enfin les couilles vides jremonte mon bas Lacoste
De retour à la cité je sais gjirai au poste.
J'en ai marre de ces raclis qui se disent consentente
Et au moindre soucis se défilent et mentent
À qui la faute ?
À ces putes et soumises qui dans la rue font des manifs
Moi et mes potes !
On prendra 6 mois de surcis pour un viol collectif.

Cible : n.f. (1693, var. *cibe*, alémanique suisse *schibe*, all.
scheibe « disque ». 1° But que l'on vise et contre lequel on
tire. 2° *sc.* Corps exposé à un bombardement de particules.

Je ne me permettrai pas de faire ici le moindre commentaire. Si jamais j'osais ouvrir la bouche, je pourrais
vraisemblablement me retrouver, quant à moi, sur les
bancs du tribunal de La Haye.
   Après la « voix des bourreaux, je ne pouvais faire
autrement que de vous proposer la *parole* des victimes :
   http://www.macite.net/home/article.php3?id
article=252
   http://www.macite.net/home/rubrique.php3/id
rubrique=13

   Les États-Unis, après dix-neuf ans d'absence, reviennent à l'Unesco.

486

C'est idiot, qui se soucie encore de cette quatre-chevaux humanitaire ?

Nous fonderons un jour, peut-être, la grande civilisation planétaire des nations humaines, mais pour cela il faudra d'abord abattre l'ONU et l'universalisme des despotes islamiques. Ils forment le double obstacle nécessaire à la sélection active de l'*Empire State Human*[1].

Afghanistan du Nord : les talibans attaquent deux écoles de filles à la grenade et à la roquette. Des dizaines d'enfants blessées. S'ensuit une course poursuite où la racaille laisse plusieurs cadavres derrière elle.

Entre Vigneux-sur-Seine et l'Afghanistan, la différence c'est que là-bas *Justice est faite*.

Les juges qui ont rendu, je devrais dire *vomi*, ce verdict infâme pour l'affaire de Vigneux doivent être informés que nous sommes de plus en plus nombreux à les tenir pour complices du *crime contre l'humanité* perpétré à la cité de la Croix-Blanche et, tout à fait logiquement, dans toutes les « cités » de France où se déroulent au quotidien de telles abominations. Ces « juges » doivent s'attendre à ce qu'un jour leur nation les juge.

Vu ce soir sur la RTBF : la femme d'un des auteurs de l'assassinat de Shah Massoud, fortement soupçonnée de l'avoir aidé à planifier l'attentat, est remise en liberté par la « Justice » belge, non-lieu infamant rendu par une cour de *dhimmis*, pour cause de « doute infime ». Aussi « infime », je présume, qu'une molécule de C-4.

J'apprends dans la foulée que le gouvernement de la République veut lancer une CNN « à la française »

---

1. Voir l'album éponyme de Human League, 1979.

d'ici fin 2004. CII sera financée et codirigée par France 2 et TF1, preuve désormais indubitable que les distinctions entre « service public » et « entreprise privée » sont en Ripoublika franska parfaitement hors de propos : toute corporation merdiatique, dans cette République populaire qui a « réussi » (n'oubliez pas les 82 % historiques de 2002), est de fait dirigée par des « Chirakiens ».

Chirak et Villepin savent très bien que leur opération d'enfumage n'a marché que sur le territoire national, seuls mes *con-génères*, en effet, pouvaient avaler sans broncher l'infâme brouet du révisionnisme-en-direct qu'on leur sert encore aujourd'hui.

Pour les « Français » comme moi, éparpillés de par le monde, ou pour les francophones du Québec, du Sénégal ou du Liban, il n'y a que TV-5. Quiconque, ne serait-ce qu'une fois dans sa vie, a déjà regardé cette chaîne de télévision – censée être la « vitrine » du « PAF » publiprivé – dans une chambre d'hôtel de Beyrouth, Moscou ou Trois-Rivières ne peut que sentir la honte le couvrir, du scrotum aux orteils, dans un sens et jusqu'à la pointe des cheveux dans l'autre et vouloir instantanément se faire passer pour un Suisse ou un Wallon quand il croise un touriste étranger dans l'ascenseur.

Avec l'Al-Jazira « à la française », les patrons de la Chirak Oil Company entendent bien montrer à l'Empire anglo-saxon de quel bois ils sont faits. De celui dont on fait les flûtes [1].

---

1. En effet, et par une sorte d'atavisme national, nos gouvernants entendent concurrencer BBC-World avec quarante ans de retard et dix fois moins d'argent. Sur ce plan-là, rien n'a changé depuis l'époque de la marine à voiles !

Mon correspondant amical, Olivier, qui réside en France, me fait part des changements dramatiques que l'islamisation rampante de la France apporte au fameux « tissu social », qui ressemble de plus en plus à une culotte d'adolescente souillée d'épanchements organiques divers et variés.

Il me rend compte de la vie quotidienne des jeunes filles dans les « cités » de la « République ».

Qu'on ne me fasse pas dire ce que je n'ai pas dit : en effet, comme me le confirme mon correspondant français, ces jeunes filles ont *encore le choix : le voile ou le viol.*

« La vérité, c'est que la tradition chrétienne (qui est jusqu'ici la seule morale cohérente de l'Europe) repose sur deux ou trois paradoxes ou mystères qui peuvent être facilement réfutés dans une controverse et tout aussi facilement justifiés dans la vie. L'un d'eux, par exemple, est le paradoxe de l'Espérance ou de la Foi : que plus une situation est désespérée, plus l'homme doit espérer [...]. Un autre est le paradoxe de la Charité ou de la protection chevaleresque : que plus une chose est faible, plus elle doit être respectée », G.K. Chesterton.

Black-out en série. Après l'Amérique du Nord-Est, c'est le centre de l'Europe qui par deux fois consécutives est touché : Scandinavie du Sud, nord de l'Italie. La guerre que mène la Technique contre elle-même ne connaît pas de fin. Dans tous les sens du terme.

Dernier supplice en règle pour cette opération d'auto-crucifixion littéraire qu'est ce « Théâtre » opératoire : je me tape Ardisson-on-the-beach et son panel d'invités.

D'abord le groupe de rap IAM, avec « Akhénaton » en José-le-Bovidé-façon-Hallal. Peinant à croire ce que j'entends, je dois subir pendant de longues minutes une explication de texte pour classe de programmation mentale « éthiqueuh-et-solidaiiireuh » : la « frustration » des *jeunes des cités* est due non plus à une répression policière de type nazi, argument qui commence sérieusement à dater depuis le métro Charonne, *mais à cause des sandwiches-au-jambon de la SNCF*.

Cela fait un siècle environ que le service public national du rail empoisonne des générations de voyageurs : des Français catholiques ou libres-penseurs, des touristes suédois luthériens, britanniques anglicans, grecs byzantins, des retraités allemands postnazis, puis postcommunistes, des représentants de commerce calvinistes venus de Suisse, de Virginie-Occidentale ou d'Écosse, des émigrés chinois confucianistes ou bouddhistes, des visiteurs hindous, slaves orthodoxes ou iraniens bahaïs, des hippies néo-zen en transit, des punks satanistes de passage ou du terroir, mais aussi des juifs, sionistes ou non, des journalistes de mode branchées astrologie, des scientologues, des raéliens même sans doute, et depuis longtemps un bon nombre de musulmans de toutes provenances, mais jusque-là personne n'avait pensé à en faire un argument sociopolitique et *religieux* de premier plan.

Je cherche dans les archives historiques de *La Vie du rail* et je suis au regret de reconnaître que je ne trouve trace d'aucun *viol rotatif* (parfois appelé « tournante ») commis en réunion par un conglomérat de juifs hassidiques, de Japonais shintoïstes et de sportifs hémiplégiques dans un wagon de la SNCF.

Je cherche pourtant avec acharnement, croyez bien. Par exemple, aucun de ces rituels suburbains, avec crémation d'automobiles ou de jeune fille non consentante

– à l'exception, pour le premier cas, des festivités estudiantines de Mai 68 – ne semble consigné, selon mes
sources en tout cas, aux alentours des années 1937,
1950, 1970 ni même 1981. Je vais essayer de remonter
plus avant encore, mais je suis d'ores et déjà en mesure
de vous informer que, vers 1913, il n'y a pas grand-
chose non plus. Pourtant les automobiles existaient déjà,
les jeunes filles aussi, et la plupart des hominiens de la
planète semblaient en mesure de faire du feu. C'est
peut-être après 1981 que je devrais chercher.

Triomphe inénarrable de la « culture » djeune, l'émission d'Ardisson a au moins le mérite de nous faire
connaître le fond du gouffre, celui de l'abîme inconnaissable même : l'insondable connerie des post-lycéens
de l'an 2000, quoique servie par des différences de
talents aussi abyssales que le gouffre en question, nous
confronte directement à des mystères d'ordre divin. En
ce sens le néo-bourgeois contemporain, débattant du sort
de l'humanité entre deux excursions humanitaires à
Cuba ou en « Palestine », est le descendant en ligne
directe du Bourgeois original, celui du XIXᵉ siècle, dont
Léon Bloy disait déjà que le moindre de ses lieux
communs pouvait engendrer ou détruire un monde. Le
Bourgeois moderne est plus simple et plus « pratique »
encore que son prédécesseur des années 1890-1900 : il
ne sait plus rien faire d'autre que détruire des mondes
déjà détruits.

***

Prochain Gouverneur de l'État de Californie : Arnold
Schwarzenegger.
Terminator, roi d'Hollywood.
Le général Clark ne pourra rien y faire.
(le 30 septembre 2003).
L'avance de Terminator sur ses concurrents se creuse

à une telle vitesse et avec une telle ampleur que la gauche démocrate en est réduite à jouer dans les sacs à ordures et les déchets de vomitoires politiciens : ainsi une phrase tirée de son contexte, une très ancienne interview dénichée par les « chiens de garde » prompts à traquer le salaud de réactionnaire fascisant où qu'il se terre, dans le vieux numéro d'un journal du Tyrol par exemple, où Arnold racontait comment un jeune Autrichien des années 1960 pouvait avoir été fasciné – ouh là là le méchant vilain garçon – par la figure d'Adolf Hitler, eh bien cette phrase est devenue l'arme de choc de dernière instance de la gauche démocrate en plein crash-test grandeur nature, à la new-yorkaise. Piaillements scandalisés de la meute gauchiste californienne qui n'aurait rien trouvé à redire s'il avait commis l'erreur de soutenir Staline, Mao ou Lénine, vers l'âge de dix-sept ou vingt-trois ans.

À la ligne suivante de cette entrevue datant de plus de trente ans, l'acteur mis en cause explique d'ailleurs que l'idéologie nazie lui inspirait le plus grand dégoût. C'était la dynamique « révolutionnaire » et la figure « charismatique » dont il était question. Des dizaines de millions d'Allemands et d'Autrichiens, trahis par le traité de Versailles, n'avaient-ils pas eux aussi succombé aux charmes du Mage de Brandebourg ?

Cette phrase permettait de mieux comprendre le sens de la première.

Qu'a cela ne tienne, les Djerzinsky de la côte Ouest suivront à la lettre les préceptes de leur Grand Maître : si cette ligne pose problème, effaçons-la !

Et cela continue encore, et encore, ce n'est que le début, d'accord, d'accord :

Face à la perspective de perdre la cinquième puissance économique mondiale, la gôgôche de l'État de Californie ne sait plus à quel démon se vouer.

On ressort ainsi du placard de quoi émoustiller les chroniqueuses féministes des tabloïds à mémères siliconées de Malibu : en 1973 Arnold Schwarzenegger aurait « agressé sexuellement une jeune femme de couleur » dans un ascenseur. On se demande déjà, dans un premier temps, ce qui a forcé cette « jeune femme de couleur » à ne dévoiler la chose qu'au bout de trente ans. Sans doute les sbires de la milice privée du Terminator exerçaient-ils sur elle, depuis cette lointaine époque, des pressions diverses et variées, du type menaces de mort aggravées de recettes de cuisine végétarienne et de cours de body-building sur cassette vidéo. On apprend, de plus, ô crime imprescriptible, qu'il avait osé passer ses mains sous le pull-over de la victime.

Du coup, en deux jours, quinze nouvelles « victimes », déjà prêtes à empocher quelques éventuels mais rayonnants millions de dollars en dommages et intérêts, viennent de sortir du néant. Les miracles des politiciens de gôche sont infinis.

À mon sens, plus Bustamante, Gray Davis et leur clique de gauchos postmodernes s'acharneront contre Schwarzy, plus l'élection du 7 octobre ressemblera à un raz de marée en sa faveur.

La presse aux ordres de la République islamique française suit le mouvement, en dodelinant de sa tête creuse, d'un air entendu. Mieux encore, les microcéphales de la Télévision suisse romande reprennent quant à eux, et sans broncher, l'ensemble de l'argumentaire des démocrates californiens : ainsi voit-on un reportage – digne de la RDA – où d'affreux républicains, blancs, riches, américains, jouent au golf à quelques encablures d'une zone de transit où s'entasse la main-d'œuvre bon marché venue du Mexique et d'Amérique centrale, en toute illégalité et grâce au gouvernement démocrate de Gray Davis ! Message des néo-collabos helvétiques : Arnold n'est pas un immigré (ah bon ?) et il roule pour les fascisteuh-réactionnaireuh d'Orange County.

Une étude récente montrait pourtant que les démocrates ne parvenaient nullement à percer ni dans l'électorat féminin, ni même chez les immigrants hispaniques. Mais qui se soucie des véritables chiffres à la Télévision suisse romande ? Depuis 1940 on sait bien que cette nation de coffres-forts alpins est passée maître en lecture et écriture comptables. *Welcome to Zurich, Herr Doktor Sanchez !*

Il faudra veiller à ce qu'un jour les Helvètes entrent à l'ONU.

Le jour où tout le monde l'aura quittée.

Apparition quasi miraculeuse sur le plateau de *Tout le monde en parle* de Jean Sévillia.

Je venais juste de découvrir ses ouvrages, dont *Le Terrorisme intellectuel* et celui qui vient de paraître, *Historiquement correct*. Je commençais à me douter que ce monsieur allait subir le sort peu enviable de Taguieff, excommunié de toute l'Église parisienne, médiocratique et de gôche pour avoir osé correspondre avec Alain de Benoist.

En France, vous pouvez envoyer des lettres d'amour et de dévotion au pire dictateur ou « démocrate » de la planète, un Fidel Castro, un Arafat, un Chirak, un Kim Jong-il, mais il vous est interdit de correspondre avec un écrivain soupçonné d'appartenir de près ou de loin à l'« extrême droite », *substantif adjectivé-commode*[1], à la fois range-tout et goulag à géométrie variable, servant à la gôche d'armoire de classement pour les tchékistes de la presse aux ordres. En ce moment, l'*extrême droite* rassemble en gros tous ceux qui ne sont pas d'accord

---

1. Il y a bien des « mots-valises ».

494

avec la politique de suceurs de bites du gouvernement de la République islamique française.

Face à ce bretteur de la Vérité, Ardisson parvient à ce tour de force, typique de ma sinistre époque, de le qualifier de « révisionniste » ! Explication pour les racistes anti-Blancs qui regardent son émission : Sévillia est ainsi assimilé en gros aux « négationnistes » du site pro-arabe AAARgh, qui vous aiment tant.

Cette émission, comme tous les instruments de propagande, est complètement MONTÉE, c'est le cas de le dire. Car bien montée en effet, comme par un régiment de hussards. On ne voit guère Sévillia et en tout cas on n'entend aucune de ses réponses, sinon quelques locutions entrecoupées de vannes de Baffie et de « questions » inconsistantes, dont le but semble précisément d'empêcher toute réponse. Quant à Gérard Darmon, costumé en marron-beige de la tête aux pieds et se la jouant dragueur de plage professionnel en visite dans une boîte de nuit dont il connaît super-bien le patron *tu-ouas*, il semble très gêné de sa soudaine proximité avec l'auteur. On le voit tripoter nerveusement une sorte de dossier de couleur rose et, à chaque tentative d'explication de Sévillia, il marmonne quelques borborygmes à peine distincts où l'on comprend à demi-grognements tout ce qu'il « pense » des cent cinquante historiens que cite l'auteur dans son ouvrage.

Pendant ce temps, face à une argumentation solide, étayée par des faits et non par les atterrantes conneries d'un Noam Chomsky ou d'un autre, Akhénaton regarde ses pieds. Pour un jeune premier sur le retour, cultivant le révisionnisme pop, tel Gérard Darmon, l'Histoire de France, la seule valable, c'est celle qui fait de nous une nation d'esclaves.

Dans la France du XXIᵉ siècle, le mot « cité » veut dire très exactement le contraire de tout ce qu'il signifiait à l'origine.

De la *Polis* hellénistique au clanisme néo-néolithique, on mesure tout le progrès accompli par la République.

Le seul avantage d'une « culture de gangster », c'est qu'elle conduit inévitablement à son autodestruction.

Mais comment pourrais-je, longtemps encore, supporter de voir mon pays d'origine défiguré par le crime, la lâcheté, la connerie et la crasse ? Par ce nazisme *mégacool* que la loi entend désormais me forcer à accepter sous peine d'outrage à je ne sais quelle « communauté » sortie tout droit de leurs chimériques mais non moins atterrantes « cultures » de vertébrés acéphales ?

Combien de temps encore, moi qui suis pourtant parti en exil, vais-je rester *calme* ? Combien de temps encore, moi qui ne suis plus tout à fait un Européen et pas encore un Américain, vais-je conserver mon sang-froid et ne pas appeler au *sacrifice d'animaux*, à mon tour, comme tant de groupes de rap made-in-France l'ont déjà fait, tout en crachant au passage sur cette « liberté d'expression » qui leur garantit de ne pas croupir en Bastille, ce qui serait, d'un point de vue strictement *catholique*, la moindre des choses ?

De cette question, somme toute assez anecdotique, en surgit une autre qui devrait faire réfléchir et peut-être s'agiter un poil nos consuls de la canicule et nos diplomates pétrolifères :

Combien de temps encore tous ceux qui sont comme moi, mais QUI SONT RESTÉS EN FRANCE vont-ils supporter tout ça ?

Oui, c'est vrai, j'ai été trop lâche pour assister au naufrage jusqu'au bout.

Comme un miroir transtemporel de notre histoire, l'ex-Yougoslavie ne cesse d'imploser, l'épuration ethnico-islamique conduite par les Albanais contre les Serbes du Kosovo s'amplifie chaque jour ; les métropolites orthodoxes appellent l'Europe et la France à l'aide. Seul le silence, lourd de tous les génocides passés, présents et à venir, leur répond.

Sainte Bosnie-Herzégovine, priez pour nous.

La Guerre des Mondes s'arrêtera avec les Mondes, lorsque nous serons tous morts, et que nous renaîtrons.

Comme toujours en Europe, la France indique la direction, et l'Allemagne l'emprunte jusqu'au bout.

Je ne sais ce qu'il adviendra de moi, ni ce qu'il adviendra de la France, ou plutôt je ne le sais que trop. J'écris donc ce livre dans le simple espoir qu'il traverse le feu des incendies à venir et qu'il se retrouve un jour entre les mains d'un homme, seul ou avec sa famille, d'un homme qui marchera sur les cendres.

I begin to wonder

Cet après-midi-là, j'avais roulé sur la Métropolitaine durant des heures. Le soleil de l'après-midi teintait joliment la ville d'une poudre orange, le ciel était très clair et des nuages virginaux aux contours déchiquetés venaient s'affronter au zénith. J'écoutais *I Begin to Wonder* en boucle depuis le départ.

J'avais passé Décarie et poursuivi en direction de Cavendish, où j'étais sorti prenant la direction de l'aéroport de Dorval. J'avais roulé sur la 720 jusqu'à la bretelle de l'aéroport, la voix de Dannii Minogue timbrait l'univers d'une bande-son comme venue d'un futur si proche que j'allais pouvoir le toucher de la main.

Les séquenceurs enroulaient leurs sarabandes automatiques en rafales pointillistes, percussions tonales de synthèse, autour de la boîte à rythme et des nappes de claviers qui renversaient les accords autour de leurs toniques et dominantes, en mode mineur.

Bande-son d'une mélancolie urbaine dont le pare-brise dévoilait le décor. Longue ligne de l'autoroute, béton gris et beige des zones d'activités technologiques, la lumière frappait d'or les vitres du Dodge et les panneaux de signalisation semblaient n'être là que pour moi seul. La 720 était déserte, j'aurais pu être le dernier homme en ce monde. Je n'avais fait que traverser l'aéroport mais j'y avais vu comme l'ultime interface qui me restait avec l'Europe, avec mes origines, dévastées. C'était une série de bâtiments anonymes et sans le moindre charme, Dorval faisait irrésistiblement penser à un aéroport de province.

J'avais repassé les péages dans l'autre sens, droit vers Montréal, un peu au-delà de la limite de vitesse permise, *cruise-control* coincé sur les 120 km/h, le CD de Dannii Minogue était indexé sur la plage 3, tout alors devint clair. J'étais en Amérique.

J'allais, inévitablement, appartenir à ce monde. J'allais certainement y mourir, je demanderais vraisemblablement à y être enterré. Avec un peu de chance, je parviendrais même à y (sur)vivre quelque temps encore.

Dans tous les cas il ne faisait aucun doute que c'est ici que se déploieraient les nervures de mes futures fictions, c'est en ce monde qu'elles chercheraient leurs sources inconnues, tout comme leur delta non moins caché. J'étais en Amérique. Je sentais tout ce que cela signifiait, comme soixante siècles transmutés en un seul point du temps et de l'espace, je sentais que cela me serait un jour difficile de narrer l'expérience.

Je roulais sur la Transcanadienne et ce mot me suffisait : où que j'aille désormais ce serait sur ce continent, sur ce vaste pays encore en devenir, et je perdrais mes neurones à tenter d'être à la mesure de la métamorphose.

Je fus surpris de constater que si ce sentiment avait déjà existé auparavant, il avait fallu cinq années pour qu'il s'incorpore totalement, en une stase synesthétique que seule la poésie, sûrement, est en mesure de restituer. Car la sensation était celle d'une vie vécue comme fiction et d'une centrale fictionnelle envisagée comme mode de vie. La sensation englobait l'univers et atomisait mon « moi ». C'était une structure phénoménologique absolue, aurait dit Abellio : tout se déployait en arcs lumineux, ma pensée était musique, la musique était lumière, la lumière était vivante, la vie était un monde secret, le secret était que le monde entier était une structure mentale.

L'électronique pop de Dannii Minogue, avec l'éclat stellaire des décadences, rythmait tout autant la vision de film zone noire mutante défilant dans le pare-brise, que les flots d'endorphines complexes qui modifiaient la chimie fonctionnelle de mon cerveau.

Americade.

La Transcanadienne traverse tout le continent, en suivant approximativement la frontière américaine. Elle était déjà ma voie d'entrée royale à l'intérieur du mythe. *Americade* : sous le grand ciel de l'Ouest, je ne suis qu'un homme perdu, pourtant je suis libre. Sous les étoiles qui tombent sur nous à grande vitesse, je me dirige vers les anciennes stations radars du Norad. Le Dodge roule sans la moindre vibration, croiseur de luxe des nuits américaines et des autoroutes Interstate. Dannii Minogue est une compagne parfaite dans le jour qui s'estompe et le bleu-vert profond qui annonce la venue de la nuit.

Je suis en Amérique, pourtant je ne suis plus vraiment de ce monde, au cas où je l'ai jamais été. L'Amérique sera toujours plus proche de mon *outremonde* que ce que la République franchouille et l'Europe des Commissaires seront jamais en mesure de m'offrir.

S'il arrive qu'un jour, peu probable, en tout cas lointain, ces textes soient rendus accessibles au public américain anglophone, il devra se pénétrer de l'idée que j'avais en moi tout le génie d'une civilisation qui a préféré mourir plutôt que d'affronter son horizon destinal, mais aussi que je porte tout le poids de ses futurs manqués. Je suis un Français qu'on a détruit, un

Européen qu'on a avorté, je suis à tous égards un RÉFUGIÉ POLITIQUE.

Je suis un Américain.

Provisional end of data, le 1er octobre 2003, 6 h 55, Rising Sun.

Les corrections avant l'épreuve

« Artiste, ne t'occupe pas d'être moderne.
C'est l'unique chose que, malheureusement, quoi que tu fasses, tu ne pourras
éviter d'être. »

Salvador DALÍ.

Comment ne pas regretter cette époque où un artiste
comme Dalí pouvait sans le moindre complexe, à la
mort d'un autre « grand peintre » consacré de son temps,
écrire : « *Quelque chose s'achève avec la mort de ce
peintre d'algues tout juste bon à favoriser la digestion
bourgeoise – je veux dire Matisse, peintre de la révolution de 1789.* »

Et dès 1956, à propos de l'auteur des *Yeux d'Elsa* :
« *Tant et tant d'arrivisme pour arriver si peu !* »

Ainsi que, décoché sans doute à un Calder dont la
renommée commençait : « *Le moins que l'on puisse
demander à une sculpture, c'est qu'elle ne bouge pas.* »

Ce n'est certes pas parce qu'il était réactionnaire que
Dalí fut un génie, mais c'est parce qu'il était un somp-
tueux et monarchique génie qu'il fut réactionnaire.

Le surréalisme aura produit trois grands peintres :
Ernst, De Chirico et Dalí, sans doute le plus grand
du XXᵉ siècle. Auquel j'ajouterai Tanguy, un cran au-
dessous.

En termes de littérature : pratiquement rien, sinon Henri Michaux qu'on ne peut au demeurant ranger aussi facilement dans la boîte à malice de Breton.

Au même moment, Louis-Ferdinand Céline, véritable romancier *futuriste* français, commet en un livre plus de révolutions que tous les *Manifestes* et *Nadja* potentiellement productibles ; à lui seul il parvient à lancer un pont entre Rabelais et... William Burroughs !

Lire *Normance* et l'ensemble de la trilogie allemande comme je le fis l'hiver dernier, et comprendre la miraculeuse impossibilité de la France à produire un seul authentique écrivain futuriste, à l'exception de Céline qui, par sa prose de légiste dissecteur, va largement plus loin que les théories « littéraires » parfois tordues de Marinetti et ses comparses [1].

L'Italie, l'Europe slave, l'Espagne, l'Allemagne, la Belgique même ! pouvaient encore, après la Première Guerre mondiale, engendrer des plasticiens et des théoriciens de génie, susceptibles de produire un langage capable de décrypter l'époque, mais il revenait à la France d'engendrer le mouvement littéraire équivalent.

Cela fut rendu impossible, par la nature même de la « Chute » française qui conduirait au désastre de 1940. Le seul homme de cette race que la littérature française fut en mesure de produire vécut, bien sûr, la tragédie – la tragi-comédie plutôt – de cette nation, dans son existence même, dans son propre *corps* : de la Défaite à la Collaboration, de la Collaboration à la Déroute, de la Déroute à l'Exil, de l'Exil à la Prison, de la Prison à la « Liste noire », de la « Liste noire » au ressemelage

---

1. En invoquant une forme de « bruitisme » verbal, ils furent en quelque sorte les précurseurs du mouvement « actionniste » des années 60/70.

commémoratif, de la commémoration à l'oubli, de l'oubli à la mort, de la mort à la vie éternelle.

Retour au « réel », qui apparaît d'ailleurs de plus en plus « fictif » : le propriétaire d'un chien comparaîtra jeudi devant le tribunal d'instance de Berlin pour avoir appris à Adolf, son berger allemand, à faire le salut hitlérien en levant la patte droite. Roland T. devra répondre de « diffusion de signes d'organisations contraires à la Constitution » et encourt jusqu'à trois ans de prison ferme (AFP).

Tout commentaire de la dernière dépêche se révèle d'emblée un pâle euphémisme de Swift ou de Kafka. Entre la Gaule et la Germanie une compétition s'est ouverte, à qui régnera sur l'Empire de l'Absurdie.

Tout le monde a bien conscience en effet que rien n'est plus urgent que d'arrêter la vague meurtrière de chihuahuas fascistes voire de dobermans imitant Goebbels et qui menacent ainsi, entre un lever de patte avant devant un juge de la Cour de Berlin, et un de la patte arrière contre un réverbère déguisé en intermittent du spectacle, les fondements, c'est le cas de le dire, de notre prodigieuse démocratie européenne.

« Il faut se demander à qui profite le crime. Je dénonce tous les actes visant des lieux de culte. Mais je crois que le gouvernement israélien et ses services secrets ont intérêt à créer une certaine psychose, à faire croire qu'un climat antisémite s'est installé en France, pour mieux détourner les regards », José Bové, *Libération*, 3 avril 2002 [1].

En clair : le Mossad a payé des mercenaires saoudiens

---

1. Deux ans plus tard, cette assertion s'élève au plus haut degré du comique.

afin qu'ils détruisent le World Trade Center pour empêcher que les Français se rendent compte que, chaque jour, d'horribles nazis gaulois violent à un rythme rotatif des immigrées sans défense dans les parkings de la porte d'Auteuil.

Extraits des propos d'un éminent docteur musulman, Mohammed Ibn Guadi (islamologue à l'université de Strasbourg), dans un article publié par *Le Figaro* en date du 17 juin 2003 : « L'Islam a toujours été politique ! », envoyé par un ami qui m'a sélectionné les morceaux de choix :

Il ne peut y avoir de « musulmans laïques », il ne peut y avoir de réforme en Islam tout simplement parce que la venue de l'Islam est une réforme en elle-même. [...] Ce que semblent oublier ceux qui sont avides de dialogue islamo-chrétien, c'est que l'Islam confirme, certes, les révélations précédentes, mais que son objectif est de les corriger. [...]

La notion propre à la réforme chrétienne de séparation de l'Église et de l'État est totalement inconnue en Islam. Les institutions religieuses ne sont pas séparées des institutions. Le spirituel est indissociable du temporel.

L'Islam a toujours été politique. La seule forme d'organisation politique que connurent les musulmans fut l'État islamique.

Que l'on soit choqué ou non, le fait que des musulmans puissent déclarer que le Coran passe avant les lois de la République est parfaitement juste en Islam. Les efforts des musulmans qui souhaitent concilier Islam et laïcité sont vains.

Un musulman ne peut se trouver en terre non musulmane sans l'appréhender comme un territoire où les lois islamiques doivent prévaloir. C'est là tout le problème de la France.

Lorsque, le 3 novembre 2001, Ben Laden a déclaré à la chaîne al-Jezira : « Il est impossible d'oublier l'hostilité qui existe entre les infidèles et nous. C'est une question de religion et de credo », il avait malheureusement raison.

Je rappelle que ce monsieur n'est pas un obscur imam « intégriste » planqué dans on ne sait quelle mosquée clandestine, mais qu'il enseigne en toute officialité la théologie islamique à l'université de Strasbourg.

Un des travers communs aux protestants et aux musulmans, bien en deçà de leurs différences ontologiques, c'est qu'il me semble qu'ils croient plus au Livre qu'en Dieu. Ils refont la même erreur que celle des pharisiens, ils croient en la lettre et pas en l'esprit.

Sondage du *Monde* en date du 13 octobre :

À propos de la décision du lycée d'Aubervilliers d'exclure les deux adolescentes musulmanes qui refusent d'enlever leur voile, quelle est votre position ?

1) Il faut éviter de radicaliser les musulmans pratiquants en les rejetant hors de l'école publique vers des écoles confessionnelles.

2) Il faut interdire à l'école publique les signes d'appartenance religieuse, *quitte à provoquer un repli communautaire vers des écoles confessionnelles.*

3) Sans opinion.

Reprenons :

1. Si l'on ne soumet pas l'école de la « République » à la pression des islamistes, ces pauvres diables seront alors rejetés dans des *écoles confessionnelles.* Vu que leur but avoué (voir le témoignage précédent) est de transformer toute école française en école coranique, on peut, avec *Le Monde* et sous couvert d'un « sondage », laisser penser qu'après tout, autant se laisser *dhimmiser* tout de suite.

2. J'ai mis en italique le passage qui tue, et qui consiste tout simplement à empêcher que l'on réponde positivement à cette option, car on ne peut le faire que « quitte à devenir le complice objectif du repli identitaire, voire un salaud de raciste-nazi-réactionnaire », comme le sous-texte le HURLE très distinctement.

Le sondage était fait pour cela : les sanzopinions abonderont. Le nihilisme cool du *Monde* aura ainsi arnaqué quelques milliers de sondés, et les centaines de milliers de lecteurs de ce journal désormais dressés à penser comme il faut. C'est-à-dire à ne plus penser.

Pendant que les microbes parisiens s'amusent dans leurs madréporaires raclures de bains de pieds, qu'ils ingurgitent en proportion du volume de papier journal putrescible qu'ils sécrètent, le sort du monde est suspendu, à six mille kilomètres de là, à un unique fil, que la Cour suprême des États-Unis tranchera, ou ne tranchera pas.

Dans quelques semaines, nous saurons si toute l'Histoire de l'Amérique du Nord aura été balancée – par une simple décision de *juristes* – dans les poubelles de la pensée marxiste postmoderne, nous saurons en effet si le *pledge of allegiance* est « constitutionnel » ou pas. Nous saurons donc si vingt siècles de civilisation chrétienne pourront être rangés dans les garages de luxe de la post-histoire et si l'Amérique pourra continuer, ou non, d'être la forteresse du Monde libre face au totalitarisme islamique.

Lecture en parallèle de Wyndham Lewis (*Mémoires de feu et de cendre*), de Léon Daudet (*Souvenirs littéraires*) et du *Cahier de l'Herne* consacré à Dominique de Roux.

Je comprends fort bien ce qui va m'être reproché si j'ose insinuer que je ressens une forme aussi indéniable qu'irrésolue de proximité avec l'auteur d'*Immédiate-ment* ou de *L'Ouverture de la chasse*, pour ne citer que deux de ses œuvres qui lui furent le moins pardonnées. Je sais très bien aussi que j'aurais de plus le mauvais esprit de m'en soucier comme d'une manifestation d'étudiants-futurs-fonctionnaires.

Car je n'oublie pas que le crime le plus grand que l'on ait jamais reproché à de Roux fut d'avoir publié un journal de l'année 1968 où les « événements de mai » tinrent la place qui leur était due : environ deux lignes.

Je crois qu'il faut que je dise clairement ici ce qui m'a toujours différencié de ma « génération » d'andouilles trotskistes : durant la guerre du Viêt-Nam, aussi loin que je m'en souvienne, j'ai toujours été du côté américain. Cela me valut, dès le premier cycle, plusieurs cassages de gueule et menaces diverses par quelques vaillants défenseurs de la Cause-du-Peuple, dont Marc (dit « Max ») Cohen et ses boy-scouts cocos de service ; celui-ci dirigeait alors ses troupes dans mon bahut en bon tchékiste-en-chef des MJCF qu'il était et qu'ils étaient tous : cela eut comme conséquence rapide et majeure de porter mon intérêt vers les arts martiaux – judo, karaté –, juste assez pour que je puisse bientôt tranquillement déambuler au milieu des communistes haineux, avec ma croix du Blue Oyster Cult bien en évidence, sans qu'on lève la main sur moi. En effet, un petit léniniste morveux dont le nom m'échappe présentement avait voulu se la jouer Garde rouge alors que je venais juste de passer ma ceinture orange. Je me rappelle le mot que je lui avais lancé, en le faisant voler au bas du talus, après une bonne taloche sur l'arête du pif : *les Samouraï emmerdent la classe ouvrière, Ducon.* Cela avait une fois pour toutes calmé les ardeurs des apprentis justiciers du drapeau rouge.

L'ultra-gauche – Nabe, enfant de Hallier, ou bien Soral, rejeton de Miss Milošević et de Georges Marchais – est devenue la pensée lambda du Français moyen contemporain. La culture pop antisémite, anti-américaine, anti-européenne, antichrétienne se retrouve d'un bout à l'autre du « champ intellectuel » de cette nation décérébrée par un demi-siècle de nihilisme looké *fashion-rebel*. D'Anal-Plus à *Tout le monde en parle*, de *Marianne* à *L'Huma*, des *Inrocks* à L'Harmattan, de Le Pen à Bové, l'Union sacrée se retrouve un air de jeunesse avec un vieux clairon pourtant sans plus le moindre souffle : impérialisme yankee. « *Comme en 40* », ai-je dit ce printemps dans un article publié par *Cancer*. Juin 1940 : l'horizon indépassable de la République. Quoi que nous fassions pour sortir de notre coma post-historique, nous nous réveillerons toujours face à la réalité de notre mort.

L'autodérision moderne, le « règne des comiques », veille à ce que soient constamment maintenus deux objectifs sociaux, deux « contre-paradigmes » si l'on peut dire, de la phase d'expansion actuelle du nihilisme ; mais à l'analyse on constate très vite qu'il ne s'agit que d'*un seul et unique paradigme*, que le langage « général » de l'an 2000 a précisément pour tâche de diviser en préalable à sa corruption définitive.

Le paradigme est le suivant : la joie est ce qui maintient droit l'homme dans la tragédie ; la tragédie est ce qui maintient droit l'homme dans le rire. Par droiture, nous entendons l'attitude du dandy face à la mort et dans la vie.

Or, le « contre-paradigme » dédoublé de l'ère des comiques postmodernes est le suivant : le rire est ce qui évacue de l'homme tout sentiment du tragique, car la tragédie est ennuyeuse, et par conséquent la tragédie est ennuyeuse parce qu'elle se doit d'évacuer toute joie.

Il faut bien comprendre toute la force du performatif culturel-marchand : une telle phrase – dans un « Faux » qui est devenu « Monde » – a valeur de vérité concrète : vérifiable par chacun de nous en ouvrant son poste de radio ou de télévision. On ne rit plus que sur la forme du dérisoire, car toute vérité tragique nous fait peur au point que nous la refoulons dans l'ennui et, par conséquent, ceux qui se piquent de nous dévoiler les tragédies en viennent au sentimentalisme et à l'humanitaire.

La boucle est bouclée, l'homme de 2003 disparaît peu à peu comme le chat de Cheshire dans *Alice*, ne laissant qu'un sourire niais suspendu dans l'air électrisé des plateaux de télévision.

Les comiques ne sont donc pas seulement les machines-organiques-programmées-pour-faire-rire-le-bon-peuple, non, les comiques sont aussi tous ceux qui – dans cet univers meublé d'intellectuels pacifiés et peuplé de conapts Ikéa – participent de la dichotomie ainsi instituée, et instituée comme coupure ontologique radicale entre poésie et « vérité ».

Où ai-je lu quelque chose comme : « Il n'y a rien de plus terrible que le rire d'un homme devant son bourreau » ? Quand je pense à cette phrase, me revient le mot de Danton face à l'Exécuteur des basses œuvres de la Convention : « *Tu montreras ma tête au peuple, elle en vaut la peine !* » Son rire silencieux et sa trogne tonitruante, même après la mort, doivent encore hanter Robespierre.

Ce que je retiendrai des années 70, c'est le combat solitaire d'un écrivain aussi droit et magnifique que Dominique de Roux au côté de cet authentique « Bolivar africain » que fut Savimbi alors que, déjà, la gauche moralitaire organisait ses expéditions guérillero-touristiques qui en Bolivie, qui au Chili, qui en Chine pop, qui à Cuba, se préparant à bientôt soigner son psoriasis post-idéologique sous l'or républicain et le cristal des lustres de l'Élysée.

Au moment où tous, Hallier, Sollers, Debray, Jean-Passe, étaient confortablement installés, chacun selon son « style », ses talents respectifs et ses objectifs de carrière, dans les vastes allées taillées à la française du néo-pouvoir culturel, Dominique de Roux, lui, était mort et, dans le « silence assourdissant » qui lui est propre, comme tous les clichés du bourgeois, le *mutisme général* – dont l'insigne fonction est de sceller les plus hautes trahisons de la société et qui n'ose même pas vraiment se taire, préférant signer son crime de quelques citations ou hommages débités en maigrelettes saucisses devant la tombe toute fraîche recouverte – avait cloué le cercueil de l'écrivain des poinçons mêmes qui, de tous temps, ont rompu les os et la chair du Christ.

Ultime leçon de l'époque : Jonas Savimbi est mort lui aussi dans *le silence assourdissant* de l'année 2002, inconnu au bataillon des *freedom-fighters* africains, superbement dédaigné par notre monde peuplé d'Edwy Plenel et de Thierry Meyssan, enterré vivant par le nelson-mandélisme.

C'est par respect pour quelques morts (dont mon père) que j'ai préféré quitter la France, afin de mettre ma famille à l'abri ; c'est par l'amitié qui me lie à quelques vivants que je serai sans doute amené à y revenir.

J'entame la lecture du livre de Yannick Haenel : *Évoluer parmi les avalanches*. Dès les premières phrases je suis comme devant un « éblouissement et des bruits neufs ». Dès les premières pages la sensation d'une conspiration active de la Beauté et de la Liberté me transporte. Arrivé en son milieu, après la scène de la « signature » dans la bibliothèque carrée des éditions Gallimard, je tremble, tout simplement. Physiquement.

Atteint. Plein front. Je ne crois pas au hasard, je me répète, je sais. Ce livre devait absolument me rencontrer ce jour-là, il devait m'empêcher de sombrer dans la folie de l'esprit qui boucle sur lui-même – selon les règles du célèbre palindrome du latiniste Guy Debord : sans cesse occupé à consumer ce qui de lui brûle déjà depuis trop longtemps [1].

Il y a quelques jours encore, la colère foudroyante aurait pu faire parler en moi le tonnerre fuligineux des cendres toutes chaudes expulsées du volcan et roulant en nuées ardentes sur ses flancs, troupeau de bêtes boursouflées, pleines des gaz brûlants de l'enfer. Il y a quelques jours encore, le monstre que je porte et qui menace bien plus que moi-même aurait pu apparaître pour de bon à la surface, revêtir ma personne, mon masque et chercher à consumer la planète entière, s'il le fallait. J'étais à deux doigts de m'engager dans un très dangereux combat de l'ombre, plus loin évidemment que tout ce que je serais en mesure d'imaginer et en parfaite connaissance de cause. « Le Conseiller », comme le surnomme fort bravement Yannick Haenel, celui qui promet sans rien tenir sinon vous, « le Conseiller » – à moi aussi – depuis des semaines répétait : *saute*, tu veux connaître l'Abîme ? qui te retient de tenter vraiment l'expérience ?

Or, le livre de Haenel ne m'a nullement empêché de sauter, comme d'une fenêtre consumée par le kérosène

---

1. [Trad. latine du palindrome.] *In girum imus nocte et consumimur igni.*

512

en fusion, du centième étage d'une tour du World Trade Center. Mais il ne m'a pas non plus forcé à rester dans le cumulus gris des gravats en poudre rongeant les poumons alors que tout s'effondre en un chaos de métal, de feu et de ténèbres vers la disparition totale.

Ce que le livre de Haenel est en train de faire, très délicatement, avec l'élégance des vrais complots, des Frondes, des dandysmes, c'est de m'apprendre à danser sur l'abîme.

Ce que ce livre est en train de faire, c'est d'oser délivrer une méthode *non didactique* permettant de faire vivre la littérature en soi, comme un grand jeu avec le Néant, le Multiple et l'Infini, comme le trente-septième stratagème, comme si, vraiment, rien d'autre ne pouvait avoir d'importance en effet que se réapproprier la vie par-delà le « vivant », se réapproprier la narration par-delà le langage, et le langage dans le cœur sacré de la narration, jusqu'au « feu qui brûle en tout être », jusqu'à ce que la poésie prenne corps en vous-même, jusqu'à ce que la bibliothèque devienne une véritable arme télépathique au service de la plus pure des libertés, une ontologie de l'amour (sur)vivant, bien au-delà de l'ordonnancement glacial des rayonnages, logée dans des tas de cartons abandonnés près du Trocadéro, ou je ne sais où, des « boîtes », des « boîtes noires » que l'on ouvre dans le clair-obscur lunaire, dans une chambre donnant sur nulle part, sinon sur ce que la littérature est en train d'opérer en vous, sur cette alchimie ontologique qui du coup transforme la totalité du monde.

La « méthode » de Yannick Haenel ressemble à celle de quelques autres qui essaient, chacun selon son *corpus scripti*, de ne pas seulement *vivre de la littérature*, attitude qui peut se révéler méprisable, analogue au proxénétisme, si elle n'est pas en effet complétée par son principe contraire : faire vivre la littérature de soi-même.

Faire vivre la littérature de sa propre vie. Et donc envisager sereinement la part de sacrifice, ce surpassement de la Mort, nécessaire à ce que cette disponibilité totale de vous-même au service de quelque chose de plus grand soit authentiquement opérant.

Ainsi la « bibliothèque » devient-elle plus qu'une simple armature référentielle : elle permet aux livres déjà lus, ou en cours de lecture, de s'ouvrir, à partir d'une simple phrase le plus souvent, vers un espace littéraire en friches et propre à l'auteur, au-delà des frontières de l'espace et du temps, de la vie et de la mort, de la frontière même du « je » et de l'« autre ». Ainsi, dans un des moments de pure jouissance extatique qui rythment l'écriture de son récit, Haenel décrit comment il ne sait plus, parfois, à qui appartient au bout du compte telle ou telle phrase : est-ce à Bataille ou à lui-même ? La question qui du coup me taraude est : et si la voix de Bataille trouvait ici une *reprise* dans celle de Haenel ?

Yannick Haenel parvient à ce coup de maître en toute humilité, ce qui le distinguera à jamais comme un très grand auteur de la littérature française.

Il est peu probable qu'on donne un jour son nom à un collège ou à une ruelle quelconque.

Alors que je viens de finir son ouvrage, je me prépare à lui envoyer une lettre. Une lettre de créance. Où je suis le débiteur.

Je ne sais encore comment cette lettre va prendre forme. Cela m'a tenu éveillé toute la nuit dernière, sans que je puisse rien écrire. Mais une des premières conséquences de sa lecture fut de me précipiter dès mon réveil, tel un missile, chez un disquaire d'occasion que je connais bien, et d'y chercher au rayon « classique » dans les œuvres de Penderecki, puis d'y dénicher, fébrile, deux exemplaires différents de la même œuvre :

le *Thrène pour les victimes d'Hiroshima*. J'hésite, les deux copies en main. J'opte finalement pour la version du London Symphonic Orchestra, dirigé par le compositeur en personne.

C'est ainsi que je découvre cette terrible et lumineuse musique dont Haenel a su réverbérer toute la puissance, faite de tragique humilité, en quelques phrases musicalement accordées sur la rythmique propre de l'œuvre, celle du cataclysme nucléaire, alors juste que je viens de refermer son livre, à l'étage, et que désormais des anges modelés dans le brasier de la matière fissile accompagnent les notes que je frappe, la nuit, sur ce clavier.

Un « être vivant », c'est un organisme prédestiné à la mort.

De toute Éternité, Dieu a réservé un sort spécial aux enfants morts. Je crois que parmi eux il réservait un sort singulier aux petites victimes d'Auschwitz (et des autres camps de la mort) comme pour celles d'Hiroshima (et de Nagasaki).

Son Jugement, on le voit, s'origine bien d'un « Lieu » qui n'est pas tout à fait bornable par nos propres jugements moraux en termes de Bien et de Mal, quoique, bien sûr, d'un seul éclair, double, il les englobe et trace les divisions fondamentales de la Loi.

Ainsi, ce qui fut mon ancien monde, ce qui fut la France, sombre-t-il dans la nuit la plus noire, *Titanic* du début du XXIe siècle dont le naufrage annonce celui du siècle tout entier, avec l'exactitude des suicidés. Sur ce paquebot en route vers les abyssales béances de l'histoire, tout est inverti, tout est mélangé, le plus beau et le plus terrible des chaos règne de la proue à la poupe qui déjà se relève vers le ciel calme des fins du monde.

C'est le capitaine lui-même qui, armé d'une hache et aidé de son équipage fort émoustillé à l'idée de participer à son entreprise systématique de démolition, défonce allégrement les cloisons étanches une à une, ouvrant le passage aux flots qui se ruent en une furieuse gerbe glauque vers le prochain obstacle, en direction duquel, trempé des pieds à la casquette, le Seul-Maître-à-bord-de-la-République se précipite en clamant des discours sur l'indépendance nationale, la domination des juifs par procuration ou l'impérialisme américain, tandis que l'orchestre les accompagne au son d'une chanson de Carla Bruni ou de Benjamin Biolay, les passagers du navire, quant à eux, hypnotisés par une loge de mages-écrivains-journalistes, reprennent en chœur dans un bel unisson, debout sur le pont ou accrochés au bastingage, et alors que les chaloupes brûlent en joyeux feux de camp menacés par l'eau de mer qui submerge peu à peu les coursives, de longs et sentencieux paragraphes d'Ignacio Ramonet et de Noam Chomsky accusant nommément les icebergs d'être responsables de l'oppression des peuples, payés qu'ils sont par l'Opus Dei et la CIA.

Dépêche Associated Press envoyée ce matin par un ami :

Le Premier ministre malaysien Mahathir Mohamad a remercié le président français Jacques Chirac pour avoir bloqué une déclaration de l'Union européenne condamnant ses propos tenus la semaine dernière, selon lesquels « les juifs dirigent le monde par procuration », ont annoncé dimanche des médias malaysiens.

Jacques Chirac, soutenu par le Premier ministre grec Costas Simitis, a empêché l'UE de terminer son sommet vendredi par une déclaration condamnant vivement le discours de

Mahathir Mohamad, qui suggérait également que les juifs « font en sorte que d'autres se battent et meurent pour eux ».

Un diplomate français a affirmé que si M. Chirac désapprouvait les propos de Mahathir, il estimait qu'une déclaration de l'UE sur ce sujet « n'aurait pas été appropriée ».

Selon des journaux malaysiens, Mahathir avait exprimé sa gratitude à M. Chirac pour sa « compréhension » concernant son discours prononcé jeudi à l'ouverture du sommet de l'Organisation de la Conférence islamique (OCI) à Putrajaya (Malaisie).

L'antisémitisme d'État a toujours plus de chance avec des hommes dc gauche qu'avec des hommes de droite. Drumont était un anarcho-socialiste révolutionnaire devenu vaguement « conservateur-populiste », tout comme Hitler et quelques autres. Pétain n'aura au final tenu que quatre ans. Franco resta neutre, ne fit rien contre « ses » juifs, et défendit l'OTAN et Israël dès leur fondation.

Le chirakisme, digne successeur du mitterrandisme, est quant à lui, par cette ascendance, depuis au moins vingt ans l'idéologie national-socialiste de la République, jusqu'à l'heure de son implosion, très proche.

L'après-coup n'a pas tardé à se faire sentir : dès le journal télévisé du midi j'apprends que la presse israélienne se déchaîne joyeusement, publiant quelques portraits savamment sélectionnés de la Grande Chiraque et de ses « conseillers », et commençant du même coup à jeter quelques lumières sur le traitement de l'information au pays d'Anal + et de Jean-Marie Colombani pour un public juif qui n'a pas oublié la leçon de courage général que donna au monde entier la nation face au nazisme et au communisme.

La France a « isolé » les États-Unis comme nous avions « encerclé » les Anglais en Amérique du Nord.

Nos exploits se succèdent et fascinent toujours plus l'âme des peuples (le 19 octobre 2003).

Paris : ce bubon métastatique s'est désormais capillarisé dans tout l'organisme. Il n'y a plus de province. Il n'y a plus de capitale. Il n'y a plus de villes. Il n'y a plus de campagnes. Il n'y a plus rien qu'un vaste « territoire », géré par les technocrates du Plan, un territoire qui s'*a-planit* dans la grande banlieue régionale-européenne. La République française vient de réaliser son vieux rêve jacobin : le territoire national est enfin unifié.

Unifié dans l'*indifférenciation générale*.

Et pendant ce temps Yang Liwei, le premier « taïkonaute », le premier cosmonaute chinois, a tranquillement accompli sa mission historique sur un lanceur chinois, dans une capsule habitée de conception chinoise, prélude à la conquête spatiale chinoise et ses futures stations orbitales chinoises.

Les « Européens » sont dotés, paraît-il, d'un magnifique « lanceur » qui « domine le marché » mais qui n'a toujours rien à lancer, sinon des boîtes à « télécommuniquer », à l'exception, peut-être, un jour, de Soyouz russes d'occasion.

Quant aux États-Unis, piégés qu'ils sont par cette administration étatique obsolète que devient la Nasa et son programme monopolistique *via* navette, dont les exemplaires explosent régulièrement, ils sont tout juste en train de s'extirper du grand sommeil clintonien. Bush avait promis, lors de sa campagne en 2000, le *downsizing* de cette tentaculaire bureaucratie qui n'a rien produit de vraiment innovant depuis vingt-cinq ans, mais les événements politiques l'ont, je crois, empêché de s'occuper sérieusement du problème : seule une totale

518

privatisation de la course à l'espace permettra à l'Amérique de prendre pied sur la Nouvelle Frontière. Les missions civiles aux civils, les opérations militaires aux militaires. L'État fédéral en coordonnateur, pas en fournisseur *et* client.

Ce ne sont plus des touristes milliardaires sud-africains ou serbo-croates, des pop-stars new-yorkaises ou d'Hollywood, que nous voudrions voir partir en orbite mais d'authentiques entreprises privées et des groupes de citoyens motivés par l'animation d'une nouvelle *destinée manifeste*.

Pour mieux comprendre tous les enjeux soulevés par le monopole aberrant que la Nasa continue de vouloir imposer sur l'entrepreneuriat du futur, consultez l'excellent blog : http://www.spaceprojects.com et son site-miroir : http://NASAWatch.INFO/

Peu à peu, voici que je me détache, qu'en moi pour de bon la France s'estompe, comme un mauvais souvenir et un avenir bien plus terrible encore. Ce *Théâtre des Opérations* me conduit aux portes de la double conversion : il y a deux jours, j'entamais la première étape du catéchuménat. Il y a deux semaines nous avons envoyé nos demandes officielles de naturalisation canadienne.

La Boîte noire américaine livre peu à peu ses secrets : quelle étrange destinée que de venir ici pour y rencontrer le Christ ! À l'inverse même des préceptes attendus, y compris par moi-même, une *rétrotranscription générale* a commencé le jour même où j'ai posé le pied sur ce continent. Au-delà de toutes les dialectiques de l'époque, la domination de la Technique ouvrait secrètement sur son dépassement poétique, inclus dans la terrible géologie des paysages naturels et des mégapoles. De Babel à Las Vegas, une continuité historiale est activée. Cela signifie aussi que la Nouvelle Jérusalem se situe déjà sur un point de haute énergie divine, dans un endroit inconnu des hommes, disons de la plupart de ceux qui pourtant vivent ici. Mais qui donc savait que ce point particulier du désert à l'ouest du Jourdain était l'*Axis Mundi* avant que Melchisédech ne le montre à Abraham pour en faire la Cité de Dieu ?

Personne, je crois, n'a vraiment pris conscience que c'est ici, en Amérique, que le Verbe s'est électrifié. Et personne, encore moins si cela est possible, n'a vraiment essayé de saisir ce que cela signifiait. De Franklin à Edison, en passant par Morse ou Bell, il y a – durant tout le XIXᵉ siècle – un méta-événement qui structure pratiquement tous les autres. Ce méta-événement n'est pas une simple production manifeste de la Bourgeoisie industrielle nord-américaine, car on pourrait plutôt y déceler la présence du rapport inverse : la Bourgeoisie industrielle du Nouveau Monde est ainsi chargée, en dépit de ses tares (le Royaume d'Israël lui-même n'en était pas dépourvu), d'être l'instrument d'une étape essentielle de l'Opération de division infinie : le moment où le Verbe se « dédouble » dans l'Électricité, qui n'est elle-même que la face provisoire que prend notre rapport avec les PHÉNOMÈNES qui émergent du méta-événement toujours renouvelé, toujours en état d'advenir.

Ce que l'Amérique a introduit, c'est une étape essentielle de l'opération ontologique de division infinie : le surpli du Verbe dans sa face « révélée », mais en retour le Verbe lui-même a disparu, complètement englobé dans le Monde de la « Révélation » continuelle des Choses à elles-mêmes.

Il y eut pourtant, et ce dès les origines, des poètes américains qui comprirent la nature de l'enjeu, des poètes qui, au seuil du XXᵉ siècle, se tinrent comme en contre-jour des « Lumières » non métonymiques du progrès électrique, sans pour autant tomber dans le naturalisme misérabiliste d'un Zola ou le discours néo-rousseauiste d'un Thoreau. Dos Passos, dans sa trilogie *USA*, est sans doute le premier à mesurer aussi largement l'étendue des dégâts causés par l'Expérience américaine, mais étrangement c'est aussi pour en faire surgir la beauté intrinsèque TRAGIQUE.

Quand les nations perdent le sens du tragique, telle la France, leurs sursauts de grandeur ont l'air de souffreteux vaudevilles démocratiques et leurs paysages, leurs peuples, leurs cités, leurs *histoires* finissent par se fondre dans la caricature d'eux-mêmes qui est leur horizon sépulcral.

L'Amérique semble souvent bien trop grande pour l'homme ; c'est la raison pour laquelle sa *middle-class* domestiquée s'est réfugiée dans ses « villes-fantômes » suburbaines vaguement peuplées d'humains, quoique l'on puisse en douter parfois, et qui font le bonheur des janissaires appointés de l'anticapitalisme scolaire.

Que l'homme soit encore bien souvent trop petit pour l'Amérique, ce n'est la faute ni de l'Amérique ni des Américains : tout homme est un « Américain » à partir du moment où il vit sur ce continent. Les Anglais ne s'en sont guère mieux tirés que les Français, les Espagnols, les Portugais, les Incas ou les Aztèques, mais je doute que les Prussiens, les Arabes ou les Japonais se fussent montrés plus talentueux. Car je ne doute pas que l'Amérique est plus qu'un simple « territoire », un « pays », une « nation ». C'est une Terre sacrée. En tant que Nouveau Monde elle recèle elle aussi son *Axis Mundi*, qui reste à déchiffrer, entre la lumière des déserts du Nevada et l'approche de Las Vegas, dôme de photons sauvages, par la Route 95.

Il y a un peu plus d'un siècle, il me semble, Charles Maurras avait, sans le savoir, donné une définition définitive de l'Amérique en synthétisant ainsi sa vision du modèle monarchique : la Monarchie, c'est l'Anarchie plus Un.

Ce régime propre à la Royauté c'est celui que l'on retrouve dans cette monarchie constitutionnelle libertarienne américaine, bien plus proche du génie chrétien des origines médiévales de l'Europe que notre République du Frankistan ou les dynasties pour *Point-de-vue-Images-du-Monde*.

L'Amérique est trop grande pour les Américains eux-mêmes.

Au bout d'un moment tous les grands peuples s'essoufflent, deviennent fatigués de leurs propres exploits, première phase du nihilisme désormais diagnostiquée et reconnue.

On mesure ainsi tout le fossé qui sépare les générations qui permirent, par leur travail colossal, à Neil Armstrong de poser le pied sur la Lune en 1969, de celles qui naquirent à cet instant même et pour lesquelles l'aventure serait de poser son skate-board sur une rampe d'escalier ou de vendre du cacao éthique en échange d'un voyage au Roudoudouland avec MSF.

La Russie, dont Poutine voudrait qu'elle rejoigne le niveau du Portugal d'aujourd'hui dans quinze ou vingt ans, ressemble à ce que fut le Grand Empire colonial fondé par Henri le Navigateur au XVe siècle, lorsque, aux alentours de 1850, après que le Brésil eut déclaré son indépendance, il devint un souvenir historique. L'implosion de l'ex-URSS aura malheureusement sanctifié les divisions administratives héritées du communisme. Ainsi la République d'Ukraine a-t-elle pu demander son indépendance, sans doute légitime, tout comme les pays baltes et les républiques musulmanes d'Asie centrale[1]. Mais la Biélorussie était-elle obligée de se séparer à son tour de la Russie fédérative ? On y parle russe depuis les origines mêmes de la Russie, on y mange russe c'est-à-dire mal, et on y boit autant de vodka qu'à Moscou ou Novossibirsk, et c'était une porte sur l'Europe slave, Pologne, Slovaquie.

La Russie est aujourd'hui profondément isolée, entre Europe et Asie, dans des limbes géostratégiques qui non seulement la menacent de disparition, mais par conséquent menacent l'Europe entière, laquelle, bien sûr, ne peut plus rien faire, sinon se laisser descendre allégrement sur la pente.

Personne ne cille lorsqu'on prononce les mots : Conférence des Pays *islamiques*.

J'entends déjà le tintamarre qui s'élèverait de toutes parts si quelqu'un osait, un jour, ouvrir une Conférence des Nations chrétiennes. Oh, cette agitation frénétique, ponctuée des glapissements d'artistes-en-colère de la gauche moralitaire mondiale, comme elle me donne envie de danser le rigodon des démocraties finissantes, oh, ce vacarme tonitruant des chiffonnières de la République, comme il résonne déjà doucement à mes oreilles.

Notez que je ne suis pas sûr qu'une foule de candidats se bousculera au portillon.

On peut tout être aujourd'hui en Occident, sauf un Occidental.

« *L'exploitation politique des cadavres est une tradition de la République* », Léon Daudet.

---

1. Il est à craindre qu'un jour la Fédération de Russie soit confinée à un territoire à l'ouest de l'Oural.

Ce que les Français détestent chez les Américains, ce ne sont pas leurs valeurs « modernes » avec lesquelles ils sont en parfaite « communion », mais leurs valeurs *antiques* ; les Français détestent les Américains pour ce qu'ils ont de commun avec le vieil héritage chrétien européen ; les Français détestent les Américains parce que les seconds renvoient l'image objectivée de la puissance que les premiers auraient voulu être, mais surtout de celle qu'ils ont été, et plus important encore parce qu'ils leur renvoient l'image objectivée de la part qu'ils détestent le plus d'eux-mêmes, la part qu'on leur a appris, en deux siècles de République jacobine proto-bolchevique, à détester : le passé monarchique, catholique, absolutiste, impérial de la France.

Qui se rappelle encore l'inénarrable connerie débitée en rémoulade par le souverainiste Seguin, au début des années 90 : « La France, tout de même, messieurs, ce n'est pas le Kansas ! »

Si cet homme savait lire l'anglais, il se rendrait compte que chacun des États unis d'Amérique a plus de réelle souveraineté, gravée dans sa propre Constitution, que les soi-disant « nations » de l'Europe de Bruxelles.

Que celles-ci en auront toujours moins. Et que ceux-là ne peuvent en avoir plus.

Je me souviens très bien du soir où, vers 1988, je pris la décision de ne surtout pas réussir dans la publicité. L'époque était somptueuse pour la corporation et les « créatifs » – comme on disait et comme on dit encore – étaient les rois des branleurs de la place.

Un soir de 1988 donc, alors que je travaillais en *freelance* pour une de ces « petites » agences très cotées et à l'excellente réputation, je me retrouvai à plancher sur une campagne pour une marque de chaussures ultra-luxe avec un concepteur-rédacteur « senior », comme on

524

disait et dit toujours, associé de l'agence et qu'on voyait assez rarement dans les lieux. Je ne sais plus comment cela a commencé, mais enfin une bouteille de whisky s'est retrouvée en jeu et le rythme de consommation de mon compère le pubard quadragénaire en matière de *single malt* était facilement le double du mien. Nous torchâmes plusieurs « premiers jets » pour le lendemain, en même temps que la bouteille, puis au moment d'éteindre les feux, alors que nous finissions nos verres, dans un silence comateux, j'eus droit à la confidence qui – très tranquillement – me glaça d'effroi.

Entre deux secousses nerveuses ponctuées de larmes, après que le dos se fut voûté par à-coups successifs, cet homme âgé de quarante ans environ à l'époque des faits me confia que sa vie était ratée. Complètement. Il gagnait près de cent mille francs par mois, sans compter les notes de frais et les divers avantages en nature, il possédait trois bagnoles, une Mercedes, une Porsche, une vieille Cadillac des années 50, un appartement dans le 6e arrondissement, une résidence sur la Côte, un studio à Courchevel et un bateau à Noirmoutier. Il buvait un litre de whisky par jour, travaillait de moins en moins – sauf pour les coups urgents comme le nôtre – et savait qu'*il n'écrirait jamais son roman*.

Il ne deviendrait jamais écrivain, c'était trop tard, sa volonté elle-même, comme usée par la meule des compromis, avait été émoussée ; pire encore, son talent, mis au service de marques de machines à laver ou de petites culottes, avait aussi été atteint, éteint, son imaginaire asséché : il ne parvenait pas à créer des histoires intéressantes, avec de vrais personnages. Il tournait en rond dans de la mauvaise autobiographie ou des trucs sans queue ni tête dont il ne se sortait pas.

On avait pourtant consacré un couple d'articles à son travail dans *Création*, deux ou trois ans auparavant ;

l'agence tournait bien, il y avait des jeunes (il m'avait regardé d'un œil vitreux), on aurait peut-être un prix prochainement, de nouveaux clients arrivaient, c'était l'âge d'or, il faut bien le dire. Mais sa vie était d'une consistance foireuse, elle ne valait rien. Son rêve de jeunesse avait été consumé pour une idole sans la moindre pitié.

Ce soir-là, rentrant vers ma banlieue par une nuit froide et pluvieuse, je pris la décision de ne surtout pas réussir dans la publicité. Cela me paraissait une condition *sine qua non* si je voulais conserver quelque chance de devenir, peut-être, un jour, écrivain.

J'étais naïf à l'époque, je n'avais pas encore trente ans, je n'avais pratiquement rien vécu d'important.

Lorsque je pris la décision, fin 1989, d'arrêter de collaborer avec les quelques agences parisiennes qui restaient dans mon carnet d'adresses, et de tomber un peu plus bas en œuvrant pour de minables sociétés de communication d'entreprise, sises à Vitry-sur-Seine ou Alfortville et se tapant les « queues de budget », je savais à peu près ce que je faisais mais je ne me doutais pas qu'il faudrait une guerre du Golfe pour naufrager des pans entiers de la profession. Le retour au télémarketing des années d'étudiant allait se montrer bien plus fructueux encore.

Mais je n'avais toujours que trente-deux ans, alors que je me remettais, après une adolescence scribouillarde, à écrire sur un tout nouvel ordinateur Macintosh qui me parut aussitôt bien plus qu'une machine à écrire améliorée puisqu'elle me désasservissait du clavier typographique et du style sec et direct qu'il OBLIGE. L'ordinateur me paraissait doué d'un pouvoir différent de celui de la machine à écrire. Il allait me permettre de concevoir un jour un roman comme hypertexte narratif. J'étais encore naïf. Plus tard, alors que je rédigeais le *Théâtre des Opérations* numéro 1, je l'étais presque tout autant. Je croyais alors que c'était ma sous-prolétarisation dans la machine des micro-serfs du télémarketing qui avait déclenché le contrecoup nécessaire à l'actualisation de l'écriture. Ce n'était pas complètement faux, mais cela l'était en partie, ce qui est pire.

Car c'est par ma rupture avec le monde de la littérature même que je puis avoir une chance d'écrire, que je puis conserver la liberté et le désir de ne m'en remettre qu'à une seule souveraineté, qui est celle du Verbe.

La France aurait pu s'éloigner de moi comme une île bienheureuse de l'enfance, arrachée à moi-même pour un rêve dangereux ; mais c'est l'inverse, à tous égards : j'ai l'impression d'abandonner une Atlantide que les eaux et le feu engloutissent, dans l'indifférence générale de ces résidents.

Plus je m'éloigne de la France, plus son éclat augmente.

Seul un Miracle, au sens strictement catholique du terme, pourrait encore sauver la France, et subséquemment comme toujours, l'Europe tout entière.

Qu'est-ce qu'un Miracle ? Au sens catholique du terme, qui plus est ? Un Miracle, c'est le moment où Dieu décide de « court-circuiter » le processus de division infinie par lequel son Être crée le Monde, il entre alors pleinement en relation IM-MÉDIATE avec Sa Création et donc Ses Créatures. Il NAÎT « spontanément » au cœur de leur conscience mais aussi dans leur corps, en chacune de leurs cellules, neurones, synapses, molécules, atomes, quarks... Il surplie la totalité du temps et de l'espace en un seul point de l'espace et du temps, ce qui était incompossible avec ce monde le devient, à l'intérieur de cette microscopique lucarne biface, ouvrant sur le Néant d'une part, sur l'Infinie puissance d'autre part.

En ce sens l'Incarnation du Christ peut être considérée comme le plus accompli de tous les Miracles. Le premier et le dernier. L'Alpha et l'Oméga.

Le génie est toujours pris pour de l'orgueil par les prétentieux.

J'attendais
Cette fille
Dans l'or trouble
Des matins chavirés
Sa langue en rubis
Rose gravée sur
Mes lèvres de chrome
Et l'azur froid
De l'aube ;
Les arcades noires
Du pont
Grillageaient le ciel
Dans l'attente
D'un train de banlieue ;
Sa ligne se découpa
Sur le vitrail gris
De l'air et fit jaillir
Une voix qui
Murmurait mon nom
La nuit d'avant.

Nous pouvons encore sauver la civilisation française : puisqu'il est désormais presque acquis que notre sort sera celui de la diaspora, en tout cas certain que le sort de nos dirigeants sera celui des anciens rois de la nation davidienne, et que mille ans au moins nous sépareront du retour dans notre Terre d'origine, si même cela revêt le moindre sens lorsque nous en serons à développer des colonies habitées dans le Système solaire, voire plus loin encore, puisqu'il se révèle tragiquement inévitable que la guerre explose un jour au cœur de ce pays qui aurait pu être l'épicentre fondateur de la civilisation européenne, nous pouvons sans doute, nous devons sûrement, sauver son héritage et le léguer à ceux qui seront en état de comprendre, au cours du siècle qui vient de s'annoncer comme le plus terrible d'entre tous, toute la beauté que notre culture recelait, je veux dire non seulement la beauté qu'elle sut rendre manifeste, en une quinzaine de siècles, mais la beauté surnaturelle qu'elle portait dans ses songes les plus secrets, et qu'elle a stupidement sacrifiée sur l'autel de l'Égalité et du Rationalisme.

Au cœur
De la nuit
J'entends le marteau
Lourd
Des derniers battements
Du monde.

L'Homme doit être « jugé » *avant* d'avoir le « droit » de parcourir les espaces intersidéraux, C'est ainsi. C'est une loi aussi « naturelle » que l'Évolution.

Dépêche AFP trouvée sur Netscape :

Dernières dépêches Monde
26 octobre 10 h 39
Un dirigeant musulman obtient le retrait du crucifix dans une école italienne.

La décision d'un tribunal italien d'ordonner le retrait des crucifix dans une école maternelle où est scolarisé le fils d'un dirigeant musulman provoquait dimanche la consternation dans la communauté catholique. « Nous attendons les motivations de cette décision et nous réagirons avec fermeté », a annoncé dimanche Mgr Rino Fisichella, un des adjoints du président de la Conférence épiscopale italienne, le cardinal Camillo Ruini, interrogé par le quotidien la *Repubblica*. [...]

L'affaire, comparée par la presse italienne à l'affaire du voile islamique en France, a été déclenchée par Adel Smith, 43 ans, dirigeant controversé de l'« Union des musulmans d'Italie ».

Elle porte les ferments de divisions entre catholiques et athées, et entre chrétiens et musulmans, estime dimanche la *Repubblica*.

Adel Smith a obtenu jeudi d'un tribunal de la province de l'Aquila (Abruzzes, 100 km de Rome) une décision ordonnant le retrait de tous les crucifix des murs de l'école maternelle de la localité d'Ofena où est scolarisé un de ses deux fils.

« La présence du symbole de la croix [...] manifeste la volonté sans équivoque de l'État, lorsqu'il s'agit de l'école publique, de placer la religion catholique au centre de l'univers, comme une vérité absolue, sans montrer le moindre respect pour le rôle joué par les autres expériences religieuses et sociales dans le développement de l'humanité », a écrit le tribunal dans les attendus de sa décision. [...]

L'argument a choqué l'Église italienne. « Avec des décisions de ce genre va se généraliser une forme d'intolérance vis-à-vis des symboles de la foi chrétienne », a mis en garde Mgr Fisichella. La décision du tribunal de l'Aquila pourrait en effet faire jurisprudence et elle remet en lumière les rapports entre l'État et l'Église en Italie, pays où cette séparation n'est pas tranchée et où la religion catholique est religion d'État.

Deux lois datant de 1924 et 1927 autorisent en effet en Italie la présence des symboles de la religion catholique dans les écoles et elles n'ont jamais été abrogées.

« On ne peut éliminer un symbole des valeurs religieuses

et culturelles d'un peuple seulement parce que cela peut molester quelqu'un », s'est insurgé le cardinal italien Ersilio Tonini, cité dimanche par le *Corriere della Sera*.

« Je tiens à rappeler qu'en Allemagne, lorsque la Cour fédérale a demandé le retrait des symboles chrétiens dans les lieux publics, toute la Bavière est descendue dans la rue », a pour sa part souligné Mgr Fisichella.

L'homme par qui le scandale arrive, Adel Smith, a une réputation sulfureuse et n'est pas très estimé par la communauté musulmane vivant en Italie. « La morphologie du crucifix n'est pas autre chose qu'un cadavre qui peut faire peur aux enfants », se plaît-il à répéter.

Né d'un père italien et d'une mère égyptienne, Adel Smith a grandi en Égypte. Ancien imprimeur, converti à l'islam en 1987, il a créé en mai 2001 l'« Union des musulmans d'Italie » et revendique 5 300 adhérents, des « convertis » pour la plupart. La communauté musulmane, qui compte au moins 800 000 fidèles en Italie, ne se reconnaît pas dans cet homme dénoncé comme un « provocateur isolé » par l'imam de la mosquée de Segrate à Milan, considéré comme la plus haute autorité pour les quelque 70 000 musulmans de la région.

Voir dans le Christ un « cadavre » ! Pauvre navet du coranisme. Tu ne sauras jamais le Mystère d'un Dieu vivant, né d'une mère humaine, mort sur la Croix et ressuscité dans Son Corps glorieux.

Tu ne sais pas ce que signifient les mots *Fils de l'Homme* et pourtant toi aussi, sans le savoir, tu en es un.

Quelle époque hideuse que celle qui s'annonce. Comprenez notre nostalgie du XXᵉ siècle !

Sur les écrans cathodiques du grand réseau anal-mondial s'animent des prédicateurs à la barbe crasseuse, échevelés, les yeux hagards perdus dans leurs déclamations gesticulatoires contre le reste du Globe. Les prosélytes du Coran sont désormais très clairs : « Le monde s'est divisé en deux, entre l'Islam, et le non-Islam [1]. »

Le seul problème, temporaire, c'est que le « non-Islam » n'existe pas. Il n'existe pas encore, mais c'est par le conflit avec l'Islam qu'il va advenir, comme futur de l'Humanité.

Les Adel Smith et les étrons en robes de juge des Abruzzes ignorent tout du caractère apocalyptique de la réaction en chaîne à leurs crimes, le jour venu. Ils ne devinent même pas que c'est tout le continent qu'ils sont en train de mettre à feu et à sang, d'un seul acte, qui préfigure dans toute sa stupide monstruosité celui qui, dans dix ou vingt ans, servira de déclencheur à la grande guerre civile franco-européenne.

« *Si quelqu'un, même nous ou un ange du ciel, vous annonçait un évangile différent de celui que nous avons annoncé, qu'il soit anathème* », saint Paul (Épître aux Galates, 1.8).

Dans le globe
Blanc
De la lumière
Photométrique
Les anges
Très pâles survolent
Les deux villes
Foudroyées
Par l'impact ;
Les milliers d'enfants
Morts dans le feu
De l'enfer des gaz
Fissiles

—————

1. *Dixit* l'imam de Finsbury Park.

Montent vers les cieux
Renversés où tournoie
La colère ;
Au sixième
Et au neuvième matin
D'août de la fin du Monde
Les roses happées
Par la tornade
Se consument
En poudre blonde
De pur Éther.

C'est quand on s'est sauvé soi-même qu'on se rend compte qu'on a perdu les autres.

Nouvel éclair de violence terroriste en Irak : désormais Al-Qaeda et les loyalistes saddamites frappent directement les civils et les officiels irakiens. Sans plus aucune distinction, pour autant qu'ils en faisaient une auparavant. Les Américains ont libéré ce pays de Saddam Hussein, mais ils n'ont pas libéré les Arabes de l'Islam.

« Je voudrais que vous vous souveniez qu'aucun pauvre type n'a jamais gagné une guerre en mourant pour son pays. S'il l'a gagnée, c'est en faisant mourir le pauvre type d'en face pour son pays », George S. Patton, 1944.

Les partisans wahhabites et saddamites auront donc causé plus de destructions et de morts dans la population civile irakienne que toute l'opération alliée depuis ce printemps.
Et que personne ne vienne me parler de *résistance*. La résistance nationale française a bon dos, depuis 1945,

pour justifier les cloportes guévaristes et les poseurs de bombes du dimanche : jamais un partisan français n'aurait fait exploser de voitures piégées dans le but de *terroriser* la population. Ce sont les nazis qui appliquèrent l'appellation de « terroristes » aux résistants, alors qu'ils étaient, eux, les serviteurs de l'État terroriste hitlérien.

Cinquante ans plus tard, c'est comme si la propagande nazie avait finalement subjugué doucement tous les esprits, sous le règne de l'inversion dialectique qui est la déesse de l'époque : *pour Hitler et ses séides tous les résistants étaient des terroristes, pour les islamistes et leurs complices tous les terroristes sont des résistants.*

Après avoir compris, en dépit de la censure chirakienne, que l'explosion de l'usine AZF, à Toulouse, était très probablement due à un acte de sabotage, toujours non revendiqué, après la série de black-out qui a affecté le nord-est des États-Unis et la province de l'Ontario, puis la Scandinavie du Sud et enfin l'Italie du Nord, je contemple les violents incendies qui font rage en Californie sur mon écran de télévision, titanesques murs de flammes que le réchauffement climatique et les vents venus du désert ne semblent pas, en plein mois d'octobre tout de même, en mesure d'expliquer. D'ailleurs les polices de San Diego et de Los Angeles ont d'ores et déjà identifié comme telle la nature *criminelle* des départs de feu.

Une des stratégies de l'islamisme radical agissant en sous-marin dans les nations « croisées » sera vraisemblablement d'user des failles de nos systèmes technologiques et sécuritaires, en essayant d'instiller une peur anonyme mais pas clairement identifiable, et de temps en temps, au cœur des mentalités déjà amoindries, de faire exploser une bombe, symbolique ou réelle, et dans la mesure du possible les deux, de forte magnitude, pouvant servir de porte-voix pour tous ceux qui, dans l'anonymat, font sauter des réserves industrielles de méthane, allument des incendies près des grands centres urbains, se préparent à faire dérailler des trains, à tuer des automobilistes sur les autoroutes, et qui déjà « protègent » leurs mosquées avec des milices de Pasdarans de banlieue qui – lorsque les gangsters sont soit convertis, soit en indisponibilité pénitentiaire provisoire – quadrillent les cités et font la loi dans les « quartiers ».

Désormais, là où la criminalité baissera en France, vous pourrez vous dire qu'une nouvelle zone du territoire national sera passée aux mains des Frères musulmans et des salafistes.

Dernières nouvelles du Frankistan, dimanche 2 novembre : « Une jeune femme de 20 ans a été victime de violences, vendredi après-midi, à proximité de la gare de Chelles. Son principal agresseur, un habitant de 35 ans, a été arrêté hier et sera déféré cet après-midi, avec un ado de 16 ans. Tous deux, d'origine algérienne, n'ont pas apprécié que la jeune fille, qu'ils connaissaient de vue, porte des boucles d'oreilles en forme de petites croix. Le plus âgé, après lui avoir touché la poitrine et traité de "putain" en arabe, a sorti un couteau pour lui lacérer une joue à sept reprises. » (*Le Parisien.*)

Il ne s'agit ABSOLUMENT PAS, on l'aura compris, d'un CRIME RACISTE commis par des étrons sur pattes, mais d'un acte modeste d'incivilité de « chances-pour-la-France », dû à une jeunesse malheureuse passée devant Canal + et à la discrimination dont ils souffraient à la cantine. Seuls, en effet, on le sait si on lit *Marianne, L'Humanité* ou les « rapports » du MRAP, des enculés de Gaulois nazis-chrétiens blancs sont capables de

535

commettre de tels actes de barbarie à l'encontre de jeunes femmes.

Le « fait divers » expédié en quelques lignes par *Le Parisien* n'a été repris par aucun des grands « quotidiens sérieux » qui font l'orgueil de notre presse nationale. Ni *Le Monde*, ni *Libé*, ni *Le Figaro* n'en ont parlé. Acte isolé, et sans la moindre signification, tout le monde en conviendra, surtout si l'on n'en dit strictement rien.

Dernier week-end pour ce *Théâtre des Opérations* : attentats en série dans le « triangle des saddamites » dès le premier jour du ramadan ; après la Croix-Rouge la semaine dernière, l'ONU le mois d'avant, les tueurs à gages d'Al-Qaeda assassinent désormais les civils irakiens sans compter. Au passage, un hélicoptère américain est abattu à l'ouest de Bagdad, tuant une vingtaine de soldats américains, et les piaillements de tarlouzes de la gaugauche démocrate américaine couvrent de leur vacarme de chiffonnières le fait désormais établi que les terroristes de la nébuleuse islamiste ont maintenant plus de morts irakiens sur la conscience que tout le corps expéditionnaire américain depuis le début des opérations. D'autre part, le juge Bruguière avertit officiellement les autorités de la République du Frankistan que des centaines de « jeunes » des « banlieues » sont en route vers l'Irak pour des camps de vacances modèle afghano-taliban. On est à deux doigts de se demander si ces « voyages » – qui forment la jeunesse comme chacun sait – sont subventionnés par le PCF, le PS, la LCR, le MRAP ou Unité radicale, entre deux vacances pédagogiques à Cuba et un séjour d'échanges culturels avec Pyongyang.

Tous les composants essentiels sont réunis : non seulement de jeunes « Français » vont se battre aux côtés des réseaux islamistes en Irak, au Cachemire, en Tchétchénie ou ailleurs, mais bientôt ces derniers se battront à leurs côtés sur le sol de France, lorsque la guerre civile aura éclaté.

Ainsi la guerre entre le gnosticisme islamique (ce super-nihilisme) et ce qui reste d'un Occident déchristianisé par deux siècles de fadaises démocratiques est-elle en train de changer de régime, nous allons sous peu atteindre la vitesse de croisière : la dislocation des nations laïques par l'infiltration coranique est leur seul horizon politique prédictible à court terme. De cette implosion résultera une Guerre de Religion « dispersée » sur quelques-uns des territoires stratégiques du Vieux Continent : France, Allemagne, Italie, Espagne, Belgique, peut-être le Royaume-Uni lui-même, sans parler des Balkans, sorte d'Etna historique toujours prêt à entrer en éruption.

Seule l'Amérique du Nord (peut-être), le Japon, l'Europe slave, la Russie, l'Amérique latine et l'Australie auront le temps et la volonté de renverser la tendance.

Je n'arrive pas à me faire à l'idée que ma civilisation, la civilisation française dont les plus lointaines fondations remontent aux grands-aïeux des Celtes eux-mêmes, les mystérieux constructeurs de ces mégalithes atlantes que jamais la Chrétienté ne brisa, au contraire, mais que la modernité abandonne aux vains archéologues universitaires et aux crevures de l'industrie culturo-touristique, non, je n'arrive pas vraiment à accepter que cette civilisation qui s'éteint livre aux idolâtres du désert ces mêmes mégalithes que vingt siècles de Christianisme avaient su préserver et assimiler à la culture européenne, je refuse que ces pierres dressées depuis six mille ans vers les cieux soient bientôt abattues, détruites, effacées du sol de la terre dont elles

537

furent les piliers durant soixante siècles, éradiquées comme les statues bouddhistes afghanes, immolées au nom de cette idole que les disciples de Mahomet ont faite du Dieu unique.

Vouloir être Dieu ! Aberration gnostique des origines qui revient hanter le dernier des derniers hommes, sous la couleur de l'Islam par exemple.

Vouloir être Dieu ?

Mais l'Homme EST Dieu.

Le seul problème, et il est en effet colossal, c'est qu'il ne sait pas ÊTRE.

On ne peut atteindre Dieu qu'en laissant sa propre volonté, toute sa volonté, dans la Sienne, toute. C'est-à-dire en faisant en sorte qu'Il vous atteigne. Mais il ne s'agit pas d'un *abandon* de souveraineté, comme l'Islam – *a'slama* – l'enseigne faussement : toute alliance, même entre un souverain et un vassal, nécessite, comme le savait Hobbes, une « convention », un *pacte* qui signifie l'obéissance de l'un envers l'autre et la protection de l'autre envers l'un, et qui, s'il est en effet écrit comme tel dans les Tables de la Loi, est transcrit continuellement par l'interaction voulue par Dieu entre le Divin et le Créé.

La foi est ce qui surpasse, en l'anéantissant vers un mode de combustion supérieur, *le principe de volonté de puissance.* Elle ne se contente pas de l'invertir, comme Nietzsche l'avait cru en prenant le protestantisme universitaire de son époque pour le feu pur du Christianisme antique, elle investit de tout le *sur-naturel* des puissances de l'Invisible ce que l'affirmation magistrale de l'*amor fati* pouvait rejeter faussement dans un monde d'abstractions « métaphysiques ».

Il n'existe rien de plus PHYSIQUE que la Foi. *Méta*physique si l'au-delà implique un régime de créationdestruction plus INTENSE, comme la vitesse au-delà d'un certain mur (du son, de la lumière), on devrait peut-être parler alors, pour la différencier de l'abstraction universitaire chichiteuse qui faisait tant horreur à Nietzsche, de SURPHYSIQUE.

La foi c'est ce moment où, alors que légèreté et gravité flottent gaiement la tête en bas, les pieds en haut, dans ce qui n'est plus ni haut ni bas, la « volonté de puissance » parvenue à un degré d'intensification particulière se voit dans l'obligation d'opter pour une alternative cruciale : boucler sur elle-même, *marchant en rond dans le feu qui la consume,* ou bien entrer en collision avec elle-même, oser, à partir des forces mêmes qui la constituent, briser son propre « mur ». C'est alors que se révèle un espace inconnu, lumineux et vide, quelque chose comme le dessin en creux des forces qui vous animaient, comme le secret terrible qui se cache au cœur de toute authentique liberté. Ici, le mot *anima* prend le sens d'un axe vide autour duquel tournoierait non pas le monde, mais vous-même, et vous êtes, alors que la Volonté de Puissance vous a libéré d'elle-même, dans l'état de désorbitation qui vous éloigne de ce que vous croyiez connaître, vers ce que vous ne savez même pas ne pas connaître, vous êtes alors – à chaque étage de vous-même, de la cellule de l'extrémité de votre orteil gauche au souvenir le plus frais – soudainement rempli d'un Amour si vaste et si pur qu'il se confond avec le Vide lumineux d'où vous savez qu'il provient.

Vous vous mettez à pleurer. Vous ne savez pas pourquoi, car en même temps une joie claire comme le cristal des cloches au matin d'une enfance vous fait trembler et rire. L'impression que quelque chose est descendu en vous, s'est incarné, même tout petitement, est analogue à l'effet d'une bombe thermonucléaire sur une cité peuplée de précautionneux préjugés.

Lorsqu'on VEUT DEVENIR DIEU on est forcé de passer un pacte avec Celui qui peut vous *promettre* ainsi l'immortalité.

Mais l'immortalité, ce n'est pas l'éternité. Car ce qui est immortel finira quand même par s'éteindre quand tout temps et tout espace finiront, et il ne pouvait *être* avant que temps et espace ne soient là.

L'Éternel est unique pour cette raison même : il EST *avant* l'Espace et le Temps, et il EST aussi, du même coup, *après*, ce qui au bout du compte revient strictement au même (nous ne sommes pas dans une géométrie plane, euclidienne).

En second lieu, et par conséquent, l'Éternel est double puisque par Sa Création Il s'est conçu aussi à l'intérieur des limites de la vie et de la mort.

Ce qui implique qu'en troisième lieu Il est trine : car à la fois présent dans toute chose et présent dans rien, sublime paradoxe de la divinité, Il est aussi ce qui, comme la Genèse le rappelle, « soufflait sur l'abîme » soit ce qui constamment induit une tension entre le rien et le tout, ce qui permet au Néant divin d'être bien autre chose qu'une simple absence neutre, et au dédoublement divin dans Sa création de dépasser, *dès le premier instant de la cosmogenèse,* le dualisme diviseur – indispensable au PROCESSUS néanmoins – grâce à ce qui anime ce rapport, soit l'Esprit-Saint, le Verbe, disait saint Jean, au-delà de toute dialectique, de toute réfraction idéologique de type *miroir*, spectacle, marchandise, de toute volonté de puissance « gnostique », mais au contraire dans la constitution active d'une Tri-Unité à la fois humaine et divine, qui subsume en sa Chair tous les paradoxes de Dieu, puisqu'il EST Dieu, et va jusqu'à s'offrir en holocauste pour sauver les misérables éclats perdus de la lumière divine que nous sommes.

Ainsi à l'heure où j'écris ces ultimes corrections avant

épreuves, sorte de post-face improvisée dans le tour-billon des sirènes de la blitzkrieg à venir, je me dis que tout est bien, que tout est merveilleusement à sa place, que l'Invisible trame en continu le dessin chaotique que nous avons sous les yeux, et que les cauchemars du jour veillent en fait sur les secrets orphiques de nos songes. Je me dis que la beauté est une flamme perdue et que la beauté réside précisément dans la perte qui semble consubstantielle à l'éclat même de la lumière. Je me dis alors qu'il est temps sans doute de dormir un peu, main-tenant que la Fin du Monde est là et qu'en quelque sorte, le pire, s'il est encore à venir, est d'ores et déjà advenu.

Provisional end of data (le 3 novembre 2003).

Les dernières minutes

Une semaine passée sans discontinuer sur le roman. Plusieurs titres en compétition désormais. Le *Théâtre des Opérations* s'estompe peu à peu dans la nouvelle nuit. La nuit des étoiles perdues.

11 novembre : *Remembrance Day* sur tout le continent nord-américain ; en France, bien sûr, on s'en contrecarre comme... de l'an 40, précisément.

20 novembre : lancement de la revue conservatrice et catholique *Égards*, à la librairie Olivieri, une des meilleures de la ville. S'y trouvent, entre autres talents méconnus, Jean Renaud et Claude-Marc Bourget, les plus grandes plumes vivantes au Québec, qui surclassent largement bien de nos écrivaillons « radicaux-nationaux » et dont la presse gaucho-révisionniste ne parle bien sûr jamais : on a mieux à faire au Québec que de s'occuper de ses génies, surtout s'ils ont le malheur d'être catholiques et antiprogressistes.

Vingt-quatre heures avant la soirée de lancement officielle, de petits nervis de l'Union des Forces Progressistes, latrine rassembleuse des crétins bilieux anti-anglais, anti-américains et antisémites, ont inondé la librairie de coups de téléphone injurieux et menaçants, puis ont obligé sous la pression à ce que l'on retire l'affiche de promotion d'*Égards* de la vitrine. Deux jours plus tôt, au Salon du livre de Montréal, les mêmes

542

salopes « sociales-démocrates » agressaient verbalement un de mes amis libraires parce qu'il proposait la revue sur ses étals. Pour un gaucho-révisionniste, la démocratie c'est le droit de puer de la bouche et de faire fermer celle des autres.

La prochaine fois, les enturbannés de service, surveillez bien que je ne suis pas dans les parages, sinistres michetons de l'islamisme cool : en France, en matière de politique, on joue bien plus dur que chez les bouffeurs de Poutine. Je vous donnerai avec la plus grande délectation une leçon gratis de dialectique, celle dont on se sert pour *casser des briques* – comme disaient les situs.

J'apprends par un ami que, dans son torchon de cuisine à carreaux bicolore mode Ramallah, *La Vérité*, Nabe s'en prend à tout ce qui bouge hors de la posture du *dhimmi* et s'attaque à moi en ces mots : « un de ces écrivains anticonformistes branchés qui fuient leur pays pour aller en Irlande ou au Canada, et jamais à Najaf ou Gaza ».

Ah, voulez-vous que je vous dise, cher collègue ? Le tourisme de guerre j'ai déjà donné : ex-Yougoslavie, 260 000 morts en quatre ans, des enfants allongés dans les morgues et des villages rasés, j'en ai vu mon compte. Et alors ? Vous savez certainement comme moi que ce n'est pas un exploit que de se la jouer Hemingway postmoderne dans un pays dévasté par l'Histoire.

Ou peut-être que vous ne le savez pas ?

Et puis que voulez-vous, n'ayant pas eu la chance de vivre dans un vaste appartement, situé dans un arrondissement huppé de la ville de Paris, Najaf et Gaza j'ai déjà connu. Vitry-sur-Seine, Ivry, Villejuif, Rungis, Juvisy, vous connaissez ? Merci bien.

L'Irlande est un très beau pays, que j'ai visité à quelques reprises, pas comme un de ces bidonvilles surpeuplés d'enfants ceinturés de C-4 et d'imams incultes prêchant la destruction de l'Humanité. Je me demande franchement ce que j'irais y faire... quoique... je vois bien poindre l'amorce d'une réponse à cette question, mais je crains qu'elle ne nous conduise un peu trop loin.

Il n'est pas donné à tout le monde de faire un peu de trekking humanitaire sous la conduite d'un guide agréé du parti Baas, je le reconnais. Quelle expérience passionnante, n'est-il pas vrai ? Mais je ne vous envie pas, j'ai connu l'équivalent dans ma jeunesse, lorsque je me rendais dans les Républiques populaires, à l'est du Mur, et je dois ajouter qu'il ne me viendrait pas à l'esprit d'aller vivre chez les abrutis islamistes de Gaza ou de Cisjordanie, pas plus que de *passer mes vacances* au Québec où j'ai établi un campement de RETRAITE devant l'islamisation de mon pays.

Comme dit Terminator, désormais gouverneur de la Ve puissance mondiale : *I Will Be Back.*

Je n'ai plus qu'à attendre, maintenant.

Attendre L'IMPLOSION terminale de ce monument de *vermines*.

Je m'en *régale* à l'avance.

C'est étrange, tout de même, ces « intellectuels » qui ont défendu le programme de nettoyage ethnique des Serbes communistes à l'encontre des musulmans de Bosnie (et des Croates catholiques, je le souligne encore une fois) : ce sont les mêmes qui soutiennent l'Irak de Saddam Hussein, et la nébuleuse islamiste palestinienne, libanaise, saoudite, algérienne...

Comprenez : ils ont troqué un nihilisme en débâcle pour un nihilisme bien plus vivace.

Pendant que les écrivains placés sur le chemin de la conversion par « Cat Stevens » (désormais Youssouf Islam, car en Islam tout doit être réécrit, comme sous le communisme, et spécialement la « vérité ») s'agitent vainement dans le bouillon de culture parisien, voici que je m'échappe de leur camp de concentration médiatico-culturel. Pour entrer dans l'Église catholique romaine.

Catholique : universelle, n'est-ce pas ?

Eh oui, car l'Armageddon est PLANÉTAIRE, n'est-ce pas ?

Nous sommes bien d'accord.

Provisional end of data, le 7 décembre 2003.

2004

LE BAPTÊME DU FEU

I hurt myself today
To see if I still feel
I focus on the pain
The only thing that's real
The needle tears a hold
The old familiar sting
Try to kill it all away
But I remember everything
(chorus) :
What have I become
My sweetest friend
Everyone I know goes away
In the end
And you could have it all
My empire of dirt
I will let you down
I will make you hurt...
(« Hurt »/Trent Reznor) ®Nine InchNails

Ainsi donc s'achève l'histoire des synchrotrons de minuit, des *space dogs* de l'interface entre tous les mondes, voici la fin du *Théâtre des Opérations*. J'entends déjà les soupirs de soulagement s'élever depuis la fosse aux rats.

Ils ne tiendront guère longtemps face à la sublime et terrible chanson de Trent Reznor, « Hurt », reprise avec la géniale simplicité des justes par Johnny Cash sur son ultime album, paru tout juste un an avant sa mort. Même les rats les plus bavards et les plus féconds en nuisances, les rats les plus engraissés de toutes les défécations de la société, les rats les plus grégaires, entassés sur eux-mêmes dans le grouillement indifférencié de leurs appendicules rectaux et de leurs museaux ayant trempé dans tous les bains de siège à leur portée, oui, même la plus hideuse de leurs apparitions s'évanouit, ici et maintenant, elle disparaît comme si elle n'avait jamais existé, comme si elle ne pouvait même pas exister, jamais, parce que la lumière est désormais *présente*, alors que la mélopée universellement celtique, c'est-à-dire en fait *the northern heart of the blues*, se répète inlassablement au cours de la dernière journuit de combat total, la dernière journuit du *Fight-Club* ontologique.

Nous voici entrés dans l'ère de la *contraction infinie du domaine de la lutte*.

Ce journal m'aura permis de survivre, résister et contre-attaquer, sur tous les fronts, depuis tous les points de l'espace et du temps où mon imaginaire, passé en phase *surcritique*, pouvait se déporter.

L'exil en tant que tel devenait ontologie expérimentale, mon émigration vers le Nouveau Monde entendait ainsi rester un processus ouvert, ou plutôt une modalité de l'être capable de recréer comme une émanation de ce Temps Troisième dont parlent saint Bonaventure et saint Thomas d'Aquin, cet *Aevum*, ce Temps des Anges, ce Temps ni divin/éternel ni humain/fini, ce Temps *créé mais infini*, fermé/ouvert, fermé à son origine, toujours reprise, mais ouvert à l'infini vers l'Éternel, qui toujours advient.

L'expérience en ce qui me concerne avait comme but principal de déraper, d'échouer en quelque sorte, ou plutôt de constamment diverger, de produire un accident, un *crash* ontologique, une catastrophe générale dont je serais le lab-oratoire.

À ce titre, l'expérience aura dépassé toutes mes attentes.

À l'analyse, il apparaît clairement que chacun de mes livres a été écrit contre les autres, voire contre lui-même.

Il existe un moyen très sûr pour empêcher les écrivains d'être lus. C'est de publier des tonnes de non-écrivains.

***

1ᵉʳ juin : j'apprends que Zapatero, premier homme d'État européen élu grâce à Al-Qaeda, va recevoir prochainement Bachar Assad, fils prodigue de son dictateur socialiste arabe de père. Les masques tombent à la vitesse des *stukas* sur Guernica. L'Eurabie se construit peu à peu, dans le néant bruxellois, dans la programmation du futur Sahara, *ce désert qui sans cesse croît...*

Au mois de janvier dernier, je commis l'imprudence d'envoyer deux e-mails, très critiques, à un groupuscule de méchants-fascistes-réactionnaires-d'extrême-droite, nommé Bloc Identitaire, pour leur dire tout le mal que je pensais de leur anti-américanisme et leur antisionisme gauchisants (mais aussi tout le bien – ouh-là-là – de leurs campagnes menées contre l'instrumentalisation politicienne des « sans-papiers » par Bertrand Delanoë et les écolo-gauchistes de la Mairie de Paris, qui cherchaient à les utiliser pour enfin parvenir à fermer cette horrible paroisse « intégriste » de Saint-Nicolas).

À l'époque il semblait encore normal que les églises soient dévastées au nom des Droits de l'Homme, alors même que 90 % des personnes impliquées dans ces « manifestations » se rendent tous les jours à la mosquée, sans rien demander à leur imam.

À l'époque, ni l'ayatollah de Vénissieux ni Tariq Ramadan n'avaient encore appelé ouvertement à l'application de la Char'ia sur le sol de la République des « Lumières », dont l'obscurantisme pédant aura programmé jusqu'à sa propre fin, sa dissolution terminale dans le nihilisme coranique.

À l'époque, les esprits étaient encore endormis par une année pleine de désinformation anti-atlantique comme jamais ce pays n'en avait connu auparavant, ce qui augure tristement de l'avenir, soit dit en passant.

Ayant, je ne sais trop pourquoi, accepté que mes e-mails circulent sur le forum du Bloc Identitaire, il ne fallut pas deux jours pour que les flicaillons stalinoïdes qui jouent aux vigiles de la démocratie sur Internet s'en emparent et les fassent parvenir à la presse aux ordres, *Libération* en tête, dont le rédacteur en chef rêve de jouer les gros bras au futur Syndicat des Écrivains Nationaux-Contemporains. Le Marcelle de service monta donc vaillamment au front.

Ce fut le signal, tous les chihuahuas du gauchisme franchouille voulurent se farcir la tête de ce « punk militariste » qui ne fait pas où Delanoë lui dit de faire. Les cohortes des agents d'ambiance culturels furent joyeusement lancées à ses trousses et leurs tambours-majors, tel l'inénarrable Arnaud Viviant, ce microscopique appendicule de la médiocrité générale, ou Aude Lancelin, capitaine des majorettes – section « littérature » – dans les troupes appointées par *Le Nouvel Observateur*, beuglaient cette fois l'objectif clairement assumé de *se le faire*, de le carboniser une fois pour toutes, cet empêcheur de noamchomskyser en rond.

Je ne sais franchement pas ce qui leur a pris. Par leur insondable stupidité de bovins post-révolutionnaires, ils ont provoqué une sorte de contre-réaction qui s'est propagée, par Internet, et s'est d'elle-même constituée comme plate-forme multipolaire de discussion entre des gens qui ne se connaissaient pas ou qui, jusqu'ici, n'osaient pas se connaître.

Le mouvement est remonté jusqu'au sein de la Maison Gallimard qui fut assaillie de fax ou de courriels de soutien venus d'un peu partout. Des rumeurs s'étaient mises à se propager... Certains amis, s'il leur est possible d'en avoir, des sous-officiers culturels dont je parlais plus haut, crurent en effet qu'enfin mon heure était arrivée et que j'allais devoir me retrouver au plus vite un emploi dans le télémarketing. En lisant leur prose coprolalique sur Internet, je fus pris d'un vertige : jusqu'à quel degré de petitesse le ressentiment des zétudiants-diants-diants peut-il donc se contracter, veinule bouchée par les lipides de l'instruction publique et obligatoire ?

Seigneur, me disais-je, mais sont-ils donc stupides ! Ils ne comprennent même pas qu'ils mettent ainsi à nu... leur insondable *bêtise* ?

3 juin : dans dix jours, élections européennes. Vu le résultat des Régionales en France, et vu l'abstentionnisme record annoncé dans tous les pays d'Europe concernés, je pressens comme une sorte de catastrophe politique.

5 juin : mort de Ronald Reagan. Reagan aura été le modèle préféré et en quelque sorte le prototype du « méchant fasciste américain », pour les caricaturistes du *Monde*, du *Canard enchaîné*, de *Charlie Hebdo* ou de *Libération*. Dès son intromission en tant que président des États-Unis, il fut dépeint comme une sorte de « cow-boy » à la fois stupide et dangereux. Les brillants géopoliticiens-journalistes de ce qui n'était déjà plus que le lointain écho du journal de Beuve-Méry – sans parler des dignes successeurs de Jean-Paul Sartre ! – tartinaient des colonnes entières sur l'incompétence et l'absence de culture de cet ancien acteur d'Hollywood (une moue dédaigneuse est de rigueur) qui ne pouvait certes pas égaler nos brillants énarques.

Reagan tint solidement l'arc de souveraineté atlantique, il ne se laissa pas impressionner par les moutons pacifistes décérébrés qui osaient, sans la moindre vergogne, hurler qu'il valait mieux être rouge que mort, crachant au passage sur les cent millions de victimes causés par cette infamie dénommée communisme. Il fit en sorte que la vieille citadelle pourrissante commence à être ébranlée sur ses bases, en la piégeant d'abord dans le bourbier afghan. Il soutint avec fermeté l'intervention de Thatcher contre les ganaches argentines qui voulaient se la jouer matamores dans l'Atlantique Sud. Il empêcha que la dictature marxiste sandiniste s'installe, avec la complicité de Castro, en plein milieu de l'Amérique centrale.

C'était très, très, très vilain. Surtout pour les néo-trotskystes qui écoutaient les Clash en se pâmant devant des icônes de Che Guevara.

À la fin de son deuxième mandat, l'URSS était condamnée, Gorbatchev assurait l'intérim, le mur de Berlin allait tomber l'année suivante. Les États-Unis avaient repris le leadership technoscientifique et économique face au Japon, alors que les « spécialistes » appointés par *Le Monde*, *Libé* ou *Newsweek* avaient un nombre incalculable de fois prédit la fin de la suprématie américaine.

Mais Reagan était un *idiot*. C'était, on le comprend aujourd'hui en accomplissant l'effort surhumain de s'attarder quelques instants sur les pétomaneries d'étudiants attardés qui fusent à l'encontre de Bush, un « salaud de Yankee » : quand on est un Américain et qu'on a l'arrogance (une seconde moue dédaigneuse est de rigueur) d'oser affirmer qu'on en est fier, on est un vulgaire « cow-boy ». Si vous n'avez pas suivi l'ENA, vous êtes dans l'incapacité de siéger à la Maison-Blanche. Si vous ne lisez pas le journal de MM. Colombani et Plenel, vous êtes un abruti réactionnaire.

On me fait part de la dernière campagne « anti-homophobie » des gestapettes d'Act Up. L'hystérie pédomaniaque comme horizon « sociétal » de la politique : cela pourrait presque faire peur.

Ici, au Canada, on vire des journalistes de la télé parce qu'ils osent ne pas penser comme n'importe quelle truffe libérale ou « souverainiste », c'est-à-dire qu'ils restent – ouh là là les méchants fascistes réactionnaires – opposés au « mariage gay ». Denise Bombardier vient de faire les frais de cette nouvelle avancée des droits humains : expulsée de Radio-Canada, sans le moindre commentaire.

La télévision d'État au Canada n'est pas un sujet de plaisanterie, c'est le retour du refoulé, le retour du « socialisme à visage humain ».

Paul Martin [1], équivalent canadien d'un mixage de Chirac et de François Hollande, ose clamer que la « majorité ne doit pas opprimer la minorité ». Au-delà du fait que, très bientôt, les minorités ne seront plus celles auxquelles on pense aujourd'hui, on comprend par ces mots qu'elles ont dorénavant tous les droits – sous la protection de notre célèbre « charte des droits et libertés » antipolitiques – pour persécuter la « majorité ».

La démocratie totalitaire est en marche.

6 juin 2004, soixantenaire du débarquement allié sur les plages de Normandie. Commémoration bidon des centaines de milliers d'Anglo-Saxons qui sont morts sur le sol de France en un peu moins d'un siècle, et des deux guerres mondiales causées par nos déficiences. Manifs de nazillons trotskistes contre la présence de Bush, en France et en Italie. On peut dire tout le mal qu'on veut de la génération de mes parents mais même le parti communiste des années 1950 ou 60 n'aurait songé à défigurer ainsi la commémoration de la Libération du sol européen. Il est devenu absolument impossible de croire un seul instant que la France et les abrutis qui la peuplent désormais – passons sous silence ceux qui la « gouvernent » – soient en mesure de prendre la réelle mesure de leur déchéance.

Pour l'ensemble de la néo-bourgeoisie médiatique ou

---

1. Premier ministre, successeur de Jean Chrétien, précédemment cité.

culturelle nationale c'est, *of course*, G.W. Bush qui serait responsable de la nouvelle division « manichéenne » du monde.

Comprenez bien : trois mille morts à New York – le *Lusitania* du XXIᵉ siècle et de sa guerre de Cent Ans – et les multitudes d'attentats perpétrés après, tout comme *avant* le 11 septembre 2001, n'apportent pas la moindre preuve, aux yeux des sinistres andouilles post-soixante-huitardes qui modèlent l'opinion au gré de leur fermentation, que le monde a changé et que leurs dualismes faisandés, devenus informe palette de grisaille nihiliste, viennent de fondre, en un seul instant, devant l'irruption de leur IRREPRÉSENTABLE, soit la dernière et la première de toutes les guerres, celle de l'Armageddon. Il faut donc au plus vite – tout expédient idéologico-foireux sera alors appelé à la rescousse – nous empêcher de succomber à ces « vieilleries datant du stalinisme ou du fascisme » (!), voire, pire encore, du Christianisme, et par lesquelles on essayait de délimiter, ô scandale des scandales, le Bien et le Mal, ou, à tout le moins, la survie ou la mort de la Civilisation.

Bien ? Mal ? Mort ? Survie ?

Civilisation ?

Manichéen, va ! Nous autres, bennes de récupération journalistique des déjections de la sous-pensée postmoderne, nous avons expérimenté, jusqu'à la Révo-Cul-dans-la-Chine-Pop, toutes ces « illusions » du XXᵉ siècle, vous n'allez pas nous faire avaler que votre prétendue Quatrième Guerre mondiale aurait pour de bon commencé sur l'anéantissement paradoxalement révélateur de nos anciens prodromes messianiques séculiers !

Le rire m'emporte lorsque Jean-François Kahn, sur le plateau de « Cultures et Dépendances », ose affirmer qu'il s'est battu « toute sa vie » *contre le politiquement correct* !

Ah, oui ? Comme Ignacio Ramonet et Noam Chomsky, *I presume*, en tapant depuis vingt-cinq ans contre l'impérialisme américano-sioniste !

Être « politiquement incorrect », en France, c'est « penser » comme Jean-François Kahn ou Michael Moore, c'est-à-dire 90 % de la population.

La remise de la palme d'or du Festival de Cannes à Big-Mike, le Mickey Mouse du Chomskyland international, représente à coup sûr la terminaison du nihilisme par lui-même. Je n'en fus ni surpris ni même révulsé, je suis bien au-delà du dégoût en ce qui concerne ma « patrie » soi-disant d'origine. J'en fus très objectivement... *ravi*. Oui, au sens plein du terme. Comme une douce et lumineuse épiphanie, rien ne pouvait plus me combler que cette signature enfin apposée par notre République des Zarzélettres sur la défiguration post mortem de l'Art. Même Guy Debord, même Jean-Luc Godard en 1968, n'auraient osé se livrer à cette homonculesque faute de goût que d'accepter la statuette des pingouins du cinoche en levant le poing pour conseiller, sur le ton de l'invective, aux diverses personnes présentes dans la salle de ne pas voter Bush (Nixon en ce temps-là) aux prochaines élections ! Moore « dénonce » l'impérialisme américain mais il en est son représentant culturel le plus « abouti », sous sa forme grotesque, osons dire *pravdesque*. En effet, soit ce pauvre résidu de la « pensée » contemporaine croit vraiment que la ville de Cannes fait partie d'un comté du Kansas ou du Wisconsin, soit sa manipulation médiatico-politique à distance, selon les règles de la téléréalité, se sera révélée d'elle-même, dans toute sa hideuse face bouffie de contentement de soi hypocritement contrit ! Le festival de Cannes 2004 ressemble donc en tous points à ce qu'aurait pu être son édition 1944 : on préfère primer une sordide production de PropagandaStaffel pour « adulescents », une œuvrette d'étudiant « post-marxiste » attardé, plutôt qu'un authentique cinéaste comme Wun Chang Kar.

Ce qu'il y a de bien avec ces « événements » média-tiques internationaux, c'est qu'ils sont écrits pour les siècles des siècles. On se souviendra longtemps de la France de la fin et de ses infamies.

Romano Prodi, président de la Commission euro-péenne (soit le président de l'Europe unie, ni élu ni man-daté) nomme Tariq Ramadan à la charge de conseiller pour les affaires inter-religieuses !

Les signes de la fin s'amoncellent.

Personne ne bronche.

Apothéose de l'hypocrisie franchouillarde, devenue seconde nature nationale, avec le numéro du *Nouvel Observateur* de cette semaine, qui vaut amplement son pesant de médailles du Mérite.

Matez-moi un peu ça : « La France du Jour J », en titraille sur une photo d'époque montrant une « femme de la rue » laissant exploser sa joie. Je comprends : c'est quand même plus présentable qu'un salaud de soldat yankee faisant exploser une grenade dans la gueule du paternel d'un futur écolo-boche. En titrant ainsi sur « la France du Jour J », c'est-à-dire sur... *là où ça ne se passait pas* (sauf pour les cent mille résistants), on permet gentiment que les imaginaires collectifs s'habi-tuent à l'idée que, le 6 juin 1944, les plages de Nor-mandie étaient recouvertes des corps ensanglantés de ménagères parisiennes ou de Lamotte-Beuvron.

Un éditocul comme seul une pauvre nunuche sociale-démocrate, anti-Bush, pro-Allende, pro-Delanoë, anti-Pape, peut en pondre à un rythme hebdomadaire soutenu, commence ainsi : « La France était occupée, *sa presse bâillonnée.* »

Ah, seigneur, mais quelle commémoration, ce soixan-tenaire ! Toute la gaugauche franchouille est contenue dans ces quelques mots. Objectif : faire oublier le révi-sionnisme général contemporain en concentrant l'atten-tion sur les fautes du passé, se présenter sans la moindre vergogne comme le vecteur de la liberté quand, depuis un an (je ne parle que de la guerre en Irak, la liste des trahisons remonte à la naissance de cet « organe de presse »), on est devenu la caisse de résonance des nihi-lismes de la Grande Chiraquie, le tambour-major des *dhimmis* du Frankistan.

On devine ici, par simple contact olfactif, la consis-tance chiasseuse de cette bouillie intellectuelle digne en effet de nos Gardiens de la République et de la Laïcité, cette infâme tambouille de nazillons rosâtres pour lesquels l'Amérique est tout juste bonne à venir sauver les meubles des démocraties zéropéennes, lorsque celles-ci se sont compromises au plus bas niveau de l'échelle de la prostitution politique, comme avec cette catin de Zapatero. Profitez bien de la commémoration, tas de cloportes gluants, car désormais plus personne n'est dupe *de notre côté occidental de l'Océan* : pour-quoi sacrifier des *hommes libres* pour le compte d'un peuple d'esclaves, voulez-vous bien me le dire ?

J'attends avec une impatience non feinte le jour où les bobos et bobettes de la néo-Collaboration devront affronter au quotidien les bandes de machos islamisés qui voudront appliquer la Char'ia sur le sol de France. Prêtes pour la *burkha*, les filles ?

La grandeur de la Fran-an-anceuh est désormais de l'ordre de l'infini, de l'incalculable, osons le dire : cette nation ne cesse de se surpasser et de stupéfier le monde par sa propension naturelle au génie politique.

Cet après-midi, 8 juin, heure locale, après dix-huit mois de jérémiades anti-américaines, la Grande Chiraquie se plie au nouveau règne de l'Imperium. 15 voix sur 15 lors du vote à l'ONU concernant la motion pour le transfert de souveraineté en Irak présentée par les États-Unis !

L'Amérique a perdu huit cents hommes dans les sables irakiens, mais elle a gagné la guerre.

Chirac et Hollande ont gagné les voix des Arabes et des pro-Arabes dans les banlieues françaises, mais ils ont perdu l'Histoire.

À l'émission « Cultures et Dépendances », j'assiste, émerveillé, à la prestation d'Alain Minc, cette sorte de Saint-Simon devenu actionnaire du *Monde*, qui comprend enfin que Karl Marx est LE théoricien ultime de la pensée libérale. Il fallait, après l'an 2000, que ce fût un Alain Minc qui ose enfin tomber le masque : démocratie bourgeoise et démocratie socialiste sont des cousines perverses qui ne cessent, depuis leurs origines, de jouer à touche-pipi et de se refiler leurs maladies endémiques.

Ce qu'il y a d'irrésistiblement comique avec ces spécialistes appointés du « politiquement incorrect », c'est que :

– Ils ne font plus de POLITIQUE au sens nietzschéen ou hobbesien, ils fournissent du pathos collectif, en rations économiques *discount*, pour tous les futurs Arnaud Viviant de leur corporation d'écrivains ratés.

– Ils sont incorrects comme n'importe quel potache qui pose un coussin à pets sur la chaise de son prof et qui bientôt prendra sa place dans la machine à décerveler. Ils sont « incorrects », mais ils demeurent parfaitement cons. Ils sont des *contremaîtres*, voire des professeurs dans l'âme. Il leur arrive même d'officier pour de bon dans des universités.

La République et la Grande Chiraque qui la préside doivent bien se pénétrer – comme on le fait, paraît-il, avec certains objets oblongs dans les parties les plus sensibles de notre anatomie – de l'idée que l'on enverra sûrement des jeunes gens de l'Ohio, de l'Illinois, du Kentucky, du Texas ou du Wyoming, voire du Sussex ou du Devonshire, mourir un peu partout dans le monde pour protéger la puissance de l'Empire nord-américain-atlantique, et les intérêts stratégiques occidentaux dont il a la charge *souveraine*, au cours du très long siècle qui vient de commencer.

Mais plus jamais, J, A, M, A, I, S, plus JAMAIS un soldat nord-américain ne se sacrifiera pour ce qui a déshonoré tant de fois et perpétue le déshonneur du mot *France*.

Quand vous appellerez à l'aide, nous irons au cinéma. Voir un film de Michael Moore.

Le ridicule anti-américanisme franchouille doit être interprété selon deux plans de lecture :

Le premier indique le profond complexe d'infériorité/supériorité dont souffre la République des guillotineurs jacobins (et bientôt des décapiteurs djihadistes) envers sa cousine américaine qui, elle, a réussi sa conquête universelle, ou presque.

Le second ne se comprend qu'à la lumière de ce qui s'est passé durant la Seconde Guerre mondiale : non seulement nous fûmes défaits en moins de six semaines par nos ennemis héréditaires teutons, mais nous avons été par la suite libérés en moins de six mois par nos antiques rivaux anglo-américains !

Il y a de quoi en effet l'avoir mauvaise pour les siècles des siècles. Je veux dire : envers nos libérateurs.

***

13 juin : 45 ans et quelques secondes. 72 kilos et quelques centigrammes. 1,77 mètre et quelques millimètres. Réfugié politique français.

Élections européennes. Déroute de *TOUS* les partis politiques par l'effet d'une abstention record à l'avance annoncée mais qui dépasse les prédictions des experts et mes attentes les plus profondes. En moyenne, 2 électeurs européens sur 3 ne se sont pas déplacés ! En France, le taux d'abstention dépasse les 60 %. En Pologne, membre tout neuf de la prétendue « Union », c'est à 80 % que le parti antibruxellois s'est « mobilisé » par l'inaction, et la deuxième formation du pays est ouvertement souverainiste, catholique, opposée à l'entrée de la Turquie dans l'Union. Même chiffre, voire pire (en Slovaquie), dans toutes les anciennes républiques populaires qui ne veulent pas plus des « commissaires » de l'Eurabie naissante que du retour de ceux de leur ancien régime communiste merdique. En Grande-Bretagne, irruption d'un parti nationaliste qui refuse la sujétion du Vieux Lion aux délires écoloboches de Nick Mamère et de Joshka Fischer. Champagne !

La beauté c'est ce qui en ce monde n'est pas de ce monde.

Le mal n'existe pas en tant qu'essence, disent les kabbalistes. Je crois qu'il faut le comprendre ainsi :
1) la mort n'est pas et pourtant elle existe.

2) Le mal c'est le moment où la mort ne termine pas la vie mais prend place au cœur de la vie.

3) La mort est une fiction qui fait croire à son existence en focalisant notre attention et nos peurs sur sa soi-disant existence « dernière », lorsque, disent certains, nous « mourons » c'est-à-dire que – selon leur vue de limaces – nous disparaissons dans le néant.

4) Or, cette « mort »-là n'existe pas sinon comme *interface* de néant, comme discontinuité ontologique absolue avec le Monde d'en Haut.

5) Elle doit donc nous faire croire que son « moment » est celui de notre « mort » biologique, car son véritable projet est autre, et ce projet c'est justement :

6) S'installer comme simulacre de la vie DANS LA VIE. Ce n'est pas à la fin de notre « vie » que la plupart du temps nous mourons. Parfois, nous sommes déjà morts à la naissance. Les programmes de dévolution sont si profondément ancrés à la puissance thanatique qui règne presque sans partage sur le monde, c'est-à-dire les esprits, que la mort est intégrée comme fausse vie dans la vie, elle fait dévier les processus vitaux vers sa gueule noire dès leur apparition et même avant, elle paramètre les corps, les comportements, les attitudes, les pensées, les émotions, au point d'être à la fois leur zénith et leur horizon, leur mémoire et leur devenir, elle vampirise l'organisme hôte comme un *alien*, un *body-snatcher*, elle en fait sa poupée « vivante », puis elle la met au service de toutes les images-idoles de la mort qui désormais pullulent dans la société, c'est-à-dire dans la culture. Elle agit dans tous les aspects visibles ou invisibles de l'existence, devenue simple corrélat d'instants séparés et de séquences de mobilité sociale. Elle se fait plus vraie que la vie même, elle pousse l'outrecuidance jusqu'à vouloir l'améliorer.

Dans une des plus antiques traditions chrétiennes, qui

fut finalement rejetée comme apocryphe à cause des lectures dualistes qu'en firent les soi-disant « gnostiques », il est clairement signifié la dimension paradoxale du rapport à l'œuvre entre la Lumière et les ténèbres. Comme le rappelle saint Jean dans son Évangile, la Lumière est contenue dans les ténèbres, mais celles-ci ne peuvent la retenir. La Lumière Divine, à la fin des temps, c'est-à-dire chaque fois qu'elle survient au cœur du pont ontique qui, en nous-même, est lancé vers les cieux, la Lumière Divine dissipe les ténèbres que Dieu avait séparées d'Elle au Commencement. Dans les Évangiles de Thomas il est raconté comment Jésus-Christ descendit au plus profond de l'Enfer, porteur de la Lumière Incréée et non du simple « feu » jeté sur le monde (comme le fit Lucifer), et Satan fut alors rejeté à jamais dans la Ténèbre, alors que même l'Hadès se trouva illuminé de la divine radiation du Christ.

Les premiers baptêmes chrétiens, jusque vers l'an 800, et la tradition s'est heureusement conservée au Saint-Sépulcre d'aujourd'hui, synthétisaient disjonctivement le Feu et l'Eau du Baptême. Au VIᵉ siècle, en Irlande, chaque point élevé était couronné d'un grand feu qui *illuminait les ténèbres*.

Dans saint Luc, la phrase *In Spiritu Sancto Et Igni* fut l'objet de nombreuses exégèses, d'Origène, de Clément d'Alexandrie, de saint Grégoire de Naziance, de Denys l'Aréopagite. Eau et Feu ne forment pas des entités dialectiques, médiatisées par une articulation artificieuse de la pensée, comme dans les « gnosticismes » manichéens, sombres préludes aux dualismes modernes, elles sont les deux phases du même processus, elles procèdent l'une de l'autre. Le Saint-Esprit est Eau *et* Feu, feu liquide, eau solaire, Logos métavivant, *Verbe éternellement parlant* – pour reprendre une expression de Jacob Böhme, il purifie tout ce qu'il touche. *Puri*fier, du grec *pyros*.

Mais le Feu purifie en détruisant, il cautérise. Et la Lumière illumine en vous faisant traverser les ténèbres, elle *transvalue*.

Nous accuser d'obscurité ! Alors que nous nous en revendiquons, comme le savait Pascal.

Se souvenir qu'il s'agit de la *Ténèbre Lumineuse* des Saints Pères de l'Église.

Une des plus brillantes intuitions de saint Thomas dans son *Traité des Anges* lui fut révélée lors de la querelle doctrinale qui animait la Sorbonne et la scholastique à la fin du XIIIᵉ siècle.

L'*Aevum*, ce temps Troisième, ce temps créé mais infini, est lui-même multiple car il est celui de la Multiplicité des Anges, mais de leur multiplicité paradoxale : d'une certaine manière chaque Ange vit dans son *Aevum*, et pourtant tous partagent le récit de la Création grâce à ce que, génialement, saint Thomas dénomme le « temps discret ».

Le mot *discret*, dans son étymologie, signifie bien ce qu'il recouvre aujourd'hui pour les technosciences de l'informatique : le *temps discret* de saint Thomas est un temps *non continu*, un temps-machine, il sert d'interface à tous les continuums angéliques, peut-être même aussi avec celui des hommes, voire celui de Dieu... Leibniz y puisera l'inspiration nécessaire pour sa redécouverte de l'algèbre binaire, l'invention du calcul infinitésimal, ses premières descriptions de programmes.

Imaginez le choc pour un « autodidacte » du tournant du siècle : il y a plus dans un seul traité de saint Thomas que dans les neuf dixièmes de la philosophie française publiée depuis au moins trente ans. Deux paragraphes d'Origène, de Tertullien ou de saint Hilaire de Poitiers valent à eux seuls de pleins cartons remplis de livres de « sociologie ».

Ma bibliothèque se vide à un bout, pour se remplir de l'autre.

NOTRE-DAME DE L'ABÎME.

Sous le ciel
rose comme l'aurore
du premier jour
L'Ève nue sur une chaise
contemple l'au-delà
du monde
son corps crie métal tubes rayons
et pourtant son sourire
efface
toutes nos douleurs
dans la joie blanche
du miracle
Nous qui sommes
poussières sur cette terre
démembrée.

Ce nouveau journuit de combat sur le *Théâtre des Opérations* de la Quatrième Guerre mondiale ressemble à une patrouille à l'aube, aux confins d'une jungle perdue dans le Viêt-Nam transtemporel qui surgit à chaque nexus de la narration ontique. Le ciel va se transfigurer d'un instant à l'autre et, déjà, derrière les collines encore boisées de lambeaux de brume montent les harmonies roses venues de l'horizon qui se teinte d'or pâle. Le bruit même de la jungle change. Les animaux de la nuit rentrent dans leurs terriers, leurs nids, leurs grottes, leurs tanières. Les animaux du jour s'éveillent et leur activité naissante celui des éléments.

Au-dessus de nous, dans le ciel profond comme un océan j'aperçois les grappes noires des *cyberplanes* en route vers leur zone de bombardement tactique, en contrebas du haut sentier de crête que nous suivons, près du méandre d'une rivière calme qui sinue dans les frondaisons de la jungle, je distingue un vol de drones busards qui planent à la recherche d'une proie éventuelle : mine magnétique, bombe à virus, munitions anticorticales, être humain non autorisé dans la zone de combat.

Si j'applique au Viêt-Nam transtemporel une tension infinie afin de le déporter vers un autre hypercentre de la narration ontique, nous marchons dans les ruines d'une immense cité, détruite par à peu près tous les moyens techniques dont dispose l'humanité. Nous-mêmes sommes désormais à peine humains. Nous-mêmes sommes des drones. Enveloppés dans les couches d'alliages intelligents qui forment nos exosquelettes de protection et de combat, nous sommes les *hybris* cyborgs des guerres métalocales du futur. Toute cité est une cible potentielle. Toute *polis* est une *anti-polis*. Tout homme est un terroriste. Oui, tout homme est un terroriste, car déjà pour commencer, le Camp a entièrement recouvert le Monde. Tout homme est un terroriste. Tout homme se trouve désormais être une convergence biocidaire des catastrophes générales : guerres civiles mondiales, criminalité urbaine et post-urbaine, nihilismes (auto)destructeurs, virus biologiques ou informatiques, arsenaux bactériologiques ou radiologiques, contrôle des médias, contrôle des simulacres culturels. Il est à la fois le micro-opérateur du terrorisme comme culture mondiale et le corps à l'autopsie sur la table d'opération de la post-humanité.

Le ciel est quadrillé par les blancs faisceaux des DCA, les roquettes à neutrons y laissent dériver leurs longues queues de comète poudreuse. Devant nous l'éclat régulier qui illumine l'horizon est à peine décalé par rapport aux vibrations qui courent en continu sous nos pieds, et en fait je marche complètement seul dans la nuit qui a recouvert la ville fumante de tous ses incendies, je suis seul dans la nuit qui a recouvert le dernier monde et je disparais avec lui, j'épouse en secret toutes les destructions qu'il porte en lui mais c'est pour mieux m'en séparer, ou devrais-je dire : afin de mieux le tromper ?

Car rien de tout cela n'est vrai, quoique rien ne soit faux non plus. C'est peut-être cela la force performative de la fiction-monde : la seule guerre qui se conduit maintenant c'est justement dans le seul moment vrai du monde faux qui a fait du spectacle de sa fin son unique téléologie, la seule guerre qui se conduit vraiment a lieu ici, dans la galaxie de neurones par lesquels le monde, en toi, se crée et se détruit, à chaque instant. Elle a lieu dans le jour qui surgit en plein cœur de la nuit.

La misère actuelle du monde peut prêter au rire, à l'incompréhension ou à la tristesse. Quand les trois se combinent, c'est le signe que le désespoir est absolu.

Ce peut être alors le signe d'une espérance nouvelle qui se situe par-delà la ligne de notre absolu humain, tout à fait relatif.

Ne rien devoir à personne, pas même à soi, c'est tout devoir à l'*autre*.

Un monde est continuum lorsque l'esprit est capable d'y opérer des discontinuités.

La liberté n'est pas « rhizome ». La liberté n'est pas réseau. La liberté ce n'est pas être connecté en permanence dans l'univers blême et souterrain de la radicelle en extension infinie. Ce n'est pas non plus, d'ailleurs, son inversion dialectique, soit la déconnexion générale. Puisque la liberté n'existe que comme discontinuité souveraine – c'est-à-dire suprêmement mortelle – et donc éternellement vivante, discontinuité seule capable de faire surgir le continuum poétique contenu dans les ténèbres de la réalité, la liberté est ainsi le moment où l'infinité immanente du réseau des possibles se polarise autour de la singularité initiale et devient une infinitude transcendantale, c'est-à-dire une *antenne*, un vecteur ontique qui se redresse vers le haut, qui s'extrait des ténèbres de la réalité, de l'humanité souterraine socialisée, interconnectée, « rhizomisée » par les métastases de la Technique-Monde.

La liberté surgit de la tension entre relation et isolation, entre immortalité et sacrifice, entre vous et l'autre, entre l'autre en vous-même et le vous-même en l'autre, elle surgit du rapport paradoxal entre la cellule du Camp et les grands espaces ouverts juste derrière les murs et les barbelés, entre l'imaginaire et le concret, elle surgit du moment neuf que vous décelez dans le paysage d'une banlieue post-industrielle ou d'un lac glaciaire cerné de hautes montagnes neigeuses, elle surgit de la restauration poétique du monde, en cela elle est bien comme l'étincelle annonciatrice et catalyse du RÉEL.

Le RÉEL est invisible car il est la forme de toutes les formes, il est la métaforme de la vie, il est la lumière cachée dans la matière qui la contient mais ne peut vraiment la retenir.

J'attends
qu'un soleil tombe
sur ma vie

Et pourtant
le ciel
est à son midi

Je pourchasse
des lumières
sans rien voir

Ma main
s'abandonne
à un sourire.

Génocide au Darfour : pas une seule fois Radio Canada ni Télé-Québec n'auront osé « informer » leurs auditeurs que les massacres sont le fait de milices islamistes. On parle pudiquement de « forces pro-gouvernementales ».

Cela me rappelle la guerre en Bosnie, quand à l'époque les musulmans du coin étaient les victimes du pouvoir serbo-slave de Milosevic, ce vulgaire chef de gang bolchevik qui avait encore la cote chez les « intellectuels » révisionnistes procommunistes, comme le célèbre Svend Robinson et son NPD canadien, désormais pro-Arafat, pro-hijab et antisioniste. On y trouvait des « belligérants » de toute nature, mais jamais, au grand jamais, on n'entendit le mot « communiste ».

À l'époque, accoler les mots « communistes » et « assassins » vous faisait illico passer pour un agent de la CIA ou de l'Opus Dei. En tout cas vous étiez fortement soupçonné de ne pas lire les éditoriaux d'Ignacio Ramonet ou de Jean-François Kahn.

Maintenant que des musulmans sont les assassins, c'est au nom de lois antidiscriminatoires scélérates que la vérité, atrocement nue, se doit d'être au plus vite rhabillée, avec un sac et un drap noir sur la tête [1].

Cela aurait dû faire le tour du monde des manchettes, en première page, mais il n'est pas même certain que *Le Monde*, *Libération*, *L'Express*, *Le Nouvel Observateur*, le *Guardian*, le *New York Times* ou la *Repubblica* aient simplement eu l'idée d'en tirer un entrefilet. Pourtant, permettez qu'en ce 18 juin 2004, date ô combien symbolique pour tous les résistants français et peut-être européens, voire nord-américains, oui, en cette date, et après en avoir eu confirmation par un ami qui m'a fait suivre plusieurs articles sur le sujet, permettez-moi de vous informer que : « LA CHAR'IA, PAR LA VOIE DE L'*ARBITRATION ACT*, VA TRÈS PROBABLEMENT ÊTRE APPLIQUÉE POUR TOUTES LES "QUESTIONS DE JURIDICTION DOMESTIQUE", EN ONTARIO, PRINCIPALE PROVINCE DU CANADA. »

En clair, les principes de l'imam de Vénissieux ou de Tariq Ramadan pourront être *LÉGALEMENT* appliqués en Ontario dans les familles musulmanes, par la cause de cet immondice appendiculaire juridique de cette désastreuse « anti-Constitution » qu'est la Charte des Droits et Libertés canadienne qui est en train de faire de ce pays une véritable « anti-nation », une simple juxtaposition « sociétale » de tout ce que le reste du monde a produit, au mépris le plus ouvertement affiché de ceux qui ont construit ce pays, immigrants compris, pour ne pas subir les polices politiques, les *muyawat* à la

---

1. Par exemple, la désinformation systématique conduite en France et au Québec sur la réelle situation en Irak. Moqtada Al-Sadr, présenté comme « leader de la résistance chiite », n'est, en effet, soutenu que par 2 % de la population. On comprend qu'il ne tienne pas à transformer sa minable milice en parti politique (note du 25 août 2004).

saoudite et toutes les abominations que le Vieux Monde ne cesse de générer, pour ne pas dire de *déféquer*.

La *Char'ia* sera donc applicable aux femmes d'origine canadienne qui se marieront à un musulman. On me dit que quelques groupes de femmes s'inquiètent, parmi elles des musulmanes qui ont fui les pays islamiques. On les comprend. Se faire rattraper par la loi des Bédouins, en ONTARIO ! Il y a dix ans, même cinq, vous seriez passé pour un *cinglé d'extrême droite* si vous aviez ne serait-ce qu'osé en évoquer la possibilité.

Les Français feraient bien de ne pas trop en rire. Désormais, les mutations postmodernes agissent avec la vitesse et l'intrusivité des virus, il ne faudra pas dix ans, cette fois-ci, pour que de telles propositions voient le jour dans notre belle « République », avec la bénédiction suicidaire des « politiciens » et des « juristes » locaux.

Car la Cour suprême veille sur l'ultime et fatal tabou du Canada postmoderne, cette « Charte » des droits sans devoirs et des libertés antipolitiques qui conduit cette « nation » qui n'a pas su se faire dans l'abysse de l'islamisation, à l'européenne. Or cette Charte est précisément le modèle de farce qu'on vous prépare, pauvres Zéropéens, en guise de « Constitution ».

Comme l'Europe, le Canada est entièrement *déchristianisé* et en voie de dénatalité, le vent glacé qui s'engouffre au cœur des églises vides dans l'attente imminente de leur transformation en « condominiums » de luxe, ce vent glacé qui souffle depuis les âmes livrées au faux infini de la société éthique et ludique, ce vent glacé qui souffle depuis les ventres vides, ce vent glacé qui souffle depuis le monde, annonce la venue d'une tyrannie à côté de laquelle le communisme ou le nazisme nous sembleront de vulgaires et amusants prototypes.

Il nous faut parvenir à créer au plus vite une RÉSIS-TANCE MONDIALE transatlantique, voire boréale, et même « transocéanique », c'est-à-dire initier la (re)vivification de l'*Anneau* Catholique-Protestant-Orthodoxe qui circule du détroit de Béring à l'Alaska, *dans les deux sens*, puis jusqu'à Ushuaia, l'Australie, la Polynésie française, la Nouvelle-Zélande, les Philippines, l'Indochine... Cet Anneau s'est constitué *autour* et *à cause* de la plaque afro-eurasiatique islamisée. Lorsque les Portugais, les premiers, pensent à faire le tour de l'Afrique pour ensuite voguer librement vers les Indes, ils mettent en place la première circonvolution du processus. Lorsque Colomb, le Christophore de l'Atlantique, aura génialement *inventé* l'Amérique, puis que l'Anneau s'étendra jusqu'au Pacifique Sud, le monde chrétien aura globalisé la planète au moment même où les idéologies du modernisme, contre-produites par cette formidable conquête née du génie médiéval – une sorte de croisade apophatique est bien à l'œuvre dans la vision missionnaire des premiers navigateurs catholiques –, au moment, disais-je, où les « Lumières » vont « éclairer » leur monde de leur néant métaphysique, de leur Métaphysique-Néant, de leur nihilisme dualiste et mécaniste et entreprendre de détruire la civilisation chrétienne.

À la fin du processus, le nihilisme se retrouve face à lui-même, ou plutôt face à son inversion intensifiée phénoménologique. L'Occident déchristianisé fait face au dernier des nihilismes, ce nihilisme « religieux » qui recoupe tous les autres puisqu'il en est l'origine tout comme la fin.

Et ce face-à-face terminal indique bien la figure de l'Armageddon. Lorsque la Grande Division a pour objet la Réunification de l'Humanité.

C'est la raison, je crois, pour laquelle on doit m'enfermer au plus vite ou à tout le moins me faire taire. Les préposés aux piqûres de neuroleptiques se recrutent maintenant dans les mass media. Les *mass media culturels*. Ce qui aujourd'hui est un pléonasme.

Je n'ai pas quitté les banlieues gangstéro-islamiques pour me retrouver dans une anti-nation où les lois coraniques seront appliquées par les mêmes imams incultes qui auront forcé des générations d'Arabes à fuir leurs pays de misère pour l'Amérique des libertés (États-Unis ou Canada).

Je n'ai pas quitté l'Eurabie naissante pour le clonage nord-américain de l'émirat Saoudite ! Je pense que de très nombreux immigrants, pour ne pas parler des Canadiens de souche, vont vite réaliser de quoi il s'agit. J'espère une très violente réaction contre cette dissociation annoncée de la nation franco-britannique-canadienne.

On me dit que certains bobos milliardaires d'Hollywood font valoir publiquement leur souhait d'émigrer au Canada, pays où, paraît-il, les libertés seraient mieux protégées que dans ces États-Unis qui ont l'outrecuidance de faire encore de la politique.

Le palmeur d'or de la République islamique de Cannes vient même rendre une visite express au nord du parallèle 42, pour demander aux Canadiens de ne pas voter Stephen Harper, le candidat conservateur pro-Bush qui est en train de devancer cette pauvre baudruche sociale-démocrate de Paul Martin !

Welcome to Canadistan, Mr Moore !

Vos femmes ne peuvent conduire et doivent porter un voile, c'est la loi ici.

Que l'on m'explique ceci : au Québec je peux aller en PRISON si j'ose donner une fessée à ma fille. Entendons-nous : si je suis canadien « catholique », ou protestant ou hindou ou même raélien, je présume.

Mais si je suis musulman j'aurai le droit de la battre

574

comme plâtre, ainsi que ma ou mes femmes, grâce au miracle ininterrompu de la Démocratie-Totale-Cool, ses « Chartes des Droits et Libertés » pour enfants gâtés des années 60-70, ses « morales » humanitaires à deux sous la tonne de bons sentiments, cette soupe neuroleptique que l'on fait avaler aux habitants de l'asile « modernité » depuis plus de trente ans maintenant.

Tout le monde connaît la loi de Murphy : si le pire a une chance d'advenir, il advient.

Non seulement nous voilà, nous tous, *TOUS LES IMMI-GRANTS CONFONDUS*, et alors même que je demande ma nationalité canadienne, rattrapés par la législation néo-lithique des Bédouins, mais nous devrions surtout ne rien en dire ! Pire encore que les lois coraniques qui soupèsent la valeur d'une femme en son poids en cha-meaux, voilà que le Québec vient de décider, par la voix de sa télévision d'État (il faut bien appeler les choses par leur nom), d'importer à grands frais l'émission... *Tout le Monde en parle* ! Du Thierry Ardisson avec l'accent du Saguenay-Lac-Saint-Jean ! Ou pour parler plus franchement : l'Al-Jazira du Frankistan décliné pour les bobos du Plateau Mont-Royal !

Au moins, on évitera les mauvaises blagues de potaches de ce « royaliste » pour midinettes antisionistes concernant l'accent « berrichon » des Québécois. On aura probablement droit, en revanche, à celles qui visent l'accent « pointu » des Français.

Dans tous les cas, puisque par TV5 nous pourrons disposer des deux, nous aurons ainsi la chance d'assister, éberlués par une telle *dépendance de la culture*, à la naissance du modèle type de l'échange intermédia-tique au XXIe siècle : l'import-export de vide dans des containers de vulgarité.

Une des premières choses qui, peut-être, aura frappé le lecteur d'*American Black Box*, c'est que ce livre n'est pas, comme les deux volumes précédents du *Théâtre des Opérations*, publié chez Gallimard. Au cas où la chose lui aurait échappé, on peut probablement compter sur la presse à roulettes de la République pour remplir son office et dûment l'informer des diverses « manœuvres et tractations » qui auront soi-disant entouré le départ de cette partie de mon travail d'un éditeur vers un autre.

Or, il n'y a rien à expliquer. Un éditeur a le droit le plus strict de refuser un manuscrit, particulièrement s'il est « hors contrat », ce qui était le cas. C'est Antoine Gallimard lui-même qui, je crois me souvenir, dans un entretien datant d'une dizaine d'années, disait à un journaliste que le premier travail d'un éditeur consistait à dire non.

De la même manière, une autre maison d'édition a le droit le plus strict d'accepter le même manuscrit. Il arrive aussi, en effet, que les éditeurs disent oui, sans quoi ils ne publieraient rien.

Je suis seul *responsable* de mes écrits, donc de mes actes. Et cela ne devrait être un soulagement pour personne, je préviens là encore.

L'aveuglement des nihilistes occidentaux au sujet de l'Islam semble un condensé de tous les aveuglements successifs de l'Occident depuis deux siècles. Sur le danger jacobin, sur le danger marxiste, positiviste, bolchevik, puis nazi, tiers-mondiste, maoïste, post-moderniste...

À ce niveau-ci d'aveuglement, osons dire que le bobo nanarcho-centriste de base se crève chaque matin les yeux au réveil, en guise d'ablutions, ce qui lui permet ensuite de vaquer à ses occupations préférées : préparer une manif pour la libération de la Cisjordanie occidentale, ou bien militer pour le cacao éthique et les blue-jeans équitables, voire, cela s'est vu, nous expliquer la nature du monde en écrivant un article pour une vomissure socio-pop bien en vue.

Après Pearl, ce fut Berg. Après Berg c'est Johnson Jr.

Les décapitations orchestrées en *video live* par les étrons du wahhabisme radical ont l'insigne avantage, elles aussi, d'être « écrites » pour les siècles des siècles. Je crois me souvenir d'ailleurs qu'en hébreu, le mot « écrire » se rapporte à la notion d'immoralité. Vos déjections vivront donc jusqu'au Temps du Jugement. Jusqu'au Feu du Shéol.

En attendant cette heure par moi tant attendue, je me permets d'annoncer ceci aux petits dobermans des fatwas bédouines :

À chaque snuff-movie « politique » ainsi publicisé, la haine contre les Arabo-musulmans monte d'un cran, en Amérique bien sûr, mais un peu partout dans le monde. Pire encore, pour certains, c'est le mépris le plus total qui désormais l'emporte. Les islamistes condamnent ainsi leurs propres peuples à la discrimination civilisationnelle, ils les condamnent à croupir dans le centre vide de l'Anneau, ils les condamnent sans doute à choisir entre la mort lente et le risque de la mort (relativement) rapide, soit l'*apostasie*.

En même temps qu'ils tentent de nous coloniser par les ventres et les esprits, leur nihilisme autodestructeur se retourne déjà contre eux. La réaction de la civilisation du Christ est toujours inouïe, elle est comme le Déluge, elle nettoie tout.

La gôgôche canadienne (Parti Libéral, Bloc Québécois, NPD, Parti Vert, UFP) s'oppose mordicus à toute « militarisation de l'Espace », sous-entendu : pas de participation au bouclier antimissiles de ces salauds d'impérialistes yankees. Quand les premières roquettes au radium fabriquées dans un tunnel yéménite ou « palestinien » viendront défigurer Toronto, Halifax ou Vancouver, nous pourrons, je crois, vous proposer un bon nombre de postes de clowns pour enfants malades, toujours vacants.

Un microcéphale pacifiste avec un nez rouge pourrait même provoquer quelques rémissions spectaculaires !

Lorsque, par un moyen quelconque, des kamikazes payés par des « États » ou des « Réseaux » islamiques feront exploser des satellites ou planifieront une attaque contre des installations orbitales, telle la station internationale, on pourra toujours demander à Jack Layton, Gilles Duceppe, Paul Martin ou n'importe quel « universitaire engagé » – sans parler des « journalistes » du *Couac* ! – de nous confectionner au plus vite un lance-pierre.

De la taille de leur bêtise, si cela est concevable.

Dernière dépêche en provenance du monde des colonisés de l'Eurabistan :

CITÉ DU VATICAN, 19 juin (AFP) – Le Vatican et de nombreuses communautés chrétiennes d'Europe ont déploré samedi l'absence de référence explicite aux « racines chrétiennes » dans la nouvelle Constitution européenne, tandis que la Turquie s'en est félicitée. [...]

Tout en saluant l'adoption au sommet de Bruxelles de la Constitution, « le Saint-Siège ne peut pas cependant ne pas exprimer son regret pour l'opposition de certains gouvernements à reconnaître explicitement les racines chrétiennes de l'Europe », a indiqué le porte-parole du Vatican, Joaquin Navarro-Valls. « Il s'agit d'un rejet de l'évidence historique

et de l'identité chrétienne des populations européennes »,
a-t-il estimé.

Depuis le début des travaux de la Convention présidée par
l'ex-chef d'État français Valéry Giscard d'Estaing préparant
le texte de la future Constitution de l'Union européenne
élargie, le Vatican s'est battu pour faire insérer une référence
explicite aux valeurs du christianisme dans le préambule de
ce document.

Le pape Jean-Paul II est intervenu personnellement, mais
sans succès, en dépit du soutien de plusieurs gouvernements
qui souhaitaient voir insérée cette mention.

Fin mai, sept pays de l'UE – Lituanie, Malte, Pologne,
Portugal, République tchèque, Slovaquie et Italie – avaient à
nouveau demandé l'inscription d'une référence à la chrétienté
dans le projet de Constitution européenne.

Mais l'opposition de plusieurs pays, dont la France, était
trop forte pour faire aboutir ce projet.

Selon le grand quotidien italien *Corriere della Sera*,
lorsque le chef du gouvernement Silvio Berlusconi a tenté à
Bruxelles « par un discours chaleureux » de faire insérer « les
racines judéo-chrétiennes » dans la Constitution, il s'est
heurté à un président français Jacques Chirac « visiblement
ennuyé » qui a rétorqué avec un « merci mon père ». (...) Les
Églises catholique et protestante allemandes ont elles aussi
déploré l'absence de référence à Dieu dans la Constitution de
l'UE, et l'absence de référence explicite à « l'héritage
judéo-chrétien ».

« Nous regrettons que les chefs de gouvernement et d'État
n'aient pas pu se mettre d'accord pour citer ce fait historique
[l'héritage judéo-chrétien, ndlr] expressément », écrivent dans
une déclaration commune le président de la Conférence épiscopale de l'Église catholique allemande, le cardinal Karl Leh-
mann, et le président de l'Église protestante, Wolfgang Huber.

La presse polonaise, de gauche comme de droite, a également déploré l'absence dans le document d'une référence aux
racines chrétiennes de l'Europe.

La Constitution cite dans son préambule les « héritages
culturels, religieux et humanistes de l'Europe, à partir des-

quels se sont développées les valeurs universelles que constituent les droits inviolables et inaliénables de la personne
humaine, ainsi que la démocratie, l'égalité, la liberté et l'État
de droit ».

Seule la Turquie, grand pays musulman, qui souhaite inté-
grer l'UE, s'est publiquement réjouie de l'absence de référence religieuse dans la Constitution.

« C'est une Constitution que nous approuvons. Il n'y a pas
de référence [à la chrétienté, ndlr]. C'est une bonne Constitution qui remplit les attentes de la Turquie », a ainsi déclaré
le ministre turc des Affaires étrangères Abdullah Gul.

La Turquie bénéficie depuis décembre 1999 du statut de
candidat à l'Union et aspire depuis à entamer des négociations
d'adhésion.

Quelle simplicité : l'acte d'accusation qui servira à
juger Chirak et sa bande de *dhimmis* est tout entier écrit
en ces quelques paragraphes !

Châtiment réclamé : bannissement à vie en Arabie
Saoudite.

Le grand snuff-movie des encagoulés du Djihad se
poursuit : c'est au tour de Kim Sun Il, simple employé
sud-coréen, d'être décapité en *video live* par les cha-
meliers sado-anaux du grand Sahara nihiliste.

Ainsi la Quatrième Guerre mondiale est effectivement
une sorte de *sequel*, une copie dégénérée de la lutte des
classes hybridée par la haine du Peuple de la Parole,
soit un postnazisme pop, avec turban et djellabas, rien
d'autre que le mouvement final de la dévolution
humaine vers le Néant : les milliardaires ou fils de milliardaires islamiques y assassinent en direct, avec le
courage qui caractérise tout présentateur de télé-réalité,
les sous-prolétaires du « mondial » dont la « violence »
ne cesse en effet de semer la terreur dans les palaces
saoudiens ou les tunnels du Hamas.

On peut mesurer le degré de sous-humanité auquel nous sommes rendus en constatant, un peu éberlué tout de même, que les manifestations qui, en Corée du Sud, ont suivi l'exécution télévisée de Kim Sun Il se sont illustrées par *le refus désormais assumé de continuer à se battre*, le refus de toute résistance à la tyrannie islamiste.

Le pacifisme des moutons « éthiques » – *correctement* dressés depuis un bon demi-siècle par l'ONU – paraît être devenu la limite indépassable de toute option politique, sauf pour les criminels de guerre de La Mecque, et par la manipulation la plus abjecte, la plus calculée, la plus mortifère, des consciences et des émotions, on accuse nommément le gouvernement coréen d'être *responsable* de la mort du jeune civil.

Pas un mot, pas un slogan hostile aux nazillons du Djihad.

Ceux-là, non seulement ils ne sont aucunement *responsables* de leurs atrocités, mais ils n'en sont même pas coupables. Car ce sont *les autres* qu'ils coupent.

Il faut conserver vivante l'espérance pour les générations futures, y compris dans cette région du monde, mais cette espérance n'est guère plus qu'une perspective tracée par la résistance aux modes de vie et de pensée imposés par la religion de Mahomet, à ce totalitarisme mondial, nihiliste et religieux tout à la fois, il faut donc laisser les *djihadistes* conduire leur *Djihad* jusqu'au bout, puisqu'ils ignorent que c'est contre eux-mêmes qu'ils le mènent.

À la fin de cette guerre, tous les peuples qui auront vécu sous le joug des lois coraniques deviendront non seulement des nations et des citoyens libres mais, par leur expérience irremplaçable, ils sauront sans doute, là où la Civilisation naquit il y a six mille ans, faire refleurir le Jardin d'Éden, ils sauront sans doute être l'avant-garde du Christ en ce monde.

Euro 2004 : les petites équipes culturellement homogènes et encore éprises d'une authentique culture du sport (Portugal, Tchécoslovaquie, Grèce) vont, je crois, donner du fil à retordre aux conglomérats footballistiques de stars milliardaires qui méritent tout juste l'appellation d'équipes « nationales ».

Statistiques officielles sur l'évolution démographique de la France : en 2050, la population de souche européenne et de tradition judéo-chrétienne sera minoritaire et représentera le segment le plus âgé de la population. Elle vivra dans des isolats tout juste préservés des vastes concentrations urbaines complètement ou aux trois quarts islamisées.

En fait, il y a de fortes chances pour que cette occurrence ne survienne jamais. On peut en effet supposer que la convulsion interethnique et interconfessionnelle à la bosniaque surgira environ une génération avant.

À ce stade de la dévolution eurabique, et alors que le milieu de l'année 2004 vient de passer par les fenêtres de ce Journal des catastrophes, ce Journal discontinu de la fin, ce Journal-machine de la déshumanité, à ce degré de pourrissement des pensées et des institutions, il convient de dessiner à l'avance le portrait du cadavre qui sera bientôt exposé sur la table de dissection du Jugement, de montrer la couleur générale du siècle que nous sommes en train de fabriquer : l'affaire Dutroux a été suivie par celle du tueur en série Fourniret. On en découvrira des dizaines d'autres dans les années à venir. Ouvrez simplement le registre des disparitions non élucidées en France et en Belgique, comme je l'avais fait lors de l'écriture des *Racines du Mal*, il y a dix ans. Maintenant dites-vous bien qu'en ce bas monde, tout homme est, par définition, un terroriste, dans ce Monde qui a pris toutes les apparences du Camp, tout homme est un tueur. Dites-vous bien que le sol de France et de Belgique est un vaste cimetière rempli de corps d'enfants, dont parfois *les disparitions elles-mêmes sont inconnues*.

Voilà, c'est fait, je roule sur la *10 South* en direction de la frontière américaine et je me dis que je deviens américain au moment où l'Amérique va disparaître.

Je suis en train de devenir canadien alors que le Canada, qui n'existe pas encore, mourra avant terme dans sa propre matrice, pleine de millions de rêves sacrifiés en vain.

Je vis la fin d'un monde, je vis le Crépuscule des Hommes, je vis la terminaison de toute l'histoire.

Mais je roule.

Je vis le moment où l'humanité va se diviser, pour sans doute mieux se réunifier, mais dans l'intervalle l'abysse ouvert sera colossal, il avalera tout un monde.

Ce monde dans lequel je vis.

Ce monde à travers lequel je roule.

J'ai placé un disque de *Smashing Pumpkins* dans la platine de l'auto. C'est un peu comme le moment terminal de la musique électrique du XXᵉ siècle. L'album *Mellon Collie and the Infinite Sadness* date de 1995.

C'est sans aucun doute l'apex du rock'n'roll tel que né au tournant des années 1950-60, ou plus exactement les premières crêtes du versant situé de l'autre côté de son sommet. C'est le moment où le rock devient cré-pusculaire, indiquant non seulement la fin d'une civili-sation, la sienne, mais sa propre fin et la nostalgie infinie de sa jeunesse... C'est le milieu d'une époque ou plutôt sa terminaison, et mieux encore : sa charnière. C'est le moment où la guerre froide se consume à Sarajevo et où la guerre du Grand Djihad prend corps dans les ruines de l'Afghanistan.

C'est le moment où les ecstasy circulent comme les acides vingt-cinq ans auparavant, c'est le moment où le bonheur neurochimique et le *night-clubbing* sont à la portée de toutes les bourses, c'est le moment où Internet devient une utopie, c'est le moment où la télévision devient une « culture », c'est-à-dire une « contre-culture ».

C'est le moment où le rock lui-même est promu département bande-son des agences de publicité ou de génériques de films.

Encore quelques années, pas plus d'une décennie, et tout sera formaté, version alternatif militant écolo-islamique ou rap engagé pour Adidas.

Et voilà, *dix ans après, c'est maintenant. There was then, and this is now*.

C'est maintenant, alors que je roule en un autre point du réseau autoroutier de Montréal, quelque part sur la *40 Ouest*, car je vis dans le règne des discontinuités souveraines, je fonce vers le *heartland* canadien, je roule avec les violons pathétiques de *Tonight* mis en boucle sur l'index de la platine.

Tonight.

La nuit est là.

C'est la fin.

Je suis un Atlante qui déambule entre les fleuves de feu qui liquéfient des vallées entières de son île et y laissent de grands lacs de cendres, et qu'on ne vienne pas me parler de métaphores.

Ce n'est pas ma faute si vous ne les voyez pas ces fleuves de feu, ces lacs de cendres, ces vallées de braise, je ne suis pas responsable de ce que votre aveuglement vous empêche de croiser le regard des morts qui marchent à vos côtés, et vous observent.

Je me surprends à prier pour nous tous.

Tous.

L'aube pointe son arme pâle sur la ville. Ambiance : zone film noire mutante, catastrophe imminente, cirrus démolis dans le ciel, nostalgie du monde futur qui ne verra pas le jour. Depuis des semaines, à l'exception de Johnny Cash, je n'écoute plus que quelques albums de Richard Pinhas, de Recoil, ou de Nine Inch Nails.

Plus cet objet rapporté ici le mois dernier par un ami venu de Paris. L'objet : *Ezékiel*. Un groupe de Lyon pour moi totalement inconnu mais qui me sidère, au sens strict, dès la première écoute.

Sans doute le seul groupe *made-in-France* qui, à ma connaissance, puisse prétendre se hisser – et dès le premier opus ! – à la hauteur des artistes susnommés.

Alors que Richard Pinhas et moi mettons en place les bases de notre futur projet « Métatron », l'apparition d'un groupe aussi fort, dont le nom est celui d'un des plus puissants prophètes de la Bible, est probablement en mesure de nous redonner un peu d'espoir.

J'écris ces mots à l'aube du 30 juin, date officielle du transfert de souveraineté en Irak. Le plan initial a donc été devancé de quarante-huit heures, histoire de déjouer les éventuels attentats, et de montrer aux Zéropéens que l'Irak est désormais une puissance arabe indépendante, de Paris comme de Damas. Les Américains ont décidé de faire de la politique. Ils *agissent*. L'Eurabie, Zéropa-Land, la Franco-bochie, la République islamique de Cannes, rayez (au napalm) les mentions inutiles, regarde passer les trains. En matière d'observation de la *circulation des trains* vers la Fin de l'Histoire, la « Vieille Europe » possède à tous égards une solide tradition.

Les Émirats Unis du Québeckistan sauront la maintenir vivante.

Et c'est pourquoi *Le Théâtre des Opérations* se termine ici.

Parce qu'il n'y a plus rien à ajouter. On ne peut rien ajouter à la destruction d'un monde par lui-même.

Parce que plus encore qu'ontologie en devenir exposée sur la table clinique de la globalisation générale, il s'agissait bien sûr d'un acte *performatif*.

Je ne cherche pas, par l'usage de ce mot, je préviens les chiennes de garde du journalisme néocollaborateur, à me faire passer pour un « prophète », ou plus exactement ce que le mot recouvre maintenant en cette ère de négation du langage par ceux qui en ont la charge, Dieu m'en garde, la carrière de « gourou » ne me dit rien, j'imagine pourtant avec une stupéfaction non feinte la fortune ou les possibilités de « carrière » qui s'ouvriraient si j'avais su, moi-zossi, créer ma petite chapelle nihiliste, en ces temps où les soi-disant « visionnaires » ne font que répéter les inanités de la presse aux ordres sur leurs Ouebzines « contre-culturels ». Aussi, par acte *performatif*, je ne prétends pas que ces trois ouvrages auront produit ce qu'ils disent, mais plutôt que ce qu'ils disent m'aura, moi, produit. Ou plutôt *contre-produit*.

C'est pour cela qu'est advenu ce qui devait advenir, c'est pour cela qu'il faut bien que j'en finisse. Que j'en finisse avec cette guerre.

Or cette guerre ne peut pas finir, car elle est le modèle générique et téléologique de cette humanité terminale, elle est son alpha et son oméga, *elle ne finit que dans la fin de l'homme*.

Qu'on le veuille ou non, cet « épisode » est *quant à moi* terminé. La fin de l'Histoire appartient encore à l'histoire des hommes, elle n'est que le simulacre post-mécanique du Temps angélique, elle ne veut rien dire dans le véritable Temps Troisième. Le Temps de la Machine de Dieu. Le Temps de Métatron. Le Temps de la Boîte Noire.

Elle ne veut rien dire si vous n'êtes plus tout à fait « vivant », ou plus exactement : si vous vous mettez enfin à risquer de l'être.

C'est pourquoi ce journal de guerre devait connaître cette fin, c'est-à-dire ce passage. Dans une machine, toutes les coupures sont synthétiquement disjointes, dans ce Temps Troisième, contenu dans la Boîte Noire, toutes les ruptures ontologiques et cosmogoniques coïncident, donc *tous les mondes sont compossibles*.

Toute *conversion* est ainsi une « entrée de Dieu en Théologie » – pour reprendre saint Bonaventure – qui se produit à l'intérieur de vous-même, ou plutôt dans la tension infinie produite entre vous et l'autre, l'autre, cet au-delà de vous-même qui pourtant forme l'hypercentre de ce que vous êtes.

Le 16 février dernier, alors que j'achevais les corrections de ce volume, je fus baptisé, en la petite chapelle des Pères de la Sainte-Croix, à Montréal, par le père Edmond Robillard, qui pratiquait là sans doute les saints-sacrements pour la dernière fois. Ce saint homme, âgé vénérablement de quatre-vingt-six ans, dominicain farouche et lettré, est, entre mille choses, traducteur de deux œuvres majeures du cardinal Newman. Il n'a rien trouvé de mieux à faire, avant d'être rappelé à Dieu, que de traduire du latin quelques centaines de pages toujours non francisées de saint Thomas d'Aquin. Il est des prêtres plus jeunes qui feraient bien de s'inspirer de son exemple.

Cette fois je savais que c'en était fini, ou plutôt que tout ne faisait que commencer. Qu'enfin le « surjet » dont parle Whitehead dans *Le Concept de Nature* était là, sa Présence est précisément la co-Présence de toutes choses avec rien, et donc la co-Présence de tout « sujet » avec l'Être, qui toujours projette son origine, et rétro-transcrit son *télos* au travers du Néant.

Non seulement j'étais en exil de l'Ancien Monde, mais je quittais enfin ce que j'avais été, pour *écrire* ce que j'étais en train de devenir.

Non seulement je suis un Français errant en Amérique, non seulement je suis un Américain, donc un Atlante, non seulement je suis un réfugié politique méta-national, en exil partout, mais je suis un témoin, qui ne se tait nulle part, sinon dans le Silence de Dieu.

Je suis ici pour dire que la Parole n'est pas morte, je suis ici pour dire qu'elle fait Acte.

Je suis un Catholique.

Un Catholique du futur.

Je suis un Catholique de la Fin des Temps.

Provisional end of data, Montréal, Canada, Amérique du Nord, le 30 juin de l'An de Grâce 2004.
In Spiritu Sancto Et Igni.

2005

LA VAGUE

« Comme je me sais ce matin loin de ces avares qui, avant de prier, demandent si Dieu existe. »

Rainer Maria RILKE.

Janvier 2005 :
Out of the blue

L'année ne pouvait sans doute pas se terminer autrement. Autrement que par son achèvement sur elle-même, comme une vague qui s'enroule dans une fureur d'écume en se fracassant sur le littoral, autrement que par ce désastre, cette catastrophe qui vient de ravager en quelques minutes une bonne partie du Sud-Est asiatique. Elle était déjà l'image protéiforme de ce cataclysme. Il suffisait aux forces physiques de l'actualiser dans le monde.

8 h 30, heure locale, alors que les Ukrainiens allaient bientôt se réveiller pour aller voter lors de ce fameux « troisième tour » du 26 décembre, la mémoire tectonique de la planète s'est brutalement réveillée à l'autre bout du globe.

12 000

25 000

55 000

85 000

110 000

140 000

155 000... En l'espace d'une petite semaine la litanie comptable de la mort a vu ses chiffres initiaux multipliés par dix, au bas mot. Et à l'heure où j'écris ces lignes, en cette *journuit* du réveillon 2005, il reste encore des dizaines de milliers de disparus. Le chiffre atteindra puis

dépassera sans doute les 200 000, voire les 250 000 morts.

Cette catastrophe, au-delà de son ampleur statistique, est un signe.

Un signe des temps.

J'entends déjà le ricanement du ouebzineux de service ou de la hyène appointée de la presse aux ordres. Un signe des temps ? Encore son vieux coup foireux de l'Apocalypse à cet écrivain d'extrêmeuh droiteuh.

Pauvre blaireau de la pensée néo-bourgeoise contestationnaire, sinistre ravioli de la démocratie en conserve, *cette catastrophe est un signe* signifie qu'elle nous indique quelque chose. Quelque chose sur elle-même. *Signe des temps ?* Sur elle-même à l'heure présente.

En tant que catastrophe naturelle elle est devenue autre chose, de bien plus complexe, ce que précisément tu n'es pas en mesure de percevoir depuis ton strapontin au Café de Flore ou de ta place habituelle dans un bar-tabac d'Épinal. Elle est le moment où la catastrophe générale prend son expansion, hors du laboratoire.

Car cette catastrophe naturelle n'est peut-être pas la première à avoir des résonances politiques de par le globe, pensons aux plus récents désastres humanitaires, des séismes en Turquie ou en Arménie au typhon du Bangladesh et même jusqu'au tremblement de terre de Lisbonne au XVIIIᵉ siècle, mais c'est la première à engager ainsi le globe tout entier comme *structure cosmopolitique*, car la chose primordiale qui saute aux yeux lorsqu'on examine cette catastrophe naturelle, c'est qu'elle est absolument *métalocale*.

Elle a frappé une région particulière du monde et pourtant elle a frappé le monde en son entier, exactement comme une opération terroriste de grande ampleur, à Wall Street ou à Bali. Et je ne parle pas ici de la

« résonance médiatique » internationale qui accompagne désormais les « événements » du monde.

Le cinquième soir du tsunami, je regardais sans comprendre un commentaire écrit de CNN qui défilait en bas de l'écran : « The tsunami is the biggest natural disaster in Sweden's history. » La Suède, me disais-je, sûr de mes connaissances géographiques datant du primaire, depuis quand la Suède est-elle située dans l'océan Indien ? Je me suis beaucoup moqué de moi ce soir-là. Trois mille touristes suédois sont morts en Thaïlande et au Sri Lanka, il y a aussi des milliers d'Australiens, de Finlandais, d'Allemands, d'Américains, de Canadiens, d'Européens divers et variés, mais aussi des Sud-Américains, des Israéliens, des Chinois, des Japonais...

Le monde entier est touché par un tsunami de la zone circum-indienne. La mondialisation des cataclysmes vient tout juste de commencer.

Son *ground zero* est le paradis du tourisme.

Il existe aujourd'hui une multitude de moyens d'être athée. Parmi eux, les meilleurs sont constitués de croyances, aussi enracinées que la foi catholique d'un franciscain.

Le XXIᵉ siècle est en train d'inventer un nouveau modèle d'agnosticisme : le *poly-a-théisme*.

Alors ça y est, c'est reparti.

Je n'en crois pas mes oreilles, je n'en crois pas mes yeux. Je me pince pour de bon, en cette matinée du 3 janvier. Après avoir été accusés – le second jour ! – de ne pas donner assez aux fonds d'aide pour les victimes du tsunami (35 millions de dollars débloqués en vingt-quatre heures, c'est nul, comparez à la France !), les États-Unis sont maintenant accusés, après avoir multiplié par dix la somme initiale, de s'offrir de la

« publicité » vers les pays du tiers monde, Indonésie musulmane en tête.

Le cauchemar climatisé de l'anti-américanisme de service a trouvé dans cette catastrophe naturelle le moyen d'à nouveau faire entendre sa lugubre voix d'oiseau de cimetière, sa mélopée du nihilisme qui va finir – Seigneur ! – par vraiment nous faire tous mourir.

D'ennui, pour commencer.

Par définition, les journalistes sont des tigres de papier.

Une fois morts, ils ne peuvent même pas prétendre à devenir des descentes de lit.

Le Camp c'est le moment où le monde devient une machine.

La Bombe c'est le moment où une machine devient le monde.

Quand on se couche devant un dieu, c'est que ce dieu est une idole.

J'écris peu en ce moment, j'achève au ralenti les ultimes corrections de *Cosmos Incorporated*, et j'entame cette postface à ce qui aura été pour moi l'année de tous les dangers.

Je viens de subir six semaines d'immobilisation quasi complète suite à une grave chute dans un escalier : quatre côtes cassées, pneumothorax, perforation de la plèvre, élongation des muscles du bras gauche, hématomes divers.

N'attaquez jamais un escalier, surtout de nuit.

Les comiques sont immortels : « *Le Premier ministre Jean-Pierre Raffarin a assuré lundi que l'État mobilisait* "*tous ses moyens*" pour retrouver *Florence Aubenas* », selon l'AFP. Je m'interroge, franchement dubitatif : les « moyens » de la France en Irak ?

Un porte-avions secret, sans doute.

Revenons à nos amis, les collabos franchouilles, qui ont trouvé dans le tsunami le moyen d'écorcher encore une fois l'horrible Oncle Sam et de faire valoir les mérites de la politique du tandem Chirak-Barnier (de Villepin a été remplacé par une autre bouche en cul-de-poule) ! Cela vaut le détour. Mes avanies éditoriales, qui m'ont poussé à reprendre le *Théâtre des Opérations* sous la forme de cette postface, dans laquelle j'intégrerai sans doute quelques notes datant de novembre et décembre, mes problèmes avec la censure sociétale gauchiste, donc, me permettent de pousser le tir jusqu'aux débuts de l'année 2005. Avec ce que la République des Enfoirés me donne en pâture depuis quelques jours, je me vois bien maintenir le feu ouvert jusqu'au 30 janvier prochain, date des élections en Irak, quelle qu'en soit au demeurant l'issue réelle.

Alors oui, revenons un peu – un coup d'aile du *Stormovik*, la cible apparaît dans le viseur, le doigt effleure le bouton de mise à feu des missiles –, revenons un peu vers les troupes en déroute du nihilisme franchouille, et ses pathétiques haut-parleurs médiatico-culturels.

Toute la presse collabo du Frankreich écolo-gauchiste pro-arabe est de la partie. À commencer par l'AFP, sorte d'Agence Tass modèle Quai d'Orsay, et les médias télévisés ou radiophoniques qui ne sont plus que des caisses de résonance de la bien-pensance centro-nazie de gauche.

L'Occident fut dès ses origines le mouvement solarien de l'humanité. Désormais, de la Sibérie à Ushuaïa, de l'Alaska à Uppsala, de Sydney à Vancouver, un seul et même RING, le même anneau pan-planétaire de l'Occident, qui relie les hémisphères, trace une ligne évolutionniste entre le continent boréal et les mers australes, et devient pour de bon la DISSIDENCE civilisationnelle du monde qui s'en vient.

Aujourd'hui, être un Occidental cela signifie être un *néo-atlantiste*, pour lequel la vieille alliance née de la guerre froide doit être refondue, avec nos anciens ennemis, les Russes, pour faire face aux nouveaux, dont la France, et pour lequel les trois océans de la planète ne forment qu'un seul anneau civilisationnel désormais en attente de la conflagration terminale avec le nouvel « Empire du Milieu ».

Par ma mère, je ne sais trop comment, je reçus l'héritage atlantico-celtique, celui des navigateurs irlandais ou hyperboréens, celui du roi Arthur, des cornemuses écossaises et par voie de conséquence une anglophilie marquée au plus loin que je puisse remonter dans mon enfance.

De mon père, le lignage ne fut pas vraiment génético-historique, hormis l'épisode de la Résistance. Il provint de son existence même, en tant qu'adulte entrant dans le monde de l'après-guerre, de ses voyages en terres soviétiques, là d'où les hommes partaient vers l'espace. En moi une synthèse, sûrement malhabile, s'élabora entre le passé anglo-romano-celtique de l'Europe et son futur russe.

Plus tard, la synthèse se déplaça, se « déterritorialisa ». L'éviction, très douloureusement vécue, de mes parents du parti communiste, suivie de la défaite technique et stratégique dans la course à l'espace des Soviétiques, avait enfoncé de méchants clous dans la structure en formation. Les États-Unis apparurent alors comme une nouvelle (méta)forme, une synthèse possible de ce passé et de ce futur, alors avorté par le communisme.

Pendant près de vingt ans, j'ai attendu que les Russes se libèrent du despotisme asiatique bolchevique, afin qu'ils rejoignent la place qui est la leur : au sommet.

Dès l'âge de quinze ans, je pressentais la domination effective d'un véritable « condominium russo-américain » pour reprendre les mots du Général. Simplement je devinais qu'il engloberait une partie du territoire européen.

Celui qui choisirait la liberté.

C'est cette réorganisation globale que nous vivons, et elle suscite des fractures tectoniques qui vont engendrer leur lot de tsunamis politiques dans les années qui viennent. Les raz de marée se préparent, attention aux villages sur pilotis mal protégés !

Ainsi, l'Ukraine.

Tout le monde en chœur, bel unisson comme toujours dans les médias occidentaux, s'est félicité de la victoire de la « révolution orange » conduite par Viktor Iouchtchenko.

S'il ne fait guère de doute que son opposant, le candidat du pouvoir, était peu reluisant, apparatchik post-stalinien aux ordres de la clique entourant l'actuel Président, et probablement à l'origine d'une tentative d'empoisonnement à la dioxine aussi stupide que mal préparée, s'il ne fait guère de doute, donc, qu'une bonne partie de la population, surtout dans l'Ouest, voulait à juste titre en finir avec ce pouvoir merdique, il convient de noter que personne, je dis bien PERSONNE, n'a cru bon de se poser la question de comprendre pourquoi la quasi-totalité de l'est du pays allait voter CONTRE Iouchtchenko (plus encore que *pour* son rival).

Quelques théoriciens à la petite semaine, prébendiers des colonnes des journaux, y sont allés de leurs mauvais couplets de géopolitique de comptoir : l'Ouest plus développé, pro-occidental et catholique, serait plus

« sensible » à l'ouverture démocratique que l'Est, plus pauvre, pro-russe et orthodoxe, et donc par définition – si je comprends bien – insensible à tout « progrès des droits de l'homme ».

Le bourgeois n'est jamais plus aveugle et borné que lorsqu'il est de gauche. Ses idéologies de substitution, qui remplacent le hideux dollar, trop vrai, trop vampirique pour ne pas être occulté, placent sur son front déjà bas d'obséquieuses lunettes qui obscurcissent encore sa vue déclinante et lui donnent un air final d'ahuri diplômé.

Ce qui se passe en Ukraine est le révélateur ou plutôt le signe avant-coureur de la formidable réorganisation politique qui va bientôt transformer de fond en comble le continent : d'un côté, les peuples de l'ancien système soviétique souhaitent au plus vite rejoindre la « démocratie occidentale », et on les comprend ; dans le même temps, un mouvement imprévu de méfiance vient soulever ces mêmes peuples à l'encontre des INSTITUTIONS actuelles de cette fichue non-Europe, à l'égard de cette bureaucratie bruxelloise et de ses gouvernements « nationaux » fantoches. Cette méfiance, on la retrouve tout particulièrement dans les couches populaires, celles qui n'ont déjà pas grand-chose et pour lesquelles les bourgeoisies compradores n'ont que fort peu d'attention, maintenant que les BMW sont en vente libre à Kiev.

Les mineurs et les ouvriers, les fermiers et les militaires de l'Est ukrainien, russophones, orthodoxes, anticommunistes comme antibourgeois, et violemment attachés à leur LIBERTÉ, chèrement acquise, ne veulent pas la VENDRE contre quelques soutiens-gorge, bas de nylon et chewing-gums. Ce ne sont pas des Français, eux.

Les peuples de l'Est sont les plus européens d'entre tous, c'est pour cela, messieurs-dames, qu'ils ne veulent pas de votre Europe !

Esquisse d'une « théorie du nihilisme comme écologie hypervirale ».

Je parle du nihilisme terminal de ce XXIe siècle.

Tout a débuté avec les théories de Burroughs, tirées de la Sémantique Générale de Korzybsky, avec lesquelles l'homme du cut-up a commencé à concevoir le langage comme un virus. Nous étions alors dans les années 1960.

Dix ans plus tard, dans son texte *La Révolution électronique*, Burroughs définit les attributions de ce virus. Sa grammatologie est celle d'une métaphore actualisée, elle est performative, comme toute littérature, comme celle de Dante le fut pour le monde post-médiéval : *le langage est un virus* devient *le virus est un langage*. Tout virus étant une simple combinaison fragmentaire d'ADN, cela revient à dire : le code est un langage. Et M. Dawkins, darwiniste ultra-orthodoxe d'obédience marxiste, peut ainsi, vers 1977-78, mettre en place son modèle standard de biologie évolutionniste basée sur le « gène égoïste », puis dans la foulée « inventer » sa théorie, littéralement pompée à Karl Popper, des « idées comme virus », ces « memes » qui seraient à la psyché humaine ce que le virus est à l'organisme qui la supporte.

Au même moment, M. Crick, co-découvreur de la structure de l'ADN avec M. Watson dans les années 1950, parvient lui aussi à bétonner son modèle standard, basé sur une compréhension purement mécaniste du génome vu comme usine de fabrication à la chaîne de protéines. La métaphore de Burroughs s'actualise et le code-virus devient une réalité : vers 1980, le premier virus informatique voit le jour ; le « virus » du sida commence lui aussi à faire des ravages.

Comme les chercheurs du « Groupe de Perth », qui sont loin d'être tous des imbéciles et des charlatans, je me pose de sérieuses questions sur la validité du concept même de « virus » pour le sida.

Le sida est une maladie du quatrième type, il est le symbiote accompli de l'écologie hypervirale. Celle du monde dans lequel *le langage est un virus* est la métaforme contrepolaire de : le virus (code) est un langage. Le sida n'est donc pas un virus, pas même un rétrovirus, mais un « pseudo-organisme » de type « cybernétique/ biologique », ou plus exactement l'extension organique d'une métamachine codale, hypervirale, *qui fait monde*, qui est en soi une écologie active et totalement parasitaire, puisque incarnation démoniaque et invertie du principe logocratique.

Ce *Théâtre des Opérations*, comme les autres, n'est pas un « journal » au sens strict. Par exemple, tout le monde aura noté que l'année 2004 est tout juste couverte, par bribes.

2004 aura été l'année de l'écriture de *Cosmos Incorporated* en même temps que des opérations défensives que je me vis dans l'obligation d'improviser contre les petites hyènes bobo de la nomenklatura merdiatique nationale. *Eugénie du communisme*, Aragon du pauvre, je veux dire du bourgeois inculte/instruit d'aujourd'hui, Arnaud Viviant est parvenu à mettre, enfin, tout le monde d'accord à son sujet. Même ses amis ont dû se désolidariser publiquement de l'immonde fromage que ce gougnafier a osé affubler du nom de « roman ». La lecture de quelques pages de la chose m'enseigna qu'il existe bien une justice immanente à la littérature : quand on est nul, c'est pour la vie.

Je terminais *Cosmos Incorporated* à cette date, et j'avais désormais contre moi non seulement les viandards appointés du journalisme centro-chirakien mais ceux-là mêmes avec lesquels j'avais, très maladroitement, essayé, en pure perte, d'engager un dialogue.

Je me suis très lourdement trompé sur les Identitaires. Certes je n'ignorais pas qu'en m'adressant « aux gens qu'il ne fallait pas, en employant les mots qu'il ne fallait pas », j'éclairais de plein fouet l'énigme jusque-là tapie dans l'ombre : qui décide, précisément, de tous ces « il ne faut pas » ? Notez-le : la génération qui s'est promis d'interdire d'interdire !

Mais ce dont je ne me doutais pas, c'est que je prenais aussi les « Identitaires », très marqués par l'idéologie euro-utopiste de la Nouvelle Droite, comme à revers, en enfonçant une authentique « troisième voie » entre l'antisémitisme « antisioniste » de la gauche bobo et celui, à peine plus marqué racialement, de l'extrême droite post-mitterrandienne.

Ce qui me valut dès lors quelques volées de bois vert dans à peu près tous les cercles de « pensée » pour lesquels antisionisme et anti-américanisme (doublé souvent d'un antichristianisme de micro-voltairiens) sont des marques de commerce, appellation contrôlée.

Je sais qu'en fait je ne suis pas seul. Nous formons comme une phalange d'éclaireurs dans la nuit la plus noire, celle du nihilisme global. Nous venons souvent d'horizons fort différents, voire opposés, mais c'est là le signe de la convergence critique des catastrophes : le passage de la Troisième Guerre mondiale à la Quatrième, qui a commencé le 11 septembre 2001, c'est aussi la tectonique violente des changements d'alliance, des basculements stratégiques, géopolitiques, *cosmopolitiques* – pour reprendre Abellio –, c'est le moment du grand tsunami anthropique, celui de la destruction créatrice du Monde.

Je dois avouer que je regrette parfois amèrement cette structure « télégraphique » qui me fait abandonner ce « journal-bribes » pendant de longs mois. Ainsi, en 2001, j'eus le total manque d'instinct de l'arrêter net fin mars, pensant le reprendre sans trop de problèmes à la fin de *Villa Vortex*.

Oui, sauf qu'entre-temps quatre cavaliers de l'Apocalypse avaient surgi, deux tours s'étaient effondrées, un monde avait changé et mon roman, alors arrivé à mi-terme, dut être revu de fond en comble.

2004 aura été riche en événements de cette nature. Ayant d'abord prévu de stopper le Journal – à l'exception de quelques notes mises au frais pour plus tard – fin décembre 2003, j'ai attaqué *Cosmos Inc* sans prendre la peine de hisser durablement le périscope en direction des choses de ce monde. Lorsque j'émergeai enfin à la surface, vers la fin de l'automne, peu après les élections américaines, je me rendis compte que tout ce que j'avais prédit durant 2003 était survenu, en pire, l'année suivante.

Chirac l'Africon. C'est ainsi que je faillis intituler un article destiné à Ring qu'au final je m'abstins d'écrire.

Alors même que la nomenklatura franchouille n'avait eu de cesse d'accuser les troupes américaines opérant en Irak (pour en libérer la population) d'impérialisme et de barbarie (la chansonnette devient franchement lassante à la longue, pas un changement de rime depuis 1968), aucune voix – ou presque – ne s'est élevée lorsque la République des Guillotineurs s'est une fois de plus illustrée par son héroïsme et sa grandeur en bombardant les troupes légales du gouvernement élu démocratiquement siégeant à Abidjan ! C'était le soir, je regardais TV5 : l'habituel commentateur glabre et politiquement correct sous toutes les coutures nous

expliquait froidement comment « les forces armées françaises ont répliqué au dernier incident en date en détruisant la flotte aérienne du président ivoirien ».

La flotte aérienne ?

Renseignement pris, il s'agissait d'antiques Sukhoï
russes des années 1970 et de deux hélicoptères, d'ailleurs de fabrication française, à peine plus récents.

Que l'on juge de l'exploit accompli par nos troupes,
pendant que l'armée américaine « s'embourbe dans le
Viêt-Nam irakien » !

Incapables d'intervenir contre un génocidaire serbo-
communiste, un dictateur baasiste, des organisations
transnationales islamistes, des guérillas armées sur son
propre sol, la glorieuse armée française réussit l'exploit
de « détruire la flotte aérienne » d'un gouvernement
ouest-africain. Gouvernement depuis longtemps notre
allié, qui plus est !

Tout cela pour avaliser le découpage ethnique imposé
par les milices musulmanes du Nord, parce que Paris,
la capitale de la Bourse, a décidé de s'allier aux potentats
islamiques – Nigeria, Soudan, Tchad, Burkina-Faso, en
premier lieu – qui ont des visées stratégiques sur
l'Afrique subsaharienne.

On comprend mieux ce qui attend notre pays, lorsque
sera venue l'heure de régler les comptes.

Il y a beaucoup de peuples, Irakiens, Ivoiriens,
Algériens, Croates, et Serbes ! qui sauront s'en souvenir
le jour venu et présenter la note.

J'espère que les droits d'auteur du Lamartine du Quai
d'Orsay suffiront à couvrir les frais de justice.

17 janvier, dans quelques heures départ pour Paris.
Motif : une intervention chirurgicale chargée de réparer
les divers dégâts faciaux subis depuis mon adolescence.
En surplus d'une acné ravageuse, j'eus droit en effet,

tout au long de ma jeunesse, aux preuves irréfutables de l'amour des autres dont peuvent se rendre capables, par ordre d'entrée en scène, des loubards de banlieue modèle 1975, *white trashes* avinés qui ne « supportaient pas les "tapettes" en cheveux longs », près d'un arrêt d'autobus désert, à vingt heures, Villejuif, aucune chance ; de sémillants jeunes communistes du lycée Romain-Rolland qui n'appréciaient pas ma croix du *Blue Oyster Cult* ni mon goût pour les bottes de cavalerie, les longs manteaux de cuir noir, et mes lectures de Nietzsche, l'année suivante, et qui surent me le faire remarquer ; un *remake-remodel* de la version loubards avinés, début 1977, même situation, nuit tout juste tombée, arrêt d'autobus, à Vitry-sur-Seine cette fois-ci, bistrot de poivrots juste à côté et rebelote pour cinq contre un, en fait contre *deux*, dont une jeune femme en l'occurrence, rien n'arrête le courage d'une ordure ; un groupe bien hargneux de *Teddy-Boys* (ennemis des punks) avec coups-de-poing américains dûment agréés, à l'été 1977, lors d'un concert mémorable aux Olympiades du quartier chinois, quand ça chauffait vraiment pour acquérir la nécessaire *street credibility* ; deux gros chercheurs d'embrouilles bourrés de speed me prenant pour cible désignée au hasard, place d'Italie, en 1978, et m'envoyant la gueule en sang dans un semi-coma, un fourgon de police-secours puis les urgences du XIIIe arrondissement ; le gras CRS giscardien qui me balança joyeusement sa matraque en travers du visage, lors d'une manifestation autonome ultra-violente, la même année ; et pour finir, une bande d'Arabes, vers le printemps 1981, qui eurent l'obligeance de faire se rencontrer le pare-chocs d'une voiture avec le haut de ma boîte crânienne, m'offrant au passage ma première véritable commotion cérébrale.

Retrouver Paris, pour environ un mois, en plein hiver, même chez des amis hospitaliers, m'enchante à peu près autant que la perspective de passer la saison entière au Danemark, dans la solitude d'un Léon Bloy. Dans le même temps, ce sera pour moi l'occasion de finaliser mon passage chez Albin Michel et d'enfin rencontrer l'homme par qui le miracle est arrivé, qui est devenu mon agent contre toute attente, et m'a permis de retrouver mon honneur d'écrivain.

En effet, 2004 aura été, pour moi, l'année de tous les dangers, l'année de toutes les ruptures, l'année de toutes les trahisons.

Elle qui avait commencé par mon baptême, cette épreuve du feu qu'elle me livra durant le temps d'une gestation, devait bien sûr s'achever par son plus brutal retournement. Un abbé du sud de la France m'avait prévenu, au mois de février : « N'ayez pas peur, m'avait-il dit, vous entrez dans la lumière. »

Or, comme le rappelle saint Denys l'Aréopagite : « *Le feu qui n'éclaire pas n'est pas feu, la lumière qui ne brûle pas n'est pas lumière.* »

Cet été de l'année 2001 je m'étais retrouvé seul pour un mois, j'avais du pain sur la planche, l'aventure *Villa Vortex* venait de commencer, je passais mes après-midi à écrire, mes nuits aussi, sous la coupole de chaleur qui se formait au-dessus de la ville en traînées d'infrarouge. Un jour, un ami me pria de le rejoindre dans une maisonnette qu'il allait louer pour le week-end, avec quelques connaissances.

C'était en Estrie, quelque part aux alentours de Drummondville. J'étais parti vers midi avec l'idée d'arriver dans l'après-midi, d'y passer la nuit et de repartir le lendemain. J'avais roulé des heures sous le ciel canadien en compagnie de Meat Beat Manifesto et de Billy Idol.

Je ressentais une impression étrange, au fur et à mesure que j'avançais sur la route, face à l'océan bleu du ciel.

L'Amérique était là. Là. Ici. Maintenant. Elle était aussi belle qu'une innocence perdue, aussi imparfaite qu'un crime raté, aussi vaste qu'un monde perdu.

Je me perdis quelque part au sud de Drummondville, en quête du « rang » que l'on m'avait indiqué. Je roulais au travers de vastes étendues d'épinettes, Le soleil déclinait. Je finis par trouver le *row*. Je m'y engageai et, au bout d'un kilomètre de piste sablonneuse, je parvins à la petite maison, bloquée entre la pinède et un petit lac aux eaux translucides.

Il n'y avait personne.

J'avais fait le tour de la maison.

Frappé à la porte. J'avais appelé. J'avais cherché plus loin alentour.

Personne.

J'entendis alors une voix qui provenait de la rive du lac. Une femme, que je ne connaissais pas, venait vers moi et me disait quelque chose. Elle semblait sortir d'une maisonnette proche que je n'avais pas vue jusque-là, masquée sous une frondaison sauvage. Mes amis étaient partis près de deux heures auparavant, compris-je. Ils étaient venus pour la « fin de semaine » mais étaient retournés à Montréal plus tôt que prévu. Au moment où ils avaient pris leur décision, j'étais déjà sur la route, sans la possibilité d'être joint.

C'était ainsi, me dis-je. Je remerciai la femme et remontai dans le Dodge.

Le *Whiplash Smile* de Billy Idol démarra sur la platine alors que je me mettais en route.

J'étais en Amérique, c'était la seule chose qui comptait. Quelque part en Atlantide. Peu importait vraiment où.

Sur la route pancanadienne.

Je me sentais comme un enfant, heureux et libre comme un enfant, c'est-à-dire avec cette pleine et joyeuse innocence qui peut nous faire abandonner une planète pour le plaisir du jeu. Je me doutais à peine que l'épreuve de force commençait.

L'épreuve de force avec le monde qui, en moi, voulait continuer à vivre malgré tout.

Après mon départ de chez Gallimard, conséquemment au refus de la maison de publier *American Black Box*, les éditions Flammarion s'étaient portées acquéreuses de la « chose ». Passé quelques semaines d'un calme qui me sembla de bon augure, après des mois de chasse aux sorcières subis depuis la fameuse « affaire des Identitaires », je fus confronté à la Nouvelle Censure d'État, cette censure qui en fait est celle de la SOCIÉTÉ, c'est-à-dire la censure opérée par la CULTURE elle-même, preuve protéiforme de la naissance d'un nouveau totalitarisme, bien plus pernicieux et efficient que les précédents.

Ce qui bloqua avec Flammarion fut un problème d'apparence purement sémantique, mais il recouvrait la fracture sismique qui est en train de diviser la pensée.

Je pouvais, avec des mots choisis, m'en prendre à peu près comme je l'entendais à l'islamisme militant, c'est-à-dire aux poseurs de bombes et aux décapiteurs auto-filmés.

Jusque-là, comme on dit, *tout va bien*.

Le problème insoluble se cristallisait autour de mes critiques politico-théologiques de l'Islam en tant que tel.

En tant que « religion », c'est-à-dire selon moi en tant qu'*hérésie*. Et d'une manière plus générale, en tant qu'*idéologie*.

Il ne serait venu à personne, il y a trente ou cinquante ans, d'oser interdire, sauf dans les pays qui en subissaient le joug, toute critique du communisme et de son prophète Karl Marx pour cause de « communisto-phobie ». Cela fait maintenant des décennies qu'est autorisée, sous toutes les formes possibles et imagi-nables, la « critique » (souvent simple pleurnicherie humanitaire) du fascisme et des idéologies apparentées.

Le « capitalisme » est chaque jour vilipendé, jusque par des animateurs de télévision ! Il ne s'écoule pas une semaine ou presque sans que le Pape n'en prenne pour son grade dans la presse laïcarde française, de *Charlie Hebdo* au *Canard enchaîné*, de *Marianne* à *L'Humanité*, sans que personne ne s'en émeuve outre mesure. Les méchants « protestants évangéliques » sont considérés par les médias du nouveau Frankreich comme à peine moins que des sectateurs d'Hitler, et les juifs qui veulent vivre libres sur leur terre, celle-là même qui leur fut donnée de toute éternité par Yahvé, sont des « colons » pratiquant « l'apartheid » !

En cette époque, ce cloaque, devrais-je dire, où tous les révisionnismes se sont agrégés pour former la nou-velle pensée centriste qui fédère 90 % de Français, où la Constitution « européenne » a été écrite de telle sorte que la Turquie puis les pays du Maghreb puissent inté-grer cette délétère « Union », en cet égout de la post-histoire, cette bonde d'éjection des eaux usées du nihilisme, seul l'Islam, néo-communisme « religieux », se trouve à l'abri de la vindicte des intellectuels, des politiciens, des journalistes, de tous les valets de cette bourgeoisie post-gauchiste qui ne peut concevoir en effet qu'elle aurait quelque chose à défendre, puisque préci-sément c'est ce qu'elle s'est acharnée à détruire depuis trente-cinq ans.

Déjà, après l'avancée de la Charia en Ontario, on entend des voix s'élever, et pas uniquement du côté de la racaille islamiste, pour que la « polygamie » soit enfin autorisée au Canada, son interdiction contrevenant, paraît-il, à la jurisprudence de la Cour suprême en matière de liberté religieuse.

Le hijab n'était qu'un début, un moyen de forcer la porte. La loi coranique domestique, puis l'abrogation de la monogamie – dans la foulée du « mariage gay »– sont les prochains objectifs des Frères musulmans.

C'est désormais clair, nettement affirmé, personne ne pourra venir clamer qu'il n'était pas au courant.

Me reviennent alors en mémoire les images de l'élection américaine des 2 et 3 novembre.

Quel bonheur ce fut de contempler, des heures durant, les visages déconfits, les mines défaites, les tronches en berne, non pas des électeurs démocrates américains, mais des *non-électeurs* franchouilles, belges ou boches !

Les yeux de chiens battus des journalistes succédaient à ceux des intellectuels, des politiciens et de toute la valetaille qui les sert obligeamment.

J'ouvris une bouteille de champagne ce soir-là, un grand cru millésimé – pas de Cristal Roederer, on en trouve rarement par ici, mais un Veuve-Clicquot qui allait se montrer le nectar parfait pour fêter dignement la défaite totale du chirakisme.

Je mis Oasis puis Nine Inch Nails à fond sur la platine. Je regrettai brutalement de ne pas disposer d'une version CD du *Star Spangled Banner*, joué par Hendrix, avec le BRUIT DES BOMBES en larsens électro-acoustiques !

Le lendemain, un abruti mahométan assassinait Théo Van Gogh, arrière-petit-neveu du peintre, parce que l'homme osait remettre en question les préceptes inflexibles du Coran et l'islamisation de son pays.

Ce meurtre apparut comme la seule « réponse » objective que Zéropa-land pouvait donner à la victoire de George Bush, c'était de son niveau, c'était le signal, clairement assumé comme tel, du sort qui attend tous ceux qui refusent de se courber devant le nouveau totalitarisme global.

Février-mars 2005 :
Quatre semaines en territoire ennemi

> « Mais l'homme n'est pas seulement un vivant qui, en plus d'autres capacités, posséderait le langage. Le langage est bien plutôt la maison de l'Être en laquelle l'homme habite et de la sorte *ek-siste*, en appartenant à la vérité de l'Être sur laquelle il veille. »

> Martin HEIDEGGER,
> *Lettre sur l'humanisme.*

Retour de Paris le 15 février, veille du premier anniversaire de mon baptême. Plus l'avion s'approche des côtes nord-américaines, plus un grand calme, glacial, terrible, m'envahit.

Depuis le mois de décembre je suis officiellement canadien. Depuis ce séjour à Paris, je ne serai plus jamais français.

Il existe franchement une relation étrange qui unit mes déplacements et les « catastrophes » géopolitiques. Le jour même de mon retour j'apprends que l'ancien Premier ministre libanais vient de se faire exploser en plein centre de Beyrouth : voiture piégée, abruti kami-kaze, trois cents kilos d'explosifs.

Alors que j'écoute la radio dans la voiture qui me reconduit en ville, je n'arrive pas à m'ôter de l'esprit les images du Liban que j'ai ramenées de là-bas, à deux reprises. La dernière fois, en 1997, Rafic Hariri était alors le « roi de la ville », dans tous les sens du terme. Reconstruction, pognon, corruption, casinos, hôtels de luxe, cimenteries, le business repartait bon train, il y avait à refaire une cité pleine de trous de roquettes et de mitrailleuses. Je n'ai plus très bien suivi la politique intérieure libanaise depuis, mais quiconque connaît un peu ce pays et sa capitale sait qu'aucun attentat de ce type ne pouvait y avoir lieu sans l'aval de Damas et de ses hommes de main, le Hezbollah chiite pro-iranien.

C'est ici même que se présente la nouvelle *confla-gration*. Les « idiots utiles » qui, pendant des années, ont martelé – avec l'assurance du petit prof trotskiste – que les idéologies socialistes arabes étaient le meilleur rempart contre l'islamisme ont, depuis l'Irak et mainte-nant le Liban, la preuve terriblement solaire de leur insignifiance et de leur idiotie congénitale devant leurs pauvres yeux.

Le 24 janvier vers midi, on m'avait sorti de la salle de réveil et, arrivé dans ma chambre, j'avais illico sombré de nouveau dans un sommeil noir, sans fond, continuité de la narcose artificielle liée à une compli-cation opératoire et à l'obligation subséquente de pro-longer l'anesthésie générale.

Lorsque je m'étais réveillé pour de bon, en milieu de journée, le mouvement que j'avais entrepris, bien sûr, fut de me poster devant le miroir de la salle de bains et de contempler les dégâts.

Le toubib m'avait prévenu. Mais là, quand même, je regardais le visage d'un type qui vient de rencontrer une bande de racailles dopées à mort et à la recherche d'un jouet humain susceptible de troubler quelque peu leur ennui, au coin d'une cité mal famée. Moi qui voulais faire oublier les traces des coups reçus dans ma jeunesse, je me retrouvais avec le visage tuméfié d'un type qui vient de sortir du ring, et pas en position de gagnant !

Les six ou sept jours qui s'écoulèrent ensuite furent de l'ordre du rêve, un rêve post-opératoire, clinique, glacial.

Je réalisais, presque effrayé par la révélation, que de ville étrangère qu'elle me semblait devenue les années précédentes, Paris m'était désormais une ville complètement HOSTILE.

Étrangère elle ne l'était pas, ne l'avait jamais été, je la connaissais jusqu'au bout des doigts, au contraire.

Et pourtant, telle une partition que l'on sait par cœur mais qui n'inspire plus le moindre souffle, j'y marchais à contretemps constamment, je me heurtais aux gens, j'étais toujours *off-beat*, complètement hors tempo, en dehors du cadre, à contresens, je n'appartenais plus à ce monde, et pourtant jamais il ne m'était apparu moins distant, moins *étrange*. Au contraire, c'est de sa terrifiante proximité, sa proximité avec le néant, que surgissait le nuage noir de l'anxiété, redoutable, et d'une constance plate comme l'encéphalogramme d'une mort clinique : chaque rue, chaque station de métro, chaque visage indiquait l'absence paradoxalement incarnée, ubique et démoniaque de l'ennui et du désespoir, cette forme moderne et postmoderne du Mal.

L'inimaginable se produit : une révolution rouge-et-blanche s'empare des rues de Beyrouth et des grandes villes du Liban.

Chrétiens, sunnites, druzes, tous unis en tant que force nationale contre l'occupant. La petite révolution orange de Iouchtchenko va paraître bien anodine quand le peuple libanais, de nouveau unifié, aura bouté les envahisseurs du Baas syrien bien au-delà de la Bekaa.

Mort de Hunter S. Thomson : le prophète gonzo s'éteint dans le silence presque général de la nomenklatura merdiatique. On nous a pourtant bassinés des jours durant avec la mort d'Arthur Miller, sa liaison avec Marilyn, le maccarthysme, ses pièces surestimées, le « Sartre américain », tout.

Mais le shérif d'Aspen, ce cow-boy bouffeur d'acide et de psilocybines, libertarien radical, dont la grange était pleine d'un arsenal capable de tenir tête à un bataillon d'infanterie mécanisée moderne, cet artiste de la folie organisée comme mode de vie oblique et fondamentalement américain, ce dynamitero des idoles pop et des chambres d'hôtel de Las Vegas, ce valdingueur en chef des bien-pensants, de gauche comme de droite, cet *outlaw* de la contre-culture était bien trop dingo, chien de prairie des littératures sauvages, authentiquement américain, *gonzo from an outer world*, pour ne pas effrayer le bas-bleu anémique qui sommeille en tout intellectuel, ou journaliste, ce qui aujourd'hui revient au même, chacun n'étant que l'obscur journalier de la pensée en boîte, le prolétaire des bavardages, tâcheron industrieux rivé sur sa chaîne de montage de verbiages devenus *antiformes*, pur néant, simples reflets en creux de la vraie parole.

Exécution par les Russes d'Aslan Maskhadov, un des chefs terroristes tchétchènes, sans doute à l'origine de l'ignoble opération de Beslan. Non seulement rien n'est

614

fini dans cette région du monde, mais tout y recommence.

Plus tard, le groupe Human Rights Watch déclarera froidement que les Russes commettent un « crime contre l'humanité » en Tchétchénie. Pas un mot sur les atrocités commises systématiquement par les nazis pro-talibans tchétchènes contre les populations chrétiennes.

Et au Liban aussi, la vérité se montre à nu. Le Hezbollah abat les masques et organise une manifestation de masse pro-syrienne dans les rues de Beyrouth.

Walid Joumblatt qui, en son temps, fut le cogénocidaire des chrétiens du Liban, avec ses amis baasistes syriens, terroristes palestiniens ou militants sunnites libanais, est désormais une sorte de chef autoproclamé de l'opposition au gouvernement de Damas. Mais sa minable main tendue au parti chiite a reçu le crachat qu'elle méritait.

Le Hezbollah est au service des Iraniens et la Syrie le sert autant qu'il lui sert de supplétif pour contrôler le tiers sud du pays.

Le Hezbollah ne laissera pas partir les Syriens. Sans eux, il est foutu. Faut-il rappeler que depuis la soi-disant « paix » de 1991, la formation politique islamiste pro-iranienne reste le seul parti, je dis bien le *SEUL* parti libanais, à avoir le droit officiel de disposer d'une milice armée, autant dire de forces militaires indépendantes du pouvoir central ?

Sans les Syriens, les militants radicaux islamistes vont probablement essayer de régler le problème eux-mêmes. Une nouvelle guerre civile, ou une sécession du Sud-Liban à dominante chiite, ne paraît plus une absurdité.

Le 30 janvier, une semaine après mon opération, j'avais regardé la télévision pour suivre l'évolution – et

surtout son compte rendu par les médias du *Frankreich* –
des élections en Irak. Il était assez tard, le soir. Je
regardais LCI.

J'avais tout de suite compris, rien qu'en voyant la
tronche du présentateur.

Ça avait marché.

Oui, c'était sûr. Ce visage livide en dépit du maquil-
lage de studio, cet air contrit, ces yeux de chien battu,
cette voix morne. Ils l'avaient eu dans le cul, bien profond, les abrutis.

Tel un pauvre automate chargé d'annoncer sa propre
déprogrammation, le présentateur alignait les chiffres :
plus de 60 % de participation, s'il n'y avait eu l'appel
au boycott des grands partis sunnites, le taux aurait
dépassé 75 % ! Ah, oui, il fallait le voir, ce pauvre
mariole de la Télévision Privétatisée, comme ses tristes
confrères sur TF1, FR2, FR3, j'en passe.

Le lendemain, on franchit encore un degré dans la
mise sur orbite de la connerie nationale : j'entendis de
mes propres oreilles, comme dans une sorte de cauchemar tragi-comique, notre Barnier national, inimitable
successeur de la bouche en cul de poule spécialiste de
Lamartine, à la charge des Affaires étrangères, oser
affirmer, sans la moindre vergogne, avec l'aplomb des
grands escrocs patentés : « *Les élections en Irak sont
une victoire de la communauté internationale.* » Le tout
suivi d'une phrase sibylline sur le « rôle de la France »
dans cette opération.

Depuis, quand j'y repense, quand je me remémore la
vision de ce pauvre blaireau d'énarque chirakiste tentant
pathétiquement de sauver les meubles et les bijoux de
famille, eh bien, c'est ainsi, je ne peux m'empêcher
d'éclater de rire, où que ce soit, comme une voiture
piégée à la face de l'IRRÉALITÉ.

La victoire de la démocratie en Irak fut fêtée comme il se doit par les vidéastes amateurs de l'islamisme : 125 morts. Ka-boom. Un seul cratère fumant et 125 personnes, irakiennes pour la plupart, sont rayées de la carte. Plus encore que lors de l'attaque contre le QG de l'ONU ! Désormais, pour vaincre, les islamistes vont devoir tuer beaucoup d'Arabes, beaucoup de musulmans, il est probable qu'à terme ils s'entr'égorgent les uns les autres.

Surprise ! Grosse baisse de popularité, et fort brutale, de la « Constitution » chirako-giscardienne.

On sent la nervosité gagner les grands partis ouvertement en faveur de ce papelard de merde.

Ce qu'il y a de formidable avec les cons, c'est qu'ils ont un don véritable pour s'enterrer tout seuls. Les crevures responsables de cette *dé-constitution* de l'Europe ont en effet essayé de ménager la chèvre et le chou, comme on dit. On va voir très vite à quel immonde potage cela risque de les conduire.

Dans le rôle de la chèvre : le capitalisme européen sur-subventionné. Ce secteur privatisé qui fait la gloire de la Franco-bochie et qui engloutit toujours plus de fonds « publics », et va brillamment de réussites inouïes en performances survitaminées : micro-informatique, génétique, biologie, lasers, aérospatiale, qui donc ne connaît pas les exploits herculéens de l'Europe dans tous ces domaines ?

Dans le rôle du chou : les citoyens « lambda » ou plutôt leurs « représentants », c'est-à-dire les syndicats et leurs prébendiers qui veulent leurs trente heures hebdomadaires, voire leurs vingt-cinq, ou leurs dix-huit ! – et pas plus tard que tout de suite.

Dans l'interstice, on comprend qu'il n'y ait pas beaucoup de place à accorder au christianisme et à deux mille ans de civilisation.

Mais, problème : on n'a pas su donner assez aux uns, et pas assez non plus aux autres.

De plus, les peuples, ces cons de « peuples », semblent rebutés à l'idée que quatre-vingts millions de Turcs musulmans entrent prochainement dans leur « Union ».

À part l'Espagne bobo de Zapatero, qui s'est immolée joyeusement sur sa corne, personne ne veut de ce minotaure bureaucratique. Les sondages pré-référendums, en France, en Italie, en Grande-Bretagne, presque partout, et même (surtout !) dans les pays de l'Est, commencent à faire sonner le tocsin à tous les étages de la grande machine bruxelloise.

La revanche de Maastricht est sans doute en vue.

On me dit que l'on s'énerve beaucoup à l'UMP, face à la « fronde » qui – lentement mais sûrement – se met en place contre cette Constitution « turcopéenne ». Un plumitif lobotomisé du parti chirakiste va même jusqu'à affirmer, afin de « contrer » l'évidence qui désormais saute aux yeux, telle une bombe de forte puissance, que « l'Europe n'a pas d'identité ». J'ai oublié le nom du cancrelat, mais pas sa proposition annihilatrice d'au moins deux millénaires d'histoire. Je l'ai notée, ici même, nous pourrons la ressortir le jour venu.

Chaque jour, ou presque, je prie pour que cette « Constitution » criminelle soit rejetée par les peuples en éveil de la Nouvelle Europe.

Car cela conduira inévitablement à une crise continentale sans précédent. La CRISE nécessaire à la Fédération européenne, la CRISE nécessaire à son émergence en tant que bloc civilisationnel au XXIᵉ siècle, la CRISE nécessaire à la naissance, enfin, de cette NATION tant de fois avortée.

Dans le même temps je le sais, il s'agira d'un authentique cataclysme.

Je dois me rendre à l'évidence : ma vie suit une trajectoire à la fois parallèle et oblique, comme en zigzag, autour du monde qui se *dé-crée* chaque jour un peu plus sous nos yeux. Un trimestre tout juste après ma naturalisation canadienne, les nouvelles font le tour du pays : la pétasse en chef de la Commission de l'Ontario chargée d'étudier l'application de la Charia pour les musulmans de cette province, Mme Marion Boyd, vient de rendre un AVIS OFFICIELLEMENT FAVORABLE pour la mise en place de la procédure.

Et cela, en dépit de tous les rapports, dossiers, doléances qu'ont fournis les FEMMES MUSULMANES lors de cette pathétique incarnation judiciaire de ce que sont le « multiculturalisme » et la fameuse et délétère « Charte des Droits et Libertés ».

Car non contente d'avaliser les demandes des barbus polygames, Mme Manon Boyd se fend d'un exhilarant exercice de pensée unique au sujet du « racisme » et de la « peur de l'autre » : en gros, ce sont nous, tous ceux qui ne veulent pas de cette loi discriminatoire et indigne sur le sol de notre pays, qui sommes « racistes » et « intolérants ».

La novlangue postmoderne, ce langage de la destruction *cool*, ce médium du totalitarisme *soft*, atteint chaque jour de nouveaux sommets, de part et d'autre de l'Atlantique.

Voilà où auront conduit quarante ans de déconstruction politique et théologique absolue, voilà où nous auront menés les « valeurs » de cette génération de hippies merdiques, voilà où nous auront conduits les « révolutions » qu'on vend désormais en subversions culturellement correctes, voilà où nous aura conduits Mai 68.

Comme je l'ai dit dans un *Théâtre des Opérations* précédent, j'ai peur de me répéter, mais tant pis : une

« Charte des Droits » n'a de sens que si elle est concomitante à une « Charte des Devoirs ».

Le « multiculturalisme » est non seulement une absurdité, Nietzsche savait déjà que toute civilisation se fonde sur une UNITÉ DE STYLE, mais c'est une *absurdité criminelle,* puisqu'elle détruit les constituants culturels de nos civilisations d'origine et défait à l'avance toute possibilité qu'une civilisation franco-britannique comme le Canada puisse un jour prétendre à l'existence.

Même les Zéropéens, pourtant prompts à lécher les babouches des potentats islamiques, ne sont pas allés jusque-là.

À la « machine » de première espèce, selon la nomenklature établie par Deleuze, nous pouvons (hyper)lier une « maladie » de première espèce elle aussi. À l'époque antique/médiévale, l'époque des balistes, des trébuchets, des catapultes, qui démultiplient directement la force mécanique humaine, la « maladie » est la peste, *the Plague.* Ne pas oublier au passage que ce qui fonde une machine c'est la sphère cognitive du MILITAIRE. Toute machine est avant tout une ARME. En grec, le mot *mékané* signifie : PIÈGE.

Avec la machine de deuxième espèce, la force originale de l'homme n'a même plus à être démultipliée en tant que telle par un assemblage de « mécanismes », c'est un processus dynamique basé sur une force motrice entièrement extérieure à l'humain et, grâce à la révolutionnaire invention que fut le « régulateur » de Watts – invention du *pattern* « automatique » –, la vapeur devient en elle-même une « puissance autonome » qui « produit » la force mécanique nécessaire à l'émergence de la civilisation industrielle. C'est l'époque de la tuberculose, la « maladie » type du XIXᵉ siècle.

Ensuite, avec la machine radio-électronique, la machine quantique, post-mécanique, ordinateur, télévision, fusée orbitale, le XXᵉ siècle a configuré le monde à la mesure de la techno-science dominatrice, sa « maladie » fut, bien sûr, le cancer.

Et voilà qu'avec les années 1980, la machine de quatrième espèce fait son apparition, la machine génétique, la machine du « vivant », et c'est le moment où va apparaître la « maladie » en (hyper)lien avec ce monde : le sida.

La machine de quatrième espèce c'est le moment cyborg de l'humanité, c'est le moment où, simultanément ou presque, apparaissent les virus informatiques et le rétrovirus du sida qui sont deux « hyperfaces » d'un même syndrome, encore occulté par la vision mécaniste des sciences traditionnelles.

La machine de quatrième espèce est *faiseuse de mondes*. Elle propose un modèle ontologique, ontogonique, de sa propre constitution où il apparaît bien que, parfois, les cerveaux se rencontrent dans un espace qui n'appartient pas tout à fait à ce qu'on nomme abusivement « réalité ». Le monde d'aujourd'hui se configure comme une écologie *hyper-virale*, c'est-à-dire une dynamique performative où code et langage, sans cesse, « permutent » leur « sens » et leur « action », au point où nous sommes devenus les symbiotes d'un méta-organisme sans plus la moindre structure autre qu'informationnelle.

Dans *Cosmos Incorporated* et sa suite, *Grande Jonction*, dont je vais entreprendre l'écriture incessamment, je m'appuie sur ces théories biocybernétiques pour élaborer le monde du milieu du XXIᵉ siècle.

Ma principale source d'inspiration fut d'origine chrétienne, et du plus ancien christianisme qu'il soit. Dans l'Apocalypse, comme dans certaines épîtres et certains apocryphes, il est rappelé le règne à venir de la Grande Apostasie, quand « chaque homme se fera un Dieu à sa mesure ». Un Monde Pour Tous, un Dieu Pour Chacun, le slogan fédérateur de l'Unimanité dont je conçois la fin dévolutionnaire dans *Cosmos Incorporated* n'est rien d'autre que le moment du Verbe Inverti, le moment où l'action performative du discours boucle sur elle-même, le moment où, toutes les transcendances désormais rabattues sur le corps sans organes du « monde global », elles se reconfigurent dans un Léviathan post-totalitaire, démiurgique et fatal pour toute l'humanité, mais aussi et en premier lieu, pour lui-même.

Retour à la « réalité », depuis le début du mois, manifs de lycéens opposés à l'énième loi de réforme de l'Éducation nationale. Cette fois, les apprentis étudiants français, dont on nous vante le cosmopolitisme sans pareil, se refusent à suivre la règle du contrôle continu, pourtant appliquée partout ailleurs en Europe.

C'est que le Titanic France a ses exceptions culturelles, auxquelles il tient autant qu'à sa vaissellerie de luxe, comme notre fameux « bachot » qui, en plus de cristalliser notre originalité nationale, symbolise l'égalitarisme républicain jacobin tant prisé par nos intellectuels d'État.

Pourtant, lors de la seconde manif, je crois, vue à la télévision, je constate des « débordements » de violence qui ne semblent pas cadrer avec les images précédemment filmées de la procession.

Le lendemain, j'apprendrai par *Le Monde* ce qui s'est réellement produit : les manifestants se font systématiquement attaquer par des bandes armées venues des cités, en quête de « bolos », petits Blancs victimes désignées à racketter et à battre comme plâtre à coups de barres de fer. L'histoire – ou plutôt la post-histoire post-soixante-huitarde – se renverse : on voit désormais les lycéens et leurs services d'ordre demander la protection des CRS-SS, contre la banlieue défavorisée et confrontée au râhâcisme de la « société française ». Les interviews prises sur le vif, et publiées par *Le Monde*, de toute la racaille qui ainsi en « impose » valent leur pesant de vérités mégatonniques.

Racisme anti-Blanc ? C'est à se demander si le journaliste qui a osé écrire ces mots infamants pour la démocratie-et-les-droits-de-l'homme n'est pas en relation épistolaire, via Internet, avec un groupuscule d'extrêmeuh droiteuh.

Au Darfour, chaque semaine les milices arabo-islamiques commettent un petit Srebrenica. L'ONU, comme à l'époque des massacres serbo-communistes, fait les gros yeux. Ouh que c'est vilain. Cent quatre-vingt mille morts en moins de dix ans.

Et maintenant, osons regarder les choses en face. Je reconnais avoir été terriblement naïf. Il aura suffi de quelques années pour que la Justice que j'appelais de mes vœux, concernant la clique criminelle de Milosevic, soit travestie en comédie pour pouffiasses post-modernes par la « grâce » du nihilisme intégré aux cerveaux mêmes des « juges » qui président cette farce onuzie qu'est le tribunal de La Haye. Le discours du magistrat présidant cette auguste assemblée lors du procès du général Krstic a de quoi faire se retourner un million de George Orwell dans leurs tombes.

À la Justice forgée dans le feu de l'Histoire se substitue une panoplie de « droits » au service d'un nouvel Ordre Moral qui n'a plus peur de s'afficher comme tel.

À Nuremberg, on jugeait des crimes contre l'humanité.

À La Haye, on préjuge de la non-humanité du crime.

C'est un peu ce qui est arrivé au film *La Chute*, auquel il a été reproché d'avoir « rendu Hitler humain ».

Il est vrai que, pour la « pensée » contemporaine, Hitler, évidemment, « n'est pas humain » puisque c'est un « monstre ». Dire qu'il faut aller jusqu'à rappeler la fameuse « banalité du mal » mise en avant par Hannah Arendt pour ne pas même parvenir à faire taire les toutous du néo-angélisme post-historique, ceux qui se refusent toujours à admettre que non, décidément, par *nature, l'homme n'est pas bon.*

Un jour, j'étais parti du domicile de Richard Pinhas, pas très loin de Jussieu, pour aller en direction d'Arts et Métiers où Jacques Colin m'hébergeait. Richard souffrait d'une assez grave dépression et, lorsque j'étais sorti de chez lui, j'avais pris la décision de marcher pour prendre l'air, oxygéner quelque peu mes neurones et donner au regard une autre pitance que la vue répétitive de stations de métro entrevues depuis la vitre du compartiment.

Depuis des semaines la sensation me taraudait, indistincte pourtant, comme les effets d'un très violent et très souterrain tremblement de terre. C'est en me dirigeant vers le pont de l'Archevêché, puis en empruntant la rue qui longe Notre-Dame, que les pensées, les images, les sensations, se mirent à s'agréger, violemment.

D'abord, il y eut la vision de la Seine, filet verdâtre que venait rompre à cet endroit l'étrave d'une longue péniche porte-conteneurs.

Jacques Colin est probablement le plus anglais de tous les Français que je connaisse. Je me mis à penser à lui, au rock brit, à Londres.

Je ne sais trop comment, devant le spectacle assez misérable de notre fleuve parisien pourtant chanté par nos plus grands poètes, surgirent d'un coup les images de la Tamise, ce vrai fleuve.

À Londres, en fait, l'estuaire déjà commence. La Tamise y roule des volumes d'eau qui concurrencent sûrement le Rhône, et à une vitesse qui n'a rien à voir avec la lente évolution pisseuse du cours d'eau lutécien.

La Tamise se superposa à la Seine, puis bientôt ce fut le Saint-Laurent, titanesque, qui vint envahir tout le paysage. C'est alors que je commençai à comprendre, à analyser lucidement les ressacs de sensations qui étaient en train de m'assaillir.

D'abord ce fut la compréhension presque tactile, plus sensitive que purement visuelle, que Paris était formé de boîtes. Une méga-boîte constituée de toute une hiérarchie de boîtes-gigognes. Des boîtes-immeubles, agencées en boîtes-pâtés de maisons, organisées en boîtes-quartiers, centralisées en boîtes-arrondissements, etc. Chaque boîte était emboîtée avec les autres, chaque boîte ouvrait sur une boîte symbolique, une boîte-monument, une boîte-classée historique, voire une boîte-homo sapiens.

Mais à l'exception de quelques grands axes, dont les quais de la Seine, à Paris les boîtes en question, anciennes ou modernes – modernes faussement anciennes, ou antiquités relookées hype –, les boîtes dans lesquelles les gens vivent, ne peuvent jamais ouvrir sur la lumière, sur le soleil. L'immeuble haussmannien type mesure six à huit étages, les constructions plus récentes peuvent aisément les surpasser, conclusion : vu la taille moyenne des rues parisiennes et leur configuration souvent tortueuse, il ne reste bien souvent au-dessus de votre tête qu'un maigre liseré de jour, dont les Parisiens semblent pouvoir, je ne sais plus comment, aisément se sustenter.

Je traversais la Seine en direction de l'Hôtel de Ville et je regardais cet immeuble laid et rococo qui me faisait face, mon pauvre crâne de plus en plus soumis au sentiment d'hostilité générale que cette ville déclenchait en moi. J'avais vécu des moments beaucoup moins violents à Sarajevo.

Devant la place de Grève, tout le passé du pays, ce qui fut un jour mon pays, se bouscula dans ma tête, train d'images datant parfois des premières classes du primaire, voire de la maternelle. Cela fit collision, choc furieux avec la réalité extérieure. Je me suis arrêté sur le pont. J'ai regardé la Conciergerie, l'Hôtel de Ville, Notre-Dame, la Seine, j'ai tout embrassé en un coup d'œil, en tournant sur moi-même, puis j'ai repris le cours de ma marche jusque vers la rue de Turbigo.

Paris aura été la plus grande erreur de la France, disait mon cerveau tandis que j'avançais, sans plus rien voir qu'un grand néant gris.

Oui, et plus tard, alors que je regardais, ensommeillé, quelques crétins bavards disserter sur le futur de l'Irak, à la télévision-nâtionâhâleuh, je m'étais imaginé pendant quelques instants une France qui serait restée le cœur du Saint-Empire, une France dont la capitale « fédérale » aurait siégé à Aix-la-Chapelle, aux frontières de l'Allemagne, de la Suisse, de l'Italie, en plein cœur de l'arc hanséatique des XVe et XVIe siècles.

Rien de ce que nous connaissons n'aurait pu voir le jour, ni les nationalismes, ni les socialismes, ni la bourgeoisie capitaliste, ni la Réforme et ses « révolutionnaires », ni le catholicisme décadent des bas-bleus ou des « progressistes », ni le communisme, ni le nazisme, ni l'anarchisme, rien.

Le Royaume n'aurait pas été dépareillé de l'Empire, le Nord du Sud, l'Ouest de l'Est, Byzance de Rome, puis Londres de Paris.

C'est le *Royaume uni* franco-britton du Roi Arthur qui sommeillait dans le rêve impérial carolingien. Lorsque les barons francs opposèrent une fin de non-recevoir à la décision pontificale de transposer le Saint-Empire du côté des dynasties austro-allemandes, la royauté capétienne alors naissante eut ce mot à la fois génial et terrible, car porteur de l'orgueil national comme de toutes les divisions continentales à venir : « *Le Roi de France est Empereur en son Royaume.* »

L'Empire chrétien ne semblait pouvoir cesser de se fragmenter : le schisme byzantin, les frondes féodales, puis la terrible guerre des guelfes et des gibelins – partisans du Pape contre partisans de l'Empereur –, la guerre de Cent Ans, tout contribua, en l'espace de trois ou quatre siècles, à laisser le legs terrible qui allait conduire la civilisation européenne au dépotoir idéologique de la Révolution.

L'opération chirurgicale fut conduite de main de maître par le Dr Faivre, un des plus grands spécialistes en la matière.

Dès l'instant où je fus mis en sa présence je ressentis quelque chose de très rare chez une sommité médicale, française de surcroît : une immense humanité.

Cette humanité, j'y étais confronté, si j'ose dire, tous les deux ou trois jours, à peu près tout le temps que dura ma convalescence, durant un peu plus d'un mois.

Deux ou trois fois par semaine, donc, je me rendais à son cabinet de la rue Vital, dans le 16e arrondissement, pour un traitement post-opératoire visant à faire dégonfler au plus vite les hématomes qui s'étalaient sur mon visage. J'avais une énorme poche de sang sous la joue droite, entre le lobe de l'oreille et le cou. Une dizaine de fois en un mois, le Dr Faivre m'accueillit dans son cabinet, me fit m'allonger sur sa petite table d'auscultation et, après avoir rapidement *briefé* l'infirmière, se saisissait calmement d'une seringue, posait sa main sur ma tempe, tournait ma tête sur le côté et shlac, plantait la seringue dans la poche de sang, puis pompait le liquide noirâtre dans le tube. Je n'ai jamais rien senti d'autre qu'une minuscule et éphémère impression de piqûre, ultra-localisée, rien du tout à vrai dire.

Le Dr Faivre ne se départissait jamais de son maigre sourire, ni de son calme. J'eus un jour une intuition. La dernière fois où je devais le voir, nous déjeunâmes ensemble dans un restaurant du quartier et je me risquai. Je lui posai la question.

Oui, il avait bien commencé en quelque sorte comme « médecin militaire » puisque, interne aux hôpitaux de Paris, il avait soigné, juste après la guerre, des rescapés des camps nazis dont le visage avait subi des lésions considérées à l'époque comme irréparables. Plus tard, dans les années 1950, il fut un des tout premiers à mettre au point une technique de lifting. Il alla enseigner aux États-Unis, et au Brésil. Il avait reçu sept « bistouris d'or », j'ignorais même que cet « Oscar de la Chirurgie » existait !

En fait, je ne l'apprenais même pas de sa bouche, mais par celle des amis qui nous accompagnaient, dont son fils. L'homme resta tout le temps du repas d'une humilité non feinte, d'une grande sérénité. Il tint à payer la note, et la paya aussi simplement que je le dis.

Plus tard, dans l'avion qui me ramenait chez moi, en Amérique du Nord, j'ai repensé à lui, à ce mois passé si souvent entre ses mains.

L'homme m'avait reconstruit. Il avait effacé des marques qui, pour certaines, remontaient à près de trente ans !

Je ressentais une sensation étrange à l'idée que je revenais ainsi chez moi, reconstruit *physiquement*, un an moins un jour après mon Baptême.

Dernières nouvelles d'Air « France » : sur les vols Paris-Téhéran, les hôtesses de la compagnie, quelles que soient leurs religions et leurs nationalités, sont désormais OBLIGÉES de porter *hijab* et longues robes noires (pour couvrir le trop court tailleur Dior que la compagnie d'État a fait réaliser à grands frais). J'ai failli me pincer pour me réveiller. Le pays des droâs de l'Haummeuh et de la Lâ-hi-cité.

Qu'est-ce qu'on ne ferait pas pour ne pas offusquer nos « amis » pétrolifrères et préparer les esprits à l'adoption de la Constitution turcopéenne !

Au fil des jours, au fil de ces quatre semaines passées à Paris, j'avais l'impression de plus en plus nette d'être un commando infiltré derrière les lignes ennemies. J'étais une sorte d'espion, l'agent secret d'un pays qui n'existait pas, ou pas encore, ou seulement dans les zones les plus interdites de mon imagination.

Avec David Kersan, l'homme qui, un soir, à six mille kilomètres de distance, sut en quelques mots me faire prendre deux ou trois décisions qui allaient se révéler vitales, en commençant par l'impulsion soudaine de lui proposer de devenir mon agent littéraire, avec David Kersan nous regardions parfois, sur DVD, des matches du PRIDE, cet *ultimate fighting* plus ultime encore et qui rassemble aujourd'hui les gladiateurs les plus féroces de l'hypermonde contemporain.

Wanderleï, Fedor, le Minotaure, Cro-Cop le Croate : jiu-jitsu brésilien, boxe thaï et sambo russe, voilà les ingrédients de base. C'est le monde des hyperdômes, des arenas japonaises pleines à craquer, ça n'a rien à voir avec la boxe ou même le K-1 ou encore les arts martiaux traditionnels. Tous les Nippons consacrés rois du karaté se sont essayés sur le ring du PRIDE, et tous y ont laissé leur chemise.

Le PRIDE est le sport de combat du XXIᵉ siècle. Tout ou presque y est autorisé, jusqu'à arrêt de l'arbitre ou abandon d'un compétiteur. Jiu-jitsu brésilien, boxe thaï, sambo russe, comme je le disais, il s'agit en fait de techniques MILITAIRES. Les combattants du Pride ne sont pas de jeunes vauriens qu'on élève dans une salle de frappe, ce ne sont pas des Mike Tyson ou ces casseurs de bars qu'on retrouvait à l'UFC, ce sont, comme les Russes, ou le Croate, d'anciens SOLDATS dont l'entraînement de base consiste à apprendre à TUER.

Seule la vision de ces combats ultraviolents m'apaisait, avec l'écoute de quelques groupes électro que j'écoutais chez Jacques. La lecture de Maistre, d'Augieras, de Muray, restait la seule fenêtre donnant sur le vrai monde qu'il me restait.

Paris disparaissaît, comme dans un roman de Philip K. Dick où la programmation de la réalité peu à peu s'efface des routines de l'ordinateur humain. La France elle-même, je le craignais, ne devenait plus rien d'autre que ce néant gris que j'avais traversé d'une traite, en remontant Sébastopol.

J'étais bien pire qu'un étranger, qui est une sorte d'*im-migrant*.

Je comprenais, quelque peu tétanisé par la révélation, que j'étais à jamais un *exilé*, que j'étais PARTI, que je ne reviendrais JAMAIS, que j'étais un *é-migré*, un dévahisseur. Je m'en allais vers un futur à construire, je m'aventurais sur un présent à la fois antique et en devenir, j'étais à la croisée des chemins, mais ces chemins ne passaient plus par ici, ils orbitaient quelque part dans l'espace des dissidences au nihilisme de confort, ils orbitaient entre Vladivostok et Cap Canaveral, entre le Labrador et le Kamtchatka, entre Anchorage et Irkoutsk, et entre le Montana et la Patagonie.

Voilà, c'était à tout point de vue un *autre monde*. Un monde en compétition ouverte avec l'ancien, avec ce trop vieux monde qui n'en finit pas de mourir, dans sa post-histoire d'adolescent, typique en cela des cas de dégénérescence sénile bien connus sous le nom d'Alzheimer.

Je n'étais même pas ici, en fait. C'était une ombre, un simulacre, un spectre, quelque chose qui s'animait par nécessité, dans la froide indifférence de l'homme qui va atomiser une cité en appuyant sur un bouton.

Je n'étais plus ici. Je n'étais plus d'ici.

Il était temps que je parte.

Une des conséquences les plus tragi-comiques de l'actuel projet de « Constitution » européenne est la suivante : une victoire du OUI, donc une adoption de ce traité par les États membres de l'Union, serait une authentique catastrophe, terminatrice pour toute la civilisation européenne.

Parallèlement, une victoire du NON, dans les conditions actuelles de gabegie politico-sociale générale, aboutirait à une dislocation institutionnelle, à une seconde guerre civile continentale et subséquemment à la destruction de la civilisation européenne.

Voilà dans quel piège hideux les cloportes de Bruxelles ont envoyé 450 millions d'Européens, tout en calibrant le volume de leurs tomates.

Un ami me fait suivre par Internet un article sur l'affaire Rahma, cette jeune Arabe qui vient de se faire tuer à coups de pierre par son propre mari, devant les yeux de ses enfants ! Oui, lapidée à mort comme chez les dégénérés talibans. On se surprend à espérer un communiqué du MRAP sur le « respect et la tolérance des cultures ».

En lisant *Festivus Festivus* de Philippe Muray, j'apprends incidemment que feu *le plus grand philosophe de tous les temps*, le « grammatologue » Derrida, faisait partie d'une association « radicalement anti-corrida » et que la nouvelle ne fut ébruitée que le jour de son décès.

Déconstruire le Logos peut conduire à de terribles jeux de mots, qui apparaissent post mortem.

Par David Kersan, je reçois la copie d'un article de demi-soldes paru dans *Le Nouvel Observateur* il y a quelques jours, et qui « descend en flammes » le livre de Muray, surnommé pour le coup – l'hebdo des bobos n'est plus à ça près – de nouveau « Poujade ».

Je me surprends, quoique avec une très grande sérénité, à répondre – probablement pour Ring – au Monsieur Homais de la néo-bourgeoisie post-nationale, qui joue son petit Jdanov germano-pratin.

Peu de temps après les élections réussies en Irak, je me souviens, j'avais commencé de noter la chose. Au fil des jours elle m'apparaissait d'autant plus réelle qu'elle semblait correspondre parfaitement au degré d'irréalité auquel est parvenu le Boboland franchouille.

Moins de soixante-douze heures après le résultat du scrutin, et mis à part les nouvelles des quelques attentats commandités par les Syriens ou les Iraniens, je constate : PLUS UN MOT. Silence radio.

C'est comme si l'Irak, Saddam Hussein, la guerre qui s'y est déroulée durant deux années pleines et les méga-tonnes d'infamies que la presse aux ordres et les intellectuels hitléro-trotskistes ont déversées sur le camp de la liberté n'avaient jamais existé.

La presse française a raison : il va falloir se la jouer « discret », durant quelques décennies encore.

Le mois s'achève sur une traînée de poudre post-soviétique au Kirghizstan. L'Asie centrale se situe aux confins des mondes russe, chinois, indien, turco-mongol et perse, cet *intermonde* fut longtemps, très longtemps, trop longtemps sans doute, artificiellement séparé de la dynamique globale qui a fait exploser l'ancienne URSS et l'univers hérité de la guerre froide qui allait avec. Ces territoires pas encore intégrés au modèle central de développement unique se trouvent désormais pris en tenailles entre toutes les tendances à la fois contradictoires et univoques du monde postmoderne.

Une des choses, je crois, qui sautent aux yeux lorsqu'on observe ce qui se passe en Ukraine comme au Kirghizstan ou au Liban, c'est la tragique méprise des peuples, née de l'amalgame intellectuel opéré entre les mots « démocratie » et « liberté » par les « démocraties » et leurs divers prébendiers, qui y avaient tout intérêt.

Ce que nous voyons en ce début de XXIᵉ siècle, ce sont des régimes démocratiques qui foulent aux pieds les libertés au nom des « droits », et des systèmes dans lesquels la démocratie est imparfaitement implémentée mais où les libertés sont vivantes.

C'est que la démocratie n'est jamais qu'un système d'administration socio-politique.

La LIBERTÉ – que l'on me pardonne pour les majuscules –, ce me semble un peu plus que ça, et j'emploie à dessein un euphémisme.

L'un est un objet historique, avec un corpus précis de pensées pour le soutenir, tel un échafaudage théorique, avec des lois, des décrets d'application, des codes civils.

L'autre est un « surjet » méta-historique, qui sert de

structure dynamique éventuelle pour l'émergence d'une pensée singulière.

Ceux qui ont cru que la « démocratie » était en soi la garante des « libertés » ignorent tout du sens du mot qu'ils emploient. Ils ne comprennent pas qu'en fait il s'agit d'un mode d'existence, osons dire d'*ek-sistence*, pour paraphraser Heidegger, disons une modalité très particulière de l'Être.

La démocratie ne peut être garante de la liberté car, d'une façon qui n'est qu'apparemment tautologique, seule la liberté est garante de la liberté.

Je reçois d'un ami le texte suivant :

http://www.proche-orient.info/images/img pages/surtitreracisme.gif

25 mars 2005/14 h 05. Finkielkraut, Kouchner, Taguieff, Ghaleb Bencheikh font partie des signataires d'un appel pour dénoncer les « ratonnades anti-Blancs » lors des manifestations lycéennes.

AFP – Paris. Des personnalités, dont Alain Finkielkraut, Jacques Julliard et Bernard Kouchner, ont signé un appel, publié vendredi à l'initiative du mouvement sioniste Hachomer Hatzaïr et Radio Shalom, dénonçant des « ratonnades anti-Blancs » lors des récentes manifestations lycéennes.

« Il y a deux ans, le 26 mars 2003, quatre jeunes du mouvement Hachomer Hatzaïr venaient de se faire agresser en marge d'une manifestation parce qu'ils étaient juifs, rappelle le texte. Aujourd'hui, les manifestations lycéennes sont devenues, pour certains, le prétexte à ce que l'on peut appeler des "ratonnades anti-Blancs". Des lycéens, souvent seuls, sont jetés au sol, battus, volés et leurs agresseurs affirment, le sourire aux lèvres, "parce qu'ils sont français", poursuit le texte. "Ceci est un nouvel appel parce que nous ne voulons pas l'accepter et parce que, pour nous, David, Kader et Sébastien ont le même droit à la dignité". Il ne s'agit pas, pour nous, de

634

stigmatiser une population quelle qu'elle soit, ajoute le texte. Il s'agit d'une question d'équité. On a parlé de David, on a parlé de Kader mais qui parle de Sébastien ? ».

Les initiateurs de l'appel ont fait état, au cours d'une conférence de presse, d'une liste de 1 000 premiers lycéens signataires et du soutien de plusieurs personnalités, parmi lesquelles le philosophe Alain Finkielkraut, le journaliste Jacques Julliard, l'ancien ministre Bernard Kouchner, l'historien Pierre-André Taguieff, le journaliste Ghaleb Bencheikh.

Alain Finkielkraut, présent à la tribune de la conférence de presse, s'est défendu d'avoir voulu « stigmatiser une catégorie » mais a dénoncé « un mouvement de haine judéophobe et francophobe » tel qu'il s'est exprimé, selon lui, pendant la manifestation lycéenne à Paris le 8 mars dernier. « La francophobie se répand comme la judéophobie et ne s'en distingue pas, a-t-il dit. Il y a un ressentiment monstrueux qui s'exprime aujourd'hui en France. » « C'est la bataille Farrakhan qui nous pend au nez », a-t-il ajouté se référant à Louis Farrakhan, leader aux États-Unis du mouvement raciste noir Nation of Islam. « Juifs et Français sont mis en cause conjointement », a-t-il répété, soulignant que « la dénégation mène au pire », en évoquant la présidentielle d'avril 2002 qui avait vu le dirigeant du Front national Jean-Marie Le Pen arriver en deuxième position.

Une timide prise de conscience commence, peut-être, à émerger au pays qui sut accueillir un jour comme il se doit l'ayatollah Khomeiny. On lit, pourtant, dans cet appel, toutes les angoisses préemptives, les déclarations de principe humanitaires à l'endroit de « catégories » qu'il ne faudrait pas « stigmatiser ». Je comprends.

Les signataires de cette charte sont souvent des intellectuels, au demeurant loin d'être tous des imbéciles, et même parfois fort brillants comme Pierre-André Taguieff. Sans doute malgré tout, et en cela le statut d'intellectuel n'a rien à voir, oui, sans doute pourtant leur manque-t-il quelque chose, quelque chose d'essentiel : l'expérience. Je veux dire : l'expérience directe, im-médiate. Ils n'ont probablement jamais vécu de près, j'oserais dire de l'intérieur, la violence post-urbaine des bandes ethniques qui pratiquent au quotidien la raton-nade « anti-Blancs », ils ne savent pas ce qu'est une rame du RER C, au sud d'Austerlitz, un soir après vingt-trois heures. Ce qui brutalement les met en action, ce sont des images télévisées, vues par des millions de citoyens. Ils n'ont pas connu dans leur chair l'agression sauvage, ils n'ont pas connu la peur, ils n'ont pas connu la TERREUR.

Ils n'ont pas connu la HAINE.

Aussi ne peuvent-ils rien deviner des signes qui sont cependant étalés sous nos yeux, cet assemblage démo-niaque de tous les ferments de la guerre civile que la France laisse benoîtement mousser dans leur levure. Ils semblent incapables de dire que ce qui se profile est l'introjection de la guerre cosmopolitique et métalocale à l'intérieur même de nos « frontières nationales », devenues pures simulations de synthèse.

Ce qui se profile, j'en ai vu la formule compacte, régionale, en ex-Yougoslavie, et il s'agissait bien d'un affrontement direct, terrible, sans pitié, entre des « caté-gories » de personnes.

C'est précisément le propre des guerres, et donc de l'Histoire, que de faire se combattre des hommes, avec des armes, au nom parfois de quelques idées.

Ce qui se réveille, c'est le dragon endormi dans la post-Histoire, quelque chose d'indicible, qui n'est ni ce que nous avons connu « avant », ni ce que nous a légué la génération 68, à partir – disons – de 1981, et qui se caractérise par ce coma bien-pensant et festif que Phi-lippe Muray sait si finement tomographier, en diagnos-ticien imparable de l'hyper-nihilisme.

Ce qui se réveille a déjà été vu, il a déjà été écrit, décrit, traduit. Il n'a même pas de Nom Véritable. Il est celui qui vole tous les Noms, celui qui vient d'abord subvertir le langage, le contaminer de son entropie générale, et donc parasiter ainsi les cerveaux qui en usent avant de venir corrompre, d'une façon ou d'une autre abominable, la chair même de l'être ainsi livré à sa domination.

Il est ce que nous faisons naître, une fois que nous avons tué Dieu. Et puisqu'il est bien plus Malin que nous, il finit par nous donner naissance, il devient la matrice même de notre monde, il renverse tous les ordres, et même tous les désordres, au profit de son seul pouvoir, et il nous fait croire qu'ainsi, grâce à Lui, nous sommes libres.

Rebondissement imprévu de l'affaire : j'ai sans doute été un peu trop sévère avec les signataires de l'appel. Dès le lendemain de sa publication la congrégation des bien-pensants social-chirakistes se dresse comme un seul homoncule pour dénoncer la « dérive ».

Il faut le voir pour le croire, on dirait pour de bon du Philippe Muray, c'est à se demander si Mouloud Aounit ne se prépare pas à une carrière internationale de comique.

Il suffit pourtant de placer les LANGAGES – donc la pensée en acte – face à face, d'oser une étude comparée des mots employés de part et d'autre par leur simple juxtaposition, pour comprendre à quel point l'IRRÉALISME est devenu ce qui succède à la politique, et surtout en quoi toute idéologie est en soi une totale *IRRÉALITÉ*.

Commençons par les « mots » de ceux qui se disent « défavorisés » parce que la SNCF propose des sand-wiches au jambon depuis cinquante ans :

Heikel, 18 ans, de nationalité française et tunisienne, se présente, sans dire son nom, comme un « *casseur* » et le revendique fièrement. Il affirme avoir participé aux manifestations lycéennes à Paris pour se battre et voler des portables. « *Si j'y suis allé, c'est pas pour la manif, mais pour prendre des téléphones et taper les gens*, reconnaît-il. *Il y avait des petits groupes qui couraient, qui faisaient de l'agitation. Et au milieu des bouffons, des petits Français avec des têtes de victimes.* » [...]

Heikel déclare avoir volé trois portables et participé à de multiples agressions. Avec sa bande, il assure avoir récupéré une quinzaine de téléphones, en usant de violences « *dans 75 % des cas* » : des petites baffes, une « *balayette* » pour faire tomber le lycéen un peu isolé et des coups de pied pour l'empêcher de se relever. « *Un bon souvenir* », dit-il avec le sourire. Satisfait, Heikel assume la violence.

Dans le discours de ces jeunes se cumulent des explications économiques (« *se faire de l'argent facile* »), ludiques (« *le plaisir de taper* ») et un mélange de racisme et de jalousie sociale (« *se venger des Blancs* »).

Pour les élèves de ce lycée, qui recrute sur plusieurs communes du département et où 80 % des élèves sont « *de couleur* », selon l'estimation du proviseur, tout concourait à faire des « *petits Blancs* » parisiens des victimes idéales. Dans leur langage, ils les appellent des « *bolos* » (ou « *borros* », parfois). « *Un bolos, c'est un pigeon, une victime* », explique Heikel, tout en étant incapable, comme les autres lycéens, d'expliquer l'origine du mot. [...]

« *C'est comme s'il y avait écrit "Viens prendre mes affaires" sur leur front* », glisse Patty, 19 ans, résidant à Sevran, qui n'était pas aux manifestations et qui aurait plutôt tendance à critiquer les violences. « *Les bolos regardent par terre parce qu'ils ont peur, parce que c'est des lâches* », affirme un autre lycéen de 19 ans en deuxième année de brevet d'études professionnelles (BEP). « *Un Maghrébin peut être "bolos" s'il a la mentalité des Français*, ajoute Rachid, 18 ans, qui vient de Montreuil. *S'il parle de sexe avec sa sœur, par exemple.* » Rachid dit aussi que les « *bolos* » sont « *plutôt blonds* ».

Les « *petits Blancs* » ne savent pas se battre et ne se déplacent pas en bande. Le risque de les attaquer est donc moins grand. Même s'il condamne la violence, Abdel, 18 ans, a trouvé une explication globale : « *Les rebeus* (arabes) *et les renois* (noirs) *font plein d'enfants. Donc, tu peux pas savoir si celui qui manifeste a pas des grands frères.* » De fait, aucune violence entre bandes n'a été signalée lors des manifestations.

Dans leur logique, tous les « *Blancs* » ne se valent cependant pas. « *Il y a des Blancs qui se prennent pas pour des Blancs* », observe Soukhana, 18 ans, une jeune fille de Sevran, qui a préféré ne jamais manifester. Cette différence de comportement explique, pour elle, qu'une partie des « *Français* », ceux qui vivent en banlieue, soient acceptés. « *Je connais des Blancs qui sont comme nous, qui sont bien* », confirme Heikel. À l'inverse, précise Soukhana, « *un Noir qui se prend pour un Blanc se fait bolosser* ».

(Extraits du *Monde* du 15 mars.)

Je pourrais m'étendre sur les témoignages d'agressions perpétrées en masse par les bandes ethniques : jamais, je le dis, jamais, même aux pires moments des affrontements entre extrême droite et extrême gauche dans les années 1970, on n'avait assisté à un tel déversement de HAINE à l'état pur, la haine du nazisme sociétal. Il suffit de se rendre sur le site des Comités d'action lycéens pour se faire une idée exacte des centaines de lynchages racistes qui se sont déroulés lors de ces manifestations.

Ensuite jetons un coup d'œil aux lacrymales argumentations visant à faire oublier la réalité de ce que nous venons de lire : le MRAP, SOS Racisme ou encore la Ligue des droits de l'homme dénoncent un appel « irresponsable » et « simplificateur ». Il risque d'accroître les divisions, c'est une démarche communautaire, a affirmé Michel Tubiana, président de la LDH.

Il estime « réducteur » de « qualifier ces actes de racisme », « cela transpire le mépris à l'égard de certaines couches sociales », a-t-il ajouté. « La haine sociale n'est pas acceptable, mais en focalisant sur le racisme, on se ferme toute possibilité de comprendre, d'agir, y compris par la voie des sanctions ».

« On veut éteindre un incendie avec un bidon d'essence », a estimé Mouloud Aounit (MRAP), affirmant ne pas croire « que ces manifestations soient animées exclusivement par la haine du Blanc. On ne peut donner une lecture ethnique à une violence sociale, ne donner que cette lecture est à courte vue et irresponsable ». Patrick Klugman, vice-président de SOS-Racisme, a estimé que « la définition binaire (Blancs-Noirs) n'est pas la bonne grille d'analyse ».

L'Unef a également dénoncé vendredi cet appel, le considérant « simpliste quant aux faits rapportés et dangereux quant à l'effet escompté ».

L'Unef a rappelé dans un communiqué sa condamnation des violences mais a ajouté : « Il est faux d'affirmer qu'elles aient eu d'abord un caractère raciste. Elles sont avant tout le reflet du malaise social et de la fracture qui se creuse entre lycées de banlieue et de centre-ville. »

Est-il vraiment besoin d'en rajouter ?

On ne peut que constater, une fois de plus, que dans la République des Droâs de l'Haummeuh,

TOUT

VA

BIEN.

Abandonnons ce monde merdique, et reprenons la route vers les étoiles.

En ce moment, écoute répétée de vieilleries électroniques, de Brian Eno à Future Sound of London, Cabaret Voltaire, Human League, Kraftwerk, Recoil ou Meat Beat Manifesto, mais aussi, dans un joyeux chaos : Debussy, Chostakovitch, Goldfrapp, la bande-son de *Million Dollar Hotel*, Mazzy Star, Johnny Cash, Terry

Riley, Ligeti, Pergolèse, Bob Dylan, Arvö Part, Haendel, la « Pathétique » de Beethoven, Suicide, le premier Pink Floyd, les Beatles, Klaus Schulze. Je navigue ainsi entre les mondes, je traverse les membranes du temps et de l'espace comme des lagons soyeux ou des déserts à la blancheur insoutenable, je me glisse dans les failles de la matrice et je redécouvre, à chaque instant transfigurée, la pure radiation de la beauté.

Une authentique « new wave » semble se reformuler en France. Après des années dominées par le vide esthétique et conceptuel des Daft Punk et autres Air, ou par la poésie pour collégiens inrockuptibles de Noir Désir et de leurs suiveurs, quelque chose, dirait-on, quelque chose de vivant est sur le point de reprendre la flamme là où, stupidement, ma génération l'avait laissée s'éteindre.

Je l'ai déjà dit mille fois, et je le redirai sans doute encore autant : la véritable « culture punk » fut un très violent mouvement de *réaction* à l'encontre de la contre-culture hippie, et à l'intérieur même de ses fondations.

Les premiers punks revendiquaient clairement une austérité de moines-soldats du rock électrique. Aucune concession à aucun des systèmes (le « capitalisme » bourgeois ou le « post-capitalisme » néo-bourgeois), puisqu'ils ne formaient jamais qu'un seul, mais pas de refus ostentatoire, façon « anarchiste de trésorerie », comme les surnommait Péguy, du pognon, de la gloire, de l'industrie mécanique, au contraire. Le mot d'ordre semblait la réappropriation immédiate et sans concession du « glam », comme si Rita Hayworth avait été le pilote d'*Enola Gay*, transmutation orphique du rock contre-culturel en machine de guerre esthétique. Conclusion : retour au costard-cravate années 1940, 1950, au mieux 1960. Cheveux courts, voire ultra-courts. Ou alors cuir noir, lunettes noires, bottes noires, look cryptofasciste, motard/aviateur de l'Apocalypse. Synthèse bricolée de Futurisme et d'ultra-Classicisme. Dépassement de l'Art Moderne par la contamination virale et le terrorisme esthétique, déjà. Dépasser Warhol par Burroughs. Dépasser Burroughs par Iggy Pop ou Ziggy Stardust. Revendication assumée de l'artifice (« I am a cliché »), de l'urbanisme totalitaire, de la techno-industrie, du plastique, du métal, du béton. À ce moment miraculeux, le « punk » se dépasse lui-même, et n'a rien à voir avec le hideux chromo à coupe Iroquois qu'en feront les journalistes culturels de la décennie-Mitterrand : il ne cesse de s'auto-inventer et il convoque déjà la glaciation machinique des synthétiseurs avec la chaleur nucléaire des guitares poussées à leurs limites.

Cela dura un an ou deux, trois au grand maximum, entre 1976 et 1978-79. Très vite, la contre-culture hippie organisa la « riposte » : une vulgaire entreprise de lente, calme et systématique « récupération ». En fait, corrigeons, ils ne *récupérèrent* rien : comme d'habitude, il suffisait d'attendre un peu et de se préparer à l'arrivée de ceux qui allaient transformer le message contaminateur original en cette eau de vaisselle post-soixante-huitarde que nous vendirent les Béruriers Noirs ou les Manu Chao.

La nouvelle vague qui se dessine en France en cette année 2005 semble admettre comme nécessaire la REPRISE (au sens de Kierkegaard) du projet « électrique » original. C'est-à-dire sa traduction dans le monde cosmopolitique et orbital du siècle qui vient de commencer. Et pour une fois, la France n'est pas du tout à la traîne. Comme en 1976-77, au contraire elle est en mesure de faire figure de pionnière authentique, alors que des mouvements similaires se dessinent aussi bien en Grande-Bretagne qu'aux États-Unis ou en Europe du Nord.

Je l'ai déjà dit, tant pis : il faut parfois qu'une

civilisation s'effondre pour qu'elle produise – à sa plus grande magnitude – tout l'éclat de son style.

Je crois que désormais quelque chose s'est brisé en moi. De façon définitive. Cette brisure ontologique est paradoxalement en voie de m'apporter une forme de paix que je n'avais jamais connue auparavant.

Il y a le fait que j'ai vu le monde franchir une limite ; cette limite, ce « passage », personne, personne d'humain en tout cas, n'a le pouvoir de l'abolir et de faire redéfiler la bande à l'envers.

L'Histoire n'est pas linéaire, et même si elle l'était ce franchissement-là nous a effectivement « affranchis » de toutes les « contraintes » de l'ordre antérieur, ou ce qu'il en survivait, mais il n'y a que les « spasmophiles tech-nomaniaques » – pour périphraser Philippe Muray – qui osent encore « penser » que cette « libération » ne nous a pas totalement désorbités pour nous perdre vers un astre mort, celui du nihilisme biopolitique terminal, celui du « post-humain » qui ne sait pas encore qu'il est, avant toute chose, le tout dernier des hommes.

Alors, je contemple, presque amusé, les petites meutes parisiennes ou québécoises qui, un an après « l'affaire des Identitaires », s'acharnent encore à mes basques et reprennent, l'air ahuri des enfonceurs de portes ouvertes aux lèvres écumantes de la haine des bouffons pour celui qui les défie rien que par sa littérature, les ahurissantes déclarations d'un Arnaud Viviant ou d'une Aude Lancelin, microscopiques déjections oratoires qui passeront à l'Histoire, soyons-en sûrs, comme celles de Catulle Mendès ont su le faire aussi. Ils veulent absolument se le faire, cet empêcheur de webloguer peinard, entre potes anonymes, avec leurs dissertations de second cycle, c'est le cas de le dire pour ces bouillies indigestes sorties tout droit du cortex enfiévré de post-adolescents « éternels » qui font transiter – comme on le dit de notre appareil intestinal – leurs divers opuscules par le « médium » de la démocratie par excellence, celui qui, quoi qu'on fasse, nivellera toujours tout par le bas, dans le sens de la bonde d'éjection des eaux usées du nihilisme.

Il fait très beau à Montréal, le printemps est arrivé à la date calendaire, plus un gramme de neige, ciel bleu, plein soleil.

À Paris on me dit qu'il pleut depuis des jours.

Je me sens étonnamment bien.

Je ne regarde plus la télévision, je ne lis plus la presse quotidienne, ni même hebdomadaire ou mensuelle, à l'exception d'une poignée de rarissimes revues et de quelques périodiques spécialisés.

Depuis mon retour de France, la plupart des nouvelles, qu'il s'agisse de mon pays d'adoption ou de ma terre d'origine, me sont données, via Internet, par des amis. Quelques newsletters me permettent de compléter le tableau. À dire vrai, je les lis de plus en plus rarement.

Les derniers « événements » dans la République jacobine furent pour moi deux articles consécutifs, et jubilatoires, publiés par *L'Express* d'abord, puis par *Le Monde*, qu'un ami me fit suivre par e-mail.

George Bush a-t-il raison ?, de s'interroger la presse aux ordres qui, brutalement, observant le roi des ahuris programmer la mort de l'Europe, se demande si elle a vraiment misé sur le bon cheval et n'a pas sciemment trompé, depuis deux ans, des millions de citoyens.

En fait, si on lit ces articles avec rigueur, on se rend compte que les vraies questions sont à peine abordées, ce qui veut dire qu'elles ne le sont pas. Et elles ne risquent pas de l'être avant longtemps, ou même avant pas si longtemps que ça, elles ne risquent pas de l'être avant le naufrage !

Et moi, devant l'inanité de tels propos, je me rends compte, stupéfait, que je m'en contrefiche au dernier degré.

La France est en train de disparaître de mon horizon.

Cet après-midi-là, j'avais pris Rosemont vers l'est, plus loin que d'Iberville, plus loin que Pie IX, j'avais roulé au hasard pendant une heure ou deux, j'avais fini par traverser Ahuntsic et je m'étais retrouvé le long des berges du bras nord du fleuve. Le printemps canadien commençait, synchronique avec l'équinoxe, avec plus d'un mois d'avance sous ces latitudes. Dix ou douze degrés Celsius un 22 mars, tous les records étaient en voie d'être battus, des glaciers entiers devaient être en train de fondre en Alaska ou dans le Yukon.

Je savais que le Canada que j'allais connaître ne serait en rien semblable à celui que j'avais cru voir, que j'avais imaginé, lors de mon tout premier séjour au Québec en 1995. Il serait plus *étrange* encore, il serait à tout jamais sans doute ma maison de l'exil, il serait l'Amérique du Nord franco-britannique qui, probablement, n'existerait jamais que dans mon imagination, mais je savais aussi, sous ce ciel à la lumière azur si pure, que c'est là, précisément, que se trouve le *réel*.

Assassinat « euthanazi » de Terry Schiavo, débranchée de son « feeding-tube » par cette nouvelle apothéose de l'altruisme, des droits individuels, de la générosité humaine qu'est notre époque qui aura absolument, sans coup férir, battu *tous* les records.

Pourtant, tout le monde sait qu'au cours de ce « procès » mascarade » visant à établir les « droits » de chacun, Terry Schiavo – à la question : « Voulez-vous vivre ? » – a proprement HURLÉ (au point que la police s'est crue obligée d'intervenir, la coupant dans son effort surhumain), HURLÉ – disais-je : IIIIIIII WAAAAAANNN.

Cela a été enregistré sur bande vidéo, vu directement par les dizaines de personnes présentes sur les lieux, entendu même par des gens qui se trouvaient en dehors de la salle d'audience.

Je ne sais pas exactement ce que veut dire « IIIIII WAAAAAAAN » dans le langage d'une femme handicapée à ce point mais, c'est étrange, j'arrive à établir une différence très nette avec un éventuel : « IIIII DONNNNNN ».

Cette femme, en dépit de son terrible destin, voulait vivre.

Et cela semble choquer le petit néo-bourgeois postmoderne pour lequel, comme pour le mari de la pauvre Terry, ce genre de handicap est un « fardeau », lourd à porter on le comprend lorsqu'on vient d'en divorcer.

Terry Schiavo vivait – paraît-il – une « vie qui ne valait pas la peine d'être vécue ». Je l'ai entendue, cette phrase, sur Radio-Canada.

Pas la peine d'être vécue. Mais qui sont-ils donc pour DÉCIDER à la place de la principale intéressée si sa vie vaut ou non « la peine d'être vécue » ?

Terry Schiavo souffrait ?

Certes, aucun de ceux qui prétendent que son droit à la vie était inaliénable ne saurait le nier, ses propres parents en premier lieu, eux qui s'en occupaient chaque jour que ce qui reste de Dieu par ici fait pour nous. Certes, elle souffrait, mais a-t-elle jamais . émis le moindre signe indiquant qu'elle voulait en finir avec la vie ? Certes, elle souffrait, mais qu'est ce monde dirigé par des gens qui préjugent de la souffrance et de la résilience des autres ? Qu'est cette société qui ne comprend pas que l'humanité s'est toujours CRÉÉE *PAR* et *CONTRE* la souffrance ? Les hommes et les femmes qui (sous) vivaient dans les camps de concentration, malgré leurs souffrances, n'ont-ils pas souvent désiré vivre jusqu'au bout, même si cela signifiait peut-être une mort encore plus horrible que ce à quoi, pourtant bien « instruits », ils s'attendaient ?

Terry Schiavo souffrait. Fort bien.

ON DEVAIT DONC L'ACHEVER ?

Comme ON ACHÈVE BIEN LES CHEVAUX ?

Sa vie, on le comprend, ne valait vraiment plus « la peine d'être vécue » en effet, puisque, selon les normes de la néo-bourgeoisie postcapitaliste néo-révolutionnaire, la « vie » est un « concept relatif », et surtout un « corps » humain n'est jamais qu'un amas d'organes mus par une micro-impédance électrique. On pouvait donc aisément débrancher un tel « objet », qu'il ne reste plus maintenant qu'à matriculer post mortem d'une manière ou d'une autre.

L'euthanazisme contemporain est encore plus abject que son prédécesseur totalitaire qui, au moins, ne s'embarrassait guère d'hypocrisie humanitaire pour vendre son projet eugéniste : désormais, grâce aux larmes de la bonne conscience en action (du genre de celles de Juliette Binoche s'effondrant face à sa propre bêtise), c'est lorsque vous êtes CONTRE cette conception mécaniste et biopolitique de la vie humaine que vous êtes un... *nazi* !

C'était écrit : le Diable commencera par subvertir le langage. Tout ensuite sera beaucoup plus facile pour Lui.

Je m'éveille ce matin, assez tôt, depuis un mois je marche à la mélatonine pour stabiliser mon retour à la vie diurne, mon adaptation au rythme circadien des humains.

Vers 14 heures, j'allume la radio. Les commentateurs et les journalistes ne semblent pas encore en mesure de l'affirmer catégoriquement, mais tout porte à croire que le pape Jean-Paul II n'en a plus que pour quelques

647

heures à vivre. Déjà, la veille, son état de santé s'était rapidement « détérioré », pour employer le langage circonspect des médias.

Dans la soirée, par bribes successives, je suivrais son agonie, en essayant simplement de prier avec la sérénité terrible de ceux qui savent que la Mort n'existe pas.

Il est donc probable que, là encore, ce *Théâtre des Opérations* se termine sur une date plus que symbolique, une date authentiquement cruciale : Wojtyla fut probablement le plus grand souverain pontife du XXᵉ siècle, c'est sa « mort » qui, pour de bon, va clore le siècle des Camps.

Le lendemain, 2 avril, je me réveille tard, après un authentique tour de cadran, avec une étrange impression cafardeuse à laquelle je ne suis plus habitué. Il fait gris, le plafond est très bas. Il se met à pleuvoir. J'achève lentement le texte de la conférence que je dois donner le soir même, à l'hôtel Hyatt-Regency.

Vers 15 heures, je ne sais trop ce qui se passe, je perçois un changement, quasi imperceptible, dans l'atmosphère. Je ne sais d'où cela vient, cela semble affecter le continuum lui-même. C'est... *acoustique* ?

Je baisse le volume de la platine où passe le second album de Goldfrapp.

Acoustique, oui.

Des cloches.

Des cloches sonnent. Nombreuses. Très nombreuses. Dans toute la ville.

Aussitôt je comprends. Sylvie, déjà, m'appelle de l'étage du bas. Elle vient d'allumer la télévision, la nouvelle du décès du Pape est sur toutes les chaînes. Je regarde les images en provenance du monde entier. Les cathédrales et les basiliques, les monastères et les simples églises où s'attroupent les fidèles. Il fait jour, nuit, entre les deux, le soleil se lève, se couche, il est midi, minuit, six heures du matin, huit heures du soir, sur chaque fuseau horaire la communauté chrétienne se tient, à genoux, c'est-à-dire debout.

J'allume trois bougies et je m'agenouille à mon tour devant la croix du Mont-Royal, nimbée dans la brume. Je prie, sans presque prononcer un mot.

Désormais le XXe siècle est vraiment derrière nous.

Voilà, je clos pour de bon ce Journal du tournant du siècle, je ferme un livre que, peut-être, je n'aurais jamais dû ouvrir. J'aurai beaucoup gagné sur le plan de la littérature, mais j'aurai sûrement perdu en retour sur celui de la tranquillité.

Mais peut-être ne suis-je pas vraiment fait pour cette sorte de tranquillité ? Peut-être est-il demandé autre chose au calme arctique qui s'empare de moi et qui, comme une île hyperboréenne semble tout juste retenir le feu venu du soleil qui brûle au cœur de la terre, n'est que la porte blanche des incendies futurs ?

Le ciel est d'un bleu cobalt presque fluo, la lumière est dorée, une enfance magnétique réapprend à chanter en moi. Je roule vers l'ouest, sans même me mouvoir. Je comprends que ça y est. Cette fois, c'est fini. Le sort de ce qui fut le navire amiral m'est devenu complètement indifférent.

L'impression de libération est terrible, je veux dire : *terriblement gaie*, elle n'est accompagnée d'aucune trace de culpabilité. Plus aucune.

C'est fini.

Je n'ai pas quitté la France, elle s'est abandonnée toute seule.

Je n'ai pas laissé l'Europe, elle m'a éjecté hors de sa matrice.

Alors, voilà, oui, cette fois, c'est vraiment fini.

Tout peut commencer.

Je ne suis plus tout à fait vivant, mais je me suis éloigné d'autant de la mort.

Je suis libre.

Ainsi soit-il.

Provisional end of data, le 3 avril 2005.

Printemps 2005 :
L'anneau et la croix

> « *Le Ciel attend de chacun de nous un mot décisif,* oui *ou* non. »

Ernest HELLO.

Le printemps 2005 a commencé le 19 avril.

En ce jour, l'Église catholique renaît de ses cendres. En ce jour, le successeur de saint Pierre est avant tout celui de saint Benoît, *le vrai constructeur de l'Europe*, celui qui sut, dans ses monastères ombriens, à l'heure même où l'École de Platon fermait ses portes en Grèce, reconstruire vingt-cinq siècles d'histoire écrite autour du diagramme formé par la trinitaire union de Jérusalem, Rome et Athènes.

Il y a des signes qui ne trompent pas, et Jean-Paul II l'avait rappelé peu de temps avant sa « mort » : il n'existe aucune coïncidence dans les œuvres de la Providence. Comme me le signale Jean Renaud, dans un courriel envoyé aujourd'hui, 21 avril : « *Autour de Benoît et à l'ombre de l'Empire, dans l'âge sombre qui vient à grands pas, il y a ici une arche franco-britannique à construire.* » Nous ne devons pas désespérer, en effet, notre traversée du désert ne durera probablement guère plus d'un siècle.

Ce que Benoît XVI doit entreprendre au plus vite, ce n'est pas l'évangélisation du monde, ce n'est même pas d'essayer de stopper la déchristianisation des sociétés occidentales. Sa seule mission, pour l'instant, et il me semble qu'il l'a parfaitement compris, c'est plutôt d'arrêter *la déchristianisation* de l'Église.

***

1er mai, Saint-Jean : je publie sur « Ring » un texte violemment opposé au projet de « Constitution européenne » qui n'est, selon moi, rien d'autre qu'un vaste programme de « dé-constitution » de l'Europe.

Je sais fort bien que le camp du « non » rassemble aussi bien les ténors de l'extrême droite ou de l'extrême gauche que certains sopranos coloratura en provenance des partis dits « traditionnels » ou « démocratiques ». Je sais tout aussi bien de quelle façon est composé le camp du « oui ».

Ce qui, aujourd'hui, est plus que jamais révélé est ceci : le camp du « non » réunit à peu près toutes les forces encore vives du pays, dans leurs chaos spécifiques, leurs différences, leur radicale hétérogénéité. Le camp du « non », avec Fabius, Bové, de Villiers, le PCF, l'extrême gauche, Le Pen, etc., et en dépit de toutes les fautes, erreurs, crimes dont ces hommes ou formations politiques sont coupables, le camp du « non » est encore celui des différences et de LA différence ontologique. Ce NON ce sera le NIET du peuple français encore debout, disons agenouillé, mais pas abattu, lancé aux barons de Bruxelles et aux barbons du chirakisme. Le « oui » d'en face, on le constate chaque jour, c'est le grand OUI des *yes-men*, fédérés autour de leurs bourgeoisies compradores, c'est le camp de la totale homogénéité, le *oui* des Mr Smith, le *oui* de la pensée unique *mono-plurielle*, le *oui* de l'abdication « positive ».

PARIS, 2 mai 2005 (AFP) – Le prosélytisme islamiste en prison ne cesse de croître et constitue une « bombe à retardement » selon un rapport de la direction centrale des Renseignements généraux (DCRG), a-t-on appris lundi au ministère de l'Intérieur.

La promiscuité carcérale entre jeunes détenus de droit commun et islamistes convaincus qui se livrent au prosélytisme « constitue une bombe à retardement à la sortie de prison », relève la DCRG citée dans *Le Figaro* de lundi.

Sous couvert de religion, certains détenus musulmans refusent toute autorité de la part des personnels féminins de l'Administration pénitentiaire ou refusent de se trouver dans la même cellule qu'un non-musulman.

Près d'une centaine de détenus condamnés pour terrorisme, disséminés dans plusieurs prisons différentes, alimentent la contestation, toujours selon ce rapport.

En outre, notent les Renseignements généraux, la cohabitation entre islamistes et détenus de droit commun renforce la « collusion entre le monde du crime et (les) islamistes ».

Celle-ci « est de plus en plus fréquente », soulignent-ils.

À de nombreuses reprises, le ministre de l'Intérieur Dominique de Villepin a rappelé que de nombreux trafics (drogue, voitures volées, etc.) participaient fréquemment au financement du terrorisme et de ses réseaux.

DE PLUS EN PLUS DE DÉTENUS TENTÉS PAR L'ISLAMISME RADICAL. – *Cécilia Gabizon*, 2 mai 2005, LE FIGARO (extraits).

« Dans les cellules, les affiches de Ben Laden ont fleuri. Des sapins de Noël sont maintenant saccagés, des bibles détruites par des prisonniers. Un islam hostile à l'Occident, aux Français en général, aux juifs en particulier, se propage dans les établissements pénitentiaires, signalent les Renseignements généraux dans un rapport que *Le Figaro* a pu consulter. Au contact des terroristes islamistes incarcérés, des prisonniers de droit commun, souvent jeunes, s'initient à cet islam radical : une jonction périlleuse entre petits délinquants, braqueurs et extrémistes musulmans, qui "*constitue une bombe à retardement à la sortie de prison*", mettent en garde les policiers. La contestation des règles communes de la prison gagne du terrain. Des détenus refusent parfois d'obéir au personnel féminin, notent les RG. Ou encore de partager la cellule d'un non-musulman. Certains ne veulent plus se doucher nus. Les demandes de prières collectives se généralisent, pétitions à l'appui, souvent suscitées par les 90 détenus emprisonnés pour terrorisme. Moins surveillés, une bonne centaine de droits communs se font les chantres d'un islam plus contestataire que pieux, saluent par des cris de joie la mort d'un soldat américain ou un attentat suicide du Hamas, détaille encore le rapport des RG. Car l'islam salafiste qui se propage allie rigorisme et, pour certains, "*lutte contre les mécréants*". »

Il est évident que ces rapports alarmistes des Renseignements généraux sont le fruit d'une campagne de désinformation conduite par l'extrêmeuh droiteuh qui veut nous faire croire, par une série d'amalgames prêtant à confusion, que l'Islam représenterait un danger pour la société pluri-culturê-hêleuh française. Il est temps de répéter encore une fois le mot d'ordre qui désormais cimente la République :

TOUT-VA-BIEN.

Chirak et Villepin veillent au grain.

Depuis l'élection de George Bush en novembre dernier, je n'osais vraiment me l'avouer, par superstition peut-être, mais je ressentais secrètement comme une intuition éclairante : la *réversion* semblait avoir débuté. La contre-révolution générale, la seule échappatoire possible à la dévolution globale qu'on nous promet, était peut-être sur le point de commencer.

Observons par exemple cette magnifique et – je l'espère – définitive mise au point que le peuple canadien-français du Québec s'est permis d'établir, avec la clarté explosive d'une bombe, à la face des libéraux de gauche de l'Ontario comme des émissaires des Frères musulmans : refus *unanime* de toute l'Assemblée nationale du Québec de l'introduction du moindre milligramme de Charia dans la législation du Canada ! Unanime ! Évidemment, illico les associations islamistes montent au créneau pour dénoncer le « nationalisme rétrograde » de ces Canadiens-français qui ne pensent pas comme un libéral ontarien et la « discrimination » dont seraient, par conséquent, victimes leurs coreligionnaires. Pas de chance, au Canada ce sont les femmes musulmanes qui ont mené campagne contre les barbus polygames. Pas de chance, il y a encore dans la mémoire du peuple de France l'antique souvenir des Croisades que nous avons menées pour, déjà à l'époque, défendre nos libertés.

Pas de chance, nous entendons bien *discriminer*, en effet, entre les cultures liberticides et les civilisations fondées sur le respect de l'Homme, fait à l'image de Dieu.

J'avais posé ma main
Sur la bouche de mon père
Aucun souffle n'en provenait
Plus un mot, plus rien, jamais
Ne passerait sur ces lèvres
Qui me chantaient – enfant –
Paul Verlaine
L'hymne des Soviets
Et le Chant des Partisans.
Son sourire s'ouvrait, enfantin
Délivré du crabe et du monde
Vers ce à quoi il ne croyait point
Mais qui éclaire parfois
La stèle marbrée de sa tombe.

Semaine sanglante en Ouzbékistan, l'armée boucle la ville d'Anjistan, dans l'extrême-est du pays, puis la prend d'assaut sans ménagement : rébellion islamiste (selon les autorités post-soviétiques) ou bien révolte populaire pro-démocratique dans la foulée de la Kirghizie, ce que prétendent les ONG occidentales, nous ne le saurons probablement jamais, tout comme le nombre exact de morts. D'une façon analogue au « suspense » laissé derrière lui par le tsunami du réveillon, les déclarations contradictoires s'accumulent au sujet du « score » final des victimes : 100, 200, 500, 1000, plus ?

Cette désintégration *bis* des « Républiques » ex-soviétiques évoque l'ultime retournement de la post-histoire marxiste sur elle-même, le serpent se mord la queue depuis quelque temps déjà, et il est en train d'attaquer sa propre tête.

À peu près simultanément, manifestations ultra-violentes dans le monde arabe déclenchées par un nouveau « scandale » qu'auraient perpétré les affreux gardiens américains du camp de Guantanamo Bay. Le magazine *Newsweek* publie un papier dans lequel il apparaît qu'un exemplaire du Coran aurait été retrouvé dans les toilettes de la prison.

Investigation faite, la preuve sera rapidement apportée que *Newsweek* aura en fait raconté n'importe quoi, comme souvent. Peu importe, toutes les mémères de l'islamo-gauchisme sont en train de piailler à qui mieux mieux autour de leurs tisanes révisionnistes, et les Afghans pro-talibans en profitent pour tuer une vingtaine de personnes, dont quinze policiers et quelques femmes et enfants.

Je ne sais ce qui est advenu réellement de l'exemplaire de ce « livre », mais une chose est selon moi marquée du sceau de la certitude : si un terroriste hitléro-trotskiste ou islamo-nazi s'était avisé, un jour, de jeter une bible dans les toilettes de son gourbi, l'intelligentsia en charge de la neuroprogrammation sociétale aurait fait remarquer qu'il ne fallait sans doute pas s'énerver pour si peu.

Ce qui explique sans doute que nous soyons des millions, pour ne pas dire plus, à être restés de marbre face à la nouvelle du jour.

Mais la dévolution n'a pas dit son dernier mot. Sous le martyrologe larmoyant, l'assassinat haineux et vidéo-clipé ; sous l'Intifada, la corruption et le fanatisme ; sous les appels à la « libération des peuples », la menace tangible d'une dictature sans appel. Ce qu'il y a de bien avec ces abrutis de zélateurs de la religion du « Prophète » c'est qu'à la différence des gauchistes occidentaux pacifistes, ils ne s'encombrent pas de métaphores politiquement correctes. Ils veulent notre destruction totale. Et ils le disent.

Cela nous permettra de le leur rappeler, lors de la bataille suprême.

Un ami me fait part de ce communiqué, diffusé par MEMRI :

Sermon de l'Autonomie palestinienne.

Nous (les musulmans) dirigerons l'Amérique ; Israël est un cancer ; les Juifs sont un virus semblable au sida ; les musulmans les achèveront.

« Voici quelques extraits du sermon du vendredi 13 mai diffusé sur la télévision de l'Autorité palestinienne [1], sermon prononcé par le cheikh Ibrahim Mudeiris, employé rémunéré par l'Autorité palestinienne :

---

1. Télévision de l'Autorité palestinienne, le 13 mai 2005.
MEMRI TV Clip n° 647, « Sheik Ibrahim Mudeiris in a PA Friday Sermon : Muslim Prisoners Are Forced to Convert to Christianity in Iraq, Afghanistan, and Palestine », http://memritv.org.

« Allah nous a torturés au moyen du "peuple le plus hostile aux croyants" : les Juifs. "Vous découvrirez que ceux qui haïssent le plus les croyants sont les Juifs et les polythéistes." Allah a mis en garde son prophète bien-aimé Mahomet contre les Juifs qui ont tué leurs prophètes, falsifié leur Torah et semé la corruption tout au long de leur histoire.

Avec la création de l'État d'Israël, toute la nation islamique a été perdue, car Israël est un cancer qui se répand dans le corps de la nation islamique et parce que les Juifs sont un virus semblable au sida dont le monde entier souffre.

Vous découvrirez que les Juifs sont derrière toutes les guerres civiles de ce monde. Les Juifs sont derrière la souffrance des nations. Demandez à la Grande-Bretagne ce qu'elle a fait aux Juifs au début du VIe siècle. Qu'a-t-elle fait aux Juifs ? Elle les a expulsés, torturés, les empêchant de pénétrer en Grande-Bretagne pendant plus de trois cents ans. Tout cela en raison des agissements des Juifs en Grande-Bretagne. Demandez à la France ce qu'elle a fait aux Juifs. Elle les a torturés, expulsés ; elle a brûlé leur Talmud en raison de la guerre civile que les Juifs cherchaient à initier en France. Demandez au Portugal ce qu'il a fait aux Juifs. Demandez à la Russie tsariste, qui a accueilli les Juifs, qui complotaient pour tuer le Tsar – lequel les a donc massacrés. Mais ne demandez pas à l'Allemagne ce qu'elle a fait aux Juifs. Ce sont les Juifs qui ont provoqué le nazisme pour faire la guerre au monde entier quand, à l'aide du mouvement sioniste, ils ont incité d'autres pays à mener une guerre économique contre l'Allemagne et à boycotter les produits allemands. Ils ont provoqué la Russie, la Grande-Bretagne, la France et l'Italie. Ils ont rendu les Allemands furieux, ce qui a conduit aux événements de l'époque, que les Juifs ont commémorés aujourd'hui.

Mais leurs actions sont pires que celles qu'ils ont subies pendant la guerre nazie. Certes, certains parmi eux ont peut-être bien été tués, et certains autres brûlés, mais ils grossissent les faits pour rallier les médias et le monde à leur cause. Les pires crimes de l'histoire ont été commis contre les Juifs, mais ces crimes ne sont pas pires que ceux que commettent les Juifs en Palestine. Ce qui a été fait aux Juifs était un crime, mais ce que font les Juifs aujourd'hui en terre de Palestine n'est-il donc pas un crime ?

Regardez l'histoire moderne. Que sont devenues la Grande-Bretagne, la Russie tsariste, la France – la France qui dominait presque la totalité du monde ? Où est l'Allemagne nazie qui a massacré des millions de personnes et dominé le monde ? Où sont passées toutes ces superpuissances ? Celui qui les a fait disparaître fera aussi disparaître l'Amérique, si Dieu le veut. Celui qui a fait disparaître la Russie en une nuit est capable de faire disparaître et s'effondrer l'Amérique aussi, si Dieu le veut.

Nous avons autrefois dominé le monde, et par Allah, le jour viendra où nous le dominerons à nouveau. Le jour viendra où nous dirigerons l'Amérique. Le jour viendra où nous dirigerons la Grande-Bretagne et le monde entier – sauf les Juifs. Sous notre domination, les Juifs n'auront pas une vie tranquille, parce qu'ils sont des traîtres par nature, et ils l'ont toujours été tout au long de l'histoire. Le jour viendra où tous seront soulagés des Juifs, même les arbres et les pierres qui ont été leurs victimes. Écoutez le prophète Mahomet, qui vous parle de la triste fin qui attend les Juifs. Chaque arbre et chaque pierre voudront que les musulmans viennent à bout de tous les Juifs. »

Mais il n'y a pas de guerre avec l'Islam. Et l'Autorité palestinienne n'est en tout cas pas le siège (c'est le mot) de crapuleux imams prêts à envoyer au martyre des populations entières pour justifier de leur misérable folie. Il n'y a pas d'islamistes dans le gouvernement « palestinien », c'est bien connu. On ne s'affole pas, je vous prie. NON-NON-NON-NON-NON.

Je vous l'ai déjà dit, ne m'obligez donc pas à me répéter, vous n'apprenez pas très bien vos leçons, petits frères : il n'y a aucun risque de conflagration terminale avec le milliard et demi de musulmans qui veulent « émanciper » le globe. AUCUN, puisqu'on vous le dit.

Regardez donc « Tout le monde en parle », ou un film d'Agnès Jaoui.

Déclaration stupéfiante d'intelligence et de raffinement de Lars von Trier, sorte de pseudo-Kubrick du Jutland, lors de la présentation de sa dernière bobine au Festival de Cannes. « *Bush est un sale connard.* » Le tout suivi, ou précédé, de quelques amabilités de circonstance sur l'Amérique que ce tourneur de manivelle déteste en toute bonne conscience.

Wow ! Quel choc intellectuel ! Le gauchisme institutionnalisé nous livre sa pensée en boîte de Canigou culturel sans fausse pudeur, sans le moindre complexe, sans ambage, comme on dit ; admettons-le, telle une incarnation danoise de Thierry Ardisson, voilà un artiste qui n'a pas peur de se comporter en « vrai rebelle » ! Il pourra postuler un jour au ministère bruxellois de la Vérité.

Il apparaît ainsi que même de fort surestimés cinéastes européens veulent s'assurer une Palme d'Or *à n'importe quel prix*. Lars von Trier visait sans doute la succession de Michael Moore. En tout cas, pour ce faire, il a su trouver les mots justes, on sent un homme habitué à PARLER AUX FRANÇAIS.

Jusqu'à *Breaking the waves*, Lars von Trier produisait un des plus brillants cinémas d'Europe. Après, pour je ne sais quelles obscures raisons, ce cinéaste a cru bon de vouloir faire du « cinéma social », avec une portée « critique et politique » comme on dit aux *Inrocks*, alors même qu'avec son « Dogma » il avait le potentiel, sans doute, pour devenir le premier véritable cinéaste européen, au sens plein du terme, grâce à une esthétique singulière capable de faire se rencontrer la fiction et le mythe, le rêve et le réel, un cinéaste capable d'embrasser d'une seule vision tout le champ ouvert par l'histoire de ce continent[1].

Et voilà sans doute la preuve que ce continent ne peut rien faire d'autre que s'avorter continuellement. Lars von Trier a arrêté de faire du cinéma pour pondre des pensums aux insupportables salmigondis « humanistes », comme « Dogville », trois heures d'ennui pur fort mal caché sous une copie involontairement comique des conceptions théâtrales de Bertold Brecht. Il ne lui manquait plus qu'une Palme d'Or des pingouins cannois. Il ne l'aura peut-être même pas. Ces gens sont parfois terriblement ingrats.

***

21 mai : j'apprends brutalement la mort de Paul Ricœur, le plus grand philosophe chrétien français que ce XXe siècle aura encore su produire. J'attends toute la journée une phrase, ne serait-ce que microscopique, sur son travail.

Rien.

Il faut dire que Paul Ricœur a eu l'outrecuidance de mourir, comme un chrétien, au moment où les porcidés de la bourgeoisie artistique se congratulent à Cannes en poussant de vaillantes diatribes anti-Bush, dans l'espoir sans doute de devenir un Lars von Moore de plus... Il faudrait peut-être songer à une récompense *collective* ?

Nous nous contenterons de relire *La Mémoire, l'Histoire, l'Oubli* ou bien *Finitude et culpabilité*. Oui, *Finitude et culpabilité* me semble tout à fait approprié.

Dernières statistiques officielles : au Québec, en 2003, il y a eu 30 000 avortements pour 73 000 naissances, la Province bat tous les records du monde occidental

---

1. Voir « The Kingdom ».

et même des pires coins paumés du bloc ex-soviétique genre Moldavie, ou un Troudukistan quelconque. 30 000 pour 73 000, c'est un rapport de 1 à 2,5. Disons 2 pour 5.

Ce rapport numérique est cataclysmique bien sûr, et tout le monde en a parfaitement conscience, mais dans la presse bobo-gaucho du jour les commentaires les plus souvent répétés sont : « Ces chiffres sont alarmants, car ils pourraient donner des arguments aux militants anti-avortement » ! C'est la Dieudonnisation terminale de la « pensée » gauchiste-bourgeoise : six millions de juifs exterminés dans les chambres à gaz ? Seigneur ! Cela ne pourrait-il pas donner à ce peuple la terrifiante idée de vouloir retourner vivre CHEZ LUI ?

Offensive massive, je devrais dire « contre-offensive désespérée », des partisans du OUI à la « Constitution » européenne. Tout ce qu'il est possible de faire en démo-cratie (autant dire *tout*, tant qu'on est dans le bon camp) est tenté sans la moindre vergogne. On bombarde, on mitraille, on pilonne, on saigne, on troue : Chirak fait carrément allusion à notre « connerie », Barre à notre « démagogie », Delors à nos « falsifications », les adjectifs et les substantifs injurieux pleuvent comme des mortiers, la PEUR se lit sur leurs faces. Et leur PEUR, ils veulent désormais la communiquer aux peuples, afin qu'ils votent comme il faut. Mais NOUS NE VOTERONS PAS comme il faut. NON. Car OUI, NOUS LE PEUPLE, nous allons vous faire ravaler vos insupportables prétentions de tech-nocrates islamo-gauchistes.

WE, THE PEOPLE, nous construirons l'Europe euro-péenne, sans vous.

Nouvelles du front : « L'homme le plus recherché en Irak, le Jordanien Abou Moussab al-Zarqaoui, a été blessé, a annoncé mardi son groupe Al-Qaïda dans un communiqué qui lui est attribué sur l'Internet. "Nation islamique et frères dans l'unicité, nous implorons Dieu pour que notre cheikh Abou Moussab Al-Zarqaoui soit guéri des blessures qu'il a subies dans sa lutte en faveur de la religion", lit-on dans ce communiqué mis sur l'Internet. » (AFP, Dubaï, 24 mars 2005.)

Religion signifie « relier », en latin, langue sacrée non usitée par Zarqaoui l'assassin. Pour la « nation islamique et ses frères dans l'unicité », on relie ainsi les hommes à Dieu par l'usage de voitures piégées au C4 contre les populations civiles, dont bon nombre de musulmans, et on les relie entre eux grâce à la lame d'un couteau de cuisine mal affûtée.

Bon voyage, Zarqaoui, ta destination finale risque de te surprendre. J'espère que tu apprécies la couleur rouge.

***

26 mai : débat télévisé – retransmis sur TV5 – au sujet de la Constitution européenne. Huit ténors de la politique nâhâtionâhâleuh. Gauche, droite, extrême droite, extrême gauche, quatre « oui », quatre « non ». Arlette Chabot. France 2. La démocratie médiatique est en marche.

Au bout d'un gros quart d'heure, disons une très légère demi-heure, je n'en puis plus. Entre les remontrances de petit prof de Monsieur Bayrou, la suffisance de bourgeois parvenu de Barnier, l'intolérable connerie post-soixante-huitarde de Cohn-Bendit et, en face, les manières de poissonnière de marché de Marine Le Pen, la tronche de facteur à vie de Besancenot, je zappe, direct, sur Military-Channel, où l'on me conte l'histoire de l'hélicoptère de combat.

Ah, enfin, un peu d'action.

Plus tard, me vient une pensée terrible. Et si je suivais mon instinct ? Si je suivais à la lettre mon précepte de toujours faire payer par là où l'on a péché ? Et si, très franchement, je me décidais à vouloir pour de bon détruire « l'Europe », cette non-Europe qui cherche à imiter tout ce que la France, que je ne renie encore que par mes écrits, a pu prodiguer d'erreurs fatales et de crimes abominables depuis deux siècles ? Si je me décidais à vouloir vraiment sa mort, à cette Europe des Commissaires, suivie de son enterrement en grande pompe, au son de la « Marseillaise » ?

Et si je me décidais à voter OUI ?

La pensée me paralyse : les conséquences de l'acte me paraissent terrifiantes. Si je désirais vraiment que s'effondrent deux bons millénaires de civilisation, je joindrais ma voix, dans tous les sens du terme, à ceux qui s'organisent chaque jour pour conserver le monopole de la Parole.

Arrêt brutal dans mon cycle de lecture. Il m'arrive parfois, ainsi, de ne plus lire du tout pendant des jours, voire plusieurs décades d'affilée. Cela s'accompagne généralement d'une cure de solitude sonore. Plus de musique. Sinon le faux silence de la ville nocturne et le concert d'ondes métalliques qui se dégagent parfois de mon propre *système nerveux central*... Le phénomène se produit souvent après une période d'intense activité – ces trois derniers mois, j'aurai lu au moins deux ouvrages par semaine, à un rythme soutenu – mais surtout, il survient toujours avant le début d'une période d'écriture, avant le surgissement d'un roman au centre des failles tectoniques de mon pauvre cerveau.

La première onde de choc vient de frapper. Alerte Orange !

Libération sous strictes conditions de la tueuse en série Karla Homolka. Les conditions ? Rien ou presque :

un contrôle policier mensuel, l'obligation de livrer son adresse aux autorités, un suivi psychothérapeutique de base.

Pour ceux qui ne connaissent pas les abominations que cette pouffiasse hippie dégénérée et son conjoint de l'époque ont commises, en les filmant (tiens, tiens), sur de jeunes adolescentes, je conseille simplement de taper son funeste nom dans un moteur de recherche de type Google. Cela m'évitera de devoir livrer ici un remake petit-bourgeois des *Racines du Mal*.

Je disais donc : libération, après une dizaine d'années de prison (environ douze mois par victime !), *sous strictes conditions*. La moindre des choses, non ?

Mais alors, PAS DU TOUT. NON-NON-NON-NON-NON.

VOUS N'Y ÊTES PAS DU TOUT.

Comment ? Mais n'est-ce point là une atteinte directe à sa vie privée et à ses « droits » de citoyenne désormais libre, « ayant purgé sa dette envers la société » ? L'habituelle meute des toutous bien-pensants jappe donc en un bel unisson, fustigeant le scandale de cette « inhumaine double peine », comme ses équivalents de la République jacobine-socialiste. Les abrutis qui manifestent ainsi leur humanisme de tinettes sont très mal inspirés en parlant de « double » peine. Car il s'agit de la *même peine*, du même châtiment, qui se perpétue, et se perpétuera pour l'éternité. Car pour ce type d'assassins, descendus en deçà de la sous-humanité, ce type de cancrelats sociopathes postmodernes, LA PRISON N'EST QU'UN DÉBUT.

Elle devrait même être LA FIN.

Et je reste compatissant.

***

28 mai : les Français de l'étranger votent avec vingt-quatre heures d'avance. Jamais je n'aurai ressenti autant de BONHEUR au moment de déposer un petit bout de

papier dans une urne électorale. Jamais je n'aurai eu autant conscience de la portée de ce simple geste. Jamais je n'aurai ressenti autant d'impatience à l'idée de voir Chirak et Barnier nous montrer leurs faces de raie déconfites à la télévision.

Guerre interethnique à Perpignan, bandes arabes contre Gitans, déjà deux morts, appels de la communauté musulmane à une « justice immédiate », qu'elle s'empresse d'ailleurs de mettre à exécution en carbonisant par dizaines les voitures du centre-ville. Envoi de toute urgence d'un bon millier de CRS et de gendarmes mobiles. Mais il ne faut pas s'en faire. Perpignan est une ville « multiculturelle où les communautés ont appris à vivre ensemble », comme on nous le répète sans discontinuer dans la presse libre de ce pays libre.

À Sarajevo aussi les communautés vivaient *ensemble*, à quelques pâtés de maisons les unes des autres, avec accroché sur chaque mur un kalachnikov prêt à l'emploi. Mais je délire, voyons, encore une « dérive sectaire et fascisante » dont mon pauvre cerveau illuminé aura été la malheureuse victime. Je ne lis pas assez les blogs littéraires et culturels de tous ces écrivaillons ratés qui déchargent leur humanisme scolaire dans les draps humides de leur bonne conscience « en ligne ». Je devrais au plus vite me faire lobotomiser, ou suivre un de leurs programmes de rééducation « antiréactionnaire ». Je devrais commencer, enfin, à dire OUI au monde que les crapules gauchistes nous préparent. Je devrais me taire, ou disons parler à voix basse. Je devrais commencer, tout de même, à me rendre compte que TOUT-VA-BIEN.

***

30 mai : le choc est survenu. OUI, LE PEUPLE DE FRANCE A DIT NON à son anéantissement. *WE, THE PEOPLE*, nous

vous avons renvoyés à votre néant. Immédiatement la meute des bien-pensants oui-ouistes s'est déchaînée. Ils étaient déjà parvenus à des sommets encore vierges jusque-là en matière d'insanités et de nazisme cool, lorsqu'ils nous abreuvaient d'injures durant la campagne, maintenant que leur défaite est consommée, que leur risible papelard a été renvoyé à sa place, comme d'autres « livres », dans les tinettes de l'Histoire, alors leur HAINE exsude à chaque phrase, chaque ligne, chaque locution, le moindre mot. Leur exécration et leur dépit, si exhilarants, formeront ma nourriture ainsi que l'eau vive et pure dont je m'abreuverai dans les mois à venir.

Uppercut final dans la face des bourgeoisies compradores : vingt-quatre heures après les 55 % de Français, les Hollandais envoient un message lesté de plomb historique aux barons de Bruxelles : 62 % de « NON » ! Cette fois, on sent que c'est la FIN.

Il ne faut pas croire que les Commissaires et leurs agents s'en tiendront là, ce serait une naïveté que nous n'avons pas le luxe de nous offrir. Nous devons rester fermement sur nos gardes et nous préparer à leur contre-attaque. Durant des semaines, la cohorte des féodaux bruxellois nous aura fait valoir l'absence d'un « plan B », seul capable de sauver leurs meubles de seconde main, pour nous indiquer clairement : votez pour le plan A, braves gens, car sinon...

Pas de plan B ?

En êtes-vous sûrs, vraiment ?

Rappelez-vous donc comment les Danois furent obligés de revoter « comme il faut » lors de leur adhésion à la zone euro. Écoutez Barnier et je ne sais plus quelle bécasse écolo-libérale délicatement susurrer que le processus de ratification sera poursuivi contre vents et marées, et observons attentivement le roi des Ahuris lui-même nous avertir : il portera le verdict des Français devant les instances européennes et nous menace, sans en avoir l'air, de « sa propre définition de l'intérêt national ». Puis il nomme Villepin Premier ministre en remplacement de Raffarin et, fait unique dans les annales de la République, réinstalle dans le même temps, et par la même annonce, Sarkozy au poste de ministre de l'Intérieur, tel un véritable vice-Premier ministre !

Bref : on vous a compris (phrase déjà entendue en d'autres circonstances). On vous a même PARFAITEMENT compris, comme le vieil aristocrate joué par Burt Lancaster dans *Le Guépard*, de Visconti, le résume si bien : « On change tout, pour que tout reste pareil. »

Mieux : on recommence, mais EN PIRE.

« La vraie question aujourd'hui dans notre État de droit, face aux menaces extrémistes et aux dangers de l'extrême droite ainsi que du capitalisme extrême et du tout économique est de savoir où va notre pays. *Il faut plus de démocratie* et j'entends cela dans les strates déconventrées comme délocalisées et retrouver le sens de l'action. Un capitalisme social, voilà, reposant sur le ressort psychologique de l'initiative mais justifié socialement. Un libéralisme de gauche. Vive l'Europe, Vive la France, Vive la République et vive la Démocratie. »

Dominique de Villepin.

Trois fois « extrême » dans la même phrase – et presque quatre : « tout économique » aurait pu s'intituler aussi bien « extrémisme économique » ou bien alors « économisme extrême » – c'est une manière de record pour un spécialiste autopatenté du langage poétique de Rimbaud. Il faut reconnaître qu'il se rattrape avec son usage comique de l'adjectif précieux « déconventré ».

On constatera en tout cas, et dès la première lecture, que tous les « extrêmes » sont nommés, sauf deux évidemment : l'extrémisme islamique et l'extrémisme de gauche. Qui ne sont pas des « extrémismes » puisque de Villepin, et donc tous ceux et celles qu'il représente, ne les citent pas comme tels. C'est clair, non ?

Comme avec les islamistes de l'Autorité palestinienne, qui n'existent pas, on l'a bien vu, il n'y a pas, il n'y a jamais eu, il n'y aura jamais de poseurs de bombes se revendiquant comme marxistes-léninistes ou anarchistes. C'est un *phantasme* de petit-bourgeois aigri réactionnaire. J'espère que, cette fois, je n'aurai pas à y revenir.

Plus tard, alors que j'effectuerai les corrections de ce texte, un ami me fera parvenir la note AFP suivante : « Villepin compte sur le génie gaulois pour sortir le pays de la crise. » Astérix le oui-ouiste va nous protéger des sombres légions de l'Empire anglo-saxon. Le comique involontaire, mais ô combien efficient, de l'assertion est repris par toute la presse de langue anglaise, jusqu'au *Guardian*, pourtant de gauche ! De Villepin ne devrait pas trop s'en faire au demeurant : il trouvera des alliés de poids chez les trotskistes ou les écolo-bovidés qui auront voté « non ».

Car la réversion a bien commencé, en effet : pour une fois, la première, mais sans doute pas la dernière, ce sont les gauchistes qui nous auront servi d'idiots utiles !

De Villepin est un poète raté qui aura réussi dans la diplomatie, et qui va faire un malheur dans la corporation des humoristes.

Le *Times* du 4 juin – journal loin d'être pro-Bush et viscéralement anti-Chirak – se livre, avec une férocité à laquelle je n'étais guère habitué, à une analyse détaillée de la nomination de Villepin aux côtés de notre Grand Timonier, de son rôle emblématique dans la politique étrangère française et surtout de sa parfaite adéquation avec le « modèle jacobin » hérité des funestes

« Lumières » qui rêvèrent de chefs d'État philosophes, voire pire encore, et c'est ce qui arrive, de ministres poètes.

Le *Times* commence sa gentille canonnade en rappelant, sans avoir l'air d'y toucher, que Villepin est avant tout l'auteur d'une exégèse de la poésie rimbaldienne en quatre volumes (!) dans laquelle figurent effectivement de purs moments d'anthologie de pseudo-critique jargonnante, ou de métaphoriques nuées se voulant l'écho des *Illuminations* de celui qui allait bientôt, au grand dam de tous les Villepin et autres critiques d'art pour perruquiers, troquer son habit de « marchands d'illusions » – comme il le dit lui-même – pour se perdre véritablement dans le monde en y vendant des armes et du haschich. Le *Times* surenchérit très vite en livrant à nos yeux ébahis quelques extraits choisis de certains des discours les plus ampoulés de notre Lamartine national qui lui valurent le prix de « Poseur of the Year » par un grand journal new-yorkais. C'est en effet si consternant que je n'en affligerai pas le lecteur.

Les anecdotes terriblement révélatrices, comme le lâchage poétiquement argumenté de la France lors de la guerre en Irak : *We are the guardians of an ideal*, ah franchement comme c'est beau, on dirait du Hugo, se succèdent, et laissent un goût de cendres étrangement rehaussé d'une pointe d'absurde qu'on ne peut qualifier que de tragi-comique.

En fait, le *Times* réserve son coup de grâce, comme il se doit, pour son final, qui prend effectivement des allures d'apothéose, et qui démontre tout ce qui sépare à jamais l'esprit politique anglo-saxon du fanfaronisme littéraire des Français. De tous temps, explique le *Times*, les Britanniques, puis les Américains, ont eu leurs hommes d'État littérateurs. La seule différence c'est qu'ils s'inscrivaient dans la lignée des grands chefs antiques ou médiévaux, César, Thucydide, Machiavel... écrits politiques et militaires, chroniques, analyses sociales, culturelles, religieuses, pas de fiction ou à peine, dans quelques « Mémoires » vaguement romancés peut-être, alors que la France révolutionnaire inventait la mythologie romantique et néo-néronienne du Robespierre-Napoléon-Voltaire.

Le *Times* fait remarquer, perfidement mais avec raison, à quelle typologie « dynastique » cette stupidissime utopie allait conduire : « *Indeed, the precedents are not happy ones, for there is a peculiar link between frustrated poetic ambition and tyranny : Hitler, Goebbels, Stalin, Castro, Mao Zedong and Ho Chi Minh all wrote poetry. Radovan Karadzic, fugitive former leader of the Bosnian Serbs, once won the Russian Writers' Union Mikhail Sholokhov Prize for his poems. On the whole, you do not want a poet at the helm.* »

Mais cette estocade n'est encore que le signal annonciateur du choc fatal, celui qui fera se tordre de rire les millions de lecteurs de ce grand journal.

Car vient le coup de grâce en effet, le coup de grâce, vous l'aurez peut-être deviné, c'est notre entrée dans le XXIᵉ siècle, notre entrée dans la Quatrième Guerre mondiale, dans le monde du Grand Djihad, le monde du Ground Zero. De Villepin n'allait pas rater une occasion comme celle-là pour produire son petit effet et lâcher quelques mots destinés à s'inscrire sur la plaque qu'il a déjà réservée à son nom dans notre Panthéon des Zarzélettres.

Voici comment le *Times* compare les attitudes respectives de Bush et de Villepin face aux crimes de guerre des hitléro-talibans : « *George Bush and Dominique de Villepin might learn much from each other, but no amount of translation could allow them to speak the same language. In the aftermath of 9/11, M. de Villepin walked*

671

through Manhattan : "In the flayed city, facing the raging
winds, I called upon the words of Rimbaud, Artaud or
Duprey. At such a grave hour, how could one not think
of these thieves of fire who lit up, for centuries, the
furnaces of the heart and the imagination, of thirst and
insomnia, to build an empire only within oneself."
Mr Bush also surveyed the city, but did not think of poetry
or imagination : he invaded Afghanistan. »

Tout est dit en ces quelques lignes : notre passé foireux
depuis deux siècles, notre présent merdique qui n'en finit
pas de perdurer, nos avenirs anéantis d'avance. Villepin,
l'air inspiré du collégien venant de découvrir André
Breton, marche dans les décombres du Ground Zero en
récitant de la versification pour académicien du déconstructionnisme
indolent. Il fait de la « poésie ».

George Bush, lui, marche aussi dans les ruines de sa
cité. Mais, à cet imbécile de redneck texan, aucune métaphore
brillante ne vient, aucune rime richement décorée,
il ne maîtrise vraiment pas la moindre once de sophistication
littéraire, pas même new-yorkaise ! pour venir
démontrer à l'univers ébahi l'étendue de sa culture scolaire,
ce rustre. Il se contente de se tenir, sans mot dire
– quel autiste ! – aux côtés d'une cohorte de pompiers
abrutis par le travail.

Puis il envahit l'Afghanistan. Et change la face du
monde.

Mais nous, nous les Français, nous les petits rois de
l'exceptionnalisme banalisé, nous avons un ministre
d'État qui fait de la poésie dans les ruines.

C'est quand même ouachement beau.

Fabius éjecté de la direction du PS ! Le parti postmitterrandien
ressemble de plus en plus au PCF de la
grande époque. Ils devraient au plus vite fusionner,
comme de bonnes multinationales du marxisme.

Très étrange de constater, à sa relecture, la « transition » – trop brutale pour n'être que le fruit d'une « évolution intérieure » – entre le début du premier volume du *Théâtre des Opérations* et sa fin. Quelque chose, par à-coups, se produit. Ce n'est pas un mouvement fluide, je suis obligé d'admettre que le mot « transition » ne convient pas. Il y a quelque chose d'*angulaire* dans cette cinétique mentale. Si j'osais, j'emploierais le mot de « Tournant ».

Commencé le jour même de mon arrivée en Amérique, sa première partie se situe encore dans la droite ligne de la pensée qui m'avait guidé, jusqu'à mon exil. En gros, un antichristianisme nietzschéen assez « classique », mais qui croisait la route d'un évolutionnisme hétérodoxe et d'un philosophe « conservateur » comme Karl Popper, le tout rapidement tempéré par ce qui n'était encore que des intuitions, parfois fulgurantes, parfois dubitatives. Mais, je ne sais comment, ou plutôt je le devine mais n'oserais le dire ici, quelque chose se produit au dernier tiers de l'ouvrage et ne cesse de croître en intensité. Ce mouvement « autonome » de ma pensée, je devrais dire : que je croyais tel, finit par opérer ce « Tournant » dont je parlais plus haut. Cela ressemble plutôt à un dérapage tout juste contrôlé, quatre roues glissant sur la glace de la vérité.

Soudain Nietzsche et le Christianisme antique ne me semblent plus des « entités » inconciliables, dialectiquement opposées, mais plutôt un réseau de paradoxes qui à la fois éclairent, achèvent et dépassent les deux millénaires qui auront servi à l'élaboration du nihilisme, tel le parallèle antéchristique de la Révélation. Nietzsche ne m'apparaît plus comme un « philosophe » antichrétien et athéiste (et qui aurait de surcroît « achevé » la métaphysique occidentale) mais comme théologien de l'Âge du Nihilisme, le théologien de la mort de Dieu.

Aussi, telle une tension étirée à l'infini entre l'Antiquité et le Futur, entre Héraclite et Heidegger, Nietzsche surgit brutalement comme un « méta-psychologue », c'est-à-dire un homme terriblement seul face à la métaphysique décomposée de son époque et pour lequel, *dans son être même*, la parole d'Héraclite – le Logos c'est le Verbe, le Verbe c'est l'Être – est non seulement un « horizon » conceptuel, mais le moteur dynamique de toute sa pensée. Chez Nietzsche la « Demeure de l'Être » c'est bien le Verbe, dans toute son intensité, jusqu'au silence absolu qui viendra clore sa vie durant les dix dernières années.

Chez Nietzsche, tout reste incompréhensible si l'on n'est pas touché par la grâce singulière de sa parole. Ce n'est pas un « poète » – comme ont tenté de le faire croire quelques ridicules petits professeurs d'athéologie (!) – qui aurait même réussi à « investir le champ de la pensée philosophique ». J'ai un peu de mal à retenir l'agitation frénétique de mes maxillaires, excusez-moi, je reprends mon souffle. Chez Nietzsche, le « fond » et la « forme » ne sont pas des entités dialectiquement séparées, comme Laruelle a su, avec force, le démontrer, les deux « niveaux » sont constamment mobilisés dans un « rapport de rapport » qui les inclut l'un dans l'autre et réciproquement, avec à chaque fois une circonvolution paradoxale supplémentaire qui « reprend » la précédente. Le passage de l'un à l'autre ne s'opère pas via une médiation dialectique frontale, mais AU SEIN d'une « machine littéraire » très spécifique : la machine du rétrovirus nihiliste infiniment retourné sur lui-même, jusqu'à l'apparition d'une nouvelle forme, qui ne peut plus être dès lors que prophétique. Au commencement du deuxième volume – *Laboratoire de catastrophe générale* – le « Tournant » est opéré, sans même que je ne m'en rende compte, je veux dire à part entière. Il me faudra l'écriture de ce troisième tome pour comprendre pleinement qu'en attente de mon baptême, On avait bien voulu condescendre à ce qu'une infime vapeur de la Grâce se pose sur ma pauvre personne.

J'étais libre de l'accepter ou non.

Laissez-moi corriger : c'est depuis que je l'ai acceptée que je suis devenu libre.

Je l'apprends ce matin par un ami vivant dans l'actuelle Yougoslavie. Je ne suis même pas surpris, il faut bien le dire. Oui, voici l'homme, le tout dernier : à l'époque où je commençais le roman, vers septembre 1992, l'épisode de *La Sirène rouge* pendant lequel Toorop se remémore l'interrogatoire d'un criminel de guerre serbo-communiste, et le visionnage de sa cassette vidéo 8 mm où étaient enregistrées les images de ses divers exploits, ce micro-épisode dans l'histoire alors contée, disais-je, provenait de plusieurs sources d'informations locales (Vukovar, Libeljina, Bosnie orientale, militaires, civils, « volontaires »). Ce n'était que des « rumeurs », comme on disait à l'époque, mais je n'avais pas eu à exercer de prodigieux efforts d'imagination pour me souvenir des concours de photos qu'organisaient les SS lors des exécutions de civils sur le Front russe. En un demi-siècle environ, on était passé du Leica de campagne au Caméscope Sony, mais je savais que le crétinisme totalitaire reste invariablement le même.

Au tribunal de La Haye, une série de vidéos viennent d'être projetées lors du procès de Milosevic. Ce sont des vidéos tournées par les milices serbes elles-mêmes lors de la prise des enclaves de Zepa, Gorazde et surtout Srebrenica, où huit mille Musulmans bosniaques, tous des civils ou presque, ont été systématiquement, et avec le plus grand sadisme, exécutés à la chaîne.

Les vidéos ont été projetées sur la télévision nationale serbe. Les quotidiens de Belgrade sont sous le choc. Cette fois, les Serbes, délivrés de leur pantin post-titiste et de sa sorcière, commencent à comprendre la terrible erreur, la dramatique FAUTE que les communistes vont leur faire porter durant des décennies. Car l'Église orthodoxe elle-même s'exprime sans plus la moindre réticence à ce sujet : *« Dieu, que cela ne se reproduise plus. »*

Parlant de « rituel sadique », l'Eglise serbe prononce sa sentence contre les abrutis avinés qui avaient essayé de faire croire à quelques naïfs (et y étaient parvenus) qu'ils se battaient au nom des « valeurs chrétiennes » – AH ! AH ! AH ! AH ! AH ! Les « valeurs chrétiennes » de Milosevic et de sa clique communiste !

« Cet événement mérite une condamnation sans équivoque et des condoléances sincères face aux souffrances de civils innocents. » Dans le même texte, elle condamne fermement « la cruauté impitoyable des responsables de ce crime qui ont accompagné l'événement de leurs commentaires inhumains, cyniques et indignes d'hommes civilisés ».

Il faut dire que les snuff-movies serbo-communistes sont d'un contenu particulièrement vomitif. On y voit des centaines d'hommes, dont des adolescents et en particulier six jeunes Musulmans de Srebrenica, exécutés comme seuls savent le faire les thuriféraires d'un Pol Pot quelconque, balkanique, soudanais ou cambodgien.

Comme je l'ai déjà dit, c'est en Serbie que Milosevic et sa clique devraient être jugés.

Ou bien alors au Texas.

On y condamne encore comme il se doit ceux qui commettent le pire des crimes contre l'Esprit.

Il n'y a donc strictement aucune différence de nature entre un hooligan communiste serbe qui filme ses massacres et ses exactions et un gangster islamiste arabe qui décapite ses victimes devant l'œil de son Caméscope. Les deux sont des porcs. L'un a fini par faire semblant de défendre le christianisme contre l'islamisme dont il avait fort intelligemment rallumé le foyer, l'autre se sert précisément du carnage ethnique conduit par Milosevic et sa bande pour justifier ces génocides antichrétiens.

Les Bêtes de l'Apocalypse se ressemblent, s'assemblent et se détruisent les unes les autres, dans un cycle sans fin.

Ou presque.

En lisant la presse russe sur Internet je me rends compte que mes prédictions sur l'éloignement de Moscou de l'axe Paris-Berlin-Bruxelles au profit d'un rapprochement avec les États-Unis et le Japon sont plus que jamais à l'ordre du jour chez les responsables politiques du pays.

En fait, de nombreux « conservateurs » russes (entendez : nationalistes, démocrates *et* pro-Occident) commencent à pencher sérieusement en faveur de l'option Washington-Tokyo, ils comprennent que les efforts des Zéropéens pour arracher le bloc slave de son épicentre sont probablement voués à l'échec : *il n'y a pas de projet politique* dans cette « Constitution » qui en apportait la preuve par l'absurde, à chacun de ses 430 amendements.

Les Polonais, dans leur génie catholique, diraient NON s'ils devaient voter, les Ukrainiens ne suivraient sans doute pas leur nouvel establishment social-libéral comme un seul homme. Quant aux Serbes et aux Croates, s'ils avaient à faire de même, nul n'ignore quel serait le résultat, identique dans ces deux pays qui se sont pourtant livré une guerre atroce.

Des doutes persistent, à l'est de l'ancien Mur. À l'ouest, la débâcle est ressentie comme un véritable cataclysme, ce qu'elle est, Hosannah ! Ainsi, Tony Blair, mort de trouille à l'idée de laisser s'exprimer le peuple britannique, a décidé de reporter *sine die* le référendum prévu l'an prochain.

L'Europe de Bruxelles est morte ! Vive l'Europe !

Reçu par mail, ce courrier de Serge Rivron, grand pourfendeur de oui-ouistes, qui me fait connaître avec un peu d'avance le contenu d'un article qu'il va publier sur le blog du *Stalker* : « *... Pas vraiment innocemment j'attendais, je dois dire, la séquence de l'infâme July, pressentant que les stigmates d'angoisse dont son éditorial du 30 mai avaient enfin entaché sa fausse barbe de patron rebelle allaient infecter sa ridicule prestation de justicier des bien-pensants. Putain ! le résultat fut rien moins que décevant ! À la première question le voilà qui avoue, menton saillant et Cauchon encore plus qu'inquisiteur, que ce qui lui paraît la pire des erreurs politiques dans l'affaire du référendum, c'est de l'avoir osé "dans un pays en proie au chômage de masse" [sic !]... N'est-ce pas monsieur Méhaignerie ? oui, oui... Hein Élisabeth ?... oui oui... À la seconde question, son ignoble réquisitoire n'est déjà plus une question, il affirme : l'important c'est de savoir comment on peut faire revoter aux Français le même texte sans qu'ils s'en rendent compte... Y a qu'à enlever la partie 3, "qui de toute manière s'applique qu'on ait dit oui ou non", il répète avec un air de qui a trouvé un truc chouette, "qui s'applique de toute manière", il insiste, "hein qu'elle s'applique", et d'ailleurs l'Espagne qui a dit oui à une écrasante majorité (je ne peux pas m'empêcher de penser qu'au regard de la participation espagnole au vote, cette écrasante majorité est infiniment inférieure à celle du NON français qu'ignorent superbement les comparses en médiature de Serge July), l'Espagne eh bien, on ne lui a jamais parlé de la partie 3 ! »...*

678

Plus rien ne peut nous étonner de la part du co-fondateur de *Libération*, ce maoïste de luxe qui, un beau jour des années 70, écrivit *Vers la guerre civile*, sans savoir à quel point il avait raison, mais sans se douter qu'il ferait alors partie des « patrons » dont les « peuples » allaient s'occuper.

Serge Rivron dispose d'un néologisme bien à lui pour décrire toute cette clique qui s'est donné comme objectif déclaré de modeler nos opinions en faveur du pouvoir des Commissaires : LA MÉDIATURE. J'aurais vraiment aimé la trouver, celle-là.

Un ami à qui je confie l'avancement de l'écriture de ce *Théâtre des Opérations* me met en garde « *L'Anneau et la Croix* » est un titre qui *pourrait être* (il me l'annonce comme un euphémisme) délibérément assimilé à la « croix celtique », devenue en un demi-siècle l'un des symboles les plus en vue des mouvements néonazis. Je reste de longues minutes paralysé devant l'écran de l'ordinateur où son courriel est apparu ce matin.

Je sais fort bien qu'il a raison. Qu'y puis-je ? *L'Anneau et la Croix* est effectivement une référence directe à la « croix celtique », mais dois-je vraiment spécifier que ce n'est pas en tant que symbole des pseudo-chrétiens vrais paganistes rassemblés sous l'appellation « nationaux-socialistes » que ces mots sont employés ici ? Je sais fort bien qu'il a raison, je sais à l'avance que l'on essaiera, une fois encore, de camoufler la vérité, unique et absolue, sous les rebuts et les étrons des « vérités » journalistiques.

La croix celtique est apparue en Irlande lors de l'évan-gélisation conduite par saint Patrick, au début du Vᵉ siècle. Sa symbolique est très simple : la croix qui cloue le Dieu Vivant sur le Monde, *momentum* hyperstatique de la marche solarienne de l'Histoire, a pour principe parfai-tement corrélatif la couronne de Lumière qui indique l'Assomption comme REPRISE de ce « moment » vers son image-miroir : le Corps cloué au Monde-Croix devient le vecteur de la Résurrection de tous les Corps dans le Monde d'Après. Ainsi la Croix est-elle « illuminée » par le halo de la Sainte Lumière, dont l'anneau forme avec l'instrument du martyr l'éminent symbole de la communauté *catholique* (i.e. : universelle) des chrétiens, et c'est précisément ce qu'indique le cercle de pierre qui vient orner les crucifix érigés sur les tombeaux d'Irlande, d'Écosse, du Pays de Galles, de Cornouailles et de Bretagne.

E jusqu'ici, au Canada, dans le cimetière du Mont-Royal, là où, peut-être, une telle croix se dressera un jour au-dessus de mes os.

De la même façon que le svastika indo-aryen avait été diaboliquement inverti et mis au service de l'ordre hitlérien, pour une raison évidente : il s'agit bien d'une CROIX dextrogyre qui est donc remise en mouvement dans le *cosmos* (Hitler en fera une croix sinistrogyre qui se remet en mouvement vers le néant), la « croix celtique » et sa symbolique ont été dévalisées par les petits gangsters du nihilisme postmoderne. Et alors ? Que voulez-vous franchement que ça me fasse ? Vous croyez donc que saint Patrick s'occupe des mauvais comic books suprématistes que de vulgaires crétins s'envoient sur Internet en guise de corpus « politique » ? L'Anneau et la Croix les ignorent et, pire encore, ils ont pitié de leur déchéance et de la misère intellectuelle dans laquelle ils baignent, comme une colonie de bactéries fécales grouillant dans l'eau de bidet d'un hôtel de passe. Cela est d'autant plus vrai pour tous ceux qui agiteront leurs petits chiffons rouges et produiront dans ce qui leur tient lieu de tribune d'expression les amalgames destinés à me nuire. Saint Patrick vous regarde, pauvres nazes. Vous avez de la chance que son rire n'est pas celui de la Toute-Puissance elle-même. Car Son rire, sachez-le, s'appelle aussi Colère.

Ce doit être à cause de cette nuit dorée, cette autoroute qui ne conduit nulle part, sinon à l'illumination mystérieuse et obscure qui, sans mot dire, telle une vieille femme voilée de noir vous fait toucher le front du mourant, c'est-à-dire de celui qui s'apprête à vivre.

Oui ce doit être à cause de cette Ténèbre lumineuse qui vient voiler l'image céleste de la ville, plaquée sur les nuées pourpres que le néon urbain vient iriser de ses ondes magnétiques. Je réfléchissais, après ces notes jetées comme en pâture à mes habituels ennemis, à l'un des plus hauts mystères du Jour de Gethsemani.

Ce mystère, c'est en fait le Mystère de la Croix tout entier, car c'est ici que se noue la secrète tragédie de l'humano-divinité du Christ. Il y a un point limite. Un *momentum*. Une « krisis ».

Dans le Christ l'humanité et la divinité sont UNIES mais NON MISCIBLES. Je me permets de dénommer ceci du terme *deleuzien* de « synthèse disjonctive », quoique selon une perspective, transcendantale, que le grand philosophe français n'avait probablement pas prévue.

Cette synthèse n'est pas « statique », au contraire, elle participe d'une dynamique absolue, elle est une « reprise » constante du paradoxe qui fait qu'un Homme est homme et qu'il est Dieu dans le même temps, le même espace, le même monde. Dieu, synthétiquement disjoint à l'Homme Jésus en la nature du Christ, avait par cette forme décidé de s'incarner, c'est-à-dire d'expérimenter jusqu'au bout l'état de créature, afin que ces mêmes créatures soient délivrées de la Mort, ou plutôt du Néant.

Dieu s'était fait Homme pour que l'Homme puisse accéder à la Divinité. Et pour ce faire, il décida de retranscrire la terrible histoire de la Chute, avec cette fois en contrepoint la magnifique opération de l'Assomption des âmes que la Résurrection christique allait provoquer, pour tous les temps, pour tous les mondes. Il décida d'accompagner Jésus sur la Croix, sous le fer des clous, Il décida de descendre jusqu'au plus bas barreau de l'échelle, de s'écraser dans la Terre du Mal, de chuter dans l'abjection, de tomber, par trois fois, et de finir ensanglanté dans la pire des souffrances. Cette incarnation de Dieu, réalisée non pas dans la Gloire visible d'un César du ciel, mais par la déchéance infiniment assumée d'un seul Homme/Dieu pour assurer le salut divin de toute l'Humanité, devait se conduire jusqu'au bout, cette « expérience » de Dieu qui englobe l'homme dans le cercle de feu de la crucifixion et de la résurrection était bien, c'est le mot : *cruciale*, il s'agissait rien moins que d'assurer à la « créature » qu'elle restât dans le domaine du Monde Créé, et donc dans le Monde Invisible qu'il contient, et qui le contient.

Pour ce faire, pour aller « au bout de l'expérience », Dieu faisait sans doute face à un « paradoxe », qu'il résolut bien sûr sans faillir : Dieu s'étant incarné dans l'homme tout en lui laissant sans altérité son statut d'homme, Il lui fallait donc mourir, lui aussi. Or, qu'est-ce que « mourir » pour une Divinité par nature éternelle et plus qu'infinie, mais incarnée dans un homme singulier ? Voilà le « problème ». Le problème terrible que Dieu a dû résoudre. Et ce « problème », ce « Mystère » est prononcé par Jésus lui-même du haut de sa croix, au tout dernier moment de sa « vie ».

« Père – pourquoi m'avez-vous abandonné ? »

Jusque-là, par leur union hypostatique, les deux natures, précisément, *ne formaient qu'un unique « binôme »*.

Or que se passe-t-il alors que Jésus agonise ? Alors que le Dieu-Homme va mourir ?

Une chose toute simple et pour le moins terrible : DIEU SE RETIRE DE L'HOMME. Il disjoint de façon *antithétique* les deux natures, il en fait *deux monômes*, il reprend Sa liberté et laisse l'Homme seul face à sa Mort.

Comme à chaque grand acte de Sa Création, Dieu agit de façon apophatique, tel un *Tsimtsoun* cette fois concentré dans une singularité « humaine », Il divise l'humano-divinité christique, fait du Jésus mourant un simple homme qui, brutalement désemparé par cette séparation ultime, laisse parler le plus pur désespoir, la plus effrayante des incompréhensions.

Cette micro-seconde est suspendue au-dessus de nous pour l'Éternité. Disons plutôt qu'elle le sera jusqu'au jour de la Parousie.

Avec *Les Racines du Mal*, j'avais essayé de mener à son terme une des idées-clés du – *très mauvais*[1] – roman précédent (*La Sirène rouge*), à savoir la corrélation entre sociopathies intégrées – « libérales » – et les pathologies génocidaires totalitaires. J'avais essayé d'écrire le premier roman de terreur post-apocalyptique, je veux dire « postmoderne », le premier roman de l'enfer ludique, le premier roman qui, peut-être, parviendrait à faire mentir le célèbre adage d'Adorno.

Car au contraire, me disais-je, dans ma terrible naïveté, IL FALLAIT ÉCRIRE APRÈS AUSCHWITZ, et même, et surtout, IL FALLAIT ÉCRIRE *DEPUIS* AUSCHWITZ, c'est-à-dire depuis la FOSSE qui avait englouti l'Europe, depuis le point de vue de la *destruction générale en tant que préliminaire*, comme le dit Ernst Jünger.

J'avais oublié, à l'époque, l'aphorisme célèbre de William Blake qui aurait pu d'une façon éminemment chirurgicale *clouer* le livre par cet exergue : « Aucune poésie

---

1. Selon l'immense et révéré critique littéraire Arnaud Viviant.

n'est concevable sans la participation du Diable. » À son époque, le langage des symboles revêtait encore quelque sens. Aujourd'hui, il faudrait dire : *aucune littérature n'est possible en dehors de la Fosse et du double éclair atomique.* Alors voilà : j'ai fini par le dire. Et on m'a couvert de crachats. Je n'avais pas en ma possession les diplômes universitaires qui m'auraient permis de le faire.

Que reste-t-il, maintenant, de ces lambeaux de lumière arrachés à la terre ? De ces rayons de nuit dérobés aux astres ? Que reste-t-il de tous nos futurs confisqués, de toutes nos traditions détruites, si ce n'est ce champ de ruines que certains osent sans rire dénommer « société globale ».

Observons plutôt comment la Quatrième Guerre mondiale est véritablement en train de devenir le régime co-extensif de la dévolution de l'Homme au XXIᵉ siècle. Observons, oui, en cette matinée du 6 juin, aube anniversaire s'il en est, ce qui se passe au cœur du nihilisme « réactif » le plus malade, là où se configurent les différentes matrices des Bêtes de l'Apocalypse, là où l'Anti-monde se structure autour de ses points cardinaux qui sont autant de « Djihad » annoncés.

Par recoupements d'informations trouvées sur Internet, sur les sites des mouvements concernés, je constate, sans la moindre surprise, que *la Chose* est bien en train de se produire : la convergence biocidaire des nihilismes terminaux a pris sa forme définitive, son « antiforme » devrais-je dire, car cette « Chose », cette « Chose » qu'est la Bête, est une inversion totale du Tétragramme divin, elle n'est « rien » au sens de « pas grand-chose », pas même le pur et total néant qui participe paradoxalement de la Lumière Incréée, la Chose existe sans exister, elle est unique mais pourtant multiple, et en fait ni l'un ni l'autre, car elle est MASSE totalisante et fragmentaire tout à la fois, elle est ubique et pourtant ne se trouve vraiment nulle part, elle est ce qui va faire s'effondrer le monde du dernier homme sur lui-même, et elle est ce monde, et elle est cet homme.

Quelle est donc cette conjonction des catastrophes générales désormais pleinement assumée par le *socius* planétaire ? Nous la nommerons : celle des « trois Djihad ».

Il y a bien sûr, nous commencerons par là, le Djihad-Hégire, le Djihad islamique, cette hérésie venue du judéo-christianisme, de la révélation du Dieu unique, et qui n'y retourne que pour mieux l'anéantir, sous la forme hybride et monstrueuse d'une idolâtrie monothéiste. Et puis, il y a le Djihad que se mène la civilisation occidentale à elle-même. Ce « Djihad » a pris – comme c'est curieux – une *double forme*, deux appellations distinctes, deux typologies culturelles, deux visions à la fois antinomiques et analogues. Sous l'appellation officielle de « Djihad-88 » les groupes néonazis européens se sont confédérés en cherchant à s'allier avec les mouvements terroristes arabes mais aussi à ceux de l'autre mouvance, plus implantés en Amérique du Nord, qui est celle des « satanistes » et qui, elle, se regroupe sous l'appellation « *Djihad-666* ».

Que pouvons-nous constater dans cette réorganisation spécifique des forces du mal ? Tout d'abord comme le rappelle fort justement Massimo Introvigne, sociologue italien et catholique conservateur : « *Les satanistes ne sont pas des Princes des Ténèbres mais plutôt de pauvres diables.* » Ce sont des comiques troupiers qui peuvent mal tourner, mais au fond ce sont, il est vrai, de pathétiques clowns, des *losers* même pas magnifiques, plutôt pitoyables au final, car leur défaite s'inscrit justement dans leur victoire en un paradoxe tueur : plus ils gagnent, plus ils perdent, plus ils détruisent, mieux ils s'autodétruisent. L'exemple du Mahomet du Tyrol est à cet égard exemplaire. D'autre part, il ne faut pas se voiler la face, la globalisation du nihilisme ne s'effectue pas au moyen d'une « homogénéisation » planétaire phantasmée par ceux qui croient encore à un futur simplement dystopique, modèle « 1984 ». La globalisation du nihilisme c'est précisément la coextension radicale de l'homogénéisation planétaire et des hétérogénéités métalocales. C'est l'égalitarisme forcené multiplexé à la panoplie complète de tous les « droits à la différence ».

Ainsi :

1) Il existe un Djihad exogène à l'Occident qui recherche sa destruction (ou sa « conversion ») absolue.

2) Il existe deux Djihad convergents à l'intérieur même de la civilisation occidentale et dont le but commun est là encore d'en assurer la destruction.

Les trois Djihad peuvent être perçus comme des entités spécifiques nées chacune d'une formule *gnostique* plus ou moins syncrétique :

– Le ritualisme sataniste, dévolu aux Dieux des « ténèbres » et leur Grand-Maître-A-Tous.

– Le néopaganisme antichrétien et antisémite du « national-socialisme », directement inspiré de l'hérésie marcionite et de la tendance radicale des Cathares.

– Le gnosticisme antichrétien et antisémite de l'hérésie islamique qui fait du Dieu unique une idole invertie.

Ce qu'il faut s'empresser de noter c'est qu'en dépit de « rapprochements » tactiques souvent menés sans véritable « conviction » – comment pourrait-il en être autrement ? – les trois Bêtes, ou plutôt ces trois formes de la Chose, ne pourront à terme que se livrer une guerre à mort, *une guerre totale* – car aucun totalitarisme ne peut accepter d'altérité, encore moins celle d'un totalitarisme concurrent – et mieux encore, à l'intérieur même de leur sphère d'influence, elles subiront l'instabilité chronique et irrépressible des forces vouées à l'entropie. Satanistes néogothiques et paganistes néonazis finiront ainsi par s'entredéchirer pour la domination effective du Monde, tandis que l'Islam lui-même se divisera – comme il l'a fait à chaque fois – en émirats féodaux et en sectes rivales au fur et à mesure de sa « conquête ».

Voici donc ce monde eschatologique qui se prépare, là, sous nos yeux, ces yeux qui ne veulent pas voir, ces yeux qui ne veulent pas se brûler ne serait-ce qu'une demi-seconde à l'éclair aveuglant de la vérité.

Dans ce monde, les trois Djihad ne sont pas simplement articulés entre eux, comme je l'ai déjà dit : les Bêtes s'autodétruisent en détruisant le Monde, puisqu'elles sont le Monde auquel elles se substituent.

Ainsi l'Antéchrist ne peut-il être conçu comme un être singulier, comme une « personne ». Même Hitler, ou Staline, même Staline ou Hitler à la puissance 10, ne peuvent être reconnus comme Antéchrist puisque l'Antéchrist n'existe pas. Je veux dire : *il n'existe pas au singulier*, et par sa définition même : CAR SON NOM EST LÉGION.

Le Christ est une incarnation divine dans un individu singulier. L'Antéchrist ne peut donc être qu'une désincarnation démoniaque de toutes les singularités, donc une NON-PERSONNE absolue, une NON-SINGULARITÉ. C'est-à-dire, en effet, une MASSE. Il faut donc bien veiller, lorsque l'on prononce au singulier le terme *Antéchrist*, à se rappeler que dans le meilleur des cas nous faisons allusion à une certaine typologie de la post-humanité, que nous parlons d'un « collectif », que nous évoquons le sursinge devenu roi de la Terre, que nous exprimons la nature de l'Anti-Fils de l'Homme, que nous laissons brailler à dessein la myriade de micro-têtes parlantes qui forment l'hydre venue parasiter le siège même de l'Être, là où se niche la Parole.

C'est pourquoi il faut aussi apercevoir derrière les mots terribles et les *snuff-movies* privés ou « politiques » de ces trois Djihad paradoxalement convergents la présence manifeste de leur matrice. Je parle ici de la IVe Bête, la IVe forme de la Chose, ou plus exactement de la quatrième antiforme de la Chose non singulière, celle qui les engendre toutes, sans être capable de les retenir, telle une affreuse parodie des premiers versets du Livre de Jean au sujet des ténèbres, là où brille la Lumière qu'elles ne peuvent contenir.

Cette Matrice, c'est le Monde qui justement se livre à la Chose et qui, dans le même temps, déconstruit tout ce qu'il fut, jusqu'à ce moment précis où il inventa la Chose qui allait le déconstruire. Ce IVe Djihad, ce Djihad techno-écolo-socialo-libéral, c'est ce monde athéiste et universalo-gauchiste venu des « Lumières » franco-allemandes qui obscurcirent brutalement deux ou trois millénaires de civilisation et nous conduisirent vers les avenirs radieux du XXe siècle.

C'est précisément parce que ce Monde-Matrice est totalement AGNOSTIQUE qu'il engendre ces « Choses » qui viennent le compléter, comme des prothèses animées de leur propre vie, dans cette démoniaque trinité des gnosticismes dont il semblerait qu'ils aient été vraiment conçus pour notre époque, cette époque sans Dieu, et bientôt sans Homme, où n'importe quel colifichet plus ou moins magique est désormais en mesure de rallumer quelque peu les flammes spectrales des transcendances évanouies.

On comprend mieux, je pense, quand on l'évoque ainsi, ce que peuvent signifier ces images étranges de « Bêtes » pas vraiment animales qui semblent s'engendrer et se détruire les unes les autres, dans les visions prophétiques de Daniel, d'Ézechiel, de Nathaniel, et de tant de Prophètes de la Bible... Les « Bêtes » de l'Apocalypse sont des « machines ». Des machines « sociales ». Elles sont des « cultures ». Elles sont ce qui a l'humanité pour ennemi mortel.

Ce monde de la Paix Universelle est donc bien en train d'engendrer, comme le savait Chesterton il y a un siècle, le régime général de la guerre de tous contre tous. Il est peu probable qu'un seul d'entre nous puisse prétendre y échapper...

Mais au moment où ce monde entre en guerre, la plus terrible des guerres, je suis en paix.

La plus terrible des paix.

End of transmission –
Journuit du 6/7 juin de l'An de Grâce deux mil cinq.

POSTFACE

Ouest

J'écoutais *Hurt*, la version de Johnny Cash, depuis des jours, peinant devant l'écran où ce qui avait pour enjeu de devenir la préface de cet ouvrage devait s'inscrire.

En l'espace de quelques semaines, le monde et moi avions accompli une révolution, de celles qui nous rapprochent un peu plus à chaque orbite du crash thermique dans les hautes couches de l'atmosphère.

Cette préface allait visiblement suivre le rythme chaotique, cahoteux, tachycardiaque, du livre tout entier. Elle en serait comme une image fractale, une maquette, ou plutôt son plan miniature, son code génétique. Il paraissait acquis qu'elle ne viendrait pas comme ça, facilement, en un joli accouchement sous péridurale littéraire. Elle nécessiterait une opération chirurgicale, comme un bombardement moderne, avec munitions GPS.

Puis, en soixante-douze heures environ, tout s'est aggloméré avec la violence lumineuse du réel dans mon cortex devenu iceberg, tel un amas de lave éruptive dévalant les pentes d'un glacier.

Cette « préface » est devenue une *postface*. Réciproquement, le texte destiné à clore le livre est devenu la préface qui l'introduit. Plus difficile encore, cette « rétropostface » que vous êtes en train de lire a été en grande partie rédigée entre le 30 octobre et la mi-novembre 2005, mais *American Black Box* se termine au dernier jour de juin 2005 et, si je suis à cette heure en train de la modifier, c'est pour qu'elle soit véritablement à sa place, ici, dans le « sas d'éjection ». C'est la raison pour laquelle sa datation est double, son écriture le fut aussi.

Entre-temps, le deux millième GI se sera sacrifié pour libérer l'Irak dans l'indifférence amusée du petit empire des Guillotineurs. Une Constitution aura été adoptée, un Exécutif élu, un Parlement démocratique mis en place. Et Saddam Hussein sera jugé par son propre peuple. Quel Viêt-Nam ! Quel « bourbier » ! Les donneurs de leçons de la République sont atteints d'un étrange mutisme à ce sujet depuis la fin de l'été. Cette « postface ex-préface » vient reprendre le livre à son début, loin de la mystérieuse clarté qui le ponctue, devant un horizon chargé de sombres nuées électriques, ces orages d'acier annonçant la convergence générale des catastrophes que le livre décrit inlassablement. Elle forme ainsi une ouverture liminaire, étrangement inversée, aux deux années de guerre qui sont relatées dans ce *Théâtre des Opérations*. Quoique écrite plus d'un trimestre après la fin du livre, elle semble provenir des profondeurs les plus abyssales de ce qui l'a motivée, mobilisée.

Elle est donc comme le double terme – origine, finalité – qui vient enkyster l'ouvrage d'une ouverture infinie et d'une fermeture qui ne l'est pas moins. Ni véritable postface conclusive ni préface introductive, elle se situe plutôt dans l'ordre de l'*interface* entre ce qui est écrit, ce qui aurait pu l'être et ce qui, sans doute, le sera un jour. En un sens, elle ne se situe pas sur un point particulier d'un filament linéaire, mais au *point cardinal* d'une structure *cosmopolitique*, pour reprendre Abellio.

Cette postface ne vient pas « finir » ce journal, elle l'ouvre vers une direction bien précise, sur un horizon singulier. Cette postface se situe à l'OUEST du livre.

Que s'est-il passé, ces dernières semaines, pour que, brutalement, sans prévenir, toute la colère contenue depuis des mois en vienne à se concentrer en un faisceau d'une rare intensité, comme la lumière se focalise en un rayon monochromatique dénommé laser qui peut frapper la surface de la Lune sans perdre un seul de ses photons en route ?

Comment l'Amour, pourtant présent dans sa para-doxale réfraction, en est-il venu à faire jaillir de nouveau le feu destructeur de mondes ?

Parce que l'Amour est ce qui brûle tout ce qui est tiède, comme le rappelle saint Jean. Il est cette flamme qui préfère la froideur arctique du zéro absolu à la tempéra-ture médiane des petits hommes. Il est ce qui consume ce qui ne peut être consumé. Il est ce qui détruit ce qui avilit le visage de l'homme, ce qui carbonise à l'avance tout vecteur possible de l'injustice ou de l'ignorance, tout ce qui fait partie intégrante de la figure de la haine.

En l'espace d'une courte semaine, ce visage de gor-gone monstrueuse, cette figure vérolée de cratères purulents, cette face de brute abrutissime, je l'ai vue, bien nette, et je l'observe désormais avec la froideur d'une machine de guerre, je la regarde depuis le cockpit des avions du futur qui viendront bientôt semer leurs gerbes de napalm sur les nations d'esclaves.

Cette « préface rétrotranscrite », peut-on dire, fut confrontée à tous les obstacles que rencontra le livre pour sa parution, un authentique parcours du combattant. Je n'en demandais pas tant, mais je devais m'y attendre, avec des « journaux » placés ouvertement sous le signe rouge du dieu Mars.

J'étais en train d'esquisser un premier jet de cette intro-duction, début 2004, lorsque les éditions Gallimard me firent savoir leur refus de publier *l'engin* en son entier, sans doute trop explosif à leur goût. Je reviendrai sur les circonstances qui entourèrent l'affaire, pour le moment intéressons-nous à ce qui se passait sur les pages virtuelles de ce qui ressemblait de plus en plus à un livre sans existence probable.

Lorsque Flammarion reprit le flambeau au printemps suivant, je me remis à la tâche, j'écrivis cette fois-ci une introduction qui revenait sur la précédente mésaventure tout autant que sur le livre au stade où il en était alors, et sur la première préface inachevée. J'avais également adjoint, à la fin du volume, une chronique couvrant les deux derniers mois du printemps. J'y expliquais déjà que cet ouvrage ressemblerait de très près au monde qui l'imprimerait, j'ignorais que le monde allait dépasser toutes mes espérances à ce sujet.

Lorsque les éditions Flammarion, et leurs avocats, commencèrent à faire la fine bouche au sujet de mes critiques théologiques et politico-religieuses de l'Islam, je décidai de rompre, sans le moindre état d'âme, ce nouveau contrat. Il était hors de question que des conseillers juridiques républicains, sous la « virtuelle » pression des oulémas islamistes, me dictent de quelque façon que ce soit ma manière de penser.

À peu près au même moment, dans des circonstances quasi indicibles, je fis la rencontre de celui qui allait devenir mon agent, David Kersan, qui non seulement parvint à repasser la roquette inflammable aux éditions Albin Michel mais surtout leur permit de publier le roman *Cosmos Inc*, écrit préalablement pour la rue Sébastien-Bottin.

Finalement, la *boîte noire américaine* venait de trouver sa matrice. Je décidai alors, avec l'accord de mes nouveaux éditeurs, de reprendre le cours du journal, cette fois-ci de janvier à juin 2005.

Voilà qui explique sa structure moins linéaire encore

que celle des précédents. Ce livre est le sismographe tout autant que l'onde sismique : il a enregistré l'effet que lui-même a produit auprès de ceux qui se targuent d'être les « défenseurs de la littérature ».

Et voilà pourquoi il m'a fallu des semaines avant d'arriver à écrire cet avant/après-propos qui semble vouloir épouser, comme le scanner du drone suit les fluctuations du terrain, les divers accidents qui ont ponctué l'écriture du livre lui-même.

Le mot « accident » ne convient guère à ce que je vais maintenant évoquer, pourtant, vu sous l'angle du cataclysme, il pourrait revêtir quelque sens.

Un peu avant que Gallimard ne m'avertisse de sa décision de ne pas publier ce *Théâtre des Opérations* que j'avais poursuivi sur toute l'année 2003, je fus baptisé.

Catholique.

Romain.

Tout le truc, au grand complet, et au grand désespoir des ultimes puissances nihilistes qui résistaient encore dans mon cerveau (sans parler de celles qui pullulent à l'extérieur).

Cet événement allait provoquer des changements difficilement explicables, encore aujourd'hui mais, pour simplifier, nous dirons qu'il changea TOUT.

Au moment où j'écrivais ces lignes, une cinquième nuit d'émeutes consécutive enflammait les banlieues nord-est de la capitale. Des policiers ont failli demander l'aide de l'armée et l'instauration de l'état d'urgence. Bombes d'acide sulfurique, cocktails Molotov, voire armes de poing, c'est comme si la RÉALITÉ, enfin, se faisait jour, comme si le masque hideux du mensonge démocratique, enfin, se lézardait et commençait de tomber en poussière.

Une semaine auparavant, j'avais reçu la dépêche AFP m'informant de l'assassinat ignoble, sous les yeux de sa femme et de sa fille, d'un simple technicien urbaniste qui avait commis l'erreur de prendre des photos de réverbères dans la propriété privée – un trottoir – de trois « jeunes », à Épinay-sur-Seine, tous archiconnus des services de police locaux. Le drame, filmé par la caméra n° 15 de la police municipale, aura duré quatre-vingt-dix secondes, du vrai travail de pro, du vrai travail de petite ordure. La nouvelle fut d'ailleurs rapidement retirée du portail d'accès gratuit au web du *Parisien*. *Le Nouvel Observateur*, quant à lui, accrédita la thèse habituelle d'une « crise cardiaque » conséquente à l'agression, ce qui pouvait laisser envisager une inculpation pour « coups et blessures ayant entraîné la mort sans intention de la donner ». Le problème, c'est que la racaille des « cités » signe ses crimes aussi sûrement qu'un djihadiste. Il s'avéra, quelques jours plus tard, après une autopsie en règle, que l'homme était bien mort suite aux traumatismes subis. *Le Nouveau Collaborateur* n'est plus à une trahison de la vérité près.

Puis, à l'inverse de ce qui fut affirmé dès le départ des émeutes, la procédure judiciaire et l'enquête administrative sur la mort des deux adolescents dans un transformateur EDF à Clichy-sous-Bois démontrèrent qu'ils n'étaient pas poursuivis par des policiers. Mieux encore : elles révélèrent que ces derniers avaient prévenu les deux jeunes du danger encouru en pénétrant dans cette enceinte protégée.

Simultanément, comme si je suivais sans le vouloir l'immonde logique criminelle qui guide les cerveaux dégénérés de ceux qui font l'époque, j'assistai au discours du nazillon islamique de Téhéran. Cette grotesque réplique d'un Hitler persophone, sorte d'instituteur coranique d'extermination de masse, lâchait son désormais fameux « Israël doit être rayé de la carte » devant des foules de crétins barbus et d'esclaves volontaires en tchador qui applaudissaient à tout rompre. Dans la foulée, toute la diplomatie collabo, prise à son propre piège, Chirac et Villepin en tête, y alla de ses cris d'orfraie et de ses larmes de crocodile, alors que ces bureaucrates de la gouvernance pacifiste mondiale font partie de la bande de gangsters qui soutient ce régime totalitaire merdique depuis 1979, et qu'ils ont constamment appuyé la politique onuzie anti-occidentale et anti-israélienne de l'organisation « internationale », en fidèles toutous de cette République n'ayant toujours pas digéré 1940 et l'Impérium américain.

C'est la France qui a livré ses technologies de pointe à l'Irak de Saddam, c'est la France qui a livré ces technologies aux nazislamistes iraniens. Et c'est en France que les bandes des banlieues introduisent l'idéologie salafiste-terroriste, la violence urbaine, la sous-culture des microcéphales violeurs et assassins, c'est en France que tout se jouera, c'est la France qui, plus vite que prévu, même par moi, paiera tout cela au centuple.

Ce fut le premier jour où l'étincelle de la colère revint, je crois, pour de bon me visiter. Le pire était pourtant à venir. Je devrais dire : le pire *est* encore à venir.

Tandis que je reprenais le cours de cette « préface », au soir du 1ᵉʳ novembre, la sixième nuit d'émeutes consécutive plongeait le nord-est de la capitale dans le chaudron volcanique de l'Intifada-sur-Seine. Tout, implacablement, se mettait en place. J'inscrivis alors cette phrase : *Cette préface s'écrit au moment prédit par le livre qu'elle est censée introduire.*

La veille, j'avais appris l'implication de plusieurs réseaux talibanlieusards « français » avec des criminels de guerre irakiens ou syriens opérant sur place, en Irak, assistés par un réseau bosniaque implanté au Danemark.

Pourtant les signes persistaient à être contradictoires : pendant que la France et l'Europe de l'Ouest devenaient chaque jour un peu plus des ventres mous pour l'importation des idéologies islamistes totalitaires, une série de révolutions politiques démontrèrent que dans l'ex-monde communiste tout comme dans certains pays arabo-musulmans, la coupe était pleine, et que tous ces peuples ne désiraient pas autre chose que la liberté, la souveraineté, la constitutionnalité.

Alors que les Libanais venaient, avec un courage dont ferait bien de s'inspirer le Parisien ou le Québécois moyen, de mettre un terme à l'occupation de leur pays par les envahisseurs du Baas syrien, les représailles ne se firent pas attendre : Rafic Hariri et des dizaines de victimes étaient pulvérisées lors d'un attentat en plein centre de Beyrouth. Le mouvement faisait suite à la révolution « orange » ukrainienne, à la révolution « pourpre » de Géorgie, il annonçait des mouvements du même ordre en Ouzbékistan, en Kirghizie, en Azerbaïdjan. N'en déplaise aux « analystes » géopolitiques de la presse aux ordres, tout cela survenait, quel hasard !, alors même que les forces américaines prenaient pied, et solidement, dans l'ancien fief de Saddam Hussein comme dans celui des talibans.

Rien, cependant, ne semblait vouloir illuminer les quelques neurones encore en place chez le Français de base.

Il y avait pourtant eu les manifestations de mars 2005, où tous les bobogauchistes et les babyboomers de service avaient pu constater que les agresseurs de leurs enfants n'étaient pas d'odieux trublions arborant je ne sais quel insigne néonazi, mais cinq à six mille « jeunes défavorisés » qui, durant des heures, s'en donnèrent à cœur joie, coups et blessures, agressions sexuelles, rackets, offrant une vigoureuse histoire en direct de la lutte des classes aux sociaux-démocrates et aux anarchistes post-soixante-huitards.

Durant la seule année 2005, j'étais parvenu à compiler nombre d'actes barbares dont la population française « de souche » est désormais la victime désignée, pratiquement chaque jour. J'avais constaté, sans la moindre surprise, qu'une bonne partie des victimes était composée précisément de jeunes filles de confession musulmane, cloîtrées dans les « cités » où les petits machos à la gomme règnent par la terreur, comme leurs acolytes, plus professionnalisés, qui jouent les martyrs en posant des bombes dans des discothèques, dirigent d'une main de fer les « camps de réfugiés » qu'ils ont tout intérêt à maintenir en l'état. J'avais entrevu le crime à grande échelle qui se perpétrait dans ce qui avait été mon pays. J'avais réuni de nombreuses informations sur la rencontre explosive entre cette culture de mort, ce langage d'idiot graphomane, et le totalitarisme islamique, ses imams, sa « Fausse Parole ».

En Irak, il apparaissait bien que le nombre des victimes civiles des attentats commis par les wahhabites/saddamites dépassait largement celui attribuable aux actions de l'armée américaine. Les crimes de guerre antichiites et antikurdes se multipliaient, et les citoyens sunnites de la région de Bagdad n'étaient eux-mêmes guère épargnés. Les islamistes partagent avec la racaille le plaisir de faire souffrir les plus faibles et d'assassiner ceux qui luttent pour la liberté et la justice.

Mais j'avais décidé de m'en tenir à ce que j'entendais être mon credo, TOUT-VA-BIEN, répété comme un mantra, comme une indication apophatique de la catastrophe à venir, celle qu'il ne fallait surtout pas nommer, je l'avais appris à mes dépens.

J'en avais en effet eu mon compte, depuis janvier 2004.

Le refus par Gallimard de publier *American Black Box* ne provenait pas uniquement des florentines manœuvres de divers directeurs de collection, quoique cela contribuât à la chose. Il faut bien comprendre que les éditeurs ne sont plus libres de publier ce qu'ils veulent. Surveillés de près par le big brother juridico-sociétal, ils sont de fait en première ligne en cas de procès. Sans vouloir les excuser pour leur manque de courage, il convient de dire qu'il est plus difficile à une maison d'édition de faire paraître un livre osant critiquer l'Islam, ou l'idéologie immigrationniste (la mort de toute véritable géopolitique migratoire) qu'à une maison de disques de sortir un album de rap vantant le viol des Blanches, l'assassinat des Français, et la destruction de notre civilisation.

American Black Box était tout désigné pour l'holocauste, surtout début 2004, au pire moment de l'anti-bushisme, du pro-arabisme et de l'antisémitisme radical qui imprégnait la mentalité des habitants de ce qui pourrait s'appeler un jour le Frankistan, en particulier l'ensemble de ses médias aux ordres. Il était tout désigné pour l'holocauste parce que je venais de tendre le bâton pour me faire battre, assommer, devrais-je dire, lors d'un moment d'inattention, qui ne fut pas perdu pour tout le monde.

Un mois après avoir envoyé le manuscrit d'*American Black Box* à Michel Braudeau chez Gallimard, une force incoercible me poussa à me confronter directement avec ce que je pensais être un conglomérat politique dont les contradictions et les paradoxes me paraissaient éclatants, et tout à fait représentatifs de l'état de la pensée politique française.

Étant tombé par hasard sur le site du Bloc Identitaire, j'avais reconnu des slogans aperçus auparavant sur des affiches contre la guerre en Irak, vers le printemps 2003, à Paris.

J'avais noté une myriade de contradictions dans les points de vue officiels de ce mouvement politique. M'étant renseigné, j'avais compris que le groupuscule rassemblait plusieurs fractions de l'extrême droite française, dont d'anciens membres d'Unité Radicale, dissoute entre-temps, et que l'on connaissait pour sa connexion avec Maxime Brunerie, l'homme qui croyait possible d'atteindre une cible mobile à deux cents mètres avec une 22 long rifle un jour de 14 Juillet.

Il y avait là un gisement d'antinomies et de paradoxes irrésolus qui ne demandaient peut-être, m'étais-je dit, qu'un peu de pensée en action, un peu de contradiction argumentée.

J'avais oublié qu'en France, surtout à gôche (je pourrais dire : à gôche, surtout en France), il n'est permis de dialoguer qu'avec ceux avec qui on est forcément d'accord, et qu'une telle « conversation » avec les gens qu'il ne fallait pas, au moment où il ne le fallait pas, en usant des mots qu'il ne fallait pas, était un crime de lèse-démocratie qu'on entendait bien me faire payer, façon charrette en route vers la grande lame.

À cette époque, non seulement la France s'était irrémissiblement enfoncée dans les marécages de la politique collaborationniste pro-arabe, mais elle connaissait – depuis un certain temps – ces « phénomènes sociaux » dénommés pudiquement « tournantes », que je classe quant à moi comme crimes contre l'Humanité et donc susceptibles d'encourir les peines prévues à ce titre par la loi : carbonisation de jeunes filles jetées dans des bennes à ordures, plus récemment encore aspersion d'essence enflammée mode pakistanaise par un « jeune homme » – comme disait le présentateur de France 2 – avec défiguration et brûlures sur les trois quarts du corps en guise de conséquences directes pour la victime, lapidations sporadiques mais répétées d'un bout à l'autre du territoire national, viols en série devenus « culture », sous forme de crimes rotatifs, il n'en fallait pas plus pour que les mots « bêtes sauvages » viennent s'inscrire spontanément dans mon e-mail.

E-mail que je laissai publier sur le forum de Bloc Identitaire, par pure inattention, et qui me valut instantanément la condamnation unanime de la meute des journalistes bien pensants et des caniches de la culture subventionnée, de la horde meuglante des chihuahuas du pigisme moral et de tous ceux qui, aujourd'hui, commencent probablement à comprendre que lorsque j'annonce calmement la désagrégation du pays, je ne le fais pas par je ne sais quel goût de la provocation.

Je commettais l'immense erreur de ne faire aucune différence entre un soudard serbe violant une musulmane à répétition quelque part dans un bordel de campagne improvisé en Bosnie orientale et une ordure de banlieue parisienne ou lyonnaise violant une musulmane à répétition dans une de ces caves aménagées en « palace à tournantes ».

Je ne suis ni Marc-Édouard Nabe ni la réincarnation à bicyclette de Jean-Edern Hallier. Je suis juste la voix qui porte à l'avance la lumière de l'incendie.

L'affaire des Identitaires fut l'occasion rêvée que je donnai malgré moi à tous ceux qui, dans la célèbre Maison ou à sa périphérie, voulaient ma peau. Cela dura des mois. Le 1er mars 2004 encore, Arnaud Viviant – qui s'apprêtait à publier à l'Infini un étron pseudo-littéraire qui retenait alors l'attention des grands mandarins de la Maison Gallimard – et le duo Joffrin/Lancelin se livrèrent en direct à une tordante mise en lumière de leur protoplasmique stupidité comme de leur crasse ignorance historique et philosophique. Mais la Maison Gallimard avait déjà pris sa décision, et les centaines de mails qui inondèrent les ordinateurs des attachées de presse ne la firent pas changer d'un iota. On voulait bien – à la rigueur – supporter le romancier de la Série Noire mais, ne possédant aucun diplôme du second cycle, il paraissait fort incertain qu'on me laisse continuer à « raisonner comme un tambour ».

C'est ici, à cet instant, qu'intervient l'événement impromptu, totalement imprévisible car né du Mystère de la Grâce.

Alors même que l'affaire des Identitaires atteint son « climax », le 16 février 2004, mon baptême chrétien a lieu, dans une petite chapelle, discrète, du centre de Montréal.

C'est ainsi.

Le feu ne se consumerait plus pour rien, il serait terriblement directif, il invoquerait comme une distance cosmique entre moi et les événements du monde.

Ce feu, en premier lieu, dessina un anneau protecteur autour du roman que je commençai à écrire, à l'époque pour la Maison Gallimard, *Cosmos Incorporated*.

Il devint ensuite moteur et figure centrale de sa narration.

Il allait enfin me conduire jusqu'à de vastes étendues de glace, un océan de gel sous un ciel d'oxygène pur, après l'escalade d'une sorte de K-2 narratif qui m'avait élevé jusqu'au Mystère même de ma propre métamorphose : je compris que mon exil de France vers le Nouveau Monde se doublait d'un exil hors de ma propre humanité. L'Ouest n'était pas qu'une direction, ni même qu'un horizon, c'était un Monde tout entier.

Je compris, tétanisé, qu'il s'agissait d'un voyage sans retour.

Je ne suis pas un relaps.

Il y eut donc, au début de l'été 2005 comme la lumineuse apparition d'une paix possible. Une Grande Paix. Ce fut un sentiment étonnant, une joie immense, et délicate, un anneau de lumière blanche qui semblait pouvoir reprendre possession du monde, un lys royal qui paraissait vouloir éclore au beau milieu des décombres, une rose immaculée fleurissant par miracle au cœur même du Camp. Je crus durant quelques jours à une rémission possible, je me laissai guider par une douce lumière qui, je le savais, m'était envoyée par ce qui se tenait juste un peu au-delà de moi-même. Presque aussitôt je compris pourtant que le visage de cette manifestation aux limites de l'invisible annonçait un temps sans doute plus terrible encore que la Guerre que nous venions de commencer à vivre.

Cette paix serait l'œil du cyclone, l'œil du typhon terminal. Je me tiendrais en son centre alors que les nuées ardentes du Monde de la Guerre, de la Guerre des Mondes, tourbillonneraient en furies sans cesse renouvelées autour de cet *Axis Mundi* évoquant un pylône solaire.

Cette paix, telle la lumière enclose dans les ténèbres de l'Évangile johannique, en viendrait un jour à dissiper l'obscure opacité de l'esprit humain, un cataclysme indicible s'abattrait alors sur les résidents du globe, la paix, cet œil dans le ciel dont j'espérais paradoxalement l'irruption en juin 2005, pourrait détruire l'humanité plus sûrement que ses répliques écosystémiques, tsunamis sud-asiatiques, ouragans à répétition dans les Caraïbes, qui ne sont que les ondes innocentes de la nature.

L'Ouest était rouge, crépuscule des illusions, signal rutilant des antiques étendards romains. L'exil signifiait donc aussi la guerre. Une guerre secrète. Une guerre menée au cœur même de la paix, une guerre dont la paix serait la force de frappe.

Il n'y avait aucune coïncidence entre mon arrivée au Canada et la soudaine mise en route du *Théâtre des Opérations*.

Cette guerre, je la conduirais en premier lieu contre moi, contre tout ce que le monde avait imprimé en moi de nihilisme, et je devinais que ce que Kafka disait à ce propos me serait d'une grande utilité : « *Dans la guerre entre toi et le monde, seconde le monde.* »

C'est désormais le globe tout entier qui est devenu « le théâtre des opérations ». Et non seulement le globe, mais chaque « unité individuelle humaine » qui le compose. Nous sommes tous des victimes potentielles du prochain grand attentat. Nous sommes tous, simultanément, des terroristes en puissance.

La guerre qui s'annonce sous les traits du djihad n'est rien d'autre qu'un prolégomène.

Quelque chose de plus terrible encore en surgira.

Quelque chose qui fera beaucoup rire le diable.

Il est devenu impossible de nommer les faits, les choses, et même les écrits. Les lois « antidiscriminatoires » ne sont en fin de compte que l'ultime ruse des socialismes pour interdire la libre parole. Ce fut même, alors que j'effectuais les premières corrections de ce *Théâtre des Opérations*, ce que testait grandeur nature le philosophe Alain Finkielkraut, poursuivi par la police politique du MRAP après avoir livré le triste constat de l'Intifada française à un journal de gauche israélien. Comme lui-même le comprend, désormais aux premières loges du procès stalinien qu'il devra subir : « *L'antiracisme est en train de devenir une idéologie totalitaire analogue à ce que fut le communisme au XXᵉ siècle.* »

Dans *American Black Box*, vous l'avez lu, je fais référence à quelques reprises aux origines politiques et théologiques de l'Islam. J'y discerne l'influence du Gnosticisme et de nombreuses hérésies judéo-chrétiennes comme le nestorianisme. J'essaie d'expliquer comment et pourquoi elles ont pu s'agglomérer au cours des VIe et VIIe siècles jusqu'à ce qu'un fondateur de secte en propose un habile syncrétisme. J'essaie de pointer quelques-unes des contradictions terribles qui ponctuent ce « livre saint » écrit – notez-le bien : même la Bible ne le prétend pas à son sujet – « pour l'ÉTERNITÉ ». Si j'osais, je serais tenté d'affirmer que l'Islam me semble la première idéologie « moderne », soit le premier totalitarisme pseudo-religieux, et en fait le premier des nihilismes idéologiquement structurés. Pire encore, surtout pour moi, je perçois derrière cette falsification du Dieu unique la trace de ce qui, seul, peut à ce point tromper l'humanité. La trace de ce qui ne peut précisément s'incarner, jamais. La trace de ce qui invertit le Dieu d'Amour et de Justice des deux Testaments en une idole dévoreuse du sang des faux « martyrs » qui sont de véritables assassins, une idole qui fait revenir ses disciples à l'ère des sacrifices humains.

Je ne suis même pas sûr d'avoir ici le droit de le nommer.

En tout cas, ces mots, à eux seuls, sont susceptibles de me valoir la grimace hideuse de la gorgone de la HAINE, qui est une de ses émanations.

Mais j'ai appris à vivre avec elle. En ce qui me concerne, elle n'est plus qu'un petit caniche à qui je laisse le droit de vaguement montrer les dents à sa peluche de prédilection.

La « justice » républicaine pourrait aussi avoir envie de s'en mêler, par le biais de je ne sais quel organisme spécialisé dans la défense des bonnes causes

« antiracistes », et de la propagande antisémite, avec de nouvelles « lois Gayssot » façonnées sur mesure.

Bref, répétons-le, cette préface qui est devenue post-face ressemble trait pour trait à un modèle réduit du livre, comme une miniature des loopings qu'il a dû exécuter pour survivre dans le ciel plombé par la FLAK de la bonne conscience, disons-le comme il se doit : elle est à la fois la première et la dernière salve, celle qui prépare l'assaut sur les plages et celle qui donne le coup de grâce à l'ennemi.

Et voici la gerbe d'écume qui se soulève tandis que la barge vient s'échouer sur le littoral, au milieu du déluge de métal qui s'abat de toutes parts.

Alors que j'achevais la reprise 2005 du journal, les derniers jours de juin étincelant de cette lumière estivale et nordique tout à la fois, cette lumière nord-américaine que j'ai adoptée comme *sens cardinal*, à ce moment précis j'appris l'existence de la « chose ».

Je n'avais pas la possibilité de rendre compte de cette « chose », le temps m'était compté, le 30 juin au soir, *American Black Box* serait terminé, quel que soit le destin de cette foutue planète.

La « chose » ne pouvait être consignée dans le *Théâtre des Opérations*, elle fit donc en sorte d'être présente dans un texte que je livrai plus tard au magazine *Chronic'Art* – « Les Villes sous la cendre ».

Puis elle commença à sinuer dans les couches les plus dangereuses, les plus imaginatives, les plus « réalistes » de mon cerveau. Elle pourrait bien, après tout, apparaître dans ce que je nommais alors ma « préface ».

La chose avait un nom, elle avait un but, elle avait une destinée.

Son nom : *American Hiroshima*.

Son but : détruire au moins quatre cités américaines,

tuer cinq millions d'Américains dont à peu près deux millions d'enfants.

Sa destinée : cela surviendra. Un jour ou l'autre.

Al-Qaeda est désormais un réseau constellaire méta-national composé de divers « émirats » autonomes, répartis sur tous les continents du globe. Leur objectif premier, avec Israël : les États-Unis.

Prenez maintenant une technologie fort simple que les Russes ont mise au point dans les années 80, à la fin de la guerre froide. Ce sont des valises ordinaires, du moins en apparence. Elles contiennent juste assez d'uranium ou de plutonium pour qu'un simple mécanisme, en rapprochant les deux pièces de matériau fissile, déclenche une explosion atomique équivalente à quelques Hiroshima.

Prenez un ancien officier des forces spéciales russes qui, rongeant sa maigre pension en rêvant de piscines de dollars, narcos, pétros, ou terros, a envie d'arrondir ses fins des mois. Un officier qui a accès à au moins l'une de ces valises, en tout cas à ses plans.

Prenez ensuite quelques ingénieurs et physiciens renégats venus du Pakistan, d'Égypte, d'Algérie, d'Irak, d'Iran ou d'Arabie Saoudite. Mettez-les au turbin.

Ensuite cherchez la faille, le trou dans la muraille.

Il est là. Au sud. Chaque jour des milliers d'émigrants illégaux mexicains et centraméricains franchissent la frontière du Rio Grande en toute impunité, en dépit d'un immense mur de protection et des incessantes patrouilles de la police américaine.

Il existe un groupe de gangsters, très puissant et très réputé au Mexique, le MS13, spécialisé dans le trafic de drogues, d'armes et le transit clandestin de fret humain en direction du sud des États-Unis.

Mixez tous ces éléments ensemble.

Choisissez quatre ou cinq villes nord-américaines. Peut-être ni New York, ni Washington, ni Los Angeles.

Disons Phoenix, San Francisco, Saint Louis, Cleveland, Miami.

Une valise par ville.

Un million de morts ou presque dans chaque ville, un million de morts par valise.

Désormais, je le savais de tout mon être, la planète entière était sous alerte rouge, la planète entière n'était plus qu'une immense zone d'impact potentielle.

American Hiroshima surviendrait, un jour ou l'autre, et il ouvrirait une nouvelle ère pour toute l'humanité : *Universal Ground Zero.*

Et cette nouvelle ère – celle de la guerre civile planétaire – se voit configurée à l'avance dans les émeutes islamistes qui s'étendent comme une « peste verte » dans ce qui un jour fut la France.

Que pourra faire un président des États-Unis d'Amérique contre des attaques nucléaires déclenchées sur son propre sol par un réseau terroriste métanational, ne relevant donc d'aucune institution gouvernementale, aucun État reconnu ?

Rien, il ne pourra rien faire. Il n'aura pas d'ennemi sur lequel lancer sa contre-attaque.

Alors ?

Alors voici le vrai sens des mots *Universal Ground Zero* :

Si les États-nations, même les plus puissants du monde, se montrent dans l'incapacité de se défendre et, pire encore, de répondre aux attentats atomiques, bactériologiques ou chimiques du futur, on peut aisément deviner la suite logique, surtout dans un pays qui connaît son Second Amendement par cœur.

La guerre conduite contre les tueurs islamistes sera dès lors à la charge des citoyens eux-mêmes, auto-organisés en groupes de défense civile, puis en unités de recherche, puis en commandos de tueurs.

L'Ouest sera rouge pendant très longtemps.

L'an 2004 fut donc principalement consacré à l'écriture de *Cosmos Incorporated*, en plein centre de l'anneau de feu. Gallimard refusait le *Théâtre des Opérations* mais je restais sous contrat avec eux pour le roman en cours. Lors du mois de juin, alors que je rédigeais la seconde mouture de cette préface pour Flammarion, je repris le journal pour narrer les quelques semaines qui venaient de s'écouler, ce fut l'unique digression que je m'offris alors que j'avais planté mon campement littéraire près du cosmodrome de *Grande Jonction*.

Puis, comme je l'ai dit, à nouveau un projectile perfora le blindage, *American Black Box* resta immobilisé dans les sables jusqu'à ce qu'Albin Michel accepte de le publier, et que je puisse reprendre le cours de l'offensive.

Quelque chose, tout de suite, retint mon attention.

Entre janvier et juin 2005, et surtout par rapport à la phase d'écriture de 2003, un changement radical se faisait jour. Un phénomène qui semblait parallèle, comme toujours, à l'écriture romanesque venait de se mettre en branle. Ce même feu toujours, cette même glace, encore.

Je ne compris que plus tard le rapport avec le Saint-Sacrement, avec la seconde vie à laquelle le Baptême donne accès. J'entrais dans quelque chose qui ressemblait à un monde pacifié.

L'écriture elle-même voulait se faire plus douce, disons plus sensible à l'éventualité d'un authentique amour humain, elle se voulait parfois moins plume de titane et plus encre de miel et de lait. Je percevais d'autres feux derrière les feux de la guerre, des feux d'une lumière terrible, les feux d'une paix que plus personne n'ose imaginer.

Je réalisais que rien ne pourrait y faire, je ne serais pas entendu, je serais traité de fou paranoïaque ou de fasciste délirant, je savais que les rires sardoniques des rois de la combine médiatique accompagneraient la lente désagrégation qui, un beau jour, tel l'aboutissement d'un processus chimique explosif, ferait s'effondrer d'un coup leurs châteaux de cartes idéologiques, leurs fantasmes de postmodernité post-historique et hyper-festive, leur fausse convivialité de show-biz modèle Ardisson, leurs acquis sociaux de fourmis protégées par l'État, toute leur vie, du moins ce qu'ils osent nommer tel.

Vingt-quatre heures de plus s'écoulèrent, et en cette *journuit* du 2 au 3 novembre j'appris, sans réelle surprise, que les émeutes reprenaient de plus belle dans la banlieue de Paris, qu'elles commençaient à s'étendre pour de bon, telle une maladie infectieuse. J'appris dans le même temps que les Frères Musulmans, ou des groupes islamiques apparentés, faisaient « régner l'ordre » dans les cités en feu, encadrant peu ou prou les bandes déchaînées. La police nationale était définitivement hors course et sa paralysie, mise en regard avec l'activisme islamiste, déguisé en infirmier de la République, laissait franchement présager le pire.

Un pompier fut gravement brûlé par le jet d'un cocktail Molotov dans son camion d'intervention, et les occurrences de tirs à balles réelles sur les forces de l'ordre se multiplièrent.

Encore une fois je me trouvais devant une illustration *post mortem* du livre qui annonce cette guerre civile, dont nous ne voyons que les prolégomènes.

Le gouvernement de la République fantoche chirakiste semblait complètement dépassé par la situation, comme si un événement imprévisible était en train de se produire.

La République collabo était en train de tester les limites de la reddition : les divers groupes salafistes clandestins qui s'organisaient sur le territoire traitaient désormais

Chirac de « croisé » et avaient placé la France en tête de liste des cibles à attaquer.

La politique pro-saddamite du gouvernement français et de ses institutions lui revenait en plein visage, sous la forme de centaines de voitures carbonisées chaque nuit. Les jeunes djihadistes qui sont allés en Irak recevoir la formation adéquate s'y sont rendus avec d'autant plus de facilité que la société française, et ceux qui la représentent, ont quasi pris collectivement position pour les « insurgés » et contre l'armée américaine pendant plus de deux années pleines.

Revenus au pays, ils agissent dans l'ombre, laissant de jeunes mineurs effectuer le gros du travail, évitant de ce fait des sanctions pénales lourdes et la mise en lumière de leur existence, mais ils sont désormais, au cœur même du pays, soldats du Djihad, mercenaires d'Al-Qaeda, et ils finiront, un jour ou l'autre, par commettre, ou faire commettre, des séries d'attentats particulièrement mortels contre la population française.

Tout au long de ces trois longues semaines, même les journalistes les mieux appointés furent dans l'obligation de parler de *guérilla urbaine*, de l'utilisation par les émeutiers de portables et de réseaux Internet, tout comme de la présence constatée de plusieurs groupes islamistes dans les « zones de guerre civile ». En quelques nuits, la peste verte s'était pour de bon étendue à l'ensemble du territoire, plus d'une trentaine de villes furent violemment touchées. Dans la seule soirée du 7 novembre, mille cinq cents véhicules ont été incendiés. Dans l'Essonne, près de deux cents émeutiers ont tiré à balles réelles, avec des fusils à pompe, blessant une dizaine de policiers dont deux grièvement. Une caserne de pompiers a été attaquée et ravagée par le feu ! Une enfant de seize mois a été grièvement blessée lors de l'assaut donné à un autobus.

Une quinquagénaire handicapée a été sciemment asper-
gée d'essence et brûlée vive dans un autobus. Une crèche
a été dévastée ainsi qu'une école maternelle, deux ou
trois églises incendiées. Mieux encore, les émeutes péné-
traient dans Paris, cette bonne vieille capitale, cette Ville
lumière germanopratine qui se croyait à l'abri du réel,
derrière son boulevard périphérique !

Il suffisait désormais d'un événement pour que l'explosion survienne réellement, et les risques d'une telle occurrence se multipliaient chaque jour : une mort d'homme.
Voire plusieurs. Un ou deux policiers. Quelques émeutiers. Cela suffirait. Cela suffirait pour que l'Intifada-sur-
Seine se transforme en Bosnie-Herzégovine-sur-France.
Et il se trouva que, comme dans toutes les guerres
modernes, ce furent des « civils innocents » qui périrent
en premier, tels de drôles de « dommages collatéraux »,
celui de la République en perdition : quatre personnes
décédées dans l'incendie de leur maison. Les crapules de
la médiacratie essayèrent, c'était couru, de taire les faits
ou leur connexion avec les émeutes, pendant des jours
entiers, tout comme plusieurs assassinats commis dans
des conditions rappelant celui de l'inspecteur de l'urbanisme d'Épinay-sur-Seine.

Alors que, en ce jour, je récris cette « préface » pour
la projeter à la fin de l'ouvrage, je dois reconnaître que
la France s'est montrée à la hauteur de ce que je prévois
pour elle.

L'affaire Ilan Halimi a surgi alors même que la
décision d'intervertir « préface » écrite et « postface » à
rédiger venait d'être prise. Quelques semaines auparavant
j'avais fait part à David Kersan d'un inquiétant pressentiment. On avait eu droit à tout, mais pas encore à un
mélange d'affaire Dutroux, de sous-humanité antisémite
parfaitement assumée et de djihadisme amateur.

Grâce à l'autre « chose », *la « chose » venue de notre*

monde, la « chose » nommée Yousouf Fofana, en l'espace de quelques secondes, pas plus, tout ce que la *Boîte Noire Américaine* portait de cauchemars « potentiels » se voyait actualisé.

En l'espace de quelques secondes, c'est le monde entier qui devint ROUGE.

Mais est-il vraiment utile de s'épuiser à faire résonner les signaux d'alarme pour un peuple qui a décidé de courber l'échine devant sa nouvelle idole, celle qui le lui demande expressément ?

Est-il nécessaire de maintenir un niveau d'alerte si élevé alors que, dès ce soir ou dans quelque temps, les émeutes continueront, ou « reprendront », dans le Nord-Est parisien ou ailleurs, qu'elles y gagneront encore en intensité, qu'elles s'étendront à bien d'autres cités, à d'autres villes, d'autres territoires, et même à d'autres pays européens, comme un phénomène tout bonnement inéluctable ?

En pleine Intifada talibanlieusarde, la seule chose que Dominique de Villepin et Sarkozy ont vraiment trouvé à faire, c'est de s'attaquer directement, via des MOYENS MILITAIRES (détournements de flux, blocage des transmissions, voire menaces directes, etc.), aux sites anti-islamistes comme Occidentalis, Musulmanes-on-line, l'Union Républicaine Populaire et quelques autres que vous trouverez parfois cités dans le livre, à cause de leur succès grandissant, et fort énervant, on le comprend, pour les zélateurs de la dhimmitude. L'opération est appelée « Émeraude », un vert très seyant pour la République islamique qui se met en place.

Reste-t-il une chance pour que la France ne connaisse pas le sort de l'ex-Yougoslavie, entraînant toute l'Europe dans le mur, une guerre moyenâgeuse qui se réglera à coups d'armes automatiques et de missiles sol-air ?

Je serais tenté de dire : je ne sais pas.

Sans doute parce que quelque chose m'empêche de parler clair.

Je ne dois pas alarmer mes concitoyens, c'est mal.

Y a-t-il une issue pour la France du Jacobinisme parisien et pour l'Europe des Bureaucrates bruxellois ?

Y a-t-il une sortie vers le haut pour cette nation qui s'efforce par tous les moyens à sa disposition de rejoindre la bonde d'éjection des eaux usées de l'Histoire ?

Subsiste-t-il une chance que survivent les peuples qui inventèrent la civilisation occidentale et chrétienne ?

Il est inutile de spéculer, « oui » ou « non » ne sont pas vraiment des réponses.

En ce qui me concerne il n'en existe plus qu'une, rouge comme les crépuscules des civilisations, rouge comme le signe du dieu Mars, rouge comme le soleil qui perpétue sa course métahistorique :

OUEST.

Montréal, 25 novembre 2005, 01 h 17 /
28 février 2006, 21 h 11.

REMERCIEMENTS

Merci à David Kersan.

Table

Maurice G. Dantec
dans Le Livre de Poche

1. *Cosmos Incorporated*   n° 30707

« Il fait partie d'un secret plus terrible encore que lui-même.
Il fait partie d'un inframonde qui n'apparaît que par la trace
laissée par la mort derrière elle. Il sait maintenant pourquoi
il est venu. Ici, dans cette ville en particulier. Le bloc mémoriel
se réassemble doucement dans son esprit. Des souvenirs,
encore très parcellaires, se reforment, accompagnés de sensations, de connaissances élémentaires et de quelques gra-
phiques. Mais cela lui suffit pour savoir l'essentiel : s'il est
venu ici, c'est pour tuer un homme. » (M. G. D.) *Cosmos
Incorporated* marque un tournant dans l'œuvre de Maurice
G. Dantec, qui va encore plus loin dans l'exploration du
monde posthumain inauguré par notre XXIᵉ siècle. Aux frontières du thriller technologique, du roman d'anticipation et de
l'expérience mystique, cette mise en abyme d'une puissance
stupéfiante impose l'auteur des *Racines du mal* comme l'un
des plus grands écrivains d'aujourd'hui.

2. *Grande Jonction*   n° 30925

« Link de Nova ne se contentait pas de redonner vie aux
machines. Les machines, en retour, veillaient sur sa vie. Il était
seul. Seul comme un homme face à une armée de bulldozers
sauvages. » (M. G. D.) Un western aux portes de l'infini. Après
Les Racines du mal, *Babylon Babies*, *Villa Vortex* et *Cosmos
Incorporated*, Maurice G. Dantec poursuit son exploration du
monde du futur, au cœur d'une œuvre toujours plus envoûtante.

Du même auteur :

Aux Éditions Albin Michel

COSMOS INCORPORATED, roman, 2006.

GRANDE JONCTION, 2006.

Aux Éditions Gallimard

LA SIRÈNE ROUGE, roman, 1993.

LES RACINES DU MAL, roman, 1995.

BABYLON BABIES, roman, 1999.

LE THÉÂTRE DES OPÉRATIONS : JOURNAL MÉTAPHYSIQUE ET POLÉMIQUE (vol. 1), 2000.

LE THÉÂTRE DES OPÉRATIONS : LE LABORATOIRE DE CATASTROPHE GÉNÉRALE (vol. 2), 2001.

VILLA VORTEX, roman, 2003.

Aux Éditions Flammarion

PÉRIPHÉRIQUES, essai et nouvelles réunis par Richard Comballot, 2003.

DIEU PORTE-T-IL DES LUNETTES NOIRES ?, et autres nouvelles, Librio, 2003.

 **www.livredepoche.com**

- le **catalogue** en ligne et les dernières parutions
- des **suggestions de lecture** par des libraires
- une **actualité éditoriale permanente** : interviews d'auteurs, extraits audio et vidéo, dépêches…
- **votre carnet de lecture** personnalisable
- des **espaces professionnels** dédiés aux journalistes, aux enseignants et aux documentalistes

Composition réalisée par IGS-CP

Achevé d'imprimer en janvier 2009 en Allemagne par
GGP Media GmbH
Pößneck (07381)
Dépôt légal 1re publication : janvier 2009
LIBRAIRIE GÉNÉRALE FRANÇAISE – 31, rue de Fleurus – 75278 Paris Cedex 06